Des jumeaux pour deux ennemis

Un héritier pour époux

Père au premier regard

BARBARA DUNLOP

Des jumeaux pour deux ennemis

Traduction française de
FRANÇOISE HENRY

PASSIONS

HARLEQUIN

Collection : PASSIONS

Titre original :
FROM TEMPTATION TO TWINS

Ce roman a déjà été publié en 2018

HARPERCOLLINS FRANCE
83-85, boulevard Vincent-Auriol, 75646 PARIS CEDEX 13
Service Lectrices — Tél. : 01 45 82 47 47 - www.harlequin.fr
ISBN 978-2-2804-9605-6 — ISSN 1950-2761

Composé et édité par HarperCollins France.
Imprimé en août 2023 par CPI Black Print (Barcelone)
en utilisant 100% d'électricité renouvelable.
Dépôt légal : septembre 2023.

FSC
www.fsc.org
MIXTE
Papier issu de sources responsables
FSC® C159065

Pour limiter l'empreinte environnementale de ses livres, HarperCollins France s'engage à n'utiliser que du papier fabriqué à partir de bois provenant de forêts gérées durablement et de manière responsable.

- 1 -

Ce fut alors
que les ennuis commencèrent.

La silhouette de l'homme s'encadrait dans la porte d'entrée du Crab Shack, restaurant délabré de Whiskey Bay. Solidement planté sur ses pieds écartés, ses larges épaules déployées, il affichait une expression d'extrême mécontentement.

Sa voix grave retentit à travers le vieux bâtiment de brique.

— C'est une plaisanterie, je suppose.

Juliet Parker le reconnut tout de suite. Elle s'était attendue à ce que leurs chemins se croisent, mais pas à une hostilité aussi ouverte. Elle sauta du bar poussiéreux sur lequel elle était agenouillée et ôta ses gants de travail.

— Je ne sais pas, Caleb, répondit-elle en glissant ses gants dans la poche arrière de son jean usagé. Y a-t-il quelque chose d'amusant dans le fait de démonter des étagères ?

Il la dévisagea, paupières plissées.

— Tu es Juliet Parker ?

— Tu ne me reconnais pas ?

Il avança la main et la fit osciller à quelques centimètres du sol.

— La dernière fois que je t'ai vue, tu étais…

— J'avais quinze ans.

— … Plus petite. Et tu avais des taches de rousseur.

Un sourire lui échappa.

— C'est vrai.

Ça remontait à neuf ans. S'imaginait-il qu'elle était restée la même durant tout ce temps ?

Le regard gris de Caleb se durcit.

— Qu'est-ce que tu fabriques ?

Du pouce, elle désigna un point derrière elle.

— Comme je te le disais, je démonte les étagères du bar.

— Je veux dire, que fais-tu ici ?

— À Whiskey Bay ?

Après avoir préparé leur retour depuis plus d'un an, sa jeune sœur Melissa et elle étaient arrivées la veille.

— Dans le Crab Shack.

— J'en suis propriétaire.

Pour moitié. Melissa possédait l'autre.

Il tira un morceau de papier de sa poche arrière et le brandit.

— Tu reprends la licence d'exploitation ?

— Oui.

Le fait semblait beaucoup le contrarier sans qu'elle comprenne pourquoi.

— Et tu prolonges la clause de non-concurrence ?

— Eh bien, oui.

Cette clause faisait partie de la licence depuis le début. Elle avait tout repris en bloc.

Caleb avança d'un pas, la dominant de sa haute taille. Et elle se rappela pourquoi elle avait éprouvé pour lui une passion adolescente. Comme alors, il était viril, séduisant et très beau.

— Que veux-tu ? demanda-t-il de sa voix rocailleuse.

Bien qu'elle ne comprenne pas sa question, elle n'avait pas l'intention de se laisser impressionner. Elle redressa les épaules.

— Qu'est-ce que ça signifie ?

— Tu tiens à jouer les idiotes ?

— Je ne joue à rien ! En revanche, j'aimerais bien savoir à quoi, toi, tu joues. Parce que j'ai du travail, figure-toi.

Il lui lança un regard mauvais.

— Tu veux de l'argent, c'est ça ? Une indemnisation ?

— Le Crab Shack n'est pas à vendre. Nous le restaurons.

Leur grand-père leur avait légué cet établissement, à Melissa et à elle, et elles rêvaient de le rouvrir afin de tenir la promesse qu'elles lui avaient faite sur son lit de mort. Leur père ne supportait pas l'idée que des membres de sa famille retournent vivre à Whiskey Bay, mais, semblait-il, ce n'était pas le souci du jour.

Caleb balaya la pièce d'un regard méprisant.

— Voyons, tu sais bien que c'est impossible de le rouvrir.

— Première nouvelle. Et pourquoi ?

— Tu commences à m'ennuyer, Juliet.

— Je pourrais en dire autant à ton sujet !

La voix de Caleb s'éleva sous l'effet d'une évidente frustration.

— Tu sous-entends que tu n'es pas au courant ?

Elle suivit la direction indiquée par son geste.

— Mais de quoi ? demanda-t-elle, nageant en pleine confusion.

— Viens.

Il sortit et, piquée par la curiosité, elle le suivit. Sous leurs yeux s'étendait la marina de Whiskey Bay, semblable à ce qu'elle avait toujours été, mis à part la taille imposante des yachts aux lignes élégantes amarrés le long de la jetée. Au-delà de la marina, dans un espace vierge, elle aperçut deux semi-remorques, un bulldozer et des camions. Dommage. Une construction à cet endroit défigurerait le littoral. Elle serait cependant suffisamment éloignée pour ne pas gêner leurs clients.

Le Crab Shack s'élevant dans un paysage naturel de falaises à pic couvertes de cèdres rouges et de buissons de gaulthéries, il suffirait de mettre l'accent sur les ouvertures côté sud pour se croire loin de tout.

— Je ne pense pas que ça nous dérange beaucoup, dit-elle.

L'expression de stupéfaction de Caleb demeura un mystère, car Melissa, qui arrivait au volant de leur camionnette, interrompit l'échange.

— Bonjour ! lança sa sœur, émergeant du véhicule, deux sacs de matériel dans les bras, un sourire rayonnant aux lèvres.

— Tu te souviens de Caleb Watford ? demanda Juliet.

— Pas vraiment.

Melissa posa les sacs sur la terrasse et tendit la main à leur visiteur.

— Je me souviens juste que les Parker détestent les Watford.

Bien sûr, la remarque un peu brutale de sa sœur n'aurait pas dû la faire sourire, mais ce n'était pas une révélation pour Caleb. Le conflit ayant opposé leurs grands-pères et pères était célèbre dans le pays. Et si Caleb se montrait aussi odieux, c'était sans doute parce qu'il ne tenait pas à ce que les Parker se réinstallent à Whiskey Bay. Dommage pour lui.

Caleb serra la main de Melissa.

— Ou bien vous êtes les deux meilleures comédiennes de la terre, ou bien…

Sa sœur lui adressa un regard d'incompréhension.

— Inutile de me regarder, la coupa-t-elle. Je ne

comprends rien à ce que Caleb raconte. Ce qui est sûr, c'est que quelque chose le tracasse.

— Tu vois ça ? demanda-t-il en pointant le doigt dans la même direction que précédemment.

Melissa regarda au loin, une main en visière sur ses yeux.

— On dirait un bulldozer.

— C'est un bulldozer. Le mien.

— Mes félicitations, dit Melissa, ne sachant visiblement quelle posture adopter.

— Avez-vous une idée de ce que je construis ? s'enquit Caleb.

— Non, répondit Juliet.

Les Watford roulaient sur l'or. Ils possédaient l'une des trois belles demeures s'élevant le long des falaises de Whiskey Bay. À part ces bâtisses, la seule autre maison de la baie était celle des Parker, ancienne et toute simple. Son grand-père avait vécu ici presque soixante-dix ans, et il y était mort.

— Tu conduis un bulldozer ? demanda Melissa.

Comment imaginer Caleb en conducteur d'engins lourds ?

— Voyons, la réprimanda Juliet. Les Watford sont trop riches pour ça.

— Les riches ont le droit de conduire des bulldozers, répliqua Melissa. Peut-être que c'est la marotte de Caleb.

— Les gens riches ne conduisent pas de bulldozer !

Elle imaginait Caleb derrière le grand bureau d'un opulent cabinet. Non, pas exactement. Présidant un site de construction, peut-être ? Et s'il était architecte ?

— Dans l'émission télévisée *Construction Vacation*, toutes sortes de gens, pauvres comme riches s'amusent comme des fous à conduire des engins lourds. Il faut voir ça !

— Ce n'est pas la vraie vie.

— Stop !

Le cri de Caleb retentit dans la salle. Melissa recula d'un air choqué.

— Il est comme ça depuis son arrivée, expliqua Juliet.

— Un ours avec un ongle incarné, grommela Melissa.

— La métaphore ne marche pas. Les ours ont des griffes.

Le regard de Caleb allait de l'une à l'autre. Le voyant sur le point d'exploser, Juliet songea qu'il valait peut-être mieux le laisser parler.

— Je possède la chaîne Neo, des restaurants de fruits de mer, dit-il quand il eut repris son calme. Là-bas… se dressera mon nouvel établissement, acheva-t-il en désignant l'endroit où bulldozers et camions se regroupaient.

Melissa et elles dirigèrent leurs regards vers la côte, et Juliet comprit soudain le motif de la contrariété de Caleb.

— Mais tu n'as pas le droit de construire un restaurant ici ! s'insurgea Melissa. Aurais-tu oublié la clause de non-concurrence ?

— Elle était censée expirer mercredi, expliqua-t-il.

— Je m'en suis rendu compte quand nous l'avons reconduite…

— Maintenant, constata Juliet, je comprends pourquoi tu es si déçu.

— Déçu ?

Caleb attrapa au vol la bière que lui lançait Matt Emerson depuis le bar, de l'autre côté de la terrasse.

— J'ai mis un million de dollars dans le projet et elle croit que je suis « déçu » ?

— Tu ne l'es pas ? s'enquit TJ Bauer, ouvrant sa canette avec un bruit sec.

Ses deux amis et lui étaient installés sur la terrasse en bois surmontant l'immeuble de bureaux de la marina de Whiskey Bay. Un quartier de lune se levait dans le ciel illuminé d'étoiles tandis que les lumières de la jetée se reflétaient dans l'eau clapotant entre les yachts.

Il jeta un regard noir à TJ.

— Crois-tu que ce soit en rapport avec ton père ? demanda Matt.

— Ou ton grand-père, ajouta TJ, s'adossant à la balustrade. Tu récoltes peut-être ce qu'ils ont semé.

— Je ne suis pour rien dans leurs histoires.

— Le sait-elle ?

Il n'arrivait pas à croire que Juliet puisse exercer une vengeance aussi mesquine.

— Êtes-vous en train de suggérer qu'elle a eu vent de mon projet de construire un Neo à Whiskey Bay et attendu le tout dernier moment pour prolonger la clause de non-concurrence et me faire perdre une fortune, en représailles par les agissements de mon père et mon grand-père ?

— Ça lui vaudrait un score exceptionnel sur l'échelle du génie diabolique, reconnut TJ.

— Tes ancêtres se sont très mal comportés avec les siens, fit remarquer Matt.

Il était tout à fait d'accord avec cette analyse. Son grand-père avait volé à Felix Parker la femme qu'il aimait et son père avait anéanti les chances de Roland Parker de poursuivre des études universitaires.

Il n'était vraiment pas fier d'eux.

— Je n'ai jamais fait de mal à un Parker, se défendit-il.

— L'as-tu précisé à Juliet ? demanda Matt.

— Elle s'accroche à son histoire en prétendant qu'elle ignorait mon projet de construction de restaurant.

— C'est tout à fait possible, constata TJ. Tu sais, c'est peut-être le moment de chercher des investisseurs.

— Jamais de la vie !

— Un coup de téléphone à mes clients, insista TJ, et de dix-sept Neo à travers les États-Unis, ta chaîne pourrait bientôt compter quarante établissements à travers le monde. Une perte d'un million de dollars deviendrait alors insignifiante.

— Encore une fois, il n'en est pas question.

TJ haussa les épaules.

— Tu ne peux pas me reprocher d'essayer.

— Montre-lui que tu n'es pas dupe de son bluff, suggéra Matt, qui traversa la terrasse pour venir s'écrouler dans un fauteuil, près du brasero à gaz.

— Elle ne bluffe pas, répliqua Caleb. Elle a déjà renouvelé la clause de non-concurrence.

— Ce que je te suggère, c'est de feindre de croire qu'elle n'a que ses intérêts à cœur et qu'il ne s'agit pas d'une revanche tordue contre ta famille. Elle serait peut-être d'accord pour une coexistence pacifique.

TJ s'installa dans un fauteuil voisin de celui de Matt.

— Je vois où Matt veut en venir, dit-il. Explique-lui que Neo et le Crab Shack ont tous deux leur place à Whiskey Bay. Si elle n'a pas l'intention de te nuire, elle acceptera probablement d'en discuter.

— Les deux établissements viseraient des clientèles différentes, constata Caleb.

Il s'assit tout en réfléchissant aux mérites de cette stratégie.

— Et là où ils répondront aux mêmes besoins, ils attireront mutuellement la clientèle.

— Promotion croisée, dit TJ.

— Je serais prêt à lui envoyer des clients, renchérit Caleb.

— Ne prends pas cette attitude supérieure, nuança Matt. Je ne pense pas que les femmes apprécient.

— N'es-tu pas censé être le grand expert en femmes ? s'étonna TJ.

— Juliet n'est pas une femme.

Cependant, au moment où il prononçait ces paroles, il eut la vision de ses yeux bleus au vif éclat, de ses cheveux vaporeux, couleur de blé mûr, et de ses lèvres pleines. Juliet était très féminine, ce qui compliquait encore les choses.

— Je veux dire qu'elle ne correspond pas à l'idée que vous vous faites des femmes. Bien sûr, elle est séduisante, mais c'est sans rapport avec la situation. Je ne cherche pas à sortir avec elle, mais à négocier.

— Évidemment, ironisa Matt, s'adressant à TJ.

— Ça sent les ennuis à plein nez, répliqua l'interpellé.

— Arrêtez de vous faire des films ! s'exclama Caleb. La dernière fois que je l'ai vue, elle avait quinze ans. C'était ma petite voisine, et maintenant, c'est une épine dans mon pied. Comment vont les célibataires, à propos ?

Ses amis lui adressèrent un sourire de pitié.

— Tu t'imagines que tu vas nous faire changer de sujet aussi facilement ?

Matt sortait d'un divorce douloureux, et cela faisait tout juste deux ans que la femme de TJ était morte. Depuis quelques mois, ils avaient donc adopté le mode de vie de Caleb. Et il s'était engagé à les soutenir dans cette voie.

— Matt ? fit une voix féminine en provenance de la jetée en contrebas.

— En parlant de femmes, fit TJ, l'intérêt éveillé. Qui est-ce ?

— Ma mécanicienne, répondit Matt. Salut, Tasha ! Que se passe-t-il ?

— Je n'aime pas le bruit du moteur de secours du MK. Il me faudrait un jour pour le démonter.

À travers la balustrade, il aperçut une mince jeune femme en T-shirt, pantalon cargo et chaussures de sécurité en cuir. Une queue-de-cheval dépassait de l'arrière de sa casquette de base-ball.

— Il est réservé à partir de dimanche.

— Ça me laisse toute la journée de demain, cria Tasha en retour. C'est parfait. Il sera prêt !

— Merci, Tasha.

— C'est ta mécanicienne ? demanda TJ en regardant la jeune femme s'éloigner.

— Tu veux sortir avec elle ?

— Elle est drôlement mignonne.

Matt éclata de rire.

— Et également coriace. Je ne te la recommande pas pour un début.

— Tu préfères en garder l'exclusivité ?

— Mon pauvre vieux, elle te mangerait tout cru au petit déjeuner !

Ce fut plus fort que lui, il sourit.

— Si on sortait en boîte demain soir ? suggéra-t-il.

Whiskey Bay était à moins de deux heures de la vie nocturne d'Olympia, et il semblait que TJ et Matt avaient besoin d'un coup de pouce pour se propulser sur la scène sociale. Caleb serait ravi d'oublier ses problèmes pour un soir.

— Je suis partant, déclara Matt.

— Bonne idée, renchérit TJ.

Caleb termina sa bière.

— Je vais rentrer élaborer une stratégie, promit-il en se levant. J'aime votre idée de tester la sincérité de Juliet. Je m'en occuperai demain matin.

— Bonne chance, lui lança Matt.

Caleb descendit les marches jusqu'à la jetée et laissa les lumières de la marina derrière lui.

Whiskey Bay se caractérisait par des falaises aux pentes abruptes. Seule une étroite bande de terre courait au niveau de la mer, sous la marina, et plus loin, il y avait la parcelle sur laquelle Caleb avait l'intention d'édifier Neo. Localisé sur une pointe rocheuse au sud de la marina, le Crab Shack était fermé depuis plus de dix ans, quand Felix Parker était devenu trop âgé pour le diriger.

Quatre maisons se dressaient sur le flanc escarpé de la falaise. Celle de Matt, juste au-dessus de la marina. Celle de TJ à une centaine de mètres plus au sud, ensuite venait la petite maison des Parker et enfin la sienne.

Dans les années 1950, son grand-père avait construit une petite maison semblable à celle des Parker. Cependant, alors que cette dernière était demeurée intacte, les Watford avaient apporté de nombreuses modifications à la leur. Après le décès de son grand-père, Caleb l'avait rachetée aux autres membres de la famille et peu à peu rénovée pour l'habiter.

À mi-hauteur de la falaise, un sentier reliait les quatre maisons. Quelques années plus tôt, Matt, TJ et lui l'avaient émaillé de lumières solaires pour pouvoir l'emprunter de nuit. Il était passé sous la maison Parker des centaines de fois, mais pendant les cinq ans ayant suivi le départ de Felix Parker en maison de retraite, elle était restée plongée dans l'obscurité.

Ce soir, il en apercevait les lumières à travers les branches des cèdres. Comme il se rapprochait, la terrasse apparut, et il eut soudain le souvenir de Juliet adolescente. Ce devait être le dernier été où elle avait rendu visite à son grand-père. Vêtue d'un short en jean et d'un haut rayé, les cheveux relevés à la va-vite en chignon, elle dansait sur la terrasse comme si elle était seule au monde.

Il revit son visage piqueté de taches de rousseur, ses cheveux blonds éclaboussés de soleil, sa grâce adolescente. Elle était belle, et beaucoup trop jeune. Au point qu'il s'était senti coupable de l'observer. Il avait alors vingt et un ans, et il construisait son premier Neo à San Francisco.

— Tu nous épies ?

C'était la voix de Juliet, apparue soudain sur le chemin, face à lui.

— Je rentre chez moi, répondit-il, ramenant ses pensées au présent.

Elle ne portait ni short en jean, ni haut moulant rayé. Heureusement. Encore que son jean et son T-shirt blanc découvrant une bande de peau nue au niveau du nombril ne soient pas exactement faits pour préserver sa santé mentale. En réalité, c'était pire. Parce que, maintenant, elle était adulte.

— Tu ne bougeais pas, fit-elle remarquer.

Il choisit une vérité partielle.

— Je n'ai pas l'habitude de voir votre maison éclairée.

Elle leva les yeux vers la terrasse.

— J'imagine que ça fait un bail.

— Des années.

Il examina son profil. Elle était incroyablement jolie.

— Tu sais que ta famille a envoyé des fleurs pour l'enterrement de mon grand-père ?

— Oui.

Il s'en était lui-même occupé.

— Je peux te dire que ça a rendu mon père malade.

— Je n'avais pas vu les choses sous cet angle, déplora-t-il.

— C'était donc toi ?

— Tu m'as tendu un piège ?

— J'étais intriguée. Que ton père les ait envoyées paraissait improbable.

Le père de Caleb avait été autrefois arrêté à cause d'une altercation avec Roland, le père de Juliet. S'il ne connaissait pas les détails de l'affaire, il se souvenait que son père avait souvent pesté contre la réaction, à ses yeux excessive, des autorités et l'intervention de Felix Parker qui les avait appelés.

— D'accord. Ça semblait un peu…

— … Déplacé d'évoquer la possibilité que ton père ait

souhaité la mort de mon grand-père ? dit-elle en haussant les épaules. On peut faire semblant si tu préfères.

— Je voulais juste dire : « déplacé de plaisanter sur la mort de ton grand-père ».

— Il avait quatre-vingt-dix ans. Ça lui était égal. Je crois même qu'il aurait apprécié. Tu es toujours fâché contre moi ?

En un sens, oui. Mais il était surtout très attiré par elle. En l'observant à la faveur de la pâle lumière provenant de la terrasse, il avait un peu de mal à raviver la colère ancestrale.

— On peut faire semblant que non.

Le sourire de Juliet le soulagea d'un poids.

— Tu as donc le sens de l'humour, constata-t-elle.

Il ne lui rendit pas son sourire. Il ne plaisantait pas. Il était prêt à feindre d'oublier la vieille querelle.

Elle se rapprocha de façon inattendue.

— Tu sais qu'autrefois j'avais un gros faible pour toi ?

Il eut la sensation que sa respiration se bloquait dans sa poitrine.

— J'ignore pourquoi, continua-t-elle. Je te connaissais à peine. Mais tu étais plus âgé, c'était l'été et j'avais presque seize ans. De plus, je trouvais plutôt romantique la brouille de nos familles. Rien ne vaut les Montaigu et les Capulet, ou les Jets et les Shark pour faire battre le cœur d'une ado. C'est drôle maintenant que tu… Caleb ?

Il ne pouvait pas l'embrasser. Impossible. Il ne…

— Caleb ?

Elle ne lui racontait pas cette histoire par inadvertance. Elle avait forcément deviné l'effet que ça produirait sur lui. Il avait devant lui un pur génie du mal.

— Tu sais ce que tu fais, j'imagine ? se força-t-il à répliquer d'un ton sévère.

Elle scruta son expression.

— Que veux-tu dire ?

Cette femme méritait un prix de comédie.

— Tu me déstabilises. Danser en short minuscule et T-shirt moulant…

— Qu'est-ce que tu racontes ? Je ne danse pas !

— Tu as vingt-quatre ans, bon sang ! Et tu oses te promener seule dans les bois la nuit et raconter à un homme que tu as été amoureuse de lui !

Son expression assombrie, elle recula d'un pas.

— Je trouvais que c'était une belle histoire.

— Une belle histoire ! s'exclama-t-il d'une voix étranglée.

— Un peu embarrassante, d'accord. Je voulais me confier, tu comprends. J'avais envie que tu m'apprécies.

Il ferma les yeux, incrédule. Il ne pouvait pas se laisser séduire par cette femme.

— Pas question que je t'apprécie, marmonna-t-il. Tu ferais mieux de filer.

— « Filer » ? répéta-t-elle d'un ton chagrin.

— Nous sommes sur deux longueurs d'onde opposées.

Elle ne répondit pas. Et les bois autour d'eux restaient également silencieux.

Quand il ouvrit les yeux, il s'aperçut avec soulagement qu'elle avait disparu. Soulagement vite remplacé par le regret. D'ordinaire, il savait déchiffrer les signaux émis par les femmes, faire la différence entre flirt et conversation innocente. Avec Juliet, il n'y arrivait pas.

— Tu lui as dit que tu avais eu un faible pour lui ?

Debout près de l'échelle, Melissa levait vers elle un visage stupéfait.

Juliet décrocha un portrait parmi ceux des stars de cinéma des années 1950 qui ornaient les murs du restaurant.

— Je voulais… Je ne sais pas.

Depuis la veille, elle avait eu des heures pour regretter ces paroles.

— Tu ne t'es pas dit que ça ressemblait à des avances ?

Juliet tendit le portrait de Grace Kelly à sa sœur et décrocha Elizabeth Taylor.

— Ce n'était pas mon intention.

— Il n'empêche qu'il pouvait l'interpréter comme ça.

— Je m'en rends compte maintenant.

— À quoi pensais-tu alors ?

— Que je me montrais honnête en évoquant un souvenir un peu embarrassant. Je pensais que ça me ferait paraître plus humaine. En fin de compte, c'était juste humiliant, conclut-elle en tendant Elizabeth Taylor à Melissa.

— Tu as donc appris quelque chose, constata sa sœur, en traversant la salle pour aller déposer la photographie dans un carton placé sur le bar.

— J'ai appris qu'il n'avait aucune envie de flirter avec moi.

— Je pensais à une expérience plus large concernant les relations. Par exemple, temps, lieu et circonstances appropriés.

Juliet descendit de l'échelle et l'installa à un endroit où elle pourrait décrocher trois nouveaux portraits.

— Oh ! ça… Non.

Melissa sourit.

— Si tu m'en racontais un peu plus sur ta passion pour le beau Caleb ? Je regrette que tu ne m'en aies pas parlé à l'époque.

— Tu étais trop jeune.

— J'aurais quand même trouvé ça excitant.

— J'avais quinze ans. Il était grand, il se rasait et il habitait une belle demeure sur la colline. Je suivais un cours de littérature anglaise, et entre les sœurs Brontë et Shakespeare, je me suis inventé une histoire d'amour exaltante.

— Je ne me souviens même pas de lui.

— Tu n'avais que douze ans.

— Mon souvenir le plus marquant, c'est le chocolat chaud de grandma. C'était si bon de venir ici passer du temps avec elle, surtout après la mort de maman.

— Elles me manquent toutes les deux, murmura Juliet.

Melissa posa une main sur son bras et le serra.

— À moi aussi. Mais pas les écureuils qui nous réveillaient le matin.

Juliet remit Audrey Hepburn à sa sœur.

— Je les détestais !

— Tu aurais dû y réfléchir avant que nous emménagions ici. Ils vont encore nous réveiller.

— Tu crois que nous pourrions les attraper et les installer ailleurs comme ils font avec les ours ?

— Pourquoi pas ?

Elle réfléchit à la question tout en passant Jayne Mansfield à Melissa.

— Je me demande ce qu'il faudrait employer comme appât…

— Vous allez pêcher ?

La voix de Caleb la fit sursauter, et elle dut saisir le haut de l'échelle pour se rattraper.

— Attention ! cria-t-il en se précipitant vers elle.

Elle s'efforça d'oublier l'incident de la veille et de paraître naturelle.

— Mais oui. Pas de panique.

— Faut-il vraiment que tu te perches sur cette échelle ? demanda Caleb.

— J'y suis très bien tant que tu ne me fais pas peur.

Et, retournant à sa tâche, elle tendit la main vers Doris Day.

— Vous parliez de pêche ?

Elle le considéra d'un air interdit, se demandant d'où il sortait cette idée.

— Tu te demandais quoi employer comme appâts, lui rappela Melissa.

— Matt peut vous emmener pêcher, ajouta Caleb.

Il s'attardait près de Melissa comme s'il avait envie de prendre les opérations en main.

— Besoin d'aide ? proposa-t-il.

— Pourquoi es-tu soudain si gentil ? s'enquit Juliet.

Évidemment, elle préférait qu'il se montre cordial, mais après leur querelle de la veille et leur rencontre nocturne, elle avait supposé qu'il l'éviterait.

— Je ne suis pas gentil, répliqua-t-il.

— Qui est Matt ? s'enquit Melissa traversant la pièce, Doris Day à la main.

Caleb se posta à la place de Melissa en bas de l'échelle, la maintenant des deux côtés.

— Le propriétaire de la marina. Il organise des croisières et des sorties en mer.

— Sûrement pas dans nos moyens, objecta Juliet.

— En tant que voisines, il ne vous ferait pas payer.

Elle descendit d'un cran sur l'échelle, s'attendant à ce que Caleb bouge pour lui laisser la place.

— Nous n'irons pas pêcher, déclara-t-elle.

— Ne sois pas si pressée de répondre, dit Melissa.

— Je peux organiser une sortie, insista Caleb sans bouger d'un pouce.

Juliet se retourna avant de descendre d'un autre degré. Mieux valait le regarder en face alors qu'il empiétait sur son espace.

— Nous sommes beaucoup trop occupées pour pêcher.

— Combien de temps exactement pour une escapade de ce genre ? s'enquit cependant Melissa.

Juliet foudroya sa sœur du regard.

— Comment peux-tu te montrer si naïve ? Un ennemi qui vous fait des cadeaux, c'est louche, non ?

— Je ne suis pas votre ennemi.

Les échos de la voix de Caleb résonnèrent au plus profond d'elle-même. Si elle descendait encore, elle serait pratiquement dans ses bras. Cependant, refusant de capituler, elle posa le pied sur le dernier barreau.

— Dans ce cas, que viens-tu faire ici ?

— Je voulais te parler.

— À quel sujet ?

Elle avait beau s'exhorter à la maîtrise, la proximité de Caleb la troublait. C'était un très bel homme, et les émotions du passé resurgissaient. Mais elle surmonterait cette faiblesse.

Il poussa un soupir qui dilata son torse. Encore quelques centimètres, et ils se toucheraient. Elle se demanda comment il réagirait et eut la tentation d'essayer, juste pour voir.

— L'entrepreneur arrive, annonça Melissa comme un véhicule se garait sur le parking.

Pensant échapper à Caleb, elle s'apprêtait à se glisser sous son bras quand Melissa intervint.

— Ne bouge pas. Je lui fais juste visiter.

Melissa sortie, Caleb planta son regard dans le sien.

— Nous ne sommes pas obligés d'entrer en concurrence, lâcha-t-il.

Combien de temps encore Caleb comptait-il la maintenir prisonnière de ses bras ? Elle avança un peu pour tester ses capacités de résistance.

Comme s'il lisait dans des pensées, il se pencha légèrement en avant.

— Bien sûr que non puisque Neo n'existera pas !

— Je veux dire, si les deux restaurants coexistaient,

nous ne nous adresserions pas à la même clientèle : Neo est haut de gamme, le Crab Shack bon enfant.

— Qu'est-ce qui te fait croire ça ?

La question parut le surprendre. Il regarda autour de lui, prenant note des murs de briques vieillissantes, du linoléum déchiré et des poutres de bois rustiques.

— Eh bien, ici, c'est plutôt kitsch. Ne te méprends pas…

Quand elle croisa les bras, ses coudes effleurèrent Caleb.

— Tes propos me semblent pourtant très clairs, répliqua-t-elle, le regard dur.

Elle attendit. Il ne l'avait toujours pas libérée. Mais, son torse musclé pressé contre ses avant-bras, il renforça le contact. L'espace d'un instant, elle perdit le fil de la conversation.

— Même si tu visais le haut de gamme, nous serions complémentaires. Imagine deux restaurants dans un cadre idyllique. Comme nous offririons les meilleurs fruits de mer, nous drainerions un maximum de clients.

— Bravo pour ton ingéniosité. Mais ça ne prend pas.

Elle vit quelque chose passer dans le regard de Caleb. Admiration ? Agacement ? Peut-être un peu des deux.

— Il existe des exemples de ce genre d'associations partout dans le monde.

— Neo est une chaîne nationale. Elle anéantirait le Crab Shack.

Les voix de Melissa et de l'entrepreneur leur parvenaient, étouffées, depuis la terrasse.

— Tu ne te laisseras jamais convaincre, c'est ça ? demanda Caleb.

— C'est ça.

— Nous n'entretiendrons pas de relations amicales ?

— J'ai peur que non.

Tout en hochant la tête, il lâcha l'échelle et recula.

— Je suppose que je n'ai plus qu'à retourner fourbir mes armes.

Elle n'était pas déçue. Et le contact de Caleb ne lui manquait pas du tout.

— Mais d'abord, dit-il en lui prenant le menton, puisque la situation ne peut empirer…

Son intention était claire. Elle devait le repousser, s'écarter. Elle était libre de refuser.

Malheureusement, vaincue par neuf années de fantasmes, elle capitula et, au lieu de tourner la tête, elle lui tendit les lèvres.

- 2 -

Avant même que ses lèvres effleurent celle de Juliet, Caleb savait qu'il faisait une bêtise. Il savait aussi que ça lui était bien égal.

Il était resté éveillé une partie de la nuit en pensant à elle. Il se la représentait sur le sentier et revivait le moment où elle avait avoué avoir été amoureuse de lui. À cet instant-là, il aurait dû l'embrasser. N'importe quel homme placé dans ces conditions aurait réagi ainsi.

À présent, sa joue était douce et chaude sous sa paume. Glissant les doigts dans ses cheveux, il écrasa ses lèvres sur les siennes. Malgré son désir de la dévorer, il s'efforça de rester tendre. Il ne voulait pas l'effaroucher, au risque d'être repoussé.

Elle entrouvrit les lèvres, et tandis que de sa main libre il la serrait contre lui, cédant à la tentation, il explora fiévreusement sa bouche.

Elle poussa un petit gémissement, et il resserra son étreinte. Comme il redoublait d'ardeur, il l'obligea à se cambrer légèrement. Il sentait vibrer en lui le pouls de l'océan, à moins que ce ne soit les battements de son propre cœur.

La voix de Melissa disant quelque chose à propos du toit lui parvint, puis un bruit de pas résonna sur la terrasse et une voix masculine s'éleva en réponse à sa question.

Posant les mains sur ses épaules, Juliet le repoussa doucement. Il recula et découvrit alors ses joues rougies, ses lèvres enflées et ses yeux bleus perdus dans une brume de sensualité.

Il mourait d'envie de recommencer, d'obtenir davantage. Il ne voulait pas arrêter de l'embrasser.

— J'ai aggravé la situation, marmonna-t-il, en partie pour lui-même.

— Nous ne pouvons pas nous comporter ainsi, dit Juliet.

— Tu aurais pu me repousser.

— Je sais, admit-elle d'un air confus. Je parlais en général. Je ne peux t'accorder ma confiance.

— Peux-tu m'expliquer pourquoi ?

Soudain, l'opinion de Juliet devenait très importante. Elle réfléchit quelques instants.

— Parce que c'est ainsi.

— C'est une réponse indigne de ton intelligence.

— D'accord. Disons alors que je ne peux pas te faire confiance parce que tu es un Watford.

Il aurait dû se retirer, il le savait, mais ses pieds semblaient rivés au sol.

— Tu me connais à peine.

— Je connais ta famille, tu cherches à nuire à mes intérêts.

— C'est faux.

Elle le considéra avec une moue d'incrédulité.

— Juste un peu, concéda-t-il. Mais à long terme, je suis sûr que nous serons tous deux gagnants.

— Tu mens à toi-même ou juste à moi ?

— Je ne mens à personne.

Fatiguée d'attendre qu'il se pousse, elle glissa sur le côté, instaurant une certaine distance entre eux.

— Tu as hérité des talents de beau parleur de ton père et de ton grand-père, on ne peut le nier.

Il n'était ni comme son père, ni comme son grand-père. Du moins, refusant de leur ressembler, il s'efforçait de juguler certains traits de caractère qu'il reconnaissait en lui. Et, à son avis, il y réussissait plutôt bien.

— C'est injuste, dit-il.

— Injuste ? répéta-t-elle en riant. Un Watford qui parle d'injustice ? C'est la meilleure !

Il avait perdu ce round et il ne réussirait pas à faire entendre raison à Juliet de sitôt. Comme prévu, ce baiser avait été une erreur.

Ceci dit, il avait été trop fantastique pour qu'il le regrette. Des erreurs comme celle-ci, il en referait volontiers.

— Tu ne répliques pas ? Allons, Caleb, tu me déçois.

— Y a-t-il quelque chose que je puisse dire pour te faire changer d'avis ?

— Euh… Non.

— Il n'y a donc aucune chance que tu sortes avec moi ?

La question l'avait visiblement prise au dépourvu, et il se passa quelques secondes avant qu'elle ne réponde.

— Comme un garçon et une fille qui sortent ensemble ?

— Oui. Juste toi et moi. Restaurant, dancing. Ce que tu voudras.

Il ne savait pas trop comment ils sépareraient leur attirance de leurs intérêts professionnels, mais il avait très envie d'essayer.

— C'est une plaisanterie ? Tu essaies de me déstabiliser ?

Il avança vers elle.

— Certes j'essaie de te déstabiliser, mais ce n'est pas une plaisanterie. Tu ne peux nier l'attirance entre nous. J'ai aimé t'embrasser.

Et la réciproque était vraie, il n'en doutait pas.

La riposte de Juliet fut cinglante.

— Je parie qu'il y a beaucoup de femmes que tu aimes embrasser !

Pas autant qu'il aimait l'embrasser, elle. Mais l'accusation était justifiée. Et il ne voulait pas lui mentir.

— Je suppose que ce n'est pas faux.

— Eh bien, invite une de ces femmes à sortir avec toi.

Il demeura quelques instants interdit.

— Tu reconnais être entêtée ?

Elle donna un petit coup d'index sur son torse.

— Et tu n'as encore rien vu !

Il lui attrapa la main et la serra contre son cœur.

Les yeux de Juliet brillaient. Ses joues étaient encore rouges et ses lèvres un peu enflées. Et une petite veine battait à la base de son cou. C'était la femme la plus sexy de la terre.

Elle lui arracha violemment sa main.

— Comment oses-tu ?

Il ne put retenir un sourire.

— Écoute, je te propose un marché.

Elle secoua la tête.

— Un marché d'ordre privé, reprit-il. La prochaine fois, ce sera toi qui devras prendre l'initiative de m'embrasser.

Tout en prononçant ces paroles, il craignit de commettre une erreur. Et si elle n'avait plus jamais envie de l'embrasser ?

Sur ces entrefaites, Melissa franchit la porte en coup de vent.

— Noah Glover est d'accord pour nous aider à la rénovation ! s'exclama-t-elle d'un ton débordant d'enthousiasme.

Comme sous l'effet d'un coup de baguette magique, l'expression de Juliet ne laissa plus rien paraître de ce qui venait de se passer entre eux. Noah Glover était entré à la suite de Melissa, et Juliet lui adressa un sourire qui excita la jalousie de Caleb.

Grand et musclé, une barbe de quelques jours lui envahissant les joues, les cheveux en bataille, Noah possédait le genre de physique à travailler dehors par tous les temps.

— Ravie de faire votre connaissance, Noah, dit Juliet.

Quand ils se serrèrent la main, ressentant un nouveau

pincement de jalousie, il se morigéna intérieurement. C'était une chose d'avoir envie d'embrasser Juliet, et même de la déshabiller et de lui faire l'amour, et c'en était une autre d'être jaloux d'un homme qui lui serrait la main.

Il allait veiller à ce que ça ne se reproduise plus.

— J'espère que Melissa vous a prévenu que notre budget était serré. Nous souhaitons en faire le plus possible par nous-mêmes.

— Je peux me plier à un budget, répondit Noah. Et ça ne me dérange pas que vous participiez aux travaux.

— C'est parfait.

Elle continuait de serrer la main qu'elle n'avait pas lâchée. Voilà à quoi se résumait l'entretien ? Elles allaient engager cet homme sur ses belles paroles ? Elles n'avaient donc jamais entendu parler de vérification des références ?

Il s'avança et tendit la main à l'entrepreneur.

— Caleb Watford. Je suis un voisin.

Ce Noah devait savoir qu'il ne pouvait pas entrer aussi simplement en scène pour profiter de Juliet et Melissa.

— Heureux de vous rencontrer.

La poignée de main de Noah était ferme. Naturellement. C'était un charpentier. Cependant, Caleb n'était pas non plus une mauviette. Ils avaient à peu près la même taille.

— Voisin et ennemi juré, précisa Juliet.

Il lui jeta un regard mécontent. Ne comprenait-elle pas qu'il désirait l'aider ?

— Que s'est-il passé en mon absence ? demanda Melissa, son regard allant de l'un à l'autre.

— Rien, se hâta de répondre Juliet. Enfin, rien d'important.

— Établissez votre budget, dit Noah. De mon côté, je ferai des estimations et nous verrons ensemble ce qu'il est possible de faire.

— Entièrement d'accord, approuva Melissa. J'ai tellement hâte de commencer les travaux !

Noah inclina la tête.

— À demain alors.

Il adressa un sourire à Juliet avant de se retirer.

La voix de Noah était grave, ce qui lui déplut. Il avait entendu dire que les femmes appréciaient les voix graves qui étaient censées inspirer confiance. Il n'aimait pas voir Juliet accorder naïvement sa confiance à un inconnu.

Il n'avait jamais entendu parler de ce Noah Glover. Habitait-il les environs de Whiskey Bay ou bien était-il de passage ? Son pick-up était âgé et cabossé, et il ne semblait pas un modèle de professionnalisme. Il allait décidément enquêter sur l'individu.

— Il semble très compétent, dit Melissa en le regardant s'éloigner.

— Tu viens juste de le rencontrer, fit-il observer.

Les deux sœurs le dévisagèrent d'un air surpris.

— Comment pouvez-vous juger de ses compétences ? insista-t-il. Vous n'êtes pas expertes dans le domaine du bâtiment, que je sache.

— Il semble ouvert et direct, répondit Melissa. Il emploie des mots simples, et il nous a été chaudement recommandé.

— Avez-vous vérifié ses références ?

— Melissa possède une maîtrise en gestion des affaires, souligna Juliet.

Première nouvelle, mais pourquoi s'en étonner ?

— Naturellement que j'ai vérifié ses références, dit Melissa. Je suis au courant de l'existence d'Internet, figure-toi.

Il hésita entre faire marche arrière ou poursuivre dans une voie dangereuse.

— Je voulais juste…

— Prendre sous ton aile deux pauvres petites choses

sans défense, incapables de se débrouiller dans ce monde cruel, termina Juliet, sarcastique.

Il lui lança un regard mécontent.

— Je me demande bien pourquoi tu lui accordes instantanément ta confiance alors que tu te méfies de moi comme de la peste.

— Je te l'ai dit, Caleb. Tu es un Watford, il n'y a pas de meilleure raison au monde pour que je me montre injuste envers toi.

— Il est vraiment canon, dit Melissa.

Sa sœur détachait l'encadrement délabré des fenêtres tandis qu'à l'extérieur, Noah installait un niveau laser sur un trépied.

Juliet leva les yeux de sa tâche qui consistait à détacher par lambeaux le vernis du bar. Deux jours s'étaient écoulés depuis leur dernière discussion, et elle s'attendait à voir Caleb. Mais il ne s'était pas présenté.

Bien qu'elle déteste l'admettre, elle en était un peu déçue. Caleb avait beau être horripilant, avec lui on ne s'ennuyait pas.

— Tu parles de Noah ? demanda-t-elle.

— De qui d'autre, sinon ? riposta sa sœur. Regarde-moi ces épaules et ces biceps.

— Il semble en forme.

Elle n'avait pas envisagé Noah sous l'angle de la séduction, mais bien sûr, dans le genre homme des bois, il possédait une beauté rude. Avec ses épais cheveux blond roux en broussaille, son T-shirt vert kaki et son pantalon cargo, sa ceinture à outils qui lui descendait sur les hanches, il avait une certaine allure.

— Je n'arrive pas à en détacher les yeux, déclara Melissa.

— Je n'aurais pas cru que c'était ton type.

Jusqu'ici, Melissa sortait plutôt avec des intellectuels, parfois même des poètes. De temps en temps, elle disait avoir remarqué un sportif. Un joueur de basket-ball avait eu ses faveurs pendant deux mois.

— Un régal pour les yeux, insista Melissa.

Juliet sourit et examina de plus près le spécimen à travers ses lunettes de protection.

Personnellement, elle le trouvait un peu trop poussiéreux pour mériter ce qualificatif, mais s'il amusait sa sœur pendant ces travaux, elle s'en réjouissait pour elle.

— Ne te laisse pas trop distraire, lui conseilla-t-elle seulement.

— Je peux le regarder et arracher les encadrements en même temps… Dis donc, s'il fait assez chaud, tu crois qu'il envisagera de quitter sa chemise ?

— Je crois surtout que si tu le lui demandes, nous finirons en justice. Le harcèlement sexuel marche dans les deux sens.

Melissa sourit.

— En tout cas, ce que j'imagine est probablement illégal dans la majorité des États.

— Je préfère ne rien savoir.

— Ce que tu peux être prude !

Juliet ferma les yeux, s'interdisant toute rêverie importune. Et elle se mit à chanter très fort une comptine enfantine pour se changer les idées.

Ses pitreries firent rire Melissa.

— Quelque chose a dû m'échapper.

Cette fois, c'était la voix de Caleb.

Elle ouvrit les yeux pour le découvrir dans l'embrasure de la porte, comme la première fois. Sauf qu'il portait un jean, une chemise blanche ouverte au col et une veste bleu nuit. Décontracté et élégant en même temps, il reléguait le reste de l'humanité masculine aux oubliettes.

— « Une souris verte » ? demanda-t-il en haussant un sourcil.

— *Private joke*, répliqua Melissa. C'est notre truc pour tenir à distance les vilaines images.

Caleb examina les lieux.

— Je ne vois rien de vilain ici.

Ses yeux bleus brillant de malice, Melissa regarda par la fenêtre. De son côté, Juliet s'ordonna de cesser de dévorer Caleb des yeux.

— J'ai effectué des recherches sur votre projet, annonça-t-il en entrant.

Ajustant ses gants, elle reprit ostensiblement sa tâche.

— N'approche pas, prévint-elle. C'est dangereux.

Il s'arrêta, rembruni de la voir plonger une lame du décapant et ôter un ruban de vernis.

— Tu as déjà pratiqué ?

— J'ai regardé une vidéo sur YouTube.

Elle nettoya la lame avec un chiffon et entreprit d'ôter une nouvelle bande.

— Donc, la réponse est « non ».

— La réponse est : « Ça ne te regarde pas. »

Il sembla la trouver amusante.

— Ce que tu peux être susceptible.

— Et toi, tu es un vrai pot de colle !

Elle retint un sourire. Elle ne voulait pas l'encourager. Ou peut-être que si. Elle n'aimait pas qu'il se sente aussi libre de se mêler de ses affaires, mais d'un autre côté, il mettait du piment dans son existence, tout comme Noah dans celle de Melissa.

Soudain, un bruit sec retentit du côté de la fenêtre, accompagné d'un juron de Melissa.

Juliet leva les yeux, inquiète.

En un clin d'œil, Caleb avait rejoint Melissa et lui retirait des mains un morceau d'encadrement de fenêtre.

— Es-tu blessée ? s'enquit-il.

— Pas de mal, répondit-elle. Je me suis juste laissé distraire un instant.

— Où mettez-vous ces déchets ? demanda Caleb.

— Il y a une benne sur le parking.

Après avoir enfilé une paire de gants, Caleb ramassa une brassée de débris.

— Tu n'es pas en tenue de travail, objecta Juliet.

— Pas exactement. Mais je peux tout de même donner un coup de main pendant que nous parlons.

— La discussion n'est-elle pas close ?

Il se contenta de sortir en secouant la tête.

— Tu n'es pas mieux que moi, constata Melissa.

À ce moment, elle se rendit compte qu'elle fixait la silhouette de Caleb.

— J'essaie juste de comprendre ce qu'il vient faire ici.

— À ton expression, je ne l'aurais pas deviné ! Qu'est-ce qu'il peut bien vouloir ?

— Il prétend avoir effectué des recherches sur notre projet. J'imagine qu'il cherche de bonnes raisons pour que nous retirions la clause de non-concurrence.

— Possible. Il revient.

Elle vit Caleb saluer Noah au passage d'un bref signe de tête.

Sa vue de face lui plaisait autant que de dos. Elle n'avait pas besoin de l'apprécier pour admirer sa carrure, le balancement de ses hanches, son menton volontaire et ses cheveux bruns, nettement coupés, qui donnaient l'impression qu'il pouvait assumer… Eh bien, n'importe quoi sauf elle.

Elle sentit tout à coup qu'elle s'échauffait et des gouttelettes de sueur perlèrent à son front. Elle les essuya d'un revers de bras au moment où il rentrait.

Il jeta un coup d'œil alentour.

— Qu'y a-t-il d'autre à faire ?

— Ton travail est fini, déclara Juliet. Rupture de contrat.

Il avait beau être agréable à regarder, passer du temps avec lui risquait de devenir dangereux. Cependant, comme s'il n'avait pas entendu, il retira sa veste et retroussa ses manches.

— C'est idiot, dit-elle, tu vas abîmer ta belle chemise.

Il haussa les épaules.

— Finissons-en, trancha-t-elle. Dis ce que tu as à dire et retourne à ta vie bien rangée.

Il fit mine d'être blessé.

— Je ne sais pas comment prendre ça.

— Si, tu sais. Tu ferais mieux de t'occuper de ton propre projet de construction.

— C'est bien le problème. Je voulais te montrer les chiffres d'affaires de mes restaurants.

Du coin de l'œil, elle le vit fouiller leur modeste boîte à outils.

— Tu veux faire étalage de tes bénéfices ?

— Et te montrer les plans du nouvel établissement, ajouta-t-il, ignorant le sarcasme.

Il sortit un marteau arrache-clou de la boîte.

— Combien de places proposerez-vous ? demanda-t-il.

— Encore une fois, ça ne te regarde pas.

— Juliet, insista-t-il sans se départir de son calme, nous ne nous en sortirons pas si tu fais preuve d'une telle hostilité.

— Trente-quatre dans la salle, répondit Melissa, douze au bar et dix-huit sur la terrasse.

Juliet jeta un regard assassin à sa sœur.

— Quoi ? fit Melissa. Ce n'est pas un secret d'État. Il suffit à Caleb de se procurer une copie de notre licence d'exploitation.

— Neo en proposera cent soixante-douze sur deux

niveaux, plus cinquante en saison dans le patio. Nous n'entrons pas en compétition avec vous.

Il s'approcha du côté opposé de la fenêtre à laquelle Melissa travaillait et glissa le marteau sous l'habillage.

— C'est certain, admit Juliet. Grâce à la clause, il n'y aura pas de concurrence.

— Pourquoi des clients choisiraient-ils de venir au Crab Shack plutôt qu'au Neo ? demanda Melissa.

— Parce qu'ils aiment les fruits de mer. Et que personne ne souhaite manger tout le temps au même endroit. Et parce que s'ils viennent au Neo, ils verront le Crab Shack et cela excitera leur curiosité.

— Ou peut-être qu'en venant au Crab Shack, ils apprendront l'existence du Neo, dit Juliet. En réalité, tout ce que tu nous offres, ce sont tes restes.

— Neo est une chaîne nationalement reconnue, internationalement récompensée, qui dispose d'un marketing conséquent. Je ne vais pas m'en excuser.

— C'est bien pourquoi le résultat de ta proposition est connu d'avance. Neo gagnera et le Crab Shack coulera. Il vaut beaucoup mieux que nous soyons le seul choix à Whiskey Bay.

— Est-ce que je peux au moins vous montrer mes plans ?

— Bien sûr, répondit Melissa.

— Melissa ! gronda Juliet.

— Quel mal y a-t-il à regarder ? Tu n'es pas curieuse ?

Elle l'était, mais ne l'aurait avoué pour rien au monde.

— Vas-y, regarde si tu veux. Ça ne m'intéresse pas.

— Je les apporterai plus tard, promit Caleb.

Sur ces mots, il arracha une grande bande de boiserie.

— Tu ne nous feras pas changer d'avis, affirma Juliet tout en s'efforçant de s'arracher à la contemplation de Caleb.

Grâce à la courbe du rivage, Caleb apercevait le site de construction du Neo par la fenêtre de sa salle de séjour. Il apercevait aussi le Crab Shack tout illuminé et la maison Parker plongée dans l'obscurité.

— Juliet ne regardera même pas les plans, dit-il en se tournant vers Bernard Stackhouse, son avocat.

— Qu'espérais-tu ?

— Qu'elle les examine et comprenne que son entêtement était déraisonnable.

— Et que tout se passerait comme tu l'entendais ?

Bernard était assis dans un fauteuil de cuir, impeccable comme à l'accoutumée. Ses cheveux grisonnant aux tempes ajoutaient à sa distinction. Si nécessaire, il pouvait s'enflammer dans une salle d'audience, mais Caleb savait qu'il s'agissait d'un rôle de composition. S'il n'était pas certain que Bernard ressente des émotions, en revanche, celui-ci se montrait volontiers sarcastique.

— Je tiens beaucoup à ce que tout se passe comme je l'entends, insista Caleb.

Ce serait le seul moyen de parvenir à un accord. Mais Juliet n'accepterait pas. Elle refuserait même d'y réfléchir.

— Sa sœur semble plus raisonnable, ajouta-t-il.

— Peut-elle influencer Juliet ?

— Je doute qu'elle essaie. Mais elle aimera mon projet.

Son regard dériva sur le site de construction silencieux et désert.

Il imaginait déjà le bâtiment terminé, l'extérieur, l'intérieur, le personnel et les heureux dîneurs savourant le pittoresque du front de mer. Il était de plus en plus impatient de parvenir au but. Avec la location des équipements, les ouvriers au chômage, le délai d'ouverture, chaque jour de retard dans la mise en œuvre du projet lui coûtait une fortune.

— J'ai du nouveau, l'informa Bernard. Mais tu devrais peut-être t'asseoir.

Sa suggestion était-elle donc si choquante ?

— Explique.

— J'ai mal au cou à force de tourner la tête vers toi. Assieds-toi.

Il réfléchissait mieux debout, mais pour faire plaisir à Bernard, il se jucha sur le bras d'un canapé.

Bernard sourit.

— Il existe une servitude.

À cet instant, la porte de la maison s'ouvrit. Il ne pouvait s'agir que de Matt ou TJ.

— Par ici ! cria-t-il.

— Tu préfères que j'attende que nous soyons seuls ? demanda Bernard.

— Pourquoi ? C'est illégal ?

— Qu'est-ce qui est illégal ? demanda Matt en entrant dans la pièce.

— Naturellement, répondit Bernard. Étant avocat, il est de mon devoir de te conseiller d'enfreindre la loi.

— C'est une première, constata Matt en s'installant dans un fauteuil. Que buvons-nous ?

— J'envisageais une tequila, répondit Caleb.

Matt se releva et se dirigea vers le bar.

— Je t'écoute, ajouta Caleb à l'intention de Bernard.

Celui-ci exhala un soupir mélodramatique, comme s'il avait été le seul à attendre.

— Il existe donc une servitude, répéta-t-il.

Sortant une carte de sa serviette, il la déplia sur la table basse.

— La route qui conduit au Crab Shack passe sur tes terres. Ici, exactement.

Il désigna l'endroit sur la carte.

— Tu veux dire sur les terres de TJ.

— Non. À l'origine, les parcelles de TJ, de Matt et des Parker n'en faisaient qu'une. Trois lots ont été découpés à la taille minimum et le reste a agrandi la propriété que ton grand-père avait achetée. Le résultat est une bande de terre qui t'appartient et qui court devant les trois autres propriétés. Même si personne n'y pense plus, c'est quand même toi qui détiens le droit de passage.

Pendant que Caleb se penchait pour étudier la carte, Matt revint avec trois verres et la bouteille de tequila.

— Je pensais que tu avais compris que je plaisantais, le réprimanda Caleb.

— Trop tard.

Bien qu'il ne soit pas fan de tequila, il accepta le verre que Matt lui tendait.

S'il lisait correctement la carte, l'allée partant de la route d'accès et desservant le Crab Shack traversait sa terre sur environ deux cents mètres.

— D'un côté de l'allée, c'est un à-pic, dit Bernard. Et l'autre est trop proche de la ligne des hautes eaux. Elle pourrait être submergée en cas de tempête.

— N'est-il pas possible de faire passer la route le long du rivage ? demanda Caleb.

— J'en ai parlé avec un ingénieur. Pour cela, il faudrait construire un pont.

— Leur budget est serré.

— Alors, tu as ta réponse.

Matt poussa un petit sifflement.

— C'est employer la manière forte.

— Je perds dix mille dollars par jour en location de matériel, fit-il observer.

— Tu serais capable de la mettre en faillite ?

— Ce sera un moyen de pression.

Il avait essayé la carotte. À présent, il était peut-être temps de recourir au bâton. Il prouverait à Juliet que s'ils ne travaillaient pas la main dans la main, c'était la mort assurée pour tous les deux. Elle ne serait tout de même pas assez obstinée pour choisir cette option.

La porte d'entrée se rouvrit, et TJ parut.

— Prêts à y aller ? demanda-t-il d'une voix frémissant d'excitation.

Matt, TJ et lui avaient décidé d'aller passer la soirée dans un club d'Olympia. Sur le moment, ça lui avait paru une bonne idée, mais à présent, il regrettait de s'être engagé. Il aurait préféré rester à la maison. S'il ne comptait pas mettre Juliet au pied du mur dès ce soir, il n'était pas non plus d'humeur à danser ou à entretenir des conversations frivoles avec des femmes de rencontre.

— Est-ce que ce n'est pas une ambulance ? demanda TJ qui regardait par la fenêtre.

Caleb se leva. On apercevait en effet des lumières clignotantes près du Crab Shack.

— Ce n'est pas bon, marmonna Matt en se levant.

Caleb se précipitait déjà vers la porte, Matt et TJ sur ses talons.

Le chemin le plus court pour gagner le Crab Shack était le sentier pédestre. Il se mit à courir sur ce sentier dont il connaissait chaque centimètre carré et, en cinq minutes, il atteignit le restaurant, son esprit passant en revue tous les scénarios possibles et imaginables au cours desquels Juliet aurait pu se blesser.

Alors qu'il grimpait l'allée gravillonnée, il vit des ambulanciers transporter un brancard et il accéléra l'allure. Puis il aperçut Juliet et éprouva un soulagement de courte durée. Car si ce n'était pas Juliet sur le brancard, ce devait être Melissa.

— Que s'est-il passé ? cria-t-il quand il fut assez près.

En l'apercevant, Juliet tressaillit de surprise.

— Que fais-tu ici ?

— J'ai vu les lumières de l'ambulance, expliqua-t-il entre deux halètements. Que s'est-il passé ?

— Pistolet à clous, prononça tant bien que mal Melissa depuis le brancard.

Il fut tout d'abord soulagé de l'entendre parler, puis le sens de ses paroles parvint à son cerveau.

— Vous utilisez un pistolet à clous ! s'exclama-t-il, effaré.

— Il n'est pas à nous, mais à Noah.

— Où est Noah ?

Il avait deux mots à dire à l'inconscient qui laissait Juliet et Melissa se servir d'un outil aussi dangereux.

— C'est ma faute, balbutia Melissa de l'intérieur de l'ambulance.

— Nous accompagnez-vous ? demanda un ambulancier à Juliet.

— Oui !

— Je te retrouve là-bas, déclara Caleb.

Matt le rejoignit.

— Melissa ne semble pas aller trop mal, lui dit-il.

TJ arriva, haletant.

— C'est grave ?

— Elle parle. Mais je fonce au Mémorial voir ce qu'il en est.

— Ah bon ? fit TJ, surpris.

Il lui semblait pourtant que c'était la seule chose à faire. Les sœurs Parker étaient ses voisines, et Juliet pouvait avoir besoin d'aide, ne serait-ce que pour rentrer chez elle.

— C'est le syndrome du chevalier en armure, ironisa Matt.

— Au secours de qui vole-t-il ? demanda TJ.

— Bonne question.

TJ posa sur Caleb un regard interrogateur.

— La raisonnable ou la difficile ?

L'épine dans le pied.

— Ni l'une ni l'autre.

Il était juste un bon voisin… doté d'un esprit pratique. Il n'y avait rien d'extraordinaire à ça.

- 3 -

Juliet hésitait entre rester assise et attendre patiemment des nouvelles, ou arpenter la salle d'attente de l'hôpital en se rongeant les sangs. Dans l'ambulance, malgré le gros clou qui traversait sa paume gauche, Melissa paraissait étonnamment sereine. Si sa sœur était consciente et qu'elle plaisantait, sa blessure ne pouvait être trop grave, se disait-elle. Mais elle était peut-être en état de choc et n'avait pas conscience de la douleur.

Incapable de rester en place, Juliet se mit à faire les cent pas. En tout cas, on avait immédiatement transporté Melissa en salle de traumatologie. Elle avait voulu suivre, mais une infirmière lui avait intimé l'ordre de rester à l'écart et de les laisser faire leur travail.

En se retournant, elle aperçut Caleb qui avançait vers elle à grands pas. Il paraissait grand, fort, capable et, pour une raison qu'elle ne s'expliquait pas, sa présence la rassura.

Quand elle s'en rendit compte, elle repoussa ce sentiment. Réagir ainsi était embarrassant. Il n'était ni médecin, ni ami, ni personne comptant dans la vie de Melissa ou la sienne. Il n'était même pas censé être présent.

— Comment va Melissa ? demanda-t-il en arrivant à sa hauteur, visiblement inquiet.

Elle éprouva l'impardonnable envie de se jeter dans ses bras et se demanda comment il aurait réagi si elle avait cédé à sa pulsion, ce dont il n'était pas question, naturellement.

— Ils l'ont emmenée au bloc.

Il se rembrunit.

— Ça semble préoccupant.

Sa sollicitude la poussa à expliquer.

— Un spécialiste de la main est présent. Il veut s'assurer qu'aucun nerf ou tendon ne sera lésé quand on extraira le clou. C'est en tout cas ce qu'on m'a dit. Tu ne penses pas qu'ils minimisent la gravité de sa blessure ? ajouta-t-elle.

— Tu es inquiète ? demanda-t-il en se rapprochant.

Ce qu'elle regretta. C'était plus facile de lui résister quand il gardait ses distances.

— Je ne sais pas si je dois m'inquiéter. Elle parlait toujours quand nous sommes arrivées. Il me semblait que c'était bon signe, mais à présent, je me demande si elle n'était pas en état de choc.

— Je ne vois pas pourquoi les médecins te cacheraient des choses. S'ils prévoient que ça tourne mal, en général, ils préparent les gens à entendre de mauvaises nouvelles.

Un peu détendue, elle alla s'asseoir. Caleb prit place sur le siège voisin, et ils demeurèrent silencieux quelques minutes.

Ce fut Caleb qui rompit le silence.

— Tu sais ce qu'elle fabriquait avec un pistolet à clous ?

— Elle me montrait comment ça marchait. Noah lui en avait expliqué le fonctionnement un peu plus tôt. Et puis, le mécanisme s'est déclenché sans qu'on s'y attende.

— Noah vous a expliqué le maniement d'un pistolet à clous ? demanda-t-il, mécontent. Je me demande ce qu'il a dans la tête. Je ne voudrais pas paraître sexiste, mais…

Elle se crispa.

— Mais tu vas l'être.

— Je suppose. Êtes-vous sûres d'être capables d'entreprendre ce projet de rénovation ?

— Nous ne l'entreprenons pas, nous aidons. Noah est vraiment sympa de nous expliquer comment faire.

— C'était plutôt raté avec le pistolet à clous, répliqua-t-il, sourcils froncés.

— Mademoiselle Parker ?

Levant les yeux, elle vit une infirmière approcher et se précipita à sa rencontre. Le sourire de la jeune femme était encourageant, mais il lui sembla qu'une éternité s'écoulait avant qu'elle ne parle.

— Votre sœur est sortie du bloc. L'opération s'est très bien passée.

Ce fut en mesurant son soulagement qu'elle prit conscience de l'angoisse qui l'avait rongée.

— D'ici une heure, nous l'installerons dans une chambre pour la nuit, poursuivit l'infirmière.

— Comment va sa main ?

— Le chirurgien pronostique une complète guérison. Bien sûr, elle devra être suivie par votre médecin de famille.

— Le hic, c'est que nous venons d'emménager et nous n'avons pas…

— Elle verra mon médecin, intervint Caleb.

Elle le considéra, sceptique. À Portland, les bons médecins étaient difficiles à trouver et la plupart n'acceptaient pas de nouveaux patients.

— Il la recevra, affirma Caleb avec autorité.

Sa première réaction fut de refuser. Mais la santé de Melissa était en jeu. Elle ne pouvait pas laisser son amour-propre compromettre la qualité de ses soins.

— Merci, dit-elle.

Il lui sourit et posa une main sur sa taille. Une sensation très agréable la parcourut avant qu'elle se rappelle qu'il n'était pas question de se laisser aller.

— Puis-je voir Melissa ? demanda-t-elle à l'infirmière.

— Pas avant au moins une heure. Elle est en salle de réveil.

Le regard de l'infirmière se porta sur l'horloge murale qui marquait minuit passé.

— Tu ferais mieux de revenir demain matin, lui conseilla Caleb. Il faut que tu dormes, toi aussi.

De nouveau, elle eut envie d'argumenter, par principe. Mais elle était fatiguée, et il avait raison.

— Je te reconduis chez toi, dit-il, prenant visiblement son silence pour un acquiescement.

Ce n'était pas une raison pour qu'il considère l'affaire réglée, sauf que ce n'était ni le lieu ni l'heure de s'expliquer. Elle se tourna vers l'infirmière et lui serra les mains dans un geste plein de gratitude.

— Merci. Merci beaucoup. Pourriez-vous remercier le chirurgien pour moi ?

— Je n'y manquerai pas.

L'infirmière partie, elle s'éloigna de Caleb tandis qu'ils traversaient le hall.

— Je peux prendre un taxi, dit-elle comme ils sortaient.

— Bien sûr. Et c'est très logique si on considère que je passe devant chez toi pour rentrer chez moi.

— Tu n'es pas mon garde du corps, se sentit-elle obligée de préciser. Que fais-tu ici, d'ailleurs ?

Il soufflait un vent frais. Frissonnante, elle serra les bras contre son mince T-shirt.

— Je voulais m'assurer que Melissa allait bien, et puis je savais que tu aurais besoin qu'on te reconduise chez toi.

— Tu nous connais à peine.

Il indiqua une Lexus noire garée non loin de la porte.

— Vingt-quatre ans, ce n'est pas rien.

— Tu nous détestes depuis vingt-quatre ans. C'est différent.

— Je ne t'ai jamais détestée, dit-il d'une voix adoucie.

— Tu me détestes maintenant.

— Tu me compliques la vie. C'est également différent. Et tu ne fais pas beaucoup d'efforts pour être appréciée.

— Parce que je refuse de baisser les bras et de te donner ce que tu veux ?

— Ça compte. Et puis…

Quand il démarra, il manipula des boutons et, à son soulagement, le système de ventilation propulsa un air chaud dans l'habitable.

— Tu n'es jamais d'accord avec moi.

Elle réfléchit quelques instants.

— Si, parfois.

Il secoua la tête d'un air ironique, mais sourit néanmoins. Elle aimait bien son sourire, même si le contraire eût mieux valu.

Il sortit du parking et prit la route sinueuse du bord de mer qui menait à leurs maisons.

— Cite-moi un point sur lequel tu as été d'accord avec moi.

— J'ai accepté que tu me ramènes chez moi.

— J'ai dû argumenter pour ça.

— Ça prouve que je suis capable de changer d'avis ! le nargua-t-elle.

— Dans ce cas, laisse-moi t'expliquer comment…

Son cœur fit un petit bond dans sa poitrine.

— Pas ce soir, Caleb.

— Je plaisantais.

Elle se sentit soudain dépourvue d'énergie, ce qui n'était pas surprenant après la tension des dernières heures.

— As-tu faim ? demanda-t-il soudain, la prenant au dépourvu.

Certes, mais pas question de l'avouer. Ça aurait été un aveu de faiblesse.

— Je meurs de faim, dit-il. Tu veux bien qu'on s'arrête ?

— C'est ta voiture, fais comme tu veux. Mais arrête d'être aussi gentil. Ça me rend nerveuse.

Il éclata d'un rire chaleureux qui l'apaisa. Puis, opérant un brusque virage, il entra dans le parking d'un fast-food.

— Un burger, ça te va ?

— Ça me va, répondit-elle.

Il s'arrêta devant le guichet du drive-in. Une jeune femme fit glisser la vitre. Compte tenu de l'heure tardive, elle arborait un sourire plein d'allant.

— Que désirez-vous ?

— Deux cheeseburgers, deux frites et deux milk-shakes au chocolat.

Elle prit la commande et Caleb lui tendit quelques billets.

— Une nourriture réconfortante, constata Juliet.

Et qui s'accordait tout à fait aux circonstances.

— J'avais oublié que tu étais chef, dit Caleb.

Elle leva les yeux au ciel.

— Si tu dois sans arrêt tirer des conclusions de mes propos, apprends à interpréter mes intonations !

— Je te croyais sarcastique.

— Eh bien, non ! Je n'ai rien contre les burgers et les frites, même s'ils ont mauvaise réputation. D'accord, c'est gras et probablement déséquilibré, mais très savoureux.

Il sourit et sembla se détendre. Puis le silence retomba. Et la vitre s'ouvrit enfin sur la serveuse qui tendit à Caleb la commande et sa monnaie.

Il posa les milk-shakes sur la console entre eux et lui passa le sac en papier d'où s'échappait une délicieuse odeur. Après quoi, il traversa la route pour se garer sur un parking dominant l'océan.

— L'endroit te convient ? s'enquit-il.

— Parfait.

Elle se laissa aller dans le confortable siège de cuir, laissant se dissiper la tension des dernières heures.

Il lui reprit le sac et lui tendit un cheeseburger enveloppé de papier sulfurisé et un récipient en carton contenant des frites. Elle porta une frite croustillante à sa bouche. Manger faisait du bien.

— Hum, dit-elle.

Il hocha la tête et sourit.

— Au moins, tu n'es pas difficile à satisfaire. Tu me surprends, Juliet Parker.

— C'est toi qui me surprends. Je n'aurais pas cru que tu appréciais les burgers, toi, un richissime entrepreneur qui vit dans une maison de maître sur la colline.

— Je ne peux pas le nier, admit-il, une trace de gaieté dans la voix.

Elle déballa son burger.

— Si quelqu'un doit se montrer snob à propos de nourriture, c'est bien toi.

— D'habitude, j'ajoute une garniture de caviar.

— Voilà à quoi je m'attendais !

— Dans ce cas, je vais continuer à te surprendre : je suis un type ordinaire.

— Un type ordinaire qui possède dix-sept restaurants !

— Tu as enquêté sur moi ?

— Oui. Et j'en ai conclu que tu n'avais pas besoin d'un dix-huitième établissement.

Il marqua une pause.

— Tu veux vraiment avoir cette discussion maintenant ?

À vrai dire non, et elle ne savait même pas pourquoi elle avait abordé le sujet. Ou peut-être le savait-elle ? Ils étaient en bonne harmonie, et ce constat la rendait nerveuse. Elle avait besoin d'un petit rappel du différend qui les opposait.

Après s'être garé en haut des marches menant à la maison Parker située en contrebas, Caleb descendit de voiture.

— Qu'est-ce que tu fais ? demanda-t-elle d'un ton soupçonneux.

— Je te raccompagne à ta porte.

— Ne sois pas idiot ! Je suis parfaitement capable de descendre ces marches. Je l'ai fait des centaines de fois !

— C'est possible… Mais je suis incapable de laisser une femme se débrouiller dans le noir en espérant que tout se passera bien.

— Caleb !

— Laisse tomber. Je te raccompagnerai. Mon père n'a peut-être pas fait grand-chose de bien, mais il m'a élevé en gentleman.

— Ça n'a aucun sens, grommela-t-elle.

Cependant, lasse de discuter, elle se mit à descendre.

— Peut-être, mais ce n'est pas un drame. Il faudrait que tu apprennes à choisir tes combats.

— Et toi, à employer correctement ton énergie.

Il sourit intérieurement tout en la suivant. Il aurait marché des kilomètres rien que pour le plaisir de se quereller avec elle.

Les marches de bois semblaient spongieuses et elles ployaient légèrement sous son poids. En plissant les paupières, il distingua la mousse qui poussait sur les bords.

— Quel âge a cet escalier ? demanda-t-il.

— Aucune idée.

Il secoua la rampe.

— Elle n'est pas solide. Il faudrait la remplacer. Ça peut être dangereux.

Sans parler de la possibilité que la rampe cède, le bois visqueux était glissant. Quelqu'un risquait de tomber et ce serait une longue, longue chute. Il regarda avec appréhension la lumière du porche qui brillait à distance.

— Ce ne sont pas tes affaires, Caleb. Et j'ai pas mal de choses urgentes à penser. Entre autres, une sœur blessée.

Il eut la sensation de se conduire en salaud.

— Je suis désolé.

Malgré lui, il regrettait de n'être pas passé devant. Au moins, il aurait pu la rattraper si elle avait glissé dans le noir. Pourquoi n'y avait-il pas pensé ?

Pour pallier cet oubli, il lui prit la main. Elle essaya de se dégager, mais il la tenait fermement.

— Choisis tes combats, lui rappela-t-il.

— Tu n'es pas mon petit ami, lui jeta-t-elle par-dessus son épaule.

L'idée avait quelque chose d'inquiétant.

— J'espère bien que non. Un fast-food et un petit séjour aux urgences constitueraient la pire des sorties romantiques.

— Autant te dire que malgré tes attentions, tu n'auras pas de baiser d'au revoir.

— Je ne veux pas de baiser, si tu veux savoir… Mais juste pour info, qu'est-ce qu'il faudrait pour en obtenir un ?

— D'abord, un rendez-vous particulièrement réussi. Ce qui ne veut pas dire forcément coûteux. C'est la qualité de la compagnie qui compte, asséna-t-elle.

Ils avaient atteint son palier et elle se retourna. Il la trouva superbe sous la lumière du porche.

— On prétend pourtant que j'ai de la conversation.

— Naturellement ! Et je parie que ce sont des amatrices de vins fins et décors luxueux qui te le disent.

— Tu as une bien piètre opinion de la gent féminine, Juliet.

Sa réplique la désarçonna visiblement. Elle fronça les sourcils.

— Tu penses que je sors avec des femmes qui m'apprécient uniquement pour mon argent.

— Pas tout à fait…

Il décida de profiter de son avantage en se rapprochant.

— Tu t'es mise dans de sales draps.

Il attendit qu'elle proteste, réjoui de voir ces grands yeux bleus qui semblaient ouvrir sur les profondeurs de son âme.

— Ce n'est pas juste, protesta-t-elle finalement. Je suis trop fatiguée pour être en possession de mes moyens.

— Tu veux que je te laisse un peu d'avance ?

Elle réprima un sourire.

— Tu sais quel est ton problème ? dit-il brusquement en posant une main sur sa joue.

Il s'était attendu à un mouvement de recul, mais elle ne bougea pas.

— Tu ne sais pas quoi faire de moi.

Elle se mordilla la lèvre, qu'il eut une furieuse envie de dévorer.

— C'est vrai, admit-elle en oscillant vers lui.

Il la prit par les épaules.

— Juliet…

Ses yeux bleus se voilèrent, ses lèvres s'écartèrent. Elle le regarda d'un air incertain.

— Veux-tu que je t'embrasse ? demanda-t-il d'une voix rauque.

— Oui, répondit-elle sans hésiter. Enfin, je veux dire…

Si elle envisageait de changer d'avis, il était trop tard. Elle avait accepté, il l'avait très bien entendu.

Ce fut un baiser encore meilleur que dans son souvenir, meilleur même que dans ses fantasmes les plus torrides. Les lèvres de Juliet cédaient sous les siennes. Et quand sa langue la provoqua, elle inclina la tête en s'appuyant contre lui.

Son corps était souple, ses formes lisses contre ses angles durs. Il l'étreignit tout en continuant de l'embrasser. Ses sens éveillés le faisaient palpiter, et son esprit galopait vers l'image d'un lit et du corps nu de Juliet enlacé au sien.

Pourquoi devaient-ils toujours se quereller ? Intelligente et vive, Juliet était probablement la femme la plus intéressante qu'il ait jamais rencontrée. En tout cas, la plus excitante.

Et soudain, la réalité se rappela à lui.

Ils étaient adversaires. Et souhaiter de toutes ses forces le contraire n'y changerait rien. Leurs intérêts étaient diamétralement opposés, il finirait donc sans doute par lui faire du mal. Autrement dit, il n'avait pas le droit de l'embrasser, ni de coucher avec elle.

Il la relâcha et recula. Choquée, elle vacilla.

— Qu'est-ce que…

— Désolé, lâcha-t-il à contrecœur, laissant ses bras retomber le long de son corps. C'était déplacé.

Elle semblait perdue dans un autre univers.

— Il est tard, reprit-il, et tu es fatiguée. Et puis, étant donné les circonstances, je n'aurais pas dû me montrer aussi entreprenant.

— Tu as pourtant demandé la permission.

Il n'arrivait pas à croire qu'elle lui ôte les arguments de la bouche.

— Et je t'ai prise de court, alors que tu t'apprêtais à changer d'avis, je l'ai senti.

— Je pesais le pour et le contre. Et il y avait beaucoup de pour.

— Ne me donne pas ton accord, Juliet. Car demain, nous recommencerons à nous déchirer.

Elle lui offrit un pâle sourire.

— Oui, mais en ce moment, nous ne nous déchirons pas.

Il serra les dents. S'il ne partait pas maintenant, il ne partirait jamais.

— Bonne nuit, Juliet.

Il ordonna à ses pieds de bouger. Elle recula.

— On peut dire que tu sais souffler le chaud et le froid, constata-t-elle, amère.

Incapable d'expliquer ce qui se tramait, il dut la laisser avec cette expression d'incrédulité sur le visage.

Il finit par obliger ses pieds à bouger et se détourna de la tentation avant d'agir inconsidérément.

Le lendemain, Juliet s'efforça tant bien que mal de chasser le souvenir du baiser de Caleb. Elle était allée chercher sa sœur à l'hôpital et avait essayé de la convaincre de se reposer à la maison. Mais Melissa avait insisté pour l'accompagner au Crab Shack.

Comme elle franchissait la porte, Noah aperçut la main bandée de Melissa. Son regard alla immédiatement à l'endroit où ils avaient posé le pistolet à clous la veille, avant de revenir sur Melissa.

— Qu'est-ce que je vous avais dit ? demanda-t-il en appuyant avec insistance sur chaque mot.

Il parlait d'une voix dure qu'elle ne lui avait jamais entendue.

— De ne pas toucher au… Je voulais seulement…

— « Seulement » quoi ?

— Melissa voulait me montrer le fonctionnement de cet outil, intervint Juliet.

La réaction de Noah la surprenait. Il était habituellement d'un naturel aimable et posé. Il posa sur elle un regard incrédule.

— Est-ce que je peux parler à votre sœur en tête à tête ?

— Pas si vous lui criez dessus. Elle a été opérée et a passé la nuit à l'hôpital.

Il reporta son attention sur Melissa, l'air inquiet.

— Est-ce que ça va ? Pas de séquelles ?

— Je vais bien. Je suis restée à cause de l'anesthésie.

Il lui prit délicatement la main, la souleva et l'examina sous tous les angles.

— Vous ne deviez pas toucher au matériel.

— J'ai compris. Je ne le ferai plus.

— Plus jamais, n'est-ce pas ? Je ne veux pas que vous vous assommiez, vous coupiez ou je ne sais quoi !

— Je peux toucher un pinceau ? plaisanta Melissa.

— Les émanations de peinture sont toxiques.

— Je porterai un masque.

Il fixa sa main bandée.

— Vous vous êtes gravement blessée.

Juliet se rendit compte que le ton de la dispute avait changé. Il n'était plus en colère, et ils semblaient s'amuser.

— Entièrement d'accord, convint-elle d'un ton léger. Il faut tenir Melissa à l'écart des objets tranchants.

— Des lourds et des percutants aussi, ajouta Noah, avec un regard dans sa direction.

— Il faudra pourtant qu'elle aide. Nous avons besoin de sa contribution.

Il repporta son attention sur Melissa.

— D'accord, vous pouvez peindre.

— Je me demande qui vous a promu responsable des travaux, insista l'intéressée.

— Je suis un professionnel qualifié, avec une formation en sécurité industrielle. Avez-vous une habilitation pour travailler dans le bâtiment ? Quand vous me produirez un certificat, vous pourrez diriger les travaux sur ce site…

La voix de Caleb interrompit sa tirade.

— Comment osez-vous la laisser utiliser un pistolet à clous ?

Tous trois tournèrent la tête vers la porte. Sa vue réveilla les souvenirs de la soirée précédente en Juliet. Elle croyait même sentir l'odeur boisée de son eau de toilette.

La mâchoire de Noah se contracta, et il posa un regard noir sur Caleb.

— Elle voulait que je lui en explique le fonctionnement,

mais je lui ai bien recommandé de ne pas y toucher hors de ma présence.

— Recommandation inutile, semble-t-il.

— C'est ma faute, Caleb, intervint Melissa. Pas celle de Noah.

— Mais c'est toi qui as été blessée dans l'histoire. Comment vas-tu ? Est-ce que tu ne devrais pas te reposer chez toi ?

— Melissa a insisté pour venir, expliqua Juliet, retrouvant enfin sa voix.

Peu importait la nature de ce qui s'était passé la veille avec Caleb, il fallait qu'elle oublie. Et, même si elle avait passé la plus grande partie de la nuit éveillée à remâcher sa déception, elle convenait qu'il avait eu raison. Ils étaient adversaires, et leur désir n'y pourrait rien changer.

— Melissa va s'asseoir, dit Noah.

La tenant par le bras, il la guida à travers la salle.

Comme Caleb s'approchait d'elle, le cœur de Juliet se mit à battre. Elle avait beau se rappeler pourquoi elle ne devait pas céder à son attirance, ses efforts restaient vains.

— Pouvons-nous parler ? demanda Caleb.

— À quel sujet ?

Un rappel des événements de la veille était bien le dernier de ses souhaits. Caleb avait eu sa chance, il ne l'avait pas saisie. Et elle s'en réjouissait… Du moins s'en réjouirait-elle dès que sa raison reprendrait les commandes.

L'expression de Caleb se ferma.

— De nos affaires. Juste toi et moi, ajouta-t-il à voix basse, voyant qu'elle s'apprêtait à rejoindre sa sœur.

— Pourquoi ?

Il s'écoula quelques secondes.

— Il y a quelque chose que tu dois savoir, lâcha-t-il enfin.

— Allons sur la terrasse.

C'était un bel après-midi ensoleillé de juin. Des mouettes

tourbillonnaient dans l'air salin. La marée était haute et les vagues battant les rochers projetaient des embruns.

Caleb alla s'adosser à la balustrade.

— Je me suis entretenu avec mon avocat.

— Tu ne peux pas nous poursuivre en justice.

— Il n'est pas question de cela. C'est un avocat d'affaires.

Il posa ses coudes sur la balustrade.

— Tu renonces donc au site Neo de Whiskey Bay ?

Elle n'y croyait pas vraiment, mais on pouvait toujours se montrer optimiste.

Il esquissa une grimace adorable. *Pas de ça*, se dit-elle. Il n'était pas question qu'elle trouve quoi que ce soit d'adorable chez Caleb Watford.

— Mon avocat a étudié le cadastre.

— Tu n'auras pas ma terre, Caleb.

— Je n'en veux pas. En revanche, voilà ce qu'il y a : ta route d'accès traverse mes terres et tu jouis d'un droit de passage.

Comme il regardait vers le rivage, elle suivit son regard.

— Si je révoque la servitude, personne ne pourra se rendre au Crab Shack.

Il lui fallut une minute pour assimiler ce qu'impliquaient ses paroles.

— C'est idiot, répliqua-t-elle simplement.

Ça n'avait aucun sens. Il mentait pour lui faire peur.

— Il me faudrait un certain temps pour tout t'expliquer en détail, mais c'est vrai.

— Je veux les détails.

Il sortit une enveloppe de sa poche et la lui tendit.

— Une signature au bas du document, et ce sera réalité. C'est ma terre, Juliet, et je peux révoquer tes droits. Même si tu rénoves le Crab Shack, personne ne pourra y venir.

L'univers entier tremblait sous elle.

— Tu ne ferais pas une chose pareille. C'est illégal ! Je vais consulter mon avocat.

— Comme tu voudras. Mais je préférerais que nous travaillions main dans la main.

Sa menace ne semblait donc avoir aucune prise sur Caleb.

— Tu imagines me faire peur pour que je renonce à la clause de non-concurrence, lâcha-t-elle, essayant de paraître ferme.

— Je n'essaie pas de te faire peur, mais d'en appeler à ton bon sens.

— En me menaçant ?

— Ce n'est pas une menace…

Il se tut cependant. Car c'en était bel et bien une.

— Retire la clause de non-concurrence, reprit-il. Tu conserveras l'accès à ton restaurant, et nous serons tous deux gagnants.

— Je ne vois pas ce que j'y gagnerais.

— Je veux sincèrement t'aider. Je t'aime bien, Juliet.

Elle émit un rire moqueur.

— Hier soir…, commença-t-il.

— Ne parlons pas d'hier soir !

— Hier soir, j'étais déjà au courant au sujet de la servitude, insista-t-il. Je ne pouvais pas… Je ne pouvais pas laisser les choses aller plus loin avant de t'avoir tout dit.

— Tu veux que je te félicite ?

— Je veux que tu saches pourquoi j'ai fait marche arrière.

Malgré sa colère, elle était bien obligée de reconnaître qu'il avait agi honorablement.

Pas question pour autant le mettre sur un piédestal alors qu'il essayait de détruire son rêve par tous les moyens imaginables. Car en l'occurrence, il n'agissait pas du tout de façon honorable.

- 4 -

Durant quelques jours, malgré son envie de connaître sa réponse, Caleb garda ses distances afin de permettre à Juliet de réfléchir. Il fallait qu'elle accepte de collaborer. Elle était entêtée, soit, mais assez intelligente pour comprendre qu'il n'y avait pas d'autre issue.

Il tint jusqu'au jeudi soir où, n'en pouvant plus, il vint frapper à l'improviste à sa porte. La maison était éclairée, et des accords de musique s'échappaient des fenêtres ouvertes.

Il frappa de nouveau et attendit, partagé entre inquiétude et anticipation. En dépit de leur conflit, elle lui manquait. Elle lui manquait même beaucoup, et il était impatient de la voir.

Cependant, ce fut Melissa qui ouvrit la porte, vêtue d'une diaphane chemise violette et d'un jean étroit, fraîchement maquillée et portant de grosses boucles d'oreilles en cuivre.

Elle parut stupéfaite de le voir.

— Je te dérange ? demanda-t-il. Tu attends quelqu'un ?

— Non.

Mais son regard errait derrière lui sur l'escalier de pierre.

— Comment va ta main ?

C'était curieux. Si Juliet lui avait parlé de la servitude, Melissa aurait dû être en colère. Or, elle ne semblait pas en colère, plutôt troublée.

— Elle guérit à toute vitesse. Ma blessure ne me gêne quasiment plus.

Elle eut un petit rire.

— Le médecin a dit que je visais bien. À quelques millimètres près, le clou aurait pu causer de graves dégâts.

— Je suis heureux de l'entendre. Enfin, je veux dire que ç'aurait pu être pire.

Elle laissa retomber sa main.

— Est-ce que je pourrais parler à Juliet ?

— Elle n'est pas ici.

Bousculant tous ses plans, la réponse le surprit. Juliet s'était-elle également pomponnée pour un rendez-vous galant ? L'idée l'exaspéra.

— Je peux faire quelque chose pour toi ? s'enquit Melissa.

La question lui donna une idée.

Jusqu'ici, il n'avait pas songé à expliquer la situation directement à Melissa, de toute évidence la plus raisonnable des deux. Or par moments, il avait eu l'impression qu'elle partageait son point de vue. Peut-être s'était-il adressé à la mauvaise sœur.

— C'est possible. Tu as quelques minutes ?

Elle hésita, jeta un nouveau coup d'œil vers l'escalier extérieur avant d'acquiescer.

Bien sûr, il aurait dû lui laisser une échappatoire, mais il avait trop peu souvent l'occasion de voir Melissa seule pour la laisser passer. D'autant que l'amener à coopérer avec lui était une bonne idée. Il ne comprenait d'ailleurs pas pourquoi il n'y avait pas pensé plus tôt.

Elle ouvrit largement la porte et s'effaça pour le laisser passer.

Bien que les Parker soient leurs voisins depuis toujours, il n'était jamais entré chez eux, à cause de la querelle de leurs familles. De la petite entrée, on passait dans une pièce qui faisait office de cuisine et de salon. Des murs vert pâle, un plafond blanc cassé, et une rangée de trois fenêtres donnant sur la baie. La nuit était claire, et la lune se reflétait sur les eaux sombres.

Un canapé et un fauteuil fatigués occupaient un coin près d'une cheminée. Ici, tout était ancien, du tissu des meubles aux placards en passant par le linoléum, mais propre et de bonne qualité.

— Je t'offre un thé glacé ? proposa Melissa.

— Volontiers, répondit-il.

Dans la salle commune, elle l'invita à s'asseoir sur l'une des six chaises peintes en blanc et ornées de coussins de coton, qui entouraient la table. Puis elle mit des glaçons dans deux verres et sortit un pichet d'un réfrigérateur qui devait avoir traversé plusieurs décennies. Et il se fit la réflexion qu'on n'en construisait plus d'aussi solides de nos jours.

— J'imagine que Juliet ne t'a pas mise au courant de l'histoire de la servitude, commença-t-il.

Le silence de Melissa pendant qu'elle remplissait les verres ne lui sembla pas de bon augure.

— Elle m'en a parlé, déclara-t-elle enfin. Tu t'attendais à de l'hostilité de ma part ?

— Disons que normalement, ça devrait être une mauvaise nouvelle pour toi aussi.

— Normalement ? répéta-t-elle en posant un verre devant lui. À mon avis, c'est une mauvaise nouvelle à part entière.

Malgré cette affirmation, elle ne semblait toujours pas en colère. Auraient-elles élaboré une contre-stratégie en réponse à sa menace ?

Plutôt que de discuter ce point, il alla droit au but.

— Elle ne m'a pas téléphoné.

— Tu t'attends à ce qu'elle change d'avis ?

Le ton restant aimable, il se demanda une fois de plus si elles ne mijotaient pas quelque chose.

— Je pensais qu'elle y réfléchirait et pèserait au moins les conséquences.

Melissa eut un petit rire.

— Je peux t'assurer qu'elle pèse parfaitement les conséquences ! Elle a appelé notre père et un avocat.

— Qu'en pensent-ils ?

Elle sourit d'un air narquois.

— Je ne répéterai pas les propos de mon père.

— Dis-moi au moins ce qu'en pense l'avocat.

— Pour résumer, il pense que les deux parties disposent d'un moyen de pression, et que l'affaire coûtera du temps et de l'argent pour se résoudre.

Il fit tinter les glaçons dans son verre.

— Quel intérêt ?

— Pour toi, aucun, répondit Melissa.

— Pour vous non plus.

— C'est là que tu te trompes. Si nous gagnons, c'est intéressant pour nous.

— Vous ne gagnerez pas.

Melissa planta son regard dans le sien.

— Que veux-tu, Caleb ?

— Que nous soyons amis. Je n'ai aucune envie d'anéantir le Crab Shack.

Elle leva les yeux au plafond.

— Excuse-moi, mais j'ai beaucoup de mal à te croire.

— Je veux que nous collaborions. Cette histoire de publicité croisée est une réalité.

— Notre père nous a mises en garde contre toi.

Que répondre à ça ? Roland Parker avait toutes les raisons de se méfier des Watford.

Il reposa son verre.

— Tout ce que je peux dire, c'est que je ne suis pas mon père. Et j'ai l'impression que tu n'es pas ta sœur. Tu es raisonnable, poursuivit-il malgré l'air soupçonneux de Melissa. Tu comprends très bien que le conflit nuira aux deux parties et coûtera beaucoup d'argent.

Melissa ne répondit pas. Du bout du doigt, elle dessinait dans la buée provoquée par la condensation sur son verre.

Il demeura silencieux, craignant de la braquer en insistant.

— Tu cherches à diviser pour mieux régner, mais ça ne marchera pas, conclut-elle en levant finalement les yeux.

Pas question d'avouer que c'était en effet sa stratégie.

— Je ne cherche à retourner personne. J'ai juste un million de dollars dans ce projet.

— Tu as donc beaucoup à perdre. Raison de plus pour ne pas te faire confiance.

— Je comprends. Mais…

Il fut interrompu par un coup frappé énergiquement à la porte. Melissa sursauta.

— Tu attends quelqu'un ?

— Non. Enfin, peut-être, ajouta-t-elle en rougissant.

Les coups se firent de nouveau entendre.

— Tu veux que j'aille voir ? proposa-t-il.

— Melissa ? appela une voix qu'il reconnut comme celle de Noah.

— Que fait-il ici ?

Il venait de recevoir des informations contrariantes au sujet de Noah, et il comptait en faire part à Juliet et Melissa. Celle-ci fit mine de se lever, mais il avait déjà bondi vers la porte.

— Ça tombe bien, j'ai deux mots à lui dire !

Noah fut surpris de le voir.

— Que venez-vous faire à Whiskey Bay ? l'apostropha-t-il.

Noah le considéra d'un œil circonspect.

— Vous êtes en ville depuis longtemps ? insista Caleb.

— Vous savez bien que non.

Il avait appris dans la matinée que Noah venait d'être libéré de détention.

— Qu'avez-vous fait pour mériter la prison ? demanda-t-il.

— J'ai tué un homme.

La franchise de la réponse le stupéfia.

— Volontairement ? lâcha-t-il sans réfléchir.

— Non.

— Et vous espérez que je vais vous laisser fréquenter Juliet et Melissa ?

— Je ne crois pas que ça vous regarde, répliqua Noah.

Son regard ne cillait pas, et il répondait à ses questions sans faux-fuyant. Cette attitude donnait à réfléchir. Il existait bien des façons de tuer involontairement quelqu'un, de l'accident de voiture à l'accident de chasse en passant par une bagarre qui tournait mal.

D'après les renseignements que Caleb avait reçus, Noah avait été condamné à deux ans moins un jour par le tribunal et remis en liberté conditionnelle pour bonne conduite après seulement neuf mois. En y réfléchissant bien, la sentence suggérait qu'il avait bénéficié de circonstances atténuantes.

— Allez-vous me créer des problèmes ? demanda Noah à voix basse.

— Était-ce un accident de voiture ?

— Non.

— Une arme était-elle en cause ?

— Non, répondit Noah en serrant les poings.

Remarquant ce geste inconscient, Caleb pencha pour une bagarre.

— Qu'avait donc fait le gars que vous avez tué ?

La mâchoire de Noah se contracta.

— Un geste impardonnable.

Il se sentit enclin à accepter l'explication, même incomplète. Il n'avait donc aucune raison de jeter Noah dehors. Mais c'en était fini de son tête à tête avec Melissa. Et il fallait bien constater qu'il n'avait guère progressé.

Il était tard, mais pas question de laisser passer un tel comportement !

Elle appuya vigoureusement sur le bouton de la sonnette placé près de la porte en cèdre massif de la maison de Caleb. La vaste demeure de pierre et de bois était dotée d'immenses baies vitrées et d'un étage. Le toit pentu dominait le bord de mer, et un garage à quatre places s'étendait à l'arrière. Une douce lumière ambrée filtrait à travers les baies.

Caleb ouvrit la porte.

— Je ne pensais pas que tu tomberais si bas ! lança-t-elle en entrant, sans attendre d'y être invitée. Melissa sort tout juste de l'hôpital.

— Il y a cinq jours, tout de même, fit-il remarquer en refermant la porte derrière elle.

— C'est tout ce que tu trouves comme excuse ?

— Et de quoi dois-je m'excuser ?

— De l'avoir harcelée ! répondit-elle, s'efforçant d'oublier le luxe qui l'environnait.

Cette maison sortait tout droit d'un magazine. Une entrée ouverte sur le premier étage, des finitions en séquoia soigneusement poli, des appliques luisant comme de l'or pur. Et elle n'aurait pas osé avancer un chiffre pour les tableaux de maître ornant la montée d'escalier, ni pour les sculptures de jade sur la console.

Il croisa les bras, parfaitement à l'aise dans cette opulence.

— Je n'ai pas harcelé Melissa !

— Tu as essayé de la faire changer d'avis.

— Non. J'ai essayé de la persuader de te faire changer d'avis, c'est différent.

Elle demeura un instant à court de réplique. Caleb en profita pour se rapprocher.

— Je n'ai jamais fait mystère de mon désir que nous collaborions, insista-t-il.

— Elle souffre.

Sa colère initiale s'estompant, elle remarqua le parquet de bois d'érable marqueté, les moulures décorant le plafond en pente et le vaste couloir conduisant à une grande pièce meublée de cuir souple et de bois raffiné.

— Elle m'a affirmé qu'elle allait bien.

— C'est faux. Tu as profité de la faiblesse d'une femme blessée pour assouvir tes désirs égoïstes. Si tu tiens à te battre, prends-moi comme adversaire.

— C'était mon intention, mais tu n'étais pas à la maison. T'a-t-elle parlé de Noah ?

— Ne change pas de sujet !

— Je suis sérieux. T'a-t-elle dit qu'il était passé tout à l'heure ?

— Oui, mentit-elle.

Car pour rien au monde elle n'aurait voulu donner à Caleb l'impression que Melissa et elle avaient des secrets l'une pour l'autre.

— Tu veux un verre ?

— Non, merci. Il ne s'agit pas d'une visite amicale.

— Comme tu voudras. Veux-tu entrer dans la salle de séjour ou préfères-tu que nous nous affrontions dans l'entrée ?

Elle ne l'aurait avoué sous aucun prétexte, mais à la vérité, la curiosité la démangeait. Elle aurait voulu tout voir, en particulier la cuisine, qui devait être infiniment mieux équipée que la sienne, et aussi — c'était plutôt malvenu — les chambres de l'étage. Et l'espace d'un instant, son regard s'égara dans cette direction.

— Je te fais visiter, si tu veux, proposa-t-il.

— Ce n'est pas nécessaire.

— Pouvons-nous au moins nous asseoir ?

Elle le suivit en essayant de ne pas se laisser écraser par le décor. Les meubles étaient superbes et d'apparence confortable, les touches artistiques discrètes, de bon goût et l'immense plafond de la grande pièce à couper le souffle.

— Bonsoir, Juliet, lança une voix masculine.

Elle fut tellement surprise qu'elle faillit trébucher contre un fauteuil.

— Je me présente : Matt. J'étais avec Caleb quand ta sœur s'est blessée, ajouta-t-il.

Le jeune homme se laissa glisser à terre depuis le bras du canapé sur lequel il était installé.

Elle demeura momentanément sans voix. Ce tiers avait-il surpris leur échange ? Elle tenta de se rappeler la teneur de ses propos.

Caleb entra derrière elle.

— Tu es sûre de ne pas vouloir un verre ? Nous buvions de la bière, mais je peux ouvrir une bouteille de vin.

— Tu aurais pu me prévenir que tu avais de la compagnie, le rabroua-t-elle d'un ton irrité.

— C'était difficile de placer un mot. Matt est un voisin. Il possède la maison au-dessus de la marina.

— Ne te fais pas de souci pour moi, la rassura l'intéressé, une note de gaieté dans la voix.

Elle n'était pas là pour amuser les deux hommes.

— Tu n'as rien dit d'embarrassant, ajouta Matt. En fait, je suis d'accord avec toi. Caleb n'aurait pas dû essayer de retourner ta sœur alors qu'elle était vulnérable.

— Elle n'était pas du tout vulnérable ! protesta Caleb. Elle-même assure qu'elle va bien.

— Elle prend probablement des antalgiques, insista Matt. Elle croit qu'elle va bien.

Franchement, le soutien de Matt mettait du baume au cœur de Juliet.

— Tu vois, répliqua-t-elle, même Matt est d'accord avec moi. Ravie de faire ta connaissance, Matt.

— Que dirais-tu d'une bière ? proposa ce dernier.

— Pourquoi pas ?

— Alors comme ça, de sa part à lui, tu acceptes ? s'insurgea Caleb.

— Je suis infiniment plus séduisant que toi, constata Matt. Qu'y puis-je ?

Caleb traversa la pièce pour aller chercher des bières dans le réfrigérateur du bar.

— Et je parie qu'il n'essaie pas de détruire les femmes qu'il croise, renchérit-elle.

Caleb se crispa.

— Je n'essaie de détruire personne, protesta-t-il.

— Heureuse de l'entendre. Tu pourras donc signer ces papiers pour garantir mon droit de passage.

Elle fouilla ostensiblement son sac.

— D'après Melissa, tu as pris contact avec un avocat.

— C'est exact.

Il se dirigea vers une table, s'empara d'une enveloppe de papier kraft et l'agita.

— Il se trouve que moi aussi. Si tu veux bien signer ces papiers de renonciation à la clause de non-concurrence…

— Tu as ces papiers prêts à signer sous la main ?

Il ne répondit pas.

— Parce que, moi, je bluffais.

Matt éclata de rire tout en ouvrant les bières.

— Tu ne gagneras pas, dit Caleb.

— Toi non plus.

— C'est pourquoi nous devons trouver un compromis.

— Tu ne veux pas de compromis. Tu veux me voir partir.

— C'est faux.

Après avoir reposé l'enveloppe, il s'approcha d'un fauteuil, au moment où Matt lui apportait sa bière. Elle regarda tour à tour ses compagnons et, décidant qu'elle serait aussi bien assise, prit place sur le canapé.

Caleb l'imita.

— Ce n'est pas un mauvais bougre, plaida Matt.

— Bien sûr que si ! Il vient d'une longue lignée de mauvais bougres qui haïssent les Parker.

— Je n'ai rien contre les Parker !

— En ce cas, accorde-moi le droit de passage.

— On dirait un disque rayé.

— Je ne veux que le succès du Crab Shack. Sauf que, pour qu'il prospère, il faut que les gens puissent accéder au parking.

— Donc je te donnerai le droit de passage dès que tu auras renoncé à la clause de non-concurrence.

— Ce qui signera la ruine du Crab Shack, s'insurgea-t-elle. Qu'est-ce que tu t'imagines ? Qu'en trois jours je suis devenue stupide ?

— À vrai dire, j'espérais plutôt que tu serais devenue raisonnable et que tu comprendrais que tu n'as pas le choix.

— Je peux te traîner en justice.

— Je peux engager un avocat cent fois meilleur que le tien, conclut Caleb.

Matt choisit cet instant pour terminer sa bière et se lever.

— Je préfère me retirer, annonça-t-il.

— Merci d'avoir été à mon côté, marmonna-t-elle.

— Tu devrais l'écouter, cela dit, lui souffla-t-il en se retirant.

Elle n'aurait pas dû être déçue. Comment croire que Matt prendrait parti contre son ami ? Elle ne l'en appréciait pas moins. C'était quelqu'un de bien.

Il était temps de changer de conversation. Ils tournaient en rond depuis des jours maintenant, et il devenait évident que cela se terminerait au tribunal.

Caleb détestait l'idée, car ce serait Juliet qui souffrirait le plus. Son propre projet s'en trouverait ralenti et il perdrait de l'argent, mais elle perdrait tout.

Elle en prit sans doute conscience, car le découragement sembla s'emparer d'elle pendant qu'elle buvait sa bière. Elle n'en demeurait pas moins très belle. Et malgré les circonstances, il aimait l'avoir dans sa maison où elle semblait apporter la vie. Et quand il se rendit compte qu'elle n'y reviendrait probablement plus, il se sentit presque aussi abattu qu'elle.

— Melissa t'a-t-elle parlé de Noah ? demanda-t-il.

Si c'était leurs derniers moments ensemble avant la bataille juridique, il devait la mettre au courant du passé de son entrepreneur.

— Pas vraiment. Je sais qu'il a une idée pour…

Cependant, se ravisant, elle pinça les lèvres.

— Je ne vais pas te voler tes projets de restaurant, Juliet.

— Tu préfères qu'ils meurent sur le papier.

Nerveux, il se leva.

— Ce n'est pas une fatalité. Melissa elle-même comprend ma position.

— Elle te l'a dit ? s'étonna-t-elle. Que s'est-il passé exactement entre vous ?

— Rien. Noah est arrivé.

— Qu'a-t-il interrompu ?

Insinuait-elle que… ?

— J'essayais juste de faire valoir mon point de vue.

— C'est un euphémisme pour « draguer » ? insista-t-elle, reposant sa bière sur la table basse. C'est ça, ton plan génial ? Amadouer ma sœur et la dresser contre moi ?

Il allait entreprendre de se disculper quand il imagina un nouvel angle d'attaque. Juliet ferait n'importe quoi pour protéger sa sœur, il en était certain.

— Et après ?

— Tu serais un beau salaud !

— Tu crois ? demanda-t-il doucement. Elle a envie de me faire confiance, tu le sais aussi bien que moi.

Croisant le regard incertain de Juliet, il poussa son avantage.

— Elle veut trouver une solution. C'est une très belle femme.

— Je n'arrive pas à croire que tu sois tombé aussi bas.

— C'est pourtant la vérité. Il y a beaucoup d'argent à la clé.

— Reste à l'écart de ma sœur ! s'exclama-t-elle, les joues rouges, ses yeux bleus jetant des éclairs.

Il lutta contre le remords. C'était pour son bien qu'il tentait ce coup de bluff.

— Puisque c'est si important pour toi, je te propose un marché.

Il s'approcha. Si seulement il avait pu franchir la distance qui les séparait, la prendre dans ses bras et s'excuser de l'avoir bouleversée ! Jamais il ne se serait servi de la nature confiante de Melissa pour la dresser contre sa sœur. Et puis, à ses yeux, il n'y avait que Juliet.

Il sentait encore leur baiser sur ses lèvres et il aurait donné n'importe quoi pour en obtenir un autre. D'autant plus qu'ils se trouvaient seuls dans la maison. Après tout, les cartes étaient maintenant sur la table ; rien ne les empêchait de céder à leur désir.

— Qu'est-ce que tu proposes, Caleb ?

— Sors plutôt avec moi, répondit-il en souriant.

— Et où cela nous mènerait-il ? s'enquit-elle, interloquée.

Il haussa les épaules.

— Rien qu'un rendez-vous et je renonce à Melissa.

Elle était si jolie, perdue dans ses réflexions, que son envie de l'embrasser redoubla.

— Que mijotes-tu, Caleb Watford ?

— J'essaie de te faire voir les choses de mon point de vue.

— Nous n'avons pas besoin de sortir ensemble pour nous disputer !

— C'est à prendre ou à laisser. Et si tu refuses, je chercherai un autre biais.

— Tu t'en prendras à Melissa.

Il haussa les épaules avec un sourire ambigu. Il feignait de compter sur ce rendez-vous pour amener Juliet à se montrer raisonnable, mais s'il voulait être honnête avec lui-même, il avait juste envie de sortir avec elle.

— Un seul rendez-vous ? demanda-t-elle.

— Un seul.

Elle réfléchit quelques instants, comme si elle avait une décision vraiment douloureuse à prendre. L'ego de Caleb en souffrit quelque peu, mais c'était ainsi.

— D'accord, concéda-t-elle finalement d'une petite voix hésitante.

— Ton enthousiasme me va droit au cœur.

— Comme si tu ignorais que je suis victime d'un chantage.

— Comme si tu ignorais ce qui se passe quand nous nous embrassons, répliqua-t-il en se rapprochant.

Elle le repoussa d'une main sur son torse. Il en sentit la chaleur et ferma les yeux pour mieux la savourer.

— Arrête ça, menaça-t-elle d'une voix sourde.

— J'aime quand tu me touches.

— Je ne te touche pas, je te repousse !

Il ouvrit les yeux. Grave erreur car elle était là, toute proche. Si proche.

— Quand ? demanda-t-elle.

— Tu ne ressens rien ?

Ce n'était pas possible qu'une telle attirance soit unilatérale. Il la vit d'ailleurs déglutir.

— Rien du tout, répondit-elle avec aplomb.

Elle mentait. Il aurait parié le site du nouveau Neo qu'elle mentait. Il y avait donc de l'espoir. Leur rendez-vous se conclurait peut-être de façon très intéressante.

— Vendredi soir, répondit-il.

— Très bien.

Elle laissa retomber sa main et recula d'un pas. Elle lui manquait déjà.

- 5 -

Sa sœur arrêta brusquement de gratter au papier de verre un antique tabouret de bar et se redressa pour la regarder depuis l'autre bout de la salle du Crab Shack. Le soleil matinal filtrait derrière elle à travers la fenêtre, illuminant les particules de poussière et encadrant son visage du halo d'or de ses cheveux.

— Il y a quelque chose que je ne comprends pas, déclara-t-elle.

— Quoi ? demanda Juliet, occupée à mesurer une table.

— Il peut sortir avec qui il veut. Pourquoi toi ?

Elle avait prévu de signaler de façon désinvolte son rendez-vous avec Caleb avant de passer à des sujets plus importants, mais apparemment, sa ruse n'avait pas très bien marché.

— Parce que je suis plus aimable, riposta-t-elle, feignant d'être vexée.

Elle poussa la table vers le centre de la pièce, libérant un espace le long du mur pour Noah qui devait s'occuper de l'électricité.

— Tu penses peindre ou teinter les tabourets ? demanda-t-elle.

Melissa ne se laissa pas abuser par sa diversion.

— Tu me caches quelque chose.

Pas question que Melissa apprenne que Caleb avait d'abord eu des vues sur elle.

— D'accord, admit-elle, se rembrunissant. Peut-être parce que je l'ai embrassé.

— Tu as fait quoi ?

— Enfin, il serait plus exact de dire qu'il m'a embrassée. Seulement…

Elle ne savait pas très bien comment finir sa phrase. Heureusement, Melissa ne lui en laissa pas le temps.

— Où ? Quand ? Pourquoi ne m'as-tu rien dit ?

— Parce que ça n'avait pas d'importance. C'était le jour où nous décrochions les tableaux. Pendant que tu parlais à Noah, il m'a embrassée et je lui ai rendu son baiser. C'était plutôt gênant, mais il est tellement sexy. Alors il doit s'imaginer qu'il me plaît et que, s'il me séduit, il aura une chance de me faire changer d'avis à propos de la clause de non-concurrence. C'est tout ce qui l'intéresse, crois-moi.

Melissa demeura les yeux écarquillés durant toute l'explication.

— Tu l'as embrassé en retour, murmura sa sœur.

— Juste un peu.

Melissa se remit à poncer le tabouret, mais s'arrêta très vite.

— Je comprends que tu l'aies embrassé. Il est beau, charmant. Mais qu'est-ce qui t'a pris d'accepter un rendez-vous ? À moins, bien sûr, que tu ne sois sincèrement intéressée…

— Non ! s'écria-t-elle un peu trop vivement. Je ne m'intéresse pas à lui.

— Tu as quand même reconnu qu'il était craquant.

— D'accord, il est craquant. Il faudrait être aveugle pour ne pas le reconnaître. Pareil pour Noah. Bref, il existe quantité d'hommes craquants de par le monde, et je ne suis pas systématiquement attirée par eux. Concernant Caleb, j'ai une mission et je pense tirer parti de ce rendez-vous.

— Juliet… Caleb est derrière toi.

Il ne manquait plus que ça. À présent, il savait qu'elle le trouvait craquant. En se retournant, elle sentit ses joues s'embraser.

— Bonjour, Caleb.

— Salut, Juliet.

Un silence pesant retomba. Alors elle se hâta d'expliquer :

— Je parlais à Melissa de notre rendez-vous.

— J'ai entendu.

Elle se dirigea vers une autre table pour la pousser au milieu.

— Qu'est-ce qui t'amène ?

Il la rejoignit afin de l'aider.

— Je dois te parler.

— Voulez-vous que je vous laisse ? demanda Melissa.

— Ça te concerne aussi, répondit Caleb. Qu'en faisons-nous ? demanda-t-il, en désignant la table entre eux.

— Nous les rassemblons au centre de la salle pour que Noah puisse s'occuper de l'électricité.

— Noah est ici ?

— Il est à la quincaillerie, répondit Melissa. Juliet ne s'intéresse pas à lui, ajouta-t-elle, avant de préciser, comme Caleb et Juliet se retournaient pour la dévisager : Elle le trouve craquant, mais ne désire pas sortir avec lui.

Visiblement, sa ruse n'avait pas marché et Melissa avait deviné que Caleb lui plaisait vraiment.

Caleb eut bien du mal à cacher son amusement.

— Juliet et moi avons passé un accord, expliqua-t-il.

— Un accord ? répéta Melissa, visiblement perplexe.

Il passa un bras autour des épaules de Juliet.

— Elle trouve que c'est une très mauvaise idée, mais accepte de me laisser une chance.

Juliet se retint de ne pas repousser son bras, puis de savourer son contact.

— Alors, cette histoire de se servir de ce rendez-vous à notre avantage ?

— Elle est en plein déni, assura-t-il.

— Je l'aurais parié !

Juliet lui jeta un regard assassin. Il compliquait inutilement les choses.

— Mais je suis optimiste.

Cette fois, elle se dégagea de son étreinte.

— À propos de Noah, ajouta Caleb. J'ai appris à son sujet des choses que vous devez savoir.

— Tu veux parler de son dossier pénal ? demanda Melissa.

— Que t'a-t-il raconté ? s'enquit Caleb.

— Qu'il s'était battu.

— Expliquez-moi ! s'impatienta Juliet. Quelqu'un a été blessé ?

Caleb fixa Melissa.

— Tu savais et tu n'en as rien dit à Juliet.

— Ce n'était pas grave, répliqua Melissa, qui s'époussetait les mains en contemplant son œuvre. Il m'a mise au courant quand il a postulé pour l'emploi.

— A-t-il attaqué quelqu'un ? Y a-t-il eu un jugement ? A-t-il fait de la prison ? demanda Juliet.

Caleb se tourna vers elle.

— Oui, il y a eu jugement. Son adversaire est mort et Noah a fait de la prison.

L'estomac de Juliet se contracta sous l'effet de l'anxiété.

— Noah est un assassin ?

— C'était un cas de légitime défense, affirma Melissa. J'ai lu les articles de journaux.

Juliet demeurait assommée par la révélation. Bien sûr, elle se doutait que Melissa avait effectué des recherches et conclu que Noah n'était pas dangereux. Seulement, sa sœur s'obstinait à ne voir que le meilleur chez les gens.

Quoi qu'il en soit, Noah avait tué un homme. Elle se tourna vers sa sœur.

— Tu aurais dû m'en parler.

Melissa prit l'air contrit.

— Bien sûr. Seulement, tu sais comment tu es. Tu ne fais confiance à personne.

— Et toi, tu es d'une incroyable naïveté !

— Ce n'est pas un assassin, répéta Melissa. C'est un homme honnête qui s'est retrouvé dans une situation dramatique et qui a besoin qu'on lui donne une seconde chance. De plus, il est moitié moins cher que les autres entrepreneurs.

— Parce que c'est un meurtrier ! se sentit-elle obligée de préciser.

Soudain, la voix de Noah résonna dans la pièce.

— Ne vous inquiétez pas. Je vous débarrasse de ma présence.

Elle se retourna, et son cœur se serra quand elle prit conscience de la dureté de ses paroles. Car il lui était impossible de le croire dangereux. Elle avait travaillé avec lui des journées entières, et il s'était toujours montré respectueux et doux.

— Je suis navrée, balbutia-t-elle.

— C'est à moi d'être navré. J'ignorais que Melissa ne vous avait pas mise au courant.

— Vous ne pouvez pas reprocher à Juliet de poser des questions, intervint Caleb.

— Qui a dit que je la blâmais ? répliqua Noah. J'ai juste annoncé mon départ.

— Nous avons besoin de vous ! s'écria Melissa en se précipitant pour lui prendre le bras.

Il baissa sur elle un regard plein d'émotion. De toute évidence, Noah appréciait beaucoup sa sœur.

— Restez, dit Juliet. Puisque c'est un accident et que

c'est derrière vous. Melissa a raison, vous méritez une seconde chance.

Noah parut hésiter.

— Nous avons besoin de vous, reprit-elle. Nous n'avons pas beaucoup d'argent et… nous rencontrons des difficultés imprévues, acheva-t-elle en coulant un regard vers Caleb.

— Je vous en prie, restez, implora Melissa.

Noah la regarda comme s'il soupesait ses choix. Puis son expression s'adoucit.

— Je reste, lâcha-t-il enfin.

Melissa poussa un gros soupir.

— Tu es sûre de toi ? chuchota Caleb à Juliet.

— Pas toi ?

— Je ne veux pas que tu prennes le moindre risque.

— Très drôle. Le plus gros risque que je cours vient de toi, pas de Noah.

Il ne parut pas avoir de réponse à cette pique. Car c'était la vérité pure et simple. Il lui faisait courir un gros risque parce qu'il ne pensait qu'à son intérêt, elle ferait bien de s'en souvenir.

Juliet se tenait devant le miroir de la chambre mansardée qu'elle partageait avec sa sœur.

— Je trouve idiot de garder le secret sur l'endroit où nous allons, glissa-t-elle à Melissa, allongée sur l'un des lits jumeaux.

— Je préfère « romantique », mais de toute façon, cette histoire de rendez-vous me paraît étrange.

— Étrange ou pas, il faut que je porte quelque chose.

Melissa s'assit sur le lit dans la position du lotus.

— Tu es trop élégante. Il vaudrait mieux une tenue à mi-chemin entre sophistiquée et décontractée.

— Tu crois ?

Sur ses hauts talons, elle se tourna d'un côté, puis de l'autre. Retenue par de fines bretelles, scintillante, courte, bruissant juste assez pour danser avec plaisir, cette petite robe noire était sa préférée.

— Veux-tu le faire changer d'avis au sujet du droit de passage ou le déshabiller ?

Juliet adressa une grimace à sa sœur.

— Le faire changer d'avis, évidemment !

Toutefois, en prononçant ces mots, elle eut du mal à chasser la vision d'un Caleb nu qui s'imposait à elle.

— Alors, à moins qu'il ne t'emmène dans une boîte chic… Tu crois que c'est possible ?

— La dernière fois qu'il m'a offert un repas, c'était dans un fast-food. D'accord, il ne s'agissait pas d'un rendez-vous, mais il avait l'air de trouver ça très bien.

— Et te voilà donc toute paillettes et glamour ?

— Tu crois que je ferais mieux d'opter pour un jean et un pull ?

— Ne tombe pas dans l'excès inverse.

Melissa descendit du lit, se dirigea vers la commode qu'elles partageaient et ouvrit le tiroir du milieu.

Juliet envoya promener ses chaussures à talons, défit sa robe et la suspendit dans la penderie improvisée. Bien des années auparavant, leur grand-père avait fixé une tringle en bois dans un coin de la chambre, après quoi leur grand-mère avait confectionné un rideau de coton fleuri pour la dissimuler, et depuis lors, c'était la penderie.

— Qu'en penses-tu ? demanda Melissa en extrayant du tiroir un pantalon noir ajusté. Avec tes bottines noires, mon petit pull en cachemire, un collier et des boucles d'oreilles, le tour est joué !

— Ta garde-robe est plus élaborée que la mienne, constata-t-elle en enfilant le pantalon.

Elle sortait peu, et puis cela faisait des années qu'elle

économisait pour leur projet, alors sa garde-robe était minimale.

Elle passa le pull rose vif, tout doux contre sa peau.

— Ça te va bien, constata Melissa.

Juliet s'examina dans le miroir.

— C'est parfait. Et mes bottines sont confortables, au cas où il compte me faire marcher.

— Tu es élégante de la taille aux pieds. Tu es sûre que ce rendez-vous est une bonne idée ?

— C'est la meilleure que j'aie jamais eue.

Évidemment, la démarche paraissait un peu singulière, mais elle devait absolument détourner l'attention de Caleb de Melissa.

— J'ai l'impression que tu n'as pas la tête froide. Tout au fond de toi, tu dois avoir envie de ce rendez-vous parce que, franchement, ce n'est pas le meilleur moyen de le faire changer d'avis.

— Cesse de te faire du souci. Il a la main maintenant. Nous pouvons bluffer, mais pas attendre de miracles de notre avocat si nous allons en justice. Il faut éveiller son sens moral.

— Tu crois qu'il en a un ?

— Je l'ignore, mais je vais essayer de le découvrir.

Melissa posa une main sur son épaule, et leurs regards se croisèrent dans le miroir.

— Tu es ma grande sœur et je respecte ton opinion. Mais tu n'es pas obligée de faire ça.

— Tu es ma petite sœur, et je respecte ton opinion, mais je sais ce que je fais. C'est un rendez-vous, voyons ! Je ne vais pas faire du rodéo ou du saut à l'élastique ! Que veux-tu qu'il m'arrive ?

— Eh bien, jeune demoiselle, répliqua Melissa, imitant la voix de leur père, tu pourrais par exemple rentrer enceinte à la maison.

Elle sourit.

— Tu sais, je crois que papa préférerait me voir enceinte plutôt que rouvrant le Crab Shack.

— Même si Caleb Watford était le père de ton enfant ?

Elle réfléchit un instant et frissonna. Son père haïssait les Watford, le mot n'était pas trop fort, et cette haine n'avait fait que croître au fil des ans. Non, vraiment, mieux valait qu'elle s'abstienne de croiser ses gènes avec ceux de Caleb.

— Heureusement que tu as ôté cette robe sexy, conclut Melissa en lui tapotant l'épaule.

À ce moment, des coups furent frappés à la porte du rez-de-chaussée.

— Il est à l'heure, ajouta sa sœur.

Des papillons prirent leur envol au creux de l'estomac de Juliet. Il ne s'agissait pas d'impatience, se dit-elle, mais d'appréhension.

— Je lui dis que tu arrives !

Melissa envolée, elle fouilla en hâte sa boîte à bijoux afin d'y dénicher une paire de boucles d'oreilles et un collier convenables.

Au dernier moment, elle décida de relever ses cheveux et de les attacher en un chignon lâche sur sa tête. Et pendant que, assise sur son lit, elle enfilait ses bottines, la voix profonde de Caleb résonna jusque dans sa poitrine.

Après s'être examinée une dernière fois dans le miroir, elle s'engagea dans l'étroit escalier.

Caleb se tut brusquement et la regarda descendre avec une expression bizarre.

— J'ai mal compris ? demanda-t-elle en désignant sa tenue. Nous allons faire de la randonnée ou je ne sais quoi ?

Il secoua la tête.

— Non.

— Tant mieux. Tu m'as fait peur.

— Alors, où l'emmènes-tu ? s'enquit Melissa.

— Si je te le dis, ce ne sera plus une surprise.

— Ce n'est pas son anniversaire, ni une demande en mariage. Pourquoi ces cachotteries ?

— Juliet verra. Tu veux prendre une veste ? demanda-t-il en se tournant vers elle.

— Je devrais ?

Il portait un jean de marque, une chemise rayée à col ouvert et un blazer gris foncé. Comme elle, il avait adopté une tenue passe-partout qui ne la renseignait en rien sur ses intentions.

— Tu n'auras pas froid, répondit-il.

Elle prit son sac.

— Très bien. Allons-y.

— Bonne chance, lança Melissa comme ils se dirigeaient vers la porte.

— Bonne chance ? Pourquoi « bonne chance » ? demanda Caleb en fixant Juliet.

— Pour ma tentative de te faire changer d'avis, répondit-elle d'un ton plein d'entrain.

— Ah… Je ne pensais pas à notre différend, juste à te faire passer un bon moment.

Il ouvrit la portière côté passager de son pick-up.

— Tu peux arrêter de jouer la comédie, marmonna-t-elle en s'installant sur le siège. Tu n'as pas besoin de te montrer galant. Ce n'est pas un vrai rendez-vous.

— Mais si ! protesta-t-il.

La déclaration jeta le trouble dans son esprit.

— Franchement, Caleb, je ne comprends pas à quoi tu joues.

— Je ne joue pas. J'espère que nous allons dîner et bavarder de façon intéressante.

Consciente qu'insister ne servirait à rien, elle décida de le prendre au mot.

— Et si je m'ennuie ? demanda-t-elle alors qu'il quittait la courte allée gravillonnée.

— Même si tu essayais, tu n'y arriverais pas.

Il n'avait donc pas encore compris qu'elle était incapable de laisser passer un défi ?

— Je suis sûre que si.

— Comment ?

Elle réfléchit quelques instants.

— Je pourrais parler du marché boursier.

— Tu y connais quelque chose ?

— C'est plutôt le domaine de Melissa. Non, je sais, je vais t'expliquer la recette de la dinde gigogne. Cela prend huit heures à cuisiner, et c'est minutieux.

Il engagea le pick-up sur la route du bord de mer.

— Qu'est-ce qu'une dinde gigogne ?

— Une dinde farcie avec un canard, lui-même farci avec un poulet. Tous désossés et on glisse de la farce entre les couches. C'est une recette cajun absolument délicieuse.

— Fascinant. Où as-tu été à l'école ?

— À l'Institut culinaire de l'Oregon.

— Tu as aimé ?

— Arrête d'essayer de rendre cette conversation intéressante. D'abord, tu achètes un poulet, un canard et une oie. Personnellement, je les achète dans une ferme bio. Il y en a une près de Portland qui…

Caleb éclata de rire.

— Tu ne tiendras pas plus de cinq minutes.

— Erreur. Je suis capable d'écrire une thèse sur le sujet.

— Tu as dû écrire une thèse pour devenir chef ?

— Des articles, oui, mais pas de thèse. Pour l'examen, on doit créer des plats et les cuisiner. Une fois, j'ai préparé un thon grillé et épicé qui a fait pleurer les examinateurs.

— De joie ou d'une overdose de piment ?

— Il était parfait. Où allons-nous ? demanda-t-elle,

voyant qu'ils quittaient la route principale pour s'enfoncer dans les terres.

— C'est une surprise.

— Nous n'allons pas à Olympia ?

— Qu'est-ce que tu ne comprends pas dans le terme « surprise » ?

Elle chercha un panneau indicateur afin de s'orienter et en aperçut un au loin.

— C'est la route de l'aéroport, constata-t-elle. Qu'y a-t-il au-delà ?

— Nous allons à l'aéroport.

— C'est un aéroport privé. Il n'y a pas de vols à partir d'ici.

Caleb se comportait de façon de plus en plus étrange. Il sourit.

— Nous allons prendre un jet, expliqua-t-il quand les bâtiments de l'aéroport se profilèrent.

— Tu possèdes un jet ?

Décidément, cette sortie se révélait de plus en plus surréaliste.

— Tu me prends pour Crésus ? J'en ai loué un. Je ne vais pas immobiliser du capital pour un jet que j'utilise rarement.

— Bel effort d'économie !

Il se gara sur le petit parking.

— J'aime à le croire.

Quand il coupa le moteur et éteignit les lumières, elle se rendit compte qu'elle était nerveuse. Un grand calme régnait dans l'aéroport sans qu'il soit pour autant déserté. On apercevait quelques employés occupés à de mystérieuses besognes.

Cependant, son sentiment de malaise persistait.

Caleb vint lui ouvrit sa portière. Comme elle ne bougeait pas, il lui tendit la main. Elle tourna la tête vers lui.

— Je n'ai pas confiance en toi. Qui sait si je ne vais pas me retrouver en Équateur ou au Brésil ?

Il parut amusé.

— En Équateur, vraiment ?

— Je te soupçonne d'être capable de me larguer en terre étrangère pour revenir exercer ton charme sur Melissa.

— Tu as une imagination débordante !

— Et toi, l'esprit fourbe.

Il croisa les bras.

— Et comment expliquerais-je ton absence ?

— Pour ça, je te fais confiance. Tu trouveras. D'ailleurs, tu as peut-être déjà ourdi ton plan.

Malgré tout, elle devait avouer que ses soupçons étaient ridicules.

— Nous allons à San Francisco, lâcha-t-il. Ne t'inquiète pas, tu reconnaîtras le Golden Gate Bridge.

De nouveau, il lui tendit la main.

— Je n'ai jamais voyagé en jet privé, murmura-t-elle en la prenant.

— Tu vas apprécier.

— Pourquoi San Francisco ?

— C'est là que se trouve le premier Neo.

Alors qu'ils longeaient la passerelle en bois bordée de boutiques d'articles marins qui menait à l'entrée du Neo, Caleb essaya de voir le restaurant à travers les yeux de Juliet. L'immeuble à un étage s'élevait sur une avancée de terre qui permettait une vue à la fois sur la marina et sur l'océan. L'air chargé d'odeurs salines et le doux murmure des vagues donnaient à l'établissement son atmosphère particulière.

Comme tous ceux de la chaîne, la structure de style côte Ouest possédait des poutres apparentes et de vastes baies.

Et les lumières intérieures se reflétant sur des surfaces de bois lustré participaient à l'ambiance chaleureuse.

À l'intérieur, plusieurs couples attendaient dans le hall. Le maître d'hôtel le reconnut immédiatement et lui adressa un signe de tête. Il ne réclamait pas de traitement de faveur. Il avait toujours insisté auprès du personnel sur la priorité à donner aux clients.

Le hall qui s'élevait sur deux étages était impressionnant avec son mur en pierre de rivière dissimulant un petit couloir menant aux lavabos. Le bureau de la réception était en bois flotté sculpté, autre détail caractéristique des établissements de la chaîne. Lampes à suspension en cuivre bruni et grands vases remplis de fleurs fraîches complétaient le décor.

Dans la salle à manger principale, de grands aquariums de poissons de mer et des paravents atténuant les bruits isolaient les tables. Il comptait emmener Juliet au premier étage d'où ils domineraient la salle et la cuisine ouverte et pourraient admirer de près le lustre de séquoia sculpté dans lequel étaient incrustés des carreaux de verre flotté.

Juliet se rapprocha pour se faire entendre à travers le brouhaha des conversations.

— Cet endroit est fantastique, chuchota-t-elle.

— Nous l'avons rénové il y a deux ans.

— Tu aurais dû amener une autre femme… Tu sais, expliqua-t-elle, une que ton prestige impressionnerait et avec qui tu aurais ta chance…

— Je ne vois pas ce que tu veux dire.

Entreprise de séduction ou pas, il n'avait aucune envie d'être avec une autre femme que Juliet. Même si leur relation était compliquée, elle était là, avec lui. Il avait atteint son objectif.

Ayant placé ses clients, le maître d'hôtel s'approcha.

— Bonsoir, monsieur Watford.

— Bonsoir, Fred. Content de vous voir, répondit Caleb en serrant la main tendue de l'homme.

— J'ignorais que vous seriez des nôtres, ce soir.

Le regard du maître d'hôtel se posa sur Juliet.

— C'est une décision de dernière minute. Je vous présente Juliet Parker.

— Enchanté de faire votre connaissance, mademoiselle Parker. Bienvenue à Neo.

— Cet endroit est spectaculaire.

— Je suis heureux qu'il vous plaise. Avez-vous une préférence ? demanda-t-il en se tournant vers Caleb.

— Une table au premier, près de la balustrade ?

— Parfait.

Le maître d'hôtel adressa un signe à un serveur qui s'avança.

— Table soixante-dix, dit Fred.

— Par ici, je vous prie, fit le serveur en tenue impeccable.

Caleb posa une main sur la taille de Juliet pour la guider.

— Attention aux marches, madame, prévint le serveur par-dessus son épaule.

La rampe de l'escalier était subtilement éclairée et de petites lumières soulignant les marches assuraient la sécurité des clients.

À l'étage, Caleb attendit que le serveur ait tiré une chaise pour Juliet.

— Magnifique vue, approuva-t-elle, examinant l'espace en contrebas. Est-ce une vraie cloche de navire ?

— Absolument. L'essentiel du décor est authentique.

— Ça t'ennuie si je te vole des idées ? demanda-t-elle d'un ton enjoué.

— Ce serait plus simple si nous coordonnions nos efforts.

— Tu ne rates pas une occasion, n'est-ce pas ?

— Jamais.

Elle demeura quelques instants silencieuse.

— Le Crab Shack ne sera pas le parent pauvre du Neo, reprit-elle.

Soudain, il se produisit un cliquetis de vaisselle, et le sol vibra sous eux.

Les yeux écarquillés, Juliet agrippa le bord de la table.

— C'est un petit tremblement de terre, expliqua-t-il d'une voix rassurante. Il s'en produit souvent à San Francisco. Le bâtiment est conçu pour résister à…

Le bruit s'accrut de façon inquiétante. Les lampes oscillèrent, et certaines tombèrent dans un fracas de verre cassé. Des gens se mirent à crier.

— Caleb ?

Il bondit sur ses pieds.

— Tous à l'abri sous les tables ! ordonna-t-il d'une voix forte. Ne bougez pas. Le bâtiment est antisismique. Vous êtes plus en sécurité sur place qu'en essayant de fuir !

Cependant, les vibrations ne cessaient de croître.

— Sous les tables ! cria-t-il à pleins poumons. Que le personnel vienne en aide aux clients en détresse !

Lui-même aida prestement Juliet à s'accroupir sous la table.

— Tout va bien se passer, assura-t-il.

Regardant autour de lui, il vit un couple âgé qui avait du mal à se glisser sous la table et il courut à leur secours.

Le tremblement devenait terrifiant. Les décorations tombaient des murs et les assiettes s'écrasaient à terre.

— Caleb ! cria Juliet.

Après avoir jeté alentour un rapide regard pour s'assurer que tous les clients étaient à l'abri, il la rejoignit sous la table.

Le vacarme était assourdissant. Tandis que des objets ne cessaient de tomber, des gens hurlaient de terreur. Il serra Juliet contre lui.

— N'aie pas peur. L'immeuble ne s'effondrera pas.

— Je sais.

Du coin de l'œil, il observait le lustre qui oscillait. Soudain, un boulon d'ancrage sauta, et il se balança encore plus dangereusement. Les carreaux volaient les uns après les autres.

— Attention ! hurla-t-il.

Il avait à peine terminé sa mise en garde que le lustre s'écrasait au rez-de-chaussée. Il tendit le cou, soulagé de constater que l'objet avait échoué dans la cuisine.

— Y a-t-il des blessés ? demanda-t-il d'une voix forte.

— Je ne crois pas, fit la voix de Fred.

Il vit que des membres du personnel s'étaient plaqués contre un mur. Sage décision. Les murs étaient profondément ancrés dans le béton du sol.

Tandis que la terre continuait à trembler, il vit des flammes s'élever du gril à gaz.

Il saisit la main de Juliet.

— Il va falloir évacuer le bâtiment.

— Qu'est-ce que je peux faire ?

— Aider ces gens, répondit-il en désignant les personnes âgées de la table voisine. Je dois vérifier que l'arrivée de gaz est coupée.

Juliet hocha la tête.

— Ça va aller ? demanda-t-il.

— Oui, répondit-elle fermement.

Elle semblait calme et prête à agir, ce dont il lui fut reconnaissant. Les secousses avaient pratiquement cessé. Les lumières clignotaient, mais ne s'éteignaient pas.

— Il y a cinq sorties de secours, cria-t-il. Une à chaque coin du rez-de-chaussée. Plus la porte par laquelle vous êtes arrivés. Pas besoin de paniquer, ni de courir. Il faut juste quitter le bâtiment et vous rassembler à l'arrière, loin de la plage. Le personnel va aider ceux qui en ont besoin. Je répète : quittez les lieux dans le calme et regroupez-vous loin de la plage.

Il se pencha sur Juliet qui rampait sous la table.

— Je vais me débrouiller, assura-t-elle. File t'occuper du feu.

Il se précipita dans l'escalier et rejoignit Fred, le directeur et le chef cuisinier à l'entrée de la cuisine.

— Il faut couper le gaz, ordonna-t-il.

— Nous nous y efforçons sur les tuyaux de l'arrière-cuisine, répondit le chef. Mais je crains qu'il y ait des fuites.

Deux membres du personnel arrivés avec des extincteurs arrosèrent les flammes dans la cuisine.

— Où se trouve la vanne principale ? s'enquit-il.

— Derrière la cuisine, répondit un employé. Mais il vous faut une clé à molette.

— Assurez-vous que tout le monde est sorti, lui demanda Caleb. Avez-vous prévenu les pompiers ? s'informa-t-il ensuite auprès de Violet, la directrice.

— Les lignes sont occupées, mais nous continuons d'essayer de les joindre.

— Fermez tous les robinets, intima-t-il au chef cuisinier.

Les lumières s'éteignirent brusquement, provoquant de nouveaux cris chez les clients qui se frayaient encore un chemin vers la sortie. Une batterie ayant pris le relais, elles se rallumèrent presque aussitôt. Quoique faibles, elles permettaient aux gens de trouver leur chemin.

— Nous allons être livrés à nous-mêmes encore un moment, annonça-t-il. Qui s'y connaît en premiers secours ?

— Trois cuisiniers et moi-même sommes habilités, répondit Violet.

— Munissez-vous des kits de secours que vous trouverez et allez examiner les gens. Apportez-leur aussi des bouteilles d'eau.

Juliet apparut dans son champ de vision.

— Que puis-je faire ? s'enquit-elle.

— Il me faut trouver une clé à molette dans le sous-sol.

— Je t'accompagne.

Son premier réflexe fut de lui ordonner d'aller se mettre à l'abri, mais il avait besoin d'elle. Une deuxième paire d'yeux ne serait pas superflue pour trouver les outils nécessaires. Et il fallait de toute urgence fermer la vanne de gaz.

— Par ici, indiqua-t-il en gagnant l'escalier du sous-sol au milieu de tables renversées et de débris divers. Attention, le sol est jonché de morceaux de verre.

En ouvrant la porte du sous-sol, il crut sentir une bouffée de gaz. Décidément, il n'y avait pas de temps à perdre.

- 6 -

Trois heures plus tard, le gaz coupé et les clients repartis sains et saufs chez eux, un pompier en grosse veste et casque s'approcha de Juliet et de Caleb.

— Comment allez-vous, madame ? s'enquit-il.

Elle était fatiguée et avait un peu froid, mais elle tenait le choc.

— Bien.

L'homme tourna son attention vers Caleb. Ôtant ses gants, il lui tendit la main.

— Zeke Rollins, caserne 55.

— Merci pour votre aide, répondit Caleb en la lui serrant.

— Il faut attendre qu'un ingénieur donne le feu vert avant que quiconque pénètre dans l'immeuble.

— La visite est prévue pour demain. À part la zone gril complètement détruite, nous espérons que les dégâts sont superficiels.

— Je l'espère pour vous. Vous vous trouviez à l'épicentre du phénomène. Deux immeubles historiques, situés un peu plus loin, ont été détruits. Heureusement, ils étaient vides.

— Il n'y a pas de blessés graves ? demanda Juliet.

Elle avait été soulagée d'apprendre que les clients du Neo s'en étaient sortis avec des coupures et des hématomes sans gravité.

— Quelques fractures, répondit le pompier, et un patient en chirurgie. Mais cela aurait pu être bien pire.

Juliet hocha la tête. Elle n'avait jamais vécu de tremblement de terre. C'était terrifiant.

— Il est annoncé de niveau six sur l'échelle de Richter, expliqua Zeke. Ce n'est pas rien. Enfin, heureux que vous vous en soyez sortis sans dommages corporels.

Il donna une tape sur l'épaule de Caleb avant de s'éloigner.

— Tu as été fantastique, le félicita Juliet. C'est grâce à toi s'il n'y a pas eu de blessés.

Il avait pris les choses en main, organisé l'évacuation des clients dans le calme et prévenu l'incendie.

Il haussa les épaules. Sa veste avait disparu depuis longtemps et les manches de sa chemise retroussées découvraient des bras noircis par la fumée. Une écorchure lui balafrait la joue. Cependant, malgré ses yeux cernés par la fatigue, il paraissait sûr de lui, solide, rassurant.

Elle suivit son regard dirigé sur l'immeuble. D'ici, il était impossible de deviner le chaos intérieur.

— Et maintenant ? demanda-t-elle.

— Tu dois avoir faim.

À vrai dire, l'idée ne l'avait même pas effleurée.

— Je veux dire : que va-t-il se passer pour Neo ?

— Nous effectuerons les réparations, répondit-il d'un ton léger.

— C'est tout ?

— Nous avons une bonne assurance. Évidemment, il faudra fermer quelque temps, mais j'ai bon espoir que les travaux ne durent pas trop longtemps.

Elle ne pouvait s'empêcher d'admirer son attitude positive.

Il la surprit en passant un bras autour de sa taille, et elle s'étonna encore plus de s'abandonner avec reconnaissance à son étreinte.

— Où m'emmènes-tu ?

— Dans un endroit où on nous servira à dîner. Dis-moi, est-ce que ça t'ennuie si nous ne rentrons que demain ?

— Bien sûr que non.

Étant donné les circonstances, c'était la moindre des choses. Il suffirait qu'elle téléphone à Melissa. Et soudain, elle se rappela que sa sœur ignorait qu'elle se trouvait à San Francisco.

— Je parie que tu aimerais prendre une douche, dit Caleb alors qu'ils se dirigeaient vers le parking.

Elle considéra ses habits souillés. Son pantalon était troué au genou.

— Ce sont les vêtements de Melissa. Mais ce qui me contrarie surtout, c'est qu'elle me croit sans doute à Olympia.

— Pourquoi ne pas l'appeler pendant que je conduis ?

Il ouvrit les portières du véhicule loué à l'aéroport. Une fois installée, elle s'aperçut qu'elle n'avait pas son téléphone.

— J'ai laissé mon sac au restaurant avec mon portable, mes clés, mes cartes de crédit.

— Nous réussirons certainement à récupérer tout ça demain, répliqua-t-il en lui tendant son propre téléphone. Ce rendez-vous ne se passe pas exactement comme prévu, ajouta-t-il au bout de quelques secondes.

Elle ne put retenir un sourire.

— Ça doit être le cas pour beaucoup de gens, ce soir.

— Ça me paraissait pourtant une bonne idée.

— J'aime beaucoup ton restaurant. Enfin, tel qu'il était avant le séisme. Mot de passe, dit-elle en lui rendant son téléphone.

Il le tapa rapidement, puis jeta un coup d'œil à ses messages.

— Matt s'inquiète, commenta-t-il. Il connaissait mes projets. Je lui envoie un texto pour le rassurer.

Le message envoyé, il lui tendit à nouveau son portable. Il fallut quelques sonneries avant que Melissa réponde.

— Je te réveille ? lui demanda Juliet.

— Pas vraiment. Pourquoi ? Que se passe-t-il ? Tu as perdu ton téléphone ?

— C'est celui de Caleb.

— Tiens donc…

— Ce n'est pas ce que tu crois, répliqua-t-elle en lui coulant un regard en coin. Nous sommes à San Francisco.

Concentré sur sa conduite, il ne semblait pas prêter attention à la conversation.

— Qu'est-ce que tu fabriques là-bas ? Un instant ! Il vient d'y avoir un tremblement de terre à San Francisco.

— Je sais. J'étais en plein dedans.

— Tu n'es pas blessée ?

— Non, non. Mais le Neo est très endommagé.

Elle lui résuma les derniers événements et expliqua que leur retour serait différé au lendemain.

— Je comprends mieux alors, constata Melissa. Papa a téléphoné. Il s'inquiétait de ne pas réussir à te joindre et voulait absolument savoir où tu étais.

De nouveau, elle jeta un coup d'œil à Caleb.

— Tu ne lui as pas dit avec qui j'étais ?

Cette fois, il tourna la tête.

— Bien sûr que non. C'est ma main qui est diminuée, pas mon cerveau !

— Tu sais que tu te montres cruelle envers mon ego ? lui souffla Caleb.

— Ton ego est parfait.

— Comment ? s'étonna Melissa.

— Rien. Ne le dis surtout pas à papa.

— Ne t'inquiète pas. Va dormir. Tu dois avoir besoin de repos. On se verra demain.

L'appel terminé, Juliet regarda autour d'elle. Ils entraient dans le parking du Blue Earth Waterfront Hotel.

— Tu ne crois pas que c'est un peu trop ? J'ai juste envie d'un burger et d'eau chaude.

— Leurs lits sont très confortables, répliqua Caleb en arrêtant la voiture devant le stand du voiturier. Et le service fonctionne vingt-quatre heures sur vingt-quatre. Il est près de minuit, je ne veux pas prendre de risque.

— Le risque de ne pas voir satisfaits tous tes caprices ?

— Ou de devoir manger un truc infâme sorti d'un distributeur.

Le voiturier apparaissant, il baissa sa vitre.

— Nous voudrions deux chambres.

L'homme s'éloigna pour parler dans un micro et revint quelques instants plus tard.

— Nous avons deux chambres avec une vue magnifique au trente-deuxième étage.

— Ce sera parfait, dit Caleb en détachant sa ceinture.

Lasse d'argumenter, elle l'imita. D'autant que l'idée de se prélasser dans une vaste baignoire lui évoquait le paradis.

Un serveur installa une table dans un coin de la chambre de Caleb. Sur la nappe de lin blanc, il ajouta une rose dans un vase de cristal à col étroit et deux bougies.

Après son départ, jugeant l'ambiance un peu trop romantique, Caleb éteignit les bougies et les relégua près du vase. Cependant après avoir examiné la table, il les ralluma et les remit en place.

Il allait frapper à la porte communicante quand il se ravisa. Maudissant son indécision, il traversa la pièce et souffla les bougies. Ceci fait, il frappa à la porte.

Juliet s'était douchée et, tout comme lui, avait passé le pantalon de sport et le T-shirt fournis par l'hôtel.

Elle s'appuya à la porte entrouverte, ses cheveux mouillés frisottant autour de son visage rosi par la douche.

— Tu l'as fait exprès ?

— Les chambres communicantes ?

Elle hocha la tête.

— Voyons, tu as assisté à la conversation !

Cette disposition était un pur hasard. À moins que le voiturier, trouvant Juliet très jolie, ait décidé de lui faire une faveur. C'était gentil, mais il n'attendait rien de cette nuit.

— Ce sont des chambres magnifiques, constata Juliet en entrant dans la sienne. Qu'as-tu commandé ?

— Des burgers. C'est ce que tu voulais, non ?

Elle lui adressa une moue faussement boudeuse.

— Décidément, avec toi, je suis abonnée aux burgers.

— Tu veux que je les renvoie ?

Elle tira une chaise et s'assit.

— Mais non ! Je plaisante. De toute façon, je suis trop fatiguée pour me disputer.

— J'ai commandé du vin à la place des milk-shakes.

— Bonne idée.

Elle souleva le couvercle en argent posé sur son assiette.

— Ce n'est pas un hamburger, constata-t-elle.

— Se seraient-ils trompés dans la commande ?

— Quel comédien tu fais !

— *Agnolotti* fourrés au homard et aux girolles. J'espère que ça te plaira.

— Ça sent super bon !

Il prit la bouteille.

— Chardonnay ? Il me semble que j'ai droit à une seconde chance, dit-il en versant le liquide ambré dans les verres de cristal. Je veux dire : à un second rendez-vous. T'avoir fait risquer ta vie dans un tremblement de terre, ce n'est pas le summum du romantisme.

— Nous avons survécu pourtant, répliqua-t-elle en levant son verre.

Ils trinquèrent.

— J'ai quand même envie de recommencer, vu que tout s'est passé de la pire façon possible. Regarde-nous dans cette tenue, pieds nus, en jogging et les cheveux mouillés !

— Moi, je me sens à l'aise. Oh ! délicieux ! s'exclama-t-elle en portant un *agnolotti* à sa bouche. Tu n'as pas besoin de seconde chance, Caleb.

Ça avait au moins le mérite de la clarté : elle ne voulait pas d'autre rendez-vous. Il n'aurait pas dû être déçu. Il n'en avait pas le droit. Il lui avait extorqué cette sortie sous la contrainte. Il ne savait même pas ce qu'il voulait. Cependant, quoi que ce soit, il était loin du but. Seul point positif, il avait su la protéger.

Il se rabattit sur le contenu de son assiette.

— C'est drôle, reprit Juliet entre deux bouchées. Il y a des années, quand j'étais une ado révoltée typique, j'entretenais le fantasme de faire un pied de nez à mon père et de partir à cheval avec toi dans le soleil couchant.

— Raconte !

Il partirait aujourd'hui avec elle, quel que soit le moyen de locomotion qu'elle désirerait.

— Mais maintenant que mon vœu se réalise, poursuivit-elle, j'espère de tout mon cœur que mon père ne l'apprendra jamais. Je n'ose imaginer sa réaction.

— Tu lui caches beaucoup de choses ?

— Pas toi ?

— Je n'ai plus de rapports avec mon père depuis longtemps.

Ses parents s'étaient installés en Arizona bien des années auparavant.

Elle avait arrêté de déguster ses *agnolotti* et le regardait attentivement.

— Mais quand tu étais plus jeune ?

— Kedrick et moi ne nous sommes jamais bien entendus.

C'était un euphémisme. Il n'admirait pratiquement rien chez son père.

— Papa détestait nous envoyer, Melissa et moi, à Whiskey Bay. Il aurait voulu enterrer définitivement les mauvais souvenirs. Mais nous adorions y venir, et nos visites ravissaient nos grands-parents.

— Je sais que nos pères étaient en conflit.

— Ils l'ont été dès le jour de leur naissance.

— Tu es donc au courant de l'histoire de la brouille.

— Dans les grandes lignes : ton grand-père a volé au mien la femme qu'il aimait.

— Et ton père a volé la petite amie de mon père, répliqua Caleb. Ça aurait dû annuler les préjudices.

— Sauf que ton père a tyrannisé le mien durant toute son enfance et qu'il a porté plainte contre lui le jour où mon père s'est défendu.

— Je ne suis pas sûr que ça se soit passé tout à fait ainsi.

— Tu prétends que mon père était en faute ?

Il secoua la tête.

— Je dis que ton père a porté le premier coup. Enfin, plus exactement, je te raconte juste l'histoire comme je l'ai entendue. Ton père a frappé le mien en plein sur les dents de devant.

— Watford ne cessait de le provoquer !

Il regrettait amèrement de s'être laissé entraîner dans cette discussion.

— D'accord. Laissons cela si tu veux bien.

— Et mon père a été arrêté, poursuivit-elle comme si elle n'avait pas entendu.

— Il a finalement été mis en liberté surveillée.

Et il avait forte envie de lui rappeler que son père avait dû subir une chirurgie dentaire. Il y renonça pourtant. Après tout, il ignorait qui avait fait quoi et pourquoi l'incident avait pris ces proportions. Une chose était sûre, les deux adolescents y avaient laissé des plumes.

— Le temps que l'affaire soit jugée, reprit-elle d'une voix vibrante d'émotion, mon père avait perdu sa bourse d'études, alors que ta famille pouvait offrir à ton père Stanford ou toute université de son choix. Juste parce que ton grand-père avait volé la femme qu'il aimait à mon grand-père.

Il ne tenait pas à défendre plus longtemps son père, d'autant moins que la version de Juliet était probablement la bonne. Mais pour son grand-père, c'était une autre histoire.

— Elle a librement choisi Bert contre Felix, fit-il remarquer.

De cela, il était certain.

— Oui, eh bien, je ne suis pas sûre qu'elle en ait valu la peine.

— Fais attention à ce que tu dis ! C'est de ma grand-mère que tu parles.

Cette conversation déraillait complètement, mais il se sentait tenu de défendre l'honneur de sa grand-mère.

— Ta grand-mère a accepté d'épouser le premier à devenir riche, lâcha Juliet d'une voix méprisante.

— Peut-être n'arrivait-elle pas à décider celui qu'elle préférait.

— Une femme y arrive toujours.

— Tu es experte en la matière ?

Elle but une gorgée de vin.

— Je dis que si elle a laissé l'argent décider à sa place, elle n'en aimait aucun.

— Elle aimait peut-être les deux.

— Impossible. On peut apprécier deux hommes, mais pas en être amoureuse.

— J'ai vu mes grands-parents ensemble. Ils semblaient heureux.

— Sûr qu'ils étaient heureux dans leur grande maison sur la colline, rétorqua-t-elle avec un sourire cynique. Ils roulaient dans la Rolls Royce achetée après que ton grand-père avait arnaqué le mien !

Il savait que la transaction avait été douloureuse, mais le marché était honnête.

— Ton grand-père a acheté au mien la moitié du Crab Shack.

— Pour le double de sa valeur !

— Ils avaient évalué le prix ensemble.

— Ils avaient passé un accord tacite un an avant l'estimation, c'est-à-dire avant que la valeur du restaurant ait chuté puisque ton grand-père ne s'en occupait plus.

Il porta son verre à ses lèvres. Un petit remontant, voilà ce qu'il lui fallait. Il n'avait aucune envie d'entrer dans cette vieille querelle.

— Tous les Watford ne sont pas mauvais, objecta-t-il.

Il détestait la mauvaise opinion qu'elle avait de sa famille, lui compris.

— Les faits semblent prouver le contraire.

— Comment pourrais-je te faire changer d'avis ?

— En changeant d'avis, de ton côté.

Sous-entendu : s'il capitulait, il entrerait dans la catégorie des hommes convenables.

— Tu as vu le Neo et ce que je suis capable de faire. Je peux t'aider avec le Crab Shack.

— Mais tu ne le feras pas, parce que tu ne cherches que ton profit. Faire confiance à un Watford, c'est un risque que je ne prendrai certainement pas.

— Je sais que mon père n'est pas un homme bien, mais personnellement, je n'ai rien fait pour te blesser.

Elle sourit tristement, posa sa serviette sur la table et se leva.

— Je ferais mieux de regagner ma chambre.

— S'il te plaît, Juliet, reste encore un peu.

— Je ne sais pas ce que tu attendais, Caleb, mais ce rendez-vous restera un échec. Bonne chère et vin fin ne me feront pas changer d'avis.

Il se leva à son tour.

— J'aimerais pouvoir revenir en arrière.

— Et après ? Avons-nous jamais été sur la même longueur d'onde ?

Il s'approcha.

— Je voudrais retourner à l'époque où tu avais envie de t'enfuir avec moi.

— Es-tu en train de suggérer que tu abandonnerais Neo ?

Il rit doucement.

— Tu es trop rapide pour moi, Juliet Parker. Je ne peux pas espérer rester à ton niveau.

Elle repoussa ses cheveux mouillés de son visage.

— La vérité, c'est que tu es plus rusé que je ne saurais jamais l'être.

— Je ne suis pas rusé ! protesta-t-il.

— Tu es dangereux, Caleb, murmura-t-elle d'une voix adoucie.

— Te faire souffrir est le dernier de mes souhaits.

Elle parut sur le point de répliquer quelque chose, mais se ravisa. Glissant un index sous son menton, il lui releva doucement la tête.

— Ce rendez-vous pourrait-il au moins se terminer par un baiser ?

— Caleb…

— J'ai vraiment envie de t'embrasser.

Le silence s'étira.

— Tu sais ce qui se passera si nous nous embrassons, dit-elle.

— Je te désirerai à en mourir ?

Elle abandonna son attitude défensive.

— Si nous franchissons cette ligne, nous ne pourrons plus revenir en arrière.

Il n'avait rien à lui opposer. Elle avait raison, mais ça lui était égal.

— Qu'en penses-tu ?

Elle se détendit légèrement.

— Nous sommes très attirés l'un par l'autre.

— Et ce n'est pas un crime. Nous ne faisons de mal

à personne. Il s'agit juste de nous deux, peut-être pour la seule et unique fois.

De nouveau, le silence retomba.

— Si nous le faisons, lâcha-t-elle enfin, ce qui se passera dans cette chambre d'hôtel ne devra pas en sortir. Nous ne devrons plus y penser et surtout, ne jamais recommencer.

Il n'hésita pas un instant.

— Marché conclu !

Elle pencha la tête de côté pour mieux le regarder.

— Tu n'as pas une réserve, une condition ?

— Aucune.

Elle avança la main et leurs doigts se frôlèrent. Un petit sourire flotta sur les lèvres de Juliet.

— Alors, qu'est-ce que tu attends ?

Il cessa d'attendre.

En recevant le baiser de Caleb, Juliet entendit la voix de la raison lui souffler que c'était une très mauvaise idée. Cependant, ses sens lui tenaient un langage différent et beaucoup plus persuasif. Alors, s'appuyant contre Caleb, elle laissa peur et doutes dériver loin d'elle.

Elle caressa ses bras, ses épaules, son dos et l'enlaça. Elle sentait le cœur de Caleb battre contre sa joue.

Tout en l'embrassant avec fièvre, il souleva son T-shirt et effleura sa peau nue au-dessus de la ceinture du pantalon, faisant courir des frissons de volupté dans tout son corps. Puis il saisit le bas de son T-shirt et le lui fit lentement passer par-dessus la tête.

En sortant de la douche, elle n'avait pas pris la peine de passer un soutien-gorge et ses seins étaient nus à présent, sous le regard de Caleb.

— Superbes, murmura-t-il.

À son tour, elle lui ôta son T-shirt, souriant à la vue de son large torse, de ses magnifiques pectoraux, de la puissance de ses bras et de ses épaules.

— Superbes, l'imita-t-elle.

Il sourit.

— J'aime quand nous sommes d'accord. Voyons sur quoi nous pourrions encore nous entendre... Nous sommes trop habillés, remarqua-t-il.

Avec un grand sourire, elle glissa les doigts sous la ceinture de son pantalon. Il fit de même et, bientôt, ils furent complètement nus.

— C'est mieux, approuva-t-il en la dévorant du regard.

— Beaucoup mieux, répéta-t-elle, savourant sa splendeur.

Il reprit ses lèvres. Profondément troublée, elle se blottit dans son étreinte. La peau de Caleb était chaude, et elle se délectait de sentir les reliefs de son corps s'adapter tellement bien aux siens.

— Tu es si douce, murmura-t-il.

— Tu es si dur.

Il émit un toussotement surpris.

— Je ne voulais pas dire ça, rectifia-t-elle. Bon d'accord, peut-être que si.

— Nous sommes toujours sur la même longueur d'onde, je suis dur et je te désire très fort.

Il l'embrassa sur le front, le bout du nez, la joue, puis il descendit dans son cou.

— Tu sens délicieusement bon et tu as un goût exquis.

Le cœur battant, elle le caressa depuis ses épaules jusqu'à ses cuisses. La légère brise qui soufflait par la fenêtre ouverte rafraîchissait sa peau échauffée.

Le bourdonnement continu de la circulation montait jusqu'à eux, mais ce qu'elle entendait, c'était, près de son oreille, le souffle précipité de Caleb. Un téléphone sonna sans qu'ils y prennent garde. Le monde extérieur ne signifiait plus rien pour eux.

Il lui prit la main, l'attira vers le lit et la poussa doucement sur le drap.

Elle sentit le corps lourd et chaud de Caleb s'allonger sur le sien. Il referma une main sur un de ses seins. Quand il en excita la pointe, une fulgurante et exquise sensation de plaisir jaillit du mamelon jusqu'à son ventre.

Elle poussa un petit cri.

— C'est bon ? demanda-t-il.

Et il recommença sans attendre de réponse.

Avec un gémissement, elle agrippa son épaule comme pour se retenir de sombrer et se cambra contre lui, observant son expression tandis qu'il la pénétrait.

— Oh ! Juliet…

Les yeux gris de Caleb avaient noirci. Il glissa une main au creux de ses reins pour mieux la plaquer contre lui. Elle ne songeait plus qu'au plaisir qu'il allait lui donner.

Elle s'agita, lui arrachant un grognement de plaisir. Leurs corps se mêlaient dans un parfait unisson. Il se mit à aller et venir en elle, parfois accélérant l'allure, parfois la modérant.

Elle le tenait serré, se laissant emporter vers le paradis des sens. Elle noua ses jambes à ses hanches et scella ses lèvres aux siennes. Quand ils durent finalement reprendre leur respiration, elle l'embrassa dans le cou, le lécha, le mordilla, s'imprégnant de son essence.

Ses doigts se refermèrent sur le dos de Caleb. Il baisa ses seins et glissa la langue dans sa bouche au rythme des coups de plus en plus durs et rapides de ses reins.

Elle se sentait flotter, incapable de contrôler gestes et réactions. Son plaisir montait crescendo et finit par exploser. Les spasmes de la jouissance déferlant sur son corps, elle cria son prénom et le sentit se crisper. Le cri guttural de Caleb résonna dans la chambre tandis que son grand corps tremblait et s'effondrait sur elle.

Il lui fallut de longues minutes pour redescendre sur

terre. Le poids de Caleb abandonné sur elle était bon, sa chaleur réconfortante. Elle aimait entendre sa respiration désordonnée, ainsi que les battements précipités de son cœur qui semblaient faire écho aux siens.

— Tu veux que je bouge ? demanda-t-il en glissant les doigts dans ses cheveux.

— Pas encore. On ferait peut-être mieux de rester tranquilles et de nous taire.

— Avant de tout gâcher ? s'esclaffa-t-il.

Il lui donna un tendre baiser. Cet instant était parfait, et tout était à sa place dans le monde.

— Si on restait ici pour toujours ? suggéra-t-elle.

— Ça vaudrait le coup d'essayer…

Avec Juliet blottie dans ses bras, il était resté longtemps éveillé. Un instant, il avait même rêvé qu'elle changeait d'avis et qu'il s'agissait d'un nouveau départ dans leur relation.

Puis il avait fini par s'endormir et, au matin, elle n'était plus là.

Sur le trajet pour se rendre au Neo, il avait essayé d'aborder le sujet de ce qui s'était passé la nuit précédente, mais elle l'avait arrêté, lui rappelant les termes de leur marché. Il était évident maintenant qu'elle resterait sur ses positions.

Il avait réussi à retrouver son sac et son portable dans les décombres, ce qui, du moins, lui avait valu un sourire.

Elle faisait défiler ses notifications quand elle s'écria :

— Six messages de mon père !

Elle appuya sur une touche et porta le téléphone à son oreille. Il savait qu'il aurait dû s'éloigner, mais la curiosité le démangeait. Pendant que les ingénieurs passaient le bâtiment au peigne fin et qu'électriciens et gaziers préparaient leur matériel pour se mettre au travail, il s'attarda près d'elle.

— Bonjour, papa.

Il y eut une pause.

— Elle t'a appelé ? Ce n'était vraiment pas nécessaire. Tout va bien, ajouta-t-elle en jetant un regard à Caleb.

Il devinait sans trop de mal l'autre versant de la conversation.

— Oh ! pour affaires…

À l'expression de Juliet, il sentait que son père l'agaçait et il avait envie de lui prendre le téléphone des mains pour dire à Roland Parker d'aller se faire voir ailleurs. Si Roland avait toutes les raisons de garder rancune aux Watford et d'oublier Whiskey Bay, il n'en allait pas de même pour sa fille.

— … Étudier la concurrence.

Elle le regarda de nouveau, avec une expression de culpabilité cette fois.

— Aucune importance. Ce qui compte, c'est que j'aille bien.

Nouveau silence de ce côté de la ligne.

— Il y a de gros dégâts, mais apparemment pas de catastrophe.

Il l'espérait de tout son cœur. Au fond, c'était juste une question de temps et d'argent.

— Je rentre aujourd'hui, promit Juliet. Non, non, pas à Portland.

Elle pinça les lèvres en écoutant la réponse de son père.

— Papa, arrête ! C'est notre argent.

De nouveau, il eut une envie folle de s'emparer du téléphone. Juliet lui tourna le dos sans pour autant s'éloigner.

— Nous comprenons ce que tu ressens, mais nous n'avons pas changé d'avis… Oui, bien sûr… Au revoir, papa.

Elle se tourna vers lui, mâchoire contractée.

— Des problèmes avec ton père ? s'enquit-il.

— Comme d'habitude, il se fait du souci et il est persuadé que j'ai été plus gravement touchée par le tremblement de terre que Melissa ne l'affirme.

— Tu veux lui envoyer une photo ?

— Devant le Neo ? J'espère que tu plaisantes.

— Tu devrais lui rendre une petite visite.

Elle se rembrunit.

— Je ne peux pas perdre une journée de plus. Essaierais-tu par hasard de me faire oublier la rénovation du Crab Shack ? C'était le sens de la nuit dernière ?

Il posa sur elle un regard dur.

— La nuit dernière n'a rien à voir avec le Crab Shack, le Neo ou une quelconque affaire. Et je n'ai pas programmé un tremblement de terre. Bon sang ! Si j'en étais capable, tu crois que je m'échinerais à construire des restaurants pour gagner de l'argent ?

Elle eut le bon goût de paraître confuse.

— Désolée.

— Ne le sois pas. C'était un peu compliqué la nuit dernière.

— C'est pourquoi nous étions convenus de ne plus en parler. J'ai eu tort d'y faire allusion.

— Mais maintenant que c'est fait…

Il contint son envie de lui prendre les mains. Il avait tellement envie de la toucher. Il lui semblait même en avoir le droit. Pourtant, il se reprit, sachant que ce n'était ni le lieu ni l'heure d'entamer cette discussion.

— Je vais devoir rester ici encore quelques jours, annonça-t-il. Tu vas prendre un taxi jusqu'à l'aéroport. Le jet t'attendra. Et il fera escale à Portland pour que tu voies ton père.

Elle ouvrit de grands yeux.

— Le jet s'arrêtera à Portland ?

— C'est sur le chemin.

— Et comment expliquerai-je à mon père que l'avion est gentiment descendu en piqué pour me déposer ?

— Raconte-lui qu'une escale était prévue. Tu n'as pas besoin d'entrer dans les détails. Comme agent secret, tu serais au-dessous de tout.

— Et toi, tu serais le meilleur. C'est ce qui me fait peur, entre autres. Je ne sais jamais ce que tu prépares.

— Ça me convient, convint-il d'une voix adoucie. Bon, je t'appelle un taxi. Inutile de t'attarder plus longtemps.

Même s'il détestait l'idée de la voir partir, il fallait bien qu'elle rentre. Et qu'il s'occupe de l'évaluation des dégâts.

- 7 -

Durant le court trajet entre l'aéroport et la maison de son père, Juliet n'avait cessé de répéter l'histoire qu'elle allait lui servir. Quand il ouvrit la porte, elle lut la stupéfaction sur son visage.

— L'avion faisait escale, expliqua-t-elle très vite. J'en profite pour venir te dire un petit bonjour.

— Il s'est passé quelque chose de grave ?

— Mais non, voyons. Tout va bien.

— Tu paraissais bizarre au téléphone.

— Le contrecoup du tremblement de terre. C'était très impressionnant. Je peux entrer ?

Évidemment, c'était trop attendre que d'espérer qu'il soit de bonne humeur.

— J'ai une heure devant moi. J'ai pensé que nous pourrions parler. J'ai des photos de la rénovation.

Elle ouvrait son sac quand il agita la main en signe de dénégation.

— Je ne veux pas les voir.

— Nous avons trouvé un charpentier pour nous aider. Il est très bien, et ses prix sont raisonnables.

— Vous feriez mieux d'abandonner cette bâtisse délabrée, de rentrer et de trouver un vrai travail. Ce ne sont pas les hommes charmants qui manquent à Portland.

La remarque fit surgir l'image de Caleb qu'elle repoussa vivement.

— Tu sais que nous désirons rouvrir le restaurant,

papa. Nous l'avons promis à grandpa et nous sommes sûres de réussir.

— Vous n'auriez jamais dû lui faire cette promesse et il n'aurait jamais dû l'exiger de vous. Je devrais contester le testament. Vous allez perdre votre argent.

Même si son père rêvait de vendre le Crab Shack, la maison familiale et les terres qu'il considérait comme maudites, il devait se douter qu'aucune cour de justice ne casserait le testament.

Elle s'assit dans un fauteuil de la salle de séjour.

— Nous te l'avons dit, nous tenons à tenter notre chance.

— Tu as entraîné ta petite sœur dans un projet sans queue ni tête.

— Melissa est assez grande pour prendre ses décisions !

— Elle te suit, comme toujours.

— Elle sait pourtant s'opposer à moi quand elle n'est pas d'accord. Je ne…

Elle s'interrompit. Il était vain d'essayer de faire entendre raison à son père.

— Écoute, je vais bien, reprit-elle. Melissa va bien. Il ne faut pas que tu t'inquiètes.

— Comment faire autrement quand je sais mes filles à la merci d'une famille de misérables !

— Il n'y a plus que Caleb. Kedrick a déménagé en Arizona.

Il la considéra d'un œil suspicieux.

— Tu parais bien au courant.

Elle se rendit compte trop tard de son erreur.

— Whiskey Bay est un petit univers. Inévitablement, nous avons croisé Caleb et quelques voisins. Matt Emerson est propriétaire de la marina. Il vit dans la maison au-dessus, et TJ Bauer a acheté celle des O'Hara et l'a restaurée. La nôtre est la seule qui soit restée en l'état.

— Ces terres valent une fortune désormais. Vendre est la seule issue logique.

Quelque chose dans le ton de son père l'alerta.

— Aurais-tu besoin d'argent ?

Elle n'avait jamais envisagé les choses sous cet angle. Chez elle, on ne parlait jamais d'argent. Cependant, gérant de quincaillerie, son père ne devait pas disposer d'un gros salaire.

Il la fusilla du regard.

— Je peux encore subvenir à mes besoins !

— C'était ta maison de famille.

Même si leur grand-père avait tenu à la leur léguer, leur père avait tout de même un droit moral sur l'argent lié à ces biens, le seul héritage familial.

— Il s'agit de toi, de tes idées folles et de la décision irresponsable de mon père de voir ses chimères traverser les générations. Et il en va de ma responsabilité de père de vous sauver du désastre.

Elle se crispa. Elle aimait son père, mais dès qu'il s'agissait de Whiskey Bay, il devenait irrationnel. Or il avait tort. Ce rêve en valait la peine.

Elle n'aurait pas dû venir. Loin d'apaiser les tensions entre eux, sa visite n'avait fait que les exacerber. Elle regarda ostensiblement sa montre et se leva.

— J'espère ne pas vivre assez longtemps pour assister à votre ruine, ajouta Roland.

— Ne peux-tu m'accorder un minimum de confiance ?

Il ne répondit pas. Elle lui sourit tendrement.

— Eh bien, moi, j'espère que tu vivras encore très, très longtemps.

Un grognement lui répondit.

Pendant qu'elle attendait un taxi, les dures paroles de son père luttaient avec l'image de Caleb. Même au cas où leur nuit finirait par se révéler l'un des plus grands regrets de sa vie, elle n'en resterait pas moins la plus fantastique des expériences. En évoquer le souvenir était un baume sur ses blessures.

Cessant de lutter, elle se laissa submerger par le souvenir des instants magiques vécus avec Caleb.

Il avait passé presque une semaine à San Francisco, Juliet hantant ses pensées pendant que, l'immeuble ayant été déclaré sûr, il enclenchait les travaux de réparation. Dès que tout fut réglé, il reprit l'avion pour Whiskey Bay, après avoir confié la responsabilité des travaux à la directrice.

De retour chez lui, sa première préoccupation étant Juliet, il décida de se rendre au Crab Shack. Mais en arrivant en vue du restaurant, il n'en crut pas ses yeux.

C'était Juliet. Sur le toit. Près d'elle, tout là-haut, Noah installait une première rangée de bardeaux de cèdre.

— Salut, Caleb, lança Melissa qui sortait de la maison.

Noah se retourna et regarda en bas.

— Faites-la immédiatement descendre ! cria-t-il au charpentier.

Sa voix tonitruante attira l'attention de Juliet.

— Ce n'est pas un travail difficile, répliqua-t-elle en marchant le long d'une planche installée sur le toit pentu.

— Ne t'approche pas du bord !

— Je ne vais pas tomber du toit, protesta-t-elle, inconsciente du danger.

— Ordonnez-lui de descendre, insista-t-il à l'intention de Noah.

— Je n'ai pas d'ordres à lui donner. C'est mon employeuse.

— Noah avait besoin d'un assistant pour travailler sur le toit, expliqua Melissa.

— C'est ridicule ! s'exclama-t-il, hors de lui.

Il commença à grimper lui-même à l'échelle.

— Ne te mêle pas de ça ! s'écria Juliet. Ce ne sont pas tes affaires.

Elle se trompait. Depuis le week-end à San Francisco, tout ce qui la concernait le regardait. Il ne resterait pas les bras croisés à la regarder tomber et se blesser, voire pire.

— Descends, Juliet.

Elle prit l'expression butée qu'il commençait à connaître. En jean, chemise à carreaux, sa queue-de-cheval passée dans une casquette de base-ball et un mètre ruban attaché à sa ceinture, elle était tout simplement adorable avec ses bras croisés dans une attitude de défi.

Il aurait volontiers pris une photo. Ou plutôt, il l'aurait volontiers jetée sur son épaule et, tel un pompier, descendue en bas de l'échelle. Puis il l'aurait peut-être emportée chez lui, déshabillée et jetée dans son lit.

— Je vais assister Noah, déclara-t-il, parvenu en haut.

En réalité, d'autres occupations l'attendaient, mais devant l'urgence de la situation, il n'y avait pas à hésiter.

— Nous n'avons pas besoin de ton aide, déclara Juliet. D'ailleurs nous n'avons pas confiance. Tu ferais probablement des trous dans mon toit.

— Ne dis pas de sottises.

Il escalada la pente. Noah observait la scène, apparemment peu désireux de se mêler de leur échange.

— Tu dois entendre raison, insista Caleb. Tu n'y connais rien, et les travaux de couverture sont dangereux.

— C'est mon restaurant, pas le tien. Je suis prudente et Noah fait le gros du travail.

— Tu es perchée aussi haut que lui !

— Je reste éloignée du… Je n'ai pas à me justifier de mes actes auprès de toi, acheva-t-elle, le visage soudain fermé.

— Descends de ce toit, Juliet.

— Sinon quoi ?

— Sinon, je te descends sur mon dos.

— Je crois que tu dépasses les bornes.

Il n'aurait jamais le dernier mot en la prenant de front. Elle était trop obstinée et maligne pour ça. Mais pourquoi fallait-il qu'elle lui complique toujours la vie ?

— Voilà ce que je te propose : j'aide Noah sur le toit et tu aides Melissa en bas.

La proposition la fit visiblement hésiter.

— Le travail sera plus vite fait, insista-t-il. Noah ! appela-t-il par-dessus son épaule. Préférez-vous Juliet ou moi comme assistant ?

— Êtes-vous conscient de ce que vous faites ? demanda le charpentier.

— Oui.

— Alors, vous.

— Tu dois t'incliner. Noah a voté pour moi.

— Tu parles d'une démocratie !

— Il a raison, cria Melissa d'en bas. Nous irons plus vite si Caleb nous aide.

— Il médite un mauvais coup, rétorqua Juliet en le fixant avec insistance. Les Watford n'aident personne, ils vous tirent dans le dos.

— Tu t'imagines vraiment qu'en cinq minutes, j'ai ourdi un plan pour causer du tort à ton toit ? s'agaça-t-il avant de sortir son portable de sa poche. Tu sais quoi ? J'appelle Matt à la rescousse. Ça ira encore plus vite.

Elle ouvrait la bouche pour protester qu'il expliquait déjà la situation à son ami.

— Il arrive, annonça-t-il à Noah en rangeant son portable.

Juliet bouillonnait de colère. Ce qui la rendait, si possible, encore plus jolie.

— Tu es une brute épaisse !

Il s'approcha.

— Maintenant que j'ai vu ton joli corps nu, lui glissa-t-il à l'oreille, je ne supporte pas l'idée qu'il lui arrive malheur. Je t'en prie, Juliet, descends du toit, insista-t-il en posant une main sur son épaule. C'est plus dangereux que tu n'imagines.

— Caleb a raison, intervint Noah. Si nous récupérons deux volontaires, il est logique qu'ils travaillent sur le toit.

— D'accord, céda Juliet à contrecœur.

Visiblement, il lui en coûtait de renoncer à lutter. Elle se pencha vers lui.

— Ne t'avise plus jamais de ramener cette histoire sur le tapis, lui dit-elle à l'oreille.

Elle avait tous les droits d'être mécontente. Il avait promis d'oublier l'intermède de San Francisco, mais s'en avérait incapable.

Il l'appréciait trop pour l'oublier, et il la désirait. Dans ses moments de faiblesse, il envisageait de construire une relation avec elle. Ce qui, évidemment, n'arriverait jamais. Ils étaient prisonniers d'un combat dont un seul sortirait vainqueur.

Elle descendit de l'échelle et disparut à l'intérieur avec Melissa.

— Je me demandais quel tour ça allait prendre, avoua Noah. Elle se méfie drôlement de vous.

— En revanche, elle vous fait totalement confiance.

— Je n'essaie pas de couler son affaire, fit remarquer Noah.

— Je n'ai tué personne.

Il n'avait pas plus tôt prononcé ces paroles qu'il les regrettait. Cependant, Noah sembla les prendre à la légère.

— Indiquez-le sur votre CV.

— C'était déplacé. Je vous prie de m'excuser.

Noah haussa les épaules.

— J'en ai entendu d'autres.

Caleb hésita quelques instants avant de se lancer :

— Vous savez, je comprendrais que vous refusiez de me raconter l'histoire…

Noah se dirigea vers un paquet de bardeaux.

— Un jour, mon beau-père a agressé ma sœur de seize ans. Je suis intervenu pour le repousser et il a saisi un couteau. J'ai récolté une cicatrice, ajouta-t-il en désignant son avant-bras, et il s'est heurté la tête en tombant.

— C'était donc de la légitime défense. Pourquoi avoir fait de la prison ?

— Le traumatisme était si fort que ma sœur a tout occulté. Je n'avais pas de témoins.

— Ne s'est-elle souvenue de rien ensuite ?

— Non. Et je prie le ciel qu'elle reste dans l'ignorance.

— Je vous crois… J'essaie de trouver une solution, vous savez, reprit-il après une pause. Elle sera mieux avec Neo à quelques centaines de mètres que seule ici, livrée à elle-même.

Pour une raison inconnue, il ressentait le besoin de se justifier auprès de Noah.

— Vous voulez dire qu'elles seront mieux ?

— Oui, oui, bien sûr.

Pourvu que Noah ne soit pas trop perspicace. Mais pour le cas où, il chercha à se couvrir.

— Depuis le début, Melissa se montre beaucoup plus raisonnable. Je la crois en partie de mon côté.

Noah émit un rire moqueur.

— Vous n'êtes pas d'accord ?

Melissa se serait-elle confiée à Noah ? Jouait-elle la comédie en se montrant aimable avec lui ?

— Elle sait ce qu'elle veut, répondit Noah en tranchant le lien qui maintenait les bardeaux.

— Vous a-t-elle dit quelque chose à propos de moi, de mon offre ?

— Elle admire votre réussite avec Neo…

— Mais ?

— La perspective de faire revivre le Crab Shack l'enchante, et elle est loyale envers sa sœur.

— Ne voit-elle pas que nous pourrions nous entendre ?

— Vous savez, Melissa et moi ne sommes pas assez amis pour qu'elle se confie à moi. Je travaille, et elle… Eh bien, elle fait de son mieux. Mais elle est ici tous les jours et ne se plaint jamais.

— Et Juliet ?

— Juliet est une force de la nature.

La remarque le fit rire. Il était entièrement d'accord.

— À votre place, ajouta Noah, je lui donnerais tout ce qu'elle veut.

— Agir ainsi me coûterait un million de dollars et mon rêve.

Noah resta quelques instants songeur.

— Au bout du compte, cela en vaudrait peut-être la peine.

Caleb essaya de déchiffrer l'expression de Noah. Se doutait-il de ses sentiments pour Juliet ?

Impossible. Pour la bonne raison qu'il n'avait pas de sentiments pour Juliet. Bon, d'accord, il en avait. Mais sacrifier un million de dollars et le rêve de toute une vie après une unique nuit ?

Pas question.

Alors que le soleil se couchait sur l'océan, TJ se présenta au Crab Shack avec des cartons de pizzas et des sodas. Difficile de ne pas apprécier les amis de Caleb, se dit Juliet. Simplement, elle ne comprenait pas pourquoi Matt était venu aider, toutes affaires cessantes, à réparer son toit, et pourquoi TJ agissait comme si c'était la chose la plus naturelle du monde que de venir dîner avec des gens qu'il connaissait à peine. La situation semblait les amuser, ils avaient pris des nouvelles de la main de Melissa et plaisantaient avec Noah.

Après avoir disposé pizzas et boissons sur le bar recouvert d'un drap, TJ invita tout le monde à venir y piocher. Elle devait avouer qu'elle mourait de faim. Après s'être coupé une part de pizza, elle prit un soda et alla s'effondrer dans un fauteuil disposé près d'une baie vitrée.

Caleb la rejoignit et tira un second fauteuil près du sien.

— Je te dois des remerciements, concéda-t-elle.

Les trois hommes avaient terminé la moitié du toit dans la journée.

— Mais tu n'éprouves pas de reconnaissance.

— Mes sentiments sont confus.

Elle avait réfléchi toute la journée aux raisons que Caleb pourrait avoir de l'aider sans en trouver aucune satisfaisante.

— Ça ne te ressemble pas, constata-t-il.

Elle temporisa en mangeant une bouchée de pizza. Délicieuse, soit dit en passant. Elle ne voulait pas se montrer insultante envers Caleb mais ne réussissait pas pour autant à lui accorder sa confiance. Impossible d'imaginer qu'il agisse de façon totalement désintéressée.

— Je sais que tu voudrais m'empêcher d'ouvrir.

Il secoua la tête.

— Pas du tout.

— Pourtant tu me menaces d'interdire l'accès du Crab Shack ?

— Je n'en ai aucune envie, je te le répète. Qu'est-ce que tu ne comprends pas, à la fin ?

— Que tu te préoccupes de moi. Normalement, sachant ce que tu veux, tu devrais essayer de l'obtenir sans te soucier des conséquences.

Il allongea les jambes et se renversa dans le fauteuil.

— Réfléchis un peu, Juliet.

— Ne prends pas ce ton condescendant avec moi !

Il attaqua sa pizza et but une gorgée de soda.

Elle hésita un instant avant de l'imiter. Elle était fatiguée, elle avait faim, et discuter avec Caleb ne mènerait nulle part. Elle laissa son regard errer sur la pièce.

Matt parlait avec Noah tandis que Melissa semblait fascinée par les propos de TJ. Elle nota que, même si Noah jouait la décontraction, son regard revenait sans cesse à Melissa. Elle l'attirait, c'était évident. Il n'avait pourtant rien tenté.

— En as-tu parlé à Melissa ? demanda Caleb.

— De quoi ?

Comme il ne répondait pas, elle se tourna vers lui. À son expression, elle devina dans quelle direction ses pensées s'égaraient. Elle dut alors combattre la contrariété, puis la joyeuse effervescence de sa libido. Mordant dans sa pizza, elle se jura qu'ils ne réitéreraient pas l'expérience.

— Pourquoi lui parlerais-je de quelque chose qui ne s'est jamais produit ? riposta-t-elle sèchement.

— Tu ne peux pas sérieusement feindre que ce n'est pas arrivé.

— Si, je le peux. C'était d'ailleurs convenu dès le départ. C'est bien ce que je te reproche. Tu ne tiens pas parole.

— Nous avons eu une semaine pour y réfléchir.

— Tu es comme ton grand-père ! Un accord tacite n'a aucune valeur pour toi.

— Nous ne sommes pas un couple comme il faut, répliqua-t-il à voix basse. Et nous avons fait bien plus que nous taper dans la main.

— Tu n'es vraiment pas un gentleman.

— Je suis au moins honnête. Je pense sans cesse à toi, Juliet.

Elle étouffa une exclamation incrédule.

— Ce n'est pas possible de manger sa pizza tranquille ?

— Tu oserais me dire en face que ça n'a pas compté pour toi ?

— Ça a compté sur le moment, et c'est tout. Écoute, je veux juste que tu me laisses tranquille. Un marché est un marché. Nous en avons passé un, et j'aimerais que tu l'honores.

Sur quoi elle se leva et se dirigea vers Matt.

— Merci pour ton aide, lui lança-t-elle d'une voix enjouée. Je n'arrive pas à croire que vous ayez accompli ce travail en un jour.

— Ce fut un plaisir.

— Impossible ! Il faisait trente degrés, là-haut.

— Je suis content d'aider. Je reviens demain pour finir.

— Tu n'y es pas obligé. J'imagine que tu as de quoi t'occuper à la marina.

— J'insiste. Nous sommes voisins après tout.

Soudain mal à l'aise, elle porta son attention sur TJ et s'aperçut qu'il suivait de près l'échange. Puis elle aperçut Caleb dans sa vision périphérique. On aurait dit que des informations secrètes circulaient dans la pièce.

Quelque chose lui échappait. Qui se montrerait aussi amical sans arrière-pensée ? Apporter une part de gâteau à son voisin, soit. Mais refaire son toit ?

— Vous avez été d'une aide précieuse ! s'exclama Melissa.

Si complot il y avait, sa sœur n'en était pas consciente.

— On ne peut pas vous imposer ça, protesta-t-elle.

— Pourquoi faut-il toujours que tu fasses des difficultés ? demanda Melissa.

La vraie question était : pourquoi Melissa acceptait-elle leur aide sans s'interroger plus avant ?

— Ils voudront quelque chose en échange de leur aide. Je n'ai pas confiance en vous, lança-t-elle à la ronde, en croisant le regard de Caleb.

— Quelle grossièreté ! s'exclama Melissa.

— Tu te fais un film, dit Caleb.

— Il n'y a pas de contrepartie, renchérit Matt.

— J'ai juste apporté de la pizza, se défendit TJ.

— Je vais vous payer, ajouta-t-elle en cherchant son sac des yeux.

— Arrête ça, lui intima Caleb, qui la prit par le bras.

Elle s'immobilisa, scruta les visages des quatre personnes présentes dans la pièce : TJ semblait froissé, Matt amusé, Melissa embarrassée et Noah surpris.

Aucun d'entre eux n'était au courant de son aventure avec Caleb. Ils ignoraient que son indépendance ne tenait qu'à un fil, qu'à chaque seconde qui passait, il s'immisçait davantage dans sa vie et dans celle de Melissa.

Elle essaya de se souvenir des termes exacts du marché sans y parvenir. Difficile donc de considérer Caleb comme redevable de quelque chose dont elle n'était pas certaine. Mieux valait laisser tomber, elle verrait plus tard.

— Désolée, bredouilla-t-elle. Merci beaucoup. Votre aide nous est précieuse.

Ils sourirent, et elle se força à sourire en retour. Pourtant, tout cela finirait mal, elle le sentait dans sa chair.

— Es-tu en train de dire que tu es prêt à lâcher ta bombe ? demanda Matt à Caleb.

Quinze jours s'étaient écoulés depuis la réfection du toit du Crab Shack. Ils se trouvaient sur la jetée de la marina de Whiskey Bay où Matt venait de terminer l'inspection de l'*Orca's Run*, l'un des plus grands yachts qu'il ait affrétés.

— Bernard a préparé les documents. Je n'ai plus qu'à signer.

— Mais ?

Matt remarqua un détail sur le quai devant lui. Il s'accroupit et sortit un outil polyvalent de sa ceinture.

— Tu le ferais ? demanda Caleb à son ami.

Il était resté éveillé toute la nuit, réfléchissant aux conséquences probables de l'annulation du droit d'usage de la route menant au Crab Shack. La colère de Juliet, sa déception, la catastrophe financière qui l'attendait.

Pourquoi fallait-il qu'elle se montre si entêtée ?

Matt resserra les boulons d'une pièce du système d'amarrage.

— Oui, répondit son ami, mais à condition que seules mes affaires comptent pour moi. Et je sais à quel point tu tiens à l'implantation de Neo à Whiskey Bay.

Caleb se perdit dans la contemplation des vagues qui étincelaient au soleil tout en se demandant s'il ne se comportait pas comme un idiot.

— Je ne me fais pas à l'idée de détruire la vie de Juliet.

— Elle connaît le risque que lui fait courir son obstination.

— Je n'arrête pas de me répéter qu'il doit y avoir une solution pour sortir de cette impasse.

Tasha, la mécanicienne de Matt, les rejoignit.

— L'*Orca's Run* est en état, annonça-t-elle.

— En excellent état, j'espère ? C'est pour un client berlinois appartenant au monde du spectacle. Il a des contacts dans toute l'Europe et peut nous envoyer du monde. Cette croisière doit se dérouler sans la moindre anicroche.

— Je sais. Le capitaine le sait. Tout le monde le sait.

— Tentative de rébellion ?

— Simple mise au point. La vérité, c'est que tu stresses tout le monde. Le chef vient de passer ses nerfs sur le steward à propos de crabe royal d'Alaska. Le pauvre gosse est dans tous ses états.

— Je vais…

— Non, par pitié ! Reste en dehors de tout ça.

Caleb s'amusait beaucoup. Tasha pouvait se montrer brutale, mais elle était aussi intelligente et intrépide, qualités qu'il appréciait.

— Je suis tout de même le patron, insista Matt.

— Si tu dois revendiquer ton statut, tu as un problème, ne put-il se retenir d'ironiser.

Il surprit le sourire narquois de Tasha. Ses yeux verts brillaient, et il s'aperçut que, sous sa casquette de base-ball, c'était une très jolie fille.

— Toi qui es une femme…, commença-t-il, saisissant l'occasion de demander conseil à une personne du sexe opposé.

— Oui, et donc ? répliqua-t-elle en se redressant dans sa tenue de travail.

— Caleb a des problèmes de cœur, expliqua Matt.

Caleb jeta un regard glacial à son ami.

— Tu ne m'aides pas beaucoup. Il s'agit d'affaires, expliqua-t-il à Tasha. J'offre à une femme un compromis raisonnable, mais elle préfère nous ruiner tous les deux.

— Si vous voulez mon avis, répliqua Tasha, le compromis vous favorise. Vous ne voulez pas voir la vérité, mais elle ne s'y trompe pas.

Le verdict le vexa.

— C'est la seule solution ! protesta-t-il.

— Me demandez-vous mon avis ou le secret pour faire changer d'avis une femme entêtée ?

En entendant Matt s'esclaffer, tous deux lui jetèrent un regard mauvais. L'intéressé déguisa aussitôt son rire en toux.

— Les femmes ne sont pas obstinées, continua Tasha. Elles sont juste intelligentes. Et ça vous énerve, vous les hommes, quand nous faisons preuve en plus d'égoïsme. Je pense qu'elle a raison, mais que vous refusez de l'admettre.

Ayant énoncé le fond de sa pensée, Tasha retourna son attention sur Matt.

— L'*Orca's Run* est en parfait état. Tu devrais te tenir à l'écart et nous laisser faire notre travail.

Sur ces mots, elle leur adressa un bref signe de tête.

— Eh bien, c'était pour le moins instructif.

— Tu es d'accord avec elle ? demanda Matt, surpris.

— Je suis d'accord avec ce qu'elle t'a dit. Tu as parfois tendance à te mêler de ce qui ne te regarde pas.

— Ça alors ! Eh bien moi, je suis d'accord avec son point de vue. Tu ne supportes pas que Juliet te tienne tête.

Matt se trompait. Caleb n'avait aucun problème avec les gens qui lui tenaient tête pour défendre leurs intérêts. Ce qui le frustrait, c'était son hésitation à tenir tête à Juliet pour défendre ses propres intérêts en raison de ses sentiments pour elle.

— J'ai couché avec Juliet, déclara-t-il, décidant que s'il voulait un conseil éclairé de son ami, il devait lui dire toute la vérité.

— Quoi ?

— À San Francisco. Elle m'a fait promettre d'oublier, mais je pense tout le temps à elle.

— Je n'en reviens pas ! C'est l'un des effets du tremblement de terre ?

— Tu insinues que j'ai profité de sa vulnérabilité ?

— Mais non. Tu n'agirais pas ainsi.

— Elle m'apprécie. Enfin, je veux dire que sur un certain plan, elle pourrait m'apprécier. Je lui plais, mais elle combat son attirance bec et ongles. Elle est drôle, intelligente et impertinente. Contrairement à toi, j'aime l'impertinence chez une femme. C'est sexy…

— Serais-tu tombé amoureux de Juliet ?

Il s'appuya d'une main à un pilier.

— Je ne sais que faire. Si c'était quelqu'un d'autre, je

révoquerais le droit de passage, la traînerais en justice et épuiserais ses ressources jusqu'à ce qu'elle se rende à mes conditions.

— Seulement, elle n'est pas quelqu'un d'autre.

— C'est bien là le problème. Je ne supporte pas l'idée qu'elle me déteste, et je ne veux pas la briser. Au fond de moi, je souhaite la réussite du Crab Shack. Au-delà de Juliet, ce serait rendre une certaine justice à son grand-père.

— Tes ascendants se sont acharnés sur les Parker.

— D'après Juliet, c'est peut-être encore pire que je le pensais. Disons que Roland Parker avait peut-être toutes les raisons de déclencher la bagarre.

— Pourquoi n'en suis-je pas surpris ?

— Parce que tu as rencontré mon père ?

Une rafale de vent souffla sur la jetée, faisant osciller les yachts étincelants de blancheur au bout de leurs amarres.

— Que vas-tu faire ? demanda Matt.

— Je n'en sais vraiment rien. J'envisageais de raisonner Melissa. Elle est plus raisonnable que sa sœur. Mais Juliet m'a mise en garde contre ce projet, et j'ai promis de ne rien tenter.

— Pourquoi as-tu promis ?

— C'était le seul moyen de la faire venir à San Francisco.

— Tu as renoncé à ta meilleure carte pour passer du temps avec elle, constata Matt d'un ton amusé.

— C'est ça.

Il avait eu envie d'être seul avec elle, mais ça ne s'était pas passé comme il l'espérait.

Ça s'était passé infiniment mieux. Faire l'amour avec elle avait été une expérience fabuleuse, sauf que la redescente se révélait douloureuse.

- 8 -

Ce n'était pas la première fois qu'elle appréciait les spots disséminés le long du sentier menant du Crab Shack à la maison. Il était presque 21 heures, et elle rentrait avec Melissa dans la nuit noire. Le ciel était menaçant et le vent se levait. Un orage arrivait du Pacifique.

Le bruit caractéristique du pick-up de Caleb s'estompa derrière elles tandis qu'il reprenait la grand-route. Ils avaient poncé les parquets aujourd'hui, et elle posait avec précaution un pied devant l'autre tout en rêvant d'une baignoire digne de ce nom. Elle aurait donné gros pour paresser une heure dans un bain bien chaud avant de se coucher.

L'idée fit renaître le souvenir de la baignoire géante de l'hôtel de San Francisco.

Mais elle ne voulait surtout pas penser à Caleb.

— Ta visite à papa s'est mal passée ? lui demanda soudain Melissa.

— Pourquoi cette question ?

— Je te trouve distraite depuis ton retour. Un peu triste, déprimée. Est-ce qu'il t'aurait pris la tête ?

— Pas plus que d'habitude. Il me reproche de t'avoir entraînée dans une histoire absurde.

— Tu sais que c'est faux.

Juliet glissa le bras sous celui de sa sœur.

— Quelquefois, je me demande. Sans moi, est-ce que tu serais ici ?

Avec son diplôme de gestion des affaires, Melissa

pouvait facilement trouver du travail. C'était elle, Juliet, qui s'était lancée dans la cuisine et était devenue chef. Elle qui, adolescente, passait des heures assise dans le Crab Shack définitivement fermé, rêvant aux possibilités. Et elle enfin qui avait promis à son grand-père de le rouvrir.

— Je n'en sais rien. Tu es la plus passionnée de nous deux.

Cette réponse lui donna à réfléchir.

— Tu as des regrets ?

— Pas du tout. Mais tu dois reconnaître que nous allons bientôt rencontrer des problèmes financiers. Et dernièrement, je ne te trouve pas en forme.

— C'est vrai, je suis fatiguée. Mais c'est normal, le ponçage est un travail exténuant.

— C'est tout, tu es sûre ?

— Absolument.

Elle se promit de faire attention à son attitude, parce que même si elle semblait cafardeuse, son enthousiasme pour le projet n'avait pas faibli.

— Il existe d'autres explications possibles, tu sais.

Un sentiment de malaise l'envahit. Elle s'arrêta et se tourna vers sa sœur.

— Qu'entends-tu par « autres explications possibles » ?

Caleb aurait-il réussi à influencer Melissa ? Ce serait une très mauvaise nouvelle.

Sa sœur continuait de marcher comme si elles menaient une conversation banale. Elle n'eut d'autre choix que de la suivre.

— Noah a eu une idée intéressante aujourd'hui. Nous bavardions… Bon d'accord, je flirtais avec lui, mais je ne sais sans doute plus m'y prendre. Devant lui, je suis comme une écolière, et il reste indifférent.

— Tu as des sentiments pour lui ? demanda-t-elle.

— Qui n'en aurait pas ? Il est si… si solide, si cool. Rien ne semble le perturber. Tu t'en es aperçue ?

À vrai dire, parce qu'il s'activait en permanence à transporter des matériaux ou à faire résonner ses outils électriques dans toute la maison, Noah faisait désormais partie du paysage.

— Je t'avoue que je n'y ai pas prêté grande attention.

— Il est très efficace aussi, continua Melissa. À l'entendre, tout est simple, mais il déploie une énergie phénoménale.

— Nous avons de la chance d'être tombées sur lui, convint-elle.

— Et ses mains… J'ai un faible pour ses mains, pleines de cicatrices, calleuses, super sexy. Malheureusement, il ne me remarque pas, et je me demande bien pourquoi.

— Peut-être que tu te montres trop empressée. Les hommes sont tentés par l'inaccessible. Essaie de prendre un peu de distance et de le laisser venir à toi.

— Et s'il ne vient pas ?

— Tu trouveras autre chose.

Melissa réfléchit quelques instants.

— Je peux toujours essayer, concéda-t-elle enfin. Tu sais, il a eu une bonne idée. Il pense que nous devrions envisager de vendre à Caleb.

Elle s'arrêta brusquement.

— Vendre le Crab Shack à Caleb ? Tu es tombée sur la tête ! Nous ne sommes pas ici pour vendre, mais pour réussir.

— Noah pense que Caleb nous donnerait du travail à Neo. Tu pourrais être chef et moi, je m'occuperais de la gestion. Tu comprends, en échange de la vente, il nous offrirait des possibilités de carrière.

Juliet n'en croyait pas ses oreilles. Pour prêter attention à de telles sornettes, il fallait que sa sœur soit devenue folle.

— Tu sais que Caleb s'empresserait de raser le Crab Shack ?

— Il faut être réaliste, ajouta Melissa d'une petite voix. As-tu pensé aux frais de justice ?

L'angoisse lui serra le cœur.

— Nous nous débrouillerons.

— Noah dit que…

— Arrête avec Noah ! Un charpentier ne connaît rien à la restauration. Je veux bien qu'il te plaise, mais c'est toi qui es diplômée en gestion des affaires !

— Ça n'a rien à voir, protesta Melissa, blessée.

Juliet s'en voulut immédiatement.

— Désolée. C'est juste que je ne comprends pas pourquoi Noah te met de telles idées en tête.

Et soudain, elle comprit. Noah se faisait le porte-parole de Caleb. C'était évidemment une idée de celui-ci.

— Écoute, dit-elle, c'est une suggestion intéressante et je ne devrais pas me mettre dans cet état. Mais je ne suis pas d'accord pour baisser les bras. L'histoire du droit de passage peut se régler plus aisément que nous le supposons. Si ça se trouve, Caleb bluffe.

— Tu crois ? fit Melissa d'une voix hésitante.

— C'est une possibilité. Ne prenons pas de décision précipitée.

Elles étaient arrivées à la maison. Cependant, Juliet se sentait trop énervée pour rester en place.

— Rentre. Je vais marcher encore un peu.

— Tu es fâchée contre moi.

Elle secoua la tête.

— Non et je suis désolée si tu en as l'impression. Dans cette histoire, nos deux voix comptent à égalité.

— C'était juste une suggestion.

— J'ai besoin de m'éclaircir les idées. Va.

Elle n'était pas fâchée contre sa sœur, ni contre Noah.

Une seule personne était à blâmer, et elle avait bien l'intention de lui demander des comptes.

Il s'était rabattu sur le cognac qu'il trouvait apaisant.

Ce soir, il avait signé les papiers que Bernard porterait demain au bureau du cadastre. Et les propriétaires du Crab Shack n'auraient plus le droit d'utiliser la route passant sur ses terres. À Juliet de voir si elle portait l'affaire en justice. Il lui faudrait un avocat qui lui coûterait des sommes qu'elle n'avait pas. Et elle ne le lui pardonnerait jamais.

Affalé sur le canapé de la salle de séjour, il posait un regard vague sur l'océan. De gros nuages roulaient dans le ciel, et la pluie giflait les carreaux. Ses haut-parleurs diffusaient à faible volume un jazz également apaisant.

Il s'apprêtait à boire une gorgée de cognac quand des coups retentirent à sa porte. Il consulta sa montre. Qui pouvait bien passer à cette heure ? Matt et TJ n'auraient pas frappé. Et, en général, les gens s'annonçaient.

Les coups reprirent, insistants. Il reposa son verre, se leva.

Quand il ouvrit la porte, il eut la surprise de découvrir Juliet, trempée de pluie, l'air furieux. Pour couronner le tout, un coup de tonnerre ponctua son apparition.

— Entre vite.

Dès qu'elle eut franchi la porte, elle tourna vers lui un regard accusateur.

— Tu trouves correct d'utiliser Noah pour parvenir à tes fins ?

Il tombait des nues, mais se reprit devant le spectacle qu'elle offrait, avec ses cheveux dégoulinant d'eau et son T-shirt collant à son corps.

— Tu es trempée, Juliet. Il faut te sécher.

— C'est le cadet de mes soucis !

Il la poussa néanmoins vers une salle de bains et lui tendit une serviette qu'elle refusa de prendre.

— Comment as-tu pu me faire ça ?

Il résista à l'envie de lui sécher les cheveux.

— Qu'ai-je fait d'après toi ?

— Ne joue pas au plus malin avec moi, Caleb Watford !

— Je ne joue à rien, rétorqua-t-il en posant la serviette sur ses épaules.

— Tu as manipulé Noah pour qu'il persuade Melissa que vendre était la meilleure solution.

L'idée était bonne, mais elle ne venait pas de lui.

— Je n'ai rien suggéré de tel à Noah.

— Arrête ça. Pendant les deux jours où tu prétendais aider Noah à refaire le toit, tu en as profité pour le gagner à ta cause.

— C'est faux ! Si j'avais eu l'intention d'acheter votre propriété, je serais venu t'en parler.

— Si seulement je pouvais te croire.

— Tu le peux.

Soudain, il lui trouva l'air malheureux.

— Ça va ?

— Non, ça ne va pas. Tu t'acharnes à détruire mon rêve.

Il n'avait rien à objecter. Mais Noah n'entrait pas en ligne de compte.

— J'ai toujours été honnête avec toi. Tu connais mes intentions. Pourquoi irais-je intriguer dans ton dos ?

— Tu as cru avoir la solution.

— Annuler le droit de passage suffira.

— Sauf que ça n'annulera pas la clause de non-concurrence.

— Et être prisonnière du Crab Shack t'avancera à quoi ?

Cédant à son envie, il prit la serviette et la lui posa sur les cheveux. Bizarrement, elle ne parut pas s'en rendre compte.

— Tu n'as pas le choix. Je n'ai pas besoin de Noah pour t'amener à céder.

Soudain, les épaules de Juliet s'affaissèrent.

— Noah est donc aussi contre moi ?

— Pas du tout, mais il a visiblement conscience de l'impasse dans laquelle vous vous trouvez.

— Ce n'est pas une impasse. Il y a forcément une solution.

Juliet leva sur lui des yeux bleus pleins de larmes.

— Et Melissa ? Dans quel camp est-elle ? C'est elle qui m'a parlé de cette idée.

— Elle n'est peut-être pas aussi impliquée que toi dans le projet.

Si seulement elles pouvaient prendre la suggestion de Noah au sérieux et vendre. Ainsi, il ne passerait plus pour le méchant. À cette perspective, il se sentit le cœur plus léger.

— Qu'est-ce que je peux faire ? demanda-t-elle d'une voix brisée. Je me bats contre toi, je me bats contre mon père et je devrais aussi me battre contre Melissa ?

N'y tenant plus, il l'attira dans ses bras. À sa grande surprise, elle s'y blottit et posa la tête sur son épaule.

Elle n'arrivait pas à croire qu'elle pleurait. Mais les larmes se frayaient obstinément un chemin à travers ses paupières et inondaient la chemise de Caleb.

Il ne mentait pas, à présent elle en convenait. Simplement, tout le monde était contre elle et, pour la première fois, elle se demanda si elle ne faisait pas fausse route.

Elle essaya de maîtriser son émotion. S'effondrer devant lui serait la pire chose qui puisse arriver. Pourtant, elle n'arrivait pas à retenir ses larmes, ni à quitter le refuge de ses bras.

On aurait dit qu'il y avait en lui deux hommes différents. Quand elle était près de lui, il semblait solide, compréhensif, et elle avait envie de s'appuyer sur lui. Mais quand elle s'en éloignait, elle perdait de vue sa gentillesse. À distance, il devenait un ennemi.

Il fallait qu'elle s'éloigne. Mais il la serrait contre lui et elle différait toujours l'instant de le quitter.

— Tout va s'arranger, murmura-t-il en embrassant ses cheveux.

— C'est faux, et tu le sais très bien !

Elle détesta entendre le chevrotement de sa voix.

— Si tu cessais de lutter ? suggéra Caleb. Juste une minute. Détends-toi, insista-t-il en lui massant le dos.

Sentant ses membres devenir lourds et son corps s'apaiser, elle n'eut pas la force de protester. Les yeux fermés, elle s'abandonna à la sécurité de son étreinte. Elle aurait tout le temps de se battre contre lui plus tard.

L'orage se déchaînait maintenant, et le bruit de la pluie cinglant les carreaux couvrait presque les accords de musique.

Elle restait immobile, percevant les battements du cœur de Caleb sous sa joue. Il se taisait. Son torse se soulevait et s'abaissait régulièrement, et sa chaleur s'insinuait en elle à travers ses vêtements mouillés. Après un long moment, elle renversa la tête en arrière pour le regarder. Il soutint son regard : il y avait de la compassion dans ses yeux.

Lentement, il se pencha sur elle et l'embrassa. Nouant les bras à son cou, elle s'abandonna à lui.

— Tu es vraiment d'accord pour ça ? chuchota-t-il.

— Non, non, c'est impossible. Mais je t'en prie, continue.

— Nous trouverons une solution.

— Non. Mais faisons comme si nous étions dans un univers parallèle où il n'y aurait que nous.

Il reprit ses lèvres.

Soudain, elle ne supporta plus le contact de ses vêtements mouillés. Impatiemment, elle dénoua les lacets de ses chaussures de travail et les envoya valser. Après l'avoir débarrassée de son T-shirt, il ôta sa chemise et l'attira à lui, peau contre peau.

À présent qu'elle avait pris sa décision, elle se laissait porter par les événements. Quand ils avaient fait l'amour à San Francisco, c'était dans l'urgence, la précipitation. Cette fois, ils allaient prendre leur temps.

Elle étreignit Caleb, couvrit son corps de baisers et de caresses. Comme s'il devinait son humeur, il fit lentement descendre ses lèvres de son cou à son nombril, lui arrachant de petits cris et attisant son désir. Il lui retira son pantalon, débarrassa du sien et l'allongea sur le canapé où il lui fit délicatement l'amour.

Un véritable déluge s'abattait sur le paysage tandis que dans la salle de séjour, l'atmosphère s'échauffait. Le cuir du canapé était doux contre sa peau et les mains de Caleb se faisaient tour à tour tendres et puis fermes. Il sollicitait tous ses sens. Elle suivit son rythme jusqu'à flotter au-dessus de la terre dans une pure félicité avant d'exploser dans une cascade de sensations, en criant son prénom.

Peu à peu, la pièce reprit une apparence normale, et elle retrouva ses repères.

Ils demeurèrent silencieux. Il se retourna, l'attira sur lui et la recouvrit de sa chemise. Elle n'avait pas froid, mais aimait l'impression d'être dans un cocon. Pour la première fois depuis des jours, elle se sentait en paix.

Il aurait volontiers tenu Juliet endormie sur lui pour l'éternité, mais il savait que, tôt ou tard, le monde extérieur viendrait troubler leur tranquillité. Cette pensée ne lui avait pas plus tôt traversé l'esprit que le portable de Juliet se manifestait. Le bruit ne troubla pas son sommeil. Il sourit tout en lui caressant les cheveux et déposa un baiser sur sa tempe. Quand il se dégagea, elle se recroquevilla dans la chaleur des coussins, et son sourire s'élargit. Elle était belle, paisiblement endormie. Un poids lui glissa des épaules.

Il alla chercher une couverture qu'il étendit sur elle et écarta les cheveux emmêlés sur son visage. Après quoi, il but deux gorgées de cognac, et cet alcool lui parut meilleur que jamais.

L'appel provenait sans doute de Melissa qui s'inquiétait de ne pas voir arriver sa sœur. Il prit son portable, fit défiler ses numéros d'appel afin de retrouver celui passé par Juliet à sa sœur à San Francisco. Il composa le numéro.

— Caleb ? fit la voix étonnée de Melissa.

— Je voulais te prévenir que Juliet est chez moi. Elle est passée tout à l'heure.

Silence.

— Je ne comprends pas. Elle disait qu'elle allait marcher.

— Elle était furieuse.

— Contre moi ? demanda Melissa, visiblement peinée.

Sa réaction le surprit. Il gagna la cuisine pour poursuivre la conversation.

— Non, contre moi. Elle était furieuse contre moi.

— Pourquoi ne revient-elle pas ? Pourquoi ne m'a-t-elle pas appelée elle-même ? Qu'est-ce que tu as fait ?

Impossible de donner une réponse circonstanciée à cette question.

— Nous nous sommes disputés. Elle a fini par se calmer et elle devait être épuisée parce qu'elle s'est endormie sur mon canapé.

Après cette déclaration, un silence de mort retomba.

— Melissa ?

— Tu es certain qu'elle n'était pas en colère contre moi ?

— Certain. J'étais la cible, je peux te l'assurer.

— Pourquoi ?

— Elle pense que j'ai manipulé Noah pour qu'il te persuade de vendre le Crab Shack.

— Mais non ! C'était l'idée de Noah, n'est-ce pas ? Tu n'aurais pas fait ça ?

— Non. Jamais je n'utiliserais Noah contre vous. Je suis votre adversaire, Melissa, mais je joue cartes sur table.

— J'ignore pourquoi, admit-elle, mais je te crois.

— Merci.

C'était important qu'elle ait confiance en lui.

— Tu envisagerais d'acheter le Crab Shack si Juliet décidait de vendre ? demanda Melissa d'une voix hésitante.

Il réfléchit quelques instants, se rappelant la promesse faite à Juliet de ne pas essayer d'influencer Melissa et se demandant jusqu'où pouvait aller cette conversation pour rester éthiquement correcte.

Avant qu'il ne réponde, elle reprit :

— Tu crois que c'est une bonne idée ?

— Je la trouve excellente. Seulement Juliet n'acceptera jamais.

— Je sais. Parfois… je pense qu'elle est aveuglée par son amour pour notre grand-père.

— Que veux-tu, toi ?

— Avant tout, que Juliet soit heureuse.

Il s'assit à la table de la cuisine et fit tourner son cognac dans son verre.

— Tu n'as aucune raison de me croire, mais moi aussi.

— Que devrions-nous faire ?

Il aurait aimé profiter de l'occasion offerte de défendre son point de vue, mais sa conscience le rappela à l'ordre.

— Étant donné les circonstances, je ne suis pas le mieux placé pour te parler. Sache seulement que je ne bluffe pas à propos du retrait du droit de passage.

— C'est ce que pense Noah. Il dit que ton projet est allé trop loin pour que tu recules.

— Noah a la tête sur les épaules.

— Je n'ai jamais rencontré quelqu'un comme lui !

Au ton de la voix de Melissa, il pouvait affirmer que Noah était un homme heureux.

— Et que désires-tu pour toi ? demanda-t-il.

— Je voudrais exercer mes compétences pour apporter ma contribution au succès d'une affaire.

Il n'était pas trop compliqué de lire entre les lignes.

— Mais pas nécessairement à celui du Crab Shack ?

— Tu as raison. Je ne suis pas aussi investie que Juliet.

— Nous pourrions…

— Tu ne veux pas avoir le sentiment de conspirer contre Juliet, l'interrompit Melissa.

Il revit la petite mine de Juliet, affirmant qu'elle ne pouvait pas lutter en même temps contre lui, son père et maintenant sa sœur.

— C'est exactement ça.

— Tu songes quand même à la forcer à renoncer pour son bien ?

— Je songe…

Comment présenter la chose ?

— Je sais qu'elle ne sortira pas gagnante de ce conflit.

— À moins que tu renonces.

— Pourquoi renoncerais-je ?

— Je crois connaître la réponse, répliqua-t-elle, malicieuse.

L'appel terminé, il retourna jeter un coup d'œil à Juliet.

Elle était si belle. Il n'arrivait pas à croire qu'ils aient fait l'amour une deuxième fois et qu'elle soit là, endormie sur son canapé.

Il la contempla un long moment.

Il devait forcément exister un moyen de se rapprocher. Il arrivait de moins en moins à concevoir un avenir sans elle.

- 9 -

Il lui fallut un moment pour prendre conscience qu'elle était toujours sur le canapé de la salle de séjour de Caleb. Elle avait chaud, elle était bien. Elle était nue.

Les souvenirs de la nuit lui revinrent, et elle se rendit compte qu'elle avait commis une terrible erreur en venant affronter Caleb. Même si ça avait tourné en une fantastique joute amoureuse, elle était plus que jamais déchirée.

Elle s'assit dans la lumière matinale et aperçut ses vêtements soigneusement pliés sur une chaise. Malgré elle, cette petite attention lui fit plaisir.

Une fois habillée, elle hésita à se glisser dehors sans être vue, mais ça aurait été faire preuve de lâcheté. Prétendre que rien n'était arrivé serait inutile.

Des bruits en provenance vraisemblablement de la cuisine lui parvinrent. Elle se passa les doigts dans les cheveux pour leur redonner un semblant de tenue et, rassemblant tout son courage, se dirigea d'un pas ferme vers la source des bruits.

Dans la vaste et lumineuse cuisine, Caleb remplissait une tasse de café. Quand il leva les yeux et croisa son regard, sa nervosité reprit le dessus.

— Je ne sais vraiment pas quoi dire, bredouilla-t-elle.

— Pourquoi pas : « bonjour » ?

— Bonjour, répéta-t-elle, soulagée par son attitude décontractée.

— Café ?

— S'il te plaît.

Il sortit une autre tasse qu'il remplit et contourna le bar pour la lui apporter.

— As-tu bien dormi ?

— À poings fermés.

— Tant mieux.

Cette conversation polie lui portait de plus en plus sur les nerfs.

— Caleb, je ne sais pas ce qui s'est passé hier soir.

— Tu veux dire que tu ne te souviens pas ou que tu ne sais pas pourquoi ça s'est passé ?

Leurs regards se croisèrent quand il lui tendit sa tasse.

Elle but une gorgée de café, espérant s'éclaircir les idées. Elle avait besoin d'être en pleine possession de ses moyens.

Il lui fit signe de s'asseoir à une grande table ronde placée dans une baie en saillie. L'orage était passé et le soleil se levait sur l'océan.

— Que veux-tu faire ? demanda-t-il comme ils s'asseyaient.

— Je vais rentrer. Melissa doit être inquiète.

— Je l'ai prévenue hier soir que tu étais ici, l'informa-t-il avant de se hâter de boire une gorgée de café.

Gêne et inquiétude la saisirent.

— Que lui as-tu dit ? demanda-t-elle d'une voix légèrement enrouée.

— Que tu étais en colère, que nous nous étions disputés et que, exténuée, tu t'étais endormie sur le canapé.

— C'est tout ?

— Oui.

La lumière matinale adoucissait l'expression de Caleb, et il semblait plus ami qu'adversaire. C'était le Caleb qu'elle devait éviter si elle voulait garder toute sa raison.

— Je lui ai dit aussi que tu croyais que j'avais essayé de mettre Noah dans ma poche, et que c'était faux.

Elle hocha la tête. Il était sincère, ce qui signifiait que Noah ne croyait pas à la réussite de son projet. Quant à Melissa, elle avait certainement des doutes.

Au-dehors, les trembles frissonnaient sous la brise, et les vagues s'écrasaient contre les rochers en contrebas. Seul le discret ronronnement d'un réfrigérateur troublait le silence de la cuisine.

— Si nous devons recommencer…

— Nous ne recommencerons pas !

— Bref, j'aurais dû utiliser un préservatif, dit-il sur un ton d'excuse. Mais je suppose que tu utilises un moyen de contraception ?

Elle faillit lui conseiller de se mêler de ses affaires, mais ça aurait été mal venu.

— Piqûres d'hormones, se sentit-elle tenue d'expliquer. Ce n'est pas spécifiquement destiné à la contraception. Mais c'est l'un de leurs effets.

Elle ne voulait pas qu'il se fasse de fausses idées sur sa vie sexuelle qui, d'une manière générale, était inexistante. Jusqu'à son arrivée dans sa vie.

Il hocha la tête.

— Bon.

— Caleb, reprit-elle une note d'avertissement dans la voix. Nous n'allons pas recom…

— J'ai compris.

Il reposa sa tasse vide.

— Je t'aime bien, Juliet.

Elle ne voulait pas entendre ces mots. Elle ne voulait pas que le gentil Caleb la pousse à agir stupidement. La vérité, c'était que si elle s'abandonnait à l'émotion, elle l'entraînerait droit au lit.

Il soutint son regard.

— Je suis passionnément attiré par toi. Et…

À cet instant, ils entendirent la porte d'entrée s'ouvrir et se refermer.

— Caleb, fit la voix de Matt.

Un vent de panique souffla sur Juliet.

— Il sait, la rassura Caleb.

Son agitation grandit.

— Quoi ? Je n'en ai même pas parlé à ma sœur, lâcha-t-elle d'un ton sec.

— Je n'en ai parlé à personne d'autre, chuchota-t-il alors qu'un bruit de pas approchait.

— C'est censé me réconforter ?

— Bonjour, Caleb, lança Matt en entrant dans la cuisine. Bonjour, Juliet.

— Je…, commença-t-elle, avant de se taire, faute de trouver quoi dire.

— Ce n'est pas ce que tu crois, intervint Caleb.

Matt leva les mains.

— Ça ne me regarde pas.

Elle fit un nouvel essai.

— Nous avons une relation compliquée.

— Je n'ai vraiment pas besoin d'explication, insista Matt en se servant une tasse de café. Et je sais tenir ma langue.

— Matt n'est pas du genre à bavarder, confirma Caleb.

En réalité, ce que Matt dirait ou pas n'avait pas d'importance. Le problème, c'étaient ses sentiments conflictuels pour Caleb. Et l'autre gros problème, c'était comment réussir à relever le Crab Shack et à le faire prospérer.

— Est-ce que je dois prendre contact avec un avocat ? demanda-t-elle à Caleb.

— Le mien annule ton droit de passage ce matin.

— Vraiment ? s'exclama Matt. Je croyais à une simple menace.

— J'ai toujours su que Caleb était sérieux, répliqua Juliet.

— Tu ne me laisses pas le choix, rétorqua l'intéressé.

— Toi, en revanche, tu as toujours le choix. Tu peux vivre avec seize établissements qui tournent !

— Il ne s'agit pas d'argent.

— S'il ne s'agissait pas d'argent, tu n'agirais pas ainsi.

— En parlant de choix, tu l'as aussi. Le Neo et le Crab Shack peuvent cohabiter sans heurts.

— Ce n'est pas un choix : c'est le mauvais tour d'un Watford à un Parker. Je suis ici pour éviter que l'histoire se répète.

Le regard de Caleb s'assombrit.

— Tu t'égares.

Elle se leva.

— J'ai tort, en effet, mais pas à ce sujet.

Elle s'apprêta à se retirer en s'efforçant de ne voir que le Caleb distant, celui qui cherchait à lui nuire.

Malheureusement, elle n'y parvint pas.

Une semaine plus tard, Caleb et Matt regardaient Noah grimper les marches de la terrasse située au-dessus de la marina.

Il était presque 22 heures, et le Crab Shack était plongé dans l'obscurité depuis plus d'une heure.

— Tu es certain qu'il est ton allié ? demanda Matt.

— Je l'espère en tout cas. Sinon, je n'ai guère de marge de manœuvre.

— Juliet refuse toujours de te parler ?

— Je ne peux même pas l'approcher.

Et ce n'était pas faute d'avoir essayé.

Après avoir tenté en vain les carottes, le bâton se révélait être un colossal échec. S'il ne trouvait pas très vite une idée, Juliet serait ruinée, et il n'aurait aucune chance d'approfondir leurs sentiments réciproques.

— Bonsoir, Noah, lança-t-il en avançant pour lui serrer la main. Merci d'être venu.

— Il s'agit de travail si j'ai bien compris ?

— Melissa m'a parlé de votre suggestion, répondit Caleb en s'asseyant.

Bien que la nuit soit claire, les vagues s'écrasaient avec force sur les rochers. Sous la violence du choc, les amarres des yachts grinçaient contre leur flanc, et le drapeau du quai claquait dans le vent.

— Quelle suggestion ? demanda Noah, méfiant.

— Qu'elles me vendent le Cab Shack. C'est une bonne idée, et Melissa y réfléchit. Mais évidemment, Juliet est contre.

— Elle croit que l'idée vient de vous, dit Noah en se levant. Mais elle ne cédera pas. Si c'est pour ça que vous m'avez fait venir…

— Non, le rassura Caleb.

Après un instant d'hésitation, Noah se rassit.

— Une bière, ça vous dit ? proposa Matt.

— Allez-vous inviter Melissa à sortir avec vous ? demanda Caleb à Noah.

— Non.

— Pourquoi pas ? Elle vous apprécie.

— Je vais chercher la bière, dit Matt.

— Parce qu'elle est diplômée de l'université et que je suis un ex-taulard avec tout juste le bac.

— Vous êtes aussi charpentier agréé, s'étonna-t-il.

— Vous l'imaginez me présenter à son père ?

Matt tendit les bières à la ronde et se rassit.

— Vous vous sous-estimez, répliqua Matt.

— Bon, j'imagine que ce n'est pas pour ça que vous m'avez fait venir.

Caleb inclina la tête.

— Si j'arrive à embarquer Juliet dans l'aventure, accepteriez-vous de travailler pour Neo ?

Juliet et Melissa appréciaient Noah. Tout comme lui. Et il admirait son travail. Ce qu'il voulait, c'était une solution qui contente tout le monde.

— Ou pour moi, dit Matt. Il y a du travail à la marina pour un bon charpentier.

Noah les regarda tour à tour.

— Vous savez très bien que les sœurs Parker ne vendront jamais.

— Melissa a reconnu qu'elle aimerait travailler pour Neo.

— Melissa n'est pas Juliet, répliqua Noah.

— Je ne désespère pas d'y arriver.

— Dans ce cas, je vous souhaite bonne chance, dit Noah en se levant.

— Proposez à Melissa de sortir avec vous, souffla Matt à Noah. Ne laissez pas votre passé vous gâcher la vie.

— Bien que Matt ait divorcé et ne soit pas le mieux placé pour vous donner des conseils, je suis d'accord avec lui.

— Divorcé ou pas, riposta Noah, je préfère suivre les conseils de Matt que les vôtres. Je n'ai jamais vu un homme se fourrer dans un guêpier pareil avec une femme !

— Si je n'arrive pas à la faire changer d'avis…

— Tu perdras un million de dollars, termina Matt.

— Ce n'est pas ce que je m'apprêtais à dire.

Noah termina sa bière.

— Vous ne la ferez pas changer d'avis. Et Matt a raison. C'est vous qui céderez.

À ces mots, Matt éclata de rire.

Avant que Caleb ait trouvé un argument à opposer aux deux compères, Noah était parti.

— Noah m'a invitée à sortir avec lui ! s'exclama Melissa, radieuse.

Elles disposaient les appliques de cuivre sur le bar recouvert d'un tissu afin de les polir. Melissa baissa la voix en regardant subrepticement vers la terrasse où Noah travaillait.

— Ton plan marche. Je me suis tenue à distance pendant presque une semaine. Ça a été dur.

Bien que sincèrement heureuse pour sa sœur, Juliet dut se forcer à sourire. Elle-même avait évité Caleb toute la semaine et il lui manquait. Mais ce n'était pas le moment de s'apitoyer sur son sort.

— Félicitations ! Où irez-vous ?

— Restaurant et boîte, samedi soir à Olympia.

— Et que porteras-tu ?

— Ta robe noire. Je te promets d'y faire très attention.

Melissa prit un chiffon et ouvrit le flacon de pâte à polir.

Sentant une brusque tension chez sa sœur, Juliet releva la tête. Melissa ouvrait de grands yeux.

— Papa ! s'exclama Melissa d'une voix enjouée, sans cesser de fixer un point dans son dos.

Juliet se retourna brusquement. Leur père se tenait sur le seuil, l'air bougon, pas rasé, ce qui était exceptionnel.

— Il y a un problème ? se hâta-t-elle de demander.

Le regard méprisant de Roland Parker fit le tour de la salle.

— Ça te plaît ? demanda Melissa.

— C'est pire que je le pensais.

Juliet réprima son indignation.

— Cet endroit va être magnifique ! Nous avons agrandi les fenêtres, restauré le bar, refait le parquet, sans parler des installations.

— Et tout votre argent y est passé.

— Nous avons établi un budget, intervint Melissa. Tout est calculé et nous avons l'aide de…

Par la fenêtre, elle chercha Noah du regard.

— Qu'es-tu venu faire, papa ? demanda Juliet.

— Votre courrier s'accumule, répondit-il en montrant la grande enveloppe qu'il avait dans la main.

— Tu as fait le voyage depuis Portland pour nous apporter notre courrier ? demanda-t-elle d'un ton incrédule.

— Et pour remettre un peu de plomb dans la cervelle de mes filles. Mais je constate que j'arrive trop tard. Le mal est fait.

— Quel mal ? C'est ainsi que tu traites notre travail ?

— Je pourrais aussi bien le qualifier de folie.

— Si c'est pour ça que tu es venu…, commença Juliet.

— Non, s'il te plaît, implora Melissa. Je déteste qu'on se dispute.

Roland posa l'enveloppe sur une table.

— Dans ce cas, entendez raison, dit-il.

Juliet croisa les bras.

— Nous avons déjà abordé le sujet.

— Tout va bien ?

Cette fois, c'était Caleb sur le seuil. Roland se retourna et il dut reconnaître leur voisin, car ses narines frémirent.

— Vous êtes un Watford ! jeta-t-il.

— Caleb Watford, monsieur Parker.

Après un instant d'hésitation, Caleb s'avança dans la pièce, main tendue. L'ignorant, son père tourna un regard accusateur vers Juliet.

— Qu'est-ce qu'il fabrique ici ?

— Monsieur Parker…

Roland pointa un doigt vers Caleb.

— C'est à ma fille que je parle, pas à vous !

— C'est notre voisin, répondit Melissa d'un ton

conciliant. Matt et lui — Matt est le propriétaire de la marina — nous ont aidées pour…

Le visage de leur père s'empourpra.

— Vous acceptez l'aide d'un Watford ?

— Je ne suis pas mon père, protesta Caleb.

— Sortez ! hurla Roland. Ici, c'est la terre des Parker et vous n'y êtes pas le bienvenu !

— J'aimerais vous présenter des excuses de la part de ma famille, répliqua Caleb.

Roland serra les poings.

— Vous n'avez donc pas entendu ?

Caleb ne bougea pas.

— Nous ne résoudrons jamais rien si nous ne parlons pas.

— Il n'y a rien à résoudre ! décréta leur père en avançant vers Caleb.

— Papa ! cria Melissa, horrifiée.

Juliet avait envie de vomir. Mains levées, Caleb recula d'un pas.

— Je vois que ce n'est pas le moment.

— Ce ne sera jamais le moment ! gronda Roland.

Caleb sortit. Émergeant de sa stupeur, Juliet songea qu'il devait avoir une bonne raison pour rompre sa promesse de se tenir à l'écart.

— Caleb, attends ! s'écria-t-elle en courant derrière lui.

Son père essaya de l'arrêter au passage, mais elle l'esquiva.

— Caleb ! appela-t-elle encore.

Il s'arrêta sur le parking.

— Pourquoi cette visite ? demanda-t-elle, luttant contre l'envie de se jeter dans ses bras.

L'éviter était une sage décision, sauf qu'il lui manquait terriblement.

— Le tribunal nous convoque lundi, répondit-il d'un ton distant. J'étais venu voir si, en dernier recours, nous pourrions trouver un compromis.

Il fit un signe de la tête en direction du restaurant.

— Quand est-il arrivé ?

— Il n'y a pas un quart d'heure. Il est venu nous traiter de folles et il veut que nous rentrions à Portland avec lui.

Caleb eut un sourire cynique.

— Pour une fois, je suis d'accord avec lui.

— Désolée. Il peut être tellement obtus. Il nous aime, mais il n'arrive pas à dépasser… le passé.

De façon inattendue, le regard de Caleb s'adoucit.

— Y arrives-tu, Juliet ?

Oui, très bien, mais elle ne l'avouerait pour rien au monde.

— Pas quand tu piétines mes rêves.

Il hocha la tête.

— C'est bien ce que je pensais, marmonna-t-il en ouvrant la portière de son pick-up. À lundi, au tribunal.

Elle le regarda partir, se sentant assaillie de tous côtés. Et pour la première fois, elle se demanda si elle résisterait à la pression. Son père avait peut-être raison depuis le début. Si ça se trouvait, elle n'avait rien à faire ici.

Caleb avait peut-être raison, lui aussi. Elle ferait mieux de résilier la clause de non-concurrence et d'éviter un procès qui la ruinerait définitivement. Il y avait encore la possibilité que Noah ait raison. Vendre limiterait les dégâts. Melissa et elle investiraient l'argent dans un autre projet, quelque part loin d'ici, où elle ne reverrait jamais Caleb.

Et d'ailleurs, n'était-ce pas aussi l'avis de Melissa ?

Comment savoir qui avait raison ? Comment décider ?

En apercevant Noah assis au volant de son pick-up, à l'entrée de la route d'accès au Crab Shack, Caleb descendit de son véhicule et s'approcha.

Noah baissa la vitre.

— Qu'est-ce que vous faites ? demanda Caleb.

Noah regardait droit devant lui, mâchoires serrées.

— Je suis un lâche.

La réponse le choqua.

— Pourquoi ? Que s'est-il passé ?

— Son père a débarqué.

Dans un élan de sympathie, Caleb s'accouda à la portière.

— Il vient de me jeter hors du Crab Shack, avoua-t-il.

— Je n'ai pas envie d'attendre que ça m'arrive.

— Vous auriez de la compagnie.

La mâchoire de Noah se contracta un peu plus.

— Je ne veux pas mettre Melissa en mauvaise posture. Il vaut mieux que je disparaisse.

— Vous l'avez invitée à sortir avec vous ?

— Oui.

— Et elle a accepté ?

Une ombre de sourire passa sur le visage de Noah.

— Elle avait l'air très contente, et moi aussi.

— Quel est le programme maintenant ? Lui briser le cœur ?

— Son cœur n'est pas encore impliqué, ce que j'aime autant.

— Vous n'avez quand même pas peur de ce type mal embouché ?

— J'affronterais cent types comme lui. C'est Melissa que je protège. Pas moi.

— Dans ce cas, vous faites erreur.

Noah avait un avantage sur lui. Il n'était pas un Watford. Silencieux, il gardait les mains crispées sur le volant.

— Vous voulez vous battre pour elle, n'est-ce pas ? demanda Caleb.

— Bien sûr.

— Elle vous attend. Ça sera peut-être moche au début, mais qui n'a pas eu quelques mots avec le père de sa femme ?

— C'est différent.

— D'accord, mais ça pourrait être pire. Regardez-moi.

— Vous tenez vraiment à Juliet ?

— Énormément.

Et au lieu de s'atténuer, son attachement ne faisait qu'empirer.

— Au moins, tu as réussi dans la vie, constata Noah, passant au tutoiement.

— Au moins, vos familles ne sont pas ennemies mortelles. Je ne sais pas si tu as entendu parler de…

— Un peu. J'ai compris les grandes lignes.

— Eh bien, je peux te dire qu'après m'avoir croisé, Roland Parker sera ravi de te voir.

Noah secoua la tête d'un air dégoûté.

— Je te dis que je suis un lâche.

— Tu protèges Melissa. Simplement pas de la bonne manière. Retourne là-bas et affronte-le.

Noah tourna la clé de contact.

— Tu as raison !

Il démarra et s'éloigna dans un nuage de poussière.

Caleb suivit des yeux le camion jusqu'au parking. Là, Noah coupa le moteur et le bruit des vagues et du vent prit le relais.

Son cœur se serra d'envie. Il aurait donné gros pour retourner là-bas et se battre pour Juliet.

- 10 -

Comme anesthésiée, Juliet était rentrée dans la maison quand le pick-up de Noah se gara sur le parking.

— Le voilà ! s'écria Melissa en se précipitant vers la porte.

— J'espère que ce n'est pas encore un Watford, grommela leur père.

— C'est Noah, lança Melissa par-dessus son épaule. Notre entrepreneur.

Noah sauta à bas du pick-up, prit Melissa dans ses bras et l'embrassa chaleureusement.

— Votre entrepreneur ? répéta son père d'un ton dubitatif.

— Ils sortent ensemble.

Jamais encore Juliet n'avait vu Noah se livrer à de telles démonstrations de tendresse.

Elle n'avait pas plus tôt terminé sa phrase que son père sortait. Sa première réaction fut de le suivre, mais elle était fatiguée. Et puis, cela concernait Melissa et Noah. Ils n'avaient sûrement pas besoin qu'elle s'en mêle.

Elle se laissa tomber sur une chaise afin de prendre quelques minutes pour elle. Dès qu'elle se détendit, l'image d'un Caleb plus beau que jamais vint danser sous ses yeux.

Elle tentait de détourner le cours de ses pensées quand elle aperçut l'enveloppe apportée par son père. Accueillant avec reconnaissance la diversion, elle en inspecta le contenu. Essentiellement constitué de publicités et de lettres de politiciens locaux, il était sans grand intérêt.

Mais soudain, elle tomba sur un courrier de la clinique où elle était suivie.

Elle l'ouvrit, persuadée qu'il s'agissait d'une lettre lui rappelant qu'elle devait prendre rendez-vous pour sa prochaine injection d'hormones. Examinant la date de la dernière, elle tressaillit.

Ce n'était pas possible. Il y avait sûrement erreur.

Elle fouilla sa mémoire, essayant de se rappeler quand avait eu lieu la dernière piqûre. Cependant, ne trouvant aucun repère, elle sentit l'inquiétude l'envahir. Ce n'était peut-être pas une erreur. Et s'il n'y avait pas erreur, la date de l'injection était dépassée depuis plus d'un mois.

Ne cède pas à la panique ! se répétait-elle. Malgré le retard d'injection, les probabilités jouaient en sa faveur.

Il le fallait. Elle n'imaginait pas être enceinte.

Son regard se porta sur le trio à l'extérieur. Melissa souriait. Apparemment détendu, Noah s'entretenait avec leur père qui acquiesçait de la tête. Ce n'était pourtant pas le moment de se pencher sur l'énigme du comportement paternel. Il fallait qu'elle sache, et tout de suite. Saisissant la lettre et son sac, elle s'élança vers la porte.

— Je vais en ville, cria-t-elle au passage. Besoin de quelque chose ?

Sans attendre de réponse, elle grimpa dans la camionnette et démarra. Elle ne pouvait pas être enceinte ; ce serait un véritable désastre.

Tout en se dirigeant vers la pharmacie de Whiskey Bay, elle se força à penser de façon optimiste. Elle n'était pas enceinte, elle l'aurait senti. Le test de grossesse la rassurerait. Elle pousserait un énorme soupir de soulagement et rirait d'elle-même. Et il serait alors temps de s'attaquer au problème de la servitude.

Que cette question semblait futile au regard de ce qui la menaçait… Au fond, en remettant les choses en perspective, sa frayeur serait peut-être bénéfique. Elle gagnerait le procès et Caleb devrait renoncer à lui mettre des bâtons dans les roues.

Pas de concurrence, pas de bébé, aucun lien avec Caleb. Exactement ce qu'il lui fallait, même si l'idée de ne plus jamais connaître la chaleur de ses bras creusait un grand vide.

Elle entra et sortit de la pharmacie tel un bolide. Après avoir lu la notice d'utilisation, elle s'arrêta dans les toilettes publiques d'un parc d'où l'on jouissait d'un point de vue exceptionnel sur l'océan. Couples, familles, adolescents, jouaient et pique-niquaient sur l'herbe. Des groupes se promenaient sur le sentier longeant la falaise, bavardant et riant, leurs cheveux soulevés par la brise.

Pour eux, c'était une journée ordinaire.

Elle pénétra en tremblant dans le bâtiment. Après avoir soigneusement relu les instructions, le cœur battant, elle les mit en pratique. Quand ce fut fait, elle regarda sa montre. Il fallait attendre dix minutes pour obtenir les résultats.

Afin de détourner ses idées de l'objectif final, elle réfléchit à la suite des événements. Il fallait trouver un achat urgent qui justifie son départ en trombe de la maison.

Peut-être des courses pour le dîner. Son père adorait les lasagnes. Voilà, elle irait acheter de quoi en confectionner. Ainsi, elle passerait pour une fille attentionnée plutôt que pour une folle.

Elle consulta sa montre. Encore quelques secondes de patience. Elle opéra le décompte à voix haute, puis, retenant sa respiration, amena le test à hauteur d'yeux. Elle s'y reprit à deux fois, plissant les paupières.

Rien n'y fit. Le résultat s'affichait, obstinément positif.

Elle était enceinte.

Fixant les deux lignes qui s'inscrivaient dans la fenêtre du test, elle se demandait comment elle avait pu se montrer aussi inconséquente. Jamais, jusqu'à présent, elle n'avait manqué une injection d'hormones.

Comment le ciel pouvait-il lui jouer un tour aussi cruel ?

Son portable sonna dans son sac. Ce devrait être Melissa, mais elle se sentait incapable de parler pour l'instant. Sauf que si elle ne répondait pas, Melissa s'inquiéterait.

Eh bien, qu'elle s'inquiète ! Tout se terminerait bien pour elle. Le Crab Shack ne revivrait pas, leur père serait ravi. Et Caleb, eh bien lui serait le plus heureux de tous. Il allait obtenir tout ce qu'il voulait.

Il n'arrivait pas à croire la nouvelle que Noah lui apportait.

— Tu dis qu'elle est décidée à vendre ?

— Je viens de m'entretenir avec elle, assura Noah en le suivant sur la terrasse.

Matt et TJ y étaient déjà installés près d'un gril qui chauffait. Craignant de rester seul avec ses pensées, il les avait invités à un barbecue.

— Mais pourquoi ? Qu'est-ce qui a pu la faire changer d'avis ?

Il était enchanté, bien sûr. Seulement, c'était si inattendu.

— La réalité, je crois, répondit Noah.

Ce serait aussi simple que ça ? L'imminence de la confrontation au tribunal lui aurait fait entendre raison ?

Il avait envie d'y croire, mais n'y réussissait guère.

— Comment a-t-elle formulé sa décision ? demanda-t-il.

— Elle a juste dit que j'avais raison. Melissa étant d'accord avec moi, et son père aussi, bien entendu, elle a dû se sentir un peu seule. Et de mon côté, j'ai gagné des points auprès de Roland !

Caleb sourit. Noah triomphait sur le front sentimental. Lui triompherait sur celui des affaires. Il aurait dû s'en réjouir.

— Salut, Noah, dit Matt.

— Salut ! lança TJ en écho.

— Juliet est d'accord pour vendre, annonça-t-il à ses amis.

— Pas possible ! s'exclama Matt avec un grand sourire.

— Mais je ne comprends pas pourquoi elle renonce à se battre, ajouta Caleb.

— À cause de son père ? suggéra Noah.

— Son père ? répéta Matt.

— Il a débarqué tout à l'heure, expliqua Caleb. Nous avons échangé quelques mots, et il m'a jeté dehors.

— Ça ne m'étonne pas, constata Matt. Il te hait.

— Il hait mon père et mon grand-père, c'est différent. Enfin, ça devrait l'être.

— À combien vend-elle ? demanda Matt.

Caleb haussa les épaules. Le prix importait peu. Il lui accorderait tout ce qu'elle voudrait, et s'il y avait le moindre espoir que sa générosité lui permette de faire la paix avec elle, il n'hésiterait pas.

Soulevant le couvercle du barbecue, il épousseta les grilles.

— Que projettent-elles de faire ? demanda Matt à Noah revenu de la cuisine.

— Retourner à Portland.

Caleb interrompit son geste et se retourna.

— Comment ça ? Je leur ai offert des emplois.

Noah haussa les épaules.

— Juliet est inflexible.

— Et Melissa ?

Il était bien certain que travailler à Neo l'intéressait.

— Elle part avec Juliet.

— Et toi ? demanda Matt.

— À propos de l'offre d'emploi…

Matt eut un sourire entendu.

— Tu les suis à Portland, c'est ça ?

Noah prit l'air gêné.

— Là-bas, il y a du travail dans le bâtiment. Et puis, Roland Parker semble m'apprécier.

— Je les engage toutes les deux ! s'exclama Caleb.

— Tu peux toujours proposer, répliqua Noah, mais je ne parierais pas sur ta réussite.

— C'est pourtant la solution idéale ! insista-t-il, quêtant le soutien de ses amis. Leurs problèmes financiers seraient résolus, et elles resteraient à Whiskey Bay !

Il brûlait d'aller parler à Juliet.

— Je ne suis pas sûr qu'il s'agisse d'une question d'argent, répondit Noah. Juliet rêvait depuis trop longtemps de rouvrir le Crab Shack.

— Mais…, commença-t-il.

À court d'arguments, il laissa sa phrase inachevée. S'il tenait à implanter Neo à Whiskey Bay, ce n'était pas non plus une question d'argent. Il aurait pu trouver un autre site à Olympia. Seulement, depuis des années, il se représentait l'endroit exact où s'élèverait son restaurant.

Il se laissa tomber dans un fauteuil. Juliet renonçait à son rêve.

Un mois plus tôt, il aurait bondi de joie, mais aujourd'hui il trouvait la situation inacceptable. Bien sûr, c'était important qu'il sauve Neo, mais soutenir Juliet l'était tout autant.

— Caleb ? dit Matt.

Il leva les yeux.

— Je ne peux pas infliger ça à Juliet.

— Parce que tu es amoureux d'elle, constata Noah. Ça complique tout, n'est-ce pas ?

— Je ne suis pas… Enfin, si. Et ça complique les choses.

— Que vas-tu faire ? demanda Matt.

Bizarrement, la réponse lui parut évidente.

— Perdre un million de dollars, je suppose.

— Je peux toujours te dénicher des investisseurs, suggéra TJ.

— Inutile.

Pour le moment, dix-sept établissements lui suffisaient. Ses projets immédiats concernaient davantage sa vie privée que les affaires.

Il se rendait compte qu'il pouvait perdre le Neo de Whiskey Bay et ne pas gagner Juliet pour autant. Elle le haïssait peut-être déjà, et son geste de la dernière heure ne signifierait rien pour elle. Il renoncerait tout de même à Neo. Ainsi, Juliet pourrait réaliser son rêve. Elle vivrait à Whiskey Bay et serait heureuse. Et il faudrait bien que ça lui suffise, à lui.

Juliet était complètement anesthésiée. Au bout de plusieurs jours, son esprit refusait toujours d'admettre la vérité. L'océan rugissait à ses oreilles pendant qu'elle descendait l'escalier menant à la maison de son grand-père. À moins que ce ne soit la panique.

Elle avait pris rendez-vous chez un médecin qui lui avait confirmé qu'elle était bel et bien enceinte… de jumeaux. Comment allait-elle expliquer sa grossesse à son père ? Apprendre que Caleb était le père de ses petits-enfants le tuerait.

Soudain, elle entendit la voix de Melissa.

— Tu as eu ce que tu voulais, s'insurgeait-elle. Ce n'est pas la peine de venir remuer le couteau dans la plaie !

— Je ne viens pas pour ça !

En reconnaissant la voix de Caleb, elle se figea.

— Notre avocat t'a fait part de notre prix. Ce n'est pas négociable.

— Je ne suis pas là non plus pour négocier. Vous aurez ce que vous voudrez.

Elle aurait dû partir, mais elle restait pétrifiée, incapable de détacher ses yeux du beau profil de Caleb.

— Ce que nous voulions, rétorqua Melissa, ce que Juliet voulait, c'était le Crab Shack !

— Je sais, et je suis là pour lui donner ce qu'elle veut. Vous aurez le droit de passage. Vous pouvez rénover le Crab Shack. Je renonce à Neo.

Comme elle laissait échapper un petit cri, il se retourna et la vit.

— Juliet ! s'exclama-t-il.

Il se mit à grimper les marches quatre à quatre.

— Nous n'en voulons pas, dit-elle.

Il la considéra, l'air perplexe.

— Nous ne voulons plus du droit de passage. La décision a été prise, il n'y a pas à revenir dessus.

— Voyons, j'ai changé d'avis. Tu as gagné. Tu auras tout ce que tu voudras.

Il était visiblement déconcerté. Quant à elle, elle était amoureuse de lui et ne le reverrait jamais.

Melissa s'engagea dans l'escalier.

— Juliet ? appela-t-elle.

— Il ne s'agit pas seulement de toi, reprit Juliet. Cela concerne aussi mon père, Melissa et moi.

— Mais…

— Va-t'en. Et laisse-moi tranquille, ajouta-t-elle. Je ne te reverrai plus.

Elle s'appuya à la rampe, essayant de se faire la plus petite possible pour le laisser passer. Il s'arrêta près d'elle.

— Écoute-moi, Juliet. Je sais que j'ai été déraisonnable.

— Tu n'as pas entendu ?

Elle souffrait trop. Il fallait en finir.

Il la regarda en silence.

— Juliet ? fit la voix hésitante de Melissa. Tu vas bien ?

— Je vais très bien et je veux être seule.

Elle passa près de Caleb, puis de sa sœur.

Caleb ne bougea pas, mais Melissa la suivit dans la maison et, dès que la porte fut refermée, elle posa une main sur son épaule.

— Qu'est-ce qui t'arrive ? C'est notre chance. Papa s'en remettra.

Elle devait se confier à Melissa, mais les larmes l'étouffaient.

— Je suis enceinte, parvint-elle enfin à bredouiller. De Caleb, poursuivit-elle face à Melissa qui s'était figée. Ça s'est passé à San Francisco. Il ne doit pas savoir, papa non plus. J'inventerai quelque chose, une aventure sans lendemain avec un homme quelconque. Papa sera déçu, bien sûr, mais il n'aura aucune raison de ne pas me croire.

— Oublie papa. Que fais-tu de Caleb ?

— Il pensait que j'étais sous contraception, et j'étais censée l'être grâce aux injections d'hormones. Je n'arrive pas à croire que j'aie oublié la date de la piqûre !

— Tu vas mentir à Caleb à propos de son propre enfant ?

De ses propres enfants. Les enfants de Caleb. L'émotion la submergea.

— Je ne lui mentirai pas. Simplement, je ne lui dirai rien.

— Tu dois lui dire, Juliet.

— Non ! Je ne veux pas, je ne peux pas !

C'était mieux ainsi, elle en était certaine. Et pour ça, elle devait disparaître et garder son secret à tout jamais.

Melissa lui prit la main et l'emmena à reculons dans la salle de séjour.

— Tu es sous le choc. Depuis combien de temps le sais-tu ?

— Trois jours. Et tu ne me feras pas changer d'avis.

— Je n'essaierai pas. Je voudrais juste que tu te calmes. C'est important pour le bébé.

Pour les bébés. Melissa avait raison. Se mettre dans tous ses états ne serait pas bon pour eux.

Toute tremblante, elle s'assit près de sa sœur.

Il fallut moins d'une heure à Caleb pour concocter un plan d'action, et trois de plus pour se rendre à Portland et frapper à la porte de Roland Parker.

Quand celui-ci le reconnut, une lueur meurtrière passa dans son regard.

— Écoutez-moi, avança-t-il, voyant que Roland s'apprêtait à lui claquer la porte à la figure. Écoutez-moi, pour le bien de Juliet, de Melissa et le vôtre.

— Rien de ce que vous pourrez dire ne m'intéresse.

Néanmoins, il ne referma pas la porte.

— Désolé, insista Caleb, conscient que l'occasion ne se reproduirait pas. Les agissements de mon père vis-à-vis de vous sont impardonnables et, pour ce que j'en sais, ceux de mon grand-père aussi. Mais c'est de l'histoire ancienne. Mon grand-père est mort et mon père, au loin. Je suis une personne différente et je voudrais réparer leurs torts.

— C'est impossible.

— Si vous me laissiez essayer ? Donnez-moi dix minutes de votre temps. Dix minutes pour rattraper soixante années. Si vous n'aimez pas ce que j'ai à vous dire, ajouta-t-il face à Roland qui hésitait, vous me jetterez dehors.

— Je peux vous jeter dehors à tout moment.

— Bien sûr. Mais je vous prie de m'écouter quand même.

Roland le dévisagea froidement. Enfin, au grand soulagement de Caleb, le père de Juliet recula pour le laisser entrer.

La maison était petite, modeste, il y flottait une légère odeur de renfermé. Les meubles étaient anciens et les tapis élimés. En se rendant compte de visu de la quasi-pauvreté dans laquelle Juliet avait grandi, il fut pris de remords.

Roland ne lui proposa pas de s'asseoir, mais Caleb était déjà content d'être à l'intérieur.

— Je sais qu'on ne peut pas rattraper le passé, commença-t-il.

Un grommellement lui répondit.

— Mais j'ai une proposition à vous faire.

Alors qu'il avait négocié sans problème des marchés faramineux et surmonté un nombre incalculable de crises, il se sentait nerveux. Mais en l'occurrence, il jouait son destin.

— Un partenariat, continua-t-il. Concernant le Crab Shack.

Le regard de Roland se fit soupçonneux.

— Je sais que le restaurant appartient à Juliet et Melissa, mais je voudrais votre approbation.

— Vous n'obtiendrez rien de…

— S'il vous plaît, dit-il en levant une main en signe d'apaisement. Cinquante-cinquante, comme avant, et comme ça n'aurait jamais dû cesser d'être. Je travaillerai au succès du Crab Shack, je vous le promets, et je serai honnête et respectueux envers vos filles.

— Il m'est impossible de vous faire confiance. Aucune somme d'argent ne pourrait me convaincre de traiter avec un Watford. C'est votre père qui est derrière tout ça ?

— Depuis bien longtemps, mon père ne s'intéresse plus à mes affaires, ni à Whiskey Bay. C'est moi et moi seul. Puis-je terminer de vous exposer mon offre ?

Roland se contenta de pincer les lèvres.

— Je ne propose pas d'argent, je propose un marché. Cinquante pour cent du Crab Shack contre cinquante pour cent du Neo de Whiskey Bay. Juliet ne me croit pas, mais les deux établissements peuvent prospérer.

Roland s'obstinait dans son silence.

Caleb fut tenté d'en rajouter, mais il avait exposé les grandes lignes de son projet et se montrer trop loquace risquait d'indisposer encore plus Roland.

— Où est l'embrouille ? demanda finalement celui-ci.

— Il n'y en a pas.

— Avec les Watford, il y a toujours une embrouille.

L'embrouille, c'était son amour pour Juliet et le fait qu'il comptait bien utiliser leur partenariat pour la courtiser le temps qu'il faudrait.

— J'aimerais vous montrer les plans de Neo. Et si vous le permettez, je vais vous laisser un chèque pour que vous preniez l'avocat de votre choix qui étudiera la transaction et s'assurera qu'elle ne cache rien de tordu.

De soupçonneuse, l'expression de Roland se fit perplexe.

— Pourquoi feriez-vous ça ?

— Parce que ce n'est que justice, et parce que Juliet m'a raconté des histoires du passé. Comme vous pouvez l'imaginer, mon père ne m'a pas révélé toute la vérité sur certains événements. Et bien que je n'aie pas de preuve, je crois la version de Juliet.

Il souleva sa serviette.

— Mon père a brisé votre rêve, permettez que je réalise celui de votre fille.

Le regard de Roland se riva à sa serviette. Caleb la posa sur la table de la cuisine et l'ouvrit. Il en sortit les plans du Neo et les étala sur la table.

— Nous avons déjà effectué les travaux de terrassement, expliqua-t-il à Roland qui s'approchait, mais il faudrait couler des piliers pour la terrasse. Un étage, poursuivit-il. Et une immense baie en façade, signe distinctif des Neo, avec les fruits de mer, bien entendu.

Roland avança une main marquée par l'âge pour lisser le plan.

— Cela vaut dix fois le Crab Shack, constata-t-il.

— Comme je vous l'ai dit, je paie une dette qui n'a que trop traîné.

- 11 -

Juliet avait le cœur brisé. Melissa paraissait également très affectée tandis que Noah, l'air sombre, rangeait ses outils et les chargeait dans son pick-up.

Les travaux s'arrêtaient au Crab Shack.

Que ferait Caleb de l'endroit ? se demandait-elle. Le raserait-il ? En l'état, il représentait une verrue dans le paysage, qui agresserait les yeux des clients de Neo. Oui, il ferait venir les bulldozers.

Geste également emblématique de l'histoire des Parker et des Watford. Les Parker perdaient, les Watford gagnaient, et leur empire ne cessait de s'étendre.

Elle fit courir un doigt sur la surface polie du bar, se rappelant les heures passées à décaper et frotter. Une pure perte de temps en fin de compte. Tout ce qui avait été fait ici était perte de temps. Elle aurait aimé laisser éclater sa colère, mais elle était la seule à blâmer dans cette histoire.

Melissa avait toutes les raisons d'être furieuse contre elle.

Du regard, elle fit le tour de la salle. Dans un coin, Melissa et Noah parlaient tranquillement. Sa sœur semblait triste, et Noah lui caressait la joue. Leur histoire d'amour s'était épanouie et, à part en ces instants pénibles, elle n'avait jamais vu sa sœur plus heureuse.

Si elle ignorait ce qui les attendait, elle était sûre qu'ils avaient un long chemin à parcourir ensemble. Noah n'était pas du genre à disparaître dans la nuit.

Caleb non plus, d'ailleurs. Mais comme il avait obtenu

ce qu'il voulait d'elle, ils n'avaient plus de raison de se rencontrer. Leurs avocats prendraient les formalités en charge.

Du moins, les Parker récupèreraient-ils quelque chose du marché. Son père serait content, ravi même. Elle ne l'avait pas encore appelé. Subir sa joie lui semblait au-dessus de ses forces.

— Juliet ?

Le son de la voix de Caleb fit courir un frisson le long de son dos.

Au début, elle crut l'avoir imaginé. Mais en se tournant vers la porte, elle le vit, aussi grand, aussi débordant de vitalité que le jour où il s'était présenté. Sauf qu'il arborait alors une expression furieuse et qu'aujourd'hui il semblait d'humeur joyeuse. Ce qu'on pouvait comprendre.

— Nous avons presque fini de déménager, le prévint-elle, se figurant qu'il faisait déjà chauffer les bulldozers.

À la vérité, tout était rangé, et ils n'avaient plus d'excuses pour s'attarder. D'ici quelques instants, elle quitterait pour toujours le Crab Shack. Elle avait trahi sa promesse à son grand-père. Elle avait trahi tout le monde.

Elle faillit porter une main à son ventre.

— Je suis venu te proposer un nouvel accord, annonça Caleb en entrant.

Son cœur se serra. Elle était réduite à sa merci, et il le savait.

— Moins d'argent ?

— Non, répondit-il d'un ton presque tendre.

Noah et Melissa s'approchèrent.

— Quel genre d'accord ? demanda cette dernière.

— Un partenariat, répondit Caleb sans cesser de la fixer. La moitié du Crab Shack contre la moitié du Neo de Whiskey Bay.

Ce n'était pas possible ; elle avait dû mal entendre.

— Pourquoi ferais-tu ça ? demanda Melissa.

— Parce que je crois au succès des deux établissements. J'étais sincère quand je parlais de coordonner nos efforts. Et, comme je te l'ai promis, nous réussirons ensemble ou nous sombrerons ensemble.

— C'est absurdement généreux, constata Melissa.

— C'est non, trancha Juliet.

Ce qui lui valut un regard d'incrédulité de la part de sa sœur, qu'elle soutint sans broncher.

Impossible de rester à Whiskey Bay si elle ne voulait pas que Caleb découvre qu'elle attendait son enfant. Ou plutôt, ses enfants.

Il la dévisagea, bouche bée. Puis, se reprenant :

— Comment ça, non ? Ma proposition te permettra de terminer la rénovation du Crab Shack. Et tu dirigeras l'établissement comme tu l'entendras. Je n'interviendrai pas.

— Impossible.

— Juliet…, implora Melissa.

— C'est la solution parfaite, insista Caleb avec une incompréhension grandissante. Tu réaliseras ton rêve, l'argent rentrera, et Noah n'aura pas besoin de suivre Melissa à Portland.

Devant le regard amoureux qu'échangèrent sa sœur et Noah, elle éprouva un pincement de jalousie. La proximité de Caleb lui rendait les choses encore plus difficiles. Elle avait tellement envie de s'appuyer sur lui et de se réveiller de ce qui était devenu un cauchemar.

— Tout va bien pour nous, répliqua-t-elle sans que sa voix tremble. Nous sommes impatients de partir pour Portland.

— Qu'est-ce que tu racontes ? s'exclama Caleb.

— Je te remercie de ta proposition, répondit-elle en maîtrisant remords et tristesse. Mais je la refuse. Nous avons pris notre décision.

— Tu devrais au moins écouter la proposition de Caleb, intervint Noah.

Juliet chercha du soutien du côté de Melissa.

— C'est presque trop beau pour être vrai, insista sa sœur.

— C'est trop beau pour être vrai !

Elle n'allait pas perdre le soutien de sa sœur ! Melissa connaissait l'enjeu. Elle savait pourquoi Juliet ne pouvait accepter la proposition de Caleb.

— C'est faux ! s'insurgea celui-ci. C'est une offre tout ce qu'il y a d'honnête ! Nous rédigerons un contrat. Vous obtiendrez la moitié de Neo et moi, la moitié du Crab Shack. C'est aussi simple que ça.

— Ce n'est pas aussi simple, répliqua-t-elle.

— Mais enfin, qu'est-ce qui ne va pas chez toi ? s'agaça Caleb.

— Chez moi ? Rien ne cloche chez moi !

Il tendit la main vers elle.

— Juliet, tu sais que…

— Non, je ne sais pas. Tes motivations restent obscures.

Elle se tourna vers Melissa.

— Et toi, tu sais que je ne peux pas accepter.

— Ne te précipite pas, Juliet, répliqua Melissa. Réfléchissons et…

À l'idée que sa sœur l'abandonnait, les larmes lui piquèrent les yeux. Elle avait gâché sa vie et celle de Melissa. Et maintenant… Maintenant, elle…

Elle s'élança brusquement hors du restaurant.

— Juliet ! cria Caleb.

Elle courut comme une folle jusqu'à la camionnette et démarra dans un crissement de pneus. Dans le rétroviseur, elle vit Caleb au milieu de l'allée qui la regardait s'éloigner.

Melissa et Noah l'avaient rejoint et regardaient comme lui la camionnette disparaître dans un nuage de poussière.

— Qu'est-ce qui lui prend ? murmura-t-il.

— Elle a peur, répondit Melissa.

— Mais de quoi ? demanda Caleb qui nageait en pleine incompréhension.

L'explication n'avait aucun sens. Juliet était courageuse.

— De toi.

— Juliet n'a pas peur de moi ! C'est faux ! Qu'est-ce que j'ai raté, à la fin ? J'ai trouvé la solution à une situation sans issue et elle n'est pas contente.

— Elle a peur de ses sentiments pour toi.

Il comprenait de moins en moins. Melissa lui lança un regard de commisération.

— Disons qu'elle ne te déteste pas.

Conclusion, Juliet l'aimait bien. Elle se comportait bizarrement, mais du moins l'appréciait-elle. Il y avait donc de l'espoir.

— Que dois-je faire ?

— Être honnête avec elle.

— Mais je le suis. Voyez avec votre avocat si vous avez des doutes.

— Que ressens-tu pour elle ? demanda Noah.

— Ah, vous parlez de ce genre d'honnêteté…

— Oui, répondit Noah avec un sourire de sympathie.

Ils avaient raison, bien sûr. Juliet ne pouvait pas lire dans son esprit, et elle se figurait qu'ils étaient toujours adversaires. Il avait retourné la situation si précipitamment… Il lui devait des explications.

Sans perdre davantage de temps, il s'élança en courant vers le sentier. Son allure s'accélérait à mesure qu'il approchait de la maison Parker. Il faudrait à Juliet dix minutes par la route. Il devait arriver avant elle.

Il escalada deux à deux les marches menant à la terrasse,

sauta par-dessus la balustrade et grimpa l'escalier menant au parking.

Il était vide. Si Juliet venait bien ici, il avait réussi. Si elle avait décidé d'aller ailleurs, il ne saurait que faire, mais il ne se découragerait pas. Pour la retrouver, il irait jusqu'au bout du monde.

Percevant au loin un bruit de moteur, il retint son souffle jusqu'à ce que la camionnette apparaisse. Il descendit alors quelques marches pour se dérober au regard de Juliet.

Elle se gara et sortit du véhicule. En arrivant en haut des marches, elle l'aperçut et s'immobilisa, les cheveux soulevés par le vent, son T-shirt noir plaqué sur sa poitrine, son jean usé moulant ses hanches, extraordinairement belle.

L'espace d'un instant, il crut qu'elle allait faire demi-tour, mais elle descendit finalement l'escalier.

— Il faut en finir, murmura-t-elle.

— Entièrement d'accord.

Elle passa près de lui et alla ouvrir la porte. Il la suivit dans la salle de séjour.

— Tu as peur, constata-t-il.

Elle sortit une valise d'un placard.

— Je ne vois pas pourquoi j'aurais peur de toi.

— Tu as peur de nous.

À vrai dire, lui aussi avait un peu peur de ce qui se passait entre eux. Il la désirait si fort que c'en était inquiétant. Il la voulait comme associée en affaires et partenaire en amour. Il voulait se réveiller près d'elle le matin et s'endormir avec elle le soir.

Elle jeta sa valise sur le vieux canapé et l'ouvrit.

— Il n'y a pas de nous, déclara-t-elle en allant chercher des vêtements dans un placard.

— Bien sûr que si.

Elle déposa les vêtements dans la valise et se retourna.

— À partir d'aujourd'hui, il n'y en a plus.

Elle se trompait, et de beaucoup.

— Je suis amoureux de toi.

— Eh bien, c'est…

Elle releva brusquement la tête.

— Qu'est-ce que tu dis ?

— Je t'aime.

Elle paraissait complètement perdue, plus affolée que jamais. Elle recula, le visage blême.

— Non, ce n'est pas vrai. C'est impossible.

— Je t'aime et c'est possible.

Elle prit appui derrière elle, sur le rebord de la fenêtre.

— Tu ne sais plus ce que tu dis.

— Je le sais fort bien. Ce que je ne comprends pas, c'est ta réaction. Notre relation est stimulante, merveilleuse, incroyable, et je veux qu'elle dure toujours. Je veux t'épouser.

Il n'arrivait pas à croire qu'il ait prononcé ces paroles, mais il était heureux d'y être parvenu. Si seulement il avait une bague… Il aurait tout de même pu prévoir une demande en mariage plus romantique. Mais il ne reviendrait pas en arrière. Il désirait désespérément épouser Juliet.

Elle parut sur le point de parler, mais aucun mot ne sortit de ses lèvres.

Il lui adressa un sourire encourageant.

— Je ne peux pas, balbutia-t-elle d'une voix étranglée.

— Comment ça ?

— Je ne peux pas, c'est tout.

Il s'approcha.

— Est-ce que tu m'aimes ?

— Je… Je…

— Juliet chérie, que se passe-t-il ? Tu sais que tu peux tout me dire.

Elle se recroquevilla.

— Non, pas ça. Je ne peux pas.

— Il y a donc quelque chose. Explique-moi.

Le regard de Juliet fit le tour de la pièce comme si elle cherchait une issue.

— J'ai fait quelque chose de terrible, avoua-t-elle soudain.

— Comme la plupart des gens.

Elle porta une main à son front.

— Tout ce temps passé à accuser ta famille de mensonges, tricheries et trahisons…

— En grande partie exacts, dit-il en prenant ses mains dans les siennes.

Elle baissa les yeux sur leurs mains jointes.

— As-tu volé quelque chose ? demanda-t-il avec impatience. Tué quelqu'un ?

— Je suis enceinte.

Sous le choc, il eut la sensation que ses poumons se vidaient de leur air. Aurait-elle un petit ami ? Qu'est-ce qui lui avait échappé ?

— Je voulais garder le secret, reprit-elle. Je sais que c'est injuste et que je n'en avais pas le droit. J'aurais peut-être quand même craqué et fini par te l'avouer. Oui, je veux croire que j'aurais parlé avant que tu sois… Enfin… Que tu sois père.

Ce fut comme si le ciel lui tombait sur la tête.

— Tu veux dire que cet enfant est de moi ?

Elle tressaillit.

— Quelle question ! Je suis enceinte de quelques semaines seulement, répliqua-t-elle d'un ton sec.

Les rouages de son cerveau fonctionnaient maintenant à plein régime. Juliet attendait son enfant. Ils allaient avoir un bébé.

La joie le submergea.

— En quoi est-ce une catastrophe ? demanda-t-il en serrant ses mains dans les siennes. Je t'aime, tu m'aimes, avoue-le. C'est plus important que jamais que tu reconnaisses tes sentiments.

— Je suis tellement désolée, balbutia-t-elle, les yeux pleins de larmes.

Il l'attira dans ses bras.

— Pourquoi être désolée ? Moi, je suis fou de joie !

— Tu es fou de joie ?

— Aux anges !

— Mais j'allais te dissimuler ma grossesse… Je suis une horrible personne.

Les yeux de Juliet tombèrent sur sa valise.

— Et puis, j'allais partir.

Il lui prit le visage entre les mains.

— Es-tu toujours décidée à t'en aller ?

— Je suppose que non.

— Dis-le, je t'en prie.

Tout son corps parut se détendre.

— Je t'aime, Caleb.

Il se pencha pour l'embrasser.

— Ce n'est pas trop tôt.

— Il n'y a pas cinq minutes que tu m'as avoué ton amour.

— C'est cinq minutes de trop !

Il voulut l'embrasser, mais elle l'arrêta d'un doigt sur ses lèvres.

— J'attends des jumeaux.

— Comment ?

— Il n'y a pas un bébé, mais deux.

Un immense sourire éclaira son visage.

— Deux raisons de m'épouser ! déclara-t-il. Nous nous marierons dès que possible !

— D'accord, accepta-t-elle.

— Alors, marché conclu. Pas de négociation, pas de réserves ?

— Marché conclu.

Il put alors l'embrasser comme il en mourait d'envie, en laissant son amour, son admiration et sa tendresse s'exprimer en toute liberté.

Trois semaines plus tard, Juliet examinait avec satisfaction la salle du Crab Shack. Noah avait engagé trois ouvriers pour terminer les travaux et il s'apprêtait maintenant à rejoindre le site de Neo.

Les décorateurs avaient également rempli leur mission, et chaque jour, on leur livrait assiettes neuves, serviettes de table et accessoires divers.

Elle s'appuya contre Caleb, debout près d'elle.

— C'est parfait, s'enthousiasma-t-elle.

— Tu es parfaite, répliqua-t-il, en posant une main sur son ventre. As-tu fait ton choix ?

— Pour les prénoms ? On ne sait pas encore si ce sont des filles, des garçons ou les deux !

— Je parlais de la date du mariage, précisa-t-il en riant. Je n'en peux plus d'attendre.

— Pareil pour moi. Il faut lui parler.

Naturellement, l'offre de partenariat de Caleb avait considérablement contribué à amadouer son père. Mais voir en Caleb un associé était très différent de devoir l'adopter comme gendre. Sans parler de l'idée que Caleb soit le père de ses petits-enfants.

— Allons à Portland nous expliquer en personne.

Elle hocha la tête.

— Je suis prête à lui parler.

Il l'embrassa tendrement.

— C'est bien ce que je pensais ! fit la voix de Roland depuis le seuil de la porte.

Submergée par la culpabilité, elle s'écarta de Caleb.

— Aucun homme ne passerait un marché aussi

catastrophique sans qu'une femme soit impliquée dans l'affaire.

— Papa, murmura-t-elle, le cœur battant. Nous allions te le dire.

— J'imagine que vous alliez finir par y être obligés:

— J'aime votre fille, dit Caleb.

Estimant qu'il allait un peu vite en besogne, Juliet lui donna un discret coup de coude.

— Eh bien, ajouta Caleb, je préfère que Roland le sache tout de suite plutôt qu'il s'imagine que j'embrasse sa fille dans les coins.

À sa grande stupéfaction, son père sourit.

— Je me suis douté qu'il y avait anguille sous roche lors de votre venue à Portland.

— Tu n'es pas fâché ? demanda-t-elle.

— L'aimes-tu ?

— Oui.

Roland sembla jauger Caleb.

— Caleb m'a révélé sa véritable personnalité quand il m'a rendu visite. Vous n'êtes pas comme votre père, ajouta-t-il. Les Watford partageant leur fortune avec les Parker… Votre grand-père doit se retourner dans sa tombe.

— J'ai demandé Juliet en mariage et elle a accepté. Nous allons nous marier !

— C'est encore mieux.

Le tour pris par la conversation stupéfiait Juliet.

— Tu n'es vraiment pas fâché ? insista-t-elle.

— Je ne veux que ton bonheur. J'étais persuadé que Whiskey Bay te rendrait malheureuse, comme moi, que Caleb était fait du même bois que ses père et grand-père et qu'il te ferait du mal. Je suis heureux qu'il ait prouvé le contraire.

Elle alla embrasser son père. Elle ne se souvenait même plus de la dernière fois où elle avait eu un geste tendre envers lui. Elle se sentait un peu empruntée, mais heureuse en même temps.

— Je suis enceinte.

Cette fois, son père parut désarçonné.

— Tu vas être grand-père, précisa-t-elle en souriant.

Melissa s'encadra dans l'embrasure de la porte.

— Tu l'as dit à papa ? demanda-t-elle d'un air inquiet.

— Un bébé Parker-Watford, murmura Roland, soupesant l'idée.

Juliet attendit sa réaction avec un peu d'appréhension.

— Papa ? dit Melissa.

— Voilà une nouvelle époustouflante, conclut Roland avec un large sourire. Mes félicitations à tous les deux.

— Tu n'es pas fâché ? demanda Melissa en entrant dans la salle, suivie de Noah.

— Ils vont se marier, dit leur père.

Caleb passa un bras autour de la taille de Juliet.

— Nous allons nous marier ici, annonça-t-il, avant l'inauguration du Crab Shack !

— Grandpa aurait adoré, s'enthousiasma Melissa.

— Le grand-père de Caleb aurait détesté, repartit Roland dans un éclat de rire. Tant pis pour lui ! Je crois que nous pouvons officiellement déclarer la querelle close.

— Ce serait merveilleux, dit Juliet.

— Nous allons entrer dans une nouvelle ère, déclara Melissa.

— Et nous allons fonder une nouvelle famille, murmura Caleb à l'oreille de Juliet.

SARA ORWIG

Un héritier pour époux

Traduction française de
ROSELINE AULIAC

PASSIONS

HARLEQUIN

Titre original :
THE TEXAN'S BABY PROPOSAL

Ce roman a déjà été publié en 2018.

- 1 -

Septembre

Confronté à un problème inattendu, Marc Medina était assis dans son bureau spacieux de Dallas et contemplait par la porte ouverte Lara Seymour, sa secrétaire de direction. La fermeture des bureaux avait eu lieu presque une heure auparavant, mais Lara avait sollicité un rendez-vous avec lui ce mardi à 18 heures. Il savait qu'elle serait ponctuelle, comme à son habitude. Il ignorait pour quel motif elle voulait lui parler et espérait qu'elle ne songeait pas à démissionner, car c'était la meilleure secrétaire qu'il ait jamais eue.

Et la plus séduisante.

Il chassa aussitôt cette pensée déplacée. En tant que directeur général et président de sa propre société, Medina Energy, il avait pour règle d'entretenir des relations strictement professionnelles avec ses collaboratrices. Rien ne le ferait dévier de cette ligne de conduite, surtout maintenant qu'il était veuf.

Parmi toutes les femmes avec qui il avait travaillé, Lara était celle qui incarnait la plus grande tentation. C'était la seule dont il avait une conscience aiguë de la féminité. Malgré tout, leurs relations n'avaient jamais dépassé le stade professionnel amical.

Il reporta ses pensées sur son grand-père malade et sur l'ultimatum qu'il lui avait lancé : se marier ce mois-ci et vivre dans le ranch familial pendant un an. S'il obtempérait, Marc et sa mère hériteraient de titres miniers et de puits de pétrole, et il hériterait en outre du ranch familial florissant. Bien sûr, Marc tenait à cet héritage pour sa mère et lui.

Son grand-père devait penser que puisque Marc sortait avec de très jolies femmes, il n'aurait aucun mal à trouver une épouse dans un délai aussi bref, puis à s'installer avec elle dans le ranch. Marc savait ce que le vieil homme manigançait. Ses médecins lui donnaient peu de temps à vivre, et il prenait des dispositions en faveur des deux grands amours de sa vie — sa femme et son ranch. Avec Marc à la tête du domaine, Rico Ruiz aurait l'assurance que sa femme, la grand-mère de Marc, continuerait à vivre dans la maison où elle avait ses habitudes et que Marc prendrait soin d'elle.

Son grand-père avait toujours pensé que la place de Marc était au ranch. Il était persuadé que Marc aimait davantage la vie au grand air que le monde des affaires, mais n'en déplaise au vieil homme Marc ne se sentait pas encore prêt à devenir rancher. Il aimait son grand-père, malgré sa manie de penser savoir ce qui était mieux pour lui, et voulait qu'il soit heureux pour le temps qui lui restait à vivre. Il était donc disposé à lui donner satisfaction, mais…

Comment trouver une épouse en l'espace d'un mois ? Qui plus est, une épouse disposée à divorcer au bout d'un an.

Un vrai casse-tête ! Il ne pensait pas qu'une des amies avec qui il sortait accepterait de l'épouser pour la forme puis de divorcer. Et il ne s'imaginait pas vivre en toute amitié avec l'une d'elles, même si la maison sur le ranch était vaste. Il jeta un coup d'œil à la courte liste de noms qu'il avait préparée. Tous étaient déjà rayés.

Il reporta son attention sur Lara quand elle repassa devant la porte ouverte de son bureau. Voilà une femme qu'il accepterait volontiers d'avoir à ses côtés pendant un an. En tant que secrétaire, elle lui était d'une aide précieuse. Elle restait en retrait, passant presque inaperçue, mais était toujours là quand il avait besoin d'elle. Quel dommage qu'il ne puisse pas lui demander ce service ! Il examina à nouveau sa liste et ajouta un nom qu'il barra dès qu'il eut fini de l'écrire.

Tout en se creusant la tête pour trouver quelqu'un d'autre, il observa Lara, assise à son bureau et rangeant quelque chose dans un tiroir. Elle désirait sans doute le voir pour lui remettre sa démission. Lors de son entretien d'embauche, un an auparavant, elle avait mentionné qu'elle mettait de l'argent de côté pour intégrer une école de médecine. À l'époque, il avait pensé que c'était un vœu pieux, mais après avoir travaillé avec elle il ne pouvait qu'ajouter foi à ses dires. Quand Lara décidait de faire quelque chose, elle s'y tenait.

Curieusement, elle lui rappelait un être cher. Il contempla la photo de Kathy sur son bureau et la rapprocha de lui. « Si tu savais comme tu me manques ! J'ai tant besoin de toi », murmura-t-il, songeant à son épouse enceinte de trois mois, morte dans un accident d'avion quatorze mois auparavant. Son absence le faisait encore cruellement souffrir.

Il reporta ses pensées sur son grand-père malade — une autre perte douloureuse en perspective — et sur son ultimatum qui s'apparentait à un marché. Marc avait deux bonnes raisons de vouloir remplir les conditions fixées par son grand-père. La première était de rentrer en possession du ranch et du reste de l'héritage qu'il partagerait avec sa mère.

La deuxième était de faire plaisir au vieil homme. Il incarnait la figure paternelle pour Marc depuis qu'il avait perdu son père à l'âge de douze ans. Marc aimait tendrement son grand-père. Il voulait le rendre heureux.

Il le voulait de tout son cœur. Si seulement il n'était pas obligé de se marier dans le courant du mois !

— Quelle barbe ! maugréa-t-il à voix haute, secouant la tête et se demandant ce qu'il allait faire.

L'enjeu était trop important, et il aimait trop son grand-père pour rejeter sa proposition. Mais comment allait-il trouver « l'épouse » parfaite ?

Un coup frappé à la porte le tira de ses pensées. Il jeta un coup d'œil à l'horloge. 18 heures pile. Comme à son habitude, Lara était ponctuelle.

— Entrez.

Vêtue d'un chemisier en coton blanc orné d'une lavallière assortie à sa jupe beige, elle était professionnelle, élégante et tellement conventionnelle qu'elle aurait pu aisément se fondre dans l'arrière-plan. Ainsi, quand elle lui apportait des documents lors de réunions, elle passait presque inaperçue, entrant et sortant en silence, silhouette effacée et pourtant si efficace. Il se prit à espérer encore une fois qu'elle n'avait pas l'intention de démissionner. Il savait qu'elle venait de rompre ses fiançailles et n'avait pas cherché à en savoir davantage, se contentant de lui dire qu'il était désolé. Elle l'avait remercié en lui expliquant simplement qu'elle et son fiancé avaient des différences d'opinions sur des sujets majeurs.

Lara ferma la porte et se tourna vers lui.

— Ce que j'ai à vous dire est d'ordre privé et très personnel.

Dissimulant de son mieux sa surprise, il lui désigna un fauteuil.

— Asseyez-vous et dites-moi de quoi il s'agit.

Elle s'exécuta avec grâce. En fait, elle était très séduisante avec son visage aux traits fins et ses grands yeux bleus ourlés de cils étonnamment longs et épais. Ses cheveux brun foncé étaient relevés en un chignon haut perché ; il ne les avait jamais vus détachés, mais les imaginait longs et soyeux.

Curieux de connaître le motif de ce rendez-vous, il lui accorda toute son attention. Elle croisa ses longues jambes, sa jupe retombant sur ses genoux, et déclara aussitôt :

— Je suis dans une situation qui sera bientôt connue de tous, mais pour l'instant elle reste privée. Je serai obligée de prendre des congés dans quelques mois.

— Bien sûr, Lara. Absentez-vous le temps qu'il faudra. Nous vous remplacerons jusqu'à votre retour, dit-il, soulagé qu'elle ne démissionne pas.

Ses joues s'empourprèrent, ajoutant à son charme. Elle se tordit nerveusement les mains et fixa le plancher. Une telle réaction le surprit car il ne l'avait jamais vue perdre son sang-froid ou paraître bouleversée. Elle n'avait même pas semblé perturbée par la rupture de ses fiançailles.

— Je suis confrontée à une situation tout à fait inédite, poursuivit-elle, le regard lointain, comme perdue dans ses pensées. Et je ne m'attendais pas à en discuter avec mon employeur.

— Sauf en cas de démission, je doute qu'il y ait un sujet dont vous ayez vraiment besoin de me parler. À moins que vous ne vouliez me demander mon aide.

Elle esquissa un pâle sourire et secoua la tête.

— Oh ! non ! Je n'ai pas besoin de votre aide, mais peut-être d'un peu de patience et de compréhension.

— Lara, dites-moi simplement ce qui se passe. Je ne vais pas me mettre en colère. Vous êtes une excellente secrétaire.

Elle prit une profonde inspiration et lui fit face.

— C'est tellement difficile, mais je pense que je dois vous mettre au courant.

— Au courant de quoi, Lara ? demanda-t-il gentiment, espérant soulager un peu son embarras.

Elle serra ses doigts entrelacés jusqu'à ce que ses jointures blanchissent.

— Oh ! Seigneur, murmura-t-elle, détournant les yeux.

Puis elle reporta son regard sur lui et dit tout à trac :

— Je suis enceinte.

Après une profonde inspiration, elle ajouta :

— Nous ne l'avions pas prévu, et Leonard Crane, mon fiancé, était furieux. C'est pourquoi nous avons rompu.

Elle s'arrêta une fraction de seconde avant de poursuivre :

— Voyez-vous, il ne voulait pas d'enfants avant plusieurs années. Il souhaitait que je me fasse avorter et… eh bien, j'ai refusé. Je veux avoir mon bébé, dit-elle avec une telle détermination qu'il en fut surpris.

Marc comprenait maintenant pourquoi elle était si bouleversée. Elle avait beau vouloir ce bébé à tout prix, une grossesse non prévue chamboulerait son existence. Lara maîtrisait parfaitement tous les aspects de son travail, et elle le secondait à la perfection. Elle était efficace, intelligente, méthodique, capable, fiable, ambitieuse. En fait, il était surpris qu'un imprévu lui soit arrivé, surtout une grossesse.

Il résista à la tentation de parcourir sa silhouette du regard, mais il savait, après l'avoir vue se déplacer dans le bureau ces derniers jours, que son état ne se remarquait pas. D'autant qu'elle était grande et élancée.

— Y a-t-il quelque chose que je puisse faire pour vous ? s'enquit-il.

Il se demandait si elle avait besoin d'argent ou d'un autre logement ; si elle avait de la famille sur qui compter. Ils travaillaient en étroite collaboration, et il la tenait en haute estime. Il était tout disposé à l'aider avec son bébé.

Elle secoua la tête et lui adressa un petit sourire forcé pour le rassurer. Mais cela ne fit que le rendre plus conscient de sa beauté et de son charme.

Ce fut à cet instant que l'idée le traversa. Lara avait un problème, et lui aussi. Elle était enceinte, elle travaillait pour subvenir à ses besoins et financer ses études. Il avait besoin d'une épouse temporaire pour obtenir son héritage. Peut-être détenait-il la solution qui les aiderait tous les deux…

Serait-elle candidate à un mariage de convenance ?

Il ne doutait pas que Lara soit d'accord pour dissoudre leur mariage le moment venu. Elle avait ses propres projets ainsi que l'ambition, la volonté et l'énergie pour les réaliser. Dans le cadre d'un mariage fictif et temporaire, elle n'exigerait rien de lui et ne s'attendrait pas qu'il tombe amoureux d'elle. D'ailleurs, il en serait incapable. Il n'avait pas surmonté la perte de Kathy et n'était pas prêt à entamer une nouvelle relation.

De son côté, il avait été capable de travailler en étroite collaboration avec Lara pendant un an sans jamais enfreindre les règles de la bienséance et se montrer entreprenant. Il n'y avait donc aucune raison pour qu'il se comporte différemment avec elle une fois marié.

En compensation, il lui accorderait une aide financière suffisante pour la mettre, avec son bébé, à l'abri du besoin.

Oui, plus il y pensait, plus cette idée lui plaisait.

Il était tellement plongé dans ses réflexions qu'il avait perdu le fil de son discours. Voyant qu'elle remuait sur son siège, il reporta son attention sur elle.

— Si je continue à me sentir bien, je travaillerai jusqu'à ce que j'aie mon bébé. Si cela vous convient, bien sûr.

— Oui, cela me convient, se hâta-t-il de dire. Vous prendrez le congé maternité dont vous aurez besoin.

Mais il n'arrêtait pas de songer qu'elle était la candidate idéale pour un mariage à court terme. Il prit à nouveau conscience qu'elle était une femme très séduisante.

Éprouverait-il davantage de difficultés à garder ses distances une fois marié ? Il ne le pensait pas.

Plus il retournait cette idée dans sa tête, plus il était sûr que Lara Seymour était la solution à son problème.

Il s'efforça de prêter attention à ce qu'elle disait à propos de ses projets d'avenir, mais son esprit revenait sans cesse à l'affaire qui l'occupait. Il était si sûr de son plan qu'il avait envie de lui faire une proposition tout de suite. Non, ce n'était pas l'endroit approprié. Et il devait réfléchir à la façon dont il la formulerait. Puis il inviterait Lara à dîner dans un endroit privé où ils pourraient discuter sans être interrompus.

— Je n'en suis qu'au début de mon deuxième mois, et pour l'instant je préfère que cela ne se sache pas. C'est pourquoi j'ai demandé à vous voir après l'heure de fermeture.

— Bien sûr. Je n'en parlerai à personne. Je vous remercie de m'avoir tenu informé, même si je n'ai pas besoin de vous faire remplacer avant plusieurs mois.

— Je pensais que c'était plus honnête de vous prévenir tout de suite. Jusqu'à présent, je me sens bien. Tout est donc pour le mieux.

— J'en suis heureux, dit-il en souriant. Lara, vous n'êtes pas obligée de me répondre, mais je ne sais rien de votre vie privée. Avez-vous des parents susceptibles de vous aider ?

À sa grande surprise, elle le fixa d'un air solennel qui ne lui ressemblait pas, puis secoua la tête.

— J'ai des amis, mais pas de famille. Ma mère est morte d'une leucémie quand j'avais dix-huit ans, et mon père est parti quand j'étais petite. Je ne me souviens pas de lui et j'ignore où il est. Je n'ai pas d'autres parents.

Marc était sous le choc, mais il le dissimula de son mieux.

— Je suis désolé. Je ne connaissais pas votre situation

familiale. En revanche, je sais que vous avez de nombreux amis au bureau. Tout le monde vous apprécie.

Il n'en revenait pas que Lara n'ait plus de famille. Il était tellement bien entouré par ses proches qu'il avait du mal à imaginer pareille solitude familiale. Finalement, Lara avait beaucoup plus besoin de son aide qu'il n'avait cru, et cela le confortait dans sa décision de lui proposer un mariage de convenance. Elle aurait tant à y gagner.

Il pourrait ouvrir un compte épargne en faveur de son bébé. Il pourrait même lui donner son nom. S'ils se mariaient tout de suite, la plupart des gens penseraient qu'il en était le père. Cela ne le dérangerait pas car ce serait une autre façon d'aider Lara.

— J'ai des amis merveilleux ici. L'ambiance est excellente, et le travail intéressant, déclara-t-elle avec un sourire radieux.

Il ne put s'empêcher de se demander combien de collègues célibataires avaient tenté de sortir avec elle.

— Vous êtes titulaire d'un diplôme universitaire. Quand je vous ai engagée, vous m'avez dit que vous vouliez économiser suffisamment d'argent pour intégrer une école de médecine. Est-ce toujours votre objectif ?

— Oh oui ! Ma grossesse est un simple contretemps, et j'ai l'intention de poursuivre mon rêve : faire de la recherche médicale. Avec la maladie de ma mère, je me suis rendu compte qu'il y avait encore énormément de choses à découvrir au sujet de ces pathologies. Si je peux être d'une aide quelconque dans ce domaine, je le ferai en souvenir de ma mère. Les médecins ont été impuissants à la sauver, mais la science médicale progresse constamment. Je souhaite aider les gens. Si je ne parviens pas à intégrer l'école de médecine, je me rendrai utile d'une autre façon.

— C'est très louable de votre part. J'espère que vous

mènerez à bien vos projets, dit-il, songeant qu'il pourrait l'aider à financer ses études.

— Je mettrai un peu plus de temps pour économiser l'argent couvrant les frais d'inscription universitaire, mais je maintiendrai mon objectif. Et si je suis recalée au concours d'entrée de l'école de médecine, je deviendrai chimiste. J'ai déjà un master dans cette matière.

— Cela risque d'être difficile sans membre de la famille pour vous aider, surtout avec le bébé.

— Je m'arrangerai, répondit-elle, relevant le menton d'un air de défi.

— Je n'en doute pas.

Et il était sincère. Il ne lui avait pas fallu longtemps pour reconnaître sa détermination et son ambition. Il retrouvait ces mêmes valeurs chez lui-même et chez sa mère.

— Si vous ne vous sentez pas bien, n'hésitez pas à rester chez vous. Ou à rentrer chez vous si vous êtes déjà ici ; auquel cas, prévenez-moi, et je vous ferai raccompagner.

Elle lui sourit à nouveau.

— Merci. C'est gentil de votre part, mais tout ira bien. Jusqu'à présent, je ne ressens aucun malaise, pas même les fameuses nausées matinales.

— Tant mieux. Je suppose que vous avez un médecin.

— Oh oui ! Il m'a été chaudement recommandé par des amis. Bien… Je ne vois rien d'autre à ajouter. Je vous remercie encore une fois de votre compréhension. Je vous ferai savoir quand j'annoncerai la nouvelle à mes collègues. De toute façon, d'ici peu, ce ne sera plus un secret, remarqua-t-elle avec un sourire forcé.

Puis elle se leva. Marc ne put s'empêcher de la balayer du regard, et il apprécia ce qu'il vit. Sa tenue révélait des courbes pleines et une taille de guêpe.

Il y avait des moments — comme celui-ci — où il oubliait leur différence de statut pour ne voir en Lara qu'une femme séduisante. Mais il se ressaisissait toujours à temps. Fidèle à ses principes, il se leva pour lui ouvrir la porte.

— Prenez soin de vous, et encore une fois si vous avez besoin de quoi que ce soit ou si vous vous sentez mal, n'hésitez pas à me le dire, répéta-t-il.

Elle pivota pour lui faire face, et il prit soudain conscience de leur proximité. Son regard se posa sur ses lèvres pleines, et il sentit son corps se contracter. Troublé, il remarqua qu'elle cillait et s'empourprait.

— Merci de votre compréhension, Marc, dit-elle doucement.

Puis elle sortit en hâte, traversa la pièce jusqu'à son bureau impeccablement rangé, retira son sac à main d'un tiroir et se tourna vers lui en souriant.

— À demain.

— À demain, acquiesça-t-il, la suivant des yeux pendant qu'elle s'éloignait.

Il alla se rasseoir à son bureau, le regard fixé sur la porte vitrée qui venait de se refermer sur Lara.

Il était toujours surpris quand il la remarquait, car il ne se remettait pas de la mort de son épouse et ne prêtait plus attention aux femmes. Certes, ces derniers mois il recommençait à sortir avec des amies, mais il n'y avait rien de sérieux entre elles et lui. En fait, il ne s'intéressait à aucune d'elle.

Il pensa de nouveau à Lara.

Et plus il pensait à elle, plus il avait la certitude qu'elle serait « l'épouse » parfaite. Il n'avait pas surmonté la perte de Kathy et de son bébé à naître, et n'était pas prêt à nouer une relation de quelque nature que ce soit, mais Lara le comprendrait. Comme lui, elle ne voudrait pas tomber amoureuse pour ne pas compromettre ses projets d'avenir ambitieux. Qui plus est, tous deux tireraient avantage de ce mariage de convenance. Il récupérerait son héritage, et elle recevrait une aide financière substantielle de sa part. Il n'oublierait pas le bébé auquel il donnerait son nom et qu'il doterait via un compte épargne.

Sans aucun doute, Lara était la candidate idéale.

Bon. Peut-être subsistait-il un doute…

Il songea à toutes les fois où il avait eu une conscience aiguë, presque électrisante, de la séduction de Lara. Il avait toujours réussi à se dominer. Mais sorti du cadre professionnel, serait-il capable de refouler son attirance pour elle ? Il le devrait, car ce mariage leur permettrait d'obtenir ce qu'ils voulaient. Puis, une fois le divorce prononcé, ils repartiraient chacun de leur côté, heureux et mieux lotis grâce à ce mariage fictif.

Dans l'intervalle, il devrait s'arranger pour maintenir leur relation sur un plan professionnel. Après tout, ils ne seraient pas obligés de dormir ensemble. Il ne se consolait pas de la mort de sa femme, et Lara sortait d'une rupture sentimentale.

Il avait beau tourner la question dans tous les sens, ce mariage leur serait profitable à tous les deux ainsi qu'à sa mère et au futur bébé de Lara. Curieusement, l'idée d'aider ce bébé lui plaisait beaucoup. Cela le rapprochait de celui qu'il avait perdu.

Sans plus attendre, il prit son téléphone et composa le numéro de Lara pour l'inviter à dîner.

Ce mercredi, à 18 h 30, Lara attendait chez elle, fin prête. Elle s'était habillée de façon aussi conventionnelle qu'au bureau, optant pour une robe noire et droite, aux manches longues et à l'encolure ronde et montante. Mais en se regardant une dernière fois dans le miroir, elle s'aperçut que sa robe était plus courte et plus chic que celles qu'elle portait au bureau. Finalement, c'était le compromis parfait pour un dîner avec son patron. Restait à savoir pourquoi il l'avait invitée.

Hier soir, quand il l'avait appelée, il était resté évasif. Il ne devait pas s'agir d'un événement mondain ni d'un dîner professionnel, sinon il l'aurait prévenue. Finalement, elle avait accepté son invitation, se disant qu'elle en connaîtrait la raison le moment venu.

Elle s'efforça d'ignorer le trouble que suscitait en elle la perspective de dîner avec son patron. Marc était beau, charmant, compétent, viril et sexy. Toutes ces qualités faisaient de lui un homme fascinant, et elle avait un mal fou à essayer de l'oublier la plupart du temps. Elle avait entendu ses collègues de bureau parler de sa femme enceinte de trois mois, morte dans un accident d'avion, du chagrin de Marc et de son manque d'intérêt pour les autres femmes.

Elle se doutait qu'il était suffisamment intelligent pour éviter toute relation sentimentale ou sexuelle avec une de ses subordonnées.

Elle avait été attirée par lui dès l'instant où elle l'avait rencontré, mais avait résisté de toutes ses forces à cette inclination, au début parce que c'était peine perdue, et par la suite parce qu'elle s'était fiancée à Leonard. Le cœur de Marc était verrouillé, et même s'il ne l'avait pas été, elle avait formé des projets d'avenir ambitieux. Des projets qui excluaient toute relation romantique avec son patron, aussi fascinant fût-il. Néanmoins, quel mal y avait-il à admettre que cet homme était beau et sexy ? Tellement sexy qu'elle avait parfois du mal à garder ses distances et à rester professionnelle quand elle se trouvait auprès de lui. Mais elle y parvenait.

En attendant, elle espérait qu'il ne l'invitait pas pour se débarrasser d'elle. Ce n'était pas son genre. Quant à ses motivations, elle les connaîtrait dans quelques minutes.

Elle jeta un dernier regard dans le miroir. Elle s'était attaché les cheveux sur le sommet du crâne — la coiffure classique qu'elle adoptait pour aller travailler. Son maquillage léger mais sans défaut soulignait ses yeux bleus et ses pommettes hautes. Tandis qu'elle se contemplait, son esprit dut lui jouer des tours car elle aperçut soudain l'image de Marc à côté d'elle, avec ses cheveux noirs, épais et indisciplinés, sa peau légèrement hâlée, sa barbe d'un jour ombrant sa mâchoire volontaire et ses yeux marron foncé ourlés de cils épais. Il se tenait près d'elle, grand et large d'épaules, il tendait la main pour la toucher et…

Cette vision enchanteresse fut interrompue par le claquement d'une portière de voiture, suivi quelques secondes plus tard par le carillon de sa porte d'entrée. Prenant une profonde inspiration, elle se hâta d'aller ouvrir. Quand elle se retrouva face à son patron, son cœur bondit dans sa poitrine.

Vêtu d'un costume bleu marine et d'une cravate rouge qu'elle lui avait déjà vue, il était superbe. Elle lui sourit malgré le trouble étrange qui s'emparait d'elle. Sans doute était-il dû au fait que cette invitation ressemblait à un rendez-vous galant. Elle chassa bien vite cette pensée malvenue et proposa poliment :

— Voulez-vous entrer ?

— Non, merci. Nous avons des réservations et nous ferions mieux d'y aller.

— Je suis ravie de dîner avec vous, Marc, mais j'avoue que votre invitation m'intrigue. Je n'ai pas l'impression qu'il s'agisse d'une manifestation mondaine.

Il lui sourit.

— Vous êtes futée. En fait, je dois discuter de quelque chose avec vous et je préfère que ce soit en dehors du bureau et sans risque d'être interrompus.

— Ah ! dit-elle, hochant la tête.

Elle n'était pas beaucoup plus avancée ! Elle supposait que ce « quelque chose » concernait le travail, car Marc se comportait de la même façon qu'au bureau.

— Je récupère mon sac à main, dit-elle, retournant dans l'entrée avant de le rejoindre et de fermer sa porte à clé.

Tandis qu'elle marchait à côté de lui jusqu'à sa voiture, elle avait une conscience aiguë de sa proximité et de sa haute stature. Elle y prêtait davantage attention maintenant qu'ils étaient sortis de leur cadre professionnel habituel. Toutefois, le comportement de Marc envers elle restait le même. Il ne lui prit pas le bras pendant qu'ils marchaient ; à aucun moment il ne tenta de la toucher. Alors pourquoi était-elle incapable de stopper l'émoi qu'il suscitait en elle ?

Elle devait faire semblant d'être au bureau, faire comme s'il s'agissait d'un déjeuner de travail un jour de semaine. Hélas ! ce subterfuge ne fonctionna pas.

Il lui tint la portière, et elle se glissa sur le siège. Elle le suivit des yeux pendant qu'il contournait la voiture, le vent soulevant des mèches rebelles de sa chevelure bouclée. Qu'avait-il donc de si mystérieux à lui dire ?

Elle fut encore plus étonnée quand ils se rendirent dans un club privé dont il était membre. Une fois à l'intérieur, un maître d'hôtel les conduisit dans un salon privé.

— Je brûle de curiosité, remarqua-t-elle en s'asseyant en face de lui.

— Commandons nos boissons et notre dîner avant d'entamer notre discussion. Je ne veux pas d'interruptions. Pour l'instant, je vous dirai simplement que c'est personnel et que cela implique mon grand-père.

Elle le fixa, interloquée.

— Je ne comprends pas pourquoi je suis ici avec vous s'il s'agit de M. Ruiz. Notre entretien ne concerne donc pas le bureau.

— Si, dans une certaine mesure. J'ai une proposition à vous faire, et je souhaiterais que vous y réfléchissiez.

Elle était dévorée par la curiosité, mais s'abstint de le questionner car le serveur s'avançait pour leur proposer une boisson. Marc commanda une eau gazeuse pour elle et un martini pour lui.

Elle demeura silencieuse jusqu'à ce que le serveur ait apporté leurs boissons et pris leur commande pour le dîner. Puis Marc leva son verre pour porter un toast.

— À la meilleure secrétaire que j'aie jamais eue et, je l'espère, à un avenir radieux ensemble.

Le cœur battant, elle trinqua avec lui et sirota une gorgée, contemplant Marc et attendant qu'il repose son martini sur la table. Sa curiosité était à son comble car, à l'évidence, leur discussion impliquerait leur avenir à tous deux.

Il croisa les mains sur la nappe et s'éclaircit la voix.

— Je vais aller droit au but. Mon grand-père souffre d'un cancer du pancréas, et les médecins ne lui donnent que trois mois à vivre.

— Je suis désolée, dit-elle, percevant la douleur dans la voix de Marc, même s'il semblait maîtriser ses émotions.

— Je suis très proche de lui. Mon père est mort quand j'avais douze ans, et mon grand-père a toujours été là pour moi. J'ai passé beaucoup de temps au ranch avec mes grands-parents. J'aime ce domaine. Il est magnifique.

Il lui sourit avant d'ajouter :

— Du moins, il l'est à mes yeux.

— Je regrette que l'état de santé de votre grand-père soit aussi grave, dit-elle, ne voyant toujours pas en quoi elle était concernée.

— Merci. Mes grands-parents adorent ce ranch. Ils l'ont exploité durant toute leur vie.

Il marqua une pause quand le serveur revint avec leurs plats — un épais steak pour Marc et un saumon d'Alaska pour elle. Quand ils furent à nouveau seuls, elle prit une bouchée de son poisson et ferma les yeux, éblouie.

— Mmm ! Il est délicieux.

— Oui, leur saumon est excellent, remarqua-t-il d'une voix plus profonde que d'habitude.

Elle rouvrit les yeux et s'aperçut qu'il l'observait. Prenant conscience de l'intensité de son regard, elle sentit une onde de chaleur la parcourir tout entière. Mais ses prunelles marron foncé étaient insondables.

— Poursuivez vos explications, je vous en prie, dit-elle, de plus en plus troublée.

Car à en juger par la façon dont il venait de la regarder, elle savait désormais que ce qu'il allait lui demander n'aurait aucun rapport avec le bureau.

Il prit une profonde inspiration et acquiesça de la tête.

— Maintenant que mon grand-père est malade, il s'inquiète pour ma grand-mère. Elle veut continuer à vivre au ranch, mais elle n'est pas en mesure de le gérer seule. Et c'est là que j'interviens.

Il marqua une pause et désigna son assiette du menton.

— Il vaudrait mieux que vous finissiez votre saumon avant que je poursuive.

— Oh ! non ! Ma curiosité est trop forte.

Songeait-il à l'engager comme dame de compagnie pour sa grand-mère ?

— Je me demande ce qui pourrait m'empêcher de manger une fois que vous m'aurez dit de quoi il s'agit.

— Je pense que je vais vous choquer. Moi-même, je suis encore sous le choc, dit-il avec un sourire forcé. Mon grand-père veut que je m'installe au ranch et que j'y reste au moins un an. Ainsi, je serai en mesure de veiller sur ma grand-mère.

— Vous quittez l'entreprise pendant un an ? Ou pour une plus longue durée ? demanda-t-elle, consternée.

Allait-elle perdre son patron de façon permanente ? Quel dommage ! Elle pensa aussitôt aux vice-présidents, se demandant lequel deviendrait son supérieur hiérarchique.

— Un an seulement. Je connais mon grand-père. Il pense que si je vis au ranch pendant un an, je n'aurai plus envie d'en partir.

— Je peux comprendre son point de vue, mais est-ce ce que vous souhaitez ?

— Il m'a fait une proposition. En fait, elle ressemble davantage à un ultimatum. Si je m'installe là-bas pendant un an, j'hérite du ranch et aussi de titres miniers et de puits de pétrole à hauteur d'un tiers. Ma mère héritera du deuxième tiers, et le reste de la succession ira à ma grand-mère.

— Je vois.

Elle reposa sa fourchette et s'essuya les lèvres avec sa serviette.

— Vous vouliez me dire que j'aurai un nouveau patron.

— Oh non ! Je n'ai pas terminé. J'aime trop mon grand-père pour refuser de faire ce qu'il me demande. Et même si je ne l'aimais pas autant, cette proposition est trop belle pour que je la décline. Comme je viens de le dire, j'aime mon grand-père et je veux le rendre heureux pour le temps qui lui reste à vivre.

— C'est admirable, Marc. Je vous comprends. J'aimais ma mère et, à la fin, j'ai fait tout mon possible pour la rendre heureuse. Je regretterai de ne plus travailler pour vous, dit-elle, espérant ne pas avoir l'air trop déprimée.

Mais il lui manquerait terriblement. Elle aimait travailler pour lui. Il était un patron loyal et prévenant, et un homme beau et séduisant. C'était agréable d'être à ses côtés.

— Il y a encore autre chose, Lara, mais je vais attendre que vous ayez suffisamment mangé pour que vous ne rentriez pas chez vous affamée.

Elle reprit sa fourchette pour lui faire plaisir et lui sourit.

— Vous voyez, je mange. Mais vous m'avez déjà annoncé l'essentiel : vous nous quittez pendant un an.

— Je n'en suis pas encore arrivé à la partie qui vous concerne, lui rappela-t-il.

Elle le dévisagea, à la fois surprise et curieuse. Aurait-il besoin d'une secrétaire au ranch ?

— Lara, je ne vous ai mentionné qu'une partie des exigences de mon grand-père. Reste l'autre partie. Outre le fait de vivre au ranch pendant un an, je dois me marier dans le courant du mois.

Il tendit le bras à travers la table pour s'emparer de sa main, un geste si inhabituel de sa part qu'elle réprima un halètement de surprise. L'espace de quelques secondes, elle fut incapable de prononcer un mot, se contentant de le dévisager, le cœur battant.

— Ne dites rien jusqu'à ce que j'aie terminé. Vous êtes surprise, comme je l'ai été moi-même.

Tout en l'écoutant parler, elle se focalisait sur sa main autour de la sienne. Son étreinte était chaude et légère, et pourtant, dès qu'il l'avait touchée, un frisson avait parcouru tout son corps. Elle devinait que ce contact si personnel venait de changer la nature de leur relation. Désormais, elle voyait en lui davantage l'homme que le patron. Et ce constat la bouleversait tellement qu'elle était incapable de réagir.

— J'ai besoin d'une épouse pour un mariage de convenance pendant un an, peut-être moins, poursuivit-il. Selon les volontés testamentaires de mon grand-père, si je veux hériter, je dois me marier ce mois-ci et m'installer au ranch durant un an. Or, je veux percevoir ma part d'héritage et rendre mon grand-père heureux. Voilà pourquoi j'ai besoin d'une épouse. Quand il nous aura quittés, je resterai au ranch comme convenu, mais puisque son testament ne mentionne rien concernant la durée de mon mariage, je m'engage à y mettre fin à ce moment-là. Et c'est là que vous intervenez. Je souhaiterais voir avec vous si nous pourrions trouver un arrangement. Si vous accepteriez de devenir ma femme.

- 2 -

Abasourdie, elle contemplait Marc, cherchant à déchiffrer ses sentiments, mais il lui opposait un visage impénétrable. Épouser Marc puis divorcer ? Elle ne parvenait pas à imaginer une chose pareille. C'était tellement inconcevable ! En état de choc, elle avait du mal à reprendre ses esprits. Et le regard intense qu'il fixait sur elle ne faisait qu'accroître son trouble. Épouser Marc. Sans amour. Un mariage de convenance. Cette pensée fit battre son cœur plus vite.

— Marc, je suis flattée que vous ayez pensé à moi, mais je ne peux pas faire cela !

Épouser Marc ? L'espace d'un instant, elle se sentit étourdie. Non, vraiment, elle ne pouvait pas accepter sa proposition.

— Avant de vous décider, laissez-moi vous expliquer ce que ce mariage m'apporterait et, plus important, ce qu'il vous apporterait. Je vous en prie, écoutez-moi jusqu'au bout.

— Entendu, acquiesça-t-elle.

Encore sous le choc, elle ne pouvait rien faire d'autre que le fixer et tâcher de comprendre ce qu'il disait.

— Si je me conforme aux volontés de mon grand-père, j'hériterai d'un ranch prospère et d'actifs financiers importants. Mais, Lara, en contrepartie, j'ai l'intention de procurer des avantages substantiels à la femme que j'épouserai.

Elle était comme hypnotisée, incapable de détacher

le regard de celui de Marc, si sombre et si intense que son iris était presque noir. Elle sut que, quelle que soit sa décision, elle se souviendrait de ce moment tout le reste de sa vie. Elle avait le sentiment que le cours de son existence pourrait changer du tout au tout. Si elle épousait Marc. Mais c'était tellement inimaginable !

— Vous et moi sommes compatibles, poursuivit-il. Nous sommes capables de cohabiter sous le même toit, j'en veux pour preuve notre remarquable collaboration au bureau. Je veux vous aider à réaliser vos projets et à prendre soin de votre bébé. Je veux vous donner à tous deux un excellent départ dans votre nouvelle vie. Je suis disposé à procurer une légitimité à votre bébé en lui donnant mon nom. Si vous acceptez de m'épouser dans le cadre d'un mariage de convenance, je vous donnerai deux cent mille dollars le jour du mariage et deux cent mille dollars supplémentaires le jour du divorce. Mais quand mon grand-père nous aura quittés, je veux que nous recouvrions notre liberté.

— Marc, c'est une somme exorbitante ! s'exclama-t-elle, médusée. Cela représente presque un demi-million de dollars ! Je pourrais faire mes études de médecine sans avoir besoin de travailler.

— C'est exact. Je regrette de vous perdre en tant que secrétaire, mais j'ai davantage besoin de vous dans le rôle d'épouse.

— Vous avez des amies femmes. Pourquoi est-ce à moi que vous demandez ce service ? Nous ne sommes même jamais sortis ensemble.

— Il ne s'agit pas d'un mariage d'amour mais de convenance. Quand mon grand-père ne sera plus là, je veux redevenir célibataire — et je le redeviendrai, déclara Marc d'un ton péremptoire. Pour ce qui est des femmes que j'invite à des réceptions, des concerts et des spectacles, je suis sûr qu'aucune d'elle n'accepterait de m'épouser en s'engageant à divorcer quelques mois plus tard.

— Je peux le comprendre, dit-elle sans réfléchir.

Sa remarque spontanée lui tira un petit sourire.

— En revanche, vous avez des projets. Vous envisagez d'intégrer une école de médecine et vous allez avoir un bébé. Je pense que vous serez prête à tourner la page et à entamer une nouvelle vie quand nous divorcerons.

— Est-ce que… nous vivrons comme mari et femme ? Je veux dire… aurons-nous des relations sexuelles ?

— Si c'est ce que vous souhaitez, oui. Dans le cas contraire, puisque cette union est temporaire, il ne se passera rien entre nous. Cela ne devrait pas nous poser de problème puisque nous travaillons en bonne harmonie depuis un an. Et nous ne nous verrons pas de façon quotidienne, comme c'est le cas actuellement. Par ailleurs, j'aime encore ma femme ; elle me manque terriblement. Et je ne suis pas intéressé par une relation intime.

— Je viens juste de rompre mes fiançailles, et moi non plus je ne suis pas prête à me lancer dans une nouvelle relation, dit-elle en s'empourprant.

— Cette question est donc réglée. Nous continuerons à nous comporter de façon amicale, comme au bureau. Ainsi, nous éviterons les complications émotionnelles, remarqua-t-il en souriant.

Elle ne put s'empêcher de lui rendre son sourire.

— Maintenant, nous pourrons toujours changer d'avis à ce sujet si nous le décidons d'un commun accord, ajouta-t-il.

Et elle acquiesça d'un signe de tête.

— Marc, j'avoue que je suis stupéfaite. Je n'en reviens pas que vous m'offriez autant d'argent.

— Réfléchissez à ma proposition, Lara. Actuellement, vous êtes seule, mais vous ne le serez plus si vous acceptez mon offre. Vous pourrez élever votre bébé dans les meilleures conditions et suivre cette formation médicale qui vous tient tant à cœur. Par la même occasion, vous permettrez à ma mère et à moi-même de percevoir l'héritage de mon grand-père. C'est un accord gagnant-gagnant, et j'espère qu'il changera votre vie pour le meilleur.

— C'est certain ! répondit-elle.

Ils se regardèrent en silence. Pourrait-elle vivre sous le même toit que lui sans se retrouver dans son lit ? Pourrait-elle vivre avec lui en évitant toute implication émotionnelle ? Il était un homme séduisant et désirable. Il pourrait lui causer un chagrin d'amour pire que celui qu'elle venait de vivre, et elle avait eu du mal à s'en remettre.

— Lara, je suis sûr que vos collègues vous ont parlé de ma femme. Vous avez vu sa photo sur mon bureau. Elle était enceinte de notre bébé quand elle a péri dans un accident d'avion, trois mois après notre mariage. Nous sommes restés mariés trois mois, quatre jours et quatorze heures pour être exact.

Il détourna le regard, visiblement ému.

— Je suis désolée, Marc.

— Je l'aimais, dit-il d'une voix sans timbre.

Il semblait avoir oublié sa présence, perdu dans ses souvenirs. Puis il prit une profonde inspiration.

— Je veux simplement vous faire comprendre que ce mariage sera temporaire et qu'il n'y aura rien de personnel entre nous. J'aime encore Kathy, et elle me manque cruellement. Je sais que je dois surmonter mon chagrin, mais je n'y arrive pas.

— Je comprends. La rupture de mes fiançailles m'a blessée, et je ne fais plus confiance à mon jugement sur les hommes. Cependant, je vous connais bien puisque nous travaillons ensemble depuis un an.

— Je tiens d'autant plus à vous aider que vous n'avez

pas de famille. Outre ce que je vous ai proposé, je souhaite ajouter autre chose.

— Autre chose ? s'exclama-t-elle, stupéfaite.

— Oui. Non seulement je donnerai mon nom à votre enfant, mais je lui ouvrirai un compte épargne de deux cent mille dollars.

— Vous êtes prêt à donner votre nom et une fortune à mon bébé ? répéta-t-elle, médusée.

— Oui, grâce à l'héritage de mon grand-père.

— C'est incroyablement généreux de votre part.

— Je vivrai au ranch pendant un an. Puis j'engagerai un contremaître pour le gérer ainsi qu'une dame de compagnie et une aide ménagère pour ma grand-mère. Ensuite, je retournerai à Dallas pour retrouver le monde des affaires. Et quand l'heure de la retraite sonnera, je retournerai au ranch.

Elle n'en revenait pas de ce qui lui arrivait. Toute cette surenchère lui donnait le vertige.

— Marc, j'ai du mal à assimiler tout ce que vous me proposez. Si j'accepte, ma vie changera du tout au tout.

— En effet, dit-il, resserrant sa prise autour de sa main. Lara, cet héritage me tient à cœur, et pour l'obtenir j'ai besoin de ce mariage. Par ailleurs, je ne veux pas gâcher les derniers jours de mon grand-père. Je l'aime beaucoup, ajouta-t-il, d'une voix bourrue.

Impulsivement, elle pressa la main de Marc.

— Je suis désolée. Je sais comme c'est douloureux de perdre un être cher.

Elle voulut retirer sa main, mais il la retint.

— Vous avez des mains douces, remarqua-t-il.

Elle se rendit compte à quel point ils avaient été circonspects au bureau, sans jamais se toucher. Mais maintenant, le contact de sa paume sur la sienne était électrisant.

L'espace d'un instant, elle oublia sa proposition, son dîner, tout, sauf la chaleur de sa main.

Il se pencha vers elle et dit d'une voix persuasive :

— Nous avons travaillé en bonne intelligence au bureau. Nous devrions donc réussir à nous entendre. Par ailleurs, nous avons toutes les raisons de nous aider mutuellement.

Elle sentit son cœur s'emballer. Elle était fascinée par le magnétisme sensuel de Marc alors même qu'elle essayait d'assimiler tout ce qu'il lui offrait. Elle était tentée d'accepter tout de suite, mais était-ce bien raisonnable ?

— Je suis étonnée de ne pas m'être évanouie ! Il faut que je réfléchisse à tout cela.

— Combien de fois vous est-il arrivé de vous évanouir ?

— Jamais, répondit-elle, déconcertée par sa question, jusqu'à ce qu'elle remarque son sourire amusé.

— Vous êtes solide comme un roc. Plus sérieusement, je comprends que ma proposition vous ait fait un choc. Moi-même j'ai été choqué d'apprendre que je devais me marier ce mois-ci. Promettez-moi d'y réfléchir.

— Je travaille avec vous depuis presque un an maintenant, et j'ai eu le temps de vous observer. Vous êtes quelqu'un de bien, Marc. Je sens que je peux vous faire confiance.

Elle détourna le regard un instant avant de fixer Marc droit dans les yeux.

— Et votre offre est tellement mirobolante que je ne peux pas la refuser. Alors, oui, Marc, je vous épouserai, sachant que ce sera un mariage de convenance qui se terminera quand vous le déciderez.

— Merci, mais je préfère vous accorder un petit délai de réflexion au cas où vous voudriez faire machine arrière. J'espère que ce ne sera pas le cas, mais c'est une décision trop importante pour être prise à la va-vite. Et puis vous ignorez comment je suis en dehors du bureau.

Nous devrions sortir ensemble avant de nous lancer dans cette aventure.

Il retira sa main, et elle se demanda s'il avait accordé la moindre importance à ce contact.

— Vous avez raison, Marc.

Elle avait une foule de questions à lui poser.

— Votre grand-mère a-t-elle sa propre maison ou vivra-t-elle avec nous ? Oh ! Seigneur ! « Avec nous » — cela me semble tellement improbable, dit-elle d'une voix entrecoupée.

Je vais épouser Marc. Je vais devenir sa femme. Ces pensées tourbillonnaient dans sa tête, et elle se sentit rougir.

— Je n'arrive pas à y croire !

— Vous comprenez pourquoi je voulais que vous mangiez d'abord. Vous n'avez pas avalé une bouchée depuis que je vous ai fait cette proposition.

— C'est vrai, je n'ai plus faim. Le repas était délicieux, mais j'ai la tête qui tourne et l'estomac noué.

Elle agrippa de nouveau sa main. Elle était chaude et robuste, et sa réaction à ce contact physique se révéla aussi électrisante que la fois précédente.

— Mais votre main est glacée ! s'exclama-t-il, l'enserrant entre les siennes.

— Parce que je suis encore sous le choc. Entre la stupeur, l'excitation, la peur et la gratitude, je ne sais plus où donner de la tête ! Pour l'instant, je suis éblouie par la somme d'argent que vous m'offrez, mais je sais que je dois considérer les autres aspects de la question. Du moins, quand j'aurai recouvré mes facultés !

Il se pencha vers elle à travers la table.

— Voilà pourquoi je vous ai demandé de prendre le temps de la réflexion, dit-il, écartant une mèche de son visage.

Son contact était si léger qu'elle le sentit à peine. Sauf

qu'il s'agissait de Marc et qu'elle avait une conscience aiguë de sa présence tout près d'elle. Il la contemplait avec une telle intensité qu'elle en avait le souffle coupé. Que signifiaient ces réactions puissantes qu'il suscitait en elle ? Elle ne les avait jamais ressenties au bureau. Mais elle n'avait jamais eu à envisager un mariage avec lui, même s'il était fictif, temporaire et dépourvu d'amour.

— Je prendrai ce temps de réflexion puisque vous me le demandez, mais votre proposition est trop alléchante pour que je la refuse. Elle résoudra la plupart de mes problèmes, déclara-t-elle, se penchant à son tour vers lui et baissant la voix. Quand vous déciderez de divorcer, je vous dirai adieu et je réaliserai mon rêve de faire de la recherche médicale.

Ils étaient tous deux séparés par quelques centimètres seulement. Elle chercha à décrypter son expression, mais il ne laissait rien transparaître de ses sentiments.

Puis le regard de Marc se posa sur sa bouche.

Troublée, elle frissonna de la tête aux pieds. Elle avait l'impression de sentir ses lèvres sur les siennes, telle une caresse. Sans réfléchir, elle passa le bout de sa langue sur sa lèvre inférieure puis, se rendant compte de ce qu'elle faisait, elle referma la bouche en s'empourprant.

— Notre relation patron-secrétaire vient de partir en fumée, murmura-t-elle.

— Absolument.

Pendant un moment, il demeura silencieux, le regard fixé sur ses lèvres. Puis, le moment disparut, comme balayé par une saute de vent traîtresse. Lentement, il se redressa, et elle l'imita, se sentant dépossédée après son quasi-baiser.

— Vous étiez la meilleure secrétaire dont je puisse rêver, dit-il finalement. Mais c'est terminé pour de bon. J'ai davantage besoin de vous en tant qu'épouse parce que c'est un rôle presque impossible à pourvoir.

— Vous changez ma vie pour le meilleur. Vous nous offrez, à moi et à mon bébé, des perspectives d'avenir que nous n'aurions jamais eues.

— À propos, quand doit-il naître ?

— En avril prochain.

— Si nous prévoyons de rester ensemble pendant un an, je serai là les premiers mois pour vous aider à vous installer dans votre nouveau rôle de maman.

Elle lui sourit avec gratitude.

— Si nous nous marions, poursuivit-il, nous serons constamment amenés à avoir des contacts rapprochés, ne serait-ce que pour donner l'apparence d'un vrai couple à notre entourage. Cependant, Lara, vous devrez toujours garder à l'esprit que je ne changerai pas d'avis. Ce mariage ne deviendra jamais permanent. Nous sommes d'accord ?

— Oui. J'ai bien compris qu'il s'agissait d'un arrangement financier et que ce mariage de pure forme serait temporaire. Rassurez-vous, je me sens capable de maîtriser la situation.

— Tant mieux. Pardonnez-moi d'insister, mais je ne voudrais pas que vous sortiez blessée de cette expérience. Voyez-vous, c'est comme si mon cœur s'était transformé en pierre à la mort de ma femme. Vous ne serez pas obligée de rester tout le temps au ranch. Mais j'aimerais vous avoir auprès de moi tant que mon grand-père sera vivant. Il sera heureux de nous voir ensemble.

— Je comprends. Moi aussi j'ai souffert quand j'ai perdu ma mère et que j'ai rompu avec mon fiancé. Je ne veux pas revivre ce genre d'épreuve, alors je serai prudente.

— Si vous acceptez ma proposition, et il semble que ce soit le cas, sachez que je n'ai pas de préférence en ce qui concerne la cérémonie du mariage. Je vous laisse décider. Il va sans dire que je réglerai tous les frais. Simplement, ce mariage doit avoir lieu très vite, la semaine prochaine ou celle d'après. Je ne veux pas de cérémonie à la dernière minute. La santé de mon grand-père est précaire, et plus vite nous nous marierons, mieux ce sera.

— Si vite ! Oh ! Seigneur, j'en ai la tête qui tourne ! Au fait, je me suis inscrite à un cours du soir qui se termine en décembre. J'aimerais le suivre jusqu'au bout. Mon médecin n'y voit pas d'inconvénient.

— Dans ce cas, moi non plus. Lara, vous m'avez dit que vous n'aviez plus de parents. Quels sont vos amis les plus proches à qui vous annoncerez notre mariage ?

— Melanie et Patsy au bureau. J'ai aussi des amis dans mon quartier, notamment un couple âgé à côté de chez moi, qui se considère comme mes grands-parents de substitution.

— Nous avons très peu de temps pour organiser un mariage. Je vous demande instamment de réfléchir à ma proposition ce soir et de me donner votre réponse demain. Vous dites oui maintenant, mais je veux que vous soyez sûre de vous.

— Je suis sûre de moi, Marc. Je vous promets que je suis prête à accepter votre offre. Et je serai prête à divorcer le moment venu.

— La nuit est censée porter conseil. Vous ne voulez pas attendre demain ?

Pleinement consciente qu'elle allait changer radicalement le cours de sa vie et celle de son bébé, elle secoua la tête.

— Inutile. Ma réponse à votre proposition est oui.

— Dans ce cas, je demanderai à mes avocats de préparer un contrat de mariage. Si vous revenez sur votre décision, vous perdrez tout, excepté cent dollars à titre de dédommagement symbolique.

— Entendu, acquiesça-t-elle.

Ils se regardèrent l'un l'autre, et elle sentit son cœur s'affoler quand il posa à nouveau sa main sur la sienne.

— Nous allons nous marier, murmura-t-il. Nous ne sommes pas amoureux, mais nous pouvons apprendre à nous connaître un peu mieux et devenir amis. Nous nous sommes toujours bien entendus en tant que patron et secrétaire. Et maintenant, nous avons des décisions à prendre en tant que couple — à propos de notre mariage, de ta démission au bureau, de l'annonce de nos fiançailles et de bien d'autres choses. Acceptes-tu de dîner avec moi, demain soir ?

Il eut un sourire malicieux.

— J'espère que cette fois-ci, je ne te mettrai pas en état de choc, et que tu pourras finir ton repas.

Elle lui rendit son sourire.

— C'est d'accord pour demain soir.

Il désigna son assiette du menton.

— Veux-tu finir ton saumon ?

— Oh non ! Je suis trop excitée pour avaler une autre bouchée. Je préférerais marcher, si cela ne t'ennuie pas. La chaleur doit être retombée, maintenant.

— Allons-y. Le serveur mettra les deux repas sur mon compte. Ainsi, nous n'aurons pas besoin d'attendre.

Il se leva et tint la chaise de Lara pendant qu'elle se levait à son tour. Quand elle se retourna, il n'était qu'à quelques centimètres d'elle. Elle était si troublée par sa présence éminemment masculine qu'elle demeura clouée sur place.

« Notre relation patron-secrétaire vient de partir en fumée. »

Elle se souvint des paroles qu'elle avait prononcées un peu plus tôt et se rendit compte à quel point elles étaient exactes. À l'avenir, leurs relations seraient différentes. *Très différentes*, songea-t-elle, peinant à retrouver son souffle. Elle s'était toujours efforcée de garder ses distances et de juguler la moindre réaction physique que Marc lui inspirait.

Mais maintenant, ils seraient mari et femme. Même si ce n'était que de nom, plus rien ne serait jamais pareil.

Le grésillement sensuel qui la parcourut soudainement, et qui surpassait tout qu'elle avait ressenti auparavant, la choqua presque autant que sa proposition. Les yeux de Marc se rétrécirent une milliseconde, mais elle le remarqua, et elle eut l'impression que des étincelles jaillissaient entre eux. Elle avait une envie irrépressible de se lover contre lui et de le toucher. Ses lèvres la picotaient, et elle ne put s'empêcher de fixer la bouche charnue de Marc, se demandant quel effet cela lui ferait de l'embrasser.

Comment la perspective de ce mariage pouvait-elle déclencher un effet aussi dévastateur sur ses sens ?

Elle devait à tout prix redevenir professionnelle et distante, et dresser un mur entre eux afin de préserver son cœur, car Marc ne tomberait jamais amoureux d'elle. Elle non plus ne voulait pas tomber amoureuse de lui — ni se retrouver dans son lit. Elle attendait un bébé et avait de grands projets pour l'avenir.

Au prix d'un gros effort, elle s'écarta de lui.

Il lui prit le bras, et ils quittèrent le club, empruntant la direction du centre-ville de Dallas. Combien de temps mettrait-elle à s'habituer à ce qu'il la touche ? Il lui reprit le bras pour traverser une rue, et elle ressentit le même picotement de plaisir à son contact. Malgré les badauds encore nombreux, elle avait uniquement conscience de la présence de Marc à côté d'elle, de sa haute stature, de sa main frôlant la sienne tandis qu'ils marchaient. Allait-elle au-devant d'un chagrin d'amour encore plus grand que le précédent ? Avec Leonard, c'était elle qui avait rompu leurs fiançailles. Mais cette fois-ci, ce serait Marc qui mettrait un terme à leur relation. D'où la nécessité impérieuse de protéger son cœur.

— Je ne sais pas grand-chose de ta vie privée, dit-elle. Si je t'épouse, tu devrais m'en apprendre un peu plus.

— Bien sûr. Je suis né à Downly, Texas.

— Tu n'es pas obligé de remonter aussi loin, remarqua-t-elle en souriant.

Il lui rendit son sourire, révélant une dentition parfaite.

— Les parents de ma mère ont quitté le Mexique parce qu'ils avaient de la famille à Downly. Connais-tu Downly ?

— De nom seulement.

— Ma mère et ses parents ont obtenu un emploi dans cette ville, puis la citoyenneté américaine. Ma mère travaillait comme domestique dans une famille riche. En fait, son patron était Dirkson Callahan.

Elle sursauta, surprise.

— L'homme à qui tu vas acheter des puits de pétrole dans le Dakota du Sud ? Tu m'as dit que c'était une affaire de routine. Je sais que tu es très ami avec son fils Gabe, mais cet achat n'aurait-il pas une connotation plus personnelle ?

— Je constate que tu es déjà passée en mode fiancée. Tu ne m'aurais pas posé cette question au bureau, remarqua-t-il, amusé.

— Fais-tu partie de ces hommes qui ne parlent pas de leur travail avec leur épouse ? Il va falloir que j'intègre ces nouveaux paramètres.

Il rit et passa un bras autour d'elle, lui pressant l'épaule pendant qu'ils marchaient.

— Je te taquine. Gabe a toujours déploré l'indifférence de son père à l'égard de ses fils. Il ne s'est jamais occupé d'eux et n'a jamais partagé leurs vies. J'ai parlé à Gabe de mon intention d'acheter ces puits de pétrole, et il m'a dit que son père ainsi que ses frères n'y voyaient aucun inconvénient. Voilà pourquoi je vais réaliser cet achat. Et tu peux me poser toutes les questions que tu veux.

— Vraiment ? demanda-t-elle, s'arrêtant et posant une

main sur sa hanche, incapable de s'empêcher de flirter avec lui.

— Oh oui ! répondit-il, le regard pétillant de malice. Quelle information très privée souhaites-tu connaître ?

Elle se mordilla la lèvre inférieure tout en réfléchissant.

— Aurai-je droit au petit déjeuner au lit ?

— Oui, si tu es dans notre lit, répondit-il du tac au tac.

— Tu as la repartie rapide. Il faudra que je m'en souvienne.

Ils se regardèrent et éclatèrent de rire tandis qu'il la pressait légèrement contre lui.

— Je me félicite chaque minute un peu plus de notre accord.

— Ne te réjouis pas trop vite. Tu es habitué à ce que je t'obéisse au doigt et à l'œil. Mais cela risque de changer quand je deviendrai ton épouse.

Il se pencha vers elle et lui prit le menton entre son pouce et son index.

— Dans ce cas, je te cajolerai pour parvenir à mes fins.

Ils échangèrent un sourire complice puis se remirent à marcher.

— Ta mère travaille-t-elle toujours pour lui ?

— Non. Elle a démissionné pour ouvrir un minuscule café où elle vendait des *tamales*. C'était avant ma naissance. Puis elle a rencontré mon père, et je crois que ce fut l'amour au premier regard. Ils se sont mariés trois semaines après leur rencontre et se sont beaucoup aimés. C'était un bon père. Il avait émigré aux États-Unis quelques années auparavant et avait obtenu un emploi et la citoyenneté américaine. Il était de santé fragile, et son travail dans le bâtiment était trop dur pour lui.

— Visiblement, tu ne tiens pas de lui, dit-elle sans réfléchir.

— J'ignorais que je faisais montre d'une énergie débordante au bureau, remarqua-t-il, amusé.

— Il t'arrive de transporter des colis. Je t'ai vu faire certaines choses. Je suis très observatrice, dit-elle, sentant soudain ses joues s'empourprer.

— Vraiment ? demanda-t-il, se postant devant elle. Je suis curieux de savoir ce que tu as encore appris sur moi en te basant sur tes observations.

Elle réfléchit un instant.

— Tu envoies des roses aux femmes avec qui tu sors, et si cette femme est un peu plus spéciale, tu lui envoies un bouquet mixte. Je me trompe ?

— Diable ! J'ignorais que j'étais aussi prévisible. Comment as-tu découvert cela ?

— C'est une simple hypothèse.

Il reprit place à côté d'elle, et ils continuèrent leur promenade.

— Parle-moi encore de ta famille, insista-t-elle.

— Au début, mes parents n'avaient pas d'argent, mais ils ont réussi grâce à leur ténacité. Le petit café de ma mère s'est développé, et quand la santé de mon père a décliné, il a aidé ma mère aussi longtemps qu'il a pu. À ce moment-là, mon grand-père était passé contremaître dans un ranch de la région, et il a investi de l'argent dans le café de maman. Puis la santé de mon père s'est dégradée, et il a eu des problèmes cardiaques. J'ai eu des parents et des grands-parents merveilleux, et je regrette que tu aies perdu ta famille alors que tu étais si jeune. J'ai eu beaucoup de chagrin à la mort de mon père, et j'en aurai autant quand mon grand-père nous quittera.

Elle prit la main de Marc et la pressa légèrement, puis la relâcha aussitôt, s'efforçant d'ignorer les picotements provoqués par son contact.

— Quand j'ai perdu mon père, je suis devenu plus

proche de mon grand-père maternel. Il a été une sorte de père de substitution pour moi.

— Tu as été bien entouré.

— Mon grand-père maternel travaillait pour un propriétaire de ranch prospère. Il a gravi tous les échelons jusqu'à celui de contremaître. De ce côté de la famille, je suis le descendant de personnes ambitieuses et dures à la tâche. Ma mère a toujours fait passer le travail en premier. Comme mon grand-père. Le propriétaire du ranch n'avait pas d'enfants. Quand son épouse est décédée, il a légué le ranch à mon grand-père. Il est décédé à son tour quatre ans plus tard, et mon grand-père a hérité de tous ses biens. J'avais sept ans à l'époque, et j'adorais rendre visite à mes grands-parents. Leur ranch est superbe.

Elle remarqua un changement dans sa voix et se demanda s'il n'aimait pas autant, voire plus, le travail au ranch que son métier de chef d'entreprise à Dallas.

Mais cette question et d'autres attendraient. Elle était fatiguée de marcher, et ses pieds chaussés de talons hauts étaient douloureux. Elle regarda alentour.

— Je ne reconnais pas l'endroit où nous sommes, et nous avons beaucoup marché.

Aussitôt, il lui fit faire demi-tour, et ils reprirent le chemin du retour. Elle se mit à rire.

— C'est parfait. J'ai à peine émis une suggestion que je suis exaucée. Je vais adorer mon nouveau rôle.

— Et moi, je me réjouis de notre accord et j'ai hâte qu'il se concrétise. Nous dînons donc ensemble demain soir ?

— Oui. Et nous discuterons des préparatifs du mariage puisqu'il doit avoir lieu dans un bref délai.

— Parmi les secrétaires au bureau, y en a-t-il une qui serait susceptible de te remplacer ? Si nous pouvions trouver une candidate au sein de notre équipe, tu la formerais plus rapidement avant ton départ.

— J'en vois deux qui seraient parfaites. Elles sont discrètes et bosseuses. Mais je préfère y réfléchir ce soir avant de te donner des noms. En tout cas, sache que tu as d'excellents collaborateurs.

— Je suis heureux de l'apprendre.

Le soleil se couchait quand ils arrivèrent à la voiture de Marc et qu'ils prirent le chemin du retour. Ils étaient sur le perron de sa maison quand soudain Marc s'interposa entre elle et la porte. Surprise, elle leva les yeux vers lui, se sentant prisonnière des profondeurs sombres de ses prunelles.

— Je suis convaincu d'avoir fait le bon choix, déclara-t-il d'une voix enrouée qui la fit frissonner.

— Et moi, je suis convaincue d'avoir pris la bonne décision en acceptant ta proposition. Tu règles tellement de problèmes dans ma vie ! La chose importante dont je dois me souvenir, c'est que tu as tes projets et que j'ai les miens. Je me suis fixé comme objectif de faire de la recherche médicale en souvenir de ma mère. Et je n'ai pas l'intention d'y renoncer. Quand je me suis fiancée à Leonard, nous pensions que nous pourrions concilier nos ambitions respectives, mais nous n'avions pas projeté d'avoir un bébé. Or, il fait partie de moi, de mon héritage familial, et je tiens à le garder. Et grâce à ta générosité, je n'aurai plus à économiser pour payer mes études. Je suis comblée !

— Et moi, je me félicite d'avoir trouvé en toi la personne idéale pour ce mariage. Même si nous nous entendons bien, tu voudras intégrer cette école de médecine, et moi je ne veux pas d'une épouse absorbée par ses cours ou par son métier. Par ailleurs, comme tu le sais, j'aime encore ma femme et je ne me suis pas remis de sa disparition.

— Je comprends. On sait qu'on doit lâcher prise et aller

de l'avant, mais une part de soi se raccroche désespérément au souvenir de l'être aimé, dit-elle d'un ton solennel.

Il fit un signe d'assentiment.

— Que dirais-tu de 19 heures, demain soir ?

— C'est parfait. Ce soir, je fêterai l'événement toute seule, à ma façon. Et demain, nous préparerons notre mariage.

— Serais-tu en train de prendre ma vie en main ? demanda-t-il, l'air amusé.

— Oh ! non ! Tu t'en charges très bien tout seul.

— Merci. Je le prends comme un compliment, dit-il en souriant. Pendant que tu célébreras l'événement ce soir, j'irai voir ma mère pour lui parler de toi.

Marc lui souleva le menton avec son index, et son contact léger comme une caresse fit battre son cœur plus vite.

— Tu es tout à fait sûre de toi, Lara ? Tu peux réfléchir cette nuit à…

Elle l'interrompit en posant un doigt sur ses lèvres.

— Je suis tout à fait sûre de vouloir t'épouser de façon temporaire.

Il lui sourit, et elle retira sa main.

— Tant mieux. Tu m'ôtes une grosse épine du pied. Je veux épargner le moindre souci à mon grand-père afin qu'il soit heureux pour le temps qui lui reste à vivre.

— C'est louable de ta part, Marc. Tu es quelqu'un de bien.

— Pas si bien que cela. N'oublie pas que je vais toucher un gros héritage si je me conforme à ses exigences.

— Tu aurais les moyens de t'en passer. Mais tu aimes ce ranch à cause des souvenirs familiaux qui s'y rattachent.

— Tu continues à voir un halo de sainteté autour de ma tête, remarqua-t-il en souriant.

— Il s'y trouve. À certains moments, plaisanta-t-elle.

Il éclata de rire.

— Ah ! je savais que ma secrétaire si pragmatique ne me considérait pas vraiment comme un saint !

— Avec tout ce que tu viens de m'annoncer ce soir, je perçois ce halo plus brillant que jamais ! Plus sérieusement, il est tard, et nous devrions rentrer chacun chez soi.

— Bien sûr, dit-il en s'écartant. Je te verrai demain. Et le soir, nous dînerons ensemble et préparerons notre mariage.

— Je n'arrive pas à y croire !

— Tu dois commencer à y croire. Je suis vraiment heureux, Lara, et j'espère que tu l'es aussi.

Elle le suivit des yeux en souriant pendant qu'il remontait en voiture, et attendit qu'il ait disparu avant de rentrer.

Quand elle eut refermé la porte derrière elle, elle poussa un cri de joie et virevolta dans l'entrée. Puis elle s'arrêta devant le miroir qui avait appartenu à sa mère et contempla son reflet. « Madame Marc Medina. Bonjour, madame Marc Medina », dit-elle, ressentant de délicieux frissons chaque fois qu'elle prononçait son futur nom. Elle allait épouser Marc. Elle aurait suffisamment d'argent pour ses études et l'éducation de son enfant. Elle serait même en mesure de payer quelques-unes des factures médicales de sa mère. Marc était incroyablement généreux. Il était déjà multimillionnaire, mais son héritage devait être considérable pour qu'il se montre aussi prodigue. Surexcitée, elle agita les mains en l'air et virevolta à nouveau.

« Madame Marc Medina », répéta-t-elle devant son miroir. Mais cette fois, son exubérance retomba. Elle devait à tout prix préserver son cœur, car Marc s'en tiendrait à sa décision de mettre fin au mariage le moment venu. Elle était bien placée pour savoir qu'il avait une volonté de fer, et elle se bercerait d'illusions si elle se figurait qu'il tomberait amoureux d'elle et qu'il voudrait rester marié. De toute façon, ce n'était pas ce qu'elle désirait. Elle voulait travailler dans la recherche médicale.

En attendant, elle avait l'intention d'apprécier la compagnie de Marc et de passer de bons moments avec lui. Elle s'adressa à son reflet : « Seras-tu capable de garder ton cœur intact alors que Marc est beau, amusant et tellement sexy ? »

Oui, elle s'en sentait capable. Elle le connaissait depuis un an, elle n'avait pas couché avec lui et n'était pas tombée amoureuse de lui. Ce serait stupide de sa part de s'attacher à cet homme et de courir le risque d'être malheureuse maintenant qu'elle était en mesure de réaliser tant de choses qui lui tenaient à cœur. Pour cela, il était impératif qu'elle résiste à son attrait magnétique.

« Après ce mariage, j'ai des projets d'avenir, et Marc Medina n'en fait pas partie. De son côté, Marc a des projets d'avenir dont je suis exclue. Garde bien cela en mémoire », dit-elle à son reflet.

Puis elle se précipita vers son placard pour choisir ce qu'elle porterait demain au bureau.

Il était plus de 2 heures du matin quand elle s'endormit, Marc Medina omniprésent dans ses rêves.

À son grand soulagement, le lendemain au bureau, elle fut trop occupée pour penser à sa nouvelle vie et au dîner avec Marc. Elle le vit à peine jusqu'à 16 heures quand il l'informa qu'il reportait leur conversation et qu'il passerait la prendre un peu avant 19 heures.

Après le travail, elle se dépêcha de rentrer pour se doucher, se changer et se recoiffer. Pour la première fois, Marc la verrait dans une tenue chic et sexy, et les cheveux dénoués à la place de son éternel chignon. Était-il aussi excité qu'elle ? Elle en doutait. Il devait considérer ce dîner comme un repas d'affaires classique destiné à sceller un contrat.

Elle, en revanche, avait un mal fou à contenir son excitation ou à arrêter de fantasmer sur la fortune qu'il lui offrait. Et en même temps, elle ne pouvait pas s'empêcher de penser qu'elle devait préserver son cœur pour ne pas risquer une sérieuse déconvenue au moment du divorce. Elle devrait être constamment sur ses gardes et éviter toute relation charnelle avec Marc, car le sexe n'aurait aucune signification affective pour lui — juste une satisfaction physique.

Elle sortit ses vêtements et se contempla dans le miroir, examinant son ventre plat. Sa grossesse n'était pas très avancée, et elle était grande et élancée. La plupart des gens penseraient que le bébé était de Marc, et il n'y voyait pas d'inconvénient. Il était même prêt à lui donner son nom. Pourquoi se montrait-il aussi généreux avec elle ? Était-ce à cause de la perte de son bébé à naître et de son épouse ? Bien sûr, il était soulagé d'avoir trouvé une femme disposée à partir sans faire d'histoires quand il déciderait de mettre un terme au mariage. Ce genre de candidates ne courait pas les rues. En fait, elle devait être la seule qu'il connaisse. Encore une fois, elle avait intérêt à maintenir ses distances avec lui pour être en mesure de partir le cœur léger le moment venu.

Quand la sonnette de la porte d'entrée retentit, elle prit une profonde inspiration, récupéra son sac à main et alla répondre. Son futur mari et sa nouvelle vie l'attendaient de l'autre côté de la porte.

- 3 -

En attendant que Lara lui ouvre, Marc examina les parterres fleuris entourant le perron de la petite maison où elle vivait. Il se demanda s'ils se verraient souvent une fois mariés. Elle s'installerait au ranch puisque c'était le souhait de son grand-père. Mis à part cela, elle serait libre de se préparer comme elle voulait pour la naissance de son bébé et la reprise de ses études après leur divorce.

La porte s'ouvrit, et il fit volte-face.

— Lara ?

Saisi par sa nouvelle apparence, il la parcourut d'un long regard appréciateur et, contre toute attente, sentit son pouls s'accélérer.

— Tu as travaillé jusqu'à la fermeture des bureaux et tu n'as eu qu'une heure pour te préparer, constata-t-il, admirant le résultat.

— C'est exact, acquiesça-t-elle, ses grands yeux bleus le fixant avec curiosité.

— Tu es splendide.

— Merci, dit-elle en souriant. Entre. Viens voir où je vis.

Il la suivit. Non qu'il s'intéresse à son intérieur. Mais il avait envie de la contempler plus longuement.

— Tu as libéré ta chevelure. Je ne t'avais jamais vue ainsi.

— Je tiens à paraître professionnelle au bureau. Mais ce soir, c'est différent. Nous fêtons un événement personnel, et je me suis apprêtée pour l'occasion.

— Je n'en reviens pas. Tu es splendide ! Je suis encore plus heureux de t'avoir fait ma proposition et que tu l'aies acceptée.

Il l'enveloppa à nouveau d'un chaud regard. Sa chevelure brun foncé, retenue par des petits peignes sur les côtés, cascadait en vagues souples et soyeuses sur ses épaules, soulignant l'ovale parfait de son visage. Curieusement, il brûlait d'envie de glisser ses doigts dans cette masse brillante.

— Mon intérieur est petit mais confortable, commenta-t-elle, le précédant dans l'entrée.

Il s'attarda sur sa taille de guêpe. Elle avait un léger déhanché sexy quand elle marchait. Comment ne l'avait-il pas remarqué auparavant ? Elle portait une robe noire sans manches qui arrivait au-dessus du genou. Sa coupe ajustée mettait en valeur sa silhouette élancée. Et quelle silhouette !

Et ses jambes ! Il ne les avait jamais vraiment vues auparavant. Et maintenant, il les découvrait, interminables et galbées. Décidément, Lara avait eu l'art de dissimuler ses charmes au bureau. Il ne parvenait pas à détacher le regard de son corps splendide, et cette découverte le perturbait. Il ne voulait pas la trouver trop séduisante. Il tenait à conserver les relations impersonnelles qu'ils avaient eues au bureau. Son cœur était comme anesthésié depuis la disparition de Kathy. Il n'avait aucune envie de céder à l'appel de ses sens, car ce serait la porte ouverte aux complications émotionnelles. Il devait s'arranger pour que ce mariage n'en ait que les apparences. Hélas ! il venait de découvrir que la tâche serait plus ardue qu'il ne l'avait imaginé. Il tenta de se rasséréner en se disant que durant l'année écoulée ils avaient travaillé en bonne intelligence sans jamais flirter ni coucher ensemble.

Mais alors que son regard était à nouveau irrésistiblement attiré par ses jambes, il ne se sentit pas rassuré.

Son salon était rempli de meubles qu'elle avait dû hériter de sa mère — un rocking-chair, deux fauteuils à oreilles recouverts de tissu bleu foncé et un canapé assorti. Après un coup d'œil hâtif à la pièce, il reporta son attention sur Lara.

— Ton intérieur est confortable et douillet.

Elle lui sourit et prit son sac à main.

— C'est petit et simple, mais cela me convient.

— Si tu es prête, pouvons-nous partir ?

— Je suis prête, dit-elle, se dirigeant vers la porte.

— Je ne t'ai jamais vue porter ce genre de tenue au bureau, dit-il, le regard comme aimanté par sa silhouette de top model.

— Elle n'est pas propice à une atmosphère studieuse.

— Alors, je ne peux que m'en féliciter, dit-il, se demandant si cet arrangement serait aussi impersonnel qu'il l'avait envisagé.

Il lui ouvrit la portière de sa voiture, et quand elle se glissa gracieusement sur le siège il ne put s'empêcher d'admirer ses longues jambes magnifiques tandis que sa robe remontait bien au-dessus de ses genoux avant qu'elle la tire de quelques centimètres.

Quand il prit place derrière le volant, il était émoustillé et brûlait d'envie de la contempler plus longuement. C'est à ce moment-là qu'il eut sa réponse : il ne regarderait plus jamais sa secrétaire de la même façon. Pas après s'être avisé qu'elle était une femme sublime.

Au restaurant, ils s'installèrent à une table à l'écart. Il commanda un verre de lait pour elle et un verre de vin blanc pour lui. Elle rit quand il leva son verre pour porter un toast.

— À notre mariage bref mais profitable à tous deux, dit-il.

Les yeux de Lara pétillèrent de malice, et ses lèvres pleines s'incurvèrent en un sourire séducteur tandis qu'ils trinquaient.

— Le tintement d'un verre de lait est bien plus prosaïque que celui d'un verre de vin, remarqua-t-elle.

— Dis-toi que c'est pour la bonne cause.

Ils burent une gorgée avant de reposer leurs verres.

— Commandons le dîner, puis nous discuterons du mariage.

Une fois leurs commandes passées, il lui prit la main à travers la table. À son grand étonnement, il ressentit des étincelles à la suite de ce léger contact. Depuis quand le simple fait de toucher la main d'une femme — qui plus est, celle de sa secrétaire qu'il voyait tous les jours — provoquait-il en lui une réaction électrisante ? Il relâcha sa main, se demandant jusqu'à quel point Lara s'immiscerait dans sa vie au cours de ce simulacre de mariage.

Il avait cru qu'une fois installés au ranch il ne prêterait pas plus attention à elle qu'au bureau, mais il avait commis une erreur d'appréciation concernant sa secrétaire si discrète. Il aurait dû y réfléchir à deux fois, mais il était quand même content de son choix. Elle serait parfaite à bien des égards, notamment parce qu'elle partirait sans faire d'histoires le moment venu. Elle s'était fixé comme objectif d'entreprendre une carrière médicale, et rien ne la ferait changer d'avis. Il connaissait trop bien ce genre de femme déterminée et ambitieuse. Par ailleurs, elle avait besoin de quelqu'un, et il pourrait l'aider ainsi que son bébé.

— Alors, quel genre de mariage aimerais-tu avoir ? demanda-t-il. Souviens-toi, il doit avoir lieu ce mois-ci.

— Étant donné que nous ne sommes pas amoureux l'un de l'autre, commença-t-elle posément, ses grands yeux bleus faisant battre son cœur plus vite, nous devrions organiser une petite cérémonie toute simple. Ma grossesse n'est pas très avancée, et si nous nous marions ce mois-ci, quand j'annoncerai que je suis enceinte, tout le monde pensera que je porte ton bébé. Es-tu toujours d'accord avec cela ?

— Bien sûr. Et il portera mon nom.

— Marc, c'est vraiment très généreux de ta part.

— Souviens-toi que je suis aussi gagnant dans l'histoire.

— Est-ce qu'une cérémonie en petit comité te convient ? Tu as sans doute beaucoup de parents et d'amis que tu souhaiterais inviter.

— Ma mère et ma grand-mère seront présentes, de même que mes amis les plus proches, à savoir Gabe Callahan et son épouse. Je demanderai à Gabe d'être mon témoin. Après la cérémonie, nous organiserons une grande réception à laquelle seront conviés nos amis.

— Dans ce cas, nous pourrions faire la cérémonie à l'hôpital. De cette façon, ton grand-père y assisterait. S'il se sent bien, elle aurait lieu dans sa chambre. Sinon, dans un salon proche de sa chambre.

— Tu accepterais de faire cela ? demanda Marc, surpris et ravi.

— Oui, bien sûr. Et je suis prête à me marier dans une semaine, si cela te convient.

Sa suggestion le toucha. Il ne s'attendait pas à autant de coopération et de prévenance de sa part.

— Oh oui ! Plus vite nous nous marierons, plus vite débutera le compte à rebours de mon séjour au ranch. Qui plus est, l'état de santé de mon grand-père peut empirer à tout moment, et j'aimerais qu'il sache que j'ai respecté son souhait.

— Reste à nous procurer l'autorisation.

— Je m'en occuperai, dit-il, devinant qu'elle repassait en mode secrétaire.

Ils marquèrent une pause quand le serveur déposa les assiettes de salade verte devant eux. Puis, une fois qu'ils furent seuls, ils reprirent leur discussion.

— Nous pourrions nous marier samedi si tu es libre, ou même vendredi, suggéra-t-il.

— L'un ou l'autre jour me convient. Ainsi, je ne raterai pas mon cours du soir à Denton qui a lieu le mercredi.

— Tu auras beaucoup de route à faire pour te rendre là-bas depuis le ranch.

— Ce cours n'a lieu qu'une fois par semaine et se termine en décembre. J'y arriverai, assura-t-elle.

Il n'en doutait pas. Décidément, elle était la candidate parfaite pour ce mariage temporaire. En revanche, pour un mariage réel, elle n'était pas son type de femme — trop ambitieuse et donnant la priorité à son métier, même si ses motivations étaient louables. Elle travaillerait de longues heures, comme sa mère. Mais puisqu'il n'avait pas l'intention de fonder une famille avec elle, tout se passerait pour le mieux.

— Si un jour quelqu'un m'avait prédit que j'épouserais mon patron, je lui aurais ri au nez ! s'exclama-t-elle.

— Je demanderai à mon comptable de te fixer un rendez-vous. Tu devras ouvrir un compte qui sera régulièrement alimenté par mes soins pour couvrir tes dépenses. Tout à l'heure, je te remettrai un chèque pour payer ta robe de mariée et ce que tu jugeras bon d'acheter.

Elle se mit à rire.

— Tout cela me paraît tellement irréel !

— Oh ! c'est bel et bien réel, et ça le sera davantage quand tu deviendras Mme Marc Medina !

— Mme Marc Medina, répéta-t-elle, secouant la tête. C'est absolument impossible.

— Détrompe-toi, c'est même imminent. Et nous tirerons un avantage mutuel de ce mariage.

Quand elle leva vers lui ses grands yeux bleus, il sentit son pouls s'accélérer. Et il eut de nouveau le sentiment que leur cohabitation ne serait pas aussi aisée qu'il l'avait prévu. Ses réactions vis-à-vis de Lara avaient changé, et il était choqué de constater qu'il était obligé de se contrôler en permanence en sa présence. Comment pouvait-elle susciter chez lui des réactions aussi sensuelles ?

Il s'efforça de se ressaisir et de se concentrer sur leur discussion.

— Hier soir, je n'ai pas parlé à ma mère ou à mon grand-père, dit-il. Je voulais m'assurer que tu n'avais pas changé d'avis. Tu as bien conscience que dans un an maximum nous divorcerons ? J'ai fait établir un contrat en ce sens. Je ne veux pas qu'il y ait de malentendu entre nous.

— Il n'y en aura pas. Si je me marie, ce n'est pas amour mais pour financer l'éducation de mon enfant et mes études.

Elle ajouta en s'empourprant :

— Désolée. Je dois te paraître bassement matérialiste.

— Non, tu es honnête. Et je le suis aussi. L'essentiel est que nous soyons sur la même longueur d'onde pour éviter les complications émotionnelles au moment de la séparation.

— Nous le sommes, et j'en suis ravie ! s'exclama-t-elle en souriant.

Il sentit son bas-ventre se contracter de désir. En l'espace d'un instant, Lara parvenait à mettre tous ses sens en émoi. D'où diable provenait cette attirance physique ? Il ne l'avait jamais ressentie au bureau, et Lara ne la suscitait pas délibérément. Cette aventure était-elle plus risquée qu'il n'avait prévu ? Il repoussa cette question par trop dérangeante.

— Moi qui suis habituée à me débrouiller seule depuis des années, je vais être plongée dans un univers totalement différent.

— Je comprends mieux pourquoi tu es si indépendante.

— Cela se voit donc tant que cela ?

— Un peu. Mais ce n'est pas un défaut, assura-t-il.

Il songea à tous ces mois où ils seraient forcés de cohabiter. La demeure du ranch était grande. Auraient-ils tendance à se rapprocher l'un de l'autre ou à s'écarter progressivement pour finir par à peine se voir ? Il n'avait pas posé beaucoup de conditions dans sa proposition, et il ne pouvait décemment pas exiger davantage de Lara. Mais pour sa part, il savait ce qu'il avait à faire. Garder ses distances.

Il se répéta ce mantra durant tout le dîner chaque fois qu'il était tenté de lui prendre la main.

Le repas se déroula de façon agréable malgré la tension sous-jacente. Ils parlèrent du mariage et de la vie au ranch. Finalement, il la ramena chez elle et la raccompagna jusqu'à sa porte.

— Veux-tu entrer ? demanda-t-elle en souriant.

Il refusa d'un signe de tête. Il n'avait qu'une envie.

Posant une main sur la porte d'entrée, il se pencha vers elle jusqu'à ce que sa bouche frôle la sienne.

Il allait l'embrasser !

Elle recula aussitôt, résistant à l'envie de poser les mains sur sa poitrine pour le repousser. Elle n'avait pas besoin de ce contact physique. Elle était déjà bien trop sensible à son charme.

— Nous sommes convenus d'éviter les relations sexuelles. Il vaut mieux que nous en restions là, ce soir, dit-elle, comprenant qu'il était sur le point de modifier un peu plus la nature de leur relation. Nous devons nous rappeler que ce mariage de convenance se conclura par un divorce dans un an. Il est donc plus sage d'éviter les baisers.

Il la contempla, l'air amusé, et hocha la tête.

— Voilà une remarque sensée, admit-il, reculant d'un pas. Je parlerai à ma famille et je te préviendrai dès que tu pourras les rencontrer.

Il plongea son regard marron foncé dans le sien.

— Lara, tu as raison de vouloir qu'on oublie les baisers. La séparation sera beaucoup plus facile si nous entretenons une relation amicale, comme celle que nous avions au bureau.

— Je suis d'accord, sauf qu'au bureau j'étais ta secrétaire et que je t'obéissais au doigt et à l'œil. Or, tu conviendras qu'avec notre mariage cette situation est révolue.

— Es-tu en train de revendiquer ton indépendance ? plaisanta-t-il.

— Absolument. Tu devras t'habituer au fait que je ne suis plus ta secrétaire. Il m'arrivera même de te donner des ordres.

Le sourire de Marc s'élargit.

— Tu cachais bien ton jeu ! Je te découvre sous un tout nouveau jour, remarqua-t-il, promenant son regard sur elle.

— Nous entamons une nouvelle relation, et il y aura des ajustements de part et d'autre. Mais quoi qu'il arrive, nous nous séparerons le moment venu. Tu le souhaites, et moi aussi. C'est un objectif que nous devrons constamment garder en tête.

— Décidément, tu es si parfaite que je pourrais presque tomber amoureux de toi, plaisanta-t-il. Je ne connais aucune autre femme qui aurait accepté le marché que je t'ai proposé et qui se serait engagée à le respecter. Sache que tu as toute ma considération, ajouta-t-il en riant.

— Je pourrais même me faire apprécier davantage, dit-elle d'une voix sensuelle en flirtant avec lui.

Puis, confuse, elle se reprit aussitôt.

— Oh ! Marc, je retire ma dernière remarque. C'est une

ligne rouge que je ne veux pas franchir. Efforçons-nous de maintenir notre relation sur le plan amical.

— C'est la chose la plus raisonnable à faire. Mais cela ne m'empêche pas de t'apprécier de plus en plus.

— Merci, Marc. Maintenant, il est temps de nous dire au revoir. J'ai passé une excellente soirée.

— Moi aussi, Lara. Je te verrai demain. Oh ! Avant de partir, j'aimerais prendre une photo de toi pour la montrer à ma mère quand je la mettrai au courant.

Il brandit son téléphone et prit la photo. Puis il se posta à côté d'elle, passa le bras autour de sa taille et prit une autre photo d'eux deux.

— Tiens, regarde, dit-il, lui montrant les clichés.

— Tu penses qu'elle m'acceptera ?

— Bien sûr. Elle fera confiance à mon jugement. Nous sommes très proches. Nous étions déjà une famille très unie du vivant de mon père.

— Est-ce que tu lui ressembles ?

Il se mit à rire.

— Oh ! non, pas du tout ! Il était plus petit que moi, et ses cheveux étaient raides comme des baguettes de tambour. Mais nous avions tous les deux les yeux marron foncé. Je ressemble davantage à ma mère, bien qu'elle soit petite. J'ignore de qui je tiens ma haute stature. Pas de mes grands-parents, en tout cas.

— Je suis contente que tu sois proche de ta famille. J'ai hâte de rencontrer ta mère. Surtout, dis-lui que tu ne m'as pas mise enceinte. Sinon, elle pensera que c'est ton bébé et son premier petit-enfant. Je ne voudrais pas qu'elle soit perturbée quand notre mariage se terminera.

— Je lui parlerai du pacte que nous avons conclu. Mais je te préviens, elle s'attachera à ton bébé. Elle a fait plusieurs fausses couches et adore les enfants. J'aurais beau lui dire la vérité à notre sujet, elle traitera ce bébé comme son premier petit-enfant.

— Elle pourra venir le voir quand elle voudra.

— Nous n'en sommes pas encore là. En attendant, je te dis bonsoir et à demain.

— Entendu. Merci pour le dîner. Il était délicieux. Et j'ai passé un agréable moment en ta compagnie.

— Nous entamons notre nouvelle relation sous les meilleurs auspices, remarqua-t-il.

— À condition que nous restions chacun à notre place.

— C'est ce que nous ferons. Tu as tes objectifs en ligne de mire, et mon cœur est verrouillé.

— Tu as raison, Marc, dit-elle d'un ton solennel.

Puis elle ouvrit sa porte et entra.

— Bonne nuit, Marc.

— Bonne nuit, Lara.

Il fit demi-tour et remonta en voiture. Quelques instants plus tard, ses feux arrière disparaissaient au coin de la rue.

En fin d'après-midi, Marc quitta Dallas pour Downly où sa mère continuait d'habiter et de gérer de main de maître son restaurant prospère qui attirait tous les jours des clients de la grande ville, malgré la distance.

Il se gara devant la maison que sa mère avait fait construire quand il était étudiant boursier à l'université. À l'époque, les problèmes d'argent n'étaient plus qu'un mauvais souvenir grâce à l'aide de ses grands-parents et au succès du restaurant. La maison de plain-pied était entourée d'une pelouse agrémentée de parterres encore fleuris malgré la chaleur de ce début d'automne.

Il avait prévenu sa mère de son arrivée, et quand il se dirigea vers l'arrière du bâtiment en stuc blanc elle l'attendait sur le seuil.

Pilar Medina était une femme petite avec des cheveux noirs et des yeux marron. Il l'aimait tendrement et lui savait gré de tout ce qu'elle avait fait pour lui tout au long de son enfance et de son adolescence. Il se hâta de la rejoindre pour la serrer dans ses bras et l'embrasser sur la joue.

— Sers-toi à boire et raconte-moi ce que tu fais de beau.

— Comment va grand-père, aujourd'hui ?

— Il a passé une bonne journée. Les infirmières sont très gentilles avec lui.

— Tant mieux. Je vais prendre une bière. Que veux-tu boire ?

— Rien, merci. J'ai hâte de t'écouter.

Il sourit, sachant qu'elle ferait plus que l'écouter.

Par habitude, ils s'installèrent à la table de la cuisine, et elle poussa vers lui un plat rempli de bretzels.

— Je compte faire ce que grand-père me demande, annonça-t-il. Je vais me marier ce mois-ci.

— Marc, cet ultimatum qu'il t'a lancé me laisse perplexe. Il a beau me répéter qu'il te connaît et qu'il sait ce qui est le mieux pour toi, je ne peux pas m'empêcher de m'inquiéter.

Marc se mit à rire.

— Parfois, j'ai l'impression qu'il me considère encore comme un enfant.

Elle sourit et tapota sa main.

— Il t'aime de tout son cœur. Il a été un bon père pour moi et un bon grand-père pour toi. Il nous a aidés à la mort de ton père.

— Ce que grand-père ignore, c'est qu'au terme des douze mois je mettrai fin à ce mariage. Je ferai établir un contrat en ce sens, que je ferai signer à ma future épouse.

Pilar se frotta le front, dubitative.

— Marc, je m'inquiète quand même. Ce mariage de

convenance… Ton grand-père ne devrait pas te pousser à cette extrémité.

— J'accéderai à sa demande parce que je veux qu'il soit heureux le temps qui lui reste à vivre. Je veux qu'il cesse de s'inquiéter à propos de toi, de moi et surtout de grand-mère et du ranch. Il sait que je veillerai à la bonne gestion du domaine et que je ferai en sorte que grand-mère continue à vivre dans sa maison où elle a ses habitudes.

— Tu es un bon fils et un bon petit-fils. Il n'empêche que je me fais un sang d'encre pour toi.

— C'est inutile, maman. J'ai déjà la solution au problème. Je viens de demander une femme en mariage.

— Oh ! Seigneur ! Qui est-ce ?

— La candidate parfaite. Lara Seymour, ma secrétaire.

Il sortit son portable.

— Voici sa photo. Elle a un master de chimie et veut intégrer une école de médecine. Elle n'a pas de famille. Son père a quitté le domicile conjugal quand elle était petite, et sa mère est décédée il y a quelques années. C'est à cause de la maladie de sa mère qu'elle veut faire de la recherche médicale pour trouver de nouveaux traitements. Je lui ai fait une offre généreuse qui lui permettra de payer ses études.

— Ah ! Marc, je suis inquiète, et je n'arrive pas à persuader ton grand-père de renoncer à cette clause testamentaire ridicule. Il est têtu comme une mule ! Il prétend qu'il sait ce qu'il fait. Comment le pourrait-il quand il s'ingère dans ta vie alors qu'il est hospitalisé et très malade ?

— Laisse-le tranquille. Il ne changera pas d'avis. Et je ne veux pas qu'il se fasse du souci pour nous tous.

Pilar s'essuya les yeux.

— Je sais que tu es animé des meilleures intentions et que tu aimes beaucoup tes grands-parents, mais…

Il lui sourit tendrement.

— Maman, je vous aime tous les trois. Et tu n'as aucune raison de te faire du mauvais sang. Lara est parfaite. Qui plus est, cette situation est temporaire.

— Une fois qu'elle sera légalement ta femme, il se peut qu'elle ne veuille pas partir.

— Lara ne s'incrustera pas. Elle a été une excellente secrétaire, et elle a toutes les raisons de se montrer coopérative.

Il lui raconta qu'elle venait de rompre ses fiançailles.

— Elle ne l'a encore dit à personne au bureau, mais elle est enceinte de son ex-fiancé.

Sa mère blêmit.

— Oh ! non ! murmura-t-elle. Oh ! Marc…

— Cela n'a pas d'importance. L'argent que je lui donnerai la mettra à l'abri du besoin ainsi que son bébé. Elle pourra engager une nourrice et poursuivre ses études. J'ouvrirai aussi un compte épargne au nom de son enfant. J'ai même proposé de lui donner mon patronyme afin de le légitimer.

— Marc, tu vas t'attacher à ce bébé et tu ne voudras plus rompre cette union.

— Il s'agit d'un mariage de convenance, et il se terminera d'ici un an.

— Tu pourrais tomber amoureux.

— Je te promets que non. Je travaille en étroite collaboration avec Lara depuis un an, et il n'y a rien entre nous, si ce n'est du respect mutuel. Elle est intelligente et de bonne compagnie, mais nous ne tomberons pas amoureux. Elle a des priorités dans la vie, et je n'en fais pas partie. Alors, cesse de t'inquiéter.

Il se prit à regretter de lui avoir communiqué tous ces détails, car elle semblait très affectée et encore plus préoccupée qu'à son arrivée.

— Oh ! Marc, lâcha-t-elle, agrippant sa main et le fixant avec intensité.

— Je t'en prie, calme-toi, dit-il, surpris de voir qu'elle prenait les choses autant à cœur. Tu te souviens de tous les efforts que tu as fournis pour assurer le succès de ton restaurant. Eh bien, pour Lara, c'est pareil. Elle veut à tout prix devenir médecin. Elle me quittera le moment venu et ne changera pas d'avis. Elle est aussi ambitieuse et déterminée que toi. Son fiancé voulait qu'elle se fasse avorter, mais elle a refusé parce que ce bébé sera sa famille.

Les yeux de Pilar s'emplirent de larmes qu'elle essuya furtivement.

— Marc, j'ai toujours su que ce jour viendrait, et je pense qu'il est arrivé. Ce mariage de convenance n'a rien à voir avec ta précédente union avec Kathy. À cette époque, j'avais prévu de te parler, mais j'y ai renoncé en te voyant si amoureux. Je ne voulais pas gâcher ton bonheur. Aujourd'hui, tu es plus âgé et tu te remaries. Tu es persuadé que cette union ne durera pas, et tu as sans doute raison, mais je pense qu'il est temps que tu saches certaines choses.

— Aurions-nous de noirs secrets de famille ? demanda-t-il en souriant. Raconte-moi tout. Je suis sûr qu'il n'y a rien de si affreux.

Mais à sa grande surprise, elle ne lui rendit pas son sourire. Elle s'empara de sa main et la garda dans la sienne.

— Ton père t'aimait de tout son cœur. Il a été un bon père pour toi.

— Le meilleur dont je puisse rêver. Et j'ai aussi une maman et des grands-parents merveilleux.

— Il y a quelque chose que je ne t'ai jamais dit. Un secret que je ne t'ai jamais révélé. Et maintenant, tu vas épouser cette femme, et elle va avoir un bébé. Il ne s'agit pas de ton enfant, mais cette histoire me rappelle à propos qu'on ne sait jamais de quoi demain sera fait. Marc, j'ai un aveu à te faire.

Il la fixa, incapable d'imaginer quel noir secret sa mère lui avait caché durant toutes ces années. Ils avaient formé une famille unie, et le comportement inhabituel de sa mère le déconcertait.

Elle s'essuya à nouveau les yeux.

— J'étais si jeune et inexpérimentée quand nous nous sommes installés ici. Je travaillais pour la famille de Gabriel. Je n'aurais jamais imaginé que vous deviendriez les meilleurs amis du monde.

— Nous avons le même âge, fréquenté les mêmes écoles, joué ensemble au football au lycée. Cela me paraît naturel.

— Bref, je faisais le ménage chez les Callahan et je vivais dans une chambre de bonne au dernier étage de leur demeure. Je n'avais que quinze ans quand je suis entrée à leur service, et durant ma seconde année, Mme Callahan était enceinte de Gabe. À l'époque, mon père avait obtenu un emploi chez un rancher. Lui et ma mère vivaient au ranch, et je devais donc me débrouiller seule. J'ai fini par quitter le service des Callahan et j'ai trouvé un petit local à Downly où j'ai commencé à vendre des *tamales*. Puis j'ai rencontré ton père, et nous nous sommes mariés dans le mois qui a suivi notre rencontre. Il avait vingt-deux ans, et je l'aimais de tout mon cœur.

À sa grande surprise, sa mère se couvrit les yeux avec un mouchoir et se mit à pleurer doucement. Il savait qu'elle se remémorait son père, et il lui pressa doucement le bras en signe de compassion.

Puis elle se reprit.

— Je suis désolée pour ce que j'ai fait, mais je ne regrette pas de t'avoir eu. Tu sais à quel point je t'aime, n'est-ce pas ?

— Bien sûr. Moi aussi, je t'aime. Qu'est-ce qui t'inquiète, maman ? ça ne peut pas être aussi grave que tu le dis.

— Marc, il faut que tu comprennes que j'étais très

jeune et livrée à moi-même. Ton père et moi avons connu le grand amour. Tu vas te marier, et bien qu'il s'agisse d'un mariage de convenance, il va bouleverser ta vie. Et tu ne sais pas de quoi demain sera fait. Le moment est donc venu pour moi de te dire ce que j'ai tu pendant toutes ces années. Très peu de personnes connaissent la vérité à cause du facteur temps.

— Maman, dis-moi simplement de quoi il s'agit, insista-t-il en lui adressant un sourire rassurant.

Elle agrippa sa main, et il remarqua que la sienne était glacée. L'inquiétude emplissait son regard, et il n'arrivait pas à imaginer ce qui pouvait la bouleverser à ce point.

— Ta future épouse… Sa vie présente des similitudes avec la mienne.

— De quelle façon ? demanda-t-il, de plus en plus perplexe.

— Marc, j'ai travaillé pour Dirkson Callahan.

Elle ferma les yeux et murmura :

— Il m'a mise enceinte.

Abasourdi, Marc eut l'impression de recevoir un coup de poing dans le ventre. Il dévisagea sa mère, les yeux écarquillés. Elle n'avait qu'une seule raison de lui faire cet aveu. Il bondit de sa chaise et recula, hébété.

— Papa n'était pas mon père biologique, dit-il.

— Non. Nous nous sommes mariés si vite que tout le monde a cru qu'il était le père de mon bébé à naître. Je ne l'ai même pas avoué à mes parents. À ce jour, ils ignorent toujours la vérité. Ton père était au courant, et il m'aimait sincèrement. Moi aussi je l'aimais, et il a été un bon mari. Tout le monde a cru que c'était lui qui m'avait mise enceinte. Il n'y a jamais eu le moindre soupçon de scandale.

— Je suis le fils de Dirkson Callahan, murmura Marc, atterré.

Puis, se rendant compte qu'il était debout, il se rassit.

— C'est donc pour cette raison que tu as quitté le service des Callahan. Gabe et moi avons le même âge. Cela veut dire que Dirkson t'a mise enceinte en même temps que sa femme, murmura-t-il, écœuré.

Dire qu'il était le fils de cet odieux personnage !

— Il a été un père détestable pour Gabe et ses frères. Y compris pour Blake, son fils aîné illégitime qu'il refusait de reconnaître. Et cet homme est mon père ! dit-il, sous le choc.

Sa mère se mit à sangloter.

— Je suis désolé, mon chéri, mais il fallait que tu l'apprennes. J'ai toujours su qu'un jour je devrais te dire la vérité, même s'il m'en coûte de te faire un pareil aveu.

— Dirkson Callahan sait qu'il est mon père, n'est-ce pas ?

— Bien sûr. Il m'a donné de l'argent pour que je parte, et j'ai accepté de ne jamais révéler la vérité à qui que ce soit, y compris à toi. J'ai dû signer un papier en ce sens en échange de l'argent. Cependant, je l'ai dit à ton père avant de l'épouser, et il m'a répondu qu'il serait ton vrai père.

— Il l'a été et le restera à mes yeux. Je continuerai de l'aimer et de le respecter.

Marc réfléchit quelques secondes avant d'ajouter :

— Puisque Gabe est mon demi-frère, il devrait être mis au courant, tu ne crois pas ?

— Oh non ! protesta sa mère en se tordant les mains. La nouvelle se répandrait comme une traînée de poudre, et Dirkson saurait que je n'ai pas respecté ma promesse. S'il m'a donné de l'argent pour m'aider à démarrer mon commerce, c'est à la condition expresse que je garde le secret. C'est un homme influent, Marc.

— Je le suis aussi, maman. Mais, rassure-toi, il est hors de question que je le revendique comme père.

— En parleras-tu à ta future épouse ?

— Non. Et je n'en parlerai pas non plus à Gabe puisque cela te contrarie. Je ne veux pas que tu sois malheureuse. Et je ne veux pas blesser Gabe et ses frères — même s'ils sont immunisés depuis longtemps contre les turpitudes de leur père.

Sa mère lui prit la main.

— Lara et toi vous retrouvez dans la même situation que ton père et moi. Toi aussi, tu légitimeras l'enfant d'un autre. Pourquoi faut-il que cela t'arrive ? Ton grand-père n'aurait jamais dû te lancer cet ultimatum.

— Il fait ce qu'il pense être le mieux pour moi et grand-mère. Tout de même, je doute qu'il ait toute sa tête pour exiger que je me marie dans le courant du mois !

— Je sais, dit-elle, pleurant à chaudes larmes.

Il passa un bras autour de ses épaules et la serra contre lui.

— Cesse de t'inquiéter. J'ai du sang Callahan dans les veines. Et après ? Je m'en remettrai. Dirkson n'a jamais fait partie de ma vie. J'ai eu un père merveilleux en la personne de John Medina, et maintenant que je connais la vérité, je ne l'en aime que davantage. Et toi aussi. Tirons un trait sur cette histoire. Ce sera un secret entre nous. Et si un jour je décidais d'en parler à quelqu'un, je te préviendrais. Une part de moi pense que Gabe devrait être mis au courant, mais au fond quelle importance puisque nous sommes déjà amis.

— Je sais que tu agiras pour le mieux, mon chéri. Mais ce papier que j'ai signé… si la vérité s'ébruite, je devrai rembourser Dirkson.

— Maman, je suis en mesure de le rembourser jusqu'au dernier centime. Il ne doit pas s'agir d'une somme énorme puisque tu as débuté ton commerce de *tamales* avec un simple chariot. Oh ! je comprends mieux pourquoi tu travaillais si dur ! Tu t'efforçais de gagner suffisamment d'argent pour subvenir à tes besoins et aux miens. Tu possédais une minuscule cabane. Je l'ai vue sur les photos. Maman, si tu savais comme je suis fier de toi ! Ta réussite te fait honneur. Et cesse de t'inquiéter à propos de ce papier. Si Dirkson Callahan se manifeste, c'est à moi qu'il aura affaire.

Puis, alors que le constat s'imposait de nouveau à lui, il cracha presque les mots :

— Seigneur, je suis un Callahan !

— Par les liens du sang uniquement. C'est ton vrai père et ton grand-père qui t'ont élevé et qui ont fait de toi quelqu'un de bien. Pense à cette filiation Callahan comme à une transfusion sanguine.

Il se mit à rire et secoua la tête.

— Je ne pense pas que j'y arriverai.

— J'aurais préféré ne jamais avoir à te faire cette confession, mais il le fallait.

— Cesse de t'inquiéter. Elle ne modifie pas mes sentiments envers toi et papa. John Medina restera toujours mon vrai père.

Elle lui sourit et lui tapota la joue.

— Je t'adore, mon chéri.

— Moi aussi, maman. Maintenant que cette question est réglée, revenons-en au mariage. Il aura lieu bientôt. Et je voudrais te présenter Lara.

— Nous pourrions dîner au restaurant. Je ferai venir ta grand-mère, et nous apporterons une assiette à ton grand-père.

— Tu sais bien qu'il n'est pas censé manger de *tamales* ni de chili ! Mais j'emmènerai Lara à l'hôpital pour que grand-père fasse sa connaissance. Je pense que tu l'apprécieras.

— Si tu l'apprécies, alors, moi aussi, dit-elle en souriant.

— Il faut que je parte, maintenant. Je vais faire un

saut à l'hôpital pour dire à grand-père que j'accepte ses conditions. Et s'il dort, je passerai le voir demain matin.

Elle le suivit jusqu'à la porte d'entrée, et il la serra dans ses bras.

— Je t'aime. Tu es la meilleure maman au monde.

— Et toi, tu es mon fils adoré, répliqua-t-elle en riant.

Sur le chemin du retour, il ne put s'empêcher de penser au secret de sa mère. Dirkson Callahan était son père biologique. Il avait le sentiment que Gabe devait être mis au courant. Mais quel mal y avait-il à le laisser dans l'ignorance ? Dans un cas comme dans l'autre, leur amitié resterait la même. Et il n'avait aucune raison d'en parler à Lara. Elle était de passage dans sa vie, et ce n'était pas son enfant qu'elle portait. Pour le moment, le secret ne sortirait pas de la cuisine de sa mère.

Il était soulagé de ne pas avoir appris la vérité plus tôt ; d'avoir grandi en pensant que le père qu'il aimait était son vrai père. Et il le considérait comme tel. Le sang était le seul lien qui le rattachait à Dirkson Callahan. Il aurait aimé avoir Gabe pour demi-frère, mais puisqu'ils étaient déjà les meilleurs amis du monde, à quoi bon compliquer les choses ?

Il songea à Dirkson, uniquement préoccupé par ses affaires. Sa mère aussi était un bourreau de travail. À l'école, il aurait aimé qu'elle soit déléguée des parents d'élèves ou qu'elle assiste plus souvent à ses matchs de football, mais elle avait été trop occupée avec son restaurant.

Parfois même, il s'était senti négligé. Mais avec le recul, il se rendait compte qu'il avait jugé l'addiction de sa mère au travail à travers ses yeux d'enfant. Il n'avait jamais songé au fait qu'elle l'avait eu très jeune. Par chance, John Medina était arrivé dans leurs vies. De santé fragile, il ne gagnait pas beaucoup d'argent, mais avait aidé sa mère de son mieux et l'avait rendue heureuse.

Sa mère continuait de passer de longues heures dans son restaurant alors que rien ne l'y obligeait désormais. Mais elle voulait tout contrôler et garder la haute main sur ses affaires. Il s'était toujours promis de ne jamais lui ressembler ni d'épouser une femme trop investie dans son travail.

Pourtant, il allait épouser Lara. Elle était aussi ambitieuse que sa mère, mais il était content de l'aider en lui épargnant les soucis d'argent.

Il repensa à leur soirée de la veille. Il avait apprécié son sens de l'humour et sa vivacité d'esprit. S'il parvenait à maintenir leur relation sur le plan amical, il ne pourrait que se féliciter de l'avoir choisie comme épouse temporaire.

Mais y parviendrait-il ?

Ou allait-il au-devant des ennuis en épousant une femme qu'il trouvait très séduisante ?

- 4 -

Une semaine plus tard, en ce samedi matin, Lara avait le trac. C'était le jour de son mariage. Un mariage de convenance. Une union temporaire qui n'était en réalité qu'un arrangement financier.

Quelle que soit la dénomination qu'elle donne à cette cérémonie, ce matin, elle épouserait Marc Medina. Elle n'avait pas encore rencontré son grand-père, trop souffrant pour recevoir des visites, mais avait fait la connaissance de la mère de Marc, une femme charmante et incroyablement jeune.

Contrairement à la tradition, Marc passerait la prendre. Ils se marieraient dans la chambre d'hôpital de son grand-père — un endroit dépourvu de romantisme et de beauté, mais Marc tenait à lui faire plaisir.

Quand le carillon de la porte d'entrée retentit, elle sentit son cœur bondir dans sa poitrine. Son futur mari l'attendait sur le seuil. Elle n'en revenait toujours pas de ce qui lui arrivait. Le jour où elle avait fait la connaissance de son patron, elle n'aurait jamais imaginé qu'elle l'épouserait un an plus tard. Elle jeta un dernier coup d'œil à sa tenue : une robe en soie rose pâle classique à la coupe ajustée avec des manches longues et une jupe arrivant à mi-mollet, et des talons hauts assortis.

Elle ouvrit la porte en souriant, et la vue de Marc lui coupa le souffle. Vêtu d'un costume gris anthracite, d'une chemise blanche et d'une cravate rouge, il était beau, élégant, sûr de lui. Et très séduisant. Elle s'efforça d'ignorer cette dernière pensée malencontreuse.

Il lui rendit son sourire.

— Tu es splendide, remarqua-t-il, la balayant d'un long regard appréciateur.

— Merci.

— Si tu es prête, nous allons partir.

— Je le suis, dit-elle, prenant sa pochette et verrouillant sa porte.

Le soleil brillait en cette fraîche matinée de septembre. Marc lui prit le bras et la guida jusqu'à sa voiture de sport noire. Elle avait une conscience aiguë de la chaleur de Marc qui se diffusait à travers le tissu de sa robe, du bourdonnement d'excitation que lui causait sa présence et des signaux d'alarme continuels qui l'exhortaient à la réserve. Au fil des jours, Marc se montrait plus détendu avec elle — une raison supplémentaire pour qu'elle reste sur ses gardes. Ce mariage était dénué d'amour, et elle avait intérêt à s'en souvenir.

— Je me sens un peu nerveuse à la perspective de rencontrer ton grand-père, dit-elle tandis qu'ils se garaient sur le parking de l'hôpital.

— Ce matin il va bien, et nous avions le feu vert des médecins pour le voir. Reste à espérer que ce sera encore le cas quand nous arriverons à sa chambre. Je regrette que tu n'aies pas pu le rencontrer plus tôt.

— Moi aussi.

Elle posa une main tremblante sur son ventre.

— J'ai l'estomac noué par le trac.

— Essaye de te détendre. Grand-père sera heureux de me voir marié. Et ma mère sera égale à elle-même : elle te passera au crible pour savoir si tu es digne de son fils, plaisanta-t-il.

Elle ne put s'empêcher de sourire, et il lui reprit le bras tandis qu'ils remontaient le couloir de l'hôpital.

La veille, Marc avait organisé un dîner pour le petit groupe de parents et amis qui assisteraient à la cérémonie. Ils se tenaient maintenant dans une salle d'attente, à proximité de la chambre de son grand-père.

Lara et Marc les saluèrent à tour de rôle, notamment Gabe Callahan qui serait le témoin du marié et Meg, sa jeune épouse. La seule invitée de Lara était son amie Patsy qui la remplacerait au bureau.

Lara sourit poliment en saluant la mère de Marc, laquelle lui donna une brève accolade.

— Vous êtes splendide, dit-elle, saisissant la main de Lara. Je prie pour que Marc et vous trouviez le bonheur.

— Merci. Mon existence sera plus facile grâce à votre fils.

— La famille et l'amour, c'est ce qu'il y a de plus important. Tâchez de vous rendre mutuellement heureux tant que la vie vous réunit. C'est le conseil que j'ai donné à Marc.

— Merci, répondit Lara en souriant. Il a de la chance d'avoir une famille aussi merveilleuse.

— Lara, je suis désolée que votre mère ne soit pas là pour vous voir, aujourd'hui.

— Oui, j'aurais aimé qu'elle soit à mes côtés, répondit Lara, touchée par tant de gentillesse.

Le pasteur arriva quelques minutes plus tard, et Marc fit signe au groupe d'attendre. Puis il s'avança avec Lara auprès du lit du malade.

— Grand-père, voici ma fiancée, Lara Seymour. Je t'ai parlé d'elle.

— Je suis heureuse de faire votre connaissance, dit-elle, émue par la fragilité de ce petit homme aux cheveux blancs, dont les mains noueuses reposaient sur la poitrine.

Mais quand il leva les yeux vers elle, son regard était vif, et il avait l'air pleinement conscient de ce qui se passait.

— Grand-père, intervint Marc en se penchant vers lui, veux-tu que nous nous mariions dans ta chambre ou préfères-tu que nous te laissions dormir et que nous célébrions le mariage dans la salle d'attente ?

— Mariez-vous ici pour que je puisse vous voir, murmura-t-il d'une voix rauque.

Marc invita tout le monde à prendre place, et une musique de circonstance s'éleva en sourdine d'un téléphone portable. Cette cérémonie paraissait aussi irréelle à Lara que la demande en mariage de Marc.

Elle lui jeta un coup d'œil et remarqua qu'un muscle se contractait sur sa mâchoire volontaire. Il adorait son grand-père, et la fragilité évidente du vieil homme devait l'affecter.

La cérémonie se déroulait dans une atmosphère feutrée, et Lara ressentait toujours cette même impression d'irréalité, mais cela ne l'empêcha pas de remarquer que la grand-mère de Marc tenait les mains de son mari et que celui-ci avait le regard fixé sur lui pendant qu'il prononçait ses vœux. Puis Marc lui glissa une superbe alliance ornée de diamants à l'annulaire, et le pasteur prononça la formule rituelle : « Vous pouvez embrasser la mariée. »

Marc se tourna vers elle, et elle tenta de déchiffrer son regard. Peine perdue. Elle n'avait aucune idée de ce à quoi il pensait, hormis au fait qu'il avait obtenu ce qu'il voulait.

Il effleura sa bouche avec un baiser tendre et fugace, mais la caresse de ses lèvres chaudes sur les siennes fit courir un frisson exquis dans tout son corps. L'espace d'un instant, elle songea que ce mariage serait peut-être moins facile à gérer qu'ils l'avaient prévu. Marc suscitait en elle une réaction physique indéniable. Maintenant qu'ils allaient être amenés à vivre ensemble, elle risquait d'avoir beaucoup de mal à éviter une relation charnelle.

Aussitôt la cérémonie terminée, Marc s'avança vers son grand-père, lequel lui prit la main dans une étreinte tremblante en souriant.

— Le ranch t'appartient désormais. Je te confie ta grand-mère, prends-en soin. Sois heureux, Marc, et puissiez-vous tous les deux jouir d'une union longue et radieuse, murmura-t-il en fermant les yeux.

Marc se pencha pour embrasser la joue de son grand-père, et quand il se tourna vers Lara elle s'aperçut qu'il était au bord des larmes. Elle songea à l'immense chagrin qu'elle avait ressenti lors de la disparition de sa mère et éprouva un élan de compassion envers lui. Elle se rapprocha de lui et prit son autre main qu'elle pressa légèrement pour le rassurer. Il lui sourit, et pendant un moment elle perçut une proximité entre eux qu'elle n'avait jamais ressentie auparavant. Pour les personnes présentes, son geste paraissait naturel et témoignait d'une tendre complicité entre époux. Mais pour elle, c'était un rappel à l'ordre : elle devait garder ses distances car ce mariage serait bref et dénué d'amour.

Dans le salon, les invités les félicitèrent, et la mère de Marc la serra chaleureusement dans ses bras.

— Soyez la bienvenue dans notre famille, dit-elle.

Émue, Lara ressentit un mélange de gratitude envers Pilar et de regret à l'idée que cette union soit temporaire. L'espace d'un instant, elle se prit à rêver que la cérémonie était réelle et qu'elle faisait partie de cette famille si unie.

Son rêve deviendrait-il réalité, un jour ? Elle n'avait eu que sa mère pour famille, et maintenant elle l'avait perdue. Elle songea au bébé qu'elle portait et contempla Marc qui riait à la remarque d'un invité. Si seulement ce bébé était de lui ! Encore un souhait irréaliste.

Pilar l'étreignit à nouveau.

— Soyez gentille avec Marc, lui murmura-t-elle à l'oreille. C'est un homme bien.

— C'est promis, répondit-elle.

Cependant, elle trouva étrange la demande de Pilar car, pour autant qu'elle puisse en juger, Marc n'avait besoin de rien ni de personne. Il était indépendant et sûr de lui.

En ce moment, il parlait à Gabe Callahan. Les deux hommes étaient presque de la même taille, et ils avaient tous deux des cheveux noirs, à la différence près que ceux de Marc étaient plus bouclés.

Comme s'il devinait qu'elle le fixait, il se retourna, et leurs regards se croisèrent. Elle eut alors l'étrange impression que des étincelles dansaient entre eux. Encore une fois, elle perçut cette petite voix dans sa tête, qui la conjurait de préserver son cœur. Malgré cette cérémonie familiale et la générosité de Marc, elle savait que le moment venu il n'hésiterait pas à rompre ce mariage et à poursuivre sa route sans un regard en arrière. Il n'y avait aucune chance qu'il tombe amoureux d'elle, et elle ferait bien de ne pas s'éprendre de lui si elle ne voulait pas avoir le cœur brisé.

Il la rejoignit, interrompant le cours de ses pensées.

— Hello, madame Medina. Allons fêter tous ensemble cet événement au country club.

— Excellente idée.

Il fit signe aux invités de les suivre, et le petit groupe quitta l'hôpital.

Elle fut surprise et ravie de constater que Marc avait embauché quelqu'un pour organiser la réception. Après tout, il aurait pu l'en charger. Elle admira la salle de bal avec sa profusion de fleurs, son buffet abondamment garni et sa grande piste de danse.

Ils prirent place autour d'une table ronde avec les frères

Callahan. Marc était assis à la droite de Lara, et Meg, l'épouse de Gabe, à sa gauche.

— J'adore les mariages, lui confia Meg, ses yeux marron foncé pétillants de gaieté. Et tu es une mariée splendide.

— Merci. Ton mari est le meilleur ami de Marc, et j'aimerais que nous aussi devenions amies.

— Avec plaisir, acquiesça Meg en souriant. Ces deux gaillards savent s'amuser, crois-moi. Je les connais depuis toujours. Les Callahan forment un clan formidable, mis à part leur père. Dieu merci, il est absent la plupart du temps.

Blake Callahan et son épouse, Sierra, étaient aussi là. Meg les désigna du menton.

— Tu feras bientôt la connaissance des enfants de la famille : Emily, la fille de Blake et Sierra, et Amelia, la nièce de Cade, qu'il a adoptée.

Lara connaissait l'histoire. Nate, l'autre frère Callahan et le père d'Amelia, était mort dans un accident de voiture avec Lydia, son épouse. Cade avait d'abord été le tuteur d'Amelia, puis lui et son épouse, Erin, l'avait adoptée.

Meg se mit à rire.

— Curieusement, nous n'avons que des filles dans cette famille d'hommes.

À cet instant, Cade se joignit à eux avec son épouse, et Erin félicita chaleureusement Lara.

— Maintenant, tu connais toute la fratrie Callahan. Nous sommes ravies de t'accueillir parmi nous. Il nous manquait une autre femme dans ce groupe, remarqua-t-elle en souriant.

— Je suis très touchée de la gentillesse que vous me témoignez, répondit Lara, consciente du bras de Marc autour de ses épaules.

— À une mariée splendide et à un marié chanceux ! lança Blake, ses yeux bleus pétillants de malice, en levant son verre de champagne. Je vous souhaite une union longue et pleine de félicité !

Ils trinquèrent gaiement, et chacun sirota son champagne, excepté Lara qui reposa son verre sur la table en souriant.

Tandis que les Callahan discutaient entre eux, elle se tourna vers Marc.

— Tes amis sont charmants.

— En effet, approuva-t-il.

Puis il lui prit la main avant d'ajouter :

— Et maintenant, il est temps que je danse avec ma femme.

Trois heures plus tard, les convives dansaient et chantaient toujours. Lara était heureuse, elle s'amusait beaucoup avec Marc, excellent danseur. Lui aussi paraissait détendu et heureux. À la fin du morceau, il la prit par la main.

— Nous nous sommes prêtés aux séances photo, nous avons découpé la pièce montée et dansé avec nos invités. Le moment est venu de nous éclipser et de rejoindre le ranch.

— Je suis prête, dit-elle, le cœur battant à l'idée de commencer une nouvelle vie en tant que Mme Marc Medina, même si l'amour était exclu du marché.

Désormais, ils vivraient ensemble dans le ranch, et elle devrait être constamment sur ses gardes. Elle espérait maintenir leurs relations sur un mode impersonnel, comme au bureau, car il était hors de question qu'elle se retrouve dans son lit.

— Fais le tour de la salle et dirige-toi discrètement vers la sortie de droite pendant que je prendrai celle de gauche, lui murmura Marc. Sinon, tout le monde va nous suivre, et nous n'en finirons pas. Ensuite, traverse le hall et tourne à droite.

— Entendu. À tout de suite.

Tout en discutant avec les convives et en progressant vers la porte, elle jeta un dernier regard circulaire à la salle.

Elle avait eu droit à un beau mariage, à la fois émouvant et joyeux, entourée de personnes charmantes. Et pourtant, c'était un événement dénué de signification. Elle se demanda pourquoi Marc avait tenu à faire les choses en grand pour un mariage de convenance qui se terminerait dans douze mois. Peut-être avait-il voulu qu'il ait l'air réel aux yeux de son entourage. En tout cas, sa mère semblait heureuse.

Finalement, Lara se retrouva dans le hall. À cet instant, il était vide, et elle le traversa prestement. À peine était-elle arrivée au bout qu'une main agrippait la sienne.

— Filons d'ici, murmura Marc en l'entraînant dans l'escalier.

Quelques instants plus tard, ils s'engouffraient dans sa voiture de sport.

— Une grosse limousine affublée de rubans nous attend devant l'entrée principale ainsi que quelques badauds désireux d'assister au spectacle de notre départ. Je regrette de les décevoir, mais je préfère cette sortie discrète.

Il quitta le parking et déboucha dans la rue.

— Jusqu'à présent, tout s'est bien passé. Nous nous sommes mariés devant ma famille. Encore merci, Lara. Tu as été parfaite. Notre mariage a fait plaisir à mon grand-père.

— Marc, cela me rend triste de le voir aussi frêle, car je sais à quel point tu l'aimes.

— Oui. Mais je l'ai rendu heureux en faisant ce qu'il me demandait, et il m'a rendu heureux en me léguant un fabuleux héritage. Et tous les deux, nous vivrons en bonne intelligence dans le ranch.

Ils roulèrent jusqu'à un aérodrome où un jet privé les attendait. Ils ne tardèrent pas à décoller, installés dans un salon luxueux.

— J'ai prévu du champagne pour moi et de la citronnade pour toi. Profitons de ce vol pour nous reposer. Le reste de la journée se déroulera dans le calme et la tranquillité, ce qui n'est pas pour me déplaire.

— Ainsi, je vais enfin découvrir ce fameux ranch qui te tient tant à cœur, dit-elle, songeant davantage au fait qu'elle y vivrait avec lui.

Il étendit ses longues jambes, et des boucles de cheveux noirs retombèrent sur son front.

— As-tu déjà séjourné dans un ranch ?

— Jamais. Je suis une citadine. Je ne sais même pas à quoi ressemble la vie dans une petite ville comme Downly.

— Étant donné que tu es enceinte et que tu ne sais pas monter à cheval, je te conseille de rester éloignée des écuries.

— Tu n'auras pas à me le dire deux fois !

Ils se sourirent.

Comment allait-elle lui résister ? Cela n'avait plus rien à voir avec le bureau où régnait une atmosphère studieuse et impersonnelle. En dehors du travail, Marc était beaucoup plus détendu. Comme pour lui donner raison, il ôta sa cravate et défit le premier bouton de sa chemise.

— Voilà qui est mieux, remarqua-t-il. Tu ne veux pas que je t'aide à te mettre à l'aise ? proposa-t-il, une lueur malicieuse dans le regard.

— Non, merci.

Elle se mit à rire, mais l'allusion coquine déclencha une onde de chaleur dans tout son corps. Elle se hâta de changer de sujet.

— Une fois que nous serons au ranch, est-ce que je me retrouverai seule jusqu'à mon retour à Dallas ?

— Pas du tout. Je serai là régulièrement, dit-il, se penchant vers elle pour lui toucher la main, un geste familier et anodin, identique à ceux qu'il avait eus à plusieurs reprises aujourd'hui.

Mais comme les fois précédentes, le contact de ses doigts

chauds provoqua une réaction électrisante le long de son bras. Son objectif de garder le cœur intact lui semblait un peu plus difficile à atteindre chaque fois qu'elle était avec lui. Mais elle devait résister à son attrait magnétique, car ils avaient chacun des projets d'avenir, et aucun de leurs projets n'incluait l'autre. Et si elle lui demandait de rester sur son quant-à-soi, il risquait de lui rire au nez car, elle en était sûre, ces légers attouchements n'avaient pas le même effet sur lui.

— Nous pourrions réfléchir à d'excellentes façons de passer le temps, suggéra-t-il.

— Je suis des cours en ligne pour approfondir mes connaissances en chimie. Je compte faire un doctorat dans cette matière si je ne suis pas admise à l'école de médecine.

Il se pencha en avant, les mains posées sur les accoudoirs de son fauteuil.

— Et moi, j'ai quelques connaissances en matière d'alchimie. Pourquoi ne pas les réviser ensemble dans l'avion ? proposa-t-il d'une voix caressante.

— Tu flirtes avec moi, protesta-t-elle, troublée. Ce n'est pas ce qui était prévu. Notre mariage n'est rien d'autre qu'un arrangement financier.

— Allons, détends-toi. Nous avons bien le droit de nous amuser un peu. Bien sûr, je flirte avec toi. Tu es belle et tu es ma femme, désormais.

Il lui fit un clin d'œil complice, et elle ne put s'empêcher de rire, même si elle savait que plus elle l'encourageait, plus elle risquait de s'engager trop avant dans le flirt, la séduction et les baisers — tout ce qu'elle voulait éviter.

— Tâche de ne pas être trop attirant et amusant, le prévint-elle. Tu ne veux pas que je tombe amoureuse de toi, et inversement. C'est ce qui était convenu.

— Entre mon travail au ranch et mes allers-retours à Dallas, tu me verras à peine. Mais aujourd'hui, c'est le jour de notre mariage, et nous avons bien le droit de fêter l'événement.

Il se pencha plus près et posa une main sur chacun de ses accoudoirs, la retenant prisonnière.

— Le baiser que nous avons échangé lors de la cérémonie était très chaste, murmura-t-il d'une voix enjôleuse. Je propose de recommencer en y mettant plus de conviction.

Oh ! Seigneur ! Elle était incapable de lui échapper et allait sûrement enfreindre les règles qu'elle s'était fixées avant même leur arrivée au ranch. En désespoir de cause, elle leva une main entre eux pour essayer de le stopper.

— Nous avons décidé d'éviter les relations sexuelles, lui rappela-t-elle, tâchant de raffermir sa voix. Et les baisers risquent de nous y conduire tout droit. Je ne veux pas tomber amoureuse de toi — ni même coucher avec toi.

— Quel dommage ! dit-il avec un sourire malicieux.

Sans lui laisser le temps de répliquer, il franchit les quelques centimètres qui les séparaient et couvrit sa bouche avec la sienne. Puis il l'enlaça et l'attira plus près de lui.

Dès l'instant où leurs bouches se touchèrent, elle se sentit fondre, toute résistance abolie. Elle noua les bras autour de son cou et se raccrocha éperdument à lui. Et quand leurs langues se frôlèrent, la flamme de la passion s'alluma au plus profond d'elle-même.

Le désir, trop longtemps contenu, se mit à jaillir, telle la lave incandescente d'un volcan, et elle lui rendit son baiser. Elle sentit la main de Marc glisser sur sa poitrine, et bien qu'il la caresse à travers ses vêtements, il y mettait tant de zèle qu'elle avait envie de se plaquer contre lui, même en sachant que c'était une erreur. L'enlacer, l'embrasser et le laisser la caresser la conduisait tout droit au désastre. Son bon sens la sommait d'arrêter, mais son désir était le plus fort. Marc était tellement sexy ; il l'était bien plus que n'importe quel autre homme de sa connaissance — une découverte qu'elle aurait préféré ne pas faire —, et elle ne pouvait pas s'empêcher de l'embrasser. C'était si bon !

Quand les doigts de Marc déboutonnèrent sa robe et effleurèrent son décolleté, elle exhala un ronronnement de pur plaisir. En l'espace de quelques instants, il réussit à ouvrir le devant de sa robe, puis il écarta son soutien-gorge en dentelle et approfondit ses caresses. Les yeux clos, elle l'embrassa avec une ardeur renouvelée tandis qu'une myriade de sensations exquises déferlait en elle. Elle fut soudain ramenée à la réalité quand il la souleva pour l'installer sur ses genoux.

— Tu mets ma vie en danger, protesta-t-elle. L'avion a décollé, et je dois rester attachée à ma place.

— Je te tiens solidement.

— Pas aussi solidement qu'une ceinture de sécurité, murmura-t-elle entre deux baisers.

— Si. Ce vol ne présente aucun risque. Tu es donc en sécurité dans mes bras.

— Mais je ne suis pas à l'abri de tomber amoureuse de toi, murmura-t-elle.

Elle haleta de plaisir quand il caressa ses seins. Son toucher était si doux et si léger qu'il déclenchait de délicieux picotements dans tout son corps. Elle se força à ouvrir les yeux et s'aperçut qu'il la dévisageait avec intensité.

— Si tu savais comme je te désire, Lara !

— Cela ne fait pas partie du marché que nous avons conclu.

— Si c'est ce que nous voulons tous les deux et que nous y trouvons notre compte, cela fait partie du marché. Je ne veux pas précipiter les choses, Lara, mais tu ne peux pas nier que tu n'as pas aimé mes baisers et mes caresses.

— Non, admit-elle en s'empourprant. Il n'en demeure pas moins que nous avons eu tort de nous laisser aller ainsi.

Il sourit et écarta les mains pour lui permettre de

regagner son siège et de boucler sa ceinture. Quand elle leva à nouveau les yeux vers lui, il la fixait toujours avec la même intensité.

— Eh bien, qu'y a-t-il ?

— Je suis satisfait de notre mariage de convenance et de cette journée festive. Mon grand-père était heureux de nous voir mariés, et je m'en réjouis. Il a toujours été très bon pour moi, et je voulais lui rendre la pareille. Et toi, tu as été parfaite. Je te remercie d'avoir accepté ma proposition.

— Comment aurais-je pu la refuser ? Elle est tellement généreuse. Mais il vaut mieux s'en tenir aux termes de notre accord initial et éviter les relations sexuelles.

— C'est en effet la chose la plus intelligente à faire, admit-il. Détends-toi, Lara. Les baisers sont amusants et ne tirent pas à conséquence. Nous n'allons pas tomber amoureux à cause d'un baiser par-ci par-là. Et tu sais bien que je n'ai jamais vraiment éprouvé de désir pour une femme depuis Kathy. Tu es donc à l'abri d'une relation plus intime.

Elle ne voulait pas entrer dans le jeu de la séduction, encore moins avoir des rapports charnels avec Marc. Quand il lui avait mis le marché en main, il lui avait clairement dit que le sexe en était exclu. L'espace d'un instant, elle se demanda s'il avait changé d'avis, mais à l'évidence la réponse était non. Elle décida donc de suivre son conseil et de se détendre.

— As-tu dit à ta mère que j'étais enceinte ?

— Oui. Tu m'y avais autorisé. Rassure-toi, elle gardera cette information pour elle.

— De toute façon, mon état ne sera bientôt plus un secret pour personne. Mais j'espère qu'il le restera suffisamment longtemps pour qu'on croie que ce bébé est de toi. C'est le plus beau cadeau que tu m'aies fait, Marc.

— Ça y est, nous survolons le ranch. Viens ici, je veux que tu voies le spectacle. N'aie crainte, je t'attacherai avec moi.

Elle s'assit sur ses genoux en riant et il boucla sa ceinture sur eux deux. Puis il glissa un bras autour de sa taille.

— Cette région est magnifique. Regarde cette rivière.

Elle contempla le ruban argenté qui serpentait entre les prairies verdoyantes.

— Nous pratiquons l'élevage bovin. J'adore chaque centimètre carré de ce domaine, dit-il d'une voix émue.

— Quand tu auras passé un an ici, tu n'auras peut-être plus envie de retourner à Dallas.

— Si. J'y retournerai. J'aime remporter des contrats et gagner de l'argent. En fait, j'aime ces deux univers, mais tant que je suis jeune je veux me plonger dans le milieu impitoyable des affaires. Plus tard, j'opterai pour la quiétude de la campagne et le dur labeur physique des cow-boys. Cet univers-là réserve aussi de belles récompenses.

Elle détacha leur ceinture et retourna à sa place.

— Je vois aussi bien à travers mon hublot, expliqua-t-elle.

— Je sais. Mais c'était plus amusant de t'avoir sur mes genoux et de découvrir le même spectacle que toi. Nous atterrirons sur le domaine dans quelques minutes.

— Je suis très excitée.

Puis une pensée incongrue lui traversa l'esprit.

— Mince ! J'ai oublié mon livre de recettes de cuisine.

— Aucune importance. J'ai une cuisinière. Tu n'auras pas non plus à t'occuper des tâches ménagères. Le personnel de maison s'en chargera. Durant la première semaine de notre installation, la cuisinière sera absente, mais elle a laissé des plats préparés au congélateur, que nous n'aurons plus qu'à faire réchauffer. Si le cœur t'en dit, je ferai griller des burgers et des steaks sur le barbecue.

— Volontiers. Je profiterai de mon temps libre pour

m'inscrire à un autre cours, dit-elle, se calant dans son fauteuil pour le reste du vol.

Dès qu'ils eurent atterri, ils s'engouffrèrent dans une limousine, et Lara ne tarda pas à apercevoir une vaste maison de maître sur un niveau avec une galerie longeant la façade de devant.

— Marc, cette maison est magnifique !

— Je trouve aussi. C'est l'ancien propriétaire qui l'a fait construire, mais mon grand-père l'a agrandie et réaménagée. Grâce à notre mariage, j'hérite de cette maison. J'ai du mal à croire qu'elle m'appartient désormais, même si je l'ai toujours considérée comme ma demeure familiale.

Elle se sentait de plus en plus excitée en montant les marches menant à la galerie. Elle s'apprêtait à entrer quand Marc lui saisit le poignet.

— Eh ! pas si vite ! Faisons les choses dans les règles, dit-il, laissant tomber les valises qu'il portait.

Puis il la souleva de terre, la porta dans ses bras, ouvrit la porte d'entrée et lui fit franchir le seuil.

Les bras noués autour de son cou, elle se mit à rire.

— À quoi bon ? Ce n'est pas un vrai mariage.

— C'est tout ce que j'ai à t'offrir. Et puisque ce mariage est une première pour toi, faisons les choses comme il se doit.

— Tu es quelqu'un de bien, Marc, dit-elle, plongeant le regard dans le sien.

Elle perçut une lueur dans les profondeurs de ses prunelles et sut que le moment avait changé. L'éclair incandescent du désir la traversa de part en part. Elle brûlait d'envie qu'il la presse contre lui et qu'il l'embrasse éperdument.

Pour sa plus grande joie, il resserra son étreinte et inclina la tête vers elle. Quand sa bouche couvrit la sienne, elle s'agrippa à son cou et l'embrassa à son tour, grisée par les assauts de sa langue chaude et exigeante. Bientôt, l'univers se réduisit à Marc, et elle oublia tout le reste. Il approfondit son baiser, avivant le brasier qui couvait en elle. Elle le désirait tellement que c'en était douloureux. Elle se raccrocha à lui, se rendant à peine compte qu'il la remettait debout et qu'il la plaquait contre son torse musclé. Son cœur tambourinait dans sa poitrine, et elle tremblait de désir tout en continuant à l'embrasser. Machinalement, elle enroula les doigts dans les boucles soyeuses de Marc en exhalant un gémissement de pur plaisir — un son à peine plus audible que les battements de son cœur.

Le baiser de Marc était délectable et incendiaire. Elle n'avait aucune envie d'y mettre fin et se lova un peu plus contre lui, l'embrassant en retour, perdant toute notion de temps et de lieu. Finalement, il releva un peu la tête, et elle riva le regard à ses prunelles sombres qui semblaient la consumer. Elle n'en revenait pas de la force de son désir pour cet homme. Elle était en feu. Le souffle court, elle promena les mains sur les larges épaules de Marc, luttant contre la tentation de l'embrasser à nouveau, la bouche à quelques centimètres seulement de la sienne.

— Ce baiser a échappé à tout contrôle, murmura-t-elle. Nous n'étions pas censés faire cela, Marc. Nous allons au-devant des ennuis si nous continuons à nous embrasser.

Il la fixait comme s'il la voyait pour la première fois.

— Tu as raison, admit-il d'une voix sourde.

Il avait ce même regard pénétrant qui la poussait à se demander à quoi il pouvait bien penser, mais elle s'abstint de l'interroger et déclara à la place :

— Nous ferions mieux d'oublier ce qui vient de se passer.

— Sûrement pas ! riposta-t-il.

Elle fut surprise par la brusquerie de son ton.

— Essaye quand même. Hum ! c'est une belle demeure, remarqua-t-elle, désireuse de changer de sujet.

Elle s'écarta de lui et examina les alentours, tâchant

de se concentrer sur n'importe quoi sauf Marc. Son cœur cognait dans sa poitrine tandis qu'elle luttait pour ne pas faire volte-face et se jeter dans ses bras.

— Marc, c'est un vrai décor de cinéma ! s'exclama-t-elle.

Elle se tenait dans une entrée majestueuse lambrissée de bois sombre, d'où partaient trois couloirs. Un imposant lustre en cristal étincelait de mille feux dans la lumière provenant des fenêtres en façade et de la porte d'entrée. Les murs s'ornaient de peintures à l'huile dans des cadres dorés, représentant des scènes du Far West. Des palmiers en pots et d'autres plantes vertes luxuriantes étaient disséminés entre les canapés, les tables basses et les fauteuils à oreilles.

— Et moi qui m'attendais à une maison ordinaire ou à une grande cabane rustique. C'est un palais ! s'exclama-t-elle sans réfléchir en contemplant, médusée, l'opulence du lieu.

— C'est l'ancienne demeure de mes grands-parents. En vieillissant, ils ont préféré s'installer dans la maison des invités, qu'ils ont fait agrandir et rénover. Souviens-toi, je t'ai expliqué que la demeure appartenait au patron de grand-père, un homme sans enfants qui aimait beaucoup recevoir.

— On se croirait dans une maison de ville, remarqua-t-elle, n'imaginant pas qu'on puisse y pénétrer les bottes pleines de boue.

— Cette partie de la demeure est un peu solennelle, j'en conviens, mais la grande pièce de vie, la cuisine et la petite salle à manger sont moins formelles et plus confortables. Tout à l'heure, je te ferai faire le tour du propriétaire, mais pour l'instant allons te choisir une chambre. La plupart du personnel est en congé cette semaine…

Elle ne put s'empêcher de rire.

— Le personnel ? Que vais-je bien pouvoir faire ici pendant un an, mis à part étudier ?

— Profiter de la vie et du ranch. Ma grand-mère adore la couture, elle peut t'apprendre, si tu veux, suggéra-t-il dans un grand sourire. Étant gamin, j'avais une pleine commode de pyjamas parce que j'étais leur unique petit-enfant. Allez, suis-moi. Je vais te montrer ta chambre. Elles se trouvent toutes dans l'aile gauche.

— La couture n'est pas mon fort. Par chance, je me suis inscrite à d'autres cours, et cela m'avancera dans mes études.

Récupérant son sac à main et son ordinateur portable, elle lui emboîta le pas, davantage consciente de sa présence éminemment masculine que du décor environnant. Ce serait sa maison tant qu'elle serait mariée à Marc.

Elle songea aux longues journées qui l'attendaient quand Marc travaillerait au ranch ou qu'il retournerait à Dallas.

— Quand tu seras absent, j'aurais l'impression d'être dans un hôtel vide.

Sa remarque le fit sourire.

— J'en doute. Mais tu pourras m'accompagner à Dallas, si tu en as envie. Nous sommes mariés, Lara. Tu ne travailles plus pour moi. Tu n'es pas obligée de rester tout le temps ici.

— Je tâcherai de m'en souvenir.

— Je vais te montrer la chambre. Si elle ne te plaît pas, tu peux en changer. Ce ne sont pas les chambres qui manquent. Aujourd'hui, nous resterons au ranch car grand-père voudra se tenir informé de notre arrivée. Ensuite, je doute qu'il s'intéresse à nos faits et gestes puisqu'il a obtenu ce qu'il voulait.

— Supposons que je retourne à Dallas et que j'y demeure. L'apprendrait-il ?

— Oui, mais il ne dirait rien. Il espère que les choses

se dérouleront selon ses souhaits. Que je m'installerai au ranch et que je n'en repartirai plus. Mais je repartirai d'ici. Ce n'est pas la vie que je veux mener pour le moment. Tu seras tranquille pour étudier, alors profites-en au maximum. Et quand tu voudras aller à Dallas pour voir ton médecin ou autre, je t'y emmènerai. Si je suis indisponible, c'est Randall qui te conduira ; il fait aussi office de chauffeur pour mes grands-parents.

Il s'arrêta devant une porte donnant sur un salon.

— Voici ta suite. Mais d'abord, je veux te montrer la mienne.

Il désigna une porte ouverte à l'extrémité du couloir.

— Si ta chambre te plaît, elle sera à côté de la mienne.

Il l'invita à pénétrer dans un vaste salon confortable agrémenté d'une télévision murale, d'un bureau, d'étagères remplies de livres et de photos, et d'une imposante cheminée.

Il lui prit la main, et ils traversèrent le salon jusqu'à une immense chambre dotée d'un lit *king size*, d'un autre bureau et d'autres étagères garnies de livres. Une autre télévision occupait un pan de mur. Dès l'instant où la main de Marc se referma sur la sienne, elle ne prêta plus attention à ce qui l'entourait. Sa proximité et le contact de sa paume chaude firent battre son cœur plus vite. Elle s'était dit qu'au bout de quelques jours ils seraient absorbés par leurs occupations réciproques et que sa vie en serait facilitée. Mais maintenant, elle priait pour qu'il en soit ainsi.

Marc se tourna vers elle.

— Tu as été formidable aujourd'hui, Lara. Ma mère t'apprécie vraiment et, bien sûr, mes grands-parents aussi.

Il lui lâcha la main et alla récupérer un petit sac rouge vif sur son bureau.

— Tiens, c'est un cadeau personnel. Il ne fait pas partie du marché.

- 5 -

Surprise, elle leva les yeux vers lui.

— Il ne fallait pas. Tu t'es déjà montré tellement généreux !

— C'est un simple témoignage de ma gratitude. Non seulement tu as accepté ce mariage de convenance, mais tu as fait preuve de gentillesse envers ma famille. Tu les as tous rendus heureux. Bien sûr, ma mère espère que nous resterons ensemble. Elle a tellement envie de me voir fonder une famille.

Il marqua une pause avant d'ajouter :

— Quoi qu'il en soit, c'est ma façon de te remercier.

— Marc, tu n'es pas obligé de me faire un cadeau. C'est avec grand plaisir que j'ai accepté ta proposition.

— Allons, ouvre-le.

Elle lui sourit et sortit un écrin noir de forme allongée du sac. Elle souleva le couvercle et poussa un cri d'émerveillement à la vue du diamant rond au bout d'une chaîne en or avec de minuscules diamants sertis dans la maille filigrane.

— Il est splendide ! s'exclama-t-elle, touchée par tant de générosité. Je le conserverai précieusement toute ma vie.

— Tourne-toi pour que je te le passe autour du cou.

Il retira le pendentif de l'écrin, et elle releva ses cheveux pendant qu'il ajustait le fermoir.

Frissonnant au contact de ses doigts chauds sur sa nuque, elle pivota pour lui faire face et se sentit comme happée par son regard intense. Sa résistance fondait comme neige au soleil. Oh oui ! se retrouver seule ici avec lui était dangereux.

— Ne me pousse pas à tomber amoureuse de toi, Marc.

— Tu ne vas pas tomber amoureuse parce que je t'offre un collier ! Et cesse de t'inquiéter. Il m'arrivera d'être absent plusieurs jours d'affilée.

Elle hocha la tête, se demandant si cela suffirait. Il se montrait trop attentionné, trop entreprenant, trop amusant pour sa tranquillité d'esprit. Il fallait absolument qu'elle s'occupe le plus possible et qu'elle reste loin de lui.

— Merci de m'avoir épousé, Lara, dit-il doucement.

Encore une fois, elle se prit à regretter que ce mariage ne soit pas réel. Non, c'était ridicule ! Ils n'étaient pas amoureux. Il s'agissait d'un simple arrangement financier.

— J'espère que chacun de nous trouvera le bonheur, Marc, dit-elle d'un ton solennel.

Il acquiesça d'un signe de tête.

— Et maintenant, allons voir ta suite, proposa-t-il.

Elle était aussi élégante et confortable que la sienne, sauf qu'ici les tons prédominants étaient le bordeaux, le rose et le blanc.

— C'est magnifique, dit-elle, songeant que sa propre maison n'était pas plus grande que cette suite.

— Jetons un coup d'œil aux autres pièces avant que je te fasse faire le tour du ranch. À moins que tu ne sois fatiguée.

— Non. Cette visite m'aidera à m'orienter.

Il passa un bras autour de ses épaules, et ils remontèrent le couloir, passant en revue les autres suites.

— Il y a une pièce dédiée au divertissement à cet étage, l'informa-t-il en désignant une porte ouverte. Il y en a une autre dans l'aile droite, à côté de la salle de gym.

Elle se demanda s'il était conscient d'avoir le bras autour

d'elle. Il ne semblait pas y prêter attention, occupé à lui parler de ses amis et du ranch. Mais puisqu'il ne s'était jamais comporté ainsi au bureau, son geste devait être délibéré.

Elle songea au superbe pendentif en diamant qu'elle portait — un cadeau qu'il n'était pas obligé de lui faire. S'il continuait à se montrer aussi prévenant, elle risquait de tomber amoureuse. Elle secoua la tête comme pour chasser cette pensée inquiétante et se concentra sur ses explications.

Deux ailes encadraient le corps central de la maison. Ils descendirent le couloir central et passèrent devant une immense salle à manger comportant une table pouvant accueillir une bonne vingtaine de convives. Quel dommage ! Marc n'aurait sûrement aucune envie de recevoir, sachant que leur mariage était temporaire.

Elle aussi devait garder cette notion constamment à l'esprit. Mais Marc était si beau et si séduisant ! Et maintenant qu'ils s'étaient embrassés, l'attirance qu'elle ressentait déjà pour lui au bureau s'était encore accrue. Il fallait absolument qu'elle s'occupe à plein temps pour ne plus penser à lui. S'ils se voyaient à peine, il ne s'en formaliserait pas. Elle n'était qu'un moyen pour lui permettre de parvenir à ses fins. Il n'aurait pas à lutter pour ne pas tomber amoureux d'elle. Il savait ce qu'il voulait, avait son objectif en ligne de mire, et le reste ne comptait pas.

Elle serait bien avisée de calquer son attitude sur la sienne. Hélas c'était plus facile à dire qu'à faire !

Elle le suivit dans la pièce attenante : la cuisine, grande et ultramoderne. Elle s'ouvrait sur une vaste pièce donnant sur l'arrière de la maison. Une immense cheminée en pierre dominait la salle. Là aussi, des sièges confortables et des tables basses étaient disposés autour d'une télévision à écran plat. Un grand bureau avec deux ordinateurs et quatre écrans, un billard et une table de jeu complétaient l'ameublement.

— Tu disposes de tout, ici, remarqua-t-elle, émerveillée, en déambulant dans la salle.

La façade était percée de baies vitrées qui dispensaient une vue panoramique sur le jardin paysager, la terrasse et la piscine agrémentée d'une fontaine et d'une cascade.

— Je n'arrive pas à imaginer tes grands-parents si frêles vivant dans cette vaste demeure.

— Ils y ont bel et bien vécu et ont occupé l'espace. Ils semblent frêles maintenant, mais quand j'étais enfant ils étaient très actifs. Je venais souvent les voir. Grand-père a hérité du ranch quand j'avais sept ans, et j'ai passé beaucoup de temps avec eux. Veux-tu continuer la visite ?

— Oh oui ! cet endroit est fascinant.

— Mince ! Moi qui pensais que tu recherchais ma compagnie.

— Tu n'as pas besoin d'encouragements, riposta-t-elle.

Tous deux se mirent à rire.

— Je vais te montrer l'autre aile de la maison. C'est là que j'ai mon bureau. Je l'ai fait aménager de telle sorte que je puisse travailler et rester en contact avec mes collaborateurs à Dallas pendant que nous sommes ici.

— Tu ne délégueras donc pas tes responsabilités aux vice-présidents ?

— Non. Je veux conserver la haute main sur mon entreprise. Si tout se passe bien, je me rendrai de temps à autre à Dallas et j'y séjournerai deux ou trois jours. De cette façon, je me tiendrai au courant de tout. Si tu souhaites m'accompagner, tu seras la bienvenue. Tu peux aussi prendre la limousine avec Randall.

— Volontiers. J'aurai notamment des courses à faire pour préparer la venue du bébé.

— Tu envisages de rester dans la même maison quand notre mariage sera terminé ?

— Oui. Je ne suis que locataire, mais elle me convient. Et puis, je connais mes voisins et j'ai des amis dans le quartier.

— Lara, je suis sûr que tu ne tarderas pas à te remarier.

Elle le regarda, intriguée par sa remarque.

— Pourquoi dis-tu cela ?

— Parce que tu es une femme belle, intelligente et compétente.

— Merci. J'apprécie le compliment. Mais souviens-toi que je vais avoir un bébé dans sept mois.

— On ne le dirait pas. Tu es en pleine forme et tu as toujours la même silhouette élancée.

— C'est peut-être ma haute taille qui me permet de conserver un ventre plat, remarqua-t-elle, posant une main sur son abdomen.

— Quoi qu'il en soit, tu n'as pas l'air enceinte.

— Je te promets que je le suis. En cas de doute, tu peux appeler mon médecin.

— Oh ! je te crois sur parole ! Tu n'irais pas inventer une histoire pareille.

— Bien sûr que non. En fait, je suis ravie à l'idée d'avoir un bébé. Ce n'était pas prévu, mais il me donnera le sentiment d'avoir à nouveau une famille.

— J'en suis heureux, dit-il en souriant. En attendant, tant que nous serons mariés, tu feras partie de ma famille.

— Merci. Ta mère est tellement gentille avec moi.

— Parce qu'elle veut que je lui donne des petits-enfants. Elle m'a eu quand elle avait seize ans et elle pense que je tarde trop à fonder une famille.

Lara ne put s'empêcher de rire, et il lui sourit.

— Il m'arrive de me demander si elle n'était pas de

mèche avec grand-père au sujet de cet ultimatum. Puis je me dis qu'elle aurait eu trop à perdre.

Ils parvinrent à une autre pièce, et il ouvrit la porte.

— Voici ma salle de gym.

Elle jeta un coup d'œil aux équipements ultramodernes. Puis il se tourna vers elle.

— Tu as vu l'essentiel, à moins que tu ne veuilles visiter un autre salon, une salle de bal et un court de tennis couvert.

— Je préfère ranger mes affaires.

— Entendu, dit-il, passant à nouveau le bras autour de ses épaules pendant qu'ils retournaient vers les chambres.

Elle s'apprêtait à entrer dans la sienne quand il suggéra :

— Profites-en pour te changer et mettre un jean. Je t'emmènerai faire le tour du ranch.

— Il faut vraiment que j'étudie.

— Sans doute, mais ne pourrais-tu pas attendre demain, quand je serai parti ? Par ailleurs, tu te sentiras plus à l'aise dans le domaine si tu as quelques repères.

— Entendu, acquiesça-t-elle, voyant que ses valises et ses cartons étaient déjà déposés dans sa suite.

Quand il s'éloigna, elle referma la porte mais ne réussit pas à stopper le flux de pensées sensuelles qui l'assaillait. Au lieu de faire le tour du ranch, elle aurait mille fois préféré embrasser Marc, même en sachant que c'était une erreur. Seigneur, pourquoi fallait-il qu'il l'obsède à ce point ? Elle s'empara de son ordinateur portable, comme pour se rappeler qu'elle avait des cours de chimie à étudier. Elle espérait qu'ils l'occuperaient suffisamment pour chasser Marc de ses pensées. Ce mariage n'était pour lui qu'un moyen d'obtenir son héritage. Elle devait mettre de la distance entre eux et se concentrer sur ses propres objectifs.

Elle troqua sa robe pour un jean et un pull bleu-vert, et rassembla ses cheveux en une natte qu'elle laissa pendre dans son dos.

Puis elle alla rejoindre Marc. Ne le trouvant nulle part, elle s'installa dans la grande pièce de vie qui occupait quasiment tout l'arrière de la partie centrale de la maison.

Bientôt, elle entendit un martèlement de bottes sur le parquet et sut qu'il arrivait. Quand il fit irruption dans la pièce, elle comprit une fois de plus qu'elle aurait beaucoup de mal à ne pas tomber amoureuse de son époux fictif.

Dans sa nouvelle tenue — bottes, jean et chemise à carreaux — il trouvait le moyen d'être encore plus sexy que dans son costume cravate sur mesure. Et le grand sourire qu'il arborait ne faisait qu'ajouter à son charme.

— Prête pour la découverte du ranch ? Rassure-toi, je ne vais pas tout te montrer aujourd'hui, ce serait trop fastidieux.

Ils s'installèrent dans le pick-up, et elle l'écouta parler des aménagements que son grand-père avait faits dans le domaine, mais était distraite par la proximité de Marc et la force magnétique qui émanait de lui. Après une heure passée à admirer des chevaux gambadant dans leurs enclos et des troupeaux de vaches paissant tranquillement dans des prairies verdoyantes parsemées de balles de foin, d'éoliennes et d'abreuvoirs, elle était prête à retourner à la maison.

— J'arriverai à m'orienter dans la maison, remarqua-t-elle tandis qu'ils entraient par la porte de derrière, mais je suis certaine de me perdre sur le ranch. Il est tellement immense !

— Les premières fois, moi aussi j'étais perdu. Puis j'ai cherché des points de repère, et maintenant je connais le domaine comme ma poche. Emporte toujours ton téléphone avec toi. Si tu t'égares, appelle-moi, et je viendrai te chercher. Bon. Cette promenade m'a donné une faim de loup. Pas à toi ?

Elle se mit à rire.

— Une chance que le réfrigérateur et le congélateur soient pleins à craquer !

Il eut tôt fait de préparer des burgers. Puis ils s'installèrent sur la terrasse et mangèrent tout en écoutant le bruit apaisant de l'eau s'écoulant de la cascade et de la fontaine.

Quand ils eurent fini, elle récupéra les assiettes vides et les emporta à l'intérieur.

— Après cette journée mémorable, je vais au lit et j'étudierai jusqu'à ce que j'aie sommeil.

Il se leva à son tour.

— Moi aussi, je vais me coucher. Je me rendrai à Dallas un jour de cette semaine. Voudras-tu m'accompagner ?

— Non, merci, pas cette fois. J'ai trop de cours à rattraper.

— Tu poursuis ton rêve, n'est-ce pas ? Je suis heureux d'avoir choisi la femme qu'il me fallait pour ce mariage.

Ils remontèrent le couloir ensemble, et elle s'écarta en arrivant à la porte de sa suite.

— Bonne nuit, Marc. Encore merci pour ma superbe alliance et mon magnifique pendentif. Tu as été plus généreux que nécessaire.

— Ma générosité est à la hauteur de ma gratitude. Tu m'as aidé à rendre mes grands-parents heureux. Leur bonheur est très important pour moi. Et tu m'as sauvé la mise en acceptant ma proposition. Je ne connaissais pas d'autre femme à qui j'aurais pu demander ce genre de service.

Elle lui sourit.

— Je suis contente d'avoir pu t'aider. Mais je suis certaine que tu aurais fini par trouver une âme charitable.

— Peut-être, mais je me serais tout le temps demandé comment me débarrasser d'elle par la suite, remarqua-t-il en secouant la tête. En revanche, tu partiras sans faire de difficultés parce que tu as tes propres objectifs à atteindre.

— C'est vrai. Et je les atteindrai grâce à ta générosité.

Elle pénétra dans sa suite.

— À demain, Marc.

Elle se hâta de refermer la porte avant qu'il cherche à l'embrasser. Peut-être n'aurait-il rien tenté si elle s'était attardée avec lui. Mais c'était mieux ainsi.

Elle s'installa dans son lit pour étudier, mais elle avait du mal à se concentrer tant elle était excitée par sa nouvelle vie et par les perspectives d'avenir qui s'ouvraient à elle. Si elle avait un garçon, est-ce que Marc accepterait qu'elle le prénomme comme lui ? Il s'était montré si gentil et si généreux, et c'était un beau prénom. Il n'y aurait pas de confusion par la suite puisqu'elle et son fils ne vivraient plus avec lui. Lara Medina. Elle n'en revenait pas de s'appeler ainsi. Et son bébé porterait le même patronyme.

Plus tard, allongée dans l'obscurité, elle songea à nouveau à son bébé et à Marc. Il ne voyait pas d'inconvénient à ce que les gens croient qu'il était de lui, et c'était le plus beau cadeau qu'il puisse lui faire. Il légitimerait son enfant. Il serait un père pour lui — du moins tant qu'ils seraient ensemble. Alors que le géniteur de son bébé ne voulait même pas qu'il voie le jour, Marc lui offrait un avenir radieux.

Oui, Marc Medina était un homme bien. Hyper sexy. Et carrément dangereux…

Ce fut sa dernière pensée avant de sombrer dans le sommeil.

Le lendemain matin, Marc était assis dans la cuisine quand elle pénétra dans la pièce. Il se leva aussitôt.

— Tu te lèves de bonne heure.

— Je pensais que tu étais déjà parti, dit-elle, le cœur manquant un battement tandis qu'elle le détaillait.

Car il était incroyablement beau dans sa tenue de

cow-boy : jean, chemise western bleu marine à manches longues et bottes noires.

— Bonjour, dit-il.

Il avança vers elle, l'enveloppant d'un regard chaud, puis la prit dans ses bras et l'embrassa. Sous le coup de la surprise, elle dut se raccrocher à ses épaules de peur de tomber, mais il la tenait fermement. Aussitôt, le contact grisant de sa bouche sur la sienne mit tous ses sens en ébullition. Elle noua les bras autour de lui et répondit à son baiser. Le désir accélérait les battements de son cœur et la consumait au point de lui faire oublier sa promesse de ne plus l'embrasser.

Quand il détacha enfin ses lèvres des siennes, il lui sourit.

— J'ai pensé que nous devrions au moins nous embrasser ce matin. Après tout, nous sommes des jeunes mariés.

Elle posa une main sur sa hanche et le regarda, s'efforçant de prendre un air sévère.

— Et moi je croyais que nous ne devions pas avoir ce genre de relation, riposta-t-elle.

Son cœur tambourinait toujours dans sa poitrine, et ses lèvres la picotaient de plaisir. Comment allait-elle résister à la tentation s'il l'accueillait de cette façon tous les matins ?

Au lieu de lui répondre, il la parcourut d'un long regard appréciateur, depuis ses baskets jusqu'à son pull en passant par son jean.

— Les jeans te vont à ravir. Tu aurais dû en porter au bureau.

— Marc, tu n'as pas écouté un mot de ce que je viens de dire.

Il croisa finalement son regard.

— Tu parles sérieusement ?

— Oui. Je ne veux pas me retrouver dans ton lit. Souviens-toi, nous avions décidé de nous comporter comme au bureau.

— Entendu. Je vais reprendre notre relation purement professionnelle. Mais ce baiser n'engageait à rien. C'était pour s'amuser.

— Peut-être, mais je préfère que nous gardions nos distances. Je sais bien que je suis mal placée pour te faire la morale puisque tu t'es montré si généreux envers moi…

— Je t'arrête tout de suite. Si tu n'as pas envie de m'embrasser, même par jeu, je respecterai ta volonté. Nous avons travaillé ensemble pendant un an en évitant tout contact physique, pour notre plus grand bien à tous les deux. Alors, reprenons notre relation impersonnelle. Je saurai m'en accommoder.

— Merci. Il se peut que je me déteste dans une heure, mais c'est ce qu'il y a de mieux à faire.

— Fais-moi savoir si tu changes d'avis. Et n'hésite pas à me rappeler à l'ordre si je me montre trop entreprenant.

Elle lui sourit avec reconnaissance.

— Entendu. Je veux simplement être en mesure de te quitter le cœur léger, le moment venu.

Il retourna au comptoir pour se verser une tasse de café, et elle se demanda si elle serait assaillie par les regrets durant tout le reste de la journée. Elle pourrait toujours se consoler en se disant qu'elle avait agi pour le mieux.

Il prit son petit déjeuner avec elle, et après son départ la maison lui parut étrangement silencieuse. Elle se rendit compte que quand il était là il régnait une certaine animation, ce qui la surprit car son bureau de Dallas était généralement un endroit tranquille. Peut-être était-ce dû en partie au martèlement de ses bottes de cow-boy sur le parquet en bois massif et sur le sol de mosaïque. Elle aurait la maison pour elle toute seule jusqu'à ce qu'il rentre, sans doute au crépuscule. Vu la taille du domaine, il avait largement de quoi s'occuper.

Elle défit ses bagages avant d'attaquer son premier cours.

À son grand soulagement, elle parvint à se concentrer sur son travail et à oublier Marc la plupart du temps.

Elle dîna de bonne heure et lui laissa un mot expliquant qu'elle étudiait. Puis elle s'enferma dans sa suite, sachant pertinemment qu'elle fuyait pour éviter de passer la soirée avec lui, mais c'était la chose la plus sensée à faire. Certes, il avait promis de se comporter avec elle comme il le faisait au bureau, mais elle préférait ne pas tenter le sort.

Ils réussirent à s'éviter les deux jours suivants. Le matin, il partait avant qu'elle se lève, et le soir elle dînait de bonne heure avant de s'enfermer dans sa suite. Il avait eu raison en disant que la cuisinière avait préparé suffisamment de plats pour qu'ils soient tranquilles. N'ayant ni cuisine ni ménage à faire, elle put s'avancer dans ses cours. Marc lui manquait car il était amusant, mais il était aussi trop attirant pour son propre bien.

Vendredi soir, elle se trouvait dans la cuisine et s'apprêtait à réchauffer un plat quand elle entendit une voiture arriver. Elle regarda par la fenêtre et aperçut le pick-up de Marc stationné à la grille d'entrée.

Aussitôt, elle prit conscience de sa tenue décontractée — jean coupé et T-shirt bleu échancré — et de sa coiffure informe. Le cœur battant la chamade, elle repoussa ses cheveux en arrière et tenta de les discipliner avec la main tout en observant Marc pendant qu'il mettait pied à terre et se dirigeait à grandes enjambées vers l'arrière de la maison. Elle espérait qu'il n'était rien arrivé de grave.

Puis il ouvrit la porte d'entrée et lança à la cantonade :

— Bonsoir, chérie. Ton mari est de retour !

Elle riait encore quand il entra dans la pièce, un grand sourire aux lèvres.

— Prépare-toi…

Il s'arrêta net, les yeux écarquillés, avant de la détailler de la tête aux pieds. Son regard appréciateur fit courir un délicieux frisson le long de sa colonne vertébrale.

— Bon sang ! Tu gardais tes atouts soigneusement cachés au bureau.

Elle rit en le voyant fixer ses jambes avec insistance.

— Ce n'est pas une tenue convenable pour travailler.

— Moi, je l'aurais beaucoup appréciée.

— Quand tu es entré, tu t'apprêtais à me dire quelque chose. De quoi s'agit-il ?

Il finit par détacher le regard de ses jambes et cilla, visiblement confus.

— Ah oui. Je regrette de te demander de couvrir ces jambes splendides, mais enfile ton plus beau jean. Je t'emmène danser le *two-step* dans un bar de Downly en compagnie de Gabe, Meg et quelques gars travaillant au ranch. Je leur ai dit que nous les rejoindrions dans deux heures car cela nous fait un long trajet. Nous partirons dès que tu seras prête.

— Accorde-moi quelques minutes.

Par chance, elle s'était déjà douchée. Il ne lui restait plus qu'à se changer et à se coiffer.

— Entendu. Retrouvons-nous ici. Mes collègues sont des fêtards. La plupart d'entre eux sont jeunes et célibataires, mais ils te laisseront tranquille puisque tu es la femme du patron. Tu verras, ils sont très sympathiques.

Elle l'entendit à peine, pressée d'aller se changer. Vingt minutes plus tard, elle sortait de sa chambre pour retrouver Marc. Son cœur manqua un battement quand elle l'aperçut en jean moulant, chemise western noire, stetson noir et bottes noires. Un frisson d'excitation la parcourut tout entière, et elle lui sourit tandis qu'il se redressait et l'enveloppait d'un regard chaud.

— Tu es superbe, déclara-t-il.

— Merci, dit-elle, contemplant avec satisfaction ses nouvelles bottes, son jean et sa chemise western rouge.

Ses cheveux retombaient de chaque côté de son visage. Elle les avait lissés, mais les pointes boucleraient naturellement avant la fin de la soirée.

— Je suis prête.

— Dans ce cas, allons faire la fête.

Il lui prit le bras et l'entraîna vers son pick-up. Bientôt, ils se retrouvèrent sur la voie rapide.

— On ne dirait jamais que tu es enceinte, remarqua-t-il. Es-tu certaine de l'être ?

Elle lui sourit, amusée.

— Cesse de me poser cette question, Marc. Oui, je le suis, même si cela ne se voit pas et même si je ne ressens aucun des malaises fréquents en début de grossesse.

— Tu es sûre que ton médecin ne s'est pas trompé ? insista-t-il, manifestement dubitatif.

Elle se mit à rire.

— Oui. Tu en auras la preuve au fil des mois.

— Entendu. Pour en revenir à cette soirée, tu vas passer un bon moment. Notre petit groupe est très sympathique. Je connais Gabe et Meg depuis des années, et mes collègues de travail savent comment se détendre et faire la fête.

— Je propose d'être votre capitaine de soirée.

— J'ai fait mieux que cela. J'ai réservé des chambres d'hôtel pour tout le monde.

Il lui jeta un coup d'œil et sourit devant son air perplexe.

— Pas de panique. Tu auras ta propre chambre.

— Décidément, tu me surprendras toujours ! Merci. C'est une sage décision de m'avoir pris une chambre indépendante.

— Je suis un homme de bonne compagnie et plein de ressource, plaisanta-t-il.

Elle se mit à rire.

— Je n'en doute pas.

— Surtout dans une chambre à coucher, ajouta-t-il en lui faisant un clin d'œil coquin.

— Je te crois sur parole, riposta-t-elle en riant avec lui. Au fait, es-tu sûr de ne pas avoir déjà bu un verre ?

— Oh ! non ! Je suis simplement très excité à l'idée de faire la fête. J'ai travaillé comme un forçat et j'en ai ma dose des cow-boys, du bétail, des balles de foin et de ma propre compagnie. J'ai envie de danser avec ma ravissante épouse.

— Je peux arranger cela, déclara-t-elle, aussi enchantée que lui à la perspective de passer une soirée distrayante.

Quand ils se garèrent devant le Buster's Beer and Bar-B-Q, le parking était plein à craquer. Un néon rouge clignotait au-dessus de la façade, et des notes de musique s'échappaient du bâtiment. Marc lui prit la main, et ils pénétrèrent dans une vaste salle ouverte avec une grande piste de danse et une estrade. Des lumières tamisées éclairaient l'intérieur. Quelques personnes jouaient au billard à côté de l'entrée. Des couples évoluaient sur la piste de danse, exécutant le traditionnel *two-step*. Tout en fendant la foule, Marc salua de la main quelques personnes de sa connaissance. Il avait passé un bras autour de sa taille et la tenait serrée contre lui. Tout naturellement, elle noua le bras autour de sa taille, accréditant l'image d'un couple de jeunes mariés heureux.

Elle fit la connaissance de ses collègues de travail, salua Meg et Gabe, puis Marc l'entraîna sur la piste.

Elle était heureuse d'être ici avec lui et de danser au rythme de la musique country. Marc la fit pivoter pour qu'elle exécute quelques pas en arrière, et quand il lui sourit elle sentit son cœur tressauter dans sa poitrine. C'était tellement excitant d'être avec lui, même s'ils ne faisaient qu'évoluer dans un grand cercle sans se parler.

Il était sans conteste le plus bel homme de tout l'établissement. Elle le trouvait même encore plus séduisant dans cet environnement rural. Cela dit, elle le connaissait mieux maintenant. Il était plus détendu, plaisantait et se montrait amical. Et il embrassait si bien… Son opinion sur lui évoluait, et ses sentiments aussi. Elle l'appréciait davantage de jour en jour. Et cette soirée les rapprocherait un peu plus, consolidant leur amitié, rendant Marc encore plus attirant, et lui donnant encore plus envie d'être embrassée par lui. Ce serait une soirée où régneraient l'amusement et l'excitation, mais aussi la tentation et l'inquiétude.

Elle ignora délibérément les signaux d'alarme qui se déclenchaient dans son cerveau. Ce soir, tout ce qu'elle voulait, c'était prendre du bon temps.

Tandis qu'ils dansaient dans un grand cercle, il la fit à nouveau pivoter face à lui et lui sourit. Avec son stetson fièrement planté sur son crâne, il ressemblait aux autres cow-boys présents dans la salle.

Elle passait un excellent moment en sa compagnie et espérait qu'elle saurait faire preuve de fermeté quand ils se sépareraient à la porte de sa chambre. Car Marc chercherait à l'embrasser.

L'attrait magnétique qu'il exerçait sur elle ne fit qu'augmenter à mesure qu'ils dansaient. Il débordait d'énergie, et son enthousiasme était contagieux. Il l'entourait d'attentions et lui donnait le sentiment de s'amuser follement en sa compagnie. Comme c'était grisant ! Elle ne put s'empêcher de rire quand il l'attira plus près de lui et qu'il la fit virevolter entre ses bras.

— La danse est divertissante, mais la fin de la soirée le sera encore plus, murmura-t-il d'une voix enjôleuse qui déclencha en elle un trouble délicieux.

Elle l'avait toujours trouvé beau, élégant et sûr de lui au bureau. Mais à présent, elle le trouvait irrésistible en rancher. Elle se sentait si bien dans ses bras qu'elle voulait y rester le plus longtemps possible.

Tout à l'heure, elle devrait lui résister, mais pour l'instant elle satisferait son envie de danser et de rire avec lui — une façon aussi d'évacuer ce trop-plein de désir qui la consumait.

Amuse-toi autant que tu veux, se dit-elle en tournoyant dans ses bras, *mais surtout ne couche pas avec lui*.

Dans un an, il mettrait un terme à leur mariage, et elle ne voulait pas partir le cœur brisé. Pour cela, elle devait éviter toute relation charnelle avec lui.

Elle avait perdu la notion du temps quand Gabe et Meg vinrent leur dire au revoir.

— Veux-tu que nous partions aussi ? lui demanda-t-elle.

— Et toi, as-tu envie de rentrer ? Tu dois être fatiguée.

— Non. Je n'ai pas dansé depuis une éternité, et j'adore ça.

— Gabe et Meg sont des nouveaux mariés. Ils ont envie de se retrouver seuls, c'est normal. En revanche, mes collègues ont l'intention de faire la fête toute la nuit.

— Je ne tiendrai pas aussi longtemps. Une heure tout au plus.

— Entendu, acquiesça-t-il, l'entraînant dans une valse.

Tout en se laissant emporter par la musique, elle prit conscience qu'ils dansaient ensemble en parfaite harmonie, comme s'ils faisaient cela depuis des années. Il était un bon cavalier, facile à suivre, et elle trouvait grisant de valser dans ses bras sur la grande piste au son d'une musique entraînante.

Finalement, au bout d'une heure, il se pencha vers elle.

— Es-tu prête à partir ?

— Oui, répondit-elle.

Ils prirent congé de ses collègues et sortirent dans la fraîcheur de la nuit. Le nombre de voitures sur le parking avait diminué, mais les fêtards étaient encore nombreux.

Marc passa un bras autour de sa taille, et elle lui rendit la pareille.

— J'ai passé une soirée mémorable, dit-elle. Nous allons bien ensemble sur la piste de danse.

— Pas seulement sur la piste de danse, rectifia-t-il en s'arrêtant à côté de son pick-up. Notre hôtel se trouve à quatre pâtés de maison. Nous pouvons marcher et récupérer le pick-up demain. Qu'en dis-tu ?

— Je ne veux pas aller à l'hôtel, répondit-elle, prudente.

Il se mit à rire.

— Attends une minute. Tu auras ta propre chambre, et j'aurai la mienne, si tu y tiens.

— Oui, j'y tiens. Sauf que je n'ai pas de vêtements ni de linge de rechange. Ni aucun objet de toilette.

— J'y ai pensé aussi. J'ai apporté quelques affaires. Mais tu peux toujours dormir dans le plus simple appareil et reprendre les mêmes vêtements demain matin.

Elle secoua la tête en riant.

— Décidément, tu as réponse à tout. Puisque c'est comme ça, j'opte pour la marche jusqu'à l'hôtel. L'air frais me fera le plus grand bien.

— Parfait.

Il sortit deux petits sacs à dos de l'arrière de son pick-up et lui en tendit un, gardant l'autre pour lui.

Ils se mirent en route, et elle se tourna vers lui en souriant.

— Je suis ravie que tu m'aies invitée à cette soirée.

— Nous avions bien besoin de ce moment de détente. Comment se passent tes cours ?

— Comme je n'ai aucun souci domestique, je progresse plus vite que prévu.

— J'ai parlé à ma mère, aujourd'hui. Grand-père souhaite revenir au ranch. L'équipe médicale de l'hôpital ne peut pas faire grand-chose de plus pour lui, et il refuse d'aller dans un établissement médicalisé. Je vais donc faire le nécessaire pour qu'il bénéficie de soins à domicile. Ma grand-mère reviendra aussi au ranch. Je sais que cette solution les rendra heureux. Je m'occuperai de tout dès demain, mais je voulais que tu sois au courant.

— Tu as bien fait. Après tout, il est chez lui, ici. Est-ce que cela changera quelque chose pour nous deux ?

— Non. Ils seront dans leur maison, et les seules fois où nous les verrons, c'est lorsque nous leur rendrons visite, expliqua-t-il. J'engagerai aussi quelqu'un pour s'occuper de grand-mère. Elle est autonome mais se fatigue vite.

— C'est une sage précaution, Marc.

— J'irai les voir régulièrement, mais tu ne seras pas obligée de m'accompagner.

— J'aimerais te suivre, de temps à autre. Ton grand-père a voulu ce mariage, et il devrait être content de me voir à tes côtés. Il pense que je suis dans ta vie pour toujours.

— Merci, Lara, c'est gentil de ta part, dit-il en souriant.

— Pour en revenir à cette soirée, cela fait une éternité que je n'ai pas autant dansé.

— Il en est de même pour moi.

— Tu travailles beaucoup. Tu reproches à ta mère d'être un bourreau de travail, mais tu es comme elle. Du moins, cette année au ranch te permettra de faire une pause dans tes voyages d'affaires et d'avoir un rythme de vie moins stressant. Bien sûr, tu effectueras un travail plus difficile sur le plan physique, mais tu seras à la maison tous les soirs.

— J'aime le monde des affaires, et cela ne me dérange pas de voyager. Et il m'importe peu de ne pas être de retour chez moi tous les soirs.

Elle se mit à rire.

— Alors, je suis contente que notre mariage soit fictif.

Il lui rendit son sourire et lui pressa l'épaule.

— Si tu étais dans mon lit toutes les nuits, je n'aurais

aucune envie de sortir de la maison. Ni même de la chambre.

— Oups ! il vaut mieux changer de sujet.

Par chance, ils arrivaient à l'hôtel, un bâtiment récent de deux étages appartenant à une chaîne nationale et entouré d'un parc paysager bien éclairé.

— Nous avons la suite penthouse.

Elle se mit à rire.

— Une suite penthouse au deuxième étage ?

— En réalité, il s'agit d'un petit troisième étage ne comportant qu'une seule suite avec deux chambres, la fameuse suite penthouse.

— Je devrai partager la suite avec toi, mais j'aurai ma propre chambre ? Bon. Je m'en accommoderai.

Il remua les sourcils d'un air malicieux.

— Tu as été plus facile à convaincre que je ne croyais. Finalement, j'aurais dû tenter de prendre une seule chambre.

— Ça n'aurait pas fonctionné, riposta-t-elle en agitant un doigt faussement menaçant sous son nez.

Il se mit à rire.

— Tant pis pour moi.

Elle l'attendit pendant qu'il signait le registre d'arrivée, puis il lui prit le bras et l'entraîna vers leur suite. Une fois qu'ils furent à l'intérieur, ils déposèrent leurs sacs à dos. Puis Marc lança son chapeau sur le canapé et s'avança vers elle. Elle s'apprêtait à lui dire quelque chose, mais les mots se perdirent quand elle plongea le regard dans le sien. Elle peinait à respirer tant son trouble était grand. Elle était partagée entre ce qu'elle devait faire et ce qu'elle avait envie de faire. La tentation était si forte. Allait-elle balayer toutes ses bonnes résolutions le premier soir qu'ils étaient de sortie ?

- 6 -

Il l'enlaça et l'attira contre lui.

— Toute la soirée, j'ai attendu de faire cela, dit-il.

Et il l'embrassa.

Dès l'instant où sa bouche couvrit la sienne, elle sentit son cœur cogner dans sa poitrine et sa respiration s'affoler. Elle était incapable de lui dire non ou de s'écarter. Ils s'étaient constamment touchés en dansant, mais ceci était différent. Elle était dans ses bras et brûlait d'envie qu'il l'embrasse.

Elle s'accrocha à lui tandis qu'il la plaquait contre son torse et se penchait vers elle, l'embrassant avec passion et faisant battre son pouls plus vite.

Quand il promena une main le long de son dos et sur ses fesses, elle gémit doucement et souda ses hanches contre les siennes. Oh oui ! elle le désirait de tout son être. Comment allait-elle résister à ses baisers ? Avait-elle seulement envie de résister ?

Serait-ce tellement désastreux si elle passait une nuit avec son mari ?

Elle glissa les doigts dans ses cheveux épais, savourant la douceur de ses boucles courtes qui s'enroulaient autour de ses phalanges. Quand la main de Marc se glissa sous sa chemise pour caresser sa poitrine, elle haleta de plaisir.

— Marc, murmura-t-elle, sachant qu'elle devait l'arrêter et, en même temps, ressentant le besoin impérieux d'avoir ses mains et sa bouche sur elle.

La tentation et le désir avaient fermenté toute la soirée. Et l'attrait que Marc exerçait sur elle n'avait fait que croître à mesure qu'ils dansaient, qu'ils se touchaient et qu'ils riaient ensemble. Quand s'était-elle autant divertie avec un homme ? Jamais. Marc était plus amusant que ceux qu'elle avait connus. Et cette pensée la terrifia. Elle n'avait aucune envie de trouver trop de qualités à Marc. Il sortirait de sa vie d'ici un an, et elle avait besoin de faire preuve de retenue si elle ne voulait pas souffrir.

Il l'embrassa à nouveau, et toute pensée cohérente déserta son esprit. Le désir la consumait. Plus rien ne comptait, hormis les baisers passionnés et les caresses grisantes de Marc. Il frotta légèrement le pouce sur son téton, le faisant durcir et devenir hypersensible. Elle se délectait de cette nouvelle sensation, mais visiblement cela ne suffisait pas à Marc car en l'espace de quelques secondes il sortit sa chemise de son jean, la déboutonna et en écarta les pans, tout cela sans même décoller les lèvres des siennes. Chacune de ses caresses, chacun de ses effleurements l'embrasait au point qu'elle tremblait de désir.

Exhalant un gémissement de plaisir, elle promena les mains sur les larges épaules musclées de Marc. Elle sentait son érection pressée contre son ventre. Elle savait qu'elle devait interrompre leur étreinte. Elle s'était promis de faire preuve de retenue et de fuir toute tentative de séduction. Elle n'était au ranch que depuis une semaine à peine, se retrouvait déjà dans les bras de Marc et se laissait caresser sans protester. Elle y prenait même un plaisir fou ! Ce n'était pas la meilleure façon de se prémunir contre un chagrin d'amour. Mais cet avertissement n'était qu'un murmure au niveau de sa conscience, et elle l'ignora. Elle voulait demeurer dans ses bras encore quelques minutes. Toute la soirée, elle avait désiré ardemment ce baiser et cette étreinte. Il était encore trop tôt pour y mettre fin.

Elle s'écarta légèrement pour retirer la chemise de Marc de son jean, comme il l'avait fait avec la sienne. Puis elle la déboutonna prestement et promena avidement une main sur son torse nu tout en continuant à l'embrasser. La dureté de ses muscles ne la surprit pas car elle savait qu'il allait à la salle de gym pendant l'heure du déjeuner chaque fois qu'il était au bureau. Elle suivit du bout des doigts la ligne de duvet soyeux qui recouvrait ses pectoraux et se prolongeait sur son ventre plat et plus bas. Mais elle fut stoppée net dans cette incursion érotique quand il écarta son soutien-gorge et qu'il se pencha pour prendre un téton dans sa bouche et le sucer avec ardeur, une torture délicieuse qui attisa un peu plus son désir.

Elle haleta de plaisir en se raccrochant à ses épaules. Paupières closes, elle s'abandonna au déferlement de sensations exquises tandis que la bouche et les mains de Marc opéraient des miracles sur sa chair hypersensible et déclenchaient un incendie dans tout son corps.

— Marc, murmura-t-elle, ivre de désir.

Elle savait qu'elle devait mettre un terme à leur étreinte. Elle savait qu'à chaque nouveau baiser et à chaque nouvelle caresse elle risquait un peu plus de succomber à la tentation.

Il repoussa sa chemise de ses épaules pour dégrafer son soutien-gorge et cueillit ses seins au creux de ses paumes.

— Tu es si belle !

Son regard torride l'électrisa et la fit trembler de désir. Elle brûlait d'envie de sentir sa bouche et ses mains partout sur elle.

Elle haleta quand il la prit dans ses bras et qu'il la transporta dans une chambre.

Quand il la remit sur ses pieds, elle dut s'agripper à lui pour rétablir son équilibre tant elle était troublée. Puis elle leva les yeux vers lui.

— Tu vas trop vite pour moi.

— Nous sommes mariés, Lara, et j'ai tellement envie de toi.

— C'est trop rapide, Marc. Nous avons fait un mariage de convenance où l'amour n'a aucune place, et cela fait une énorme différence à mes yeux. Il n'y a qu'une attirance purement sexuelle entre nous, et je ne m'en contente pas. Souviens-toi, lors de nos discussions, nous voulions éviter de tomber amoureux l'un de l'autre. Je suis certaine que tu serais capable de coucher avec moi durant un an et de me quitter sans regret le moment venu parce que tu arrives à dissocier le sexe et les sentiments. Mais il n'en est pas de même pour moi. Je suis incapable d'avoir une relation sexuelle dénuée de sentiments. C'est mon côté émotionnel. Si je couche avec toi pendant un an, je tomberai forcément *amoureuse*, insista-t-elle, espérant le décourager. Ce soir, nous nous sommes embrassés et nous avons passé une excellente soirée. Alors, restons-en là.

Il écarta doucement des mèches qui retombaient sur son visage, et elle devina à son expression qu'il était écartelé entre le désir et le bon sens. Finalement, il déposa un baiser léger sur sa joue et s'écarta d'elle.

— Soit. C'est ce qui était convenu. Il n'empêche que c'est la meilleure soirée que j'ai passée depuis une éternité.

Elle lui sourit, soulagée.

— Tant mieux. Moi aussi, j'ai adoré danser avec toi. Et j'avais hâte de rentrer pour t'embrasser. Tu es très excitant, mon cher mari fictif.

— Et toi, ma chère épouse fictive, tu m'envoies un message à double sens !

— Non. Il n'a qu'une seule signification, à savoir la prudence. J'espère que nous aurons l'occasion de passer d'autres soirées comme celle-ci. Mais modère tes élans afin que je puisse maîtriser mes émotions. Déjà que j'ai un mal fou à me retenir de me glisser dans ton lit et d'y demeurer ! Encore une fois, je ne veux pas avoir le cœur brisé au moment de la séparation.

Il hocha la tête en signe d'approbation, mais demeura planté là, les yeux rivés sur elle pendant qu'elle se rajustait d'une main malhabile en rougissant.

— Restons-en là, répéta-t-elle, passant devant lui pour récupérer son sac à dos dans l'entrée.

Tous deux se dirigèrent vers l'autre chambre. Pendant que Marc allumait la lumière, elle déposa son sac sur une chaise.

— Bon. J'espère que tu dormiras bien, dit-il.

Elle se tourna vers lui, et quand leurs regards se croisèrent, celui de Marc était tellement saturé de désir qu'elle sentit ses bonnes résolutions fondre comme neige au soleil.

— Oh ! le diable m'emporte ! marmonna-t-il en l'enlaçant et en l'embrassant avec passion.

Finalement, il la relâcha et recula d'un pas. Elle rouvrit les yeux, le cœur battant la chamade, et s'aperçut qu'il la dévorait des yeux.

— Marc…

Il posa un doigt sur ses lèvres pour lui imposer silence.

— Nous avons passé une soirée formidable et nous recommencerons. Et un jour, plus tôt que tu ne le penses, tu ne me repousseras pas. En attendant, passe une bonne nuit.

Sur le seuil, il se retourna :

— Si tu as besoin de quelque chose, ou si tu te languis de moi, n'hésite pas à m'appeler.

Elle se mit à rire et secoua la tête.

— Merci, mais il est inutile de rester éveillé dans l'espoir que je t'appelle.

Il sourit en refermant la porte derrière lui et épongea son front emperlé de sueur. L'effet que Lara produisait sur ses sens était explosif. Il n'avait qu'une envie : revenir sur ses pas, l'embrasser éperdument et lui faire l'amour jusqu'à ce qu'ils tombent d'épuisement. Hélas ! cela n'arriverait pas. Du moins, pas ce soir. Mais il ne devrait pas avoir à patienter trop longtemps, car elle ne pouvait pas s'empêcher de l'embrasser. En attendant, il risquait fort de ne pas fermer l'œil de la nuit.

Décidément, cette soirée s'était déroulée beaucoup mieux qu'il n'aurait cru. Quand il avait décidé d'aller dans ce bar dansant, il avait su qu'il passerait un bon moment en compagnie de ses collègues. En revanche, il avait été plus circonspect au sujet de sa secrétaire, citadine pur jus, mais il s'était dit qu'elle aimerait peut-être sortir. Quelle n'avait pas été sa surprise ! Elle avait dansé le *two-step* comme une vraie cow-girl. Et aussi la valse et la polka. Oh oui ! elle l'avait épaté. Et puis, elle était tellement sexy quand elle tournoyait dans ses bras, ses grands yeux azurés pétillants de gaieté. Il avait eu envie de la ramener à l'hôtel, dans son lit, de l'embrasser et de lui faire l'amour toute la nuit. Et ce constat le stupéfia.

Car les femmes ne lui faisaient plus aucun effet depuis la disparition de Kathy. Et voilà que Lara le sortait de sa léthargie ! C'était à n'y rien comprendre. Il n'avait eu aucune envie de danser, d'embrasser une femme ni même de sortir avec l'une d'elles depuis qu'il avait perdu son épouse — la vraie, celle qu'il aimait de tout son cœur. Cela faisait quatorze mois que le chagrin l'étreignait dans sa chape de plomb. Mais ce soir, il avait été capable de desserrer un peu l'étau. Et il savait que Kathy aurait voulu qu'il en soit ainsi. Elle n'aurait pas apprécié qu'il passe le reste de son existence à se morfondre. Elle avait adoré la vie et aurait voulu qu'il se reprenne en main. Simplement, il était surpris que ce soit Lara qui l'ait aidé à sortir de sa léthargie.

Pour autant, il n'était pas prêt à tomber amoureux. Il n'en avait ni la force ni l'envie. Et il ne voulait pas non plus que Lara tombe amoureuse de lui. Il ne tenait pas à lui briser le cœur quand viendrait le moment de la séparation.

« Déjà que j'ai un mal fou à me retenir de me glisser dans ton lit et d'y demeurer ! »

Il se remémora les paroles qu'elle avait prononcées.

Il n'aurait jamais cru qu'elle se laisserait embrasser et lui rendrait ses baisers avec autant de passion. En même temps, il savait que ce n'était pas exactement ce qu'elle souhaitait. Elle cherchait à préserver son cœur. Elle lui avait demandé d'exclure le sexe de leurs relations, et il avait accepté. Il ne pouvait pas revenir sur sa promesse. Il devait à tout prix résister à la tentation et établir une relation amicale avec elle. Serait-il capable de se conduire en gentleman et d'honorer sa promesse ?

Mercredi soir, Lara se rendit en voiture à Denton pour assister à son cours — soit trois heures de route aller-retour. Malgré la longueur du trajet, Marc était certain qu'elle ne manquerait aucun cours. Elle serait une excellente praticienne, intelligente, déterminée et attentionnée.

Ce soir, elle lui manquait. Seul dans la maison, il sortit une bière du réfrigérateur et s'installa sur le balcon de sa suite, contemplant les étoiles tout en réfléchissant.

Il y avait tellement de choses chez Lara qui lui rappelaient sa mère : son ambition, sa détermination. Et aussi sa prévenance. Ainsi, elle avait suggéré que leur mariage ait lieu dans la chambre d'hôpital de son grand-père. Peu de femmes auraient eu cette touchante attention, et il lui en savait gré.

Elle avait aussi fait la conquête de sa mère.

Il songea à Pilar Medina et ressentit une immense

gratitude envers elle pour tous les sacrifices qu'elle avait faits pour lui. Maintenant qu'il savait que Dirkson était son père biologique, il comprenait mieux sa lutte de tous les instants pour maintenir à flot son petit commerce après qu'elle eut perdu son emploi chez les Callahan.

Dirkson Callahan — son père !

Marc but une longue gorgée de bière. Il n'arrivait pas à croire que cet homme antipathique, qui n'aimait que lui-même, l'argent et le pouvoir, soit son père biologique.

Il songea à sa mère enceinte à quinze ans, sans argent, sans rien, obligée de se débrouiller seule jusqu'à sa rencontre avec John Medina. Elle n'avait pas voulu se confier à ses parents ni faire appel à eux, car ils travaillaient dur pour se construire une nouvelle vie dans ce pays. Elle avait eu la chance de rencontrer celui que Marc considérait comme son vrai père, qu'il avait adoré et qui l'avait adoré comme son propre fils. Tous trois avaient formé une famille unie. Et Dirkson Callahan en était exclu.

Marc but une autre gorgée de bière, et la seule pensée de cet homme horrible lui laissa un goût amer dans la bouche.

Il fixa l'obscurité. Il n'avait aucune raison d'en parler à Lara, mais une part de lui avait envie de partager avec elle ce secret qui le bouleversait. Cependant, il n'en ferait rien. Quand ce mariage se terminerait, ils se sépareraient, et il ne la reverrait jamais. Et ce n'était pas son bébé qu'elle portait.

Il songea à son propre bébé à naître qui lui avait été arraché si cruellement. Sa mère lui avait dit qu'il s'attacherait au bébé de Lara quand il serait né. Avait-elle raison ? Pendant quelques mois, il serait un père pour cet enfant. Son cœur fondrait-il pour ce petit être ?

Et qu'en serait-il de sa maman ?

Il n'arrêtait pas de penser au désir explosif que Lara lui inspirait. Cela compliquerait-il tellement les choses s'ils couchaient ensemble ? Aurait-il envie qu'elle fasse partie de sa vie au-delà du délai d'un an qu'ils s'étaient fixé ? Il n'imaginait pas qu'il pourrait tomber amoureux d'elle alors qu'il n'avait pas vraiment surmonté la perte de sa femme. Est-ce que la venue du bébé de Lara resserrerait les liens entre eux ? Ces questions le mirent mal à l'aise. Il devait faire machine arrière et exclure tout rapport sexuel avec elle. Mais lors de nuits comme celles-ci — alors qu'il était seul et désœuvré —, il avait terriblement envie de Lara, même si une relation intime entre eux était contraire au bon sens et risquait de bouleverser leurs vies.

Il finit sa bière et ferma les yeux sur ses pensées ô combien dérangeantes ! Il était 2 heures du matin quand il se réveilla sur sa chaise longue. Il réintégra sa chambre, se coucha et se rendormit aussitôt.

Quand il se réveilla de nouveau, il faisait grand jour. Surpris, il consulta sa montre et bondit hors du lit. Il avait eu une panne d'oreiller ! Cela ne lui arrivait jamais. Il se rua sous la douche, puis enfila en hâte un jean et une chemise en flanelle. Dans le couloir, des odeurs alléchantes de café chaud et de bacon grillé chatouillèrent ses narines. Le cœur battant, il déboula dans la cuisine, faisant sursauter Lara.

Elle portait un peignoir léger en coton bleu ouvert sur un pyjama fin assorti. Sa chevelure retombait librement autour de son visage. On aurait dit qu'elle venait de se lever.

— Bonjour, dit-il, s'avançant vers elle, oublieux de ses bonnes résolutions de la veille.

Elle s'empourpra et posa sa spatule pour refermer les pans de son peignoir.

— Bonjour. Je te croyais parti depuis longtemps.

— J'ai oublié de me réveiller.

Il passa un bras autour de sa taille et l'attira contre lui. Son corps était souple et moelleux, et le tissu léger de son peignoir et de son pyjama ne dissimulait presque rien de ses courbes féminines pressées contre lui.

— Marc, je ne suis pas habillée, protesta-t-elle, confuse.

— Oui, j'ai remarqué, et ça me plaît. Tu es splendide, dit-il, balayant son objection par un baiser.

Sur le moment, elle demeura interdite, puis elle noua les bras autour de son cou et répondit à son baiser.

Aussitôt, il sentit son sexe se durcir. Le désir pulsait dans ses veines. Il brûlait d'envie de lui arracher ses vêtements et de l'emmener dans son lit. Au lieu de cela, il se tenait là, savourant sa douceur, sa chaleur et leur baiser torride.

— Marc, murmura-t-elle, se libérant de son étreinte.

Ses joues étaient roses et sa bouche rouge et gonflée.

— Oh ! mon petit déjeuner est en train de brûler ! s'exclama-t-elle, se précipitant pour récupérer sa spatule.

Elle retourna prestement les tranches de bacon trop cuites.

— Regarde ce que tu m'as fait faire !

— Je regarde, acquiesça-t-il, la dévorant des yeux.

S'empourprant de nouveau, elle reposa sa spatule et boutonna son peignoir. Il se mit à rire et se versa une tasse de café.

— Je me rends compte que je prends mon petit déjeuner à la mauvaise heure. Il faudra que je change mes habitudes.

— Et moi, il faudra que je m'habille pour le petit déjeuner.

— Ne sois pas ridicule. Nous sommes mariés.

Il lui releva le menton avec l'index.

— Tôt ou tard, nous consommerons notre union.

— Tu n'en sais rien.

— Oh si ! je le sais, assura-t-il, plongeant le regard dans ses grands yeux azur. Et toi aussi, tu le sais. Et tu en as envie. Nous avons commis une erreur d'appréciation en décidant de ne pas avoir de relations sexuelles. À ce moment-là, nous ignorions tout de cette attirance physique qui a surgi entre nous. Bien sûr, elle n'est pas sérieuse et ne durera pas. Tu as toujours tes objectifs, et j'ai les miens. Il n'empêche que tu aimes m'embrasser, et moi aussi.

— Tu ignores si nous succomberons ou non à la tentation, riposta-t-elle d'un ton supérieur qui le fit sourire.

— Nous y succomberons, et tu le sais. Sinon, tu ne rougirais pas. Veux-tu que je te le prouve sur-le-champ ?

— Non ! s'empressa-t-elle de répondre en s'écartant de lui.

— La preuve est faite, remarqua-t-il en riant. Bon. À ce soir, chérie.

En sortant de la maison, il n'arrêtait pas de penser au moment où il l'avait tenue dans ses bras. Son peignoir et son pyjama étaient si fins qu'elle aurait aussi bien pu être nue. Il conserverait le souvenir de son corps doux et chaud toute la journée. Il avait beau connaître les risques encourus s'ils avaient une relation sexuelle, il ne pouvait pas s'empêcher de poursuivre Lara de ses assiduités, et elle aimait cela.

Il se rendit compte qu'il avait hâte d'être à ce soir pour la retrouver. C'était un sentiment nouveau et agréable : Lara l'aidait à faire peu à peu son deuil et changeait sa vie pour le meilleur. Dire qu'il avait cru qu'il ne prêterait guère attention à elle une fois qu'ils seraient au ranch, chacun vaquant à ses occupations. Quelle erreur ! Maintenant, il n'arrivait plus à la chasser de ses pensées, et cela le stupéfiait. Elle était en train de bouleverser sa vie à sa façon discrète.

L'idée l'effleura qu'elle pourrait lui manquer plus tard, quand elle serait partie. Mais il secoua la tête, comme pour repousser cette pensée incongrue. Lara occupait une toute petite place dans sa vie. Elle ne lui manquerait pas. Il reprendrait l'existence qu'il menait avant de la faire venir au ranch. Après tout, c'était le marché qu'ils avaient passé. Et Marc Medina honorait toujours ses engagements.

En fin d'après-midi, Lara était en train d'étudier quand elle entendit le moteur d'un pick-up. Quelques instants plus tard, la porte d'entrée claquait.

— Hello, chérie. Ton amoureux est de retour !

Elle ne put s'empêcher de rire.

— Je suis dans la grande pièce de vie.

Il s'encadra dans l'embrasure de la porte, tout son être dégageant une énergie sensuelle qui l'électrisa. Son visage était couvert de poussière. Il avait déjà ôté son chapeau et sa veste, mais son jean et ses bottes étaient maculés de boue, et sa chemise bleue était tachée et avait un accroc.

— On dirait que tu es tombé de ton pick-up !

Il s'avança vers elle à grandes enjambées.

— En revanche, tu es superbe et absolument irrésistible, dit-il, l'enlaçant et balayant sa protestation par un baiser auquel elle répondit malgré elle.

Puis il s'écarta légèrement pour la regarder. Il sentait bon le foin, ses cheveux ébouriffés retombaient en boucles sur son front, et une ombre de barbe bleuissait sa mâchoire.

— Merci bien. Me voilà couverte de poussière ! protesta-t-elle. Décidément, je n'arrive pas à m'habituer à ce fichu mariage. Nous nous embrassons comme si nous étions vraiment mariés, puis nous faisons machine arrière parce que notre union n'est pas réelle.

— Oh si ! elle l'est. Nous avons eu une vraie cérémonie et nous sommes légalement mariés.

— Pour un court laps de temps. Et il n'y a pas du tout d'amour entre nous. Mais c'est mieux ainsi. Alors, bas les pattes, cow-boy, avant que nous nous retrouvions dans une situation impossible.

— Quel rabat-joie tu fais !

— Peut-être. Il n'empêche que j'ai raison, et tu le sais, dit-elle en se rasseyant. Comment va ton grand-père ? L'a-t-on ramené chez lui ?

— Non. Il y a eu un changement de programme. Il n'arrivera que demain matin vers 10 heures.

— Je t'accompagnerai, si tu veux bien. Je saluerai ta grand-mère.

— Merci. Tu es attentionnée, et c'est une autre qualité que j'apprécie chez toi, dit-il, visiblement sincère.

— Je sais à quel point la famille est importante, et comme la perte d'un de ses membres est douloureuse. J'ai vécu cela quand la maladie a emporté ma mère. Il faut prendre soin de ses parents tant qu'ils sont avec nous.

Il lui donna une brève accolade.

— Tu es une femme aux multiples facettes.

Elle s'esquiva de ses bras en riant.

— Voilà qui est nouveau. Mince, c'était bien la peine que je me douche ! s'exclama-t-elle en époussetant sa chemise.

— Ce zeste de poussière te rend encore plus sexy.

— Et moi, c'est la propreté que je trouve sexy.

— Je tâcherai de m'en souvenir.

Il remua les sourcils de façon comique puis déposa une enveloppe sur la table près d'elle.

— Les photos du mariage sont arrivées par courrier.

Elle se saisit de l'enveloppe, ravie.

— J'ai hâte de les voir. Veux-tu les regarder avec moi ?

— Volontiers, acquiesça-t-il avec un peu trop d'empressement.

Elle l'observa avec méfiance.

— Pourquoi ai-je des doutes sur tes intentions ?

Il lui adressa un grand sourire, et elle sut qu'elle avait raison. Elle secoua la tête, résignée, et s'assit sur le canapé tandis qu'il prenait place à côté d'elle et passait un bras autour de ses épaules.

— Moi aussi, j'ai hâte de les voir.

— Ne vaudrait-il pas mieux que tu te douches d'abord ?

— À quoi bon ? Je suis déjà sur le canapé près de toi. Alors, puisque le mal est fait, autant regarder ces photos.

— Tu as une logique imparable ! plaisanta-t-elle. Mais que cela ne t'empêche pas de surveiller tes mains.

Il lui sourit, et elle sentit son cœur s'emballer car elle était certaine qu'il chercherait de nouveau à l'embrasser. Elle ne devrait pas en avoir envie, et elle ne devrait pas le laisser faire. Mais c'était plus fort qu'elle. Elle était incapable de maîtriser ses émotions quand elle était avec lui.

Elle reporta son attention sur les photos qu'elle retira de l'enveloppe. Elle s'arrêta sur la première.

— Marc, entre toi et Gabe, la ressemblance est frappante. Tes yeux sont marron foncé et les siens sont bleus, mais vous pourriez être frères.

— On nous l'a déjà dit, répondit-il avec détachement.

— Je crois que tu connais son père.

— Hélas ! oui. Un homme égoïste et antipathique qui se désintéresse de ses fils.

— Gabe ne tient pas de lui. Je l'ai trouvé très sympathique.

— Il l'est. De même que ses frères. En fait, aucun d'eux n'aime leur père. Ce doit être affreux de savoir que vos enfants ne vous aiment pas, mais en l'occurrence la faute en revient à Dirkson. Ils aspiraient à former une vraie famille, mais il les a toujours déçus et blessés.

— C'est triste. Maintenant, il est trop tard pour qu'il se rachète à leurs yeux.

— Et ce n'est pas dans sa nature. Je parie que chacun des frères fera un papa fantastique.

Elle passa les photos en revue et s'arrêta sur l'une

d'elles la montrant en train de danser avec Marc lors de la réception.

— Ah ! celle-ci est amusante ! J'aimerais la garder.

— Tu peux toutes les garder.

— Il est vrai que tu m'oublieras dès que je serai partie, remarqua-t-elle en riant. Merci. Je les prends avec plaisir.

Elle poussa un petit cri de surprise quand il la souleva et la déposa sur ses genoux.

— Détrompe-toi. Jamais je ne t'oublierai, lui assura-t-il en l'enlaçant et en l'embrassant.

Elle noua les bras autour de lui et répondit à son baiser avec passion.

— Je ne t'oublierai pas, et ce mariage non plus. Ce fameux soir où nous sommes allés danser a été le meilleur moment que j'ai passé depuis la disparition de Kathy. Ce fut quelque chose d'unique, Lara. Je ne risque pas de l'oublier.

Il dit cela sur un ton solennel, et elle comprit qu'il était sincère. Aussitôt, son cœur s'emballa. Sa déclaration la comblait et en même temps elle l'effrayait.

— Marc, je ne veux pas que ce mariage devienne permanent parce que tu ne le voudras jamais. Alors, je t'en prie, ne bouleverse pas mes projets d'avenir.

— Ce n'est pas mon intention. Je voulais simplement dire que ce soir-là j'ai passé un excellent moment avec toi, et je te suis reconnaissant de m'aider à surmonter le terrible chagrin qui me mine depuis la disparition de Kathy.

— J'en suis heureuse, Marc. Il arrive un moment où il faut faire son deuil et aller de l'avant.

Devant sa mine sérieuse, elle comprit qu'il venait de se produire un changement subtil dans leur relation — qu'elle avait acquis une certaine influence sur lui. Et cette découverte la mit mal à l'aise. Elle n'avait pas envie de devenir trop proche de lui ou trop importante pour lui. Il ne changerait pas d'avis quand viendrait le moment de la séparation. Il mettrait un terme à leur mariage. Et elle avait intérêt à s'en souvenir.

Elle se leva de ses genoux et entreprit de réchauffer la cocotte qu'elle avait sortie du congélateur ce matin. Ils dînèrent ensemble puis, au lieu de fuir dans sa suite, elle demeura dans la grande pièce pour étudier pendant que Marc mettait à jour la comptabilité du domaine.

Quand le carillon de l'horloge comtoise de l'entrée sonna 22 heures, elle referma son ordinateur.

— Je vais me coucher, annonça-t-elle en se levant.

Aussitôt, Marc se leva à son tour.

— Moi aussi.

— Je voulais dire, seule dans ma propre chambre, précisa-t-elle en souriant.

Il lui rendit son sourire.

— Je ne risquais rien à essayer. Mais je vais quand même dans ma chambre. Maintenant, si tu te sens seule ou si tu changes d'avis…

— Je sais. Je suis la bienvenue dans ton lit.

— Exactement. C'était une petite piqûre de rappel au cas où tu aurais oublié.

Elle ne put s'empêcher de rire.

— Comment le pourrais-je ! Plus sérieusement, à quelle heure irons-nous voir ton grand-père, demain matin ? demanda-t-elle, récupérant les photos du mariage.

— Vers 11 heures. Mais tu n'es pas obligée de venir.

— Je sais, mais ma présence à tes côtés lui fera peut-être plaisir. Il tenait tellement à ce mariage.

— C'est très gentil de ta part.

— C'est le moins que je puisse faire, dit-elle tandis qu'ils remontaient le couloir.

Parvenue à la porte de sa chambre, elle se tourna vers lui.

— Bonne nuit, Marc. Je te verrai au petit déjeuner.

— Entendu. Viens avec le même pyjama et le même peignoir que ce matin. Je les adore.

Elle secoua la tête, amusée. Décidément, il était incorrigible !

Franchissant l'espace qui les séparait, il l'enlaça et mit fin à sa protestation en capturant sa bouche. Il la plaqua contre le mur, et elle s'accrocha éperdument à lui, répondant à son baiser avec ferveur. Elle était sa prisonnière, mais ne s'en plaignait pas. Au contraire, quand il la libéra, elle se sentit déçue et frustrée. Oh ! Seigneur, comment était-ce possible ?

— Un de ces soirs, tu m'inviteras à entrer dans ta chambre.

— N'y compte pas. Nous en avons déjà parlé.

— Un de ces soirs, tu m'inviteras, répéta-t-il, lui caressant la joue avec son index.

Le cœur battant la chamade, elle pénétra dans sa suite et referma la porte.

— Cela n'arrivera pas s'il me reste un peu de bon sens, murmura-t-elle tout bas, même si sa réponse était destinée à Marc. Je ne veux pas me morfondre après toi chaque nuit dans mon lit. Car c'est ce qui arrivera si nous commençons à dormir ensemble.

Restait à espérer qu'elle ne s'était pas déjà trop attachée à lui.

- 7 -

Le lendemain matin, Marc attendait Lara dans la grande pièce de vie et contemplait la terrasse, la piscine et au-delà de la clôture, le domaine qui s'étendait à perte de vue. Son grand-père arrivait aujourd'hui. Marc en était certain, le vieil homme se raccrochait à la vie pour revoir ce ranch qu'il avait tant aimé et y rendre son dernier soupir.

Marc prit à nouveau conscience de la brièveté de la vie et de l'importance du noyau familial. Il songea à la façon dont Lara avait déjà changé son existence pour le meilleur. Il espérait avoir fait la même chose pour elle en lui donnant les moyens d'atteindre ses objectifs après leur séparation.

Elle était sa femme — de nom seulement. À certains moments, il se promettait de changer cette situation, et le moment d'après il se disait que cela ne ferait qu'aggraver les choses. Or, ce n'était pas ce qu'il voulait. Il avait beau la désirer de tout son être, il n'avait aucune envie que l'un d'eux sorte blessé de cette aventure. Car ils se sépareraient ; c'était une certitude.

Il se leva en percevant le claquement léger de ses talons hauts sur le parquet du couloir. Et quand elle pénétra dans la pièce, il fut subjugué par sa beauté et son éclat. Elle portait une robe rouge vif qui se terminait juste au-dessus du genou et des escarpins assortis. Ses cheveux cascadaient librement dans son dos, retenus de chaque côté par une barrette.

— Tu es magnifique !

Sans plus réfléchir, il traversa la pièce dans sa direction.

— Je ne peux pas résister, madame Medina, dit-il en l'enlaçant et en l'embrassant.

Elle écarquilla les yeux, manifestement surprise, puis les ferma et noua les bras autour de son cou, se lovant contre lui et lui rendant son baiser avec ferveur. Son cœur se mit à tambouriner dans sa poitrine. Elle pouvait se montrer très réactive, et dans ces moments-là elle allumait un véritable incendie en lui. Comme maintenant. Il avait passé une nuit agitée, se tournant et se retournant dans son lit, rêvant d'elle, se réveillant, tardant à se rendormir et se demandant en son for intérieur s'il devait ou non la poursuivre de ses assiduités.

— Si nous ne devions pas aller voir mes grands-parents, je t'emmènerais dans ma chambre séance tenante, marmonna-t-il d'une voix rauque de désir.

Elle rouvrit les yeux, et la vue de ses pupilles dilatées affola un peu plus son pouls.

— Il faut partir, dit-elle sans conviction.

Sa bouche charnue était rouge et gonflée à la suite de leur baiser, et son regard était lourd de désir.

Il se pencha pour murmurer à son oreille :

— Un jour, je te ferai l'amour pendant des heures, et tu le voudras autant que moi.

Contre toute attente, elle se figea dans ses bras. Puis elle leva son regard vers lui. Ses émotions étaient indéchiffrables. Mais au lieu de s'écarter, elle posa une main sur sa joue et dit doucement :

— Marc, nous savons tous les deux que ce ne serait pas raisonnable. Nous devons garder nos distances et demeurer en terrain sûr jusqu'à notre séparation. Car elle est toujours d'actualité. Et maintenant, il est temps de partir.

Elle s'écarta de lui, puis lissa sa robe et arrangea ses cheveux.

Il la désirait de tout son être. Il n'en revenait pas de l'effet fulgurant qu'elle produisait sur lui. Elle bouleversait son existence, heure après heure, jour après jour. Elle le sortait de sa léthargie et le ramenait à la vie.

— T'épouser a été la chose la plus intelligente que j'aie jamais faite.

Elle lui sourit, ses yeux bleus pétillants de malice.

— Vraiment ? Je suis très flattée. Il est vrai que le marché que nous avons passé est avantageux pour tous les deux.

— En effet.

Et il ferait bien de garder constamment en mémoire les termes de ce marché.

— Allons-y. Grand-père nous attend.

Il posa la main au creux des reins de Lara et l'entraîna hors de la pièce.

— Tu sais, grand-père adore les jolies femmes. Tu vas le combler.

— Je l'espère. Et ta grand-mère aussi. Est-ce que ta mère sera là ?

— Non. Elle sait que je m'occupe de tout, et elle doit veiller à la bonne marche de son restaurant.

Il marqua une pause avant d'ajouter :

— À moins qu'elle n'ait changé d'avis au dernier moment. Elle me surprend, parfois.

Il s'installa au volant de son pick-up, prenant conscience que c'était une des rares fois qu'il empruntait ce véhicule en costume cravate.

Ils arrivèrent avant ses grands-parents, mais au bout de dix minutes un convoi apparut sur la route, l'ambulance en tête. Ils s'avancèrent vers la voiture transportant sa grand-mère. Après l'avoir embrassée, il lui offrit son bras pour l'aider à entrer dans la maison. Lara les suivait tandis qu'une infirmière se tenait de l'autre côté de sa grand-mère.

Les ambulanciers transportèrent son grand-père dans la chambre que Marc avait fait préparer à son intention.

Quand il fut installé, Lara et lui allèrent le voir. Marc déposa un baiser sur le front parcheminé du vieil homme, et Lara s'avança pour le saluer.

Son grand-père sourit.

— Vous êtes très élégante, Lara, dit-il d'une voix hachée.

— Merci, répondit-elle en lui rendant son sourire. Nous sommes heureux que vous soyez de retour à la maison.

Il hocha la tête et croisa ses mains pâles et noueuses.

Marc lui parla du ranch. Ce faisant, il se tenait à côté de Lara, un bras passé autour de sa taille, donnant à son grand-père l'image de jeunes mariés heureux.

Ils ne s'attardèrent pas. Après s'être assurés que sa grand-mère n'avait besoin de rien, ils s'en allèrent.

— Ta présence a fait plaisir à grand-Père. Il m'a confié que j'avais épousé une femme très belle, déclara Marc en s'installant au volant de son pick-up.

Il se tourna vers Lara en souriant.

— Il a raison.

— Merci. Mais je ne suis pas sûre que sa vue soit bonne.

— Détrompe-toi. Ta robe rouge est parfaite. Elle ragaillardirait un zombie !

— Le ciel m'en préserve ! répliqua-t-elle en riant.

— Au fait, mes collègues sortent de nouveau ce soir. Veux-tu te joindre à eux ?

— Bien sûr. Je me suis beaucoup amusée la dernière fois.

— J'espérais que tu dirais cela. Rendez-vous à 19 heures ?

— Entendu.

De retour à la maison, il troqua son costume pour ses vêtements de travail.

Il ne revit pas Lara avant de partir, mais se réjouissait

d'avance à l'idée de danser toute la soirée avec elle. Il avait aussi des projets pour l'après-soirée. Il avait déjà réservé une chambre d'hôtel pour leur éviter de reprendre la route au milieu de la nuit.

Lara s'était amusée encore plus que la première fois. Quelques collègues de Marc l'avaient invitée poliment à danser, sans doute plus par égard pour la femme du patron que par envie, mais elle avait accepté volontiers leur invitation. Quant à Marc, il la subjuguait littéralement. Ce soir, il avait entrouvert le col de sa chemise western bleu marine, ce qui lui donnait un air décontracté. Il portait une ceinture en cuir ouvragé, ornée d'une grosse boucle en argent, sans doute un trophée remporté lors d'un rodéo. Il était plus charmant et séduisant que jamais, et tandis qu'ils se rendaient en voiture à l'hôtel, elle sentit son cœur s'emballer car elle savait qu'ils s'embrasseraient.

Elle était censée préserver son cœur. Alors, qu'est-ce qui lui prenait de danser et de flirter avec lui ?

Bien sûr, c'était la voix de la raison qui parlait ainsi. Et elle avait une réponse toute prête à lui opposer : elle n'était pas amoureuse de Marc et n'avait jamais couché avec lui. Tant que les choses en resteraient là, tout se passerait bien. Elle s'épargnerait une cruelle déception sentimentale.

Quand ils parvinrent devant la chambre de Lara, il lui prit sa clé des mains et lui ouvrit galamment la porte. Elle pénétra dans la pièce et se retourna pour lui dire quelque chose, mais les mots moururent sur ses lèvres quand elle leva les yeux vers lui. Il y avait tellement de désir dans ses prunelles marron qu'elle en fut toute chavirée.

— Tu es splendide, Lara. Si tu savais comme j'ai envie de toi, murmura-t-il, l'enlaçant et l'attirant vers lui pour un baiser incandescent.

Elle se lova contre lui et répondit avec passion à son baiser. Tandis que leurs langues faisaient assaut de caresses, un flot de sensations exquises l'envahit tout entière. Les bras noués autour de sa taille mince, elle se pressa un peu plus contre lui et sentit son érection à travers le tissu épais de son jean, preuve qu'il la désirait de tout son être. Et elle aussi le désirait ardemment. Oh oui ! elle voulait sentir ses mains et sa bouche partout sur son corps.

Il dut lire dans ses pensées car, sans décoller la bouche de la sienne, il déboutonna son corsage et en écarta les pans. Puis il dégrafa son soutien-gorge et cueillit ses seins dans ses paumes chaudes, lui tirant un râle de plaisir. Tout en agaçant leurs pointes durcies à l'aide des pouces, il fit un pas en arrière pour la contempler.

— Comme tu es belle ! murmura-t-il d'une voix rauque. Je brûle d'envie de te faire l'amour toute la nuit.

— Marc, tu sais très bien où cela nous mènerait.

— Nous sommes mariés. Tu es déjà enceinte. Et tu me désires autant que je te désire. À quoi bon lutter contre cette force magnétique qui nous pousse l'un vers l'autre ? Tu es éblouissante, Lara, et j'ai eu envie de toi toute la soirée, argua-t-il d'une voix enjôleuse.

Puis, sans lui laisser le temps de protester, il l'attira contre lui et l'embrassa de nouveau.

Il avait raison. Chaque cellule de son être le réclamait. Serait-ce si terrible s'ils couchaient une fois ensemble ? Serait-elle capable de lui dire non par la suite ? Si cela ne se produisait qu'une seule fois, elle ne tomberait pas amoureuse de lui pour autant.

Son baiser grisant l'empêchait de réfléchir correctement aux conséquences d'une relation charnelle entre eux. Curieusement, elles ne lui semblaient plus aussi inquiétantes quand elle était dans les bras de Marc. Elle se sentait capable de reprendre le cours normal de sa vie après un unique intermède. Et de dire non par la suite.

À mesure qu'ils s'embrassaient, ses protestations s'effondraient une à une.

Marc était tellement beau et excitant avec ses boucles brunes retombant sur son front et son ombre de barbe qui lui picotait délicieusement la peau. Il savait ce qu'il voulait, et à cet instant c'était elle qu'il voulait.

Après tout, elle était sa femme. Elle avait terriblement envie de ses baisers, de ses caresses et, plus encore. Il était fabuleux dans tous les sens du terme : séduisant, attirant, amusant et compétent. Ce soir, elle avait envie de faire l'amour avec lui, d'être une véritable épouse pour lui. Demain, elle reprendrait ses distances ; elle ferait de nouveau preuve de retenue et de sagesse. Ce n'était pas une nuit qui allait changer le cours de sa vie, se répétait-elle.

Il l'embrassa de nouveau, passionnément, sa langue effleurant la sienne avant de suivre les contours de sa bouche, la faisant trembler de désir. Il promena fébrilement les mains sur elle, détachant sa ceinture dans la foulée. N'y tenant plus, elle s'écarta un peu, le temps de défaire la grosse boucle de ceinture de Marc, d'abaisser la fermeture Éclair de son jean et de le faire glisser le long de ses jambes. Il se recula pour ôter ses bottes et le reste de ses vêtements en un tournemain, le regard rivé au sien pendant qu'elle se dévêtait à son tour.

— Comme tu es belle, répéta-t-il d'une voix rauque, la prenant dans ses bras et la transportant vers le lit dont il repoussa prestement les couvertures.

Il la remit sur ses pieds et parcourut sa nudité d'un long regard torride, déclenchant des picotements de plaisir sur sa peau. Puis il l'attira dans ses bras et l'embrassa de nouveau.

Elle sentit son cœur tambouriner d'excitation et de désir. Le corps viril de Marc était la perfection incarnée. Elle promena avec délice les mains sur ses larges épaules et ses biceps saillants. Son ventre était plat et tout aussi musclé. Et son sexe érigé était dur et prêt à lui faire l'amour.

Il égrena des baisers sur un sein puis sur l'autre, sa langue chaude et humide encerclant lentement chaque téton avant de le sucer avec ardeur, ce qui déclencha en elle d'incroyables frissons.

— Je veux t'embrasser de la tête aux pieds, murmura-t-il.

Son souffle était chaud sur sa chair hypersensible tandis que sa langue descendait sur son ventre et encore plus bas. Dans le même temps, ses mains caressaient lentement ses cuisses et son entrejambe, lui tirant un gémissement de volupté.

Désireuse de lui rendre la pareille, elle glissa une main entre eux et referma les doigts autour de son pénis dur comme le roc, qu'elle caressa sur toute sa longueur. Puis, s'enhardissant, elle s'agenouilla et promena la langue sur son membre viril avant de le prendre dans la bouche et de l'aspirer délicatement pour l'exciter un peu plus, comme il l'avait fait avec elle.

Il laissa échapper un grognement guttural et se raccrocha à ses cheveux, la respiration précipitée. Mais elle n'en poursuivit pas moins ses caresses érotiques.

Soudain, il la saisit sous les bras et la releva. La passion qu'elle perçut dans son regard était si intense qu'elle frissonna de désir.

— Tu n'imagines pas à quel point je te désire. Je veux savourer chaque centimètre de ton corps splendide, murmura-t-il.

Il la souleva de terre et la déposa sur le lit, puis s'agenouilla pour lui embrasser une cheville après l'autre avant de remonter lentement le long de ses jambes. Ses lèvres chaudes et humides traçaient un chemin de baisers sur sa chair en feu, et ses mains caressaient chaque centimètre qu'il venait d'embrasser.

Elle gémit, ivre de désir. Tandis qu'il progressait plus haut, elle écarta les jambes, avide de caresses plus intimes. Il combla son attente, explorant ses replis secrets et titillant son clitoris gonflé.

Elle haleta, ondulant du bassin pendant qu'il poursuivait ses caresses et que la tension grimpait inexorablement, la rapprochant de la délivrance ultime tant convoitée. Elle cria, se cambrant sous ses mains expertes, puis il plaqua la bouche sur son intimité en fusion, et sa langue harcela sa chair, la conduisant au bord du précipice. Quand elle fut incapable de supporter un instant de plus cette torture exquise, elle se redressa et s'agrippa à ses épaules.

Il riva le regard au sien, et elle exulta en voyant que la passion le consumait autant qu'elle. Elle se plaqua contre lui, l'enserrant entre ses bras, puis l'embrassa avec ferveur, mettant toute son âme dans son baiser.

Chaque caresse et chaque baiser qu'ils se prodiguaient mutuellement décuplaient son désir pour lui. Elle ne se lassait pas de le toucher et de promener les mains sur son corps sculpté comme une œuvre d'art.

— Tu gaspilles tes talents en travaillant dans un bureau. Ton corps est fait pour une vie au grand air, murmura-t-elle, distillant des baisers sur son ventre plat.

Il l'obligea à se redresser et plongea son regard torride dans le sien avant de l'embrasser avec une ferveur renouvelée. Jamais elle n'oublierait ce baiser, à la fois passionné et tendre.

Il l'allongea de nouveau sur le lit et se positionna au-dessus d'elle pour poursuivre ses exquises attentions, semant une pluie de baisers sur son corps et la repoussant gentiment chaque fois qu'elle tentait de se redresser pour lui rendre la pareille.

Il la fit basculer sur le ventre et promena les mains sur son dos et sur ses fesses, alternant chatouilles et caresses, et s'insinuant de nouveau entre ses jambes. Elle se cambrait et ondulait au rythme de ses attouchements, poussant des petits cris de plaisir. Puis comme si cela ne suffisait pas, il la mit à genoux et se plaqua contre son dos, les mains cueillant ses seins et titillant leurs pointes durcies, tandis que ses lèvres semaient une traînée de feu sur sa nuque et au creux de son épaule.

Sur le point d'imploser, elle pivota et l'attira au-dessus d'elle.

— Fais-moi l'amour, Marc, l'implora-t-elle. Ce soir, nous sommes mari et femme.

— Je sais, Lara. Ne sois pas si impatiente. Nous avons tout notre temps. Je veux que tu me désires au point de ne plus supporter d'attendre que je sois en toi.

— C'est déjà le cas !

— Ce n'est pas suffisant. Chut ! Ce ne sera plus très long, murmura-t-il, prenant un sein puis l'autre dans sa bouche.

Il la couvrit de baisers, chérissant chaque centimètre de son corps, et elle lui rendit ses faveurs. Les mains de Marc étaient partout sur elle, tour à tour la taquinant, la caressant, l'agaçant, l'aimant et faisant naître en elle une débauche de sensations.

Finalement, elle s'agrippa à ses épaules, tous ses sens exacerbés comme jamais.

— Maintenant ! Je te veux en moi maintenant, lui intima-t-elle, fixant sur lui un regard brûlant de passion.

Elle exulta quand il se positionna enfin entre ses jambes. Elle le désirait comme elle n'avait jamais désiré aucun homme. Frémissant d'impatience, elle promena les mains sur ses cuisses athlétiques recouvertes d'un duvet soyeux.

Il s'abaissa sur elle et la pénétra lentement. Avec un râle

de pur plaisir, elle enroula ses longues jambes autour de lui et fit courir les doigts sur son dos et ses fesses musclées.

Ses muscles se bandèrent autour de son membre épais et chaud, et une sensation jubilatoire la submergea :

— Aime-moi ! cria-t-elle, perdant toute retenue sous le feu du désir.

Il entama ses va-et-vient érotiques, et elle l'accompagna de mouvements ondulatoires, leurs corps s'ajustant parfaitement. Mais tandis qu'il lui imposait une cadence lente et régulière, elle émit un râle de protestation et plaqua les hanches contre les siennes, se haussant de plus en plus à sa rencontre, exigeant davantage de lui.

Un sourire mutin aux lèvres, il s'immobilisa pendant qu'elle se trémoussait sous lui, son désir s'exacerbant un peu plus à chaque seconde. Cet homme la faisait mourir à petit feu ! Chacune de ses poussées était à la fois une torture et une extase.

Les yeux clos, elle s'accrocha étroitement à lui d'une main tandis que son autre main caressait fébrilement son corps athlétique, digne d'un dieu grec.

Il l'embrassa avec passion, puis exauçant ses vœux, reprit leur ballet érotique. Tandis qu'elle accueillait chacun de ses assauts puissants avec ivresse, elle sentait monter en elle les prémices de la jouissance. Finalement, il perdit tout contrôle et accéléra le rythme de ses poussées, provoquant de délicieuses frictions en elle.

La respiration haletante, elle secouait fébrilement la tête sur l'oreiller et cambrait les reins pour mieux suivre la cadence infernale qu'il lui imposait.

— Marc, prends-moi ! cria-t-elle.

À peine avait-elle prononcé ces mots que des lumières explosaient derrière ses paupières closes et que son corps était secoué par les spasmes d'une jouissance inouïe, comme elle n'en avait jamais connue.

Marc émit un grognement guttural et l'enlaça étroitement tout en continuant de donner de vigoureux coups de reins qui le firent s'envoler à son tour.

Ils ralentirent peu à peu le rythme, la respiration oppressée, avant de s'immobiliser. Marc roula sur le côté, l'entraînant avec lui. Il repoussa des mèches humides de son visage en feu, et quand sa main se posa sur sa gorge elle sut qu'il percevait les battements frénétiques de son pouls.

— Tu vois l'effet que tu me fais ? murmura-t-elle.

— Mon pouls bat aussi vite que le tien. Nous nous faisons mutuellement cet effet.

Il égrena une pluie de baisers sur son oreille, sa gorge et sa joue.

— Tu es merveilleuse, Lara. Cette soirée a été fabuleuse. Je veux que tu restes dans mon lit et dans mes bras toute la nuit.

Elle l'enlaça étroitement, heureuse et comblée.

— Ce fut un moment exceptionnel, Marc, dit-elle, l'embrassant légèrement tout en caressant la peau lisse de son dos.

— Reste avec moi, cette nuit, répéta-t-il.

— Je ne vais nulle part. Je suis trop bien dans tes bras.

L'extase, l'euphorie et le bonheur emplissaient son cœur. À cet instant, elle se sentait désirée et aimée. Elle resserra son étreinte, rêvant de le retenir pour toujours. Bien sûr, elle savait que c'était impossible, mais pendant quelques minutes supplémentaires elle se crut au paradis.

Elle n'avait aucune idée de l'heure qu'il était quand elle se réveilla dans ses bras. Ayant besoin de faire une pause dans la salle de bains, elle se détacha aussi doucement que possible du corps endormi de Marc.

Quand elle retourna au lit, il remua un peu et marmonna :

— Ne t'en va pas, s'il te plaît.

— Je suis trop bien ici, répondit-elle, se lovant contre lui.

Il embrassa sa gorge et titilla ses seins du bout des doigts.

— Je ne veux pas te laisser partir, murmura-t-il en l'enlaçant.

— Pourtant, c'est ce que tu feras, dit-elle doucement, se demandant quelle incidence cette nuit d'amour aurait sur leurs vies.

— Chut ! Oublions demain. Cette nuit, tu es dans mes bras et dans mon lit. Et tu y restes.

— D'accord pour cette nuit, acquiesça-t-elle.

Elle avait l'impression d'être à sa place dans ses bras. À cette pensée, elle sentit son cœur se serrer. Elle pressentait qu'elle souffrirait de leur rupture maintenant que leur relation avait changé de nature. Mais elle se hâta de repousser cette pensée déprimante. Cette nuit était tout entière dédiée au plaisir.

Ils restèrent allongés sans parler, blottis l'un contre l'autre et se caressant mutuellement. Elle sut quand le moment changea et que Marc eut envie de refaire l'amour.

En quelques secondes, ses bras se resserrèrent autour d'elle et sa bouche captura la sienne. Elle répondit à son baiser avec ferveur. Elle n'aurait jamais cru cela possible, mais en un rien de temps son désir pour lui resurgit avec la même intensité douloureuse que la première fois. Ils refirent l'amour, prenant tout leur temps, se repaissant l'un de l'autre.

En milieu de matinée, elle ouvrit un œil et aperçut Marc appuyé sur un coude, la joue sur la main, qui la contemplait.

— Ce fut une nuit fantastique, remarqua-t-il en souriant.

— Et elle est terminée depuis belle lurette ! Nous ferions mieux de nous doucher et de rentrer. Tes collègues sont-ils encore là ?

— Je n'en ai aucune idée. Je n'ai pas quitté ce lit depuis

hier soir. J'imagine qu'ils sont partis depuis longtemps. Mais il n'y a pas lieu de s'inquiéter. Ils savent que nous sommes des jeunes mariés.

— Tout de même, c'est embarrassant. Ils ont dû remarquer la présence de ton pick-up.

— Et après ? Nous sommes mariés.

Elle se mit à rire.

— Je n'ai pas vraiment l'impression de l'être.

Il lui prit la main et souleva son annulaire orné de l'alliance en diamants.

— Et moi, je dirais que tu es bel et bien mariée.

— Évidemment, vu sous cet angle, je le suis, admit-elle, contemplant les pierres qui brillaient de mille feux.

Elle s'assit sur le lit et remonta le drap sous son menton, consciente de la nudité de Marc et du hâle de son torse qui tranchait avec la blancheur de la literie.

— Je vais me doucher et m'habiller. Il est temps de rentrer au ranch. J'ai un devoir à rendre lundi.

— Vraiment ? demanda-t-il, l'attirant contre lui.

Son torse était chaud et ferme, et il la fixait d'un regard si torride que son cœur manqua quelques battements.

— Tu as bien le temps de me donner un baiser matinal. Ensuite nous irons nous doucher ensemble.

Sans attendre sa réponse, il l'embrassa avec passion.

Dès l'instant où la bouche de Marc se posa sur la sienne, elle oublia ses protestations et enroula les bras et les jambes autour de lui, savourant le contact de son duvet soyeux contre sa poitrine. Oh oui ! elle désirait cet homme de toutes ses forces. Elle voulait faire l'amour avec lui. Elle n'avait aucune envie de sortir de ce lit et de voir leur idylle s'achever.

La nuit dernière, elle avait vraiment eu le sentiment d'être mariée avec lui, d'être désirée et aimée par lui, de faire partie de sa vie. Ils s'étaient amusés toute la soirée, puis leur rapport charnel avait créé une véritable intimité entre eux ; il avait modifié la nature de leur relation, l'approfondissant et lui donnant un sens, du moins pour elle. C'était une merveilleuse illusion qu'elle voulait faire durer encore un peu. Bien sûr, leur mariage était réel, mais puisqu'il n'était pas fondé sur l'amour, il ne durerait pas. Elle avait passé un moment fabuleux dans ses bras, mais il était temps qu'elle reprenne ses distances avant de devenir trop vulnérable.

Ce n'était qu'une aventure d'un soir. Elle y mettrait fin… Juste après ceci.

Il approfondit son baiser, sa langue se mêlant à la sienne, explorant sa bouche et attisant son désir jusqu'à ce qu'elle gémisse doucement et qu'elle promène ses mains sur lui, les hanches plaquées contre les siennes.

Il écarta le drap qui les couvrait et s'agenouilla entre ses cuisses. Elle plongea le regard dans le sien et y lut une telle passion qu'une joie sauvage s'empara d'elle. Oh oui ! il la désirait et était prêt à lui faire l'amour.

Elle enroula les jambes autour de lui, et il s'introduisit lentement en elle. Aussitôt, elle se haussa à sa rencontre et s'accrocha à ses épaules, avide de renouer leur ballet érotique. Chaque fois qu'il se retirait, c'était pour mieux la pénétrer et s'enfoncer dans ses profondeurs intimes, déclenchant en elle des sensations exquises, jusqu'à ce qu'il la conduise au bord du précipice. Elle cria, agrippant ses fesses et s'arc-boutant sous lui pendant qu'il la chevauchait avec fougue.

Elle l'enlaça étroitement, se laissant porter par la jouissance. Elle perçut son râle guttural et sut qu'il la rejoignait dans l'extase.

Finalement, ils demeurèrent immobiles, soudés l'un à l'autre. Puis elle ouvrit les yeux pour le regarder.

— Je suis incapable de bouger, murmura-t-elle, le cœur battant à cent à l'heure.

— Tant mieux. Je suis trop bien dans ce lit, avec toi dans mes bras. Oh ! j'ai une idée : et si je réservais la chambre pour la journée ?

Elle se mit à rire.

— Il n'en est pas question. Nous devons impérativement retourner au ranch. J'ai des choses à faire.

— Elles ne sont pas aussi importantes que le fait de me rendre heureux, déclara-t-il, sérieux comme un pape.

Elle ne put s'empêcher de rire.

— Quel égoïste tu fais ! Je pourrais te citer une ou deux choses qui passent avant ton bien-être.

— Attention, tu vas me vexer, plaisanta-t-il.

Il se redressa sur un coude et riva le regard au sien.

— Tu vois, nous nous entendons merveilleusement au lit et nous passons des bons moments ensemble. Alors, installe-toi dans ma suite quand nous serons de retour au ranch.

— Non, Marc. J'ai passé une nuit fantastique avec toi, mais je ne peux pas partager ton lit sachant que notre union se terminera et que nous ne nous aimons pas. Je ne supporterai pas un autre chagrin d'amour. Je ne veux pas d'une relation temporaire, et tu ne veux pas d'un mariage permanent — ce que je comprends. Notre union n'est rien d'autre qu'un arrangement financier. Je n'emménagerai pas avec toi et je ne coucherai plus avec toi. Encore une fois, ce que nous avons vécu cette nuit était merveilleux, mais nous devons en rester là pour que, le moment venu, je ne parte pas le cœur brisé.

— Prends le temps de la réflexion, Lara. Tu sais à quel point j'apprécie ta compagnie.

Elle secoua la tête, désespérée.

— Décidément, tu ne m'écoutes pas.

— Nous sommes mariés. Pourquoi ne pourrions-nous pas vivre ensemble ? Ce n'est pas parce que nous partagerons le même lit que nous tomberons amoureux l'un de l'autre.

— Cela pourrait m'arriver. Or, tu voudras quand même divorcer.

— Mais tu ne tomberas pas amoureuse de moi ! Depuis que je te connais, tu as toujours fait preuve d'un sang-froid admirable. Tu sauras faire la part des choses entre le plaisir et les sentiments. Et ce n'est pas parce que tu dormiras dans mon lit que tu t'attacheras à moi.

— Je crains que si.

Il l'étreignit en souriant puis écarta des mèches de son visage en feu.

— En tout cas, tu m'as aidé à surmonter mon chagrin et à reprendre goût à la vie, et je t'en suis reconnaissant. Je n'en reviens pas du miracle que tu as opéré en moi. Je vivais replié sur moi-même depuis la disparition de Kathy et je m'étais résigné à me morfondre durant le reste de mon existence. Chose étrange, tu ne l'as pas fait consciemment. C'est arrivé comme ça. Avec toi, je m'amuse et je me détends. Tu n'essayes pas de me séduire, et c'est très bien ainsi.

— Marc, nous nous sommes mariés sachant que nous divorcerons dans un an. Cela nous oblige donc à nous comporter différemment d'un couple normal, argua-t-elle.

— Cette nuit, je n'ai pas vu la différence !

— Sans doute, mais cette nuit a été une exception. Le divorce sera forcément plus douloureux si nous vivons ensemble, dormons dans le même lit et faisons l'amour. J'ai formé des projets d'avenir et je ne veux pas qu'ils soient remis en cause parce que j'aurai le cœur brisé.

Elle secoua la tête avant d'ajouter :

— Par ailleurs, tu trouves que je suis ambitieuse, que je fais passer mes études avant tout le reste, et tu désapprouves ma détermination à devenir médecin. Tu me compares à ta mère à qui tu reproches de trop s'investir dans son restaurant. Tout cela ne ferait que créer des tensions entre nous. Je pense aussi…

Il posa un doigt sur ses lèvres pour l'interrompre.

— Tu prends la vie trop au sérieux, Lara.

Elle écarta son doigt.

— Comment pourrais-je faire autrement ? Je vais avoir un bébé, Marc, tu t'en souviens ?

Elle devait penser à son enfant en plus de son propre avenir.

— Et je n'ai entendu aucune dénégation de ta part quand j'ai dit que tu désapprouvais ma détermination à devenir médecin.

— Je n'ai jamais marqué mon désaccord concernant tes projets d'avenir.

— Vraiment ? Aimerais-tu être marié à une femme médecin ? demanda-t-elle, le poussant dans ses retranchements.

Il passa nerveusement une main dans ses boucles brunes.

— Quelle importance puisque nous ne resterons pas ensemble éternellement ? Mais puisque tu tiens à connaître mon point de vue, non, je n'apprécierais pas que ma femme se consacre à une carrière aussi exigeante et aussi prenante. J'ai déjà vécu cela avec ma mère. Mais franchement, Lara, tu vas chercher midi à quatorze heures ! Je te demandais simplement de t'installer dans ma suite.

— Si j'acceptais, nous finirions par avoir cette conversation.

Elle se redressa, ayant soudain froid sans les bras de Marc autour d'elle.

— Désolée, je refuse de m'installer avec toi. Nous ne sommes pas compatibles. Il suffit de voir la façon dont nous nous disputons en ce moment alors que nous avons fait l'amour toute la nuit. Non, le fait de vivre ensemble créerait trop de problèmes et affecterait l'avenir de chacun de nous.

Elle marqua une pause avant d'ajouter tristement :

— Marc, il n'y a pas d'amour dans notre relation. Ne le vois-tu pas ? Tu n'es pas amoureux de moi, et je ne suis pas amoureuse de toi. Et nous finirons par divorcer. C'est toujours ton intention, n'est-ce pas ?

— Oui, admit-il, la fixant avec intensité. J'ai bien noté que tu ne t'installeras pas avec moi. Alors, pourquoi ai-je encore envie de t'embrasser ?

Il l'attira vers lui, mais elle posa les mains sur son torse pour le repousser.

— As-tu prêté attention à ce que je t'ai dit ? demanda-t-elle, s'efforçant de prendre un ton sévère. Nous devons mettre une distance de sécurité entre nous au lieu de rester au lit et de nous embrasser.

— Ne pourrais-tu pas oublier ce fichu divorce pendant dix minutes ?

Il fixa sa bouche d'un air gourmand, et tout son bon sens la déserta en un clin d'œil. Pourquoi diable cet homme lui faisait-il un tel effet ? Il effleura sa bouche du bout des lèvres, et son cœur bondit dans sa poitrine. Elle savait que c'était une erreur, mais elle ne put résister au désir qui la submergea quand il captura sa bouche et que sa langue caressa la sienne. Comme s'ils étaient animés d'une vie propre, ses bras s'enroulèrent autour de Marc, et elle l'embrassa avec ferveur. Dire qu'il avait suffi d'un seul baiser pour lui faire oublier tous ses arguments !

Ils arrivèrent au ranch en milieu d'après-midi. Quand ils pénétrèrent dans la maison, une odeur de rôti braisé embaumait l'air.

— Ah ! viens faire la connaissance de ma cuisinière ! dit-il, déposant leurs affaires près de la porte.

Il lui prit le bras et l'entraîna vers la cuisine.

— Bonjour, Penelope. Me voici de retour en compagnie de mon épouse.

Une petite femme aux cheveux roux et bouclés, portant un long tablier bleu en coton, se tourna vers eux en souriant. Ses yeux bleus étaient remplis de curiosité.

— Penelope, je vous présente Lara Medina. Lara, voici Penelope Wendell.

Lara lui tendit la main en souriant.

— Je suis ravie de faire votre connaissance. Cela sent divinement bon dans cette cuisine.

Le sourire de Penelope s'élargit tandis qu'elle lui serrait la main.

— J'ai préparé un rôti braisé pour le dîner. Il sera prêt vers 18 heures.

— Parfait, approuva Marc. Nous dînerons vers 19 heures. Laissez-le sur la table. Nous nous servirons.

Il se tourna vers Lara et ajouta :

— Penelope est avec nous depuis quinze ans. Elle a d'abord été au service de mes grands-parents, et cela fait quatre ans qu'elle travaille pour moi, aussi bien à Dallas qu'au ranch.

— J'ai hâte de déguster ce rôti, déclara Lara d'un air gourmand.

Ils discutèrent encore un peu avec Penelope, puis allèrent récupérer leurs affaires.

Tandis qu'ils remontaient le couloir, elle ne put s'empêcher de l'interroger.

— Pourquoi veux-tu absolument retourner au monde des affaires ? Tu sembles plus heureux et plus détendu depuis que tu es au ranch. Les problèmes concernant la gestion du domaine ne paraissent pas t'affecter autant que ceux que tu affrontes au bureau à Dallas.

— J'aime faire des affaires et gagner de l'argent. Il se peut que je sois plus heureux ici. Je n'ai pas vraiment réfléchi à la question. Mais je ne t'avais pas dans mon lit auparavant, et c'est sans doute cela qui me rend heureux.

Elle secoua la tête avec agacement.

— Marc…

Mais il s'empressa de changer de sujet.

— Tout à l'heure, je rendrai visite à mes grands-parents.

— Je t'accompagnerai si tu penses qu'ils seront contents de me voir.

— Oh ! ils le seront ! Pour eux, tu fais partie de la famille. Et la vue d'une dame ravissante a toujours le don de réjouir mon grand-père. Tu sais, quand elle était jeune, ma grand-mère était une beauté. Les photos de l'époque en attestent.

Lara lui sourit.

— Accorde-moi un peu de temps pour me pomponner et leur faire honneur.

— Tu veux qu'on se douche ensemble ?

Elle secoua la tête en riant.

— Non. Si on le faisait, on ne serait jamais prêts à temps.

— Dommage. On se retrouve dans… Combien ? Une heure ? Une heure et demie ?

— Une heure et demie, dit-elle avant de pénétrer dans sa suite et de refermer la porte.

Quand ils rentreraient de leur visite, elle savait qu'il lui redemanderait de s'installer avec lui. Avait-elle changé d'avis depuis ce matin à l'hôtel après avoir refait l'amour avec Marc ? Elle avait intérêt à se décider une bonne fois pour toutes et à s'en tenir à sa décision. Sa valse-hésitation ne les aidait pas. « Non » était la réponse la plus intelligente et la plus sûre. Avait-elle envie de mettre son cœur en danger pour le plaisir de coucher avec Marc ou préférait-elle jouer la prudence, comme elle s'était promis de le faire ?

C'était tout de même son avenir qui était en jeu.

- 8 -

Marc riait tout seul en pénétrant dans sa suite. Il s'amusait beaucoup avec Lara, mais il était sérieux quand il la pressait de s'installer avec lui. Il avait envie de l'avoir dans ses bras et dans son lit la nuit entière. Il s'était surpris lui-même quand il lui avait fait cette proposition.

Elle lui était venue spontanément. Il n'avait pas pesé le pour et le contre, et c'était tellement contraire à ses habitudes qu'il en avait été choqué. Lara était en train de le transformer, de bouleverser sa vie. Pourtant, elle ne le faisait pas sciemment. C'était sa présence à ses côtés qui produisait cet effet-là sur lui.

Il avait aussi le sentiment qu'il ne tenait qu'une petite place dans son existence, qu'il n'était pas au centre de ses préoccupations, ce qui lui arrivait rarement quand il sortait avec ses amies. Lara avait des projets d'avenir, des objectifs bien précis. Elle avait davantage envie de faire précéder son nom de « Docteur » que de « Madame ». Et il avait intérêt à s'en souvenir. Malgré son attirance physique pour elle, elle n'était pas une femme pour lui. Trop ambitieuse ; trop investie dans ses études et, par la suite, dans son métier.

Mais pour ce qui était du sexe…

Ses rapports sexuels avec Lara étaient les plus fabuleux qu'il ait jamais eus. Encore une découverte incroyable. La réceptivité et l'enthousiasme de Lara au lit rendaient leurs ébats terriblement excitants et grisants.

Bon. Il ferait mieux de penser à autre chose s'il voulait être prêt à temps pour aller voir ses grands-parents.

Vingt minutes plus tard, vêtu d'un pantalon gris et d'un blazer anthracite, il se rendit dans la grande pièce de vie pour attendre Lara. Il se leva en entendant le cliquetis de ses talons hauts, et quand elle pénétra dans la salle il eut encore une fois le souffle coupé par sa beauté et son élégance.

— Oh ! tu sais comment t'habiller pour plaire à mes grands-parents ! remarqua-t-il, à la vue de sa robe d'un bleu lumineux, très chic.

Son encolure montante satisferait sa grand-mère, et l'ourlet au-dessus du genou ravirait son grand-père. Elle portait des talons aiguilles assortis et arborait le pendentif qu'il lui avait offert. Sa chevelure retombait en vagues souples autour de son visage.

— Tu es sensationnelle !

— Merci. Tu es très chic, toi aussi.

Il se rengorgea et tira sur les manchettes de sa chemise blanche, ses boutons en or accrochant la lumière du soleil. Puis il lui prit le bras et l'entraîna dans le couloir.

— Ils ont hâte de nous voir. J'ai eu grand-mère au téléphone. Elle m'a encore répété qu'ils étaient très heureux d'être de retour chez eux.

— Je m'en réjouis pour eux. Est-ce que cela te préoccupe que notre mariage ne soit pas permanent comme ton grand-père le souhaite ?

— Non, car il n'aurait pas dû exiger que je me marie, qui plus est dans un délai aussi court. C'était une demande insensée. Il faut croire que la maladie lui a fait perdre une partie de ses facultés. Et il a toujours été persuadé qu'il savait ce qui était le mieux pour moi. Mais je suis un adulte ; je suis capable de faire mes propres choix. Quoi qu'il en soit, toi et moi avons résolu le problème. Grand-père est heureux car il a obtenu ce qu'il voulait, et nous aussi. Et je tiens encore à te remercier de m'accompagner pour leur rendre visite.

— Oh ! ce n'est pas grand-chose !

— Peut-être, mais j'apprécie ton attitude.

Il lui tint la portière de son pick-up pendant qu'elle s'asseyait et ne put s'empêcher d'admirer ses jambes interminables.

Une fois arrivés à destination, ils saluèrent d'abord sa grand-mère. Quand Marc la prit délicatement par les épaules pour l'embrasser sur la joue, il la trouva si frêle que son cœur se serra douloureusement.

— Est-ce que grand-père aimerait nous voir tous les deux ou seulement moi ?

— Tous les deux, bien sûr. Il sera ravi de voir ta ravissante épouse, répondit-elle, souriant à Lara.

— Merci, madame Ruiz, dit-elle, lui rendant son sourire.

Après avoir salué l'infirmière de service, ils pénétrèrent dans la chambre où le seul bruit perceptible était le ronronnement du moniteur chargé de surveiller les constantes du vieil homme.

— Bonjour, grand-père, le salua Marc, prenant Lara par le bras et s'avançant avec elle vers le lit.

— Marc et son épouse sont venus te voir, annonça sa grand-mère.

Il leva une main en guise de salut.

— Asseyez-vous, dit-il d'une voix faible.

— Prends un siège, Lara, proposa Marc, préférant rester debout.

Elle salua son grand-père et rapprocha sa chaise du lit tandis que Marc se tenait derrière elle.

— Comment te sens-tu, aujourd'hui ? demanda-t-il.

Son grand-père tourna la tête vers Lara.

— Aimez-vous mon petit-fils ?

— Je l'ai épousé, monsieur, répondit-elle.

Marc se demanda ce que son grand-père avait en tête. Par moments, il était très perspicace. Avait-il deviné qu'il n'était pas amoureux de Lara ?

— J'ai appris que vous n'aviez plus de famille.

— C'était avant que j'épouse Marc. Désormais, sa famille est la mienne, n'est-ce pas ?

Son grand-père lui sourit.

— Oui. Vous êtes la bienvenue parmi nous.

— Merci, murmura-t-elle.

Marc posa une main sur son épaule, se demandant si les questions de son grand-père la perturbaient.

— Montrez-moi l'alliance que Marc vous a offerte.

Elle se leva et tendit sa main gauche. Son grand-père la prit dans la sienne et frotta son pouce sur les phalanges de Lara.

— Vous avez les mains douces, remarqua-t-il en souriant. Ces diamants sont très beaux. Cela signifie qu'il vous aime beaucoup.

Rico relâcha sa main.

— J'espère que vous vous aimerez toujours. Vous avez prononcé des vœux en ce sens.

— Oui, monsieur, répondit-elle, se rasseyant et croisant les jambes, un mouvement qui n'échappa pas à son grand-père.

— Vous êtes une très belle femme. J'en suis sûr, Marc et vous aurez des enfants magnifiques. Marc était très beau quand il était petit.

— Il l'est toujours, répliqua-t-elle en riant. Et vos compliments me touchent beaucoup.

Rico lui sourit, et Marc se rendit compte qu'elle n'était pas du tout intimidée par le vieil homme et ses questions.

— Grand-père a l'air d'aller mieux aujourd'hui, constata Marc en s'adressant à sa grand-mère.

Elle acquiesça d'un signe de tête.

— Oui, d'après les médecins, il reprend quelques forces.

— Tant mieux. Visiblement, le fait d'être de retour à la maison lui fait du bien.

Ils continuèrent de parler pendant un quart d'heure, puis Marc donna le signal du départ. Peu après, ils prenaient le chemin du ranch.

— Certaines questions de grand-père me laissent perplexe, notamment sa remarque à propos des vœux que nous avons échangés.

— Peut-être a-t-il compris que tu faisais un mariage de convenance.

— Je suis content qu'il ne t'ait pas intimidé. À mon avis, il essayait de le faire.

Elle lui sourit.

— Je l'ai trouvé adorable. Et j'ai vraiment l'impression de faire partie de ta famille, même si ma raison me dit que ce n'est pas le cas. Tout le monde s'est montré si accueillant avec moi. Mais je suppose que c'est simplement parce que j'ai envie d'avoir une famille.

Percevant le changement d'humeur de Lara, il s'empressa d'adopter un ton léger.

— Grand-père, adorable ? On voit bien que tu ne le connais pas. Il est plus rusé qu'un renard !

À son grand soulagement, Lara se mit à rire. Oh oui ! il aimait la faire rire et sourire.

— Je suis content que tu m'aies accompagné, dit-il, sincère.

— Moi aussi.

Il se gara sous l'auvent, à l'arrière de la maison, et ils entrèrent par la grande pièce. La porte à peine refermée, il attira Lara dans ses bras.

— Je suis incapable d'attendre une minute de plus.

Elle posa les doigts sur ses lèvres, stoppant son baiser.

— Marc, en continuant comme cela, tu ne feras que rendre notre séparation plus difficile.

— Cesse de t'inquiéter pour l'avenir. Tu iras dans cette école de médecine et tu feras la carrière que tu souhaites. Rien ni personne ne pourra t'en empêcher.

— Comme je te l'ai expliqué, Marc, je le fais en souvenir de ma mère. Je veux aider les malades grâce à la médecine ou à la recherche. J'aurai ainsi l'impression qu'une partie d'elle est toujours avec moi.

— Je ne peux que t'admirer. Tu es vraiment très motivée.

— Je le suis, acquiesça-t-elle en souriant. Mais toi aussi tu t'investis énormément dans ton travail, même si tu ne t'en rends pas compte.

— Tu exagères. Je ne suis pas un bourreau de travail !

— Tu devrais t'observer davantage.

— Crois-moi, tu es beaucoup plus intéressante à observer.

Il la plaqua contre lui.

— Tu es splendide, et cela fait trop longtemps que je ne t'ai pas embrassée.

Il captura sa bouche, faisant taire ses protestations.

Oh oui ! ce baiser valait la peine d'attendre.

Hélas ! quand il voulut passer à l'étape suivante, elle s'écarta prestement de lui.

— J'ai besoin de faire une pause, dit-elle en souriant. Et j'ai hâte de déguster ce rôti braisé.

— Entendu. Je sers les boissons : citronnade pour toi et bière pour moi. Puis nous discuterons en attendant que le plat soit chaud. Qu'en dis-tu ?

— Excellente idée. Mais je vais d'abord me changer.

Une fois dans sa suite, elle referma la porte derrière elle. Tout en se changeant, elle repensa à l'idée de s'installer avec lui. Elle avait envie de dire oui — oh ! comme elle en avait envie ! —, mais sa raison la poussait à dire non. Elle avait besoin de mettre suffisamment de distance entre eux pour que ce mariage ne lui semble pas réel. Marc ne tomberait jamais amoureux d'elle, et elle ne pouvait pas prendre le risque d'avoir le cœur brisé en tombant amoureuse de lui.

D'un autre côté, si elle s'installait avec lui, peut-être n'aurait-il plus envie de la laisser partir.

Elle secoua la tête, furieuse contre elle-même. Fallait-il qu'elle soit naïve ! Combien de femmes avaient couché avec des hommes parce qu'elles étaient persuadées qu'ils voudraient les garder pour toujours ? Le monde était rempli de ces idéalistes, et elle ne voulait pas entrer dans ces statistiques.

Elle descendit rejoindre Marc, et ils dînèrent sur la terrasse. Puis ils discutèrent jusqu'à la tombée de la nuit. Et avant qu'elle comprenne ce qui arrivait, Marc se leva et la souleva de terre pour l'emmener dans sa chambre.

Elle se réveilla durant la nuit et contempla Marc qui dormait à côté d'elle, un bras passé autour d'elle. Était-elle déjà en train de tomber amoureuse de lui ?

Si c'était le cas, il n'y avait aucun moyen de stopper ce processus. Marc la voulait dans son lit toute la nuit, et elle voulait la même chose. Tandis que son regard s'attardait sur son beau visage et son corps sculptural, elle sentit son pouls s'affoler. Pendant combien de temps lui ferait-il cet effet dévastateur ? Sans doute, aussi longtemps qu'elle vivrait.

Elle prit soudain conscience que, quoi qu'elle fasse, le divorce la rendrait malheureuse. Par chance, elle aurait la possibilité de réaliser ses ambitions sans avoir de soucis financiers, grâce à la générosité de Marc.

Elle s'écarta tout doucement de lui pour ne pas le réveiller et prit appui sur un coude, la tête posée au creux de sa main, pour le contempler tout à loisir. Il l'excitait au plus haut point. Il était incroyablement beau et sexy, encore plus maintenant qu'avant leur mariage. À moins qu'elle ne le voie à travers les yeux de l'amour.

Elle avait très envie de caresser son torse musclé, mais il avait le sommeil léger, et elle craignait de le réveiller.

— Tu aimes ce que tu vois ? demanda-t-il d'une voix ensommeillée, la faisant sursauter.

— Comment as-tu su que je te regardais ? Tu as les yeux fermés !

— Je suis magicien. Et puis, je sais que tu me trouves fascinant, répliqua-t-il avec un grand sourire.

Il l'attira contre son torse et l'embrassa avec passion, mettant fin à leur conversation.

Un peu plus tard, elle gisait, blottie dans ses bras, quand il déclara :

— Lara, je sens que je peux me fier à toi et je voudrais te faire part de quelque chose qui me préoccupe. Mais ce que j'ai à te dire est strictement confidentiel.

— Je te promets de garder le secret. Cela semble sérieux.

— Oui, ça l'est. Voilà de quoi il s'agit : quand j'ai annoncé à ma mère que tu étais enceinte et que je n'étais pas le père de ton bébé, elle a été bouleversée.

Lara se redressa, consternée.

— Oh ! Marc, c'est affreux ! Elle ne voulait pas que je t'épouse.

— Ne sois pas ridicule. Maman t'aime beaucoup, et elle est ravie de notre mariage. Tu fais déjà partie de la famille. Voilà pourquoi je voudrais avoir ton avis sur un sujet familial qui me préoccupe. Alors, écoute-moi.

Ils s'assirent tous les deux, et elle se tourna de biais pour lui faire face, ses yeux s'accoutumant à la faible lumière provenant de l'unique lampe de chevet. L'expression de Marc, constata-t-elle, s'assombrit au fur et à mesure du récit.

— Oh ! Marc ! Je suis désolée que Dirkson Callahan

soit ton père biologique mais, Dieu merci, il n'a pas fait partie de ta vie. L'as-tu dit à Gabe ?

— Non. Mis à part maman et Dirkson, toi et moi sommes les seules personnes à le savoir. Gabe est déjà mon meilleur ami, et j'hésite à lui confier ce lourd secret. En fait, c'est précisément cela qui me préoccupe : je voudrais faire ce qui est le mieux pour Gabe. Qu'en penses-tu ?

Elle détourna le regard pour mieux réfléchir à la question. Quand elle lui fit à nouveau face, elle s'aperçut qu'il la fixait avec attention.

— D'abord, je te remercie de m'accorder ta confiance. J'ai l'impression d'être proche de toi, voire importante pour toi.

— Tu l'es. Qui plus est, j'apprécie ton opinion.

Elle réfléchit un instant avant de remarquer :

— Ainsi, Blake est déjà leur demi-frère.

— Oui. Il était très ami avec Cade avant de faire partie de la famille. Car Dirkson n'a reconnu Blake qu'après son mariage. Et c'est Cade qui a attiré Blake au sein de la fratrie. D'une certaine façon, je n'ai pas envie d'en faire partie. Leur amitié me suffit.

— Bon. Puisque tu me demandes mon opinion, je vais te la donner. Bien que je n'aie plus de parentèle, ou peut-être parce que je n'en ai plus, je considère que la famille est la chose la plus importante au monde. Toi et Gabe êtes frères de sang. Je pense que tu devrais lui dire la vérité et le laisser décider s'il veut garder cette information pour lui.

Marc hocha la tête, l'air songeur.

— Je te remercie de ta franchise. J'avoue que je suis encore indécis. Pour moi, mon vrai père est et restera John Medina. C'était un homme merveilleux. Et je déteste reconnaître que Dirkson est mon père biologique, même pour le dire à Gabe.

— Je comprends. Tu agiras pour le mieux, j'en suis sûre.

— Bon. Laissons ce sujet de côté pour le moment et parlons plutôt de ce qui me rend heureux au lit.

Elle se mit à rire et égrena des baisers sur sa gorge.

— Je commence à en avoir une petite idée. En fait, tu es plutôt facile à contenter.

— Et tu y réussis parfaitement, dit-il, l'attirant contre lui pour l'embrasser.

Durant les deux semaines qui suivirent, pour la plus grande joie de Marc Lara dormit dans sa chambre. Il se demandait s'il se lasserait d'elle un jour. Il en doutait. Elle savait si bien combler tous ses sens. Un soir, alors qu'il l'enlaçait après l'amour et qu'il jouait avec sa chevelure soyeuse, il remarqua :

— Je n'ai jamais amené une femme au ranch avant toi. Je veux dire, une amie avec qui je sortais.

— Devrais-je me sentir honorée ? À moins que tu n'aies amené personne parce que tu venais rarement au ranch.

— Oh non ! j'y venais très souvent ! Et je n'ai jamais amené de femmes dans ma maison de Dallas, non plus. C'était moi qui allais chez elles pour être libre de partir ensuite.

— Cela te ressemble bien.

— Mince ! Moi qui croyais te faire un compliment.

— En réalité, tu as été forcé de m'amener au ranch parce que tu m'as épousée. Nous avons conclu un arrangement financier, tu t'en souviens ?

Il se mit à rire.

— C'est une façon de voir les choses.

— Tu n'as pas eu le choix, riposta-t-elle en caressant sa mâchoire. Tu devais me présenter à tes grands-parents. À propos, depuis combien de temps sont-ils mariés ?

— Une éternité. Je dirais soixante-trois ans.

— Je n'arrive pas à imaginer une union aussi longue !

Il glissa les doigts dans ses longues mèches, se délectant de leur douceur. Il aimait aussi quand elle les laissait retomber librement sur ses épaules, rien que pour lui.

— J'ai réfléchi à notre couple, Lara. Que dirais-tu si nous nous séparions quelque temps au lieu de divorcer, pour voir comment cela fonctionne entre nous ? Il serait toujours temps d'officialiser notre rupture par la suite.

— Non. Quand l'échéance arrivera, notre mariage sera fini pour de bon, et nous partirons chacun de notre côté.

— J'ai le sentiment que je ne compte pas beaucoup pour toi, remarqua-t-il avec une pointe d'amertume.

— Détrompe-toi. Tu comptes énormément pour moi, mais je sais que tu ne voudras pas qu'on reste ensemble.

— Pour l'instant, je veux qu'on reste ensemble. Qu'on reste au lit toute la journée, voire toute la semaine, lui assura-t-il, se positionnant au-dessus d'elle et l'embrassant éperdument pour l'obliger à demeurer là où il voulait qu'elle soit.

Ce matin, quand elle se réveilla, Marc était déjà parti. Elle se leva et rejoignit sa propre suite pour se doucher et s'habiller. Elle exécutait ces tâches mécaniquement, toutes les pensées occupées par son mari. Elle était en train de tomber amoureuse de lui, et chaque nouvelle nuit qu'elle passait dans son lit ne faisait que renforcer cet amour.

Elle devait mettre un terme à leur relation avant d'être trop éprise de lui et d'avoir le cœur brisé. En aurait-elle le courage ? Cet homme avait tout pour plaire — beau, intelligent, sexy, attentionné, amusant, débordant de vitalité. Mais elle ne pouvait s'en prendre qu'à elle-même. Elle avait eu l'intention de préserver son cœur, puis avait fait volte-face et succombé à la tentation. Et maintenant elle était amoureuse de lui !

Hélas la situation était inchangée. Marc ne voulait pas d'un mariage durable, et elle voulait mener à bien ses projets. Des projets qu'il voyait d'un mauvais œil. Elle n'avait pas d'autre choix que de quitter le ranch et reprendre le cours de sa vie. Car Marc ne changerait pas. Et elle non plus.

Il fallait qu'elle s'en aille avant d'être éperdument amoureuse. Elle priait pour que ce ne soit pas déjà le cas.

Quelques jours plus tard, Lara était plongée dans la lecture d'un livre quand le téléphone sonna. C'était le téléphone fixe de Marc, et seuls sa mère et ses grands-parents l'utilisaient. Elle répondit et crut que la personne au bout du fil s'était trompée de numéro car la voix était brouillée. Elle perçut des bruits confus, des mots qu'elle ne parvint pas à saisir, puis une femme s'exprima plus clairement.

— Pourrais-je parler à Marc Medina, je vous prie ?

— Il n'est pas à la maison. Avez-vous essayé de le joindre sur son portable ?

— Oui, mais il ne répond pas. Je suis l'infirmière, et il faut que je le contacte.

— Je vais lui envoyer un SMS pour lui dire de vous appeler, proposa Lara avant de raccrocher.

Ce qu'elle fit aussitôt, les mains tremblantes. Elle avait un mauvais pressentiment. Elle redoutait qu'il soit arrivé quelque chose au grand-père de Marc.

Quelques minutes plus tard, Marc l'appela.

— Je rentre à la maison. Grand-père est mort ce matin. Je passe te prendre, puis nous irons voir grand-mère. Ma mère est prévenue ; elle est déjà en route. Toutefois, Lara, si tu ne souhaites pas m'accompagner…

— Marc, l'interrompit-elle, je vais me préparer et je serai prête quand tu rentreras. Je suis vraiment désolée. Puis-je faire quelque chose pour toi ?

— Non, merci. À tout à l'heure.

Dès qu'il eut raccroché, elle alla se changer. Elle opta pour une robe noire à la fois élégante et sobre, et rassembla ses cheveux en un chignon haut perché, comme elle le faisait au bureau.

En entendant le moteur de son pick-up puis les pas précipités de Marc dans l'entrée, elle courut à sa rencontre.

— Marc, je suis sincèrement peinée.

— Merci. Je veux aller là-bas dès que possible Je serai prêt dans une dizaine de minutes.

— Puis-je faire quelque chose ?

Il fit un signe de dénégation en s'éloignant.

Ils passèrent les deux jours suivants à recevoir des proches et à organiser le service funèbre. Ce tourbillon d'activités s'acheva par une cérémonie solennelle et émouvante.

De retour à la maison, le soir, après l'enterrement, elle s'avança vers Marc et glissa les bras autour de sa taille.

— Je sais à quel point tu aimais ton grand-père, et je partage ta peine, Marc.

Il posa le front contre le sien, et ils demeurèrent enlacés.

— Merci, murmura-t-il d'une voix étranglée, s'abandonnant enfin à son chagrin.

Au bout de quelques minutes, il redressa la tête, mais sans desserrer son étreinte.

— Je te remercie de m'avoir accompagné et aidé à traverser cette épreuve.

— C'était la moindre des choses. Je suis contente de l'avoir connu.

Marc la relâcha et s'essuya les yeux. Puis il alla se poster devant la baie vitrée et contempla la piscine éclairée.

— Je suis sûr qu'il s'est accroché à la vie pour revenir

au ranch et me voir marié. Tu as sans doute raison : il avait deviné que c'était un mariage de convenance. Mais il semblait quand même heureux. Tu l'as beaucoup impressionné, tu sais.

Tout en parlant, il ôta son manteau et sa cravate, puis déboutonna le col de sa chemise et ôta ses chaussures.

— Je n'ai pas passé beaucoup de temps avec lui, mais j'espère qu'il m'appréciait. Je l'aimais bien.

— Oh oui ! il t'appréciait ! Je pense qu'il aurait aimé que tu restes dans la famille.

— C'est gentil de me dire ça, Marc. Maintenant, tu as ton ranch et ton héritage. Et ta mère aussi. Envisage-t-elle de prendre sa retraite ?

— Si tu étais à sa place, c'est ce que tu ferais ?

— Tu devrais être heureux qu'elle soit active, répondit-elle en souriant.

— L'une comme l'autre vous ne savez pas lâcher prise et profiter de la vie.

— J'ai des projets à mener à bien, et je sais que nous divorcerons.

Le regard de Marc était orageux, et elle frissonna, ayant soudain l'horrible impression que leur mariage était déjà en train de se désagréger.

— Tu auras ton divorce et tu iras dans cette école de médecine, mais ce soir je veux te dire au revoir à ma façon.

S'avançant vers elle, il la souleva de terre et l'emmena dans sa chambre tout en l'embrassant — un baiser exigeant et possessif qui fit battre son cœur plus vite. Il la reposa sur ses pieds et lui ôta sa robe noire sans cesser de l'embrasser, puis se recula pour se dévêtir en un tournemain, son regard torride fixé sur elle.

— Tu es si belle que j'en ai le souffle coupé ! Je te désire de tout mon être. Je n'ai aucune envie que tu partes, même si je sais que nous allons nous séparer parce que tes projets te tiennent à cœur. Mais ce soir, j'ai besoin de toi. J'ai besoin de t'embrasser et de te faire l'amour éperdument. Je t'en prie, accorde-moi cette nuit.

La détresse de Marc l'émut, puis le désir l'emporta sur tous les autres sentiments. La journée avait été chargée en émotions, et celle du lendemain le serait peut-être davantage car désormais ils pouvaient se séparer à tout moment.

Elle voulait offrir à Marc une nuit mémorable et emporter de merveilleux souvenirs de lui quand elle s'en irait. Elle l'aimait de tout son cœur, mais savait que ce n'était pas réciproque. Ce soir, il était malheureux et furieux qu'elle parte, mais elle ne pouvait pas rester. Il n'avait jamais prononcé le moindre mot d'amour. Désireuse de chasser les démons de Marc et les siens, elle enroula les bras autour de son cou et l'embrassa, mettant toute son âme dans ce baiser.

Il émit un son guttural et glissa une main dans sa chevelure tout en cueillant un sein au creux de son autre main, son pouce encerclant lentement son téton. C'était si bon qu'elle exhala un gémissement de volupté.

Désireuse de décupler le plaisir de Marc, elle lécha tour à tour chacun de ses mamelons et les agaça du bout des dents. Il haleta tout en continuant de caresser sa poitrine par touches légères et grisantes qui la faisaient trembler de désir. S'enhardissant, elle poursuivit ses propres caresses, sa langue descendant plus bas jusqu'à ce qu'elle prenne son membre viril dans sa main pour le lécher sur toute sa longueur avant de le prendre dans sa bouche et de le sucer délicatement. Elle exulta en le sentant frissonner et haleter, puis glissa une main entre ses cuisses pour peaufiner ses caresses intimes.

Il laissa échapper un gémissement rauque et l'attrapa sous les bras pour la relever. Elle plongea le regard dans le sien et fut frappée par l'intensité de son désir. Oh oui ! la même passion les consumait tous les deux !

— Marc, murmura-t-elle, chavirée, en l'enlaçant et en l'embrassant.

Son cœur cognait si violemment dans sa poitrine qu'il devait sûrement le sentir tandis qu'il la pressait contre lui. La vigueur de cet homme, sa virilité, ses caresses et ses baisers mettaient tous ses sens en ébullition. Non seulement cela, mais elle était amoureuse de lui. Cependant, elle se garderait bien de le lui dire car il ne l'aimait pas d'amour.

Elle enroula une jambe autour de sa taille, et il glissa une main sous son autre cuisse pour la soulever et la déposer sur le lit. Puis il s'immisça entre ses jambes et caressa son intimité moite de désir, d'abord avec ses doigts, puis avec sa bouche. Elle se cambra sous lui en gémissant et en demandant grâce tandis qu'il promenait nonchalamment sa langue chaude et humide sur les replis de sa chair brûlante.

— Marc, je te veux en moi, l'implora-t-elle.

Il s'allongea à côté d'elle et d'un mouvement souple l'installa sur son ventre. À califourchon sur son corps sublime, elle se délectait de sa nouvelle position tandis qu'il lui caressait les seins et titillait leurs pointes durcies, déclenchant en elle une cascade de sensations divines.

Les yeux clos, elle demeura un instant immobile, savourant ses caresses expertes. Finalement, elle se pencha pour l'embrasser, puis il l'agrippa par les hanches et la positionna au-dessus de lui avant de l'abaisser lentement sur son sexe érigé. Criant de plaisir, elle rejeta la tête en arrière, les reins cambrés, et le chevaucha, imprimant à leurs corps un mouvement de va-et-vient lascif tandis qu'il jouait avec ses seins.

Puis, il reprit l'initiative et accéléra le rythme de ses poussées, lui imposant une cadence vertigineuse. Elle sentait le plaisir monter encore et encore en elle, jusqu'à ce qu'elle atteigne le point de non-retour. Alors elle cria, emportée par la vague puissante et intense de l'extase. Quelques secondes plus tard, il atteignait à son tour le pic de la jouissance. Le corps frissonnant, il donna encore quelques vigoureux coups de reins qui déclenchèrent en elle une réplique du plaisir. Finalement, elle s'affala sur lui, repue et éblouie, et il l'enlaça tendrement.

— Si tu savais quel merveilleux cadeau tu viens de me faire, murmura-t-il, déposant un baiser léger sur son front. Tu m'as procuré un plaisir inouï et tu as chassé momentanément mes démons. Tu es une femme fantastique, Lara.

— Je voulais te faire oublier ton chagrin et m'assurer que tu ne m'oublierais pas.

— Comment pourrais-je t'oublier ? Ce soir, tu m'as transporté dans un univers fabuleux où le chagrin était banni et où le plaisir des sens était roi.

— J'en suis heureuse.

Le silence s'établit entre eux, et dans la quiétude de la chambre Lara dut affronter la terrible vérité. Elle était bel et bien amoureuse de Marc, et ils n'avaient aucun avenir ensemble. Leur dernier baiser avait été un baiser d'adieu.

Peu après, alors que Marc dormait à côté d'elle, elle demeura allongée dans l'obscurité, réfléchissant aux changements qui allaient bientôt se produire dans leurs vies. Ils divorceraient, et elle retournerait à Dallas. Elle continuerait de suivre les cours de chimie pour décrocher un doctorat dans cette matière. Quand son bébé aurait six mois ou un an, elle envisagerait de s'inscrire à la fameuse école de médecine, mais il était trop tôt pour se projeter aussi loin. Elle devrait avant tout se consacrer à son bébé.

Des larmes de chagrin lui brûlaient les paupières. Elle

aimait Marc de toute son âme. Elle n'avait jamais aimé un homme avec une telle intensité. La rupture de ses fiançailles avec Leonard Crane ne l'avait pas vraiment fait souffrir car elle n'était pas profondément amoureuse de lui. Et quand il lui avait demandé d'avorter, elle avait su qu'il n'était pas l'homme qu'il lui fallait. En revanche, Marc avait capturé son cœur. Jusqu'à son départ du ranch, elle aurait un mal fou à lui dissimuler ses véritables sentiments, mais il le faudrait. Un aveu de sa part ne ferait que compliquer la situation, et il n'en sortirait rien de bon.

Elle appréhendait le moment de la séparation. Mais elle n'avait plus aucune raison de rester au ranch. Certes, Marc lui avait dit qu'il voulait être là quand elle aurait son bébé, mais elle ne supporterait pas de vivre pendant des mois à ses côtés pour finalement lui dire adieu. Leur séparation n'en serait que plus déchirante. Non. Dès demain, elle devrait trouver le courage de lui dire qu'elle s'en allait.

Le lendemain matin, à l'heure du petit déjeuner, elle se rendit dans la cuisine plus tôt que d'habitude pour voir Marc. Il arriva peu après. D'ordinaire, il débordait d'énergie et de vitalité, mais ce matin il arborait un léger froncement de sourcils.

Elle décida d'aller droit au but et se lança dans le discours qu'elle avait préparé pendant ses heures d'insomnie :

— Je voudrais te parler. Je sais que tu vas être très occupé avec le règlement de la succession de ton grand-père, mais ce que j'ai à te dire est important. Puisque notre divorce est toujours d'actualité, je n'ai plus aucune raison de rester au ranch. J'ai donc décidé de retourner chez moi à Dallas.

Son froncement de sourcil s'accentua, et il la regarda un moment en silence.

— J'aurais dû m'en douter. Quand veux-tu partir ?

Son attitude détachée la blessa. Un nœud douloureux se forma dans sa gorge, et elle cilla pour refouler ses larmes. Il n'essayait pas de la retenir ni même de lui demander de rester plus longtemps. Elle aurait accepté de faire des concessions s'il avait montré un peu d'amour et de compréhension envers elle. Mais non. Il lui avait simplement demandé quand elle voulait partir. Son indifférence lui faisait mal, mais elle était prévisible. Après tout, il avait toujours dit qu'il la laisserait partir le moment venu.

— Tu peux prendre la limousine pour rentrer chez toi. Un de mes gars mettra tes affaires dans le coffre de ta voiture et te la ramènera directement. Ce sera moins fatigant pour toi. Contente-toi de faire tes valises et de les laisser dans ta suite.

— Je suis prête, réussit-elle à dire. Je n'ai pas emporté tant d'affaires que cela.

Il s'avança vers elle et posa une main sur son épaule.

— Je sais que tu dois partir. J'aimerais être auprès de toi quand tu auras ton bébé, mais Dieu sait ce qu'il adviendra d'ici là.

Elle hocha la tête, incapable de parler, la gorge nouée par les larmes.

— Tu vas me manquer, Lara.

Elle riva le regard à ses prunelles orageuses et se demanda ce qu'il ressentait vraiment. Lui manquerait-elle uniquement au lit ? Elle devait s'éloigner de lui avant de se mettre à pleurer.

— Tu me manqueras aussi, balbutia-t-elle.

Le cœur meurtri, elle s'écarta de lui et s'enfuit dans sa suite. Il n'avait pas fait un mouvement pour la retenir. Il la laissait partir, conformément à sa promesse.

Une fois dans sa suite, elle refoula encore ses larmes. Elle attendrait d'avoir quitté le ranch pour donner libre cours à son chagrin. À l'évidence, la rupture de leur mariage laissait Marc de marbre. Mais pourquoi en serait-il autrement ? Elle seule avait le cœur brisé. Dire que c'était ce qu'elle avait voulu éviter à tout prix !

À midi, ses valises étaient chargées dans le coffre de sa voiture, et la limousine était prête pour l'emmener vers son destin. Elle se regarda une dernière fois dans le miroir de sa suite. Elle avait revêtu sa robe rouge et laissé ses cheveux retomber librement autour de son visage. Elle se demanda quand elle reverrait Marc — au tribunal, pour le divorce ?

Son départ la désespérait encore plus qu'elle n'aurait cru, mais elle redressa les épaules, inspira profondément et sortit de la pièce.

Marc était assis sous le porche, à l'arrière de la maison. Il se leva dès qu'il l'aperçut. La limousine était garée à proximité, et Randall attendait discrètement près de la portière du passager, leur tournant le dos.

— Je te verrai à Dallas, dit-elle à Marc.

— Oui, je t'appellerai bientôt et je t'emmènerai dîner en ville. Car ceci n'est pas un adieu.

Il s'avança vers elle.

— Nous n'avons aucune raison de précipiter notre divorce, Lara. Je voudrais être là quand tu auras ton bébé. Ma mère aussi aimerait être présente. Elle sera ravie de t'aider si tu l'y autorises.

— Ce serait merveilleux de vous avoir tous les deux auprès de moi pour cette grande occasion, dit-elle, surprise qu'il continue de s'intéresser à elle et à son bébé.

— J'aimerais rester dans ta vie quand ton bébé sera né.

— Bien sûr, Marc, acquiesça-t-elle, doutant qu'il soit dans les mêmes dispositions le printemps prochain.

— Nous nous verrons régulièrement, insista-t-il.

Elle hocha la tête, n'osant pas parler de peur de se mettre à pleurer.

— Au revoir, Marc, balbutia-t-elle, bouleversée.

Incapable de l'embrasser, elle tourna les talons et s'empressa de monter dans la limousine, refusant de regarder en arrière tandis que la voiture s'éloignait lentement. Elle se rencogna sur la banquette pour que Randall ne voie pas son visage et laissa enfin couler ses larmes. Marc n'avait rien fait pour la retenir, et elle avait le cœur brisé.

Marc garda les yeux rivés sur la limousine jusqu'à ce qu'elle ait disparu. Lara était malheureuse, et lui aussi, mais il attribuait l'essentiel de son chagrin à la perte de son grand-père. Il détestait voir Lara sortir de sa vie, mais leur séparation était prévue depuis le début…

Il se disait qu'avec le temps il reprendrait la vie qu'il menait avant de contracter ce mariage de convenance insensé, mais en attendant il se sentait triste. Lara avait apporté de la joie et du bonheur dans son existence. Il n'arrêtait pas de penser à tous les changements positifs survenus dans sa vie grâce à elle. Au fond de lui, il n'avait aucune envie de la voir partir, mais il n'avait pas le choix. Elle avait formé des projets d'avenir ambitieux. Cette séparation constituait un nouveau départ pour elle grâce à l'argent qu'il lui avait donné. De son côté, il l'avait choisie pour épouse parce qu'il savait qu'elle ne s'attacherait pas à lui. Alors, de quoi se plaignait-il ?

Il retourna dans son bureau mais fut incapable de travailler. Quand il regardait par la fenêtre, tout ce qu'il voyait, c'était Lara souriant dans ses bras. « Bon sang ! », jura-t-il à voix haute en se levant avec impatience. Peut-être avait-il besoin de quelques heures ou de quelques jours pour surmonter sa déception. Puis il reprendrait le cours routinier de sa vie. Il espérait qu'il en serait ainsi car il n'y avait aucune place pour lui dans les projets de Lara. Il détestait l'admettre, mais cette idée l'attristait profondément. Il n'aurait jamais cru cela possible, mais c'était ainsi. Restait à espérer que le temps apaiserait la douleur de leur séparation.

- 9 -

Lara s'occupait du mieux qu'elle pouvait entre ses visites chez le médecin et ses rendez-vous avec un conseiller d'orientation universitaire au sujet de son projet de doctorat. Car elle continuait de penser qu'il était préférable de reporter son entrée à l'école de médecine quand son bébé aurait six mois ou un an. Elle devait aussi aménager une chambre d'enfant et décider si elle resterait dans la maison qu'elle occupait actuellement.

Marc lui manquait tous les jours, mais c'était surtout la nuit que son absence lui pesait. Elle avait du mal à s'endormir sans lui à ses côtés. Elle avait beau savoir que ce n'était pas bon pour elle et le bébé, rien n'y faisait.

Ses cours actuels se termineraient dans un mois, puis elle aurait des rapports à rédiger. Elle aurait voulu être débordée pour ne plus avoir le temps de penser à Marc. Hélas ! ce n'était pas le cas. Il occupait constamment ses pensées.

Il avait fait partie de sa vie chaque jour et chaque nuit, et maintenant qu'il en était sorti elle avait un mal fou à combler le vide laissé par son absence. En admettant qu'il lui ait demandé de renoncer à sa carrière, l'aurait-elle fait ? Non, parce que c'était trop important pour elle. Elle aurait pu faire des concessions, mais elle voulait toujours aider ses semblables d'une manière ou d'une autre. Par ailleurs, Marc ne l'aimait pas suffisamment pour lui faire pareille demande. La triste réalité, c'est qu'il ne l'aimait pas du tout.

Bientôt, il serait de retour à son bureau à Dallas. Le reverrait-elle ? Elle en doutait. Ils avaient repris le cours séparé de leurs vies. Elle avait beau se raisonner, elle se languissait de lui. Elle avait su dès le début qu'elle devait préserver son cœur, mais comment se protéger contre cet homme qui était plus séduisant, excitant, amusant et attentionné que n'importe quel autre homme de sa connaissance ? Sans oublier les milliers d'autres choses qu'elle aimait chez lui.

Elle n'avait pas pu résister. Elle était tombée éperdument amoureuse de lui.

Et le pire, c'était qu'elle l'aimerait tout le reste de sa vie.

Marc passa la semaine suivante à travailler sur le ranch et à rendre visite à sa grand-mère, à l'exception d'une journée qu'il passa à son bureau de Dallas ; mais ce jour-là il peinait à se concentrer sur son travail, trop conscient de la présence de Lara en ville.

Elle lui manquait la nuit dans son lit. Elle lui manquait aussi à d'autres moments, avec sa joie de vivre contagieuse, mais c'était surtout ses nuits qui devenaient un véritable enfer. Et contrairement à ce qu'il avait espéré, le temps n'arrangeait rien.

Il avait beau essayer de l'oublier, il n'y arrivait pas. Il n'avait pas prévenu sa mère que Lara était sortie de sa vie.

Il n'avait même pas entamé la procédure de divorce. Il éprouvait une grande répugnance à le faire et continuait de reporter les démarches sans s'appesantir sur ses motivations.

Un jour, il se rendit à Downly en milieu de matinée pour rendre visite à sa mère, sachant qu'elle serait disponible à ce moment-là. De fait, elle travaillait dans son bureau et l'accueillit avec un grand sourire.

— Je suis heureuse de te voir. Je pensais justement à toi et à grand-mère. Comment va-t-elle ?

— Bien. D'après sa dame de compagnie, elle supporte courageusement la disparition de grand-père. Je l'ai aidée à trier ses affaires, et tout s'est bien passé.

Pilar s'essuya les yeux.

— Il me manque, mais son état de santé ne se serait pas amélioré. Il était tellement heureux que tu te sois marié. Il me le disait à chacune de mes visites.

Marc fut submergé par la culpabilité en songeant que Lara était déjà sortie de sa vie.

— Je suis content de l'avoir rendu heureux. Lara l'aimait bien. Figure-toi qu'elle le trouvait adorable, je la cite !

— Adorable ? Grand-père ? répéta-t-elle en riant. Ce n'est pas le qualificatif qui lui convenait le mieux. Quand il était jeune, il était une force avec laquelle il fallait compter. Tu lui ressembles beaucoup.

— Oh ! non ! J'espère que je ne demanderai jamais à mon petit-fils de se marier dans le courant du mois.

— Il savait ce qu'il faisait, remarqua-t-elle en souriant. Et cela a fonctionné, pas vrai ? Lara est douce et aimable. Vous semblez bien vous entendre. En fait, Marc, je te trouve beaucoup plus heureux depuis ton mariage. Cette union te réussit. Tout comme le fait de vivre au ranch.

— Lara me trouve aussi plus détendu ici qu'à Dallas. Je n'y avais pas vraiment prêté attention.

Et si la véritable raison de sa joie de vivre retrouvée avait été la présence de Lara dans son lit ? se demanda-t-il à nouveau.

Sa mère lui prit la main.

— Tu as fait un excellent choix, Marc. Lara est une jeune femme merveilleuse. Avant que tu te maries, tu m'avais expliqué qu'il s'agissait d'un mariage de convenance, et qu'elle était d'accord. J'espère que vous n'êtes pas en train de vous séparer. Je suis si heureuse que tu sois marié. Je suis sûre que tu seras un papa formidable pour le bébé de Lara, comme ton père l'a été pour toi.

Une nouvelle vague de culpabilité submergea Marc, et il se demanda comment diable il allait annoncer à sa mère que Lara et lui divorçaient.

— En fait, maman, Lara te ressemble beaucoup. Elle est déterminée à intégrer une école de médecine, si elle est acceptée. Dans le cas contraire, elle entreprendra un doctorat de chimie. Elle veut travailler dans la recherche médicale parce qu'elle a perdu sa mère très jeune. C'est sa manière de lui rendre hommage et d'aider les autres patients. Voilà ce qui la motive, de la même façon que ce qui te motivait, c'était la réussite de ton restaurant.

— Marc, j'ai été forcée de travailler dur parce que j'avais un bébé et que nous avions besoin de manger et d'avoir un toit au-dessus de la tête. Ton père aussi travaillait dur, mais sa santé était fragile.

— Je sais tout cela, maman, mais tu en as fait bien plus qu'il n'était nécessaire. J'aurais aimé que tu t'intéresses davantage à mes études et que tu sois présente lors de mes matchs de football et autres activités extra-scolaires. Je me sentais négligé quand tu manquais quelque chose.

— Oh ! Marc !

— Toutefois, avec le recul, je me rends compte que tu n'as jamais manqué les événements importants, et je comprends mieux pourquoi tu travaillais autant. En fait, Lara trouve que je travaille trop. Si c'est le cas, je tiens cela de toi.

— Je regrette de ne pas avoir été disponible pour toi à 100 %. Crois-moi, j'ai fait du mieux que j'ai pu.

— Et tu as été une maman merveilleuse, la rassura-t-il. Il n'empêche que tu continues à travailler dur.

— Maintenant, c'est différent, Marc. Ton père me manque, et j'ai besoin de m'occuper.

— Lara est comme toi. Son travail sera toute sa vie.

— L'objectif qu'elle vise est très noble — aider les autres, essayer de trouver de nouveaux traitements, et le faire en souvenir de sa mère. Oh oui ! j'ai toutes les raisons de me féliciter que tu l'aies épousée ! Vous serez heureux ensemble, et moi je serai aux anges d'avoir enfin un petit-enfant.

Elle lui pressa la main, très émue.

— Marc, si tu savais comme j'ai hâte que ce jour arrive !

Bon sang ! À la culpabilité s'ajouta le chagrin quand il prit conscience qu'il avait sans doute commis une erreur en laissant Lara sortir de sa vie.

Il songea à ce que sa mère venait de dire. Et si elle avait raison ? Et s'il envisageait la façon dont Lara s'investissait dans sa carrière sous le mauvais angle ? Il n'avait jamais pris en considération la noblesse de ses motivations. Jusqu'à maintenant.

Il reporta son attention sur sa mère.

— Tu es une maman formidable, et je t'adore. Mais il est temps que je m'en aille.

— Embrasse Lara de ma part.

— Entendu, maman. Prends bien soin de toi, dit-il en l'embrassant sur la joue.

Il ne lui parlerait pas du divorce. Il n'était pas pressé de l'obtenir, et Lara non plus.

Quand il remonta en voiture, il demeura assis, le regard perdu dans le vague, visualisant Lara, notamment quand elle se réveillait dans ses bras. Combien de temps mettrait-il à l'oublier ? *Peut-être la vie entière*, fut la première réponse qui lui vint à l'esprit. Il accusa le coup, puis se rendit compte qu'il était toujours stationné devant le restaurant de sa mère. Il démarra en trombe. Il avait de la chance qu'elle ne soit pas sortie pour voir ce qu'il fabriquait !

Toute la journée, il fut incapable de se concentrer sur son travail, toutes ses pensées tournées vers Lara. À sa façon tranquille, elle s'était insinuée dans sa vie, et il retrouvait des souvenirs d'elle partout au ranch. Il envisagea de passer la semaine suivante à son bureau de Dallas pour essayer de la chasser de son esprit. Au moins, elle n'y travaillait plus. Quels que soient les souvenirs qu'il gardait d'elle là-bas, c'était ceux d'une secrétaire discrète et non ceux d'une amante fabuleuse.

Le lendemain, il se rendit donc à son bureau et y passa la journée, s'efforçant de se replonger dans ses dossiers. Mais à sa grande consternation, il se surprit plusieurs fois à s'arrêter de travailler pour songer à Lara. À deux reprises, il sortit même son téléphone, impatient d'entendre sa voix.

Pourquoi lui manquait-elle chaque jour un peu plus ?

Il se leva et se posta à la fenêtre, se perdant dans la contemplation de la cité qui s'étendait en contrebas. Lara était quelque part dans cette ville, à la faculté, chez le médecin ou chez elle en train d'étudier. Il s'empara à nouveau de son téléphone et le fixa, hésitant. Quel mal y aurait-il à l'inviter à dîner ? Il se trouvait en ville et voulait savoir comment elle allait et ce qu'elle faisait. Quoi de plus naturel ?

Il composa son numéro, mais elle ne répondit pas. Sortait-elle avec un autre homme ? Cette pensée le déprima. Sa réaction était ridicule, il le savait. Ils allaient divorcer. Elle fréquenterait d'autres hommes et referait sa vie. C'était dans l'ordre des choses. Il n'empêche que cette idée lui déplaisait au plus haut point.

Incapable de trouver la paix tant désirée au bureau, il se rendit dans sa maison de Dallas. Hélas ! elle lui parut désespérément vide. Depuis quand ne se plaisait-il plus chez lui ?

Cette soirée d'automne était à l'image de son humeur, sombre et triste. Il se rendit dans un fast-food pour acheter un burger. Mais après la première bouchée, il n'eut plus faim.

Il n'arrêtait pas de penser à Lara. Elle l'obsédait. Pourtant, il fallait qu'il la chasse de son esprit… À moins qu'il ne s'arrange pour qu'elle revienne dans sa vie.

Serait-il capable de vivre auprès d'une femme médecin ? Une femme généreuse qui avait une haute idée de son métier ? Si c'était la condition pour qu'elle soit de retour dans sa vie, alors, oui, il s'en sentait capable. Il avait fait de grosses erreurs, mais allait les réparer. Il était amoureux de sa femme, pour le meilleur ou pour le pire, et avait tort de chercher à la faire renoncer à ses objectifs. Elle travaillerait aussi dur que lui, mais ses motivations seraient beaucoup plus altruistes que les siennes.

Il songea à sa propre carrière. Était-il plus heureux au ranch, comme le disait Lara ? Il aimait le monde des affaires, la compétition permanente, la montée d'adrénaline et l'allégresse quand il remportait un contrat juteux. Mais cela en valait-il la peine s'il était tout le temps stressé ?

Avec son héritage et sa fortune personnelle, il pourrait engager quelqu'un pour diriger le bureau de Dallas pendant qu'il s'installerait au ranch et qu'il y mènerait une vie aussi active mais beaucoup plus agréable. Une vie magnifique pour peu que Lara soit à ses côtés.

Pourquoi diable l'avait-il laissée partir ? Pourquoi n'avait-il pas compris qu'il l'aimait ?

Le ranch consacré à l'élevage du bétail était prospère. Par ailleurs, il y avait du pétrole dans le sous-sol du domaine. Serait-il capable de modifier radicalement son mode de vie afin d'être avec la femme qu'il aimait ?

Car il était éperdument amoureux de Lara, c'était l'évidence même.

Il secoua la tête, amusé, en songeant qu'il y avait un vieil homme au paradis qui devait rire doucement en voyant son petit-fils amoureux et désireux de s'installer au ranch.

Maintenant, c'était à lui d'agir. Comment allait-il s'y prendre pour reconquérir son épouse ?

Marc sortait du restaurant de sa mère à Downly quand un pick-up le dépassa avant de s'arrêter et de reculer à sa hauteur. Gabe Callahan mit pied à terre et s'avança vers lui.

— Salut, mon vieux. Comment vas-tu ? Tu as l'air d'un homme investi d'une mission, remarqua Marc en notant l'air tendu et concentré de son ami.

— Je me suis arrêté dès que je t'ai vu. Tu mériterais que je te donne une bonne raclée.

— Tu parles sérieusement ? Que diable me reproches-tu ?

— Meg m'a dit que toi et Lara vous êtes séparés.

— Je ne vois pas en quoi cela te regarde.

— Tu as raison, sauf que ton attitude me rend furieux. Lara porte ton bébé, et toi, tu ne trouves rien de mieux à faire que de la quitter !

Gabe détourna le regard et serra les poings.

— Tu sais à qui tu me fais penser, n'est-ce pas ?

Pour la première fois, Marc prit conscience que tout le monde penserait exactement comme Gabe — qu'il avait quitté Lara alors qu'elle était enceinte de lui. Et il ne rectifierait pas ce dernier point à cause de la promesse qu'il lui avait faite.

— Ne t'avise pas de me comparer à lui ! gronda Marc. Et je sais que Lara ne t'a pas chargé de nous rabibocher.

— En effet, elle n'est pas au courant de ma démarche. Je voulais simplement te dire que je trouvais ton attitude révoltante. Et maintenant que j'ai dit ce que j'avais sur le cœur, je m'en vais.

Il pivota sur ses talons, mais Marc l'arrêta.

— Je sais que ton intervention part d'un bon sentiment, et je ne t'en tiens pas rigueur. Mais sache que j'ai l'intention de récupérer Lara. Pour cela, il faudra sans doute que je lui présente mes plus plates excuses.

— Et que tu rampes à ses pieds ! ajouta Gabe en se radoucissant. Écoute, je sais que je me suis mêlé de ce qui ne me regarde pas, mais…

Il prit une profonde inspiration avant d'ajouter :

— Ne sois pas un aussi mauvais père que le mien.

— Ce n'est pas mon intention, même si les apparences sont contre moi. Il se trouve que Lara et moi nous sommes séparés d'un commun accord, mais je me rends compte maintenant que j'aurais dû davantage réfléchir aux conséquences de cette séparation.

Marc se passa une main dans les cheveux, en proie à un flot d'émotions contradictoires. Il ne savait pas comment annoncer la nouvelle à Gabe, mais se jeta à l'eau :

— À propos, j'ai quelque chose à te dire. Ma mère était censée garder cette information secrète, et c'est ce qu'elle a fait — du moins, jusqu'à ce que je me marie et qu'elle apprenne que Lara était enceinte.

— De quoi parles-tu ? demanda Gabe, perplexe.

— Ma mère avait quinze ans quand elle est entrée au service de ta famille. Elle logeait dans votre maison. Elle m'a eu quand elle avait seize ans.

— Oui, ma mère m'a donné naissance la même année. Que diable…

— Devine, Gabe.

Il savait que son ami ferait le rapprochement. Ils avaient le même âge et se ressemblaient beaucoup.

Soudain, il vit le visage de Gabe se décomposer.

— Mon salaud de père ! fulmina-t-il. Nous sommes demi-frères !

— En ce qui me concerne, Gabe, tu peux oublier cette information. Tu n'as pas besoin de mentionner notre lien de parenté. John Medina a été un père fabuleux pour moi, et c'est le seul père que je reconnaisse. Toi et moi sommes adultes et les meilleurs amis du monde. Cela me suffit. Mais je pense que tu avais le droit de savoir.

— Je suis encore sous le choc, mais je vais y réfléchir. Et si jamais je décide d'en parler à ma famille, je te préviendrai. Il se peut que je ne dise rien à Meg. Si tu peux vivre sans que les Callahan sachent la vérité, je garderai l'information pour moi.

— Je préférerais qu'il en soit ainsi. Je n'ai aucune envie d'entretenir la moindre relation avec ton père.

— Je comprends. Tu ne perdras pas grand-chose en restant en dehors de la sphère familiale. Mais si tu éprouves le besoin de faire partie d'une grande fratrie parce que Lara n'a plus de famille, fais-le-moi savoir, et nous vous accueillerons à bras ouverts.

Il donna un coup de pied dans les gravillons sur la route.

— Bon sang ! Voilà ce que je récolte pour m'être mêlé de tes affaires. Cette fois, je rentre à la maison.

Gabe retourna à son pick-up, puis s'arrêta brusquement et fit volte-face.

— Ne t'avise pas de lui ressembler, Marc. Sois un meilleur mari et un meilleur père que lui.

— Je reconnais que je n'ai pas été à la hauteur en tant que mari, mais je vais de ce pas faire amende honorable. Merci, Gabe. Tu es un frère pour moi.

Tandis que le pick-up de Gabe s'éloignait, Marc rappela Lara, mais elle ne répondit pas. Il était prêt à camper devant chez elle s'il le fallait, car il voulait à tout prix arranger les choses entre eux. Bon. Disons plutôt qu'il devrait lui présenter ses plus plates excuses et prier le ciel pour qu'elle veuille bien le reprendre. Il était tellement amoureux d'elle ! Comment avait-il pu être aussi aveugle et stupide pour la laisser partir ?

Il remonta en voiture pour se rendre chez Lara. Il était tenté de l'enlever purement et simplement, et de la ramener au ranch. Mais Lara ne serait pas forcément d'accord.

Une pensée soudaine lui glaça le sang. Et si elle ne voulait plus entendre parler de lui ?

- 10 -

Lara était dans son salon quand elle aperçut une voiture familière s'engager dans l'allée de sa maison. Elle sentit son cœur tambouriner dans sa poitrine en voyant Marc mettre pied à terre et franchir d'un bond les marches du perron. Avec son jean, son épais pull marron, ses bottes et son chapeau noir, il était plus séduisant que jamais. Elle se précipita pour lui ouvrir la porte, mais avant qu'elle ait le temps de parler, il la souleva de terre et l'embrassa avec passion.

Aussitôt, elle noua les bras autour de son cou et se lova contre lui. Puis il la reposa par terre.

— Avant tout, je te dois des excuses.

Elle le contempla, perplexe.

— À quel propos ? demanda-t-elle, la surprise accélérant les battements de son cœur. Pourquoi es-tu ici ?

Il lui prit les mains.

— Pour commencer, je veux te dire que je t'aime de tout mon cœur.

Cet aveu inattendu et merveilleux lui coupa le souffle.

— Je rêvais de t'entendre me dire cela, mais nous avons…

Il posa un doigt sur ses lèvres.

— Écoute-moi. Je t'aime et je te prie de m'excuser pour m'être montré aussi obtus. Tu souhaites intégrer une école de médecine, et je te soutiendrai de mon mieux. J'espère te voir de temps à autre, mais tu es ma femme, et je veux continuer à être ton mari.

— Je n'arrive pas à y croire ! murmura-t-elle, se demandant ce qui avait pu provoquer un pareil changement chez lui. Tu m'aimes et tu acceptes que je fasse des études de médecine ?

— Oui, et si tu n'es pas admise dans cette école, tu prépareras un doctorat de chimie, précisa-t-il en souriant. Tu feras tout ce que tu voudras pourvu que tu restes dans ma vie. Lara, j'ai vécu un enfer depuis ton départ. Tu m'as redonné goût à la vie puis, comme un imbécile, je t'ai laissée partir. Ou, plus exactement, je t'ai fait fuir. Je suis vraiment désolé de m'être montré aussi cruel et stupide. Acceptes-tu de me pardonner et de me reprendre ?

Elle ne put s'empêcher de rire tant elle était heureuse.

— Oh ! Marc, bien sûr que j'accepte de te reprendre. Comment pourrais-je refuser puisque tu veux bien soutenir mes ambitions et être un père pour mon bébé ? C'est tellement généreux de ta part.

— À partir de maintenant, chérie, il s'agit de *notre* bébé. D'accord ?

— Oh oui ! Je t'aime, Marc Medina. De tout mon cœur.

— Moi aussi, je t'aime très fort. Une fois que le bébé sera né, et si ton emploi du temps le permet, j'aimerais m'installer au ranch de façon permanente. J'ai réfléchi à ce que tu m'as dit, et c'est vrai que je me sens plus heureux au ranch. Cela te plairait de vivre là-bas ?

— Oui, si c'est avec toi.

— Avec moi et notre bébé. Je ferai tout mon possible pour t'aider à suivre la formation de ton choix. Tu pourras même prendre la limousine pour aller en cours. Si tu savais comme je regrette d'avoir été aussi aveugle ! Au sujet de ma mère. À ton sujet. Tu veux bien me pardonner ?

— Bien sûr. Je t'aime et j'accepte toutes tes excuses. Je

ne renonce pas à mes projets, mais j'ai prévu de reporter mon entrée à l'école de médecine quand le bébé sera né. Je prendrai un congé maternité de six mois, voire d'un an.

Elle se mit à rire, au comble du bonheur. Elle ne se lassait pas de l'entendre dire qu'il l'aimait.

— Nous trouverons une solution. Je ne suis pas pressée, Marc.

— Voilà une excellente nouvelle ! En tout cas, sache que tu pourras toujours compter sur moi, quoi que tu décides.

— Je te prends au mot, dit-elle en riant de nouveau.

— Je t'aime, Lara, répéta-t-il d'un ton solennel. Tu m'as affreusement manqué. J'ai vécu un véritable calvaire sans toi. Je n'aurai jamais dû te laisser sortir de ma vie, et jamais plus je ne referai la même erreur.

— Tu n'en auras pas l'occasion. Je t'aime de tout mon cœur, et depuis un bon bout de temps déjà.

Elle lui fit un clin d'œil complice.

— C'est vrai que tu es un peu obtus s'agissant d'amour.

Il lui adressa un sourire radieux.

— Peut-être, mais pas quand il s'agit de sexe. Laisse-moi te montrer ma palette de talents.

Il l'embrassa de nouveau, et ce baiser lui alla droit au cœur. Tout comme son amour.

Souriant, elle leva les yeux vers lui.

— Tu es sûr que je ne rêve pas ? Je n'arrive pas à croire à ma chance !

— Tu peux y croire, chérie. C'est la pure vérité.

— Tu sais, les petites villes ont aussi besoin de médecins. Je pourrais vivre au ranch et travailler à proximité de Downly.

— Pourquoi pas ? À la seule condition que tu restes mariée avec moi.

— Je suis ta femme pour l'éternité, assura-t-elle, ivre de bonheur. Si tu savais comme je t'aime !

Rieuse, elle se haussa sur la pointe des pieds pour l'embrasser.

— Marc, je suis certaine que ton grand-père savait ce qu'il faisait.

— C'est possible. Il espérait que je rencontrerais une femme que j'aimerais et qu'une fois installé au ranch je déciderais d'y rester. Il était rusé comme un renard et parvenait toujours à ses fins.

— Je suis heureuse de l'avoir connu, ne serait-ce qu'un peu.

— Au fait, j'ai parlé à Gabe de notre lien de parenté. Il préfère garder cette information pour lui, et cela me convient. Son amitié et celle de ses frères me suffisent.

— Encore une bonne nouvelle, déclara-t-elle, ravie.

Oh oui ! elle vivait un vrai conte de fées.

Elle s'écarta un peu de lui et leva sa main gauche où rutilait son alliance en diamants.

— Tu vois ? Je continue de la porter. Je ne l'aurais ôtée que lorsque notre divorce aurait été définitif.

— Il n'y aura pas de divorce. Tu es mienne pour toujours, ma douce. Les mots sont insuffisants pour exprimer tout l'amour que je ressens pour toi.

Puis il l'embrassa avec passion, et elle s'accrocha à lui, tremblante de bonheur. Elle aurait Marc dans sa vie ainsi que son bébé, et un jour elle serait en mesure d'aider les malades à se sentir un peu mieux — une promesse qu'elle s'était faite, en souvenir de sa mère.

Elle posa une main sur la joue de Marc.

— Tout au long de ma vie je te montrerai à quel point je t'aime.

— Marché conclu ! Et moi, à partir de maintenant, je passerai chaque minute de ma vie à essayer de te rendre heureuse.

Elle l'enlaça, transportée de joie.

— Tu m'as déjà rendu si heureuse.

Puis elle inclina la tête en arrière et riva le regard au sien.

— Dans deux ou trois ans, je veux être enceinte de *toi*. Je t'aime, Marc. Maintenant et pour l'éternité.

Elle se haussa sur la pointe des pieds pour l'embrasser tandis qu'il l'enlaçait étroitement. Une joie immense lui inonda le cœur. Elle savait que sa plus grande richesse, c'était l'amour que Marc lui portait — un amour qu'elle entretiendrait précieusement toute sa vie. Une vie remplie de leur amour et de leurs enfants.

CATHERINE MANN

Père au premier regard

Traduction française de
MURIEL LEVET

PASSIONS

HARLEQUIN

Titre original :
TAKING HOME THE TYCOON

Ce roman a déjà été publié en 2018.

- 1 -

Max St. Cloud, magnat de la cybersécurité, avait passé son adolescence dans les rues de Los Angeles à faire la manche, fouiller dans les poubelles et voler des autoradios. Un lointain cauchemar. Quinze années s'étaient écoulées depuis, et le milliardaire vivait désormais une vie de rêve à Seattle.

Il possédait plusieurs voitures de course et un hangar rempli d'avions ; son appartement, véritable joyau de modernité, était un havre de confort et de beauté. Il multipliait par ailleurs les conquêtes, qu'il veillait à choisir toujours plus séduisantes et voluptueuses. Dans son esprit, il était marié à St. Cloud Security Solutions, la prospère entreprise informatique qu'il avait lui-même fondée.

Alors, que faisait-il ici, au Texas, dans la petite ville perdue de Royal, à essayer de dissimuler l'énorme érection que lui avait inspirée cette femme sans maquillage vêtue d'un Levi's 501 taché de farine ?

Perchée sur l'accoudoir de son fauteuil, la jolie rousse à côté de lui ne semblait pas avoir conscience de son trouble. Devait-il s'en réjouir ou s'en inquiéter ? Difficile à dire.

Déplaçant un peu la tablette sur ses genoux, il se retourna vers l'immense cheminée du Texas Cattleman's Club. Il avait été appelé en tant qu'expert de la sécurité ; il fallait qu'il se concentre sur la guerre informatique qui avait été déclarée aux habitants de Royal.

Il fallait, oui, mais il n'y parvenait pas. Instinctivement, il jeta un nouveau coup d'œil à Natalie Valentine et passa en revue les notes qu'il avait prises la concernant : vingt-neuf ans, veuve et mère de deux enfants, créatrice de robes de mariée, propriétaire du Cimarron Rose, bed and breakfast situé au centre-ville — autant de données qui n'expliquaient pas pourquoi il la trouvait si sexy et attirante.

— Madame Valentine… Puis-je me permettre de vous appeler Natalie ?

— Bien sûr, répondit-elle en posant sa main dépourvue d'alliance sur sa cuisse. D'ailleurs, je préfère.

La souffrance qu'il perçut dans son regard lui fit soudain regretter d'avoir convoité la femme d'un autre. Même si cet autre était mort. D'autant plus qu'il était mort.

— Merci d'avoir pris un peu de votre temps pour discuter avec moi.

— Je suis encore relativement nouvelle ici. Il y a sûrement des gens mieux placés que moi pour vous parler des habitants de la ville.

Son T-shirt vert ajusté ne faisait que renforcer l'éclat de ses immenses yeux émeraude. Ses cheveux roux mi-longs avaient été ramenés en une queue-de-cheval floue, mettant en valeur sa beauté brute. Et ces yeux ! Il y avait en eux quelque chose de profondément touchant, une vulnérabilité en contradiction avec son attitude et surtout son port de tête, qui transmettait beaucoup de fierté et d'assurance.

Il avait toujours admiré le courage et l'indépendance de caractère.

— Je ne suis pas d'accord sur le fait que vous soyez trop récemment installée pour m'aider. Je sais d'expérience que les nouveaux venus sont souvent très utiles, dans la mesure où leur point de vue est plus objectif.

Les enjeux étaient élevés : c'était son amie Chelsea Hunt, alias Chels, qui lui avait demandé de démasquer le corbeau qui harcelait les citoyens de Royal. Chels, qu'il connaissait depuis ses vingt ans, était l'une des rares fréquentations qu'il avait gardées de sa jeunesse. Venue à Los Angeles pour fuir des parents trop protecteurs, elle avait été comme lui une hacker assoiffée de justice. Mais, comme elle avait reçu une meilleure éducation que lui, elle l'avait beaucoup aidé à adoucir son caractère quand il avait essayé de percer dans le monde professionnel, ce dont il lui était profondément reconnaissant. Elle avait cru en lui à l'époque où personne n'y croyait. Elle l'avait toujours soutenu, avait été la sœur qu'il n'avait jamais eue.

Quoi qu'il en soit, il y avait un sale type dans la nature qui semblait déterminé à détruire la vie des membres du Texas Cattleman's Club de Royal. Mais il serait bientôt démasqué. Max était certain de pouvoir déjouer les plans de cet amateur. Ou de son équipe, car il avait le pressentiment que ce malfrat n'agissait pas seul.

— Monsieur St. Cloud…

— Si je vous appelle Natalie, appelez-moi Max.

— Euh… D'accord, Max. Je ferai tout ce que je pourrai pour vous aider, mais je suis très occupée, dit-elle en jetant un coup d'œil à sa montre. Et je ne voudrais pas me montrer impolie, mais j'ai des gâteaux au four.

Sa respiration était devenue plus rapide, ce qui attira son attention sur son buste voluptueux moulé dans ce T-shirt.

Un Levi's 501, un T-shirt… et la folle envie de goûter à ses pâtisseries directement sur ses lèvres.

Sérieusement ? Comment était-ce possible ?

— Je comprends, je vais donc aller droit au but : vous seriez surprise par tout ce que l'on peut entendre sans l'enregistrer consciemment. Sans parler des souvenirs qui disparaissent avec le temps. Mais vous êtes en quelque sorte le cœur de la ville, avec votre bed and breakfast… et les robes de mariée que vous créez.

Manifestement étonnée, elle écarquilla les yeux et entrouvrit ses lèvres pleines et sensuelles.

— Vous êtes au courant pour mes robes ?

— J'ai fait mes recherches, se borna-t-il à répondre. Je sais d'expérience que les gens parlent beaucoup avec les individus travaillant dans votre milieu. Ils racontent leur vie, parlent de leurs enfants, leurs aventures amoureuses, leurs chiens, leurs problèmes de santé. Et il leur arrive même parfois de colporter des ragots.

— Je n'appellerais pas cela des ragots, le corrigea-t-elle, mais il est vrai que tout le monde semble se sentir à l'aise dans mon bed and breakfast. Suffisamment, en tout cas, pour me faire des confidences.

— Mais vous n'avez pas de clause de confidentialité…

Elle se mit à rire. Un rire rauque, grave et sexy qui illumina son beau visage.

— Non, évidemment.

— Alors j'aimerais que vous réfléchissiez à… Disons vos impressions.

Son sourire avait disparu, et il le regretta amèrement. Mais il avait une mission à accomplir.

— Il n'est pas question de dénoncer qui que ce soit, juste de me parler. C'est à moi de rassembler les indices qui permettront de trouver le coupable. Rassurez-vous : je ne vous demanderai pas de faire mon boulot à ma place.

Manifestement surprise par ces propos, elle haussa les sourcils.

— Faire votre boulot à votre place ? C'est le jargon des informaticiens sur la côte Ouest ?

Son tumultueux passé avait refait surface, anéantissant d'un coup la façade sérieuse qu'il cultivait depuis des années. Apparemment, cette jolie rousse en jean taché de farine avait le don de le déstabiliser.

Une demi-heure plus tard, Natalie avait encore des papillons dans l'estomac.

Max St. Cloud était un homme, un vrai, qui exsudait la virilité et la testostérone. Et, après une année d'abstinence, son corps privé de sexe n'était pas insensible à tout cela. Son mari était mort un an plus tôt. En mission au Moyen-Orient, il était décédé des suites d'une explosion.

Mais si son bed and breakfast, le Cimarron Rose, était ouvert au public, les portes de son cœur étaient officiellement fermées. Elle consacrait tout son temps à ses enfants. Colby et Lexie étaient toute sa vie, désormais, et ils avaient déjà vécu suffisamment de moments difficiles et de changements. Elle leur devait la stabilité.

L'assurance vie de son époux ayant tout juste permis de rembourser les dettes, il avait fallu vendre leur maison de Caroline du Nord, et le handicap de son fils générait quantité de frais médicaux. Le budget de la famille était important. Pendant un temps, elle avait craint de devoir jeter l'éponge et emménager chez ses parents pour le bien des petits, mais heureusement Tom Knox, l'un des compagnons d'armes de son mari, qui était revenu dans son Texas natal, avait insisté pour lui prêter main-forte et veiller sur elle.

Elle regrettait d'avoir dû profiter de sa gentillesse, mais comme elle n'était pas très liée avec sa famille, qui vivait à Phoenix, elle avait accepté la proposition de Tom et s'était installée à Royal. Ses parents n'avaient jamais approuvé son choix d'épouser un militaire, dont les déplacements fréquents, à leurs yeux, la contraignaient à s'occuper seule de son foyer et de ses enfants.

Le bed and breakfast avait été un véritable cadeau du ciel, qui lui était pour ainsi dire tombé entre les mains : l'ancienne propriétaire, une femme âgée qui avait décidé de partir en Californie pour se rapprocher de sa fille, le lui avait cédé à un prix correct, qui correspondait exactement à la somme qu'elle avait reçue de la vente de sa maison.

Compte tenu du fait que Colby, quatre ans, venait d'être diagnostiqué autiste, ce métier lui avait semblé idéal pour répondre avec flexibilité à ses besoins, tout en veillant également sur sa fille de deux ans. Elle pouvait ainsi rester avec ses enfants, poursuivre son rêve de créer des robes de mariée et travailler avec l'éducatrice canine qui formait le golden retriever qu'elle avait adopté pour assister Colby.

Ce qui lui laissait peu de temps pour s'occuper des beaux bruns ténébreux.

Toujours assise sur l'accoudoir du fauteuil de cuir, elle se pencha vers lui.

— Je ne demande qu'à vous aider, mais je ne comprends pas bien le but de votre démarche. J'ai l'impression que vous tentez de me soutirer des informations qu'il vous serait très facile de trouver en faisant quelques recherches.

— Ce qui m'intéresse, ce sont les nuances.

— Je ne voudrais pas me montrer impolie, mais vous êtes informaticien, pas détective.

En réalité, elle s'était montrée impolie, mais seulement pour prendre un peu de distance avec lui et ses magnifiques yeux bleu azur, ses cheveux noirs emmêlés que ses doigts brûlaient d'envie de lisser. Sa beauté était brute, sauvage. L'ex-hacker devenu génie de l'informatique et millionnaire avait tout d'un brillant mauvais garçon, ce qui créait un mélange détonant… et terriblement sexy.

— En tant que spécialiste de la cybersécurité, je suis obligé d'être un peu les deux. Mais ne vous inquiétez pas de ce que je dois ou non savoir. Laissez-moi le soin de déterminer cela moi-même.

— C'est juste que je pensais que cet entretien serait plus rapide.

— Vos pâtisseries. Vous ne pourriez pas arrêter le four et le rallumer plus tard ?

Elle fut surprise par ces propos. Parce qu'il avait raison.

— Il va également falloir que j'aille chercher mes enfants à la garderie.

Tout en hochant la tête, il continua de prendre des notes sur sa tablette. L'une de ses jambes était posée sur l'autre, sa botte appuyant sur son genou. Des bottes de qualité, mais usées. Il n'avait pas l'air déguisé.

— Bien sûr. Je vais vous libérer, alors.

Ces bottes étaient en contraste direct avec sa chemise blanche immaculée. Pourquoi la vie ne pouvait-elle pas être simple ?

— Vous devriez parler à Cecilia, Simone et Naomi. Elles sont passées du statut de suspectes à celui de victimes. Ce taré dévoile tout, rien ne semble l'arrêter. Il a exposé le certificat de naissance de Cecilia malgré le secret de l'adoption. Il a révélé que la grossesse de Simone était due à une fécondation in vitro. Et enfin il a annoncé la grossesse de Naomi, lui volant ainsi l'occasion de faire part elle-même de cet heureux événement. Ça paraît complètement fou. Et du coup nous nous sentons tous très vulnérables.

En un geste défensif, elle croisa ses bras sur sa poitrine.

— Vous n'avez rien à cacher.

— Tout le monde a ses secrets.

Elle ne comptait pas les aspects de son passé qu'elle aurait voulu pouvoir effacer.

— Vous avez pourtant l'air irréprochable, au vu des informations que j'ai pu collecter sur Internet.

Ses secrets n'étaient pas dignes d'Internet, juste bons à alimenter ses cauchemars et à la dissuader d'accorder sa confiance à nouveau.

— Mais les blessures de mes amis me blessent aussi.

— Je n'abandonnerai pas tant qu'on n'aura pas retrouvé cet enfoiré, dit-il en serrant les poings.

Ses mains étaient grandes, très grandes, mais le moment n'était pas venu de songer aux clichés sur la taille des mains et des pieds. Elle essaya de détourner le regard, mais celui-ci était comme irrésistiblement attiré par lui. Lui et ses grandes mains, qui manipulaient délicatement cette fine tablette. Ses grandes mains qui pouvaient donc se montrer douces et habiles et…

Mais elle ne devait pas penser à cela.

Il avait répondu avec conviction, et elle trouvait cela admirable. Il était là pour apporter son aide, et sa ville d'adoption en avait indéniablement besoin. Les habitants de Royal ne méritaient pas ça. Ils avaient tant fait pour elle et ses enfants. Elle aurait dû essayer de les aider, elle aussi, plutôt que de songer aux plaisirs égoïstes que pourraient lui donner ces grandes mains puissantes.

Royal l'avait accueillie à bras ouverts, et elle voulait participer à sa vie ou, au moins, y contribuer. Et pour cela il n'y avait qu'une seule chose qu'elle pouvait faire.

Sans se laisser le temps de changer d'avis, elle releva le menton.

— Monsieur St. Cloud, euh… Max, pour vous remercier d'apporter votre soutien à notre ville, je vous propose de séjourner gratuitement dans mon bed and breakfast.

Elle ne possédait peut-être pas autant que certains résidents de cette petite ville aisée, mais elle avait sa fierté et elle était déterminée à offrir son aide. Et elle ne se laisserait pas séduire. Dans les jours voire les semaines à venir, elle allait être forte.

Et puis ce n'était pas comme si elle était son genre de femme.

— Merci beaucoup, Natalie. Je vous suis très reconnaissant.

Il sourit et, aussitôt, Natalie sentit son cœur s'emballer.

Son sourire avait illuminé ses beaux yeux clairs et fait renaître en elle une émotion qu'elle croyait morte à jamais.

Dans quel pétrin venait-elle de se fourrer ?

Son téléphone portable à la main, Max traversa le parking du Texas Cattleman's Club pour regagner son véhicule de location. Le club masculin, qui datait des années 1910, était abrité dans un grand bâtiment de plain-pied tout en pierres sombres et en boiseries. Il fallait qu'il retrouve Chelsea pour lui faire part du contenu de ses entretiens de l'après-midi.

Et lui faire savoir qu'en fin de compte il ne résiderait pas chez elle. Il avait trouvé une solution alternative, songea-t-il, amusé, en ouvrant la portière du SUV qu'il avait loué pour y transporter son matériel.

La proposition de Natalie l'avait beaucoup étonné, mais il n'avait pas hésité une seule seconde. Le charme d'une suspecte pouvait-il mettre en péril ses investigations ? La réponse, de toute évidence, était oui.

Mais fort heureusement Natalie n'était pas suspecte.

Après avoir composé le numéro de Chels, il passa devant la piscine, les écuries et les courts de tennis réservés aux membres du club. Et tous parfaitement entretenus. Chels lui avait raconté que le toit du clubhouse et celui de plusieurs dépendances avaient été endommagés par une tornade quelques années plus tôt, mais depuis ils avaient été rebâtis à l'identique.

Mais intrinsèquement, malgré son ancrage dans la tradition, le TCC avait récemment connu de nombreux bouleversements. Ses membres semblant être la cible principale du maître chanteur, il avait fait ses recherches sur le club, qui ne pouvait plus être qualifié de « secte de vieux garçons » puisque les femmes y étaient désormais admises.

Il venait de quitter le parking pour s'engager sur la route du bed and breakfast quand Chels finit par répondre à son appel.

— Salut, Max ! fit sa voix à travers les enceintes de la voiture. Alors, comment ça s'est passé après mon départ ?

— Très bien. Rien de concluant, mais beaucoup de pistes qu'il me faudra suivre une fois que j'aurai pris mes quartiers.

Il s'était rendu au club directement après son arrivée à l'aéroport.

— Je te remercie encore d'avoir tout laissé tomber pour venir ici en personne.

— C'est à ça que servent les amis. On se soutient mutuellement. D'ailleurs, je ne sais pas ce que j'aurais fait si tu n'avais pas été là pour m'apprendre à me servir de la bonne fourchette, répondit-il ironiquement.

Elle lui avait appris bien plus que cela en l'aidant à acquérir le tact nécessaire pour évoluer dans les sphères de la haute société qu'il avait besoin de fréquenter pour bâtir son entreprise. Et elle lui avait donné les clés pour rester lui-même, sans pour autant se laisser restreindre par son milieu d'origine. Elle avait, elle aussi, du caractère et ne manquait pas d'originalité. Ils auraient pu être frère et sœur ; on aurait vraiment dit qu'ils sortaient du même moule.

Ralentissant l'allure, il passa devant la cour de l'école, où des enfants vivaient d'idylliques vies de normalité, à mille lieues de celle qu'il avait connue. Des enseignantes les faisaient se mettre en rang pour attendre leurs parents, et chaque visage rayonnait de confiance ; ils étaient certains que quelqu'un viendrait les chercher à l'heure.

Un simple coup d'œil suffisait à comprendre les efforts

nécessaires pour contenir la joie des petits à l'idée de rentrer dans leur foyer et de pratiquer leurs activités périscolaires — lesquelles n'incluaient pas de faire les poubelles.

— Mais tu as sûrement des clients plus intéressants, reprit-elle, coupant court à ses réflexions. Quand je pense que tu as insisté pour faire cela gratuitement, en dépit de nos propositions…

Elle poussa un soupir d'exaspération, et il n'eut aucun mal à se l'imaginer rejetant derrière ses épaules ses cheveux blond vénitien.

— Et puis c'est très en dessous de tes compétences, ajouta-t-elle. Tu aurais pu envoyer l'un de tes hommes.

— Non. Les informations que cet enfoiré partage vous blessent, toi et tes proches. J'ai confiance en mes employés, mais je ne veux pas que tu sois exposée plus que nécessaire.

L'affaire était pour lui devenue personnelle quand le criminel avait commencé à s'attaquer en traître aux amis de Chels. Il s'était introduit un peu partout pour y chercher matière à chantage : révéler l'existence d'un enfant illégitime, faire croire à une aventure extra-conjugale pour détruire un mariage, éplucher le cadastre pour anéantir de bonnes relations de voisinage. Rien n'était ni secret ni sacré pour celui ou celle qui en voulait tant aux habitants de cette ville.

La colère refit surface en lui tandis qu'il s'engageait dans la rue principale.

— Merci, répondit-elle d'une voix émue.

Elle avait toujours détesté s'imposer, et il n'avait aucune envie de donner cette impression à sa vieille amie, qui était une femme de caractère, un esprit indomptable, toujours prêt à se battre audacieusement pour les causes qui lui tenaient à cœur. La peur et le sentiment d'insécurité qu'il ressentait à présent en elle avaient quelque chose d'étonnant. Et de déstabilisant.

— De rien, Chels. Je serai toujours là pour toi et je ferai tout pour régler ça.

— Tu es un super ami. Je suis contente que tu restes un peu avec moi.

Il n'avait aucun mal à imaginer son sourire, loyal et sincère.

Et désormais il allait devoir lui expliquer qu'il avait fait d'autres projets pour son séjour en ville ?

— Euh, tant qu'on y est… J'avais peur de te déranger, alors je me suis arrangé pour m'installer dans ce joli petit B & B qui s'appelle le Cimarron Rose.

Il y eut un silence de quelques secondes.

— C'est chez Natalie Valentine. Tu devais l'interroger après mon départ, je me trompe ?

Elle avait posé la question sur un ton neutre. Il n'arrivait pas à deviner ce qu'elle pensait. Était-elle contente ou fâchée ?

D'ordinaire, elle n'était pas du genre à y aller par quatre chemins avec lui. Lui non plus, d'ailleurs. Mais, curieusement, il n'avait pas envie de lui faire part de son attirance pour la jeune femme. Car, si Natalie était une nouvelle venue en ville, il était évident qu'elle avait été rapidement adoptée. La petite communauté l'avait bien accueillie, et il était certain que personne ne le considérerait comme l'homme idéal pour elle.

— Oui. J'ai discuté avec Natalie Valentine. C'est elle qui m'a parlé de son établissement. Ça m'a paru être une bonne solution, compte tenu du fait que je ne sais pas combien de temps je vais rester.

Il avait fait ses recherches sur les chambres d'hôtes après le départ de Natalie. Le bed and breakfast n'avait rien de commun avec les hôtels cinq étoiles qu'il avait l'habitude de fréquenter, mais il semblait cosy : une maison en bois blanc, avec un large porche abritant des rocking-chairs et donnant sur un jardin ombragé par des chênes centenaires.

Aux antipodes des bas quartiers de Los Angeles. À Royal, les bâtiments, dispersés de loin en loin, semblaient s'opposer à toute notion de promiscuité. Il y avait de l'espace, ici. De l'espace pour vivre et bouger. Se cacher, aussi…

La voix de Chels le ramena brusquement à la réalité.

— Eh bien, c'est super, Max, dit-elle lentement.

— Tu ne cherches pas à me contredire ? C'est une première.

— Non, répondit-elle d'un air amusé.

— Je pensais que tu allais me demander de faire attention à elle, sachant qui je suis et comment je suis. Elle est veuve de guerre et mère de deux enfants.

— Je le sais bien. Très bien, même. Et je sais aussi qu'un jour tu finiras par te poser.

Un étrange sentiment de mal-être s'était emparé de lui.

— Tu essaies de me pousser vers elle ? De me caser ?

— Je ne chercherais jamais à m'immiscer dans ta vie privée, répondit-elle en riant.

Bien.

Il ne releva pas. Gardant le silence, il passa devant une bâtisse des années 1960 hébergeant un restaurant. Sur le parking, de vieilles voitures piquées de rouille côtoyaient des véhicules rutilants et luxueux. Il ne devait pas être loin de chez Natalie. Au vu de la concentration d'immeubles, et notamment de commerces, il avait certainement atteint le centre-ville.

— Max, reprit son amie, si tu vas séjourner chez elle, j'imagine que c'est parce que tu es attiré par elle. Tu admettras que ce n'est pas le genre d'établissement que tu aurais choisi en temps normal.

Peut-être. Mais il fut une époque où il aurait considéré

le Cimarron Rose comme un vrai petit paradis complètement inaccessible. Ce qui était encore le cas, vu sous un certain angle. Car il avait pris un chemin de vie différent, impersonnel et lisse.

Impénétrable. À l'image de la cybersécurité.

Mais alors comment répondre aux sous-entendus de Chels ?

Ne mords pas à l'hameçon. C'était une histoire entre lui et Natalie. Il verrait bien où cela les mènerait. Mais il ne voulait pas être entravé dans ses manœuvres par des ragots.

— C'est Natalie qui me l'a proposé.

Le souvenir de cet instant lui apporta un agréable sentiment de satisfaction. Elle avait semblé se surprendre elle-même en lui offrant de l'héberger, mais elle avait paru sincère, également. Son naturel l'avait touché.

— Manifestement, elle a envie d'aider. Je suis content de ce choix, qui me donnera par ailleurs l'occasion de garder un œil sur les allées et venues de tout un chacun depuis une position que je n'aurais pas pu avoir si j'avais séjourné chez toi.

— Je vois, répondit-elle d'un air sceptique. Si tu t'installes là-bas, c'est parce que c'est confortable. Mais je vais être franche : Natalie n'est pas le genre de femme que tu convoiterais en temps normal. Je te recommande donc d'être prudent, pour ton propre bien. Je tiens à toi, mon frère.

Elle avait toujours été du genre à se montrer directe, même quand il n'avait aucune envie d'entendre ce qu'elle avait à dire.

C'était elle qui s'inquiétait pour ce que lui ressentait ? Comment était-ce possible ?

— Qui te dit que je m'intéresse à elle ? demanda-t-il trop rapidement.

Et, ce faisant, il se gara dans le parking du bed and breakfast.

En effet. Ce n'était pas le style d'établissement dans lequel il aurait séjourné en temps normal, mais les photos qu'il avait pu voir sur Internet ne lui rendaient pas justice.

Devant la grande maison d'un blanc immaculé se dressait un immense chêne dont l'une des branches, qui se balançait dans le vent, invitait les visiteurs à passer la porte d'entrée. Une lueur chaleureuse semblait émaner des fenêtres.

Son regard dévia sur le côté, attiré vers le jardin, vers Natalie. Une petite fille, accrochée à sa jambe, riait aux éclats tandis que, tout près, un golden retriever tournait autour d'un garçonnet en frétillant.

— J'ai juste dit que j'allais séjourner dans son établissement. Et ce parce qu'elle m'a généreusement proposé une chambre pour me remercier de participer aux investigations.

— Hum, hum. Mais il se trouve…

Il n'entendit pas la fin de sa phrase tant son attention était captivée par Natalie. Elle avait abandonné ses vêtements tachés de farine pour une longue robe d'été parfaitement ajustée à ses courbes sensuelles. Toujours pas de maquillage, mais ses beaux cheveux soyeux étaient désormais lâchés.

Comme si elle avait senti sa présence, elle se tourna brutalement vers lui et le scruta droit dans les yeux. Il retint son souffle. C'était comme s'il avait reçu un coup de poing dans l'estomac. L'impact de ce regard fut puissant. Intense. Magique.

— Il faut que je te laisse, Chels, dit-il en coupant le moteur.

Il était temps pour lui de s'installer.

- 2 -

Concentre-toi, se dit Natalie en regardant les yeux noirs de Miss Molly, ce chiot qui avait un rôle si important à jouer au sein de sa famille. Natalie voulait s'assurer que son fils autiste ait toutes les chances de son côté, aussi avait-elle engagé une éducatrice canine qui transformerait Miss Molly en chien de service modèle. A priori, sa présence devait beaucoup aider Colby, mais pas si elle se laissait distraire ainsi au cours des séances d'entraînement. Les traits virils de Max ne cessaient de se dessiner dans son esprit, et ce changement dans sa routine l'agaçait. Elle avait beaucoup travaillé dessus depuis la mort de son mari. Et cette structure quotidienne était tout ce qu'elle avait ; elle lui conférait un sentiment de stabilité et de pouvoir.

Et Max était arrivé. Un grand méchant informaticien milliardaire. Puis tout s'était effondré. Comment avait-elle pu lui proposer de séjourner dans son bed and breakfast ? Sous son toit ? Tout en prenant une profonde inspiration, elle essaya de l'écarter de ses pensées pour reproduire les mouvements de Margie, l'éducatrice.

Ce fut à ce moment-là qu'un bruit de moteur, qui vint se mêler au son du rire de Lexie, lui fit tourner la tête vers la route. Et tout à coup elle le vit.

Max St. Cloud.

Malgré la distance, elle le reconnut immédiatement. Grand et majestueux, il ouvrit la porte du SUV noir et descendit. Un léger nuage de poussière se dessina autour de lui au moment où ses bottes heurtèrent le sol.

Mais elle dut arracher son regard de lui pour se focaliser sur son fils, dont elle avait soudain perçu la nervosité. La tête baissée, Colby mettait de petits coups de pied dans la terre en tortillant l'ourlet de sa chemise à carreaux.

Comme si elle avait senti le mal-être de Colby, Miss Molly bondit vers lui pour lui lécher la joue. Colby esquissa un léger sourire, mais les traits de son visage reflétaient toujours une certaine anxiété.

Margie, l'éducatrice, vint s'accroupir à côté du chiot et de Colby, puis scruta Natalie de ses yeux bleus perçants.

— Un nouveau client ? L'informaticien de Seattle ?

— C'est lui, répondit-elle en admirant ses gestes lents et assurés, l'élégance de sa chemise blanche.

Une douce chaleur commença à se répandre en elle. Il était vraiment très attirant. Pour essayer de se donner une contenance, rebâtir les murs qu'il avait apparemment fait fondre, elle se lissa les cheveux.

C'était un client de passage, rien de plus.

Ces papillons dans l'estomac n'avaient qu'à aller voir ailleurs si elle y était.

Parce qu'il y avait ses enfants. Et qu'ils étaient tout son univers.

Alors qu'elle se faisait ces réflexions, Alexa, sa fille, avait lâché sa jambe pour s'approcher en trottinant de Max. Arrivée à son niveau, elle releva les yeux vers lui.

— Tu veux caresser mon chien, monsieur ? dit-elle de sa voix aiguë en pointant du doigt l'endroit où Natalie se trouvait avec Colby et Margie.

Instinctivement, Natalie se précipita vers Alexa, qu'elle hissa dans ses bras.

— Lexie, ma puce, M. St. Cloud a eu une longue journée. Il faut qu'il aille à sa chambre.

— Pourquoi ? demanda la petite, l'air étonné. Il est puni ?

Amusée, elle sourit.

— Non, ma chérie, il n'a rien fait de mal, répondit-elle, bien qu'il y eût dans ses yeux quelque chose de dur qui semblait indiquer que c'était une possibilité. C'est un client. Il faut être poli avec lui.

— D'accord, maman. Tu veux des gâteaux, monsieur Cloud ?

Natalie ouvrit la bouche pour la corriger, mais il l'en empêcha d'un geste.

— Pas de problème, lui dit-il avant de se tourner vers sa fille. J'aime bien les gâteaux. Tu m'en garderas pour mon petit déjeuner ?

Entre-temps, Margie, l'éducatrice canine, s'était approchée. Après avoir salué Max, elle plaça sa main sur l'épaule de Natalie.

— Tu peux lui montrer sa chambre. Je vais continuer de travailler avec Miss Molly et surveiller les petits.

— Merci, Margie. C'est très gentil de ta part, répondit-elle, embarrassée.

Margie, qui était très généreuse, était toujours prête à en faire un peu plus que ce pour quoi elle était payée. Avant d'éduquer des chiens, cette femme d'une soixantaine d'années avait été pompier — en réalité, elle avait passé toute sa vie à aider les autres.

— Vas-y, l'encouragea-t-elle en agitant sa main devant elle. Je maîtrise.

Tout en hochant la tête, Natalie fit signe à Max de la suivre.

— Je vais vous montrer votre chambre, monsieur S… euh… Max.

Elle venait de se souvenir qu'il avait insisté pour qu'elle l'appelle par son prénom, mais cette familiarité la déstabilisait un peu. C'était comme si les frontières avaient déjà été dissoutes.

Une idée dangereuse qui sous-entendait un risque qu'elle était bien tentée de prendre.

— Votre chien a l'air gentil. Votre fille aussi.

Son sourire semblait sincère quand ils entrèrent ensemble dans le bed and breakfast, baignant dans son odeur si caractéristique de cannelle. Elle appréciait cette senteur, qu'elle avait associée à son foyer et qui lui permettait de s'ancrer dans la réalité. Et, dans ce cas précis, de se focaliser sur autre chose que la forte présence masculine à son côté.

— Excusez-moi si elle vous a rebattu les oreilles.

Dieu savait que Lexie pouvait parler pendant des heures sans discontinuer.

Il s'immobilisa dans l'entrée, observant d'un air concentré tout ce qui se trouvait autour de lui. Machinalement, elle suivit son regard, s'arrêtant sur tous les petits défauts de la maison qu'elle avait fini par apprécier. Comme la pomme de pin qui ornait le pilier de l'escalier et qui avait une fâcheuse tendance à se détacher.

— C'est un bed and breakfast. C'est plutôt familial.

Il referma la porte derrière lui, et l'espace lui parut soudain beaucoup plus confiné.

— Je me demande bien pourquoi vous avez accepté ma proposition. J'imagine que vous êtes habitué à des environnements beaucoup plus luxueux.

— Vous auriez préféré que je refuse ? lança-t-il en lui jetant un regard en biais.

Un regard qui, à lui seul, suffit à déclencher en elle de délicieux frissons.

Ils passèrent devant la cuisine, la pièce où elle se trouvait le plus souvent.

— Je ne vous l'aurais pas proposé si ça m'avait déplu.

Ils s'engagèrent ensemble dans l'escalier, dont les

appliques en forme de flambeau lui avaient toujours évoqué un décor de roman anglais du XIXe siècle. Le Cimarron Rose n'était pas un château, loin de là, mais son escalier avait quelque chose de grandiose, comme un vestige d'une époque plus fastueuse.

— Vous n'avez pas besoin de cette chambre pour des clients ? Je serais navré de vous empêcher de faire des affaires.

Sa voix résonnait dans l'espace, de même que le bruit de ses pas.

Vexée, elle releva vivement la tête vers lui.

— J'ai une autre chambre libre.

— Je ne voulais pas heurter votre fierté.

Il paraissait sincère. De nouveau, il s'arrêta pour regarder autour de lui, et il finit par s'immobiliser devant un tableau représentant un lever de soleil sur une plaine. Loin de toutes les entraves de l'humanité, des chevaux s'ébattaient joyeusement dans le paysage. Elle avait acheté cette toile peu de temps après son arrivée au Texas, s'étant en quelque sorte identifiée à ces chevaux sauvages.

— Pas de problème. Vous vous montrez très serviable avec moi et l'ensemble de la ville. Je tenais simplement à vous remercier, et c'était la seule façon pour moi de le faire.

Il eut un rire rauque et velouté. Au même instant, elle sentit ses doigts se poser sur son poignet, et l'odeur virile de son parfum sembla emplir l'espace qui se trouvait entre eux.

— Alors j'accepte de bon cœur la chambre et les chaussons aux pommes.

— Comment savez-vous que je fais des chaussons aux pommes ? demanda-t-elle, surprise.

— J'ai fait mes recherches.

— Vous ne laissez jamais rien au hasard ?

Elle ouvrit la porte de la chambre. Le soleil de la fin

d'après-midi filtrait à travers les carreaux de la fenêtre, qui projetaient leurs ombres sur le lit et le seuil.

— Pas si je peux l'éviter, répondit-il en se rapprochant d'elle.

La lumière transperçait son T-shirt, révélant les contours bien dessinés de ses pectoraux. S'adossant au cadre de la porte, il croisa les bras, faisant onduler ses muscles imposants.

Le sourire qu'il lui adressa la fit tressaillir. Elle examina sa bouche parfaite, virile. Une étincelle, ou plutôt des milliers d'étincelles semblèrent crépiter entre eux.

— Il faut que je redescende.

Elle s'écarta de lui, trébucha un peu.

— Voir vos enfants, dit-il avec un regard entendu.

Que se passerait-il si elle se penchait vers lui ? L'idée paraissait tentante. Mais elle ne devait pas céder à cette tentation. Il fallait qu'elle lutte, qu'elle se reprenne.

— Mes enfants sont sous surveillance.

Il ne fallait surtout pas qu'elle lui montre l'effet qu'il lui faisait. Elle était une femme d'affaires. Pas aussi riche que lui, naturellement, mais son travail était important, et elle avait beaucoup à faire.

— Mais il faut que je m'occupe de mes clients. N'hésitez pas à faire appel à moi si vous avez besoin de quoi que ce soit au cours de votre séjour.

Une lueur de désir s'alluma dans ses yeux.

Ce n'était pas comme ça qu'elle avait vu les choses. Ou peut-être que si.

Quoi qu'il en soit, il fallait qu'elle se taise, à présent, et qu'elle mette de la distance entre elle et la montagne de muscles qui l'attirait tant.

Assis sur le bord du confortable lit, Max observa la pièce. En quelques heures à peine, il l'avait transformée en véritable petite salle d'informatique. Sur le grand bureau en chêne, qui devait dater du début du XXe siècle, trônaient désormais trois écrans, un disque dur, une souris et un clavier qu'il lui fallait encore brancher.

Déterminé à trouver le tordu qui persécutait les amis de Chelsea, il sortit les câbles et la multiprise de son sac. Et, une fois que les écrans furent allumés, il se sentit un peu plus chez lui au Cimarron Rose.

En attendant que la connexion Internet se fasse, il jeta un coup d'œil autour de lui. Les murs crème conféraient à la pièce un aspect cosy, par contraste avec les nuances sombres de brun et d'orange qui complétaient le décor. Un planisphère ancien avait été encadré au-dessus du lit, et divers autres objets évoquaient le voyage : un appareil photo rétro, des valises en carton.

Machinalement, il regarda sa montre. L'installation de son équipement lui avait pris du temps ; il était près de 23 heures, il fallait qu'il dorme.

Il s'approcha de la fenêtre pour observer le grand chêne et, sur le banc de fer forgé en dessous, il aperçut une silhouette.

Natalie.

Avec un verre de vin à la main, elle avait l'air calme et détendue.

Là. Une ouverture. Ses cheveux roux scintillaient à la lumière de la lune. Elle semblait sereine, accessible. Mû par un besoin urgent de lui parler, il sortit et descendit l'escalier.

Après avoir doucement refermé la porte d'entrée derrière lui, il avança dans sa direction, irrésistiblement attiré par elle, bien qu'il n'eût aucune idée de ce qu'il allait lui dire.

— Les clients ont-ils le droit au vin, aussi ? finit-il par demander.

Un sourire se dessina sur ses lèvres pleines et sensuelles quand elle se tourna vers lui.

Elle hocha la tête, un mouvement qui mit en valeur la finesse de son cou, la grâce qui la caractérisait. Haussant les sourcils, elle leva son verre devant lui.

— Mais je ne suis pas sûre que ma cave soit à la hauteur de vos luxueuses exigences.

— Comment pouvez-vous connaître mes exigences en matière de vin ? rétorqua-t-il sur un ton tout aussi léger en prenant place à côté d'elle.

Avant de se tourner vers lui en affichant une petite moue, elle croisa ses jambes en tailleur.

— Avec le train de vie que vous menez ?

Elle avala une gorgée de vin et leva son verre à la lumière de la lune pour en examiner les nuances.

— Je serais très étonnée que vous buviez ça.

— Si j'avais eu le choix, j'aurais certainement pris autre chose, mais ça ne veut pas dire que je n'apprécierai pas. À moins, bien sûr, que vous ayez une bière à la place.

Elle éclata d'un rire bas.

— Il doit me rester quatre bouteilles dans le frigo, dit-elle en faisant mine de se mettre debout.

Doucement, il posa sa main sur son poignet.

— Ne bougez pas ; je vais y aller. Sauf si vous voyez un inconvénient à ce que je fouille dans votre frigo.

— Aucun inconvénient, bien au contraire, répondit-elle en se laissant retomber sur le banc.

Il alla donc dans la cuisine, dont les placards en bois étaient laqués de blanc. Sur le plan de travail était posée une belle orchidée d'un violet vif. Il n'eut aucun mal à trouver la bière dans le réfrigérateur, bien rempli, mais aussi bien rangé. Et, une fois qu'il eut mis la main dessus, il se dépêcha de rejoindre Natalie.

Un peu plus tôt dans la journée, couverte de farine, elle avait été un véritable enchantement, et, assise sous ce chêne, au clair de lune, elle paraissait presque irréelle, tout droit sortie d'un rêve. Ses cheveux souples, naturels, retombaient élégamment sur ses gracieuses épaules.

Il aurait dû prendre deux bières. Il n'avait aucune envie de repartir en chercher.

Tout en souriant, il fit tinter sa bouteille contre son verre.

— À la vôtre, Natalie. À la résolution du mystère.

— Aux millionnaires altruistes, répondit-elle en riant, avant de porter son verre à ses lèvres.

Milliardaire, songea-t-il. Mais inutile de corriger ce point, qui ne ferait rien pour le rapprocher d'elle.

Se rapprocher d'elle ? Était-ce ce qu'il cherchait à faire ?

Oui, il avait envie de s'en rapprocher, d'y goûter. À cet instant précis, il avait plus envie de l'embrasser que de toute autre chose.

Machinalement, il prit une gorgée de bière et sourit. Sous les étoiles et les hautes branches de l'arbre, elle paraissait tellement plus détendue, tellement plus accessible qu'elle ne l'avait été dans la journée.

— Contente que vous ayez trouvé.

— Ça a été dur. Elle était cachée derrière des packs de jus d'orange.

Une fois encore, elle se mit à rire doucement.

— J'aurais dû vous prévenir.

— Pas de problème. Vous êtes une maman. J'imagine que le jus d'orange va de pair avec ça.

Le regard rivé sur la route, elle hocha la tête.

La musique nocturne emplissait l'espace entre eux. Le chant des cigales, le bruissement d'une légère brise d'automne soufflant entre les feuilles. Pas un son de moteur. Rien d'étonnant à ce qu'elle apprécie cette heure de la nuit.

— Vos enfants sont mignons. Et votre fille est une vraie petite pipelette.

— J'ai l'impression que, parfois, elle se sent obligée de combler le vide que laisse son frère. Colby est autiste, expliqua-t-elle en observant son verre d'un air songeur.

— Je suis désolé.

Il fut profondément touché par son désir de partager avec lui cet aspect si intime de sa vie. Instinctivement, il lui prit la main, la serra doucement. Elle serra la sienne en retour, mais, de crainte de se montrer trop envahissant, il finit par la lâcher.

— Mais je suis contente que le problème ait été diagnostiqué. Plus on intervient tôt, mieux on est armé pour aider les enfants à obtenir le meilleur de ce que l'avenir peut leur offrir. C'est d'ailleurs vrai pour tous les enfants. Il est important pour les parents d'être actifs.

— Et vous êtes toute seule.

— Oui. Ce qui ne me laisse pas beaucoup de temps libre. C'est une chose que vous devez comprendre.

— Vous êtes une maman géniale. Ne vous excusez pas pour ça.

Tout en prenant une gorgée de bière, il essaya d'écarter de son esprit les images de sa propre jeunesse qui lui étaient automatiquement revenues en mémoire. Quand il avait six ans, sa mère l'avait abandonné, sans la moindre explication. Elle était juste partie. Il était alors passé d'une famille d'accueil à l'autre, sans jamais trouver de foyer permanent ni de famille à lui. « Inadoptable ». Malgré tout le temps qui s'était écoulé, cette étiquette et cette réalité faisaient toujours aussi mal.

— Nous essayons d'entraîner Miss Molly à aider Colby, reprit-elle, le tirant doucement de ses pensées.

Il se tourna vers elle, se rapprocha un peu de son corps chaud et sensuel. Il avait l'impression que le reste du monde avait disparu, qu'il n'y avait plus qu'eux.

— Comme un chien de service ?

— Exactement. Dans ce cas précis, on parle d'animaux de soutien émotionnel. C'est encore assez peu courant, mais d'après le médecin de Colby cela pourrait l'aider grandement dans la gestion de son stress. Avec un peu d'entraînement, nous espérons qu'elle pourra l'assister à l'école, dans les magasins, et lui faciliter l'accès à de nombreux autres lieux. Comme mon fils est également le roi de l'évasion, la présence de Miss Molly à ses côtés pourrait aussi nous être très utile pour le retrouver, en cas de fugue.

— Je ne voudrais pas me mêler de ce qui ne me regarde pas, mais pourquoi ne pas prendre un chien déjà formé ?

L'éducation des enfants était pour lui, tout comme le handicap et les animaux de service, un domaine totalement étranger. Mais il était très curieux d'en apprendre davantage.

— La liste d'attente de la plupart des agences est de deux à trois ans, et rares sont celles qui acceptent de coupler un chien avec un enfant aussi jeune que Colby. Cette pratique n'est pas encore très développée dans notre région.

Elle avait légèrement courbé le dos, et son sourire était désormais triste.

Se rapprochant un peu d'elle, il lui releva doucement le menton. Ses yeux d'un vert profond se fixèrent sur les siens, et un lourd soupir s'échappa de sa bouche sensuelle.

— Mais vous avez fait des recherches. Et vous avez persévéré.

Natalie la guerrière, la femme qui n'abandonnait pas. Il la respectait pour ça.

— Oui. J'ai contacté Margie, qui s'est donné beaucoup de mal pour trouver un chiot ayant du potentiel.

— J'admire votre ténacité.

L'air embarrassé, elle se mit à se mordiller la lèvre.

— Mais il est possible que Miss Molly ne parvienne pas à atteindre le niveau de nos exigences. C'est un risque pour tous les animaux en formation. Cela étant, elle aide déjà beaucoup Colby par le réconfort que lui apporte sa présence. Bref, je suis déterminée à la garder, même si elle ne progresse pas comme je l'avais espéré.

— Même si vous devez recommencer un entraînement avec un autre chien ?

— Oui. Mais pour le moment j'avise au jour le jour, et j'essaie de faire au mieux.

Un sourire plus confiant vint se dessiner sur son visage.

— Je trouve que ce que vous faites est génial, dit-il après avoir pris une nouvelle gorgée de bière.

— Merci. La plupart des gens comprennent que les aveugles et les personnes à mobilité réduite soient assistés par un chien, mais, pour celles ayant un handicap émotionnel ou de développement, on se heurte parfois à des comportements… très durs.

Elle baissa les yeux et, là encore, il n'eut aucun mal à percevoir sa souffrance.

— Je suis maintenant beaucoup plus éclairé sur le sujet, dit-il en repoussant une douce mèche de ses cheveux derrière son oreille.

Lentement, elle inclina la tête sur le côté.

— Je crois que nous ferions mieux de nous montrer prudents.

— Qu'est-ce que tu veux dire par là ? lança-t-il en la tutoyant instinctivement.

Il avait envie de l'entendre s'expliquer. Dire ce qu'elle ressentait.

— Si je t'ai invité à séjourner ici, c'est uniquement en qualité de client, répondit-elle avec naturel.

— Compris.

— Une attirance n'est qu'une attirance. On n'est pas obligés d'y céder.

— C'est vrai, admit-il en s'écartant un peu d'elle pour mieux s'en rapprocher. En tout cas, je tenais à te remercier pour ta générosité. Ton établissement me procure un sentiment familial dont je n'ai pas souvent l'occasion de profiter au cours de mes déplacements. Mais revenons-en à ton chien. J'aimerais en savoir davantage sur sa formation.

Malgré la faible lueur de la lune, il remarqua que ses joues avaient légèrement rougi. Elle prit une gorgée de vin.

— Tu dis ça pour être poli.

— Pas du tout, je suis curieux. Je voudrais que tu m'expliques le principe.

— Très bien. As-tu déjà entendu parler de ces chiens qui peuvent sentir les cancers ?

— Oui. J'imagine que c'est comme les chiens renifleurs de drogue.

— Un peu. Et il existe également des animaux qui peuvent détecter les infarctus ou les comas diabétiques avant qu'ils ne se produisent.

Il trouvait le sujet vraiment passionnant… et le son de sa voix envoûtant.

— Tout cela résulte de modifications chimiques dans le corps, qui ont elles-mêmes des répercussions physiques, expliqua-t-elle. Il faut envisager de la même façon les troubles de développement et le stress des autistes. On peut donc apprendre aux chiens à anticiper les problèmes, à assister les personnes dans la gestion de leur environnement, à… Tes yeux brillent à nouveau.

Il se focalisait trop sur sa bouche. Il fallait qu'il se reprenne.

— Je t'écoute, pourtant. Tout cela me paraît très cohérent.

Pour essayer de se ressaisir, il regarda autour de lui. Une rue paisible dans une ville calme. Aucune menace potentielle. De l'époque difficile de sa jeunesse, il avait conservé ce besoin d'évaluer le danger. Les vieilles habitudes ont la vie dure. Formule qui s'appliquait également à son désir d'aider les autres en général, et notamment cette femme qui ne se défilait pas face aux nombreux défis se présentant à elle.

— T'est-il venu à l'esprit de créer un blog pour partager ton expérience avec Colby et Miss Molly ?

— Je n'ai que ça à faire…, répondit-elle ironiquement.

— Mais ça pourrait être très utile à d'autres. Si tu veux, je peux te faire un site. Quelque chose de simple. Tu serais surprise de l'impact que tu pourrais lui donner en faisant intervenir d'autres personnes, comme l'éducatrice, le vétérinaire, tes voisins. Internet n'a pas que de mauvais côtés, tu sais ?

— Et pourquoi ferais-tu cela pour moi ? s'étonna-t-elle.

— Parce que tu fais des choses bien. Tu as voulu apporter ton aide. J'aime apporter mon aide. Et j'ai de la chance : je peux faire ce que je veux de mon temps. Ne t'inquiète pas pour l'argent. Ce n'est vraiment pas un gros sacrifice. Je demanderai à l'un de mes techniciens de travailler avec l'éducatrice canine. En plus, ça lui fera de la publicité. Vois ça comme mon moyen à moi de te remercier.

L'air plus surpris encore, elle avait écarquillé les yeux.

— C'est très gentil de ta part. Merci.

— Je ne fais pas seulement cela pour être gentil, dit-il avec un petit sourire en coin.

— Alors, pourquoi ?

Elle se pencha vers lui, et une lueur de désir s'alluma dans ses iris.

Incapable de résister à la tentation, il s'inclina lui aussi vers elle.

— Parce que c'est bien. Et parce que j'ai très, très envie de me faire bien voir de toi pour pouvoir t'embrasser.

- 3 -

Déterminée à mettre de la distance entre eux, même si elle ne pouvait se résoudre à s'éloigner de lui, Natalie repoussa Max en posant la main sur son torse.

C'est-à-dire sur les muscles durs, virils et bien dessinés de ses pectoraux.

Peut-être n'aurait-elle pas dû.

— Je suis flattée que tu aies envie de m'embrasser, mais ce n'était pas inclus dans mon offre.

Il éclata de rire, et elle sentit sa poitrine vibrer sous sa paume au son de ce beau rire grave.

— C'est le râteau le plus gentil que je me sois jamais pris.

Elle se laissa aller à rire à son tour, inspirant profondément l'air frais de septembre pour essayer d'oublier son parfum boisé et musqué.

— J'imagine que tu n'as pas l'habitude de t'en prendre.

— Encore un compliment. Pour quelqu'un qui me rejette, je trouve que tu te comportes de façon vraiment adorable.

Sa voix était toujours aussi rauque et sensuelle, son regard, toujours rivé au sien.

— Tu as donc bien compris que je ne voulais pas de tes avances ?

Il secoua la tête et afficha un air grave.

— Le message est clair. Non, c'est non. Mais je tiens à ce que tu saches que mes sentiments n'ont pas évolué : j'ai toujours envie de t'embrasser. Et, si tu changes d'avis et que tu cèdes à l'attirance, je serai à ta disposition.

Le jardin lui paraissait plus sombre, les étoiles, plus brillantes. Dans le bed and breakfast, les lumières s'étaient éteintes, les clients étaient partis se coucher. Elle aurait dû rentrer, elle aussi, s'éloigner de lui et de la magie qui semblait émaner de ses beaux iris bleu clair.

— Tu sous-entends que cette attirance est partagée.

Une vaine manœuvre de défense. Elle l'avait compris avant même d'avoir parlé.

Sans souffler un mot, il soutint son regard.

Tout en soupirant, elle leva les yeux au ciel.

— D'accord. Il y a bien une attirance. Mais je pense qu'on n'est pas obligé de céder chaque fois que l'on est attiré par quelqu'un.

Elle arracha son regard au sien pour observer l'un de ses voisins, qui promenait son border collie dans la rue. N'importe quoi pour détourner son attention de cet homme si séduisant et musclé qui se trouvait à côté d'elle, juste à sa portée.

— Bien dit.

— Tu es donc d'accord ? demanda-t-elle, peu convaincue, en se tournant à nouveau vers lui.

— Je n'abandonnerai pas. J'ai pris note de ton point de vue, prends note du mien : nous sommes attirés l'un par l'autre. Et je suis quelqu'un de patient, surtout quand les enjeux sont importants.

Il se pencha vers elle. Son regard était intense, presque diabolique.

— Très importants, ajouta-t-il.

— Un baiser ? C'est tout ?

Elle n'avait jamais rencontré d'homme prêt à attendre pour un baiser.

Il se rapprocha encore d'elle, si bien qu'elle pouvait désormais sentir la caresse de son souffle contre sa peau.

— C'est tout. Mais je pense que ce baiser sera vraiment inoubliable.

Tout en souriant, il se leva en reprenant sa bouteille et son verre vide. La fraîcheur qu'elle ressentit alors ne fit que renforcer sa conscience de la proximité qu'ils avaient partagée, de la facilité avec laquelle elle aurait pu céder à cette attirance, cette tentation. De l'idée qu'elle ne pouvait absolument pas s'autoriser cela.

Comme si elle avait besoin que quelque chose le lui rappelle. Tout en le regardant repartir vers le bed and breakfast, elle ravala sa salive avec peine.

Max était juste un client. Si elle continuait de se le répéter, peut-être finirait-elle par l'intégrer. Songeuse, elle releva les yeux vers les étoiles. Il allait lui falloir du temps, beaucoup de temps, pour trouver le sommeil.

Après la cuisine, l'atelier était la pièce préférée de Natalie. C'était là qu'elle façonnait toutes ses créations, de ses robes de mariée aux accessoires qu'elle vendait sur le petit marché artisanal, rendez-vous très prisé des habitants de la ville, qui lui apportait une source de revenus supplémentaire bien nécessaire.

Dans la grande maison majoritairement décorée de nuances de rouge et de jaune, cette pièce se démarquait par son aspect plus léger et aérien. La peinture vert amande, éclairée par des dizaines de rouleaux de tulle, de dentelle et de satin, contrastait avec les murs crème des autres parties.

Chaque fois qu'elle entrait dans l'atelier, elle avait l'impression de se retrouver dans un conte de fées. C'était un lieu étranger à la réalité de son existence, un lieu où elle canalisait son chagrin dans des activités productives.

Elle avait toujours aimé la couture. Quand son arrière-grand-mère Elisa lui avait appris le crochet, elle avait immédiatement trouvé cette activité apaisante et réconfortante, et était rapidement passée à la broderie et la couture pour finir par concevoir elle-même ses propres vêtements.

En relevant la tête du patron qu'elle venait de consulter, elle tenta de ne pas trop penser à l'homme qui logeait à l'étage pour se concentrer sur le temps présent. Pour ce faire, elle observa les tissus aériens placés dans ses trois machines à coudre, preuves évidentes de la progression de son travail. Ou plutôt de son art. Du monde qu'elle façonnait.

À côté du grand canapé blanc aux coussins dorés, Brandee Lawless essayait sa dernière création : une robe en dentelle vaporeuse avec un décolleté en cœur, parfaite pour une mariée bohème. La robe, que personne ne devait voir avant la cérémonie, se détachait sur le store baissé, qui protégeait Brandee des regards extérieurs mais n'empêchait pas le soleil de septembre de se déverser dans la pièce, renforçant ainsi son côté magique.

Patron à la main, Natalie s'approcha de son amie Emily Knox, qui observait Brandee, tout sourire.

— Tu t'es vraiment surpassée, Natalie, dit-elle en replaçant sa coupe de champagne sur la table basse.

En l'observant, Natalie se prit à resonger à ce verre qu'elle avait bu avec Max, au naturel de leur discussion, de leur relation. À la rapidité avec laquelle il avait empli sa maison, ses pensées — sa vie.

Tout en soupirant, elle sortit son mètre de couturière de sa poche.

— Elle est fabuleuse, souffla Brandee en contemplant son reflet dans le miroir.

La robe n'était pas terminée, mais déjà elle mettait merveilleusement en valeur cet esprit libre qui s'était battu pour ses rêves. Brandee s'apprêtait à épouser Shane Delgado, rancher et magnat de l'immobilier.

Mais le mariage approchait et il y avait encore beaucoup à faire sur la robe.

— J'espère que ce Max St. Cloud finira par identifier le responsable de tout ce chantage, dit Brandee. Je trouve vraiment… déplorable que quelqu'un puisse agir ainsi.

Emily acquiesça, et ses traits d'ordinaire lumineux s'assombrirent.

— Tant de haine en un seul individu. Ça doit être personnel, et si c'est le cas c'est qu'il s'agit d'un proche. Aller jusqu'à tenter de détruire mon mariage… Comment quelqu'un peut-il entretenir une telle rancœur à l'égard de tant de gens ?

Le cybercriminel avait envoyé des photos à Emily pour essayer de la convaincre que son époux, Tom, la trompait avec Natalie. Les clichés, sur lesquels on pouvait voir Tom en train d'aider Natalie et ses enfants, avaient été pris de telle sorte qu'on aurait pu croire qu'il avait une deuxième famille. Tom, qui se sentait coupable d'avoir survécu à Jeremy, son compagnon d'armes, avait simplement cherché à faciliter la tâche à Natalie. La vie avait été difficile pour eux tous.

Mais, fort heureusement, le couple Knox avait surmonté cette épreuve et était désormais plus soudé que jamais.

Emily et Natalie étaient même devenues amies. La vérité avait été plus forte que la haine.

Tendrement, Natalie prit Brandee dans ses bras.

— Ne permettons pas à ce sale type de nous voler un autre moment de joie. On ne peut pas l'arrêter, ou du moins pas encore, mais nous ne sommes pas obligées de nous laisser gagner par son état d'esprit négatif. Nous avons tant de raisons de nous réjouir.

Brandee acquiesça.

— Tu as su ? La dernière échographie de Nick et

Harper a montré que les jumeaux étaient des garçons. La population est en train d'exploser dans notre petite ville.

Emily se mit à rire.

— Ce sera bientôt ton tour, Brandee. C'est à tout ce bonheur qu'il faut penser.

— Tu as raison, répondit Brandee en souriant. Je ne laisserai personne ternir les préparatifs de mon mariage.

Telle une ballerine, elle fit une pirouette sur elle-même sur son piédestal. Malgré la robe à moitié achevée, elle était tout simplement magnifique.

Son appareil photo dans une main et sa coupe de champagne dans l'autre, Emily s'approcha d'elles.

— Au champagne, aux photos et à l'amitié, dit-elle en levant sa flûte. Aux mariages et aux somptueuses robes de mariée.

— Je suis désolée que la robe ne soit pas terminée, dit Natalie en regardant son œuvre.

— C'est du sur-mesure, répondit Brandee avec un sourire indulgent. Et j'aime l'idée des photos qui révèlent les progrès de sa confection. C'est une métaphore de la vie. Le bonheur est un processus, et il se poursuivra tant que notre couple perdurera.

À ces mots, Natalie se sentit emplie par une intense émotion. Des larmes vinrent lui piquer les yeux, et elle s'en voulut. D'ordinaire, elle ne laissait pas sa carapace se craqueler si facilement.

— Oh ! Natalie, je suis désolée ! s'exclama aussitôt Emily en la prenant tendrement dans ses bras.

Inspirant profondément, Natalie essaya de se calmer. Le geste de son amie la réconforta, mais il lui fallut se faire violence pour retenir ses pleurs. Après avoir poussé un lourd soupir, elle se dégagea de l'étreinte d'Emily.

— Tu n'as pas à l'être. Ça fait un an, maintenant. C'est

encore douloureux, ça le sera toujours, mais j'ai réussi à passer à autre chose.

L'attirance qu'elle éprouvait pour Max lui avait procuré un mélange de soulagement, dans la mesure où elle lui prouvait qu'elle avait avancé, et de méfiance, parce qu'il fallait désormais qu'elle détermine si elle était prête.

D'un geste encourageant, Brandee serra sa main dans la sienne.

— Tu es une fille géniale.

Tout en riant un peu, Natalie retint ses dernières larmes.

— Je l'espère. Merci. En tout cas, la confection de ces robes m'apporte beaucoup de bonheur.

Elle n'avait pas besoin d'un homme, encore moins de Max, parce qu'elle était heureuse et épanouie dans la vie qu'elle s'était construite.

— Quant à passer à autre chose… Y aurait-il un rapport avec le séjour de Max St. Cloud ici ? ajouta Brandee en échangeant un regard entendu avec Emily.

Embarrassée, Natalie fit mine de prendre des notes dans son carnet.

— Pourquoi dis-tu ça ? C'est un client, rien de plus, répondit-elle bravement.

Mais elle avait bien senti que le rouge lui était monté aux joues.

Brandee afficha un air sceptique.

— Sérieusement ? Je vous ai observés quand vous jouiez dehors avec les enfants et quand vous vous êtes croisés, tout à l'heure, dans le hall. C'est tellement chaud entre vous qu'on ne serait pas étonné de voir des étincelles. Tu n'es pas d'accord ? demanda-t-elle en se tournant vers Emily.

— Quand vous vous êtes regardés, j'ai cru que vous alliez vous embraser.

Pour se donner une contenance, Natalie s'approcha de sa machine à coudre.

— C'est un homme très attirant, concéda-t-elle en allumant sa machine dans l'espoir que le bruit mette un terme à cette embarrassante conversation.

— Et tu es une femme très attirante, répliqua Emily.

Natalie releva les yeux vers elle.

— Je suis une maman débordée et épuisée.

— Hum, fit Brandee en claquant des mains. Il te faut peut-être une journée au spa.

Méfiante, Natalie fronça les sourcils.

— Hors de question que je fasse un remake de Cendrillon pour séduire quelqu'un.

— Ne discute pas, répondit Brandee en secouant la tête. Je vais organiser ça pour la semaine prochaine. Un moment pour toi et rien que pour toi. Tu le mérites.

— Et au cas où tu ne l'aurais pas remarqué, ajouta Emily avec un sourire entendu, tu n'as pas besoin de bonnes fées pour captiver son attention.

Agacée, Natalie se releva.

— Je vais chercher à boire.

À grandes enjambées, elle se rendit dans la cuisine et commença à presser des citrons à la main. Ce fut à ce moment-là qu'elle perçut un bruit régulier, presque inaudible. Une fuite à l'évier. Encore une chose à régler. Une fois qu'elle aurait fini cette séance d'essayage, naturellement.

Tout en soupirant, elle releva la tête vers la fenêtre. Et resta figée sur place.

Max.

Mais il n'y avait pas que lui. Il était assis à l'une des tables de jardin, en face de Lexie, qui lui servait un thé imaginaire. Et, le plus troublant, c'était qu'il arborait l'un des jouets de la petite, un boa en plumes d'un violet vif qu'il avait enroulé autour de ses épaules.

Tout en ajoutant le sucre à sa citronnade, Natalie ravala sa salive avec peine.

Les problèmes avaient commencé.

Ce n'était pas une journée au spa dont elle avait besoin, mais plutôt une ceinture de chasteté.

Max avait passé les trois jours qui avaient suivi coincé au Texas Cattleman's Club. Les enquêtes débutaient toujours de la même façon, par un enchaînement de visages, de mots, de dossiers. La phase initiale des investigations était toujours à la fois décevante et fascinante.

Toutes les possibilités contingentes prenaient forme devant lui. Les pistes semblaient se dessiner à mesure qu'il rencontrait les différentes personnalités de la ville.

Il avait continué à observer la réaction des gens, à attendre que les informations essentielles lui soient révélées, à analyser, à répéter le processus jusqu'à ce que des indices se démarquent.

Après la journée du mercredi, passée à étudier les dossiers des membres du club, ses yeux imploraient le repos, le suppliaient de rentrer à la maison.

Pas la maison, corrigea-t-il. Le lit qu'il occupait dans un espace transitoire, comme toujours dans sa vie. Il n'avait jamais eu de maison, et certainement pas dans cette petite ville perdue.

Marchant au radar, il reprit la direction du Cimarron Rose. Sur la route, il avait l'impression d'être hors du temps. Et pourtant de nombreux changements s'étaient produits en lui depuis son arrivée en ces lieux. Son séjour au bed and breakfast avait été une surprise immense. Et pas seulement à cause de la belle rousse aux grands yeux verts tristes qui lui faisait fondre le cœur. Il y avait aussi ces adorables bambins. D'ordinaire, il évitait instinctivement les enfants. Or, il vivait désormais sous le même toit que deux d'entre eux. Il aurait dû s'en agacer ou fuir, au lieu de quoi il jouait à la dînette ! Il ne put s'empêcher de sourire en se souvenant de la façon dont Lexie l'avait invité à prendre le thé, la proposition la plus innocente et la plus touchante qu'on lui ait jamais faite.

C'était ainsi que la petite fille de deux ans, qui avait hérité des yeux de sa mère, avait réussi à le faire manger dans sa main, lui, le garçon des rues devenu milliardaire. Il avait même accepté de porter pour l'occasion le boa qu'elle lui avait prêté.

Colby, quatre ans, semblait cependant plus difficile à percer. Se pouvait-il qu'un enfant de cet âge broie du noir ? C'était en tout cas l'impression que cela donnait. Était-ce uniquement lié à sa maladie ou aussi à sa personnalité ? Max l'ignorait, mais le courant était immédiatement passé entre lui et le garçonnet, qui, bien que très jeune, disposait d'étonnantes compétences dans le domaine de l'informatique.

Mais il n'y avait pas que ce point commun entre eux. Si leurs expériences étaient totalement différentes, Max savait ce que c'était que d'être exclu de la « normalité ». En approchant de la porte d'entrée, il se demanda ce qu'il pouvait faire pour Colby. Il avait envie de trouver quelque chose, un moyen de se lier avec le petit.

En attendant, cependant, il allait lui falloir tempérer les réactions que lui inspirait Natalie, en particulier l'excitation intense qu'il ressentait dès qu'il était dans la même pièce qu'elle, y compris quand elle était courbée au-dessus de sa machine à coudre. C'était d'ailleurs pour cette raison qu'il avait décidé de se changer les idées en travaillant à l'extérieur au cours des trois jours passés.

Mais il ne pouvait plus différer le moment de retourner à sa chambre pour compiler les notes qu'il avait prises au cours de ses derniers entretiens et les données qu'il avait glanées dans les fichiers du Texas Cattleman's Club.

En jetant un coup d'œil au parking, autour de lui, il remarqua qu'il était quasiment désert. La plupart des clients du week-end étaient partis, le laissant presque seul dans l'établissement.

Au moment où il poussa la porte, un hurlement retentit. Alarmé, il lâcha ses affaires et se précipita dans la direction d'où semblait provenir le cri de détresse.

La peur, désormais, lui glaçait les os. Il ne savait pas ce qui se passait, mais Natalie était en danger.

Mais, soudain, un autre son.

Un petit rire aigu. Puis un autre. Et tout à coup l'espace se retrouva empli d'une cacophonie hystérique, émanant de plusieurs personnes. À la fois rassuré et étonné, il continua d'avancer vers son origine.

L'enquêteur en lui était curieux de comprendre.

Les rires s'intensifièrent à mesure qu'il approchait de la cuisine.

Mais rien n'aurait pu le préparer au spectacle qu'il y découvrit. Une cascade d'eau coulait sur le carrelage, semblant provenir de sous l'évier. On aurait presque dit un parc aquatique miniature. Lexie batifolait avec entrain, ses gesticulations évoquant un mélange de nage papillon et de danse classique. Ses rires et cris de joie avaient même réussi à illuminer les traits du discret Colby. Miss Molly, quant à elle, agitait joyeusement la queue en tournant en rond autour des enfants.

Le rire rauque de Natalie réchauffait la cuisine, allégeant l'impact de cette situation qu'il aurait lui-même qualifiée de catastrophe. Son haut était mouillé, ses cheveux, humides, ses yeux verts, sereins. Elle semblait aussi insouciante que lorsqu'il l'avait retrouvée sous le grand chêne, trois jours plus tôt.

Étonnant.

Qu'elle soit tachée de farine, baignée de lune ou trempée d'eau, il se sentait irrésistiblement attiré par elle.

Mais il n'osait pas faire intrusion dans cette scène. Il aurait d'ailleurs pu s'attarder des heures sur le pas de la porte s'il n'avait pas entendu des voix derrière lui.

Jetant un coup d'œil par-dessus son épaule, il vit arriver Tom et Emily Knox, main dans la main.

— Bonjour, Max. Nous venons chercher les enfants de Natalie pour les emmener à notre ranch. Ils vont rester chez nous le temps qu'elle règle ce…

Emily pointa du doigt la cuisine en souriant.

— … ce petit problème.

— C'est très gentil de votre part. Compte tenu des récents événements qui se sont produits en ville, je suis content de savoir que Natalie a autour d'elle des personnes si bienveillantes.

— Nous sommes amis, et nous sommes ravis de pouvoir l'aider, répliqua-t-elle avant de se tourner vers Natalie. Les petits sont prêts ?

— Pratiquement. Mais ils sont… Disons mouillés.

— On a des couvertures dans la voiture pour protéger les sièges, rétorqua Emily en haussant les épaules. Et puis il fait beau, ils ne risquent pas d'attraper froid. Ne t'embête pas ; inutile de retarder l'heure de leur coucher.

— Si ça ne te dérange pas…, répondit Natalie en se mordillant la lèvre, avant de s'accroupir devant ses enfants. Promettez-moi d'être sages chez Emily et Tom.

— Promis, maman, déclara Lexie. Ils ont des vaches ! ajouta-t-elle, l'air émerveillé.

Colby, qui s'était mis à tortiller l'ourlet de sa chemise, se contenta d'acquiescer.

— C'est super, ma chérie. Maintenant, allez chercher vos sacs avec Emily. Ils sont devant la porte d'entrée, loin de ce chaos.

Les enfants partirent en pataugeant dans l'eau.

Les sourcils froncés, Tom contemplait le désastre.

— Tu veux que je reste pour t'aider ? demanda-t-il à Natalie.

— Tu t'occupes déjà de mes petits, je ne vois pas ce que tu pourrais faire de plus.

— Merci, Tom, intervint Max. Mais ne vous en faites pas. Je vais m'en charger.

Tous partirent alors vers la porte d'entrée. Tandis que Tom prenait les sacs, les deux enfants dirent au revoir à leur mère, avant de disparaître avec les Knox.

Une fois seul avec Natalie, Max baissa les yeux, faisant son possible pour éviter la vue de ce T-shirt mouillé et des seins si tentants qu'il ne cachait plus beaucoup.

— Quelle pagaille ! constata-t-il.

— Heureusement que j'ai déjà fait mes pâtisseries pour les petits déjeuners du week-end, déclara-t-elle en réponse. Les clients devront manger dehors, tant pis. Espérons qu'il ne pleuvra pas.

L'air abattu, elle se laissa tomber sur une chaise en soupirant.

Il prit place à côté d'elle, si près que leurs genoux se touchaient presque.

— Il fait bon, le matin. Ce sera très bien. Je suis sûr que tu vas t'en tirer.

Machinalement, il réajusta le col de son polo. Ce jour-là, il avait opté pour le confort. Short et chaussures bateau. Respectable, sans une once de supériorité. De cette façon, les gens se montraient généralement plus naturels avec lui. Ce qui bénéficiait à ses enquêtes.

— Je m'en sors toujours, mais c'est un combat de chaque instant, répondit-elle, les yeux perdus dans le vide.

— Je vais t'aider.

Tout en secouant ses cheveux auburn, elle soupira.

— Hors de question de te laisser payer le plombier.

— Parce que tu penses que je ne suis pas capable de réparer ça ? Je suis vexé, dit-il en plaçant sa main sur son cœur pour en rajouter.

— Je ne me suis jamais attendue à ce que tu répares mon évier.

Lentement, il se releva.

— Tu n'as qu'à te dire que c'est comme quand tu passes devant une personne qui a un pneu crevé au bord de la route : tu t'arrêtes pour l'aider. Ça ne te prend pas beaucoup de temps et c'est la meilleure chose à faire.

S'étant levée à son tour, elle lui adressa un regard sceptique.

— Tu peux vraiment faire ça ?

Il se mit à rire.

— Je vais essayer, et si je n'y arrive pas je paierai le plombier. Maintenant, laisse faire les hommes.

Après avoir rapproché la caisse à outils de l'évier, il s'accroupit pour examiner le problème. Rien de bien grave malgré les dégâts importants.

Quand il commença à s'affairer, elle s'assit par terre à côté de lui. Elle observait, semblait prendre note. Et chaque fois qu'elle lui passait un outil leurs doigts s'effleuraient. Très légèrement, mais suffisamment pour lui rappeler à quel point elle était attirante. À quel point il avait envie d'elle.

Au bout d'un certain temps, embarrassé par le silence, il s'éclaircit la voix.

— Pas de critique ou de conseil ?

Tout en riant, elle caressa son avant-bras.

— Non. Tu as l'air d'avoir la situation sous contrôle.

Il lui fit signe de regarder son travail. Elle s'approcha, observa, mais resta muette.

— Que veux-tu que je te dise ? finit-elle par demander.

— Tu es une femme très capable. J'attendais tes… impressions.

— Au risque de heurter ta fierté virile alors que tu viens de réparer mon évier gratuitement ? Je préfère éviter…

Affichant un air innocent, elle se pencha un peu vers lui.

— Tu es très belle, soit dit en passant.

Les mots étaient sortis tout seuls de sa bouche. Mais au moins il s'était montré honnête. Saisissant une clé, il entreprit de procéder aux derniers ajustements.

— Je croyais que tu ne ferais pas de nouvelle tentative, constata-t-elle. Que tu me laisserais prendre ma décision.

— J'ai dit que je ne t'embrasserais pas. Je n'ai jamais promis que je ne ferais rien pour te donner l'envie de m'embrasser.

Le mot « embrasser » resta comme suspendu dans l'air. Il n'avait aucun mal à s'imaginer caresser du bout de ses lèvres son oreille délicate. Un jour, peut-être. Non, pas peut-être. Un jour, c'était certain.

Alors qu'il songeait à tout cela, elle avait croisé les bras. Et, sous le tissu humide de son T-shirt, il pouvait voir ses tétons qui pointaient. De désir ou de froid ?

— Est-ce pour cette raison que tu répares mon évier ?

Tout en achevant son travail, il haussa les épaules.

— Ça m'a permis de passer du temps avec toi. Mais c'est officiellement terminé.

— Et c'est pour ça aussi que tu as joué à la dînette avec ma fille ? Pour m'amadouer ? Dans ce cas, je veux que tu saches que je t'interdis formellement de te servir de mes enfants pour essayer de me séduire.

Il sortit sa tête de sous l'évier. Ils étaient désormais proches. Tellement proches… Plaçant sa main sur sa nuque, il plongea son regard dans le sien.

— Jamais je ne me servirai d'un enfant pour manipuler qui que ce soit. Je trouve cette idée horrible. Crois-moi.

Elle le fixa sans rien dire pendant si longtemps qu'il fut tenté de parler pour l'encourager à faire un commentaire. Mais il était tellement heureux de pouvoir la toucher et contempler ses grands yeux verts qu'il préféra profiter de cet instant, cette intimité qu'il lui semblait ne jamais avoir connue avec aucune autre femme.

Enfin, elle hocha lentement la tête.

— OK.

— Comment ça, OK ?

Sa gorge était sèche, ses idées, embrouillées.

— Je te crois, répondit-elle en effleurant sa tempe humide du bout de ses doigts. Et, maintenant que nous avons mis les choses au clair là-dessus, je pense que tu peux m'embrasser.

- 4 -

Natalie s'était étonnée elle-même en formulant cette proposition, mais elle ne le regrettait pas.

Et elle ne reviendrait pas sur ce qu'elle avait dit.

Elle ne pouvait pas se cacher la vérité, elle ne pouvait pas lui cacher la vérité : elle voulait l'embrasser. Elle brûlait d'envie de sentir ses lèvres contre les siennes et son corps se languissait des caresses d'un homme. Au cours de ces longs mois de solitude, bien que ce contact lui eût beaucoup manqué, elle n'avait pas cédé. Elle avait résisté. Jusqu'à maintenant.

L'attirance qu'elle éprouvait pour Max St. Cloud était indéniable.

Elle venait à peine de formuler cette pensée qu'il se pencha vers elle. Elle sentit sa grande main se nicher derrière sa nuque, la tirant vers lui, ses doigts s'enfoncer dans ses cheveux humides, envoyant des décharges de plaisir dans son corps tout entier. Elle écarta les lèvres et… oui.

Il l'embrassa. Et quel baiser ! Ses lèvres effleurèrent les siennes avant de se poser sur sa bouche de manière parfaite, unique. Exceptionnelle.

Du bout de sa langue, il retraça le contour de ses lèvres, la surprenant par sa tendresse. C'était une personnalité tellement forte qu'elle s'était attendue à plus… d'audace, de force, même, dans son approche, mais il prenait son temps. S'accrochant à ses larges épaules, elle se serra plus fort contre lui.

Un sourd grognement d'approbation fit alors vibrer ses pectoraux. Après en avoir tâté les reliefs bien nets, elle passa ses bras autour de son cou.

S'étant assis sur le plan de travail, il l'installa d'un geste possessif sur ses genoux. Pour mieux le sentir contre elle, elle se tourna vers lui sans détacher ses lèvres des siennes. Son baiser était de plus en plus sensuel, de plus en plus passionné.

Malgré leurs vêtements humides, la chaleur de son corps embrasa le sien.

L'attirance était aussi forte qu'elle l'avait imaginé, rêvé, et même craint. Parce qu'elle était une femme épanouie, qui connaissait ses besoins et ses désirs. Ce degré d'alchimie était exceptionnel.

Incroyable.

Si un seul baiser pouvait ainsi l'emplir d'un tel brasier, qu'allait-elle découvrir avec lui au lit ? Elle s'étonna de la rapidité avec laquelle son esprit en était arrivé à cette conclusion, à des images d'eux nus, se caressant voluptueusement, se donnant du plaisir l'un à l'autre.

Déjà, dans la sensualité de son contact, dans l'intérêt qu'il portait à ses réactions, dans cette petite pause pour effleurer de ses lèvres la peau délicate de son cou, elle percevait en lui une générosité qui promettait des moments exceptionnels.

Il semblait comprendre la signification de chacun de ses soupirs, tout comme elle prêtait une attention particulière aux indices qu'il pouvait lui transmettre. Par exemple quand elle caressa son oreille du bout des doigts et qu'il prit une profonde inspiration. Il aimait ça. En bougeant un peu sur ses genoux, elle sentit le renflement sous son pantalon. Un dur renflement qui ne laissait aucun doute sur ce qu'il éprouvait pour elle.

Abandonnant à regret la chaleur de ses bras, elle plaça

sa main sur son torse pour retrouver son équilibre et releva la tête vers lui. Sa respiration était saccadée, son regard, un véritable brasier.

Elle sentait le désir courir dans ses veines, animer ses muscles, ses os. Leurs vêtements, complètement trempés, collaient à leur peau enfiévrée.

Mais ce qui lui importait le plus était la flamme qu'elle voyait brûler dans ses yeux, l'excitation presque palpable qui émanait de lui.

Pour essayer de se ressaisir, elle prit une longue et profonde inspiration.

Les secondes s'égrenèrent. Leurs regards étaient toujours rivés l'un sur l'autre. Il lui fallut se faire violence pour rompre le charme, se mettre à parler.

— Tu ne me demandes pas pourquoi j'ai fait ça ?

Tout en dégageant une mèche de cheveux humide de son front, il secoua doucement la tête.

— Pourquoi ? insista-t-elle sans pouvoir résister à la tentation de nicher sa joue dans le creux de sa main.

— Je suis juste content que tu l'aies fait.

Son regard papillonnait sur son visage comme s'il voulait en mémoriser chacun des traits.

Son visage. Pas juste son corps. Ce qui rendait les choses plus intimes encore.

— Max, c'est compliqué. Il faudrait peut-être qu'on parle de…

— Pourquoi toujours tout analyser ? Nous sommes attirés l'un par l'autre, tout simplement.

— J'ai peur que tu prennes cela pour une invitation à…

— Chut. Ne t'inquiète pas, dit-il en plaçant son index sur sa bouche. Tu réfléchis trop. Ne cherche pas à tout analyser. Et ne te fais pas de souci : je comprends. Un baiser n'est pas nécessairement une invitation au sexe.

Consciente de la pression de ses fesses contre ses jambes,

elle se mit à se mordiller nerveusement la lèvre. Elle avait toujours les bras autour de son cou. La position était bien trop agréable pour être abandonnée.

— Nous avons beaucoup parlé pour des gens qui ne devraient pas chercher à tout analyser.

Il plaça son front contre le sien, et leurs souffles mêlés emplirent le peu d'espace qu'il y avait entre eux.

— Alors, continuons.

Continuer ? De s'embrasser ? Mais sans aller plus loin ? C'était une proposition qui lui paraissait à la fois alléchante et décevante. Cela dit, elle n'avait pas l'intention de se remettre à fréquenter quelqu'un à cette période de sa vie.

— Je ne sais pas…

— Dans ce cas, sortons. Mais pas comme ça, nous sommes trempés. Les enfants sont absents pour la soirée. Allons nous changer. Je t'emmène dîner et ensuite… on se garera quelque part.

Cette perspective lui paraissait délicieusement attractive, mais elle ne pouvait pas se permettre de se montrer impulsive. Les choses devaient être claires entre eux.

— Ça ressemble à un rendez-vous galant.

— C'en est un.

Tout en la prenant par la taille, il l'embrassa sur le bout du nez.

— Mets une robe. Je veux t'emmener dans un beau restaurant… et je veux voir tes jambes, dit-il.

Et sans rien ajouter il quitta la cuisine, son jean trempé pendant un peu sur ses hanches étroites, moulant ses fesses.

Il était tellement assuré, tellement sexy… Irrésistible.

Pour la première fois depuis de longs mois, elle allait sortir avec un garçon.

De crainte que Natalie ne proteste, Max s'éloigna pour téléphoner. La pièce avait besoin d'être nettoyée par un professionnel. Après une rapide recherche sur son portable, il trouva une société spécialisée.

— J'ai un coup de fil à donner. Ce ne sera pas long. Va te changer, lui dit-il à travers la porte restée ouverte.

— Je suis complètement trempée, répondit-elle en hochant la tête, avant de pousser un soupir de lassitude.

Encore une bonne raison de passer cet appel.

Il ne lui fallut pas beaucoup de temps pour s'arranger avec l'entreprise pour que la cuisine soit nettoyée. Entre l'éducation de ses enfants, la gestion des chambres d'hôtes et la confection des robes de mariée, elle travaillait tellement qu'il avait envie de la soulager un peu.

Tout en parlant au téléphone, il la regarda disparaître à l'étage pour se changer.

Pour leur rendez-vous.

Pour lequel il fallait également qu'il se prépare. Téléphone à la main, il monta à son tour l'escalier. Il y avait beaucoup à faire en très peu de temps.

Prochain point sur sa liste : réserver une table dans un restaurant cinq étoiles.

Après s'être débarrassé de ses habits mouillés, il fourragea dans ses cheveux. Rien qu'à songer à la suite de la soirée, il sentait les battements de son cœur s'accélérer. Il prit sa chemise préférée, celle qu'il avait revêtue le jour où sa société était entrée en Bourse. Et il choisit une cravate qui lui évoquait sa ténacité, sa loyauté et son ingéniosité. Trois qualités dont il aurait besoin.

Une fois habillé, il alla frapper à sa porte. Elle lui ouvrit, rayonnante dans une robe de satin couleur lavande, ses cheveux flottant librement sur ses épaules. Une chaîne en argent ornée d'une perle solitaire pendait à son cou. Mais le plus beau de tout était son menton relevé, qui dénotait une assurance absolument irrésistible.

Elle était si radieuse qu'il en eut le souffle coupé. Tout son corps semblait s'être empli de chaleur.

— Prête ? lui demanda-t-il en lui tendant la main, pressé de sentir sa peau contre la sienne.

Sans hésiter, elle fixa ses yeux verts sur les siens.

— Prête. Où allons-nous ?

— C'est une surprise, répondit-il en souriant.

Tout en fronçant les sourcils, elle lui jeta un regard en coin. Et son sourire lui conféra bien plus d'éclat que n'aurait pu le faire n'importe quel fard ou bijou.

Elle avait l'air heureuse. Et il était bien décidé à faire en sorte qu'elle le reste toute la nuit.

Ils marchèrent ensemble jusqu'à son SUV, un court trajet qui lui donna néanmoins l'occasion d'admirer ses jolies jambes, longues et fuselées.

Vingt minutes plus tard, ils arrivèrent à leur destination, le Society, un restaurant cinq étoiles dont Chels lui avait fait la promotion. Il faisait confiance à son amie. Et il avait très envie d'impressionner Natalie.

Une fois à table, il remarqua que l'éclairage tamisé faisait scintiller des reflets d'or dans ses cheveux auburn. Son corps, qui ondulait très légèrement au rythme de la guitare espagnole, lui rappelait la façon dont elle avait bougé dans ses bras au cours de ce baiser qui avait été une véritable combustion spontanée. Elle avait la grâce d'une danseuse et l'oreille d'une musicienne. Le moment n'était peut-être pas bien choisi pour essayer d'obtenir du sexe, mais une danse ? Oui, il avait envie de danser avec elle, de sentir son corps contre le sien.

Tandis qu'il se faisait ces réflexions, ils discutaient naturellement de leurs goûts et leurs loisirs. Il brûlait d'apprendre à mieux la connaître. Il n'aurait jamais pensé qu'elle aimait la randonnée. Mais il y avait des dizaines d'endroits dans le monde qu'il aurait adoré lui montrer. Avec les enfants ? Oui, pourquoi pas ? Il n'avait aucun mal à les imaginer, dans son jet privé, avec le chien, et peut-être une baby-sitter pour les moments où Natalie et lui voudraient être un peu seuls.

Cette idée le prit de court. Qui était-il pour se considérer comme un modèle parental d'autorité ? Il était loin d'être qualifié pour ce genre de mission. En outre, il fallait qu'il se montre prudent vis-à-vis de ses enfants, qu'il opte pour la légèreté, qu'il ne les encourage pas à s'attacher à lui.

Et qu'il ne s'encourage pas à s'attacher à eux.

Il ne s'agissait que de Natalie et de lui — et d'explorer ce que pouvait leur apporter cette attirance tant qu'il serait à Royal. Pour le bien de tous, cela devait se limiter à ça.

Mais le simple fait de la regarder manger l'excitait. Elle semblait détendue et ravie de savourer sa salade *caprese*. Avec un verre de vin. Il savait déjà qu'elle aimait le vin.

Il faudrait donc qu'il ajoute une randonnée dans un vignoble français à la liste des choses qu'ils pouvaient faire ensemble. Avec dégustation de vin et dîner gastronomique.

Soudain, il se prit à se demander depuis combien de temps elle n'était pas sortie avec un homme. Ou sortie tout court. Elle avait l'air d'une femme qui se mettait en quatre pour les autres, mais ne s'autorisait pas beaucoup de plaisirs.

Or, du plaisir, il avait très envie de lui en donner.

La table était petite, intime, presque trop étroite pour la quantité de plats qu'ils avaient commandés. Ce n'était pas important, cependant. Ils étaient ensemble, et c'était tout ce qui comptait.

Instinctivement, il lui prit la main et, sous ses doigts, sentit aussitôt son pouls s'accélérer. Ses joues devinrent légèrement plus roses ; il le perçut malgré le faible éclairage.

Détournant son regard du sien, elle fit mine d'observer le décor. La salle, à ses yeux, évoquait un coucher de soleil. Les murs étaient ornés de peintures de paysages texans, et des bougies projetaient leurs nuances orangées sur tout l'espace.

Soudain, elle serra ses doigts dans les siens, captivant à nouveau son attention. La bretelle de sa robe couleur lavande avait glissé de son épaule délicate. Haussant les sourcils, elle dégagea sa main de la sienne pour reprendre sa fourchette.

L'image lui sembla époustouflante. Dans la lumière vacillante, il eut l'impression de la voir telle qu'elle était réellement. Natalie, la tendre et tenace Natalie. Ses cheveux retombaient sur ses clavicules, leurs ondulations naturelles à peine domptées par un peigne à l'ancienne qui mettait en valeur ses traits gracieux.

Après la salade, on lui avait servi un filet de bœuf accompagné d'asperges vertes. Et elle avait mangé avec appétit. Elle ne faisait pas partie de ces femmes qui n'osaient pas prendre un gramme.

Elle savourait son repas, et il trouvait cela incroyablement sensuel. Quand elle finit par reposer sa fourchette avec un petit soupir de satisfaction, il sentit une chaleur intense courir dans ses veines, déclenchant dans son sillage une dure érection.

N'ayant jamais eu peur des risques, il saisit sa main dans la sienne.

— J'ai passé un merveilleux moment.

Tout en riant, elle secoua la tête, mais sans tenter de libérer ses doigts.

— À m'écouter parler de ma couleur préférée et des dix films que j'ai le plus aimés ? J'imagine que tu as connu des soirées plus passionnantes dans ta vie de milliardaire. Moi aussi, j'ai fait mes recherches sur toi, tu sais ?

On débarrassa leurs assiettes pour leur apporter la suite du dîner. Captivé par sa présence, il ne se souvenait déjà plus des plats qu'ils avaient commandés, mais le dessert fut inoubliable.

Sorbet aux airelles et ganache au chocolat.

Sans lui lâcher la main, il savoura la première bouchée. Naturellement, il aurait préféré lui faire goûter d'abord, mais il était sûr que l'occasion finirait par se représenter.

Un jour. Au lit. Ensemble.

En attendant, il lui faudrait se contenter de la regarder manger, d'admirer son sourire et la satisfaction qui étincelait dans ses yeux.

Quelques instants plus tard, les guitares espagnoles adoptaient un rythme plus soutenu, brisant le silence qui s'était installé entre eux. L'air soudain légèrement embarrassé, elle s'éclaircit la voix avant de parler.

— J'ai moi aussi passé une très bonne soirée. Merci. C'était par ailleurs un excellent dîner.

Elle dégagea sa main de la sienne pour prendre une gorgée de vin.

— Mais je ne peux pas m'empêcher de me demander ce que nous faisons ici. Je ne voulais pas te donner de fausse impression avec ce baiser impulsif. Je pensais qu'il était évident que je n'étais pas le genre de femme intéressée par une aventure d'un soir.

— Nous sommes là parce que je t'apprécie et que j'admire ta ténacité.

Et, naturellement, parce qu'il avait envie de la séduire et de l'amener dans son lit.

Une aventure ? Peut-être. Mais pas une aventure d'un soir. Une nuit ne suffirait pas à étancher la soif qu'il avait d'elle. Et il était certain que cette soif était partagée.

— Ma ténacité ? répéta-t-elle en faisant tourner son verre

entre ses doigts. Comment peux-tu dire cela de moi alors que nous ne nous connaissons que depuis quelques jours ?

— Je suis un homme observateur. Je reconnais l'instinct de survie quand je le vois.

Même si c'étaient désormais de distants souvenirs, il portait toujours en lui la mémoire des familles d'accueil. Et avait par conséquent un don pour reconnaître les âmes qui avaient passé l'épreuve du feu. Durant une seconde, des images du passé déferlèrent sur lui. L'accès aux cuisines refusé, les nuits à dormir dans la rue plutôt que dans un lit.

— Reconnaître ? Je trouve le choix du mot intéressant, constata-t-elle.

Avec ce simple mot, il avait en effet révélé beaucoup de choses sur lui, sur la vie dont il ne parlait jamais. Il fallait qu'il se reprenne. Il était en train de perdre le contrôle de la conversation. Il était temps de la recentrer sur elle.

— Parle-moi de tes parents.

— Ils sont à la retraite en Arizona.

Son visage s'était renfrogné et son sourire ne parvenait plus à illuminer ses yeux.

— Je suis fille unique et j'ai eu la chance de recevoir une éducation simple et traditionnelle. Mes parents m'aiment.

Sa voix avait changé. Elle était plate et factuelle. Plus aucune trace de l'enthousiasme qu'elle transmettait quand elle parlait de ses enfants.

— Et… ?

— Et c'est tout.

— Pourquoi ai-je l'impression que non ?

Lentement, comme pour essayer de gagner du temps, elle reposa sa cuillère, s'essuya la bouche avec une serviette.

— Mes parents n'étaient pas d'accord pour que j'épouse Jeremy. Ils ne voulaient pas que je le suive dans ses déplacements. Ils n'aimaient pas que je sois seule avec les enfants.

— C'est la vie des femmes de militaire.

Des ombres traversèrent ses yeux, comme des nuages obscurcissant l'herbe verdoyante d'une prairie ensoleillée.

— Ils pensaient qu'il aurait dû servir son pays pendant un an puis passer à autre chose.

Il prit ses mains dans les siennes et les serra en un geste réconfortant.

— Je suis désolé qu'ils n'aient pas soutenu tes choix.

Tendrement, il caressa son bras. Elle le regarda faire, mais ne chercha pas à l'arrêter.

— Moi aussi. Ils auraient préféré que j'emménage près de chez eux, en Arizona, pour qu'ils puissent m'aider après… la mort de Jeremy.

La tristesse qu'il percevait dans sa voix avait quelque chose de vraiment poignant.

— Et pourquoi ne l'as-tu pas fait ?

La question était audacieuse, mais il n'avait jamais été du genre à mâcher ses mots ou à esquiver les situations embarrassantes. Il voulait savoir, il voulait la soutenir.

— Ils voudraient élever mes enfants comme des parents, pas comme des grands-parents, répondit-elle en portant sa main à sa gorge comme si elle avait du mal à respirer. Et je n'ai aucune envie de les entendre répéter que, si nous les avions écoutés, Jeremy serait encore en vie.

— C'est… Écoute, je suis désolé.

Ces mots n'étaient pas suffisants, il le savait, mais malheureusement c'était tout ce qu'il pouvait lui apporter.

— Merci, mais ne t'en fais pas, dit-elle en secouant la tête. C'est du passé.

Elle serra sa main dans la sienne, fermement, avant de la lâcher et de reculer un peu, comme pour mieux l'observer.

— Et toi, le survivant, parle-moi de tes parents.

Elle n'avait donc pas oublié sa remarque irréfléchie. En

ce cas, il allait se montrer succinct. Ne pas entrer dans les détails sordides.

— Je n'ai jamais connu mon père. Ma mère était une droguée et j'ai été placé très jeune en famille d'accueil.

— Max, je suis désolée ! Je me sens ingrate. Par rapport à toi, j'ai eu beaucoup de chance.

Non. Hors de question qu'il la laisse suivre ce cheminement de pensées. Ce fut à son tour de secouer la tête.

— Tu ne l'es pas ; rassure-toi. Il ne s'agit pas de toi, mais de mon histoire et de ce qui a fait de moi ce que je suis. Ma mère s'est battue pour obtenir ma garde ; je lui reconnais ce mérite. Mais elle ne s'est pas battue pour sortir de cette dépendance, et elle a donc fini par perdre ses droits. À ce moment-là, j'étais déjà trop vieux pour être un adorable petit bébé adoptable. Et j'étais un trop mauvais garçon pour qu'on me garde longtemps dans une famille d'accueil.

Il s'efforçait d'afficher un sourire insouciant, mais sa voix lui paraissait étrange, comme enrouée. Rien de surprenant, à bien y réfléchir. Il était rare qu'il évoque devant quelqu'un de si nombreux détails de son passé. D'ailleurs, il ne pensait pas en avoir jamais dit autant.

— Tu es donc passé d'une famille d'accueil à une autre jusqu'à tes dix-huit ans ?

— J'en ai connu beaucoup, et j'ai fini dans un foyer, où il m'était plus facile de m'éclipser pour faire ce que j'avais à faire.

— C'est-à-dire ?

Enfin, il sourit. C'était la seule partie qu'il aimait évoquer. Son ascension. La façon dont il était devenu lui-même.

— Du hacking. Mais rien de vraiment illégal. J'aidais les gens à améliorer la sécurité de leurs ordinateurs et alarmes. Ça m'a permis de gagner de l'argent, qui lui-même m'a permis de me redresser et de sortir du milieu dans lequel j'avais grandi.

— Tu es bien plus qu'un survivant. Tu as complètement inversé la courbe de ton destin, dit-elle.

Sur ces mots, elle reposa sa cuillère et, comme s'il s'agissait d'une habitude, poussa son dessert à moitié entamé dans sa direction.

Au cas où il voudrait le terminer ?

Faisait-elle cela avec son mari ? De toute façon, il ne comptait ni lui demander ni lui laisser le temps de remettre ce geste en question. Le regard rivé au sien, il plongea sa cuillère dans son sorbet. L'alchimie était toujours là, elle les attirait l'un vers l'autre.

— Max, dit-elle d'une voix rauque, nous étions en train de parler de ton entreprise.

S'efforçant de prendre un air désinvolte, il haussa les épaules.

— C'est donc comme ça que j'ai fait fortune. J'ai la chance d'avoir un don pour l'informatique.

— Ce n'est pas ce que je voulais dire.

Tout en le regardant intensément sous ses longs cils noirs, elle se mit à lui caresser le poignet avec son pouce.

— Que veux-tu dire, alors ? demanda-t-il en serrant plus fort sa main dans la sienne.

Sa respiration s'était accélérée : sa poitrine se soulevait désormais à un rythme plus rapide.

— Tu as passé toute ta vie à veiller à la sécurité des autres. C'est tout à fait admirable.

Il refusait qu'elle se fasse de fausses idées sur le genre d'homme qu'il était.

— Tu extrapoles.

— Ou bien je suis observatrice, comme toi, répondit-elle d'une voix ferme en soutenant son regard.

Elle était vraiment merveilleuse. Et il avait envie d'elle plus que… plus que tout.

— Eh bien, tu peux croire tout ce que tu veux si ça me permet de t'embrasser à nouveau, dit-il en lui présentant son sourire le plus innocent. Allez, viens. On va chercher un joli point de vue pour se garer.

Natalie n'eut pas le temps de s'éclaircir les idées pour trouver une réponse spirituelle. Quelqu'un, derrière eux, s'était raclé la gorge, comme pour attirer leur attention.

En se retournant, elle découvrit le shérif Nathan Battle, accompagné de Gabe Walsh, lui aussi connu pour ses dons informatiques qui avaient été plusieurs fois utiles à la police de Royal.

— Excusez-moi d'interrompre votre dîner, dit Nathan d'un air grave.

Cet homme dévoué, qui avait consacré toute sa vie à la communauté, avait une certaine tendance à apparaître dans des endroits inattendus. Natalie appréciait son implication, et plus particulièrement encore depuis les cyberattaques qui avaient ébranlé la ville.

— Bonsoir, Max. Bonsoir, Natalie, dit-il en concentrant son attention sur Max.

Son front était plissé et il paraissait soucieux. Le regard de Gabe, qui hocha la tête pour les saluer à son tour, transmettait la même inquiétude.

À quelques tables de là, Amanda, la femme de Nathan, parlait au téléphone tout en gribouillant des notes sur un carnet. La polyvalence. C'était un trait de caractère que les époux partageaient.

Max se leva pour serrer la main de Nathan.

— Bonsoir, shérif. Bonsoir, Gabe. Qu'est-ce qui vous amène à notre table ?

Ce fut Nathan qui répondit :

— Après notre conversation d'hier, j'ai pensé que…

La discussion prit un tour technique, et bien vite Natalie se retrouva perdue. D'autant plus qu'elle avait bien du mal à se concentrer sur ce qui se disait. Elle était comme captivée par Max, dont les traits sombres étaient mis en valeur par l'éclairage tamisé. Comment des ombres pouvaient-elles rendre un homme aussi sexy ?

Elle l'ignorait, mais c'était le cas, comme le confirmait cette douce sensation de chaleur qu'elle sentait courir dans ses veines.

Son appétit étant brutalement revenu, elle reprit son dessert et se laissa apaiser par la saveur rafraîchissante du sorbet aux airelles.

Cela avait été une belle soirée.

Elle savait que Max était charmant, mais jusqu'alors il lui avait paru inaccessible. Cependant, après cette soirée… Il allait lui être bien plus difficile de lui résister. La sincérité et la douleur qu'elle avait perçues dans sa voix quand il lui avait raconté son histoire l'avaient fait passer du statut de milliardaire sexy à celui d'humain.

Que devait-elle déduire de cette discussion à cœur ouvert ? Avait-elle changé quelque chose entre eux ? Et surtout avait-elle envie d'aller l'embrasser dans sa voiture ?

Le timbre de Max la ramena brusquement à la réalité.

— Nous devrions nous organiser pour…

Les beaux yeux bruns du shérif révélaient un enthousiasme certain.

Appuyant sa main sur la table, Max continua de développer son plan. Et, quand ses doigts effleurèrent les siens, elle sentit un délicieux frisson lui parcourir le dos à l'idée de l'embrasser à nouveau. Une perspective insouciante, romantique, sensuelle. Son corps dur touchant le sien, sa bouche tendre sur la sienne… Le plaisir de l'anticipation était désormais tel qu'elle en avait la gorge sèche.

Mais, alors qu'elle se reconcentrait sur son dessert, une autre sensation vint poindre en elle. L'appréhension, le sentiment qu'elle devait rester prudente.

Elle n'avait pas fait l'amour depuis que son mari était parti pour sa dernière mission, soit plus d'un an auparavant. Mais ce n'était pas le seul problème.

Ses conversations avec Jeremy s'étaient taries bien avant sa mort. Leur mariage traversait une phase difficile, à l'époque, et le silence était devenu leur principal mode de communication. Avec le recul, il lui semblait que son défunt époux et elle avaient occupé des temporalités différentes qui semblaient ne jamais entrer en synchronisation.

Or, la soirée qu'elle venait de vivre lui avait rappelé ce que c'était que de partager le même moment, échanger. Au fond d'elle, elle savait que la comparaison entre un rendez-vous galant et des années de confortable routine conjugale n'était pas juste, mais les informations que Max et elle avaient échangées sur leurs passés respectifs avaient tissé entre eux un lien bien plus fort qu'un contact physique n'aurait pu le faire. L'entremêlement de leurs tragédies personnelles avait établi entre eux une sorte de communion.

Mais dans ce cas, si elle prenait de nouveau l'initiative de se rapprocher de lui, parviendrait-elle à s'en écarter ? Ou était-ce déjà trop tard, depuis ce baiser, cette soirée ensemble ?

Pour être tout à fait honnête, elle craignait d'avoir déjà enclenché quelque chose qu'elle ne pourrait arrêter.

- 5 -

Après avoir bouclé sa ceinture, Natalie jeta un coup d'œil à Max, qui venait de démarrer. Un mélange familier de désir et de nervosité se mit à courir dans ses veines.

— Tu étais sérieux quand tu parlais d'aller te garer quelque part ?

Son cœur battait désormais à tout rompre.

Quand son regard finit par croiser le sien, un léger sourire se dessina sur ses lèvres viriles — un sourire diabolique.

— Si tu es d'accord. Mais il faut que tu m'indiques le meilleur endroit.

Passant son bras derrière son appui-tête, il se retourna pour sortir en marche arrière. Son parfum boisé vint lui chatouiller les narines, éveillant tous ses sens, ravivant encore son désir.

— Je n'en sais rien. Ça ne fait pas longtemps que j'habite ici, répondit-elle timidement en se tournant vers la fenêtre.

— C'est vrai, fit-il d'un air déçu.

Un silence s'étira entre eux tandis qu'il s'engageait sur la route principale, prenant la direction contraire de celle du Cimarron Rose, à l'opposé de la vie et de la forteresse qu'elle s'était construites pour se protéger des sentiments. Les arbres qui bordaient la route projetaient leurs ombres dansantes au-dessus d'eux.

— Mais comme j'y avais pensé, continua-t-il, j'avais imaginé un plan B pour éviter d'avoir à demander à Chels où se trouvent les meilleurs points de vue.

Intriguée, elle se retourna vers lui.

— Ah oui ? Et puis-je savoir en quoi consiste ce plan B ?

Les yeux rivés à la chaussée, il haussa les épaules.

— Je me suis dit que tu aimerais peut-être aller danser.

— Danser ? répéta-t-elle, prise de court.

Elle ne se souvenait même plus de la dernière fois qu'elle l'avait fait. Des années. Cela devait faire des années. Oui, à bien y réfléchir, elle n'avait pas dansé depuis son mariage.

Mais elle ne voulait pas penser à cela. Il fallait qu'elle vive l'instant présent. Qu'elle se remette en synchronisation avec lui.

Tout en lui souriant, il haussa un sourcil.

— Danser peut être tout aussi… intime que s'embrasser.

Elle était parfaitement de cet avis. Et il lui sembla soudain qu'elle avait trop chaud, malgré la température très agréable qui régnait dans la luxueuse voiture.

— Tu veux vraiment m'emmener danser sans rien attendre de moi en échange ?

Vu la façon dont il la regardait, elle n'arrivait pas à y croire.

— Tout à fait. À moins que tu n'en aies pas envie.

— J'en ai envie, répondit-elle en posant les doigts sur son bras musclé.

— Tu es sûre ? On pourrait aussi retourner chez toi pour s'embrasser. Ou même aller dans un hôtel pour plus de discrétion. Si tu préfères, dis-le-moi ; je te ferai l'amour toute la nuit. Mais j'ai l'impression que tu n'es pas prête pour ça.

Il prit sa main dans la sienne. Une délicieuse vague de chaleur lui parcourut le corps, l'obligeant à se redresser.

— Et je veux que tu sois prête, conclut-il.

Elle eut envie de dire quelque chose, mais n'y parvint pas. Les mots étaient comme bloqués dans sa gorge. La réponse qu'elle s'apprêtait à formuler serait déterminante.

Il fallait qu'elle se montre aussi précise que possible sur ce qu'elle voulait. Une idée qui, curieusement, générait en elle une vive tension.

Oui, elle se sentait attirée par lui. Son aisance avec les compliments ; son sourire viril et légèrement en coin qui dénotait un côté malicieux ; le pouvoir de séduction que lui conféraient ses beaux cheveux noirs et ses yeux clairs.

La disparition de Jeremy avait laissé son cœur à vif. Il lui faudrait du temps pour se donner à Max. Du temps et de la confiance.

Mais danser… Cela lui semblait être un bon compromis. Une danse pouvait rester dans un petit nœud de son esprit, être confinée.

— Danser me paraît être une sage solution. Merci.

— Sage ? répéta-t-il en remontant le chauffage. Hum… Très bien. Pour ce soir, nous allons être sages.

Quelques minutes plus tard, il se garait sur le parking d'un pub et lui tendait la main pour l'inviter à descendre.

— Ce n'est pas ce à quoi je m'attendais, dit-elle en observant le bâtiment.

Malgré la distance qui l'en séparait, elle pouvait reconnaître le son inimitable de la musique country, avec ses mélodies rythmées à la guitare et l'écho de voix rocailleuses.

La brise, fraîche, la fit frissonner, et instinctivement elle se rapprocha de lui. Sensuellement, il lui massa le dos.

En poussant la lourde porte de bois, il soupira.

— Si un cow-boy te tourne autour, je lui fais la peau.

Tout en riant de ses paroles, elle observa la salle. Des hommes coiffés de chapeaux conduisaient des femmes sur la piste de danse. Des couples partageaient des verres, trinquaient en entrechoquant leurs bouteilles de bière.

— On relève le défi ? demanda-t-il en ôtant sa veste pour l'installer au dos d'une chaise à une table libre.

Son visage affichait un air confiant.

— Parfaitement.

Elle retira ses chaussures, geste qui lui fit perdre quelques centimètres mais gagner en assurance. Après quoi ils se dirigèrent ensemble vers la piste, illuminée par des lampes de couleur. En levant la tête vers lui, elle se souvint de l'époque où elle et ses amies lycéennes, qui fréquentaient les bars de ce genre, connaissaient les pas de toutes les danses country et souriaient aux cow-boys. Sa colocataire, Jessy, était originaire de Géorgie. Gagnée par son esprit festif, Natalie avait rapidement appris les diverses chorégraphies et s'était immergée dans la musique et le rythme.

Et elle aimait ça.

Une danse en carré débuta, et la foule poussa quelques cris d'enthousiasme. Max et elle commencèrent ensemble, mais bien vite ils furent éloignés l'un de l'autre par le mouvement.

Mais peu importait le partenaire avec lequel elle se retrouvait ; son regard rencontrait toujours Max. Même lorsqu'il était à l'autre bout de la pièce, elle était attirée par lui comme par un aimant.

Quand la musique se termina, ils se rejoignirent. Et soudain elle se rendit compte que toutes les femmes le dévoraient des yeux.

Mais il ne voyait qu'elle, et seulement elle. Comme s'ils étaient seuls au monde.

Le groupe qui jouait lança alors un *two-step*, et aussitôt elle sentit sa main se poser au creux de ses reins. Ensemble, ils se mirent à bouger en cadence, leurs corps semblant se fondre l'un dans l'autre.

Ils restèrent ainsi le temps des quatre chansons qui suivirent.

Puis la musique rythmée finit par laisser place à une ballade. La lumière des spots déclina, devint plus intime.

Se serrant plus fort contre les muscles durs de son torse, elle ondula des hanches au son langoureux des guitares et releva la tête vers lui.

Ses lèvres, à présent, étaient toutes proches des siennes.

Glissant sa main dans ses cheveux, il se pencha vers elle. Et, au contact de sa bouche, elle ressentit une véritable explosion de sensualité.

Son tendre baiser ne tarda pas à s'approfondir pour devenir un vecteur de pure passion. Un plaisir brûlant affluait désormais dans ses veines.

Instinctivement, elle mêla sa langue à la sienne, comme pour l'attirer plus près d'elle encore. La musique semblait avoir disparu, il n'y avait plus qu'eux.

Eux, et quelque chose qui ressemblait à une sonnerie. Accompagnée d'une vibration.

Était-ce son imagination qui lui jouait des tours ? Complètement transportée par le plaisir, elle se sentait un peu désorientée.

Le son reprit. Plus de doute, désormais. C'était bien son téléphone, qu'elle avait demandé à Max de garder dans sa poche. S'écartant de lui à contrecœur, elle releva les yeux.

— Il faut que je décroche. Mes enfants…

Le cœur battant toujours à tout rompre, elle attendit qu'il lui remette l'appareil pour répondre.

Trop tard. Tout en continuant de s'éloigner de la piste, elle regarda l'écran pour voir qui avait appelé. Au même moment, un bip lui signala la réception d'un texto.

Lexie pleurait. Elle voulait rentrer. En lisant cela, elle sentit son cœur se serrer et la culpabilité déferler sur elle. Elle aurait dû être avec ses enfants, pas en train de danser avec un homme incroyablement sexy dans un bar enfumé. Comment avait-elle pu penser le contraire une seconde ?

Je serai là dans une demi-heure.

Elle envoya le texto. Max, qui s'était approché, la regardait désormais d'un air à la fois interrogateur et anxieux.

— Il faut que j'aille chercher mes enfants.

— Je comprends, dit-il en hochant la tête avant de tourner les talons pour récupérer les affaires qu'ils avaient laissées à leur table.

Ce qu'elle ne lui avait pas dit, c'était qu'il fallait qu'elle mette entre parenthèses ce moment irréel et la magie qu'il y avait entre eux.

Tout.

Il fallait qu'elle retrouve un minimum de contrôle sur elle-même avant de passer davantage de temps avec lui.

Max avait l'impression que la matinée s'écoulait lentement. Il ne manquait pas de travail, pourtant, mais, depuis qu'ils étaient allés chercher les enfants de Natalie, la veille au soir, l'ambiance semblait s'être refroidie entre eux.

Elle lui avait à peine adressé la parole depuis.

Rien que dans la façon dont elle lui avait dit bonjour, il avait senti des murs défensifs se dresser. Elle avait évité son regard et l'avait croisé sans s'arrêter en marmonnant qu'elle avait à faire.

Il savait bien qu'elle était débordée, submergée par bien trop d'activités pour le peu d'heures que comptait une journée.

Mais, après le dîner et le slow, cette distance semblait calculée. La tension qui émanait d'elle était presque palpable quand elle était passée devant lui pour entrer dans son atelier. Il la sentait peser sur ses épaules.

La cuisine ayant été nettoyée, elle avait servi à ses clients un petit déjeuner digne d'un hôtel cinq étoiles. Œufs, bacon, saucisses. Fromage, fruits frais, croissants et assortiment de pâtisseries maison.

Tout en sirotant le café qu'elle avait également fait, il se demandait comment elle avait réussi tout cela. Déterminé à aider cette femme si altruiste et courageuse, il décida de se mettre à contribution. Il allait l'aider, ce jour-là. La plupart des clients étant partis, elle avait procédé à un rapide nettoyage des lieux avant de recevoir Margie, venue passer du temps avec le chien et les enfants pour une séance de socialisation canine plutôt que de formation à proprement parler. Puis elle avait disparu dans son atelier.

À sa droite, Chaz et Francesca, un jeune couple qu'il avait rencontré quelques jours plus tôt, commençaient à afficher un air agacé. Avec ses yeux perçants, Francesca regardait autour d'elle, comme si elle cherchait quelqu'un. Quand Chaz consulta sa montre, Max comprit qu'ils attendaient Natalie pour payer.

Jugeant peu judicieux de l'appeler, il se leva pour prendre la note et leur rendit un dollar de sa poche. Inutile de la déranger pour cela.

Armé de sa tablette, il se replongea ensuite dans ses dossiers.

Et aux alentours de midi il releva le nez. Lexie et Colby regardaient un dessin animé, Miss Molly dormant à leurs pieds. Margie était partie quelques minutes plus tôt en lui demandant de prévenir Natalie qu'elle s'en allait, mission qu'il avait différée. Il pouvait très bien surveiller les petits pendant qu'ils étaient devant la télévision.

Mais il y avait autre chose qu'il pouvait faire pour elle.

Sûr de sa décision, il alla s'accroupir devant les enfants. Son cœur battait fort dans sa poitrine. En partie parce qu'il s'agissait de quelque chose de nouveau pour lui, mais surtout parce qu'il avait du mal à croire au naturel avec lequel cet instinct s'était manifesté. Mais, à bien y réfléchir, il avait toujours eu une sorte de don avec les enfants.

Le temps qu'il avait passé en foyer et famille d'accueil

l'avait rendu plus compatissant, plus proche des personnes dans le besoin. Cette expérience lui permettait de voir littéralement le monde de manière différente, d'être attentif aux détails, aux interactions entre les gens, à leur façon de s'exprimer et de communiquer. Ce qui avait fait de lui le bon détective qu'il était devenu.

Et ce qu'il voyait désormais devant la télé, c'étaient deux enfants sages mais affamés.

— Hé, les enfants ! Qu'est-ce que vous diriez si je vous faisais à manger ?

Les grands yeux verts de Lexie s'étaient immédiatement illuminés.

— Oh ! ouais, monsieur Max ! S'il te plaît. Tu sais faire la cuisine ?

Ces cris de joie achevèrent de le convaincre qu'il avait pris la bonne décision. Même Colby avait hoché la tête, et un léger sourire s'était formé sur ses lèvres.

Ensemble, ils se dirigèrent vers la cuisine.

— Je veux des pancakes, dit la fillette en pointant du doigt un saladier de pâte et du vermicelle au chocolat. Avec ça aussi.

Pas de quoi prouver ses talents de chef, mais s'il n'y avait que ça pour lui faire plaisir…

Après avoir acquiescé, il se tourna vers son frère aîné.

— Et toi, Colby, tu en veux aussi ?

Colby sembla réfléchir à la question. Il le contemplait avec son regard froid caractéristique, comme s'il l'observait à travers un microscope. L'espace d'une seconde, il crut que le petit n'allait pas lui répondre, car il refusait parfois de s'exprimer.

Et il était sur le point de jeter l'éponge quand Colby ouvrit la bouche :

— Oui. Mais nature. Sans chocolat. Trois petits pancakes. Ronds. Mais ne les empile pas.

— Compris. Trois ronds et nature.

Il n'eut pas de mal à trouver deux poêles et un peu de beurre, qu'il mit à chauffer.

— Et qu'est-ce que vous voulez avec vos pancakes ? Du bacon ou de la saucisse ?

— Du bacon, répondit Lexie en grimpant sur un escabeau à trois marches pour mieux le regarder cuisiner.

— De la saucisse, s'il te plaît, dit Colby d'une voix hésitante, comme s'il craignait qu'un choix différent de celui de sa sœur pose problème.

Et à cet instant Max sentit son cœur se serrer. Ce n'était que du bacon et de la saucisse. Un désir facile à satisfaire. À mille lieues des tâches beaucoup plus ardues qu'impliquait l'éducation des enfants, des besoins essentiels qui devaient être comblés par des adultes responsables.

Il allait donc s'en tenir au déjeuner, car la famille Valentine, dans ce bed and breakfast tout simple, était pour sa part loin d'être simple.

Paniquée, Natalie se précipita dans la cuisine en essuyant la sueur de son front. Il était midi et elle ne savait pas où la matinée était passée. Il y avait encore tant à faire.

Mais, quand elle vit Max s'affairer aux fourneaux, elle sentit la honte lui brûler les joues.

Il n'était pas obligé de faire ça. Il n'aurait pas dû avoir à le faire. Mais malheureusement, aujourd'hui, elle s'était laissé déborder par les événements, ce qui devait indubitablement transparaître dans son apparence.

Ses cheveux étaient relevés en un vague chignon qui tombait sur un côté. Elle s'était tachée, avait dû se changer et n'avait déniché qu'un vieux jean troué au genou et un T-shirt blanc tout simple.

Et pourtant… À en juger par son regard viril et appréciateur, on aurait dit qu'il trouvait sa tenue sexy.

Tout en dégageant une mèche de son visage, elle poussa un lourd soupir.

— Je n'arrive pas à croire qu'il soit déjà l'heure du déjeuner.

Veillant à utiliser les bons ordres et les gestes appropriés, elle fit sortir Miss Molly.

— Je suis confuse de t'avoir imposé ça.

Elle posa sa main sur l'épaule de sa fille et effleura du bout des doigts la main de Colby.

— Je vais vous faire de la soupe et des sandwichs au beurre de cacahuète et à la confiture.

La lèvre de Lexie se mit à trembler.

— Je veux que M. Max nous fasse des pancakes.

— Lexie !

— Ça ne me dérange pas, Natalie, intervint Max. Je préfère me faire à manger ici. Si je sors, ça va me prendre plus longtemps. Alors, que dirais-tu de m'offrir ces pancakes en échange de mon travail ?

Il avait trouvé une bonne excuse pour sauver la face, mais elle ne mordrait pas à l'hameçon.

— Je te rappelle que ce sont des enfants. Mes enfants, répondit-elle en secouant la tête.

L'air décontenancé, il fronça les sourcils.

— Et alors ? Je ne comptais pas mettre de l'alcool dans leurs pancakes…

Il était vraiment charmant. Rien d'étonnant à ce qu'il ait si bien réussi dans les affaires, engrangeant une fortune qui allait au-delà de son entendement.

Ce qui, cependant, ne faisait pas de lui le maître de son domaine.

— Je te remercie, mais je ne relève pas de ta responsabilité.

C'est moi qui vais faire cuire ces pancakes et te les servir, puisque tu es mon client.

À ce moment-là, Colby lui prit la main. Il était si rare qu'il la touche qu'elle en resta figée sur place.

— Maman, s'il te plaît, tu peux faire des coloriages avec moi ? Pendant ce temps, il peut faire à manger.

Son cœur, tout à coup, se retrouva submergé de souvenirs de repas de famille avec Jeremy. Il fallait qu'elle dissocie le passé et le présent. Et dans le présent les désirs et besoins de son fils passaient en premier.

Ce n'étaient que des pancakes. Et une page de coloriage. Si cela pouvait rendre ses enfants heureux…

— Bon, d'accord, Max. Si tu es vraiment sûr que ça ne te dérange pas.

Le sourire plein d'assurance était de retour. Sans hésiter, il se remit en action.

— Ça ne me dérange pas du tout. Au contraire, j'adore cuisiner, et comme je suis tout le temps en déplacement je n'ai pas souvent l'occasion de le faire.

Tandis qu'il prononçait ces mots, la danse de la veille au soir s'était rappelée à sa mémoire. La proximité de leurs corps. Le naturel avec lequel ils s'étaient embrassés.

Ce baiser…

Sentant ses jambes flageoler un peu, elle alla s'asseoir avec ses enfants. Bien vite, une douce odeur de pancake vint emplir la pièce, se mêlant harmonieusement au bruit des feutres frottant le papier.

Colby coloriait minutieusement un dessin représentant un poisson, son obsession. Après avoir jeté un dernier coup d'œil à Max, qui continuait de s'activer, elle s'arma d'un feutre pour se joindre à son fils.

Les enfants se souvenaient-ils du bon vieux temps où leur père était à la maison, dans la cuisine avec eux ? Il n'était pas très doué aux fourneaux, mais il jouait avec eux pendant qu'elle préparait le repas.

Son regard était sans cesse attiré par Max. Passant avec aisance d'une poêle à l'autre, il fit cuire les saucisses, le bacon, les pancakes, et se mit même à faire des crêpes.

— Une crêpe pour madame, dit-il en lui jetant un coup d'œil espiègle, qui fit courir un délicieux frisson le long de son dos.

Elle ne put résister au plaisir de lui sourire, mais elle se hâta de baisser la tête pour reprendre son coloriage et ne rien lui révéler de l'effet qu'il lui faisait. L'odeur de ces plats, qu'elle n'avait pas eu à préparer, lui paraissait merveilleuse. C'était un moment fabuleux, et ce, uniquement grâce à Max.

Quand il eut terminé, il servit les enfants à la petite table qui leur était réservée.

— À table ! dit-il en caressant les cheveux de Lexie, mais en se gardant bien de toucher Colby, prouvant ainsi qu'il avait bien compris que son fils était rebuté par les contacts physiques.

— Merci, dit-elle doucement.

Pour avoir fait la cuisine. Pour en avoir eu l'idée. Pour être là. Pour les trois petits pancakes bien ronds qu'il n'avait pas empilés dans l'assiette de Colby.

— De rien. Je serais ravi de rester, mais il faut que je retourne au Cattleman's Club pour rencontrer d'autres membres. Je mangerai mes pancakes sur le chemin.

Après avoir ramassé les ingrédients qu'il avait utilisés, il se dirigea vers la réserve. Sans même réfléchir, elle lui emboîta le pas. Et quand ils se retrouvèrent ensemble dans l'intimité de la petite pièce, loin des regards indiscrets, il se pencha vers elle pour l'embrasser.

Tout en poussant un profond soupir de satisfaction, elle fondit son corps dans le sien. Le baiser ne fut pas aussi fiévreux que celui de la veille au soir, mais il fut tout aussi passionné.

Sans doute parce qu'elle était passionnée. Malgré toutes ses bonnes résolutions, elle n'avait pu résister à la tentation. Les muscles de ses bras et de son torse. Son cou bien droit. Ses mâchoires puissantes sur lesquelles sa peau était légèrement rugueuse contre sa main.

Juste un baiser, et elle pourrait passer à autre chose. Ou pas.

— Pourquoi me poursuis-tu ainsi ?

Elle s'était écartée de lui pour observer ses yeux.

Pas sa bouche si virile. Non. Surtout pas.

Elle avait du mal à recouvrer ses esprits et, si elle baissait les yeux vers cette source de tentation, elle n'y parviendrait pas.

Alors qu'elle se faisait ces réflexions, il s'était mis à la regarder en étrécissant les paupières.

— Je ne suis pas sûr d'avoir bien compris le sens de ta question.

Était-ce vrai ? Ou n'avait-il tout simplement pas envie d'en discuter ?

Pour sa part, elle aurait préféré pouvoir se perdre à nouveau dans le délicieux contact de sa bouche. Sentir la chaleur de ses mains sur sa taille, son dos, son corps tout entier, mais elle ne pouvait pas se laisser aller à cela. Il fallait qu'elle reprenne le contrôle de la situation.

— Je ne suis pas vraiment ton type de femme, répondit-elle pour clarifier.

— Natalie, murmura-t-il contre son oreille. Et si tu arrêtais de faire des recherches Internet sur moi pour apprendre à connaître l'homme que je suis vraiment ?

Ses pensées s'embrouillèrent quand elle sentit ses lèvres se poser sensuellement sur sa peau.

— Je me renseigne sur toutes les personnes qui séjournent ici. Pour des raisons de sécurité.

— Bien sûr. Mais tu m'aimes bien, je me trompe ?

Affichant un sourire décidément diabolique, il joignit à nouveau sa bouche à la sienne.

Beau. Sexy. Charmant.

Il n'avait pas tort. Mais peut-être n'était-ce pas important.

— On ne peut pas dire que je sois ton genre de femme, insista-t-elle.

L'air grave, il inclina la tête sur le côté, comme s'il avait enfin compris qu'elle avait besoin d'élucider ce mystère.

— Tu es tellement sexy que j'ai cru que mon corps allait s'embraser à la seconde même où je t'ai vue.

Doucement, il retira la barrette qui retenait ses cheveux, lesquels retombèrent alors souplement sur ses épaules. Tout en souriant, il passa ses mains dedans.

— Cela suffit à faire de toi mon type de femme.

Ce qui soulevait néanmoins une autre question, peut-être même plus importante encore.

— Et si tu n'étais pas mon type d'homme ? Je ne parle pas d'attirance, je parle de ce qui est bon pour moi.

Ou pour ses enfants. Il fallait qu'elle pense à eux, notamment aux besoins particuliers de Colby. Manifestement, il avait bien compris qu'il ne fallait pas toucher le petit ni empiler ses pancakes, mais ce n'était pas pareil que d'affronter au quotidien les problèmes posés par l'éducation d'un enfant autiste.

— Si tu ne veux pas de moi dans ta vie, Natalie, alors dis-moi de partir.

Un long silence s'installa entre eux. Ce fut lui qui finit par le rompre.

— C'est bien ce que je pensais, affirma-t-il en hochant la tête.

— Mais il s'agit simplement d'une attirance. Je reconnais

que je suis séduite par ton côté mauvais garçon, mais malgré tout l'amour que j'ai porté à Jeremy je sais qu'une relation, aussi stable soit-elle, ne garantit pas le bonheur.

L'angoisse commençait à lui ronger le ventre.

S'approchant un peu plus d'elle, il fit glisser sa main le long de son bras.

— Très bien. J'ai compris qu'il n'était pas question pour toi de renouer une relation ou de remplacer ton mari, dit-il avant de déposer un doux baiser sur son front. Et si on arrêtait de parler de tout ça ? Il ne sert à rien de chercher une explication logique à ce qui se passe entre nous.

— Tu es un magnat de l'informatique. Je pensais que ça faisait de toi le roi de la logique.

Elle sentit son rire grave faire vibrer son torse puissant.

— J'aime à me considérer comme un homme moderne, en contact avec ses émotions. Je suis là pour le moment. Alors, autant vivre pleinement l'instant présent.

Il se pencha vers elle pour l'embrasser de nouveau et, dans la seconde qui précéda leur baiser, elle chercha son regard en se demandant si elle parviendrait elle-même à relever ce défi. Et, si oui, pour combien de temps.

Quand Natalie en ouvrit doucement la porte, un rai de lumière vint éclairer la chambre de Lexie, lui permettant de distinguer sa petite silhouette endormie, ses épaules se soulevant au rythme régulier de sa respiration.

À pas de loup, elle s'approcha pour déposer un baiser sur le front de sa fille, qui, manifestement transportée par le beau rêve qui se jouait derrière ses paupières closes, ne bougea pas d'un pouce.

Satisfaite, Natalie quitta la chambre de Lexie pour se diriger vers celle de Colby.

La scène qu'elle y découvrit ne l'étonna guère. Comme

à son habitude, Colby était complètement caché sous ses draps, qui formaient autour de lui une sorte de tente protectrice. Assis, il regardait un livre en s'éclairant avec une lampe-torche.

À son arrivée, Miss Molly remua la queue et poussa un couinement, mais la chienne resta au chevet de Colby. Aussitôt, le petit releva le drap, s'exposant à l'air de la pièce et à sa vue. Natalie se sentit submergée de tristesse. Comme elle aurait aimé pouvoir le serrer dans ses bras !

Mais, comme il n'appréciait pas les câlins, ils avaient développé un autre langage d'affection. Doucement, elle lui tapota du bout des doigts le dos de la main puis le front. Un sourire se dessina sur son visage, illuminant ses traits.

Pas de câlin, mais une connexion sincère. Ces petits moments étaient très importants à ses yeux, et elle les gravait dans sa mémoire pour en tirer du réconfort dans les périodes plus difficiles.

Après avoir refermé son livre et l'avoir mis de côté, il éteignit sa lampe-torche en bâillant.

— Bonne nuit, dit-il en s'allongeant, d'un ton sérieux et confiant.

— Bonne nuit, Colby.

Le chien étant comme un lien entre eux, elle lui caressa la tête avant de partir en refermant la porte derrière elle.

Et une fois dans le couloir elle s'adossa au mur pour pousser un lourd soupir. Ce fut alors qu'elle remarqua qu'une chaude lumière émanait du cadre de la porte de Max.

Il était toujours éveillé et il était là.

Ça n'aurait pas dû être important à ses yeux.

Et pourtant elle ne pouvait s'empêcher de se l'imaginer dans sa chambre, calme et décontracté. Était-il plus qu'un simple client ?

Question idiote. Tout en secouant la tête, elle sortit son téléphone de sa poche. Cela faisait plusieurs semaines qu'elle n'avait pas parlé à ses parents. Elle ne pouvait pas repousser cette tâche plus longtemps.

En traversant la salle commune, elle salua des clients qu'elle trouva assis dans le confortable canapé. Le couple, pelotonné sous une couverture, regardait un film en mangeant du pop-corn. La tête de la jeune femme reposait tendrement sur l'épaule de son mari.

Le problème de son travail au bed and breakfast était qu'elle était continuellement le témoin de moments privés. Et nombre d'entre eux, à l'instar de celui-ci, avaient tendance à raviver ses vieilles blessures. Accélérant le pas, elle descendit l'escalier.

Après s'être assise à la table de la cuisine, elle prit une profonde inspiration et composa le numéro.

Cinq sonneries.

Il fallut cinq sonneries à sa mère pour décrocher. Déjà, Natalie sentait son estomac se contracter.

— Bonjour, maman. Comment ça va ?

— Bonjour, Natalie. Ça fait longtemps, dis donc, répondit sa mère d'un air de reproche. Tout va bien, je te remercie. Ton père et moi avons pour projet de partir en vacances.

— Ah oui ? Où ça ? s'enquit Natalie en se passant nerveusement la main dans les cheveux.

Sa mère poussa un soupir d'exaspération.

— Eh bien, en Floride, comme d'habitude.

Pas un mot pour prendre des nouvelles de Colby et Lexie. Ou d'elle-même. Le contraire l'eût étonné. Mais tout de même.

— Comment va papa ? demanda Natalie pour pouvoir ainsi parler à son père, qu'elle avait rarement l'occasion d'avoir au téléphone.

— Très bien. Mais nous étions en train de dîner. J'espère que tes enfants vont bien aussi, répondit-elle d'une voix tendue.

Elle avait clairement fait savoir à Natalie que si elle refusait de faire les choses à sa façon elle n'obtiendrait aucun soutien de sa part.

Étant elle-même maman, Natalie avait de plus en plus de mal à l'accepter et à le comprendre.

— Eh bien, bon appétit, alors. On discutera plus tard. Au revoir, maman. Je vous aime, papa et toi.

Elle avait dit cela par habitude, mais le pensait réellement, même si elle avait souhaité que leur relation soit plus profonde. Était-elle destinée à être constamment déçue par le manque de générosité des personnes qui étaient censées être ses partenaires dans la vie, comme ses parents ou Jeremy ?

— On t'aime aussi, répondit sa mère, avant de couper la communication, la laissant seule et blessée.

Ce n'était pourtant pas la pire conversation qu'elle avait eue avec elle. Quand elle avait pris la décision de s'installer au Texas, leurs discussions avaient été entachées d'amertume et de colère.

Mais la tension était toujours bien présente entre elle et sa mère, et le lien qui les unissait semblait s'être détérioré. Pour être honnête, il n'avait jamais été si fort que cela. En tout cas, il n'avait rien en commun avec celui qui la rattachait à ses propres enfants.

Le sentiment d'anxiété était toujours bien ancré dans sa poitrine. Sans même réfléchir, elle se leva, repassa devant le couple qui regardait la télévision et s'approcha des chambres de ses enfants, plongées dans le noir. Posant la main sur la porte de Colby, elle prit une profonde inspiration en se jurant d'être toujours présente pour eux.

Mais au moment où elle tourna les talons la lumière qu'elle vit briller dans le cadre de la porte de Max attira son attention.

Il était toujours éveillé.

Une idée qu'elle trouva enthousiasmante. Si la vie n'avait pas été à la hauteur de ses espérances et ne lui avait pas donné ce qu'elle avait souhaité, elle ne pouvait pas contrôler les agissements et les sentiments des autres. Elle ne pouvait maîtriser que ses propres décisions et actions. Et à ce moment précis elle savait parfaitement ce qu'elle voulait.

Elle voulait quelque chose rien que pour elle.

Elle voulait faire l'amour avec Max St. Cloud.

- 6 -

Max regardait fixement le code affiché sur l'écran de son ordinateur.

Mécontent, il tendit la main pour récupérer sa tasse de thé sucré. Il n'avait pas l'habitude d'en boire, mais il semblait bien qu'en ces lieux la tentation de la douceur était partout.

Quelques heures plus tôt, il avait quitté sa chambre pour prendre l'air. Il ne savait pas pourquoi, mais il avait l'impression qu'une information déterminante pour sa mission lui échappait. Or, le footing avait toujours eu pour effet de lui éclaircir les idées.

Enfin, jusqu'à ce jour.

Car à chaque foulée son esprit revenait à Natalie. Il ne parvenait pas à réfléchir à l'enquête ; il ne cessait de penser au sourire appréciateur qu'elle lui avait adressé devant ses crêpes et ses pancakes.

Il avait couru plus longtemps que d'habitude. Comme si courir pouvait lui dévoiler les origines de la cyberattaque — ou un moyen de toucher le cœur de Natalie.

La douche qu'il avait prise ensuite l'avait revigoré, et il s'était senti prêt à se replonger dans son travail pour résoudre l'énigme.

Mais l'analyse de la porte dérobée du logiciel n'avait révélé aucune information utile. Après avoir bu une gorgée de thé, il reposa la délicate tasse en porcelaine à côté du vase de fleurs du jardin que Nathalie avait dû remplacer pendant son absence.

Décidément, elle ne cessait de s'insinuer dans ses pensées.

Un nouveau changement d'environnement semblait requis. Prenant un tas de documents à la main, il traversa la chambre pour s'installer sur le canapé.

Il avait étudié le profil de tous ceux qui avaient ouvertement fait part de leur désaccord concernant l'entrée des femmes au Texas Cattleman's Club et dressé une liste des personnes qui s'étaient vu refuser l'admission au club. Quelqu'un en voulait peut-être aux membres de l'avoir exclu. Cette liste, cependant, était longue. Il allait devoir demander à ses employés de l'aider un peu. Une fois qu'ils lui auraient fourni les éléments de base, il pourrait creuser davantage.

S'appuyant au dossier du canapé, il ferma les yeux, et ses pensées retournèrent immédiatement à sa soirée avec Natalie, lui faisant remonter en mémoire le baiser qu'ils avaient échangé, la façon dont elle s'était lovée contre lui ; la liberté avec laquelle elle s'était abandonnée à la danse. Malgré toutes les douches qu'il avait prises depuis, il lui semblait pouvoir toujours sentir l'odeur fleurie de ses doux cheveux.

Quelqu'un frappa à la porte, coupant court à ses réflexions. Les battements de son cœur s'accélérèrent quand il s'éclaircit la gorge pour répondre.

Pivotant sur son siège, il cria :

— Entrez !

Natalie. En chair et en os. Aussi sexy que d'habitude. Et même plus sexy que jamais.

Elle tenait à la main une assiette contenant une part de tarte aux noix de pécan et portait une robe longue en coton qui mettait en valeur ses courbes sans rien révéler d'autre que ses bras gracieux et ses pieds nus.

— En voyant la lumière allumée, je me suis dit que tu n'aurais rien contre un petit en-cas avant de te coucher.

Il avait faim, oui, très faim. Rien qu'en la regardant, il avait senti son sexe se dresser de tout le désir qu'il avait pour elle.

— C'est très gentil de ta part.

Elle n'était pas entrée, mais ne faisait pas non plus mine de lui tendre l'assiette. Il essaya de lire dans ses pensées, deviner ce qu'elle voulait. Et, en baissant les yeux vers ses pieds, il remarqua que ses ongles étaient peints en vert. Intéressant. Pas le choix conventionnel auquel il se serait attendu.

Mais il était mal parti s'il commençait à faire une fixation sur ses pieds. Instinctivement, il toucha son cœur du bout de ses doigts. Ce fut alors qu'il se rendit compte qu'il était torse nu.

Embarrassé, il s'éclaircit la voix.

— Je vais mettre un T-shirt. Ensuite, on pourrait peut-être descendre chercher une autre part de tarte pour que tu puisses te joindre à moi.

Après avoir jeté un coup d'œil par-dessus son épaule, elle avança vers lui.

— Et si tu restais comme ça et que nous partagions celle-ci ici ?

Waouh !

Il ne s'attendait pas du tout à ça.

Mais, malgré tout le désir qu'il avait pour elle, il ne voulait prendre aucun risque. Et il tenait à s'assurer qu'elle ne le regretterait pas.

— Les enfants sont avec Tom et Emily ?

En guise de réponse, elle lui montra son téléphone.

— Il y a des babyphones dans leurs chambres. Et ils dorment juste à côté. Je les entendrai s'ils ont besoin de moi. J'y ai pensé avant de venir.

— Ça ne m'étonne pas.

Il ignorait tout des responsabilités parentales. À l'âge des enfants de Natalie, il avait déjà perdu tout contact avec sa mère, et les familles d'accueil qu'il avait fréquentées comptaient généralement trop d'enfants pour que les choses soient faites correctement. Mais elle était… incroyable. Belle et généreuse. Il aurait dû lui dire de partir… mais il ne pouvait pas.

— Tu es sûre de vouloir partager cette tarte avec moi ?

— Absolument certaine, répondit-elle.

Et, après l'avoir regardé dans les yeux sans hésitation, elle déposa un préservatif dans la paume de sa main.

Plus rien ne l'étonnait.

Jusqu'à ce qu'elle fasse irruption dans sa vie.

Il referma les doigts sur la protection. Elle n'aurait pas pu être plus claire que cela.

Fasciné, il s'écarta de son chemin pour la laisser entrer.

— Tu ne me demandes pas pourquoi ? finit-elle par dire.

— Pour te donner l'occasion de revenir sur ta décision ? Non.

D'un geste résolu, il referma la porte et tira le verrou.

Comme elle regardait le bureau, il repoussa sur le côté un tas de dossiers, dégageant un espace sur lequel elle posa la tarte avant de sortir deux petites cuillères de sa poche.

— On partage ?

— Avec plaisir.

Il lui prit la cuillère d'une main et attrapa son poignet de l'autre.

— Mais à une condition.

— Je t'écoute.

— Chacun donne à manger à l'autre, dit-il en souriant, avant de l'attirer sur ses genoux.

L'air amusé, elle trempa sa cuillère dans la glace et l'approcha de lui. Mais au dernier moment elle la retira pour savourer elle-même cette première bouchée. Ses beaux yeux verts pétillaient de malice.

Surpris par son humeur taquine, il se mit à rire. Elle était d'ordinaire si sérieuse. Mais d'un autre côté elle était toujours débordée. S'il se sentait attiré par elle auparavant, il était désormais… subjugué.

Après avoir à son tour trempé sa cuillère dans le dessert, il la tendit vers elle.

Elle ferma les yeux en savourant la bouchée de glace et ronronna sensuellement.

— Je ne voudrais pas me jeter des fleurs à moi-même, mais c'est vraiment délicieux. C'est moi qui ai fait la glace.

Cette fois-ci sans la retirer, elle lui présenta une cuillerée de tarte mêlée à la glace. Il avait beau avoir fréquenté les plus grands restaurants du monde, il ne se souvenait pas avoir mangé de glace maison auparavant. Soit c'était la meilleure qu'il ait jamais goûtée, soit c'était elle qui lui faisait cet effet-là.

Mais peu importait le dessert. Ce qu'il voulait, c'était l'embrasser. Et il l'embrassa. Il l'embrassa vraiment. Et elle lui rendit vraiment son baiser.

Savourant le parfum de vanille qu'avait pris sa langue, il reposa sa cuillère sur la table. La courbe parfaite de ses fesses, appuyées sur ses genoux, représentait une tentation beaucoup plus forte que la pâtisserie.

Il ne savait pas ce qu'il avait fait pour mériter cela, mais il se sentait reconnaissant. Et allait s'assurer qu'elle ne regrette pas sa décision. Il avait toujours été doué pour cerner la personnalité des autres, et il lui semblait que ce grand plongeon dans l'intimité ne lui ressemblait pas. Mais il n'avait pas envie de s'interroger trop longuement là-dessus.

Il avait plutôt envie de se pencher sur… sur elle.

La soulevant, il se leva en l'encourageant à faire de

même. Les mains accrochées à ses épaules, elle poussa un brûlant soupir. Ivre de désir, il l'attira vers le lit, sur lequel il la fit s'étendre. Il avait rêvé de cela, l'avait planifié, mais l'excitation qu'il ressentait à la tenir dans ses bras, dans sa chambre, allait au-delà de tout ce qu'il avait pu imaginer.

Or, quand il s'agissait de ce genre de sujet, son imagination n'avait pas de limites.

Dans un sourd grognement, il couvrit son corps doux et chaud du sien en se délectant du plaisir intense que ce contact lui procura, savourant la sensation de leurs peaux brûlantes et la vision de ses cheveux de feu répandus sur l'oreiller, de ses yeux d'émeraude brillants de passion.

Tandis qu'il la contemplait, elle s'était accrochée à l'élastique de son short de sport avec une énergie qui envoya une véritable décharge de désir en lui. Sensuellement, il fit glisser sa bouche sur sa gorge, l'arrondi de son épaule. Puis, langoureusement, il attrapa le bas de sa robe et fit remonter le tissu le long de ses jambes fuselées.

Cambrant les reins, elle l'invita silencieusement à poursuivre — invitation qu'il avait pleinement l'intention d'accepter. N'y tenant plus, il finit par lui retirer totalement la robe, exposant des courbes époustouflantes délicatement recouvertes de dentelle.

On aurait dit l'une de ces pin-up des années 1950, tout en sensualité et toute à lui. Mais il était tout à elle, lui aussi, car plus il sentait ses mains avides sur son torse, plus elle descendait vers son sexe érigé, plus il avait envie d'être en elle de tout son corps, de tout son être.

Il n'arrivait plus à émettre la moindre pensée rationnelle. L'instinct avait pris le dessus sur lui, les murmures d'encouragement de Natalie se mêlant à ses grognements de désir tandis qu'ils se débarrassaient mutuellement et avec hâte du reste de leurs vêtements, jusqu'à ce que, enfin, ils se retrouvent peau contre peau, chair brûlante contre chair brûlante. Son sexe était désormais appuyé sur son ventre, lui offrant un délicieux avant-goût de ce qu'il ressentirait quand il serait au fond d'elle.

Bientôt.

Très bientôt, à en juger par la fougue et l'impatience qu'il percevait dans ses caresses. Elle finit, d'ailleurs, par lui enfiler le préservatif.

Mais, quand il voulut s'enfoncer en elle, il sentit qu'elle était tendue. Était-ce simplement physique ou devait-il voir là une réaction de crispation ? Dans tous les cas, il était déterminé à inverser la donne en faisant passer son plaisir avant tout.

Glissant sa main entre leurs deux corps, il posa les doigts sur son clitoris palpitant. Au même instant, elle cambra les hanches, mais une petite grimace vint déformer ses traits. Il était, certes, avantagé par la nature, mais il y avait apparemment un problème qui allait au-delà de cela. Peut-être était-ce parce qu'elle n'avait pas fait l'amour depuis très longtemps. Il avait entendu dire que l'abstinence pouvait engendrer ce genre d'inconfort, mais il voyait également sur son visage qu'en parler ne ferait rien pour arranger les choses. Aussi décida-t-il d'agir en se montrant le plus tendre et le plus réceptif possible.

De toute façon, prendre son temps avec elle ne relevait en rien du sacrifice. C'était ce que l'on aurait pu appeler une douce torture, la frustration ne faisant que renforcer le plaisir et l'excitation.

Enfonçant ses ongles dans ses fesses, elle leva la tête vers lui.

— Qu'est-ce que tu attends ? J'ai envie de toi…

Après avoir embrassé le délicat lobe de son oreille, il se pencha vers elle.

— Et moi j'ai envie que ce soit aussi bon pour toi que pour moi.

— Je sais ce que je fais. Je ne suis pas naïve, répondit-elle en caressant sensuellement ses jambes avec son pied.

Tout en souriant, il dégagea une mèche de cheveux de son visage.

— Je l'ai compris, mais nous avons un petit problème d'ordre physique, et l'idée de prendre mon temps avec toi ne me paraît pas désagréable du tout.

Il recommença à lui embrasser le cou, se consacrant à la peau d'ivoire et de satin entre son oreille et son épaule. Sous sa bouche, il sentait que son pouls s'était accéléré.

Alors, il s'enfonça lentement en elle, millimètre par millimètre, un délicieux supplice, mais il tenait à s'assurer qu'elle ne regretterait rien. Il avait envie qu'elle se donne à nouveau à lui, et il voulait mettre toutes les chances de son côté en prêtant une attention particulière à ses caresses, ses baisers, ses actions et réactions.

Sous son corps, il la sentait onduler sensuellement, pressant ses seins parfaits contre son torse. Cette chaleur menaçait de lui faire perdre le peu de contrôle qu'il avait réussi à maintenir sur lui-même, mais elle était absolument exquise. Baissant la tête, il prit en bouche l'un de ses tétons durcis de désir, qu'il titilla du bout de sa langue. Le soupir d'approbation qu'il lui arracha fit naître en lui un sentiment de fierté et de victoire. Souriant de bonheur, il passa à l'autre sein rond et voluptueux, tout en caressant celui qu'il avait abandonné.

Leurs corps se fondaient désormais l'un dans l'autre, et il tirait une pleine satisfaction de la voir se détendre entre ses bras. Ses muscles semblaient s'être dénoués à mesure que sa passion s'était accrue. Il accéléra ses mouvements de va-et-vient, mais, en inspectant son visage pour y rechercher le moindre signe d'inconfort, il s'aperçut qu'elle l'observait. Ce qui signifiait qu'elle réfléchissait. Or, il voulait qu'elle savoure l'instant présent.

S'étant immobilisé, il plaça sa bouche au-dessus de la sienne et se mit à mordiller sa lèvre sensuelle. Bien vite, elle s'ouvrit à lui, leurs langues se mêlèrent, dansèrent.

Son corps semblait en manque d'attention. Depuis qu'elle était seule, elle avait dû consacrer tout son temps libre à ses enfants, délaissant ainsi sa vie sociale. Sûr de sa déduction, il mit ses mains en action. Avec plus de fougue encore, il caressa et massa ses épaules, ses bras, sa taille, ses hanches, ses cuisses. Ses soupirs se faisant plus forts, elle se cambrait et ondulait contre lui. L'orgasme, son orgasme, le leur, n'était pas loin.

Et quand le sien éclata elle l'emporta aussitôt avec elle.

Avec une intensité vertigineuse, l'extase, dans toute sa brûlante volupté, déferla dans ses veines, faisant vibrer son corps d'un plaisir qu'il n'aurait jamais imaginé possible.

Tout en la serrant plus fort encore dans ses bras, il finit par rouler sur le côté, haletant. Sidéré.

Il n'y avait pas de mot pour décrire ce qu'il ressentait, car, s'il s'était douté que le sexe avec elle serait merveilleux, il n'avait jamais pensé une seule seconde que ce serait bien meilleur que tout ce qu'il avait connu jusqu'ici.

Natalie s'étira, pleinement satisfaite de l'instant présent et de sa décision. Max, qui s'était levé, lui avait apporté la part de tarte qu'ils avaient à peine eu le temps de goûter.

Il avait remis son short de sport, ce qui ne l'empêchait néanmoins pas d'admirer ses pectoraux. Et, avec ses cheveux ébouriffés, il lui paraissait plus sexy encore. S'étant assis à côté d'elle, il fit courir le bout de ses doigts sur sa cuisse.

La légère odeur de transpiration qui se mêlait à celle de son parfum composait une fragrance qui n'appartenait qu'à eux.

Elle se sentait rassasiée. Son corps était détendu, ses

sens, repus. Et heureusement, à en juger par les bruits de respiration réguliers qu'elle entendait à travers son téléphone, ses enfants dormaient paisiblement.

Elle allait pouvoir prolonger un peu cette merveilleuse parenthèse. Tout avait été tellement incroyable, tellement délicieux. Certes, elle était embarrassée du mauvais départ qu'elle avait pris quand elle avait découvert que ses grandes mains répondaient bien aux clichés. Après cette longue période d'abstinence, elle s'était sentie mal à l'aise, mais il avait trouvé de délectables moyens de la détendre. Et, malgré le léger inconfort qui avait demeuré, l'extase avait fini par arriver.

— Tu es très patient, dit-elle avec tact.

— Tu es très sensuelle.

Seulement parce qu'il lui donnait le sentiment de l'être.

— Je crois qu'on devrait parler de la façon dont les choses ont commencé et… Tu sais, ça faisait longtemps.

Doucement, il la fit taire d'un index sur ses lèvres.

— Je comprends. Mais nous avons résolu le problème, me semble-t-il, et quand nous aurons retrouvé notre énergie nous continuerons de communiquer.

Il déposa un baiser sur sa bouche, puis un autre.

— Dis-moi ce que tu aimes et ce que tu n'aimes pas, ce que tu veux et ce que tu ne veux pas, reprit-il.

La main sur sa nuque, elle l'attira plus près d'elle.

— Je veux plus de toi. Et je veux plus de tarte.

Un épisode du passé menaça brutalement le présent. Une image du blond Jeremy s'était insinuée dans ses pensées et elle avait revu leur relation, les fleurs, l'hôtel où elle avait fait l'amour pour la première fois. En une seconde, leur vie la traversa. Un mariage ; deux enfants ; tant d'amour qui n'avait pourtant pas suffi à protéger aucun d'entre eux des ténèbres.

Ravalant sa salive avec peine, elle ferma les yeux,

s'obligeant à se concentrer sur l'instant présent. À ne pas revenir à la source de sa douleur.

— Vos désirs sont des ordres, finit-il par répondre en riant avant de joindre ses lèvres aux siennes.

Il lui passa l'assiette et ils mangèrent tous deux avec appétit. Quand elle eut terminé sa dernière bouchée, elle l'étudia attentivement en se demandant… tellement de choses.

— Je ne te comprends pas. Il doit tout de même y avoir des tas de femmes plus expérimentées et moins compliquées que moi.

— Peut-être. Mais je les trouve ennuyeuses.

Inclinant la tête sur le côté, elle plongea son regard dans le sien.

— Tu veux dire que je représente un défi pour toi ?

— Des femmes qui représentent des défis, j'en rencontre sans arrêt, mais ce n'est pas pour ça que j'ai envie de les mettre dans mon lit. Tout ce que je sais, c'est que j'ai envie de toi. Et que je prends plaisir à te voir heureuse, à voir ton visage s'illuminer de bonheur. Ça mérite bien un peu de patience.

Le ton qu'il avait employé était si simple, si mesuré et assuré.

— Toi et moi, on est très mal assortis. Tu ne peux pas dire le contraire.

Tout était différent en eux, à commencer par leur quotidien et leurs objectifs. Et elle ne voulait pas d'autre fissure, d'autre fracture dans sa vie.

Une fois encore, le passé revint la tourmenter. Une image de son défunt mari. L'époque où ils avaient cessé de se parler parce que cela était plus facile que de se disputer. Cette distance qui était devenue bien plus glaçante encore après sa mort.

— Je ne peux pas te dire le contraire, finit-il par

répondre. Et, pour tout t'avouer, je ne comprends pas cette attirance que j'ai ressentie à l'instant même où mon regard s'est posé sur toi. Mais je sais simplement qu'elle est là.

Des larmes commençaient à lui piquer les yeux. Elle eut envie de lui faire l'amour à nouveau, de se passer des discussions pour partager avec lui sur un plan beaucoup plus intime. Mais quelque chose dans son expression retint son attention et lui rendit son assurance, l'encourageant à s'épancher.

Elle prit une profonde inspiration et parvint à réprimer son émotion.

— C'était mon premier amour, déclara-t-elle d'une toute petite voix. Mon premier… tout court.

Tendrement, il lui caressa le visage.

— Je suis désolé que tu l'aies perdu.

— Perdu… Le mot est juste.

— Que veux-tu dire par là ?

— J'étais une femme de soldat. Et je suis la mère d'un enfant handicapé. Ces deux facteurs ont généré beaucoup de tension dans mon couple.

Elle voyait sa vie repasser devant ses yeux. Toutes les embûches qui allaient de pair avec le statut d'épouse de militaire ; les perturbations du quotidien, les habitudes qui devaient être prises puis abandonnées.

— Jeremy et toi aviez des problèmes ?

— Les mois d'absence. Les traumatismes de guerre. Un enfant handicapé. Oui, mon couple traversait une période très difficile, et j'en souffrais énormément. Tout comme lui, j'imagine. Mais nous nous sentions tous les deux incapables de régler nos différends.

Tremblant un peu, elle aspira une longue bouffée d'air. Les répercussions de sa mort lui semblaient toujours aussi douloureuses. Sans doute ne cesseraient-elles jamais de l'être.

Elle ne voyait pas comment il aurait pu en être autrement.

— Et c'est à ce moment-là qu'il a été renvoyé en mission ? finit par s'enquérir Max d'un ton encourageant.

Elle secoua la tête puis, fermant les yeux, se força à prononcer ce qu'elle n'avait jamais énoncé à voix haute.

— C'est lui qui a demandé à partir.

— Il a fait quoi ?

— Il a demandé à partir à l'étranger. Il a dit qu'une pause ne nous ferait pas de mal. Et maintenant il est…

Le mot resta coincé dans sa gorge, lui coupant le souffle.

— Tu ne dois surtout pas culpabiliser.

À ces mots, elle laissa échapper un petit rire amer, et les larmes menacèrent de refaire surface. Ravalant sa salive avec peine, elle retrouva sa voix.

— C'est vrai sur un plan purement intellectuel, mais je suis humaine. Je ne peux pas m'empêcher de songer que s'il n'avait pas essayé de mettre de la distance entre nous…

Elle s'interrompit, se passa nerveusement une main dans les cheveux.

— Vous subissiez tous les deux beaucoup de pression.

— Parfois, dans les moments les plus sombres, je me demande s'il n'était pas distrait. Ou pire : s'il n'a pas couru au-devant du danger.

— Tu crois qu'il a pu avoir des pensées suicidaires ?

Elle secoua énergiquement la tête. C'était une possibilité qu'elle n'osait même pas envisager. Et pourtant elle s'entendit murmurer des mots qu'elle n'avait jamais dits à personne :

— Pas vraiment, mais le chagrin est irrationnel. On ne communiquait plus. Et si, pendant un instant, il avait pensé que l'argent de l'assurance vie pourrait… Écoute, je ne peux pas dire ça, ça me fait trop de mal.

— J'aimerais pouvoir faire quelque chose pour atténuer cette douleur que tu portes en toi, dit-il doucement.

Mais la simple idée qu'il ait envie de la réconforter lui faisait du bien. Déjà, son chagrin s'était un peu apaisé.

— Écouter, c'est déjà beaucoup. Je n'ai personne ici avec qui je me sens assez à l'aise pour partager cela.

La voix brisée, elle se prit la tête entre les mains. Ce secret pesait beaucoup sur elle au quotidien. Elle n'avait personne à qui se confier. Pas d'amis suffisamment proches. Et naturellement elle ne pouvait pas en parler à ses parents, qui lui reprochaient déjà d'avoir fait des choix mal avisés concernant son couple et sa famille.

— Je suis content que tu te sentes en confiance avec moi.

— Il y a quelque chose entre nous.

Comme il avait froncé les sourcils, elle étudia son visage attentivement.

— Qu'est-ce qu'il y a ? Ça t'étonne que je dise ça ?

— Oui, répondit-il en lui caressant doucement la joue du bout des doigts. Je sais qu'il y a un lien entre nous, mais tu as toujours cherché à garder tes distances avec moi. Ou en tout cas jusqu'à ce soir.

— J'essaie d'aller de l'avant. J'ai envie d'aller de l'avant. Mais c'est plus facile à dire qu'à faire.

Machinalement, elle caressa son annulaire désormais nu.

— J'ai l'impression que tu es passée à une autre étape de ta vie.

— Tu dis ça parce que tu m'as mise dans ton lit, répondit-elle pour tenter d'alléger à la fois l'ambiance et son cœur.

— Je pensais à ton bed and breakfast, aux robes que tu crées, à tes super enfants et même à cet adorable chien que tu formes. D'après ce que je peux en voir, tu mènes une vie riche et bien remplie.

Avec un sourire espiègle, il se pencha vers elle.

— Et en plus, oui, j'ai la chance de t'avoir dans mon lit, conclut-il.

Les souvenirs de son mari lui avaient mis le cœur à vif, mais ils avaient également renforcé sa décision : elle devait profiter au maximum de cette nuit avec Max.

Car le destin lui avait appris que les lendemains n'étaient pas toujours roses.

Max huma le parfum de l'asphalte après la pluie, cette odeur acide qui semblait être son seul repère dans la vie.

Il avait encore été abandonné par une famille d'accueil.

Tant pis. Il n'avait pas besoin d'eux.

Sous le réverbère, il contemplait la ville. Il n'était attendu nulle part puisque les surveillants du foyer où il dormait le pensaient en camping. Il était devenu maître dans l'art de trouver des lieux dont il pouvait s'échapper facilement.

Là, dans la rue, il avait à la fois tout et rien à portée de main.

Le soleil déclinait à l'horizon, incendiant le ciel. Le monde entier semblait rougi par ses flammes qu'un vent froid attisait. L'estomac meurtri par la faim, il tourna son regard vers la poubelle du restaurant italien. Tous les soirs, on y jetait du pain et des pâtes parfaitement mangeables.

Qu'est-ce que ça pouvait bien faire ? Il n'était pas adoptable. Son avenir était aussi ouvert que cette poubelle. Les règles étaient faites pour les autres, alors il inventerait les siennes.

Un nouveau douloureux gargouillis secoua son ventre. Les rayons de lumière obliques du réverbère éclairaient la poubelle.

Déterminé, il se mit à la fouiller, en quête d'un morceau de pain.

Mais ce fut la douceur d'un drap que ses doigts

rencontrèrent. Une odeur de lavande vint chasser celle de l'asphalte humide. Il se sentait chez lui, une notion qu'il n'avait jamais vraiment eu l'occasion d'explorer…

En ouvrant les yeux, il se retrouva à des milliers de kilomètres de cette poubelle. Le décor citadin avait disparu, remplacé par une scène domestique. Natalie, qui dormait à son côté, son souffle régulier semblant l'ancrer dans le présent.

Elle avait partagé tellement de choses sur elle, son passé, se rendant vulnérable devant lui. Il ne pouvait s'empêcher d'en être ému. S'il lui était impossible de changer ce qu'il avait vécu et de panser ses blessures, il pouvait lui apporter du réconfort, du plaisir, un moment d'évasion.

Tout en observant son corps alangui, il ramena doucement le drap vers lui. Dans son sommeil, elle chercha à le retenir, mais peu à peu le tissu immaculé finit par lui échapper, dévoilant ses épaules rondes, et il continua de tirer, révélant sa poitrine opulente, et continua, jusqu'à ce qu'elle soit complètement nue sous ses yeux, jusqu'à ce qu'il puisse pleinement admirer sa peau d'ivoire, étoilée de petites taches de rousseur.

Irrésistible.

Tout en souriant, il déposa un tendre baiser sur sa hanche. Dans un doux gémissement, elle roula légèrement sur le côté. Alors, il fit glisser sa main sur sa jambe fuselée. Ivre de désir, il embrassa son ventre, juste sous ses seins, dont il pouvait sentir les contours parfaits au-dessus de sa tête, encourageants, excitants. Poursuivant son chemin de baisers, il descendit, encore et encore, jusqu'à écarter ses cuisses de ses coudes.

Son odeur était un aphrodisiaque qu'il ne pourrait jamais oublier. Sa nature sensuelle nourrissait la sienne. Quand il se mit à embrasser son sexe, un délicat frisson la parcourut. Saisissant ses hanches, il la goûta pleinement, fougueusement, mais en prêtant un intérêt tout particulier à son plaisir.

Elle était incroyablement douce et tendre. Tandis qu'elle se cambrait contre lui, ses doigts s'agitaient avec impatience dans ses cheveux, envoyant de petites décharges dans tout son être.

Sa peau finit par prendre une teinte légèrement rosée. Et il la sentit devenir plus chaude encore sous ses mains juste avant que son corps ne se mette à trembler.

Quand l'orgasme la gagna, elle étouffa ses gémissements en couvrant sa bouche de ses mains. Il regretta de ne pas pouvoir l'emmener dans un endroit plus intime, où elle pourrait s'épanouir totalement dans l'extase en s'y abandonnant pleinement.

Mais il allait le faire, sa décision était prise. Il allait trouver un moyen de l'avoir rien que pour lui. Et le plus tôt serait le mieux.

- 7 -

Après avoir débarrassé les assiettes, Natalie se dirigea vers l'évier. Ses enfants étant à la garderie et les clients ayant tous terminé leur petit déjeuner, elle jouissait d'un relatif silence.

Les moments de paix étaient bien rares ; autant en profiter.

En commençant la vaisselle, elle ne put s'empêcher de songer à Max et à la soirée qu'ils avaient passée.

Et, l'espace d'un instant, elle imagina ses mains sur elle. Leurs ébats avaient été bien plus surprenants qu'elle ne l'avait prévu. Le lien qui l'unissait à lui allait au-delà de ce qu'elle avait envisagé. Certes, elle s'attendait à quelque chose de plus fort qu'un simple plaisir physique, dans la mesure où il était devenu pour elle une sorte d'obsession, mais ses caresses avaient été… magiques. Étonnamment tendres et magnifiquement intuitives.

La soirée aurait été parfaite si son corps ne l'avait pas trahie. Après ces longs mois d'abstinence, elle se doutait bien qu'il lui faudrait une période d'adaptation, mais étant donné la taille de son sexe les choses s'étaient encore compliquées. Elle avait presque eu l'impression de revivre le jour où elle avait perdu sa virginité.

Et elle avait trouvé cela frustrant. Elle avait juste envie de s'offrir une brève et simple aventure voluptueuse, ce qui n'arriverait pas si elle ne parvenait pas à régler ce problème avec son corps.

Tandis qu'elle frottait les assiettes, un lourd bruit de pas se fit entendre derrière elle, coupant court à ses pensées. En jetant un coup d'œil par-dessus son épaule, elle aperçut Max, et son cœur se mit à battre à tout rompre. Rougissant, elle fit mine de se reconcentrer sur sa tâche.

Et soudain elle sentit ses bras puissants glisser autour de sa taille pour l'attirer vers lui, son souffle chaud sur sa nuque, où il déposa un tendre baiser, qui ne manqua pas de lui rappeler tous les plaisirs qu'elle avait connus entre ses bras la veille au soir. L'attention qu'il prêtait aux détails, manifeste dans son travail, avait été un véritable délice au lit. Rien qu'à ce souvenir, sa respiration s'accéléra.

Mais une idée désagréable vint s'immiscer dans ces pensées sensuelles. Si ses clients avaient tous déserté les lieux, il était tout de même possible que quelqu'un les aperçoive.

Ravalant sa salive avec peine, elle s'essuya les mains avant de se tourner vers lui pour les placer sur son torse musclé.

— Il faut qu'on parle.

Pour tenter de recouvrer ses esprits, elle prit une profonde inspiration.

Comme s'il essayait de déchiffrer un code informatique, il plissa les yeux. Le détective qui était en lui semblait s'être éveillé.

— Ça ne me dit rien qui vaille.

— Ne t'en fais pas, répondit-elle en s'écartant légèrement de lui.

— De quoi veux-tu qu'on parle ?

Le long soupir qu'elle poussa lui laissa le temps de retrouver un peu de son courage.

— De ce que nous allons faire maintenant que nous couchons ensemble et vivons sous le même toit.

Du bout des doigts, il lui caressa le bras dans un geste

plein de tendresse, mais assez sensuel pour faire courir un délicieux frisson le long de son dos.

— Pour commencer, nous vivons sous le même toit, mais c'est ton toit. Je suis un client, un étranger, et j'ai très bien compris cela. Alors, si tu as peur que j'envisage de m'installer dans ta chambre, rassure-toi.

Cette idée ne lui était même pas venue à l'esprit. Il était encore bien trop tôt pour cela.

— Je suis ravie que tu voies les choses de cette façon, mais ce n'est pas ce que je voulais dire.

— Ça, c'est ce qui s'appelle remettre quelqu'un à sa place.

— Excuse-moi. Je n'avais pas l'intention de me montrer impolie.

Il eut un rire gêné.

— Allez, dis-moi ce que tu as à me dire.

— J'aimerais que tu sois prudent quand nous ne sommes pas seuls.

— Comment cela ?

— Je ne veux pas de rumeurs. J'ai une réputation professionnelle à maintenir. Toi, tu ne resteras pas, mais moi je continuerai à vivre ici.

C'était la pure réalité. Leur relation n'était que temporaire. Il finirait par s'en aller, car, comme il l'avait si bien fait remarquer, il était un étranger. Cette relation transitoire ne devait pas influencer l'image que les habitants de la ville se faisaient d'elle.

— Après mon départ, tu veux dire ?

Elle releva fièrement le menton pour le regarder en face.

— Oui. C'est exactement ce que je veux dire.

— Tu sembles bien pressée de te débarrasser de moi.

Tout en se mordillant la lèvre, elle fit un pas en arrière. Il fallait qu'elle mette de la distance entre eux, qu'elle préserve son cœur.

— Tu sais bien que tu finiras par rentrer chez toi.

— Mais ce ne sera pas nécessairement définitif. J'ai un avion. Je pourrais venir très souvent.

— Mais ce ne sont là que des hypothèses. Je te parle de ce qui se passe aujourd'hui. De cette ville, de mes enfants.

— Tes enfants me connaissent indépendamment de toi. Même si je devais m'en aller, je serais ravi d'avoir fait partie de leur vie. Parce que ça m'aura permis de t'aider, mais pas seulement. Ce sont des enfants adorables qui ont vécu beaucoup d'épreuves.

— Je suis d'accord. Et je pense que, plus il y aura de personnes qui apporteront des moments positifs dans leur vie, mieux ce sera. Sincèrement. Et je suis contente que tant de gens s'intéressent à eux.

— Ce sont de super enfants. Et tu es une femme super.

— Merci. Ce que je voudrais simplement que tu comprennes, c'est que je préfère qu'on ne se présente pas comme un couple en public.

Elle devait se montrer vigilante, pour le bien de Colby et Lexie. Amener un homme dans leur vie était une chose qui ne pouvait pas se faire à la légère. Cet homme, quel qu'il soit, devait être une force stable.

Comme s'il avait perçu les implications de ses propos, il hocha la tête.

— Le problème, ce ne sont pas seulement les rumeurs. Ce serait que tes enfants entendent des rumeurs et en tirent des conclusions.

— Ils ne se souviennent peut-être pas de Jeremy, mais ils savent qu'ils ont perdu leur papa et ils voient que leurs camarades ont un père. Ils ressentent ce vide, et je ne voudrais pas qu'ils se fassent de faux espoirs parce que tu es gentil, parce que tu es là et parce qu'ils supposent que nous sommes un couple.

Le regard lointain, il fit à son tour un pas en arrière avant d'inspirer à pleins poumons.

— Je sais ce que c'est que d'être un enfant en manque de père, et même de famille. Je ne ferai jamais endurer à un enfant la souffrance de voir cet espoir déçu.

À ces mots, elle sentit une horrible douleur lui traverser la poitrine. Les joues brûlantes de honte, elle lui prit la main pour renouer le lien.

— Max, je te demande pardon. J'aurais dû y penser et en déduire que tu comprendrais. Je…

— Tu n'as pas à t'excuser. Tu veilles sur tes enfants, ce qui fait de toi une bonne maman et me pousse à t'apprécier davantage.

— Tu m'apprécies ? demanda-t-elle d'un air faussement innocent, incapable de résister au besoin de flirter, rien qu'un tout petit peu.

— Il faut dire que tu es une femme vraiment très appréciable, répondit-il avant de se pencher vers elle et de baisser d'un ton. Et je t'apprécie encore plus quand tu es nue.

— Eh bien… Les clients sont tous partis, et je n'attends personne. Les enfants sont à la garderie.

La tentation était forte. Elle sentait de nouveau opérer cette magie entre eux.

— Hum… J'aimerais pouvoir accepter ton invitation, mais je commence à connaître les lieux. Il y a toujours des allées et venues.

— J'ai en effet quelqu'un qui doit passer pour une robe dans une demi-heure.

Tout en serrant sa main dans la sienne, il lui adressa l'un de ses sourires diaboliques.

— Alors que dirais-tu d'aller te cacher avec moi dans la réserve ? murmura-t-il.

Et, avec aisance, il la souleva dans ses bras pour la conduire dans la pièce en question, loin des regards inquisiteurs.

Les deux journées précédentes étaient passées à une vitesse vertigineuse sans leur laisser le temps de se voir. Max avait eu beaucoup de choses à faire, Natalie aussi, mais il n'y avait pas que cela.

Elle lui avait clairement fait comprendre qu'elle souhaitait garder une certaine distance entre eux. Elle ne se montrait jamais impolie avec qui que ce soit, mais il lui semblait évident que son métier lui servait parfois de refuge. Et de prétexte.

Le soleil du matin filtrait à travers les fenêtres de la salle commune, dans laquelle il avait emporté ses documents pour travailler un peu loin de l'espace confiné de sa chambre. Il passa en revue un rapport sur un nouveau projet. Will Brady, son associé et bras droit, le lui avait fait parvenir depuis le siège de la société. Le suivi des différentes affaires en cours commençait à le fatiguer. Il n'avait pas imaginé qu'il lui serait si difficile de procéder aux interrogatoires la journée et de bûcher le soir sur les autres dossiers.

Ce qui ne lui laissait par ailleurs pas beaucoup de loisirs pour retrouver Natalie, qui, de son côté, devait se lever très tôt pour préparer le petit déjeuner des clients. Leurs chemins ne s'étaient que brièvement croisés, juste le temps de quelques baisers volés qu'il avait naturellement beaucoup appréciés, mais qui l'avaient laissé sur sa faim. Et a fortiori ils n'avaient pas pu avoir de véritable discussion. Était-ce un hasard ou avait-elle délibérément cherché à l'éviter ?

De l'autre côté de la pièce, Miss Molly était couchée aux pieds de Colby. Après avoir poussé un soupir sonore, la chienne tourna ses yeux vifs vers Margie et Lexie.

Les mots de Natalie se répétèrent dans son esprit. Elle semblait réticente à l'idée de regagner son lit. Mais il voyait cela moins comme un « non » que comme un « pas pour l'instant ». Peut-être avait-elle besoin de réfléchir aux implications que cela aurait sur ses enfants. À cet égard, il avait parfaitement adhéré à ce qu'elle lui avait dit. Ces petits êtres avaient déjà vécu une très lourde épreuve et il ne voulait pas rajouter à leur fardeau.

Quoi qu'il en soit, il ne resterait pas longtemps à Royal, une idée qui aurait dû constituer pour lui une source de soulagement dans la mesure où personne ne pourrait s'attacher excessivement à lui.

Et pourtant il ne parvenait pas à y puiser le réconfort qu'elle aurait dû lui apporter.

Alors qu'il se faisait cette réflexion, Lexie s'était levée et avait tapoté l'épaule de Margie. Rapprochant sa bouche de l'oreille de l'éducatrice canine, la petite chuchota quelque chose. Margie finit par hocher la tête.

— Oui, tu peux aller voir ta maman, ma chérie.

Après avoir poussé un cri de joie, Lexie embrassa la femme âgée sur la joue et s'en alla en trottinant.

Quand la fillette eut disparu, Margie tendit à Colby des crayons de couleur, avec lesquels il se mit à dessiner un nouveau poisson. Les coloriages de poissons de Colby étaient affichés dans toute la maison, sur le réfrigérateur, dans la salle commune. Il était très doué, minutieux et précis dans ses détails.

En le regardant à l'œuvre, Max se demanda ce qui l'intriguait tant dans l'univers aquatique. Même la décoration de sa chambre reprenait ce thème.

Rangeant ses affaires, il décida de suivre son instinct. Les mains dans les poches, il s'approcha de la petite table et s'éclaircit la gorge.

— Si vous voulez faire une pause, Margie, je peux surveiller Colby.

Tout en souriant, la femme d'âge mûr releva la tête vers lui.

— Si vous êtes sûr que ça ne vous gêne pas, j'irais bien me refaire un thé pour me dégourdir les jambes.

— Allez-y. Si j'ai le moindre problème, j'irai vous chercher, répondit-il avant de se concentrer sur le garçonnet de quatre ans.

Son silence était pour lui un mystère. Colby ne supportait pas d'être physiquement proche de qui que ce soit pendant de trop longues périodes de temps, exception faite de Miss Molly, qui, à cet instant précis, était toujours couchée à ses pieds.

Peut-être pouvait-il profiter de cette occasion pour atteindre plusieurs objectifs à la fois. Offrir une pause à Natalie. Lui montrer qu'il pouvait s'occuper de ses enfants sans les encourager à trop s'attacher. Et naturellement faire passer un bon moment à Colby.

— Ça te dirait d'aller pêcher ?

L'air pensif, le petit reposa son crayon de couleur.

— Il faut que je demande à maman.

— Bien sûr.

Il aurait dû songer à le rassurer sur ce point dès le départ, mais depuis sa propre adolescence il n'avait pas eu l'occasion de côtoyer beaucoup d'enfants.

— Mais si tu n'as pas envie d'y aller ce n'est pas la peine de lui demander.

— Je ne comprends pas.

— Je veux dire que tu n'es pas obligé d'y aller, si ça ne te fait pas plaisir. Ça te ferait plaisir ?

Colby acquiesça.

— Pêcher, c'est calme. Moi, j'aime bien le calme.

— Super. Moi aussi, j'aime bien.

Rares étaient les moments de silence dans les foyers et les familles d'accueil bondées. Mais, dans l'une de ces dernières, Max avait connu un homme bien avec qui il préparait tous les matins le petit déjeuner. Ils ne parlaient pas beaucoup, mais dans ces échanges quasi muets Max avait appris bien plus de choses et acquis bien plus d'assurance que dans toute autre situation de son enfance.

— Mais je n'ai pas envie de retirer les poissons de l'hameçon.

— Ne t'en fais pas, je m'occuperai de ça. Et les manger, ces poissons ? Qu'est-ce que tu en dis ?

Le garçonnet lui adressa un sourire radieux.

— J'adore ça, le poisson. Surtout grillé au barbecue, avec des épis de maïs et des petites tomates.

Jamais Colby n'avait prononcé autant de mots en sa présence. Le sentiment de victoire qu'il en tira aurait pu rivaliser avec la signature d'un contrat de plusieurs millions de dollars. Ce qui l'amena à s'interroger. Il était censé faire cela pour Colby ; pas pour lui. Il devait veiller à ce que l'enfant ne s'attache pas trop à lui.

Il n'avait pas imaginé une seule seconde que ce serait lui qui risquerait de s'attacher.

Tout en s'éclaircissant la gorge, il se leva en faisant attention à ne pas trop s'approcher de Colby pour respecter son espace personnel.

— Viens. On va le dire à ta maman.

Ils allèrent ensemble frapper à la porte de l'atelier et, quand Natalie leur enjoignit d'entrer, au spectacle qui s'offrit à lui, il comprit à quel point elle était occupée. Une explosion de dentelle et de patrons emplissait la pièce. Un chaos contenu, mais à peine, au milieu duquel la petite Lexie, étonnamment, semblait avoir réussi à trouver le sommeil. Pelotonnée sur le canapé, elle respirait paisiblement.

— Natalie, dit-il doucement, tu veux bien que Colby et moi allions pêcher ?

Après l'avoir regardé quelques secondes, elle se tourna brièvement vers sa cliente puis vers la fillette endormie.

Il n'avait aucun mal à percevoir le conflit qui se jouait en elle, indépendance contre besoin d'aide.

— Tu es sûr que ça ne te dérange pas ?

— Je ne te l'aurais pas proposé si ça avait été le cas.

Traînant des pieds, Colby avança vers sa mère.

— S'il te plaît, maman.

Le visage de Natalie se radoucit.

— D'accord, mon chéri, dit-elle en souriant. Mais tu dois me promettre que tu écouteras bien M. Max et que tu ne te sauveras pas. Promis ?

— Promis, répondit le petit en hochant solennellement la tête.

Souriant de plus belle, elle se tourna vers Max.

— Merci beaucoup pour cette généreuse proposition. Il y a du matériel de pêche dans l'abri de jardin. Et un siège auto en rab dans le garage.

Bien qu'il eût déjà projeté d'aller se procurer le nécessaire en ville pour ne pas utiliser celui de feu son mari, il acquiesça.

— On va essayer de ramener à manger pour tout le monde.

Une fois au magasin, Colby choisit deux cannes, et lui, une. Ils achetèrent également des hameçons et des appâts, qui semblèrent beaucoup intéresser le petit. Quand ils approchèrent de la rivière, il affichait un immense sourire.

Au bout d'une heure, ils avaient attrapé trois poissons de belle taille, à la plus grande joie de Colby.

Le silence des quelque vingt minutes qui suivirent les trois prises eut quelque chose d'apaisant. Assis à côté du petit, à écouter le murmure de l'eau, Max avait l'impression de décompresser. Il avait choisi un endroit reculé, à l'abri des chênes majestueux qui ombrageaient le rivage. Le calme était olympien. C'était le silence qui l'avait attiré vers l'informatique ; il aimait l'introspection que cette ambiance sereine favorisait.

Et Colby semblait apprécier, lui aussi.

Pour que le petit garçon se sente plus à l'aise, il avait emmené Miss Molly, qui, contrairement à ce que Max avait craint, n'avait pas effrayé les poissons en aboyant. La tête appuyée sur les genoux de Colby, elle était restée calme, les contemplant de ses yeux vifs. Il commençait à mieux comprendre l'utilité de cet animal de service. Au départ, l'idée lui avait semblé un peu fantasque et tout sauf scientifique, mais il avait observé, et avait remarqué que la chienne employait des méthodes bien précises pour aider Colby à se contrôler, lui apportant quelque chose qui allait bien au-delà du simple sentiment de satisfaction que peut tirer un enfant de la présence d'un compagnon à quatre pattes. Une pression de la tête, juste au bon moment, pour l'empêcher de s'énerver ; avertir Natalie quand il commençait à s'agiter. La liste était déjà longue, et à chaque passage de Margie les techniques se développaient encore plus.

Après avoir jeté un bref coup d'œil à Max, Colby se retourna vers l'eau.

— Mon papa n'est pas rentré à la maison.

Max sentit son cœur se serrer. Les choses étaient devenues plus profondes qu'il ne l'avait pensé. Plus profondes que Natalie ne l'aurait souhaité. Mais, pour le moment, il lui fallait simplement réagir de la meilleure façon possible pour le bien de Colby.

— Je suis désolé pour ça.

Le petit se mit à hocher la tête par mouvements saccadés.

— Maman est triste.

Évidemment. Était-ce pour cette raison qu'elle cherchait à le garder à distance ? Et puis comment pouvait-il être jaloux d'un homme qui n'était plus de ce monde ?

— Et toi ?

— Lexie est triste.

— Et toi ? répéta Max.

La voix plate et factuelle de l'enfant était devenue lourde de chagrin, accentuant encore le mal-être de Max.

— Je n'aime pas quand les gens sont tristes.

— Moi non plus, mon pote.

— Je ne suis pas ton pote.

— Pourquoi dis-tu ça ?

— Tu ne me connais pas.

— C'est vrai.

Un silence s'étira entre eux, donnant à Max l'occasion de méditer les propos du petit. Max savait ce que c'était que de se méfier des adultes ; c'était en partie pour cette raison qu'il était lui-même si attiré par la logique informatique. Ce qui fit soudain surgir une idée dans son esprit.

— Colby, quand on aura terminé, tu voudrais que je te montre des jeux de pêche sur mon ordinateur ?

— Oh oui ! s'exclama le garçonnet en hochant vivement la tête, le visage toujours tourné vers la rivière. Mais on fera quand même griller nos poissons, hein ?

— Évidemment, répondit Max sans hésitation, ravi par l'enthousiasme du petit.

Et il fut surpris du sentiment de satisfaction que lui procura cette victoire.

Le soleil s'était déjà couché à l'horizon quand Natalie s'approcha de l'évier pour faire la vaisselle du dîner. Elle avait mis ses enfants au lit, et le sommeil n'avait pas tardé à les gagner.

Colby s'était endormi si rapidement qu'il n'avait même pas eu besoin de se recouvrir la tête de son drap pour s'aider à lutter contre ses problèmes sensoriels. Il avait à l'évidence beaucoup apprécié son après-midi avec Max. Ce qui, naturellement, la rendait heureuse.

Mais force lui était de reconnaître qu'elle était un peu inquiète aussi. Et elle s'en voulait pour ça, car elle ne rêvait que de voir son fils communiquer avec davantage de personnes.

— Tu es vraiment doué avec les enfants, dit-elle en effaçant d'une assiette les dernières traces du barbecue de poisson.

Derrière elle, Max essuyait la table.

— Tu devrais me voir dans mon propre domaine.

Elle n'avait pas l'habitude de recevoir de l'aide, et elle appréciait grandement.

— Ta maison est à Seattle ?

— C'est un appartement. Il est situé dans les locaux de ma société, la tour St. Cloud. De cette façon, je ne suis jamais loin de ce que j'ai à faire.

— Un appartement ? À Seattle ?

Elle n'arrivait pas à s'imaginer vivre sans un jardin où pourraient courir ses enfants et Miss Molly.

— Vu le peu de temps que je passe chez moi, je n'ai pas vraiment besoin d'un jardin. Mais je commence à apprécier les avantages d'une balancelle. Il faudrait que j'envisage d'en faire installer une sur ma terrasse.

Elle se surprit à songer à cette terrasse au sommet d'une tour, à ce que cela ferait d'être nichée contre lui dans l'air froid de Seattle sur cette balancelle qui n'avait pas encore été achetée.

— La vue doit être belle.

— Tu devrais venir voir.

Elle se mit à rire doucement. Comme si c'était possible…

— Vraiment, insista-t-il avec une indéniable sincérité. Je te préparerai de bons petits plats. Ma cuisine est immense et extraordinaire.

— Contrairement à la mienne ? demanda-t-elle en jetant quelques coups d'œil autour d'elle.

Sa cuisine à elle était chaleureuse, fonctionnelle et propre, mais bien loin de ce qu'un milliardaire pouvait s'offrir.

— Ce n'est pas ce que je voulais dire. Ce qui compte, ce n'est pas la cuisine mais le chef. Je voulais simplement te parler de ce que j'avais envie de faire pour toi.

S'étant approché d'elle, il déposa un baiser sur sa nuque.

Elle ravala sa salive avec peine en inspirant son parfum à pleins poumons. L'idée était tentante, mais elle avait quelques réserves.

— Tu en as déjà fait beaucoup. Faire manger mes enfants, réparer mon évier, sans parler du service que tu rends à la ville.

Du bout des doigts, il se mit à lui caresser le bras, envoyant de petites décharges de plaisir dans son corps tout entier.

— C'est de toi et moi qu'il s'agit.

— C'est un univers entièrement nouveau pour moi, ce jeu de séduction. Ça fait tellement longtemps que j'en ai oublié les règles.

Instinctivement, elle joignit sa main à la sienne. Tout en la scrutant bien dans les yeux, il la porta à ses lèvres pour y déposer un baiser.

— Il n'y a pas de règles. Juste ce dont toi et moi avons envie.

— Si seulement cela pouvait être aussi simple.

Elle soupira et détourna la tête, évitant de lui révéler ses pensées. Les hommes pouvaient parfois se montrer tellement directs quand il s'agissait de mettre une femme dans leur lit.

— Cela pourrait l'être.

— Comment ?

— Je te verse un verre de vin, je vais me chercher une

bière, et on va s'asseoir sur la balancelle du porche. On pourrait parler, regarder les étoiles, s'embrasser un peu.

— Et si je voulais que ça aille plus loin ? demanda-t-elle, comme si c'était le cas.

— C'est tout à fait possible. Mais j'ai le sentiment que ce n'est pas le bon soir pour toi.

— Tu crois ?

— Oui, déclara-t-il en caressant ses cheveux. Tu as encore des choses qui te trottent dans la tête, et il y a le problème des rumeurs.

Elle prit le temps de réfléchir à ce qu'il venait de dire et à ce qu'elle souhaitait répondre.

— Je ne pense pas que les habitants de la ville me le reprocheraient si je me remettais à voir quelqu'un. Et tu as fait un travail admirable avec Colby aujourd'hui.

Elle avait l'impression d'être sur le point d'atteindre quelque chose d'important.

— Donc, poursuivit-elle, à partir du moment où je ne me donne pas en spectacle et où tu acceptes que j'aie parfois besoin de faire deux pas en arrière…

Elle s'interrompit, ignorant comment achever sa phrase.

— Écoute, j'ai bien compris ce que tu voulais dire et je souhaite te rassurer. Je suis totalement maître de moi-même. Tu pourrais te déshabiller complètement, ici, maintenant, et il ne se passerait rien. Je tiens à ce que tout soit parfait pour toi.

Le cœur battant à tout rompre, elle le regarda en s'interrogeant sur sa prétendue maîtrise de lui-même.

Et elle en arriva à la conclusion qu'elle ne le prendrait pas au mot. Malgré tout le désir qu'elle avait de faire l'amour à nouveau avec lui, tout allait beaucoup trop vite entre eux. À bien y réfléchir, une soirée platonique dans le jardin lui fournirait peut-être les informations dont elle avait besoin pour protéger son cœur.

À moins bien sûr que cela ne l'engage plus loin sur les chemins de la tentation.

- 8 -

En s'approchant de Natalie, assise sur la balancelle du porche, Max sentit les battements de son cœur s'accélérer. C'était une soirée absolument parfaite. Tout lui semblait juste et à sa place, de la femme sublime qu'il avait devant lui au paysage idyllique dans lequel elle s'inscrivait.

Le hululement d'une chouette se mêlait au son cadencé de la balancelle. Ivre de bonheur, il lui tendit un verre de chardonnay. L'excitation commençait à refaire surface en lui, brûlante sous sa peau. Après avoir bu une gorgée, elle lui adressa un sourire plein de gaieté et de reconnaissance.

S'étant enfin assis à côté d'elle, il passa son bras autour de ses épaules et elle se lova contre lui, pressant ses courbes voluptueuses contre son torse.

La chaleur de son corps formait un contraste parfait avec la brise fraîche de septembre. Des milliers d'étoiles scintillaient dans le ciel.

Prenant une gorgée de bière, il essaya de graver cet instant dans sa mémoire. Les sons, l'air, la femme incroyablement sexy blottie contre lui. Sous la faible lumière du porche, les ondulations de ses cheveux projetaient des ombres sur son visage, lui conférant une expression élégante et mystérieuse.

Accélérant un peu le rythme de la balancelle, elle poussa un brûlant soupir qui renforça encore la tentation, mettant sa résolution à l'épreuve.

Il était sincère quand il lui avait dit ne pas vouloir la

séduire ce soir-là ; il était un homme de patience, et il lui semblait évident qu'elle avait besoin de temps pour intégrer ce qui s'était passé entre eux.

Et puis il devait l'admettre : leur nuit ensemble l'avait bien plus ému qu'il ne l'aurait imaginé.

Elle avait raison. Les choses allaient vite entre eux, très vite.

Quoi qu'il en soit, il avait envie de voir où cela pouvait les mener, même si ce chemin serait sans doute très périlleux. Il allait devoir se montrer prudent, notamment avec les enfants. Ces adorables minots, qui étaient non seulement les enfants de Natalie mais aussi de petits êtres en eux-mêmes.

Lexie.

Colby.

Le dîner de ce soir avait été bien meilleur que tous ceux qu'il avait pris récemment, et ce, principalement grâce aux personnes avec qui il l'avait partagé.

Que devait-il en déduire ? Il comprenait ses inquiétudes et ses réticences. Le temps était peut-être venu de lui en apprendre davantage sur ce qui avait fait de lui l'homme qu'il était devenu. Un homme qui n'était pas bon pour elle, mais qui avait désespérément envie d'elle. Un homme qui n'était pas doué pour se refuser des plaisirs, mais qui devait pourtant le faire. Pour elle, pour cette soirée.

Posant sa bouteille sur ses genoux, il la serra plus fort contre lui.

— J'ai appris à cuisiner dans l'une des familles d'accueil où j'ai vécu. C'était vraiment une bonne famille. On parle beaucoup des mauvaises, et Dieu sait qu'il y en a, mais il y a aussi des gens bien, des gens formidables qui ouvrent leur maison et leur cœur aux enfants dans le besoin.

— Et tu as appris à cuisiner avec la mère de l'une d'entre elles ?

Des souvenirs défilèrent devant ses yeux. La cuisine lumineuse ; les cours sur les fettucines Alfredo, les lasagnes, les *chimichangas* et les *frittatas* ; Eliot, qui disposait tous les ingrédients sur le plan de travail en formica décoloré.

— Avec le père. C'était lui qui faisait la cuisine et il mettait un point d'honneur à donner des cours aux enfants. Il nous racontait que sa femme travaillait beaucoup et que c'était sa façon à lui de la soulager un peu de son fardeau. Il nous disait aussi que, quand nous serions grands, nous aurions notre propre maison, et que le meilleur moyen d'économiser de l'argent était d'apprendre à cuisiner. Que manger à l'extérieur était agréable, mais que ce n'était pas toujours la solution la moins chère et la plus saine.

— Très juste, et très intelligent d'expliquer cela à des enfants.

Sa voix, douce et apaisante, glissait sur ses souvenirs comme un baume.

— C'était un homme bien. Il m'a enseigné beaucoup de choses.

Et à cette époque il avait soif d'apprendre et caressait l'espoir de rester suffisamment longtemps pour étancher cette soif.

— Quoi, par exemple ?

Il laissa échapper un lourd soupir. De toutes les familles qu'il avait connues, celle d'Eliot était la seule qui méritait ce nom. Le souvenir de son départ était toujours aussi douloureux pour lui.

— Changer un pneu. Récupérer des choses pour en fabriquer d'autres, ce qui, au final, m'a permis de créer mon tout premier ordinateur en faisant les poubelles de quelques immeubles de bureaux et d'un magasin d'informatique.

— Quel âge avais-tu quand tu y étais ?

— J'y suis resté un peu plus d'un an, j'avais entre douze et treize ans.

— Et que s'est-il passé ?

Il sentit son cœur se serrer.

— Il a fait un AVC. Après ça, sa femme n'arrivait plus à gérer le quotidien, entre lui et tous les petits. Elle a essayé, pourtant.

Il le croyait désormais, mais il était tellement en colère à cette époque qu'il en avait douté.

— Mais le système a fini par la juger inapte à s'occuper de son mari malade et des enfants, et au final on a tous été placés ailleurs.

— Je suis désolée, dit-elle en prenant ses mains dans les siennes.

— C'est la vie. Elle n'est pas toujours juste, et il faut accepter les choses qui échappent à notre contrôle, répondit-il en haussant les épaules.

— Tu as compris cela à l'âge de treize ans ?

— Je n'ai réussi à l'admettre que beaucoup plus tard. Mais c'est Eliot qui me l'a dit, après son AVC.

Elle inclina la tête pour mieux l'observer.

— Comment va-t-il, maintenant ?

— Il est mort quand j'avais dix-neuf ans.

Détournant son regard du sien, il but une longue gorgée de bière.

— Mais je pense à lui quand je fais la cuisine et j'ai l'impression d'honorer sa mémoire. Bref, le système des familles d'accueil n'est pas parfait, mais j'ai réussi à en tirer des leçons. Se concentrer sur le positif et essayer de réparer ce qui est cassé.

— Réparer ce qui est cassé ? demanda-t-elle d'un air intrigué. Comment fais-tu ?

— Ah, ça, c'est une autre histoire.

— Tu es secrètement philanthrope, affirma-t-elle en le contemplant avec intérêt.

Tout en riant doucement, il dégagea une mèche de cheveux de son visage. Qu'ils étaient soyeux !

— Si j'en parle, ce n'est plus un secret, non ?

— La presse te présente comme un séducteur milliardaire, mais personne ne parle jamais de toutes ces choses bien que tu fais pour les autres.

Embarrassé par le tour qu'avait pris la conversation, il but une nouvelle gorgée de bière.

— Tu en fais un peu trop. Tu sais, c'est facile d'être gentil quand on a tout l'argent et toute la liberté dont je dispose.

— Tu essaies juste de te faire passer pour le mauvais garçon que tu n'es…

N'y tenant plus, il l'interrompit en l'embrassant sur les lèvres et posa sa bouteille pour enrouler ses bras autour de sa taille et l'attirer plus près de lui, s'abandonnant dans ce baiser. Sa bouche avait un goût de vin presque aussi enivrant qu'elle l'était elle-même.

C'était un pur plaisir. Et mieux valait l'embrasser pour ne pas être tenté d'en dire davantage. Elle avait un véritable don pour le faire communiquer sur des choses auxquelles il n'avait pas pensé depuis des années et auxquelles il n'était pas sûr de vouloir resonger maintenant.

Il préférait se perdre en elle plutôt que de revisiter le passé. Et il avait très envie de se perdre totalement dans son corps chaud et sensuel.

Serrée contre lui, elle avait les seins appuyés contre son torse, les doigts dans ses cheveux. Détachant ses lèvres des siennes, elle poussa un petit gémissement de volupté.

— Je croyais que tu étais d'accord pour me laisser un peu de temps. Ne pas coucher avec moi ce soir.

— C'est le cas, répondit-il en souriant du son si séducteur de sa voix.

Il aurait pu l'avoir, mais il percevait toujours ses

réticences. C'était elle qui était venue le trouver dans sa chambre, mais à l'évidence, depuis, quelque chose l'avait amenée à s'interroger, et elle était parfaitement en droit de dire non. Il allait poursuivre ses efforts pour la convaincre, mais il respecterait sa décision. Il ne pouvait pas prendre le risque de la brusquer.

— Mais je n'ai jamais dit que je ne t'embrasserais pas. Et, maintenant que je l'ai fait, je vais te dire…

Il déposa un baiser sur ses lèvres puis sur le bout de son nez.

— … bonne nuit.

Les séances d'entraînement avec Margie redonnaient toujours espoir à Natalie.

Espoir d'une vie plus belle pour son fils. Espoir de réussir à offrir à ses enfants ce dont ils avaient besoin pour devenir des adultes indépendants et heureux. Les confidences de Max lui avaient rappelé que les blessures de jeunesse étaient sans doute les plus difficiles à effacer.

Écouter le rire de son fils et de sa fille était le plus doux des soulagements. Ce jour-là, Margie avait joué à cache-cache avec les enfants et Miss Molly, une activité qui n'était bien sûr pas anodine, le but étant d'apprendre à Miss Molly à retrouver Colby s'il venait à se sauver, chose qui se produisait au demeurant fréquemment.

Miss Molly était très douée. Six fois d'affilée, elle avait « débusqué » les petits.

Adossée à un arbre, Natalie la regarda s'enfoncer sous une piscine en plastique renversée sous laquelle ils s'étaient retranchés.

Passant ses bras autour du cou de la chienne, Lexie la serra tendrement contre elle.

— Je t'aime, mon chien, murmura-t-elle avant de se tourner vers Margie. J'aime bien ce jeu. C'est rigolo.

— Contente que ça te plaise, répondit l'éducatrice. On pourra recommencer, si vous voulez.

— Oui, oui, oui, oui ! s'exclama la petite en s'extirpant de sous la piscine.

— Oui, déclara simplement Colby, mais son enthousiasme était palpable dans la vivacité avec laquelle il se redressa pour sortir à son tour.

Émue, Natalie alla s'accroupir devant eux.

— Margie va travailler sur la marche en laisse, maintenant. Et si vous alliez jouer dans le bac à sable ? Je serai juste à côté. Si vous avez besoin de moi, vous m'appelez, d'accord ?

— D'accord, maman, répondit Lexie en la serrant fort dans ses bras, avant de déposer un baiser sur le bout de son nez.

S'étant contenté de hocher la tête, Colby suivit sa sœur.

— Miss Molly, ici ! ordonna Margie d'une voix plus ferme, en contradiction totale avec sa frêle silhouette.

La chienne, qui s'apprêtait à accompagner les enfants, resta figée sur place. Et une seconde plus tard elle accourut vers Margie.

Malgré les nombreuses semaines d'entraînement qui s'étaient écoulées depuis qu'elle avait adopté Miss Molly, Natalie était toujours impressionnée par les capacités de Margie à la commander. Une véritable professionnelle, somme toute.

Miss Molly avait encore beaucoup à apprendre, mais, à en croire Margie, elle était sur la bonne voie. S'étant accroupie, l'éducatrice installa un harnais à la chienne.

Instinctivement, Natalie jeta un coup d'œil à ses enfants, occupés à construire un château de sable. Le rire communicatif de Lexie se mêlait au chant des oiseaux et au murmure des conversations sous le porche. Même Colby semblait détendu. Satisfaite, Natalie se reconcentra sur Margie et la formation en espérant de tout cœur que celle-ci finirait par apporter de grands bénéfices à son fils.

Tout en regardant Margie mettre la laisse au chien, elle inspira à pleins poumons l'odeur des feuilles d'automne. Elle adorait cette période de l'année.

Son esprit vagabonda un peu, explorant le chemin désormais familier de ses souvenirs récents de Max — son sourire assuré et son air espiègle, ses baisers qui illustraient si bien son caractère particulier, alliant force et tendresse. Un mélange détonant, fascinant, irrésistible.

La soirée de la veille avait été exceptionnelle. Elle s'était déroulée dans une confiance partagée et parfaite. Une combinaison de tout ce dont elle avait besoin. Ses baisers, son don pour empêcher les choses d'aller trop vite, respecter ses souhaits et ses limites.

Et il était super avec ses enfants. Surtout Colby. On aurait dit qu'il comprenait instinctivement ce qu'il fallait faire ou ne pas faire avec lui. Il n'était pas comme la plupart de ses connaissances, qui, au départ, avaient essayé d'amadouer son fils à grand renfort de gestes affectueux. Il avait fallu beaucoup de temps à ses proches pour accepter que le contact physique doive être dicté par le garçonnet, mais Max n'avait eu aucun mal à trouver ses marques avec lui. Et elle lui en était reconnaissante.

Il s'était par ailleurs confié davantage sur son passé la veille au soir, devenant ainsi plus humain encore à ses yeux. Encore une fois, elle resongea au baiser qu'ils avaient échangé à la fin de leur moment ensemble.

Elle avait envie d'aller plus loin, mais demeurait le problème de cet inconfort, cette gêne qu'elle ne parvenait pas à surmonter.

Après avoir ordonné à Miss Molly d'avancer, Margie

commença à marcher d'un pas déterminé dans le jardin. Prenant soin de ne pas perdre ses enfants de vue, Natalie vint se poster à son côté.

Quelques minutes plus tard, l'éducatrice se tournait vers elle.

— Qu'est-ce qui ne va pas, ma chérie ?

— Tout va bien, je t'assure, se hâta de dire Natalie.

Un peu trop vite, d'ailleurs. Son empressement l'avait trahie.

— N'importe quoi. Tu ne sais pas mentir, répondit Margie en levant les yeux au ciel.

— Tu n'as qu'à regarder autour de toi. J'ai une vie compliquée. Je suis fatiguée, triste, débordée. C'est tout.

— Tu l'étais déjà avant, mais il y a quelque chose de différent. Et j'aimerais t'aider si je le peux. Et si tu le veux. Ça n'aurait pas quelque chose à voir avec ce bel étranger si séduisant ? S'il t'a fait du mal, j'en connais beaucoup dans cette ville qui seraient ravis de le mettre dehors.

Margie ne la regardait pas ; elle était focalisée sur le chien, ce qui, en quelque sorte, rendait les choses moins difficiles.

— Il ne m'a pas fait de mal du tout. Il s'est montré très honnête avec moi. Et je l'ai été, moi aussi.

— Mais ?

— Je ne peux pas parler de ça. C'est trop gênant.

Baissant la voix, elle jeta un coup d'œil discret en direction de ses voisins, qui poussaient leur petit garçon sur une balançoire accrochée à une lourde branche de chêne.

— Alors j'imagine que c'est un problème sexuel, chuchota Margie.

Elle n'avait pas tort. Elle avait couché avec lui. Il avait tout fait pour la satisfaire. Elle avait envie de refaire l'amour avec lui, elle avait besoin d'une aventure passionnée. Son corps se changeait en un véritable brasier chaque fois qu'elle se trouvait dans la même pièce que lui. Et pourtant…

— C'est complètement fou. J'ai été mariée, mais…

Elle secoua la tête.

— C'est vraiment gênant.

— Tu ne peux pas en discuter avec ta mère ?

— Certainement pas !

Rien qu'à y songer, elle se sentait paniquer. Quel meilleur moyen de rendre les choses plus embarrassantes encore ? De toute façon, sa mère se contenterait de lui faire la leçon ou chercherait à l'encourager à séduire Max pour sa fortune.

— En tout cas, ma belle, il me semble évident que tu as besoin de parler avec quelqu'un, finit par dire Margie. Entre filles, il faut qu'on se serre les coudes et qu'on discute. Tu gardes trop de secrets en toi, et je trouve ça triste.

Natalie pressa le pas pour suivre le mouvement, chaque foulée faisant poindre une nouvelle pensée dans son esprit déjà embrouillé.

— J'ai envie d'être avec lui. J'ai envie d'une aventure. J'en ai besoin ; ça me ferait du bien.

— Et qu'est-ce qui te retient ?

— Mon mari a été mon premier, mon seul et unique, et il y a une différence de taille entre eux. Je veux dire une différence au niveau de la taille de leur… Tu vois ? Max s'est montré patient. Il a été merveilleux, mais il n'empêche que… je n'étais pas très à l'aise.

— Je comprends. Ça a dû te gâcher un peu ton plaisir. Ça ne pourrait pas également venir de ta longue période d'abstinence ?

— J'y ai pensé aussi.

— Ce sont des choses qui arrivent. J'ai connu ça à la ménopause ; mon corps a beaucoup changé. J'ai par ailleurs appris par ma sœur que cela pouvait se passer aussi dans le cas de gens souffrant d'un cancer après un traitement ou une opération.

— C'est triste. Mais comment se fait-il que je ne sois pas au courant de ça ?

— Nous, les filles, devrions communiquer davantage. C'est trop bête de rester embarrassées par notre corps et d'ignorer ce qui nous fait du bien.

Jamais personne ne s'était montré aussi direct avec elle. Même ses amies de l'université ne lui avaient pas parlé aussi crûment.

— Pourquoi est-ce que tu rougis ? Ton homme est parti depuis longtemps. Tu sais, mon Terence était commercial. Il passait parfois des semaines entières sur la route. Je m'étais donc acheté quelques jouets pour rendre les séparations moins pénibles.

— Je n'arrive pas à croire que nous avons cette conversation, souffla Natalie, écarlate.

— Je comprends. Je suis peut-être allée un peu trop loin. Et si tu faisais quelques recherches en ligne ? Je suis sûre qu'il y a des tas d'informations sur le sujet et des solutions pour remédier aux problèmes. Tu ne peux pas t'arrêter là. Tu mérites de profiter de la vie. Et de cet homme si sexy.

Les choses pouvaient-elles être aussi simples que cela ? Trouver des solutions pratiques pour remédier au problème physique puis obtenir ce qu'elle voulait.

Se faire plaisir.

Avec Max.

Cela paraissait trop beau pour être vrai. Si seulement son existence n'était pas si compliquée par la mort de son mari et son statut de maman solo de deux enfants qui demeuraient sa priorité.

Mais elle avait beau essayer de se raisonner, elle ne pouvait pas se voiler la face : elle avait envie de Max.

Luttant contre ses paupières devenues lourdes, Max se força à se concentrer sur sa tablette. Mais, assis sur son lit, adossé aux oreillers replets, il sentait le sommeil le gagner.

Il se redressa et s'étira. Il fallait qu'il en sache plus.

Il n'avait jamais reculé devant un défi. Après la journée qu'il venait de traverser, il voulait trouver un moyen d'aider Natalie, ce pour quoi il avait passé les deux dernières heures à lire des articles sur la formation des chiens.

Il avait appris l'informatique tout seul, sans se faire assister de personne, et il était convaincu qu'avec un peu de patience et de volonté on pouvait tout apprendre. Il partait toujours de ce principe. Et c'était à son sens pour cette raison qu'il avait si bien réussi dans sa branche. Sa soif de connaissances et de compréhension renforçait sa motivation et le poussait à poursuivre ses investigations malgré tous les murs auxquels il pouvait se heurter.

Quelqu'un frappa soudain à la porte, le ramenant brutalement à la réalité.

— Entrez, dit-il en espérant voir apparaître Natalie.

Et comme par magie sa silhouette se dessina devant lui.

Et quelle silhouette !

Ses cheveux humides retombaient librement sur ses épaules, ajoutant à la douceur féminine de ses traits. Et, quand elle leva devant lui le babyphone qui lui permettait d'écouter ses enfants, ses grands yeux verts s'emplirent d'espoir. D'espoir, et d'autre chose — un sentiment qu'il était certain de transmettre également dans son expression.

Un léger sourire se dessina sur ses lèvres pulpeuses quand elle tira d'un air innocent sur sa robe d'été jaune. Gracieusement, elle entra, referma la porte derrière elle. Et, après avoir poussé un soupir, elle le regarda bien en face.

Fasciné, il essaya de graver la scène dans sa mémoire. De ses cheveux humides à ses pieds nus, tout semblait indiquer qu'elle sortait de la douche. Elle était venue à lui renouvelée, et son désir paraissait s'en trouver aiguisé.

— J'ai fait des recherches, moi aussi, annonça-t-elle.

Que voulait-elle dire par là ?

— Je me suis informée, ajouta-t-elle en se mordillant la lèvre.

— Ah.

Il ne comprenait toujours pas.

— Sur notre problème.

— De quel problème parles-tu ? demanda-t-il en posant sa tablette pour s'asseoir sur le rebord du lit.

— C'est un peu embarrassant…

D'un geste défensif, elle croisa les bras et plaça ses mains sur ses épaules. Douces et soyeuses épaules uniquement recouvertes de fines bretelles.

— Alors je vais t'expliquer ça rapidement, mais je voudrais que tu ne m'interrompes pas. D'accord ?

Gardant le silence, il acquiesça, curieux de ce qu'elle allait lui révéler. Elle avait l'air tellement sérieuse, concentrée.

Et nerveuse.

La dernière chose qu'il souhaitait était qu'elle se sente intimidée par lui.

— J'imagine que tu as remarqué quand nous faisions l'amour que j'avais un léger inconfort. On a parlé de l'abstinence qui avait pu jouer, mais tu es aussi… Euh… Je ne voudrais pas paraître déloyale, mais il y a un problème de dimension aussi.

De dimension ? N'étant pas sûr d'avoir bien compris, il réfléchit quelques instants au mot. Mais en resongeant à la nuit qu'ils avaient passée ensemble, au sentiment qu'il devait se refréner, lui laisser le temps de s'adapter, il finit par saisir qu'il y avait eu bien plus qu'un léger inconfort.

Il eut envie de se mettre debout pour la prendre dans ses bras et s'assurer qu'elle allait bien, mais son expression était défiante, son regard transmettant un indéniable besoin de poursuivre ses explications.

Cependant, il fallait qu'il lui dise quelque chose. Maintenant.

— Natalie, si je t'ai fait mal, j'en suis vraiment désolé, je…

— Non, l'interrompit-elle en levant la main. Non, tu ne m'as pas fait de mal et tu n'as pas à t'excuser. Tu es juste… plus grand. Alors j'ai cherché des informations sur différents moyens de rendre les choses plus faciles pour nous et j'ai trouvé des idées. Pourquoi est-ce que tu souris ? Je suis sérieuse.

Souriait-il ? Oui, naturellement.

— Tu veux refaire l'amour avec moi. C'est pour ça que je souris.

Et il lui fallait se faire violence pour ne pas lui sauter dessus tant il brûlait d'envie de sentir son corps sous le sien.

Sur le sien.

Contre le sien.

Les idées ne manquaient pas.

— J'essaie d'être sérieuse.

— Mais, moi aussi, je suis sérieux. Alors, dis-moi où t'ont menée tes réflexions.

— Tu n'as pas l'air très sérieux.

Il se leva, s'approcha d'elle.

— Je t'assure que si. Quand il s'agit de veiller à ce que tu sois pleinement comblée, tu as absolument toute mon attention.

Elle chercha son regard quand il arriva juste devant elle. Son expression était une douce invitation.

Glissant ses doigts dans ses cheveux, il se laissa aller à rire tout bas de bonheur tandis qu'il attirait son visage vers le sien. Sous ses mains, il la sentit sourire.

Ils restèrent ainsi, au bord du baiser, l'espace de quelques respirations partagées. Et soudain, d'un geste fougueux et plein d'impatience, elle l'embrassa.

Ce baiser sembla redonner vie à son corps fatigué, le ressuscitant tout entier. Car il ne pouvait pas se cacher la vérité : les baisers de Natalie étaient bien plus intenses que tout ce qu'il avait pu connaître avec d'autres femmes dans le passé.

À cet instant précis, il ne se souvenait d'ailleurs plus ni de leur nom ni de leur visage.

Ses pensées, son regard, son souffle, même, tout était concentré sur Natalie.

- 9 -

Dans la chaleur des bras de Max, la volupté de ses baisers, Natalie sentait ses jambes se dérober. Inspirant profondément, elle prit son souffle chaud en elle, l'attirant ainsi plus près encore.

Ils avaient à peine commencé, et déjà la passion l'avait submergée.

— Reste là, murmura-t-il à son oreille.

Elle ouvrit les paupières pour le regarder sans chercher à dissimuler son étonnement. Son corps vibrait de désir.

— Je te demande pardon ?

— Ne bouge pas, ordonna-t-il en se levant pour s'approcher de la commode. Ferme les yeux.

— Euh… Je n'ai pas très envie de ça.

Inclinant la tête sur le côté, elle étudia son visage. Qu'il était beau !

— Cela requiert beaucoup de confiance, ajouta-t-elle.

— Si tu es là, c'est que tu me fais confiance, j'espère. Et, si tel est bien le cas, je te promets de tout faire pour ne pas te décevoir, répondit-il après avoir déposé un tendre baiser sur son front.

— Bon, d'accord.

Elle ferma les yeux, mais dut se faire violence pour résister à la tentation de tricher, tant elle était tourmentée par la curiosité. Mais sa nervosité se mêlait à un certain plaisir de l'anticipation. Elle avait envie de cela. Elle avait la sensation que, cette fois-ci, elle pourrait se perdre en lui sans la moindre réserve. Elle s'était longuement préparée afin de tirer le meilleur parti de ce moment.

Mais pour cela elle devait d'abord vaincre son stress.

Se forçant à respirer calmement, elle se concentra sur le temps présent. Ici et maintenant.

Et très vite elle commença à se délecter de la multitude de sons qu'elle percevait, à commencer par le bruit étouffé de ses pas sur la moquette. Elle ne savait pas ce qu'il faisait, mais il se déplaçait beaucoup. Le tiroir de la commode s'ouvrit dans un murmure que seul le vieux bois peut produire.

Le grattement d'une allumette, la subtile odeur du feu. Et soudain un léger parfum de vanille et de jasmin emplit la pièce.

Sans bouger, elle sourit.

— Tu as des bougies ? Je parie que tu te préparais à une coupure de courant.

— C'est à ce moment que je me suis préparé, dans l'espoir que tu viendrais.

Le bruit de pas se rapprochait, et, quand elle finit par sentir son souffle contre elle, il lui prit la main.

— Tu peux ouvrir les yeux.

Au départ, tout lui parut flou.

Elle cligna des paupières, une fois, puis deux.

Puis sa vision s'ajusta, révélant un décor féerique de chandelles vacillantes. Des dizaines, éparpillées dans toute la pièce.

Des pétales de rose roses et blancs parsemaient le sol autour du lit, puis elle remarqua des chocolats dans un plateau en argent, de l'eau pétillante dans une bouteille en verre. Le tout scintillant à la douce lumière des bougies.

Elle fut émue qu'il ait organisé tout cela. Touchée et piquée de curiosité.

— Tu étais donc certain que nous le referions ?

— Je voulais être prêt, juste au cas où, répondit-il en prenant son visage entre ses mains. Je me suis dit que si ça se refaisait ce serait ici. Mais crois-moi, ma belle, je t'offrirais les meilleurs restaurants, les plus fabuleux voyages et les plus luxueux cadeaux si tu me laissais faire.

Cette perspective l'amena à s'interroger sur les complications et problèmes qui surviendraient avec ses enfants si elle embrassait ce nouveau mode de vie. Elle ne faisait pas partie de ces mères célibataires qui mènent une vie agitée, d'autant plus avec Colby, qui avait besoin de stabilité. Plus elle y songeait, plus elle se sentait stressée. Il fallait qu'elle arrête de penser au lendemain si elle voulait profiter de cette soirée.

— C'est très gentil, mais ce n'est pas nécessaire, finit-elle par répondre. Si je suis là, ce n'est pas pour ce que tu peux m'offrir. Ce n'est pas une question d'argent. Tout cela est magnifique, dit-elle en désignant la pièce d'un vaste geste de la main. Ça rend les choses spéciales. Ça te rend spécial.

— J'imagine que ça signifie que tu veux bien faire l'amour avec moi, dit-il avec un sourire espiègle.

Son souffle chaud lui chatouillait le cou.

À en croire ce qu'elle avait lu sur Internet, plus elle coucherait avec lui, plus son corps s'adapterait à lui, et plus elle aurait de plaisir. Or, elle en avait déjà reçu beaucoup la première fois.

Depuis qu'elle avait fait ces recherches, elle se sentait plus libre. Prête.

— Et si on faisait le concours de celui qui se déshabillera le plus vite ? finit-elle par répondre.

Et, fougueusement, elle se débarrassa de sa robe. Elle était charmée par son geste, et séduite par l'atmosphère créée par les bougies. Mue par un besoin égoïste de se faire du bien après ces longs mois de chagrin, elle s'immergea totalement dans l'ambiance. Tout cela était loin, désormais. Elle était avec Max, et ils allaient passer une nouvelle étape. Ensemble.

Il jeta son T-shirt dans un coin de la pièce, dévoilant son torse musclé. Le corps vibrant de désir, elle prit le temps de l'admirer.

— J'ai toujours aimé la compétition.

Tout en riant de son beau rire rauque, il ôta rapidement son short et son boxer.

Instinctivement, elle inspira profondément son parfum boisé qui se mêlait à la douce odeur sucrée des bougies. Son cœur battait désormais à tout rompre. Il était tellement viril, tellement sûr de lui.

Ce qui tendait par ailleurs à renforcer sa propre confiance en elle. Son naturel, sa générosité et son assurance l'aidaient à se détendre. Et, d'après les recherches qu'elle avait faites, c'était là un élément déterminant pour résoudre le problème sexuel qui l'avait tourmentée la première fois.

— J'ai de la chance, alors, dit-elle en ondulant du bassin pour se débarrasser de sa culotte dorée.

Aussitôt qu'elle fut nue, il la serra contre lui. Ses seins étaient désormais appuyés contre son torse puissant, ses tétons sensibles se pressant contre les contours de ses pectoraux.

Glissant ses grandes mains sous ses fesses, il la hissa dans ses bras, et elle prit cela comme une délicieuse invitation à enrouler ses jambes autour de lui.

— Merveilleux, chuchota-t-il contre sa bouche.

Elle fondit son corps avec le sien, se délectant de l'instant présent, déterminée à tirer de cette soirée un maximum de plaisir. Et à lui donner un maximum de plaisir.

Ivre de bonheur, elle s'accrocha plus fort à lui tandis qu'il s'approchait du lit.

— Vite. On profitera plus tard des fleurs et du chocolat, murmura-t-elle.

Et, là-dessus, elle ouvrit la table de chevet pour en sortir un préservatif.

Tout en poussant un grognement d'approbation, il lui appuya le dos contre la porte pour libérer une de ses mains. Elle ne put résister à l'envie de le regarder tandis qu'il enfilait la protection sur son membre long et dur. Et au même instant elle sentit le plaisir de l'anticipation, et un brin d'appréhension, courir dans ses veines. Elle prit une profonde inspiration pour forcer ses muscles à se détendre.

La main appuyée contre la porte, il avait fléchi les genoux pour se positionner contre son sexe humide et brûlant de désir. Tout en soupirant, elle l'accueillit en elle. C'était tellement bon. Il se mit à aller et venir en elle, et chaque poussée submergeait de sensations voluptueuses son corps affamé. Serrant davantage les jambes, elle le prit plus profondément.

Le plaisir montait vite. Un peu trop vite à son goût. Elle avait beau savoir qu'ils pourraient recommencer plus tard, elle avait envie que ce moment magique se prolonge autant que possible. S'écartant un peu d'elle, il la regarda dans les yeux avec une intensité qui ne fit que l'exciter encore plus.

Et enfin il l'embrassa, pleinement, passionnément, avec une fougue telle que l'orgasme déferla sur elle sans le moindre avertissement.

Sentant les vagues lancinantes parcourir son corps, elle dut se mordre les lèvres pour retenir ses cris de jouissance et serra ses jambes plus fort autour de lui tandis qu'il s'enfonçait au plus profond d'elle. Sa respiration était rapide, saccadée. Il se mit à se mouvoir plus vite, plus fort. Et le râle étouffé qu'il poussa marqua pour elle l'apothéose de son propre plaisir. Lentement, il appuya son front contre la porte, ses joues enfouies dans ses cheveux.

Son corps lui paraissait rassasié, pleinement satisfait. Instinctivement, elle passa ses bras autour de son cou et ils restèrent ainsi en silence pendant un long moment.

Quand il finit par la reposer doucement sur le sol, elle eut du mal à retrouver son équilibre tant elle avait été secouée par la volupté.

Tout en souriant, il la serra contre lui.

— Ne t'inquiète pas. Je suis là.

Souriant à son tour, elle embrassa son torse musclé, juste au-dessus de son cœur.

Quand il l'allongea sur le lit couvert de pétales de rose, elle se sentit profondément touchée par sa prévenance. Les pétales étaient satinés, parfumés. C'était vraiment merveilleux de sa part d'avoir préparé tout cela sans savoir si ce moment aurait lieu. Elle vivait au jour le jour. Et ce jour était magique et empli d'un tel espoir qu'elle en oublia toutes ses inquiétudes relatives à la protection de ses enfants, son indépendance, son cœur.

Après avoir tendrement dégagé ses cheveux de son visage, il la contempla avec intensité.

— Tu es tellement belle et touchante que tu me bouleverses totalement. Rien qu'en sentant tes cheveux soyeux sous mes doigts, j'ai envie de toi à tel point que j'en ai mal.

Tout en s'éclaircissant la gorge, elle entremêla ses jambes aux siennes.

— Tu n'auras pas à te donner beaucoup de mal pour me convaincre, répondit-elle en faisant glisser ses mains sur ses larges épaules pour les passer autour de son cou. Il y a entre nous une puissante alchimie depuis le jour où nous nous sommes rencontrés. Je ne comprends pas pourquoi, mais c'est comme ça.

— Il y a des choses qui n'ont pas besoin d'être analysées.

Il enfonça un peu plus sa jambe musclée entre ses

cuisses, lui procurant une délicieuse sensation de pression et de chaleur.

— C'est un comble, de dire ça, pour un geek, murmura-t-elle en riant doucement contre ses lèvres.

L'air semblait brûlant entre eux quand il fourragea dans ses cheveux.

— Les affaires, les ordinateurs, les codes… Ce sont les dernières choses auxquelles je pense quand je suis avec toi.

Elle poussa un soupir d'approbation, se délectant de la sensation de son corps nu contre le sien, ses muscles durs et bien dessinés se pressant contre sa peau.

— Tu sais ce que je voudrais ? s'enquit-elle en entrelaçant ses doigts aux siens.

Il se raidit et son regard se chargea de détermination.

— Non, mais tu peux tout me demander.

Portant sa main à ses lèvres, elle en embrassa le dos avant de se mettre à la masser de son pouce.

— Je voudrais goûter au chocolat. Et goûter encore à toi.

L'eau chaude ruisselait sur le visage de Max, la vapeur emplissait la cabine de douche, et il était ravi des capacités du chauffe-eau, qui lui permettait de rester en ce lieu avec Natalie pendant si longtemps. Il avait parcouru un long chemin depuis l'époque où, enfant, il devait attendre son tour pour aller se laver, parfois derrière une dizaine d'autres petits. Oui, il aimait l'eau chaude, et il aimait encore plus en profiter avec Natalie.

Les choses s'étaient faites naturellement, du lit à la douche.

Ses premiers ébats avec elle avaient été merveilleux. Mais après cette soirée…

Ils avaient trouvé leur place, leur rythme, et une véritable magie s'était créée.

Le cœur battant à tout rompre, il se souvint du moment où ils étaient entrés ensemble dans cette douche. Il l'avait fermement soutenue pour l'empêcher de glisser tandis qu'un sourire radieux s'était dessiné sur sa bouche.

Il n'y avait pas de femme plus sexy au monde, il en était absolument convaincu.

Quand elle joignit ses lèvres aux siennes, il se prit à rêver que ce moment ne s'arrête jamais.

Emplissant ses poumons de vapeur, il enroula ses bras autour de son corps pour mieux contempler ses yeux pleins de désir. Elle paraissait aussi excitée que lui. Et, avec ses beaux cheveux roux humides, elle était plus fascinante que jamais.

Il l'embrassa avec toute la passion qu'elle lui inspirait. Sa bouche avait un délicieux goût de chocolat.

Ils étaient passés à un autre niveau, et il lui semblait qu'une aventure de deux semaines ne suffirait pas à en explorer toutes les possibilités. Ce qui représentait un problème, car il allait falloir qu'il rentre chez lui, à Seattle, alors que son foyer et son travail étaient à l'évidence ici.

Naturellement, il pourrait retourner à Royal de temps en temps, mais ce ne serait pas une solution durable. D'autant moins que Natalie avait peur des rumeurs. Il allait donc falloir qu'il réfléchisse à d'autres moyens de la retrouver.

De toute façon, il ne baisserait pas les bras. Il n'avait pas bâti à la sueur de son front une société cotée en Bourse en se montrant pessimiste ou en s'avouant facilement vaincu.

Tout en caressant ses doux cheveux humides, il se pencha vers elle.

— Et si tu me disais l'endroit où tu aimerais aller pour notre prochain rendez-vous ? La Nouvelle-Orléans, Miami ? À moins que tu ne préfères l'Ouest… Las Vegas, Chicago ?

Comme elle garda le silence pendant un long moment,

il songea que ces lieux ne lui paraissaient peut-être pas très attrayants.

— Ou pourquoi pas un parc national ? J'ai entendu dire que Yellowstone était magnifique.

— Pourquoi si loin ? Il y a plein de jolis endroits dans le coin où nous pourrions aller, finit-elle par répondre en croisant ses bras contre sa poitrine.

Il s'en voulut, regretta de l'avoir mise sur la défensive presque autant que de ne plus pouvoir voir ses superbes seins. Pour essayer de lui rendre le sourire, il la saisit par les épaules et l'attira près de lui.

— J'ai un jet privé, il n'y a rien qui soit loin pour moi. On pourrait même aller à l'étranger, voire faire un aller et retour dans la journée si tu penses que c'est mieux pour les enfants. Tu peux sûrement prendre une journée de congé…

Elle lui adressa un sourire légèrement ironique.

— C'est beaucoup trop pour moi. Je ne suis qu'une fille de province, toute simple.

Il embrassa ses joues, son front, son nez et, d'une voix mal assurée, il formula sa requête.

— J'ai longtemps mené une vie simple, moi aussi. Mais si tu n'as pas envie de faire de tourisme on pourrait aller à Seattle. Chez moi.

Les gouttes d'eau frappaient le sol de la douche. Mais, en dehors de ce son, on n'entendit rien d'autre que le silence pendant bien trop longtemps.

— Tu cherches à accélérer les choses alors que je trouve qu'elles vont déjà trop vite entre nous, finit-elle par dire.

— C'est un important pas en avant, je l'admets, mais tu dois comprendre que je ne pourrai pas rester ici indéfiniment. J'ai une entreprise à diriger à Seattle. Mais d'un autre côté je n'ai aucune envie que notre relation se change en aventure sans lendemain.

Elle méritait tellement plus que cela.

— Et si c'était tout ce que je pouvais t'offrir ?

L'eau chaude continuait de couler sur lui, et pourtant il eut l'impression qu'on venait de lui jeter un seau de glace. Déstabilisé, il prit cependant le temps de réfléchir, d'étudier son visage. Et, en plongeant son regard dans le sien, il perçut la contradiction de ses mots.

Il vit sa vulnérabilité.

Et il eut envie de la protéger. Il avait réussi à la séduire. Ne restait plus qu'à la persuader.

— Fais-moi confiance, Natalie. On pourrait partager bien plus que quelques nuits et quelques dîners au restaurant.

Comme si elle avait du mal à respirer, elle porta sa main à sa gorge.

— Quand je me réveille, le matin, je ne pense pas plus loin que ce qui va se passer dans la journée. Je n'ai pas l'énergie d'envisager l'avenir. Peut-être parce que j'ai peur de voir mes espoirs déçus. Peut-être parce que je suis lâche…

— Tu es l'une des personnes les plus fortes que j'ai jamais rencontrées, et je peux te dire que j'en ai connu, des durs, dans mon milieu professionnel.

— Merci. Mais, quoi qu'il en soit, je ne peux pas te promettre plus qu'un jour à la fois.

Il fallait qu'il cède du terrain, même si c'était pour mieux revenir à la charge. S'il insistait maintenant, il risquait de la perdre.

Tout en se redressant un peu, il lui adressa le sourire diabolique qui lui avait permis de remporter tant de victoires.

— Un jour à la fois ? Je crois que je peux m'en contenter.

— Sérieusement ?

— Oui. Donne-moi une journée pour te convaincre que nous pourrions profiter d'une autre journée seuls, loin d'ici, juste tous les deux.

Elle se mit à rire, comme il l'avait espéré. Et, alors que

l'eau continuait de ruisseler sur eux, il joignit ses lèvres aux siennes, la coinçant contre la faïence du mur.

— Hum, murmura-t-il. Tu crois que tu pourrais faire garder les enfants pour la nuit ou tu préfères les emmener ? Je pourrais engager une baby-sitter.

Des gouttes d'eau s'accrochèrent à ses longs cils quand elle ouvrit les yeux.

— Je pense qu'il vaut mieux que Colby et Lexie restent dans un environnement familier pour le moment. Tu es nouveau dans leur univers. Pour la simple et bonne raison que tu es nouveau dans mon univers. Je n'ai pas l'habitude de…

Il appuya doucement son doigt sur ses lèvres pour l'interrompre.

— Tu n'as pas à t'expliquer. Je comprends. Maintenant, dis-moi où tu voudrais aller.

Tout en l'embrassant sur le bout des doigts, elle releva la tête vers lui.

— Vegas me semble être une bonne idée.

— Va pour Vegas !

Son regard devint plus timide, moins assuré.

— Mais pourquoi pas Seattle ? Je n'ai pas envie d'envahir ton espace personnel, mais j'aimerais bien voir où tu habites.

Il ne s'était pas du tout attendu à cela. Mais il était ravi par ce changement de position.

— Je serais très content de te montrer mon appartement et mes bureaux.

— Et ton enquête ici ?

— Pour tout te dire, je n'arrête pas de me heurter à des murs, et je crois qu'une pause me ferait du bien. J'envisageais d'ailleurs de consulter mon bras droit, Will Brady. Le moment ne pourrait être mieux choisi pour lui demander de porter un nouveau regard sur Royal et les données collectées. Et, une fois que nous aurons fini notre petite escapade, Will et moi pourrons nous concerter.

— On peut dire que tu es polyvalent, murmura-t-elle avant de joindre ses lèvres aux siennes pour l'embrasser à nouveau.

Il avait gagné une bataille, mais pas la guerre. Une victoire dont il allait se contenter.

Mais pour combien de temps ?

Les sommets enneigés se dressaient comme des sentinelles, procurant une toile de fond à un Seattle qui, aux yeux de Natalie, avait quelque chose de magique. Les montagnes ciselées et les immenses pins verts se découpaient dans le ciel d'un bleu parfait, un azur inimaginable rendu plus vif encore par le climat frais du nord du Pacifique. Elle ne tarderait pas à connaître la célèbre grisaille de la ville, elle ne se faisait pas d'illusions à ce sujet, mais elle avait été accueillie par ce grand ciel immaculé, qui semblait porter en lui une infinité de possibilités.

Une image qui décrivait bien ses sentiments à l'égard de ce voyage.

Elle espérait que son séjour en ce lieu la rassurerait sur la façon dont Max et elle pourraient rester ensemble, la façon dont ils réussiraient à mêler leurs deux styles de vie si différents.

Mais pour l'heure elle ne cessait de passer de l'angoisse à l'optimisme, sans doute parce qu'elle avait eu trop de temps pour réfléchir au cours du trajet. À cause d'une urgence professionnelle, Max avait dû partir plus tôt que prévu à bord d'un avion commercial. Restée seule pour s'occuper de ses enfants, elle s'était un peu inquiétée à l'idée de se retrouver sans lui dans son jet privé.

Heureusement, personne ne lui avait posé de question

directe, mais ses proches avaient compris, elle l'avait lu dans leurs regards. Les rumeurs se répandent comme une traînée de poudre dans les petites villes. Et, comme tout le monde à Royal savait déjà qu'elle sortait avec Max, elle n'avait pas cherché à se cacher.

Tout Royal ne parlait que de cela. Même son amie Brandee avait qualifié ce voyage de « sérieux ».

Confortablement assise dans le siège de cuir de la limousine, elle médita quelques instants sur ce mot. Elle avait toujours le cœur lourd d'avoir perdu son mari, mais au moins ses enfants semblaient accepter Max comme un « ami ».

En observant les devantures des bâtiments, elle remarqua que les bibliothèques, salles de concert et cafés paraissaient se presser les uns contre les autres. Seattle était une ville d'art et de culture, indéniablement belle. Un lieu qu'elle adorerait visiter. Mais y vivre ? Elle écarta cette idée de son esprit. Elle était là pour profiter de l'instant présent et ne devait pas prendre de décision à la hâte.

Réajustant son écharpe autour de son cou, elle jeta un coup d'œil à son image, qui se reflétait dans la vitre de séparation teintée de la limousine que Max avait réservée pour venir la chercher à l'aéroport. Sa peau avait retrouvé tout son éclat grâce aux soins dont elle avait bénéficié au spa. Un petit plaisir dont elle avait en fin de compte bien besoin.

Ses nouvelles amies, Brandee et Emily, avaient beaucoup insisté pour lui offrir cette journée, affirmant qu'elle travaillait trop et pensait trop aux autres et pas assez à elle-même.

— Quand t'es-tu accordé un moment pour toi pour la dernière fois ? lui avait demandé Emily d'un air suspicieux.

Et, comme elle n'avait pas su répondre, elles avaient

gardé ses enfants et l'avaient traîné dans le spa le plus luxueux de la ville.

En continuant d'étudier son reflet, elle se rendit compte que son appréhension ne provenait ni du déracinement ni de la peur des ragots sur sa vie amoureuse. Ces facteurs y contribuaient, naturellement.

Mais, si elle se sentait si tendue, c'était parce qu'elle se demandait ce qu'il allait penser de sa nouvelle coupe de cheveux, avec les mèches plus courtes qui encadraient son visage et attiraient l'attention sur ses yeux verts.

Elle finit par tourner son regard vers l'horizon et esquissa un sourire. Des bâtiments aussi audacieux que les montagnes en arrière-plan semblaient sortir tout droit du ciel. Rien de discret ou d'effacé dans ce paysage.

Un cadre parfait pour lui.

Tout comme son bed and breakfast constituait un cadre parfait pour elle et ses enfants.

Pour se protéger du froid, les passants se serraient contre leur conjoint ou réajustaient les pans de leur manteau. Le climat était encore clément au Texas, en cette fin de septembre. Elle se demanda comment allaient les petits, bien qu'elle eût été rassurée sur ce point par de multiples textos.

C'était Margie qui lui avait proposé de les garder. Au fil des derniers mois, l'éducatrice canine était presque devenue un membre de sa famille, la mère qu'elle n'avait pas. Une mère qu'elle s'était elle-même choisie. Elle lui était extrêmement reconnaissante de l'aide qu'elle lui avait apportée et elle la trouvait merveilleuse avec ses enfants, notamment Colby. Margie lui avait même proposé de rester au bed and breakfast, la solution la moins déstabilisante pour son fils et la plus pratique pour parer à tout éventuel problème avec la clientèle au cours de la nuit.

Pour ce qui était de la journée, ce seraient Brandee,

Emily et Chels, l'amie de Max, qui assureraient la gestion de l'établissement en son absence. Elle sentit son cœur se gonfler de joie en songeant à la chance qu'elle avait d'avoir dans sa vie des personnes si merveilleuses.

Tandis qu'elle s'approchait de la tour St. Cloud, l'émotion et le stress la submergèrent. L'immeuble de verre noir se dressait dans le ciel avec une sombre élégance. Il évoquait la puissance et était aussi mystérieux et séduisant que son propriétaire.

Le chauffeur finit par s'arrêter en double file. Après l'avoir accompagnée jusqu'à l'entrée, il remit ses bagages au portier.

Max vivait au dernier étage. Dans l'ascenseur, elle sentit son cœur s'emballer et des papillons s'agiter dans son estomac. Dans quelle tenue serait-il ? Comment allait-il réagir à sa nouvelle apparence ?

Les portes s'ouvrirent dans un tintement. Le stress, en elle, avait atteint des sommets.

Il était là. Il l'attendait. Sa silhouette, grande et musclée, se détachait devant elle, et on aurait dit qu'il était anxieux lui aussi quand il la regarda dans les yeux.

Il ouvrit légèrement la bouche, et son air se fit appréciateur, presque émerveillé. Tout en lui souriant, il finit par lui saisir les mains.

— Waouh !

— Waouh ! répéta-t-elle sur un ton taquin, rassurée par le plaisir évident qu'il avait à la contempler.

Après avoir adressé un bref hochement de tête au portier, il ramassa ses bagages et fixa à nouveau son regard sur le sien. Ils entrèrent ensemble, et aussitôt qu'il eut refermé le battant il la prit dans ses bras. Le baiser qu'il lui donna fut fougueux, intense et profond.

Familier.

Ils avaient atteint un nouveau stade. Une relation. C'était

sérieux. Émue, elle lui rendit son baiser avec cette passion qui submergeait tous ses sens.

Enfin, il fit glisser ses mains chaudes le long de son dos.

— Tu m'as manqué.

— On s'est vus ce matin.

— C'était il y a des heures. C'est beaucoup trop long, répondit-il avant de l'embrasser sur le bout du nez.

Elle se sentait à sa place avec lui, et ses nerfs s'étaient apaisés. Tout en souriant, elle concentra son regard sur l'immense baie vitrée qui se trouvait derrière lui et qui offrait une vue époustouflante sur la Space Needle. Un petit cri de surprise s'échappa de ses lèvres.

— Ton appartement est vraiment merveilleux. Cette vue est… tout simplement magnifique. Je comprends mieux pourquoi tu l'aimes tant.

— À l'époque où j'ai lancé ma société, Seattle m'est apparu comme un cadre idéal. C'est la cité de la technologie, qui abrite des entreprises comme Amazon et Microsoft.

Il portait une chemise à carreaux en flanelle. Une tenue décontractée pour un homme décontracté qui, contrairement à ce qu'elle avait craint, ne se comportait pas en sa demeure comme un exigeant milliardaire guindé.

Elle resongea à ce qu'il venait de dire au sujet de Seattle. Ainsi donc, il n'était pas particulièrement attaché à la ville ?

Mais elle ne devait pas s'interroger là-dessus. Vivre au jour le jour, c'était tout ce qu'elle avait à faire pour l'instant. L'imaginer se sentir chez lui en un autre lieu impliquait une chose qu'elle n'était pas à même de considérer.

Le simple fait d'être seule ici avec lui lui paraissait… irréel.

Comme il venait de déposer sa valise sur une petite table, elle se débarrassa de son écharpe, mais garda sa veste. Elle avait toujours un peu froid.

— J'avais pensé qu'on pourrait peut-être manger ici

ce soir, sur le balcon, proposa Max. À moins que tu ne préfères sortir pour visiter…

Malgré tous les services luxueux dont elle avait bénéficié dans son jet privé, elle s'était sentie trop stressée pour grignoter quoi que ce soit ou dormir, et était désormais fatiguée.

— D'accord pour rester ici ce soir. Tu pourras me faire faire un rapide tour de la ville demain, avant qu'on ne reprenne l'avion.

Car, au final, ils retourneraient à Royal ensemble.

Mais pour combien de temps ?

Une fois encore, elle dut éradiquer ces pensées de son esprit de peur qu'elles ne gâchent cette parenthèse enchantée avant même qu'elle n'ait commencé.

— On dîne ici, alors.

Comme il se dirigeait vers la cuisine, elle lui emboîta le pas, regrettant de ne pas pouvoir elle-même disposer d'un espace tel que celui-ci. Le plan de travail était immense et couvert d'appareils sophistiqués dont le chrome se mariait parfaitement avec l'esthétique industrielle du béton. À côté de cela se trouvaient un grand piano de cuisson et même une cave à vin.

Elle n'avait aucun mal à imaginer tout ce qu'elle pourrait faire avec une cuisine comme celle-ci dans son bed and breakfast.

Tandis qu'il ouvrait le réfrigérateur, elle s'appuya contre le béton froid.

— Je me suis fait livrer de quoi te faire de bons petits plats, dit-il en souriant. Je suis bien content que tu aies choisi de dîner ici. Comme tu as eu l'air d'apprécier cela quand nous étions au restaurant, j'ai pris des filets de bœuf.

— J'aime beaucoup, en effet. Merci.

Elle était touchée qu'il ait pris note de ses goûts.

— Je vais préparer la sauce aux champignons et au

romarin, dit-il en ouvrant un papier de boucher. Après ça, il faudra que j'aille faire un saut à mon bureau. J'espère que ça ne te gêne pas. Mais de cette façon tu pourras te reposer un peu.

— Si ça ne t'ennuie pas, je préférerais venir avec toi. Tu connais chaque centimètre carré de mon lieu de travail, y compris mon atelier. J'ai bien le droit de voir le tien, moi aussi. À condition bien sûr que ça ne dérange pas tes employés.

Elle était curieuse de découvrir son univers. Très curieuse.

— Il y a un ascenseur privé qui relie mon appartement à mes bureaux. De toute façon, comme nous sommes samedi, tu n'aurais pas rencontré beaucoup de monde. À mon avis, seulement Will, mon associé, s'il n'est pas déjà parti pour le Texas.

— Je suis contente qu'il aille à Royal pour t'aider.

Son regard fut de nouveau attiré par la baie vitrée et le somptueux paysage sur lequel elle donnait.

— Un œil neuf ne fera pas de mal. J'ai interrogé presque tous les habitants de la ville et récolté toutes les données que je pouvais trouver sur eux, et je suis arrivé dans une impasse. Il se peut que je sois… euh… distrait. Mais, si je suis passé à côté d'une évidence, Will, lui, s'en apercevra tout de suite.

Tout en parlant, il émincait de l'ail pour sa sauce.

— Distrait ? répéta-t-elle d'un air taquin.

Après s'être lavé les mains, il se tourna vers elle en souriant.

— Viens. Je vais te faire une visite guidée de ma société. Mais je dois te prévenir que c'est loin d'être aussi chaleureux que ton lieu de travail.

— Je suis très contente de voir tes bureaux, et je comprendrai parfaitement s'il n'y a pas de crayons de couleur et de livres de coloriage dans tous les coins.

Quand elle lui prit la main, de la magie sembla passer entre eux.

Comme pour confirmer qu'il ressentait lui aussi cette connexion, il serra fort ses doigts dans les siens.

Près de la cheminée, il tapa un code sur un clavier. Un instant plus tard, le grand miroir glissait sur le côté, révélant un ascenseur privé. Décidément, elle était à mille lieues de son confortable petit bed and breakfast.

L'ascenseur descendit silencieusement une dizaine d'étages, et ses portes finirent par s'ouvrir sur… un spectacle auquel elle ne s'attendait pas du tout. Elle pensait se retrouver dans un hall, mais ils étaient arrivés directement dans son bureau.

— Ça fait gagner du temps, dit-il en haussant les épaules. Ça me permet de faire des petits sauts au bureau le soir ou le week-end, et aussi de ne pas devoir traverser des couloirs où tout le monde m'arrêterait pour me poser des questions. Bref, c'est efficace.

— Tu n'as pas à t'excuser de ta fortune. Tu as extrêmement bien réussi ta vie. Tu peux être fier de toi.

À l'image de son appartement, son bureau était épuré et moderne, en parfait accord avec l'architecture audacieuse de la ville. Mais il comportait quelques notes de couleur, de petites touches personnelles.

Sur un mur, un grand tableau dans des tons de rouge sur lesquels se détachaient des oiseaux qui semblaient découpés dans des feuilles de livre. Pas de photo, cependant.

Elle s'approcha du plan de travail pour examiner les écrans d'ordinateur, à côté d'une pile de dossiers bien nette et d'un boulier. Tout était parfaitement ordonné, et si différent du chaos qui régnait dans son atelier.

Tandis qu'elle observait la scène, elle l'entendit fermer la porte au verrou.

Tout en se retournant vers lui, elle se débarrassa de sa veste.

— C'est un endroit qui te ressemble. Qu'avais-tu à faire ce soir ?

Il contempla son pull, qu'elle venait de laisser tomber par terre. La température n'avait pas changé, mais elle sentait la fièvre monter en elle.

— Euh… Je voulais juste te faire visiter les lieux et aller… euh…

Elle le vit avaler sa salive, tandis que, le regard brûlant, il semblait passer en revue ses courbes.

Un sentiment de puissance s'empara d'elle, une distraction bien agréable, après toutes ces pensées contradictoires qui s'étaient bousculées dans son esprit. S'asseyant sur le plan de travail, elle croisa les jambes et le fixa bien en face.

Lentement, il s'approcha d'elle pour la prendre dans ses bras. Pendant un long moment, ils restèrent ainsi immobiles, à se regarder, à puiser dans les profondeurs de leurs iris.

Tendrement, il finit par se pencher pour lui embrasser le cou, déposant de petits baisers suivis d'un brûlant soupir.

— En réalité, j'ai beaucoup à faire dans mon bureau ce soir.

- 10 -

Max avait prévu d'effectuer un rapide aller-retour à son bureau pour aller chercher un dossier, puis de retourner à son appartement pour le dîner romantique avec Natalie sur le balcon — le tout suivi par une nuit de passion.

Mais apparemment l'ordre chronologique de son plan s'était inversé.

Ne souhaitant pas laisser de place aux explications ou aux regrets, il se mit à l'embrasser fiévreusement. Ses lèvres distillaient une chaleur qui se répandait dans ses veines, le consumant d'un désir brûlant.

Elle lui avait fait clairement comprendre qu'elle avait envie de lui ; il ne pouvait pas résister. Enfin, il allait avoir ce qu'il désirait, ici, dans son bureau, dans son domaine. Et ils étaient seuls. Totalement seuls.

Contre sa bouche, elle sourit.

— Ici ?

— Si ça te fait envie.

Sensuellement, elle fit remonter sa robe le long de ses jambes et l'ôta.

— Très envie.

En regardant le tissu tomber au sol, il essaya de graver tous les détails de cet instant dans sa mémoire, bien qu'il sût avec certitude qu'il y resterait pour l'éternité. Il ne pourrait jamais oublier cette image d'elle, assise sur le rebord de son bureau, ne portant rien d'autre que des escarpins à talons hauts.

Il avait du mal à garder le contrôle de lui-même, mais à en juger par son approche audacieuse elle était aussi excitée que lui. Peu importait, de toute façon. Ils pourraient prendre leur temps plus tard.

Sans la quitter des yeux une seule seconde, il se débarrassa de sa chemise, de ses chaussures et son pantalon, récupérant dans sa poche arrière un préservatif.

Fort heureusement, il y en avait d'autres dans son appartement.

Couvrant sa bouche de la sienne, il fit glisser sa main entre ses cuisses pour effleurer son sexe humide et prêt à l'accueillir.

Et soudain il la sentit s'emparer de son pénis, faisant naître un délicieux frisson en lui.

Impatiemment, il balaya du bras ce qui se trouvait sur le bureau pour allonger son corps voluptueux sur sa surface en acier. Ses cheveux roux se répandirent autour de son visage tel un soleil. Et en la regardant il comprit qu'il aurait beaucoup de mal à se concentrer la prochaine fois qu'il viendrait travailler.

Relevant l'une de ses jambes fuselées, elle fit courir le bout de ses pieds sur son torse. De ses ongles rouges, parfaitement manucurés, elle se mit à tracer le contour de ses pectoraux, puis de ses abdominaux. Il sentait son cœur battre à tout rompre dans ses oreilles. Elle était… incroyable.

Passant ses bras sous ses genoux, il lui écarta les cuisses sans quitter son regard du sien pour y détecter le moindre signe de réticence.

Joignant ses pieds derrière ses fesses, elle l'attira plus près d'elle, lentement, jusqu'à ce qu'il se retrouve… chez lui. En elle.

Quand il sentit sa chaleur humide autour de lui, ivre de bonheur, il se pencha encore vers elle.

Au même moment, elle prit ses doigts dans les siens et les serra.

Alors, il ne put plus penser à rien d'autre qu'à se mouvoir en elle, tenir ses mains, et retenir sa jouissance aussi longtemps que possible. En espérant qu'elle trouve la sienne très vite, car il brûlait de la combler, et le besoin de laisser exploser son plaisir rugissait en lui tel un moteur lancé à plein régime.

Se penchant un peu, il se mit à embrasser la gracieuse courbe de son épaule. Un murmure s'échappa de ses lèvres sensuelles et gonflées par ses baisers, son souffle emplit l'espace entre eux, plus rapide, plus fort. Sa peau d'ivoire prit une nuance rosée, elle était toute proche de l'orgasme. Et enfin elle lâcha ses mains pour s'agripper au plan de travail, et il la sentit se cambrer contre lui, ses muscles tendus, tandis que des gémissements montaient dans sa gorge. Elle avait atteint l'extase.

Une bonne chose, car la sienne ne demandait qu'à le terrasser.

Quand les sensations explosèrent en lui, tel un feu d'artifice de plaisir voluptueux, le cri de jouissance qu'il poussa résonna dans son bureau vide. Son domaine. Son univers.

Et sa femme.

Il ne put ignorer cette pensée primitive qui naquit dans son esprit, son corps, son âme. Et, en dépit de toutes les raisons qu'il avait de croire qu'elle n'était pas faite pour lui, il lui sembla que l'heure était venue de faire fusionner leurs mondes.

Natalie, sur le balcon, n'avait plus froid. Malgré le temps frais de septembre, elle se sentait bien, comme réchauffée par la présence de Max. Et puis il y avait le petit poêle de terrasse, naturellement.

Le ciel de Seattle était illuminé, non par les étoiles, mais par les enseignes et les éclairages des bâtiments, véritables constellations vivantes. Le bruit du trafic résonnait depuis le bas de l'immeuble, un rythme distant qui avait quelque chose d'onirique. De façon générale, cette soirée lui évoquait l'irréalité de la frontière entre le sommeil et la conscience.

Elle était assise sur une confortable chaise longue, près de la lueur orangée du chauffage, le corps repu du dîner digne d'un restaurant cinq étoiles qu'il lui avait servi.

Et qu'il avait lui-même préparé.

Il s'était révélé aussi bon cuisinier qu'il l'avait prétendu. La côte de bœuf avait été délicieuse, de même que les macaronis à l'asiago et la salade de choux qui l'avaient accompagnée. Elle avait beaucoup aimé le regarder se déplacer avec aisance devant les fourneaux, vêtu d'un simple short de sport et d'un T-shirt, un torchon noué autour de la taille en guise de tablier. Un chef tout aussi exquis que sa cuisine.

Mais surtout elle avait apprécié la tournure nouvelle et confortable qu'avait prise leur relation. Il se montrait toujours aussi charmant avec elle, mais semblait plus détendu, moins agressif dans son jeu de séduction.

Elle demeurait, cependant, un peu angoissée par la vitesse à laquelle les choses allaient entre eux.

Une légère brise soufflait dans ses cheveux lâchés. Repoussant une mèche de son visage, elle saisit la coupelle qui contenait le dessert. Le froid, sous ses doigts, la fit frissonner. Aussitôt, il lui proposa sa chemise, qui ne paraissait pas très chaude, mais qu'elle accepta avec plaisir, ravie de pouvoir humer le parfum viril dont elle était imprégnée. Ce geste symbolique sembla encore les rapprocher.

Elle avait faim de lui à nouveau. Plongeant sa cuillère

dans les fruits rouges accompagnés de glace à la vanille, elle le regarda en souriant. Elle était touchée qu'il se soit souvenu qu'elle adorait la crème glacée. Cette connaissance plus approfondie de leurs goûts respectifs révélait une intimité grandissante, qui allait au-delà du sexe.

Était-elle satisfaite de cela ? Elle jeta un coup d'œil dans sa direction. Les cheveux au vent, il lui adressa un sourire plein de tendresse.

Et pour la toute première fois elle envisagea de vivre avec lui une relation à long terme.

Ce fut à ce moment-là que son téléphone vibra sur la table. Quand il le prit pour en consulter l'écran, son expression devint sérieuse.

— Il faudrait que j'appelle Will. Il doit être arrivé à Royal, à l'heure qu'il est.

— Pas de problème. La glace et moi, on va se tenir occupées, toutes les deux.

Tout en poussant un profond soupir, il reposa sa coupelle. Son visage reflétait désormais une certaine inquiétude, voire de la tristesse.

— Will vit une période difficile. Il vient de perdre sa femme et a beaucoup de mal à s'adapter à son statut de père célibataire d'un nouveau-né.

— C'est horrible. Et s'occuper de ses enfants quand on est seul, c'est très dur, je sais de quoi je parle.

Un souvenir du temps passé, à peine un an plus tôt, lui revint brusquement en mémoire. Un coup fatal frappé à sa porte. Quand elle était allée ouvrir, le bébé sur la hanche, et qu'elle avait vu ce militaire qu'elle ne connaissait pas, elle avait immédiatement compris que sa vie venait de basculer.

Un vent tranchant soufflait sur le balcon, presque aussi glacé que le froid qu'avait fait naître en elle ce souvenir.

Pour essayer de chasser ces mauvaises pensées, elle ferma les yeux un instant.

— Comment a-t-il fait pour partir en déplacement à Royal ?

Le regard toujours rivé sur son téléphone, il se mit debout.

— Il a engagé une nourrice qui doit l'accompagner.

— C'est bien, qu'il puisse voyager avec son bébé.

Elle ne savait pas comment elle s'en serait sortie sans ses enfants. Si elle n'avait pas dû prendre soin de Lexie et Colby, elle n'aurait jamais réussi à se lever tous ces matins où elle avait envie de rester pleurer dans son lit.

— Ce n'est pas qu'une histoire d'organisation, reprit-il. Il a aussi beaucoup de chagrin. J'imagine que tu comprends ça.

— Tu veux dire qu'il a du mal à tisser des liens avec son bébé ?

Jeremy avait lui-même eu des difficultés à s'attacher à Colby. Au départ, elle avait mis cela sur le compte de ces coliques, qui le perturbaient beaucoup, mais avec le temps il était devenu évident que le problème était bien plus complexe que cela.

À cette pensée, une sourde douleur vint lui serrer le cœur.

— Will est un bon ami, un garçon bien, finit-il par répondre. Il n'abandonnera pas sa fille. Être père, c'est l'engagement de toute une vie, conclut-il en portant le téléphone à son oreille. Je vais prendre de ses nouvelles. Ce ne sera pas long.

— Ne te presse pas pour moi, dit-elle en agitant sa petite cuillère devant lui. J'ai de quoi m'occuper.

Quand il referma la porte vitrée derrière lui, étouffant ainsi le son grave de sa voix, elle se reconcentra sur le ciel nocturne.

Le regard rivé sur la Space Needle, elle resongea aux paroles qu'il venait de prononcer sur le statut de père. Elle était contente qu'il comprenne l'ampleur de cette responsabilité. Ce qui, à bien y réfléchir, paraissait logique, dans la mesure où il avait été abandonné par ses deux parents.

Mais les enfants n'étaient-ils qu'une responsabilité ?

Non. C'était bien plus que cela. Il oubliait un élément déterminant : l'amour.

Il est extrêmement important pour un enfant de ressentir l'amour de ses parents. Jeremy avait fait des efforts avec Colby, mais il était évident qu'il préférait Lexie, et cette disparité avait brisé le cœur de Natalie.

Max, de son côté, se montrait équitable envers eux. Il ne s'en vantait pas, mais elle avait remarqué qu'il était aussi à l'aise avec Lexie qu'avec Colby, et elle sentait qu'il éprouvait pour eux une affection sincère.

C'était un homme bien.

Un homme bien qui vivait à Seattle dans un palais de verre et d'acier. Le balcon offrait une vue idyllique, mais était bien trop petit pour des enfants. Cependant, il y avait tellement d'espace au-delà, là, à Seattle. Pouvait-elle s'installer ici ? Pouvait-il délocaliser son entreprise au Texas ?

Pouvait-il ouvrir son cœur à ses enfants ?

Son ventre se nouant, elle reposa sa cuillère dans sa coupelle. Se faisait-elle des illusions quant au lien qu'il entretenait avec Colby et Lexie ? Quand il était avec eux, elle avait la ferme impression qu'il se sentait à sa place. Il fallait donc qu'elle laisse une chance à leur relation, pour son propre bien, et celui de ses enfants. Elle pouvait toujours le réinviter au Cimarron Rose une dernière fois, juste pour voir où cela pouvait les mener…

Mais qu'était-elle en train d'imaginer ?

Elle venait à peine de retrouver sa place dans le monde, d'apprendre à bâtir une jolie vie pour elle et ses petits. Après le désastre de son mariage, aurait-elle le courage de bouleverser cet équilibre nouveau et fragile pour tout recommencer à zéro ?

Elle l'ignorait.

De retour à Royal, un peu moins d'une semaine plus tard, Max sortait du réfrigérateur des briques de jus d'orange pour chercher les chaussons aux pommes maison que Natalie avait préparés.

Elle lui avait accordé sa confiance. Après avoir hésité à le laisser s'occuper de ses enfants, elle l'avait autorisé à les surveiller le temps qu'elle se rende chez Brandee Lawless pour un essayage.

Il ne put s'empêcher de sourire en resongeant à l'air penaud qu'elle avait pris en lui montrant le coffre à jouets et l'emplacement de chacun des objets dont il pourrait avoir besoin. Après quoi, elle l'avait embrassé avec ardeur, comme pour le remercier de son aide.

Et, son aide, il était bien décidé à la lui apporter. Ayant posé les chaussons aux pommes dans une assiette, il s'approcha de Colby et Lexie, qui ne cessait de tourner sur elle-même dans sa robe rose.

— Max ! Max, regarde ! s'exclama-t-elle.

— C'est super, ma chérie. Et maintenant si on allait goûter dans le salon ? On pourrait peut-être regarder la télé.

Il lui sourit. Tant d'énergie dans un si petit corps. Natalie avait encore plus de mérite qu'il ne le pensait. Prendre soin de deux enfants en bas âge était plus dur et plus fatigant que n'importe quelle tâche qu'il pouvait accomplir dans son bureau. Et elle le faisait avec succès tout en dirigeant une entreprise.

Il ne pouvait même pas prétendre être distrait, car ce matin-là le bed and breakfast était vide, raison pour laquelle Natalie avait choisi de programmer cet essayage. Elle s'était dit qu'il lui serait plus facile de garder les petits.

Cependant…

— Ouais ! La télé, la télé, la télé ! se mit à crier Lexie en tapant des mains.

Tandis que sa sœur se dirigeait vers le séjour dans un tourbillon de rose, Colby se leva lentement.

— On peut regarder *Nemo* ?

Il fut surpris par cette question. D'ordinaire, le garçonnet se contentait de répondre, il ne prenait jamais l'initiative de parler le premier.

— Bien sûr, Colby.

— Cool.

Fait exceptionnel, un sourire illumina son petit visage. La chienne alla se coller contre lui. Colby la caressa.

— Viens, Miss Molly.

Une fois dans le séjour, les enfants s'installèrent sur le divan, devant lequel Max déposa les assiettes contenant leur goûter. Miss Molly, qui s'était couchée aux pieds de Colby, regardait les chaussons aux pommes d'un œil intéressé.

Après avoir mis *Le Monde de Nemo*, Max, satisfait, s'assit sur l'accoudoir du canapé. C'était possible, ils pouvaient faire fusionner leurs univers. Natalie avait passé du temps avec lui à Seattle, et désormais il était de retour à Royal, dans ce décor familial.

Les choses pouvaient être aussi simples et agréables que cela. Mordant dans l'une des viennoiseries, il se délecta du goût de cannelle et de pommes fraîches. Tout était calme.

Jusqu'à ce que son téléphone se mette à vibrer. En le tirant de sa poche, il se rendit compte qu'il venait de manquer un appel de Will.

Avait-il découvert quelque chose ? Les enfants, à côté de lui, semblaient complètement subjugués par le dessin animé. Il pouvait bien les laisser quelques minutes.

— Je reviens, dit-il tout bas, pour ne pas les déranger.

Puis, tout en rappelant Will, il repartit vers l'entrée. Son ami lui répondit dès la première sonnerie.

— Salut. Je voulais juste te dire qu'on avait trouvé une importante quantité de données à partir de l'algorithme que tu as conçu. Je crois qu'on est sur une piste.

Will n'avait jamais été du genre à y aller par quatre chemins. Il allait toujours droit au but.

Mais Max avait désormais du mal à suivre les explications de son ami : Miss Molly n'arrêtait pas de geindre. La chienne finit par apparaître à côté de lui. Et, après avoir poussé un nouveau couinement, elle courut vers la porte en aboyant, l'empêchant totalement d'entendre ce que lui disait Will.

— Excuse-moi, Will. Je peux te demander une petite seconde ?

Max regarda Miss Molly, puis parcourut des yeux le séjour. Où il ne vit que Lexie.

Tentant de contenir la panique qu'il sentait monter en lui, il se mit à arpenter le rez-de-chaussée, vérifiant chacune des pièces tandis que son ami lui répétait ses derniers mots. Mais Max ne parvenait à se concentrer ni sur la conversation ni sur l'enquête. Il n'arrivait à penser qu'à Colby. Il ignorait où il était et il n'y avait au Cimarron Rose aucun client qui aurait pu le voir ou l'aider à le chercher.

De plus en plus agitée, Miss Molly ne cessait d'aboyer. Retournant dans la cuisine, il regarda par les fenêtres. Toujours aucune trace du petit.

Au diable le calme.

La panique s'était désormais complètement emparée de lui.

— Je te rappelle, dit-il avant de raccrocher.

Et il s'approcha de la porte à laquelle Miss Molly s'était mise à gratter.

Il n'avait tourné le dos qu'une minute. Peut-être deux.

S'il avait prêté attention plus tôt aux gémissements de Miss Molly…

Cette idée le glaça. Attrapant Lexie par la main, il sortit sur le seuil tout en scannant l'horizon du regard pour y chercher le petit.

La peur menaçait désormais de le submerger. C'était un échec total. Jamais il n'était tombé aussi bas, n'avait autant perdu.

Quand Natalie l'apprendrait, elle serait bouleversée et considérablement déçue. Il avait commis une erreur en pensant pouvoir s'intégrer à cette famille et y exercer une influence positive. Il avait fait du mal à cette femme qu'il aimait tant.

— Colby ! Colby ! cria-t-il dans l'air froid de septembre.

Le cœur battant à tout rompre, il se mit à fouiller les buissons tout en continuant d'appeler le garçon. La route était déserte, mais il ne pouvait s'empêcher d'imaginer le petit sous les roues d'une voiture.

— Colby ! hurla-t-il à nouveau.

Toujours rien. Pas un son. Et soudain un bruit de pneus sur le gravier. Natalie. Elle était rentrée et, comme à son habitude, devait être en train de se garer derrière la maison. Il ne voulait même pas penser à la terreur qui allait la terrasser. Pour le moment, il préférait espérer que Colby finirait par émerger de sa cachette en entendant sa mère.

Hissant Lexie dans ses bras pour gagner du temps et être certain de ne pas la perdre, elle aussi, il se dirigea vers Natalie. En sortant de la voiture, elle sembla évaluer la scène, puis, aussitôt, prit un air apeuré. Elle avait deviné, sans même qu'il ait à ouvrir la bouche.

Sans se donner la peine de refermer la portière, elle se précipita vers la maison de ses voisins les plus proches.

— Les Albertson. Il aime bien leur chat.

Instinctivement, il lui emboîta le pas. Il avait fouillé le jardin, mais pas celui d'à côté. Il avait cherché des cachettes d'enfant, pas des cachettes de chat.

Il releva les yeux et…

— Là ! s'exclama-t-il en pointant du doigt l'arbre des Albertson, dans lequel se découpait la silhouette du petit.

Accroupi sur une branche basse, il semblait en quête d'un moyen de grimper plus haut. Natalie, qui s'était précipitée vers lui, le prit dans ses bras et le serra fort contre elle, sa peur lui ayant à l'évidence fait oublier le besoin d'espace de Colby.

Miss Molly, qui les avait suivis, frottait désormais sa tête contre eux. Pour réconforter la mère ou le fils ? Peu importait, de toute façon. L'essentiel était que le petit ait été retrouvé sain et sauf.

Bouleversé, Max s'accrocha à la clôture. Le soulagement était tel qu'il menaçait de le submerger.

Comme pour bercer Colby, elle se balançait d'un pied sur l'autre, et soudain un rayon de soleil fit étinceler une larme qui coulait sur sa joue. En la voyant scintiller dans la lumière, il sentit quelque chose se déchirer en lui.

Son visage dévasté parlait de lui-même. Elle lui avait fait confiance, et il avait échoué. Il avait trahi cette confiance. Il avait mis en danger ses enfants.

— Natalie, dit-il d'une voix rauque en reposant la petite sur le sol. Je suis désolé. Si tu savais comme je regrette.

Mais c'était bien plus que son échec qu'il regrettait. Ce qui le peinait par-dessus tout, c'était de ne pas être l'homme dont cette famille avait besoin.

- 11 -

En refermant la porte de la chambre de Lexie, Natalie poussa un profond soupir et sentit une partie de la tension qui s'était accumulée en elle s'échapper.

Son regard, agité, ne cessait de passer de la porte de Lexie à celle de Colby.

Dieu merci, ils étaient sains et saufs.

Il était déjà arrivé à Colby de se sauver, et ce, à plusieurs occasions. Et à chaque fois la panique atteignait de nouveaux paliers en elle. Il allait falloir qu'elle le surveille de plus près. Et qu'elle avertisse les étrangers de sa tendance à fuguer.

Toujours sous l'emprise de ses émotions, elle ne put s'empêcher d'ouvrir la porte de la chambre de son fils, pour vérifier qu'il était bien là. Elle fut rassurée par Miss Molly, qui releva la tête pour évaluer la nature de cette intrusion, ainsi que par la silhouette endormie de Colby.

Soulagement. Satisfaction. Emplie par ces deux sensations, elle se remit peu à peu à respirer à une cadence normale.

Mais en retournant dans la cuisine elle sentit son cœur se serrer devant la scène qui l'attendait. Au fond d'elle, elle savait que c'était inévitable, mais elle s'était laissé aller à espérer. Et désormais elle avait mal.

Max était assis à la table, le visage marqué par l'anxiété, l'air… vaincu. Plus aucune trace de son habituel sourire désinvolte ; ses lèvres étaient pincées. La tête baissée, il semblait contempler les deux valises de cuir qui se trouvaient à ses pieds.

Ayant certainement entendu ses pas, ou peut-être le cri de stupéfaction qu'elle avait tenté d'étouffer, il releva les yeux et chercha son regard.

Et, si son visage était l'illustration même du sentiment d'échec, il reflétait également une sombre détermination.

— J'ai chargé mon matériel informatique. Je vais chez Chelsea. Je crois que ça vaut mieux.

Elle garda le silence quelques instants. Cette scène était-elle vraiment en train de se passer ?

— Tu abandonnes, comme ça ? Après m'avoir tant fait la cour ? Je ne représente plus un défi à tes yeux ?

Ses larges épaules s'affaissèrent, et elle perçut de la douleur dans ses iris, mais sa détermination ne semblait pas avoir faibli.

— Ce n'est pas le problème. Je ne suis pas bien pour toi, Natalie. Je ne l'ai jamais été. J'aurais dû me montrer plus honnête avec moi-même. Je ne suis tout simplement pas fait pour m'intégrer à une vie de famille.

Elle ne pouvait désormais plus parler, sa gorge était bloquée par l'émotion. Elle ne pouvait que le regarder observer la cuisine, s'arrêtant sur les coloriages de poissons de Colby accrochés au réfrigérateur. Un silence de mort tomba sur la pièce.

Sur elle.

Enfin, il finit par se retourner vers elle. Il affichait toujours un air aussi triste, mais il y avait également de la culpabilité dans ses yeux.

— Tu as vu ce qui s'est passé aujourd'hui avec Colby. Qui sait combien de temps il aurait pu rester seul dehors si Miss Molly ne m'avait pas alerté ?

La colère à l'encontre de lui-même qu'elle percevait dans le son de sa voix ne fit que la bouleverser davantage. Les doigts tremblants, les nerfs à vif, elle tendit le bras vers lui.

— J'aurais dû t'avertir que c'était un as de l'évasion. Tu ne pouvais pas le deviner.

— Je n'ai aucune excuse, répondit-il en ignorant son geste implorant. Je te demande pardon, Natalie. Je regrette infiniment.

Il secoua la tête. Il paraissait désormais distant, et son regard était perdu dans le vide.

— Tu mérites mieux, et je vais libérer la place pour que tu puisses trouver mieux.

Ses mots lui firent du mal, bien plus qu'elle ne l'aurait cru au vu du nombre de fois où elle s'était dit qu'il n'était pas fait pour elle. Mais elle s'était autorisée à espérer. Et c'était lui qui avait insisté pour qu'elle le fasse, qu'elle ne se contente pas de vivre au jour le jour. C'était lui qui lui avait permis de renouveler sa confiance en elle et en l'avenir.

Elle méritait en effet mieux que ce qu'il venait de lui donner. Il lui avait demandé de prendre un risque, et maintenant qu'elle l'avait fait il se rétractait.

Hors de question qu'elle le laisse s'en tirer comme ça.

— C'est un prétexte, et je t'ai dit que je ne t'en voulais pas. Tu ne peux pas te transformer en expert des enfants en quelques jours. Une seule petite erreur, et tu abandonnes ? Tu nous abandonnes, nous, et ta chance de trouver la famille que tu n'as pas eue pendant ton enfance ?

En prononçant ces mots, pour la toute première fois, elle se prit à envisager cette possibilité dans son cœur. À espérer qu'ils puissent bâtir ensemble un avenir plus prometteur.

— Tu aurais une véritable chance de l'obtenir si tu n'étais pas si déterminé à fuir.

Il soutint son regard pendant si longtemps qu'elle crut qu'il allait entendre raison — elle lisait sur ses traits le conflit, l'émotion —, mais, secouant la tête, il finit par arracher ses yeux des siens, se détourner d'elle.

— Tu as trop souffert, Natalie. Et tes enfants méritent mieux que ça. Je suis un informaticien, un homme de faits et de probabilités. Et en ce sens, je suis bien placé pour te dire que je suis un risque qui ne vaut pas la peine d'être couru.

Et ce fut tout. Sans même se retourner vers elle, il prit ses bagages et sortit de sa vie.

La tension était constante depuis le départ de Max, quatre jours plus tôt, mais Natalie ne regrettait pas de l'avoir laissé s'enfuir. C'était la meilleure solution ; elle en était désormais certaine.

Au bout du compte, l'attitude négative de ses parents lui avait donné la force de voir qu'elle était elle-même une bonne mère de famille, capable d'élever ses enfants seule. Elle se débrouillait plutôt bien, mais elle ne pouvait pas accepter dans sa vie un homme qui n'était pas prêt à affronter les peurs qui vont de pair avec le statut de parents. Mais elle avait beau savoir que c'était mieux ainsi, elle n'en souffrait pas moins d'avoir perdu Max.

Quatre jours. C'était pourtant peu.

Mais il lui manquait terriblement. Elle ressentait le vide dans son cœur, dans la façon dont, régulièrement, instinctivement, elle cherchait du regard son véhicule sur le parking, à l'endroit où il aurait dû se trouver.

Et, tout en écoutant les instructions de Margie, elle se surprenait parfois à jeter des coups d'œil dans la direction de sa chambre. Cette pièce où il avait passé tant de temps. Cette autre vie dont elle avait eu un aperçu.

— Ça me manque de ne plus voir Max dans le coin, dit soudain Margie, coupant court à ses pensées.

L'éducatrice venait de lancer une balle de tennis à Lexie,

qui l'avait attrapée en riant. Le soleil doré d'automne n'était plus très chaud.

Lexie jeta la balle au loin, et Miss Molly, tout excitée, se mit à aboyer.

— Max et moi ne sommes plus ensemble, articula Natalie. C'était… un risque. Ce sont des choses qui arrivent. Toutes les relations ne sont pas éternelles. Nous vivons dans deux mondes différents, ajouta-t-elle d'une voix froide, qui la faisait paraître bien plus résignée qu'elle ne l'était en réalité.

Margie lui lança un regard en biais.

— Ton fiancé avait un jet privé. Le problème de distance ne me paraissait pas insurmontable.

« Fiancé ». Le mot lui semblait trop fort, mal choisi. Et pourtant…

— Dans tous les cas, c'est terminé.

Ce fut à ce moment-là que Colby s'approcha d'elle, accompagné de Miss Molly, qui remuait frénétiquement la queue. En voyant le sourire de son fils, elle sentit son cœur se gonfler dans sa poitrine. Lexie relança la balle à Margie, qui à son tour la jeta à la chienne.

— Je te connais, ma chérie. C'est un peu comme si nous étions de la même famille, maintenant. C'est comme ça que les choses fonctionnent, dans cette ville : les amitiés fortes finissent par se transformer en liens familiaux. C'est d'ailleurs pour cette raison que les attaques de ce hacker nous paraissent à tous si douloureuses. C'est comme si nous avions été trahis par un membre de notre famille. Nous avons tous des secrets, et par conséquent nous sommes tous vulnérables.

Une brise subite fit bruisser les feuilles rouge et or qui éclairaient le jardin. Le vent charriait des parfums de pin et de lointains feux de bois. La petite ville était un havre de paix.

— J'ai du mal à croire que tu aies toi aussi des sombres secrets, Margie.

La femme d'âge mûr se mit à rire gaiement. Tout en tirant sur les manches de sa chemise à carreaux, elle lui adressa un regard plein de tendresse.

— Je vais t'avouer une chose, ma chérie, j'avais fait des… Comment dirais-je ? Des photos de boudoir, il y a vingt ans, pour l'anniversaire de mon époux. Eh bien, tu sais, après sa mort, j'ai eu beau fouiller dans ses affaires, je n'ai jamais retrouvé les négatifs.

— Oh ! zut ! s'exclama Natalie en riant.

Mais elle était étonnée de la façon dont Margie réussissait à sourire des souvenirs de son défunt mari, et même à plaisanter à ce sujet.

— Comme tu dis ! répondit l'éducatrice en poussant un soupir exagéré. Chaque fois que je vois un boa rose, je ne peux pas m'empêcher d'y resonger. Et de craindre que ces photos ne ressortent tout à coup de nulle part.

— Un boa rose ? répéta Natalie, amusée.

L'audace de Margie semblait avoir renforcé leurs liens. Il y avait en effet entre elles une tendresse qui avait quelque chose de familial.

— Oui, répondit-elle en lui adressant un sourire qui évoquait de la nostalgie. Et je t'assure que mon Terence avait adoré son cadeau.

— On dirait que vous formiez un couple merveilleux.

Elle s'était pour sa part vu voler ce rêve non pas une fois mais deux. À y resonger, elle sentit son cœur se serrer.

Margie, qui avait gardé le silence, finit par hocher la tête, les larmes aux yeux.

— C'est vrai, oui.

— Tu as eu de la chance.

N'avait-elle pas le droit, elle aussi, de désirer connaître

le bonheur éternel avec un homme ? Offrir une vie de famille à ses enfants ?

Elle tourna son regard vers la scène qui se déroulait devant elle. Un chien heureux, des enfants heureux. Cette petite ville qui lui procurait un refuge. Et pourtant… Elle ne pouvait pas se contenter de cela.

— En partie, finit par répondre Margie. Mais cela a aussi demandé des efforts.

Sous-entendait-elle qu'elle n'en avait pas fait assez ?

— Les efforts ne sont pas toujours payants.

Jeremy et elle s'étaient beaucoup battus pour essayer de faire fonctionner les choses. Et elle se plaisait à croire qu'ils auraient fini par réussir, même si elle ne pourrait naturellement jamais en avoir la certitude.

— Je sais, ma chérie. Mais, sans efforts, même la chance ne suffit pas. Quand on se donne à cent pour-cent, on est rassuré d'avoir fait tout ce qui était possible. S'il n'y a qu'une chose qu'on puisse contrôler dans la vie, ce sont nos actions, dit-elle en tapotant tendrement la joue de Natalie. Tu peux être en paix avec toi-même concernant Jeremy, ma chérie. Tu le mérites.

On aurait dit que Margie avait lu dans ses pensées. Elle ne plaisantait pas quand elle parlait de liens familiaux développés à partir de liens amicaux. Mais Max ne lui avait-il pas confié la même chose concernant l'homme qui lui avait appris à cuisiner ? Qu'il en était venu à le considérer comme un membre de sa famille ?

Un membre de sa famille qu'il avait perdu.

Cette idée déclencha en elle une brusque prise de conscience. Il savait ce que c'était que d'appartenir à une famille, et il avait souffert du deuil tout autant qu'elle. Cet homme fort et audacieux avait peur d'être blessé à nouveau.

Tout comme elle, il avait cherché à protéger son cœur.

Car elle devait se rendre à l'évidence : elle l'aimait, et il lui semblait bien qu'il l'aimait, lui aussi.

Les paroles de Margie se répétaient dans son esprit. Elle avait raison. Le seul moyen pour elle d'échapper aux regrets était de donner tout ce qu'elle avait. Elle avait laissé Max s'en aller. Elle avait laissé partir l'homme qu'elle aimait.

Et pour réparer cela elle devait s'assurer qu'il n'y ait pas de non-dits entre eux. Elle était suffisamment forte pour se battre pour elle, ses enfants, Max.

Et la possibilité d'un avenir qu'ils méritaient tous d'avoir. Ensemble.

Un plan commença à s'échafauder dans son esprit. Son expérience de maman d'un enfant autiste lui avait appris qu'elle ne pouvait pas attendre que les problèmes se règlent tout seuls. C'était elle qui devait induire des changements positifs, afin de rendre le monde meilleur pour ses petits. Elle devait agir. Oui, il était temps pour elle d'agir.

— Margie, tu pensais vraiment ce que tu disais quand tu as affirmé que tu me considérais comme un membre de ta famille ?

— Naturellement, ma chérie, répondit la femme d'âge mûr en serrant sa main. De quoi as-tu besoin ?

— Je pourrais te confier les enfants pour la soirée ? demanda-t-elle en sortant son téléphone de sa poche. Pour éviter les fugues de Colby, il me faut améliorer mon système de sécurité. Et je pense connaître la bonne personne pour ça.

Malgré sa résolution de faire ce qui était le mieux pour Natalie et de garder ses distances, Max se retrouvait à nouveau là, au Cimarron Rose.

Embarrassé, il réajusta sur son épaule la lanière de la sacoche contenant le dispositif de surveillance. Il avait l'habitude de s'occuper des alarmes des plus grandes entreprises du monde. Et pourtant cette mission, dans ce minuscule bâtiment, lui semblait être la plus importante de toutes celles qu'il ait jamais eues.

Il avait immédiatement accepté sa demande, qui lui donnait l'occasion d'être enfin là où il rêvait d'être depuis la minute même où il était parti. Le travail, dans lequel il s'était totalement immergé, ne l'avait pas aidé à oublier.

En s'approchant de la petite clôture blanche, il prit une profonde inspiration et regarda les étoiles dans le ciel nocturne, puisant dans leur lueur un certain apaisement.

Il n'aurait pas dû faire cela. Mais, quand Chelsea l'avait appelé pour lui dire que Natalie avait besoin d'une alarme pour la sécurité de Colby, il n'avait trouvé le courage ni de refuser ni même d'envoyer Will à sa place. Il était déterminé à rendre la maison de Natalie aussi sûre que possible. À protéger ses enfants.

Les quelques jours passés sans elle avaient été un véritable enfer, et le vide dans sa vie, comme une plaie béante. Il n'était toujours pas certain de ce qu'il devait faire, chose bien rare chez lui, mais il savait qu'il ne pouvait pas continuer de se cacher chez Chelsea pour chercher le hacker.

Il s'apprêtait à s'approcher de la porte quand il remarqua que le jardin de derrière était éclairé.

C'était là qu'elle était. Sous le chêne, avec un verre de vin. Comme il l'avait trouvée le premier soir.

Pressant le pas, il avança dans cette direction. Il avait envie, non, besoin de la voir.

Et, quand son regard finit par se poser sur sa silhouette familière, il sentit son cœur se serrer. Il avait l'impression que des mois s'étaient écoulés depuis leur dernière rencontre. Sans rien dire, elle tapota le banc à côté d'elle, ses sandales argentées scintillant au clair de lune. Elle portait une robe longue bleu saphir, et ses boucles rousses retombaient librement sur ses épaules.

À sa main, un verre de vin. Mais, sur l'accoudoir, une bière l'attendait. Elle avait pris un risque. Sa générosité et son assurance étaient tout simplement… étonnantes.

Son visage serein semblait l'attirer vers elle.

Traversant la pelouse, il s'approcha d'elle et posa sa sacoche à ses pieds.

— J'ai entendu dire que tu voulais améliorer ton système de sécurité.

Ce n'était pas sa meilleure réplique d'ouverture.

— Viens boire un verre, dit-elle en désignant la bouteille de bière. On parlera de ce dont j'ai besoin.

Le double sens était-il intentionnel ?

Tout en souriant, il prit place à côté d'elle.

— J'ai eu ton message par Chelsea, dit-il en tournant son regard vers elle. Qu'aurais-tu fait si j'avais envoyé Will ?

Elle sourit.

— Tu n'aurais jamais fait ça.

— Il faut croire que je ne sais pas te dire non.

Il prit un risque, lui aussi, en repoussant une mèche de cheveux de son visage. Comme cette douceur familière lui avait manqué.

— C'est comme ça depuis la première fois que je t'ai vue. Je voudrais tout te donner. Tu le mérites, Natalie.

Le regardant de ses grands yeux verts, elle saisit ses mains dans les siennes.

— Et pourtant tu m'as refusé ce que je désirais le plus, à savoir toi.

À l'image du vent qui faisait bruisser les feuilles au-dessus d'eux, ses mots l'avaient transpercé. D'un côté, il avait envie de fuir, mais il l'aimait tellement…

Il l'aimait ?

Troublé, il s'immobilisa. Ce mot… C'était celui qu'il

avait soigneusement cherché à ignorer depuis la première fois où son regard s'était posé sur elle.

Mais il était tombé amoureux d'elle, et ce, au premier regard. Ce qui expliquait pourquoi il avait eu si peur de la décevoir. Les enjeux étaient plus élevés que jamais.

— Natalie…

Pour l'arrêter, elle appuya un index sur sa bouche.

— Je te crois quand tu me dis que tu ferais tout pour moi, dit-elle en plaquant une main sur son cœur battant à tout rompre. Mais je ne veux pas profiter de cette situation. J'ai beaucoup réfléchi pour voir comment tu pourrais t'intégrer dans ma vie, et je crois qu'il est désormais temps pour moi d'envisager les compromis que je pourrais faire. Seattle est une ville merveilleuse. J'ai beaucoup aimé mon séjour là-bas, et je pense que je pourrais y passer du temps, beaucoup plus de temps.

Il se sentait humble devant sa volonté de changer pour lui, de laisser derrière elle tant de choses. Ému, il se pencha vers elle, son visage si proche du sien que son souffle l'effleura.

— Et tes enfants ?

— Il y a des poissons, des ordinateurs et des crayons de couleur à Seattle. Et je suis certaine qu'un voyage en jet privé achèverait de les convaincre.

Tendrement, elle caressait son torse. Et son sentiment d'humilité se vit encore renforcé face à ce cœur si grand, si généreux, si pur.

— Tu me proposes vraiment ça, après la façon dont je t'ai quittée ?

— Tu es venu, répondit-elle en le regardant intensément. Je trouve que ça en dit long.

Une vague de soulagement déferla sur lui.

— J'étais sérieux quand je t'ai dit que j'avais peur de devenir père, d'appartenir à une famille. C'est sûrement à cause de l'enfance que j'ai vécue. J'ai peur de commettre des erreurs, de ne pas réussir à vous donner ce dont vous avez besoin, toi et les enfants.

— Max, murmura-t-elle en souriant, des erreurs, on en fait tous. C'est la vie. Et, pour ce qui est de ton autre inquiétude, tu es l'une des personnes les plus généreuses que j'ai jamais rencontrées.

— Je ne peux pas être un modèle pour Colby et Lexie, après les choses que j'ai faites. J'ai enfreint la loi à de nombreuses reprises dans le passé.

Il voulait être sûr qu'elle ne se faisait pas d'illusions sur lui. Et qu'elle ne changerait pas d'avis, car il ne croyait pas pouvoir supporter une nouvelle fois de lui dire adieu.

— Mais ce n'est pas comme ça que tu vis ta vie aujourd'hui, répondit-elle d'un ton convaincu. Tu es un homme bien. Je le vois.

— Parce que le problème n'est plus de survivre. Mes choix sont plus faciles, désormais.

— J'ai connu beaucoup de personnes fortunées qui ont fait des choix loin d'être moraux. L'argent ne détermine pas le caractère. Si c'était le cas, le monde serait bien triste, dit-elle en serrant fermement sa main dans la sienne. J'ai vu le genre d'homme que tu es, et tout ce que j'ai observé m'a paru admirable.

— Tu es trop gentille avec moi.

Il avait envie de la croire, de croire que les choses pouvaient être aussi simples. Mais il avait toujours aussi peur de la faire souffrir, de les décevoir, elle et les enfants.

— Qu'attends-tu de la vie, Max ?

— C'est une question un peu trop facile.

Et il ne voyait pas en quoi elle pourrait les aider à régler les problèmes qu'il y avait entre eux.

— Je ne crois pas, non, dit-elle en fronçant les sourcils. C'est une question très complexe et très importante. Tu es un homme ambitieux, qui a bâti un véritable empire professionnel. Pourquoi as-tu tant de mal à formuler ce que tu voudrais obtenir sur le plan personnel ?

— Parce que perdre les gens qu'on aime, c'est bien pire que perdre de l'argent, admit-il entre ses dents serrées. Parce que c'est un risque qui ne vaut pas la peine d'être pris.

— Des gens que j'aime, j'en ai perdu, moi aussi. Et j'ai peur, moi aussi, crois-moi.

Sa voix était tremblante, mais son regard, ferme et assuré.

— Mais j'ai plus peur encore des regrets que j'aurai si je ne tente pas ma chance, poursuivit-elle. Et ce que je voudrais savoir, c'est ce que tu attends de la vie.

Malgré ses réticences, il ouvrit la bouche pour dire ce qu'il avait au plus profond de son cœur.

— J'attends de la vivre avec toi. Je veux être le genre d'homme que Colby et Lexie méritent pour les élever.

— C'est un excellent début. Et que désires-tu d'autre ?

Allait-il oser dire ce qu'il brûlait d'obtenir ?

— Je veux ton amour.

Des larmes de joie se mirent à briller dans ses yeux si verts.

— Tu l'as déjà, je peux te l'assurer, répondit-elle en portant leurs mains jointes à son cœur. Je suis folle amoureuse de toi, Max.

Ivre de bonheur, il l'embrassa fort, pour graver ce moment si beau dans son esprit.

— Je t'aime aussi, Natalie, murmura-t-il alors contre ses lèvres. Et je te jure de passer tout le reste de ma vie à te prouver à quel point je vous adore, toi et les enfants. Je vais faire des efforts pour…

— Chut, fit-elle en l'embrassant pour le faire taire. Je te crois. Revenons à ce que tu attends de la vie.

Il fut surpris par ses paroles, mais la réponse lui parut

si claire, si évidente qu'il se demanda pourquoi il n'y avait pas songé plus tôt.

— Je veux m'intégrer à la vie de Royal et y faire construire une maison en bois.

L'air étonné, elle sourit.

— Une maison en bois ?

— Avec un immense jardin et une immense cuisine. Près d'un lieu où Colby pourra aller pêcher. Et avec une piste d'atterrissage privée sur la propriété pour que nous puissions faire des allers-retours avec Miss Molly et les enfants.

— Ça ne sera pas une petite cabane dans les bois, alors…

Passant ses bras autour de ses épaules, il l'attira sur ses genoux.

— Quand je rêve, je rêve en grand.

Tendrement, elle glissa ses mains dans ses cheveux.

— C'est bien d'avoir de grands rêves.

Fou de joie, il joignit ses lèvres aux siennes.

— Mais c'est encore mieux de les réaliser.

Retrouvez prochainement,
dans votre collection

PASSIONS

Une famille pour Connor, de Marie Ferrarella - N°1088

Connor vient à Houston avec une mission : retrouver la personne qui ne cesse d'attaquer sa famille. Afin de se faire aider, il engage Brianna, une collectrice d'informations. Son attirance pour elle est instantanée et inexplicable, la vie de la mère célibataire étant aux antipodes de celle de Connor qui fuit tout type d'engagement. Il est pourtant bouleversé par Brianna, au point de remettre en question son désir de liberté…

Attirée par le play-boy, de Sophia Singh Sasson

Rani, architecte d'intérieur, ne laissera plus jamais un homme compromettre sa carrière ou son indépendance ! Une résolution difficile à tenir quand elle découvre que son nouveau client n'est autre qu'Arjun Singh, élu play-boy le plus sexy d'Inde. Elle est fascinée par son charme irrésistible et leur relation devient vite sensuelle. Mais leur liaison ne doit surtout pas être révélée, Arjun étant promis à une autre femme par sa famille…

Une brûlante liaison, de Cynthia St. Aubin - N°1089

Série : Les héritiers Kane 3/3

Marlowe Kane se rend à la distillerie 4 Thieves pour effectuer un audit. Sa rencontre avec le propriétaire, Law, fait tout de suite des étincelles ! Une tempête la contraint à rester sur place… et à partager le lit de Law, qui lui fait découvrir des plaisirs insoupçonnés. Le lendemain, Marlowe part, bien décidée à oublier cette liaison forcément éphémère : un souhait impossible, d'autant plus lorsqu'elle apprend qu'elle est enceinte de lui…

Sentiments inattendus, de Shirley Jump

Pour Viviane, brillante avocate, fonder une famille n'a jamais fait partie de ses projets. Jusqu'à ce que sa nièce Ellie, âgée de trois mois, soit abandonnée dans une auberge à Stone Gap, la veille de Noël. Viviane est tout de suite projetée dans un rôle de maman sans y être préparée ! Heureusement, Nick, le chef cuisinier de l'auberge, s'occupe d'Ellie à merveille. Bientôt Viviane éprouve des sentiments inattendus pour lui, bouleversant ses certitudes…

Une vengeance si parfaite, de Katherine Garbera - N°1090

SÉRIE : SCANDALEUSES IMAGES 1/3

Maintenant que Dante Russo, propriétaire d'une fabrique de bière, est célèbre, il doit à tout prix améliorer son image publique. Entre en scène l'attachée de presse Olive Hayes – la femme qui l'a cruellement rejeté à l'université ! Aujourd'hui, les rôles se sont inversés et Olive ne cache pas son attirance pour l'homme qu'il est devenu. Dante y voit l'occasion rêvée de se venger, mais il ne doit pas se laisser emporter par son désir…

L'espoir de Noël, de Jo McNally

Amanda, décoratrice d'intérieur, a été embauchée par Blake afin de restaurer son château en ruine. Elle est ravie de ce beau projet mais, lorsqu'elle s'installe dans les lieux pendant les travaux, la cohabitation avec Blake la trouble au plus haut point… Amanda a perdu confiance en les hommes et souhaite avant tout se protéger, cependant elle ne peut nier les doux sentiments qu'elle commence à éprouver pour lui et qui l'emplissent d'espoir…

Indomptable passion, d'Yvonne Lindsay - N°1091

SÉRIE : PETITS SECRETS, GRAND AMOUR 3/4

En découvrant l'identité de la personne qui a racheté l'entreprise de son père, Sally sent une colère noire la gagner. Son nouveau patron n'est autre que Kirk Tanner, l'homme entre les draps duquel elle a laissé libre cours à son désir, lors d'une nuit de passion. Contrairement à elle, Kirk ne semble absolument pas surpris de la compter parmi ses employés. Aussi Sally s'interroge-t-elle. Lui a-t-il menti ou, pire, a-t-il orchestré leur rencontre ?

Enceinte d'un inconnu, d'Andrea Laurence

SÉRIE : PETITS SECRETS, GRAND AMOUR 4/4

Lorsqu'elle reconnaît le tatouage sur la main de Jonah Flynn, Emma peine à reprendre ses esprits. Le motif, une moitié de cœur, correspond à celui qu'elle-même porte sur la peau. Ainsi, le patron de FlynnSoft, l'entreprise où elle mène une expertise comptable, n'est autre que son amant d'une nuit ! Alors qu'Emma croyait ne jamais revoir cet homme, voilà qu'ils sont désormais liés irrémédiablement. Non seulement par cette marque, mais plus encore par l'enfant qui grandit en elle…

Trop proche de son ennemi, de Heidi Betts - N°1092

SÉRIE : SÉDUCTION ET TALONS HAUTS 1/2

Lily Zaccaro, styliste new-yorkaise, découvre que ses modèles sont copiés par une maison de couture à Los Angeles. Furieuse contre Nigel Statham, le directeur d'Ashdown Abbey, et résolue à découvrir comment il a obtenu ses croquis, elle se fait embaucher incognito chez son rival. Mais, une fois devenue l'assistante de Nigel, Lily est vite déstabilisée par les sensations que son séduisant patron fait naître en elle…

Une mariée en fuite, de Heidi Betts

SÉRIE : SÉDUCTION ET TALONS HAUTS 2/2

Juliet Zaccaro, créatrice d'accessoires de mode, découvre le jour de son mariage qu'elle est enceinte. Or le bonheur qu'elle éprouve cède vite la place à la panique. Car le père de son bébé n'est pas son futur mari. Bouleversée, elle s'enfuit dans un blanc nuage de tulle… mais ne tarde pas à être retrouvée par Reid McCormack, le détective privé embauché par sa sœur Lily. De tous les hommes, il est précisément celui que Juliet a toutes les raisons d'éviter…